W0407049

HEYNE BÜCHER

SCIENCE FICTION

Herausgegeben
von Wolfgang Jeschke

Von **Wolfgang Jeschke** erschienen in der Reihe
HEYNE SCIENCE FICTION & FANTASY:

Der Zeiter · 0603328
(erweiterte Ausgabe 1978) · 0603328
Der letzte Tag der Schöpfung · 0604200
MIDAS oder Die Auferstehung des Fleisches · 0605001
Schlechte Nachrichten aus dem Vatikan · 0605025

Als Herausgeber u. a. der Anthologienreihe
INTERNATIONALE SCIENCE FICTION STORIES:

Planetoidenfänger · 0603364
Die große Uhr · 0603541
Im Grenzland der Sonne · 0603592
Spinnenmusik · 0603646
Der Tod des Dr. Island · 0603674
Eine Lokomotive für den Zaren · 0603725
Feinde des Systems · 0603805
25 Jahre Heyne Science Fiction & Fantasy 1960–1985
SF Jubiläumsband: Das Lesebuch · 0604000
Aufbruch in die Galaxis · 0604001
Die Gebeine des Bertrand Russell · 0604057
Das Gewand der Nessa · 0604097
Das digitale Dachau · 0604161
Venice 2 · 0604199
Entropie · 0604255
Langsame Apokalypse · 0604325
Schöne nackte Welt · 0604380
L wie Liquidator · 0604410
Second Hand Planet · 0604470
Wassermanns Roboter · 0604513
Papa Godzilla · 0604560
An der Grenze · 0604610
Mondaugen · 0604660
Johann Sebastian Bach Memorial Barbecue · 0604697
Die wahre Lehre, nach Mickymaus · 0604747
Das Blei der Zeit · 0604803
Der Fensterjesus · 0604880
Die Menagerie von Babel · 0604920
Die Zeitbraut · 0604990
Lenins Zahn und Stalins Tränen · 0605055
Gogols Frau · 0605090
Die Pilotin · 0605160
Die Straße nach Candarei · 0605275
Partner fürs Leben · 0605325
Riffprimaten · 0605390
Die Verwandlung · 0605495
Die säumige Zeitmaschine · 0605645
Die letzten Bastionen · 0605880
Die Vergangenheit der Zukunft · (in Vorb.)
sowie *Das Auge des Phönix*
Science Fiction aus Deutschland · 0604235
und **HEYNE SCIENCE FICTION JAHRESBAND** 1980–1997
sowie **DAS HEYNE SCIENCE FICTION JAHR** 1986–1997

HEYNE SCIENCE FICTION JAHRESBAND 1998

zusammengestellt und herausgegeben
von
Wolfgang Jeschke

Originalausgabe

WILHELM HEYNE VERLAG
MÜNCHEN

HEYNE SCIENCE FICTION & FANTASY
Band 06/5935

Das Umschlagbild malte Bob Layzell
Übersetzungen:
Aus dem Amerikanischen und Englischen von
Ulrich Fröschle, Michael K. Iwoleit und Alfons Winkelmann
Aus dem Polnischen von Hanna Rottensteiner
Aus dem Russischen von Roberto Kohlstedt

Illustriert von
Manfred Lafrentz, Jobst H. Teltschik und Ingo Wiegand

Die Karten für *Der grüne Mars* zeichnete
Erhard Ringer

Umwelthinweis:
Dieses Buch wurde auf
chlor- und säurefreiem Papier gedruckt.

Redaktion: Wolfgang Jeschke

Printed in Germany April 1998
Umschlaggestaltung: Atelier Ingrid Schütz, München
Technische Betreuung: M. Spinola
Satz: Schaber Satz- und Datentechnik, Wels
Druck und Bindung: Presse-Druck, Augsburg

ISBN 3-453-13330-7

INHALT

INHALT

Mary Gentle

DIE STRASSE NACH JERUSALEM

Fahnen knatterten im Wind, und das heiße Gras roch nach Sommer. Schweiß brannte Tadmartin in den Augen. Lange Gewohnheit hatte sie die Nutzlosigkeit gelehrt, einen Panzerhandschuh gegen einen Helm im Versuch zu knallen, sich die Stirn zu wischen. Sie blinzelte heftig.

Sonnenlicht blitzte vom flachen Helm ihrer Gegnerin; jenes Strahlen, das spiegelglatt geschliffenem Blech den Namen *weißer Harnisch* verlieh. Eine kurzzeitige Brise blies ihr durch das Visier. Sie grinste heimlich. Sie schlug das Einhandschwert scharf nieder und grub die Klinge ihrer Gegnerin in den Staub.

Sie schlug ihren Schild gegen den gegnerischen Helm. »Erledigt?«

»Nimm *das,* Muttchen!«

Da sie Tysoe kannte, wurde Tadmartins heimliches Grinsen breiter. Sie wurde wieder die Kämpferin, die alles wahrnahm, die mit ihrem beschränkten Gesichtsfeld den gesamten Turnierplatz wahrnahm (jetzt leer, die formellen Kämpfe bis auf dieses eine Duell beendet), die aneinander gereihten Gesichter des Publikums, das Aufblitzen von Licht auf Linsen. Ein Rauschen erreichte sie, gedämpft durch die gepanzerte Kappe und den Helm. Turnier-Beifall.

Tysoe setzte zu einem Angriff an. Tadmartin keuchte.

Beide bewegten sich jetzt langsam nach einem langen Zweikampf.

So fest eingeschnürt, nichts wirklich außer dem Sonnenlicht, das an der Klinge herabglitt, der Wind, der sie an der linken Seite peitschte; dem Fuß, der über den wie Glas schlüpfrigen Rasen rutschte, der Hitze, die in ihrem Kopf pochte. Dem Körper, der sich auf muskularer Ebene an den Drill der Ausbildung erinnerte. Tadmartin bewegte sich, ohne nachzudenken, ohne Absicht.

Sie spürte, wie ihre Hand über den Griff rutschte, die schwere Klinge schnitt durch die Luft – Tysoes beidhändiges Schwert krachte herab, wurde von ihrem Schild pariert, die eigene Klinge schlug zurück; Tysoes wilder Satz, um dem Schnitt in den Bauch zu entgehen – alles durch ihre Wahrnehmung verlangsamt, so daß sie es eher beobachtete, statt es zu wollen. Sie spürte, wie sich ihr Körper verdrehte, hob; wie sie die einen Meter lange Klinge hinter sich hochhob, herumschwang und in einem hohen Schwung hinüberschickte. Metall krachte zwischen Tysoes Hals und Schulter herab. Der Aufprall stach ihr in die Hand.

»*Scheiße!*«

Tysoe sank auf ein Knie. Jetzt hielt bloß noch eine Hand das Großschwert; der andere Arm hing bewegungslos herab. Tadmartin trat augenblicklich heran, perfekte Fußarbeit, Schwert gehoben:

»Ergib dich oder stirb, Säugling!«

»Au, Scheiße, Mensch! Okay, okay. Ich ergebe mich. Ich ergebe mich!«

Tadmartin behielt ihre Position bei, Schild nach außen, Schwert gehoben, in einer Hand, bereit zum Schlag, der – stumpfe Klinge oder nicht – Tysoe den Schädel zerschmettern würde. Durch das enge Visier bekam sie mit, wie der Marschall die Flagge hob. Ein scharfes Trommeln ertönte. Augenblicklich trat sie zurück, legte den Schild nieder, steckte das Schwert in

den Gürtel und nahm die Hände hoch, um die Riemen des Helms zu lösen.

»Verflucht! Du hast mir den Arm gebrochen!«

»Das Schlüsselbein.« Tadmartin zog den Helm herab und schüttelte das kurzgeschnittene hellblonde Haar los. Geräusche schlugen über ihr zusammen: die Schreie und Hochrufe von den Tribünen, die schrillen Trompeten. Ein Sanitäter-Team eilte über die Arena auf sie zu.

»Das Schlüsselbein«, wiederholte Tadmartin. »He, du willst eine antiquierte Waffe benutzen, also ist das dein Problem. Dieser Beidhänder ist *langsam.*«

»Er hat Reichweite. Au, und *du,* Mensch.«

Tadmartin hielt den Helm umgekehrt unter dem Arm. Achtlos streifte sie die Panzerhandschuhe ab und warf sie in den Helm. Sie schüttelte den Kopf, und das weizenblonde Haar blitzte in der Sonne. Sie war sich jetzt des Gewichts des gegürteten Kettenpanzers bewußt, der ihren Körper vom Hals bis zu den Knien umgab; und der Hitze des Kettenhemds darunter, trotz des weißen Überwurfs, der die Sonnenstrahlen reflektierte.

»Tysoe, Kleines.« Sie kniete nieder und legte ihren Helm zu Boden; unbeholfen wegen des stumpfen Schwerts, das durch ihren Gürtel geschoben war; sie streckte die Hand aus und löste die Riemen und Schnallen, die Tysoes Helm festhielten. Der Stahl verbrannte ihr die bloßen Finger. Sanft zog sie den Helm ab. Tysoes Kettenkappe löste sich mit dem Helm, und das braune Haar, vom Schweiß verklebt, stand in spitzen Büscheln vom Kopf ab. Das knochige Gesicht der Frau war leuchtend scharlachrot.

»Puh! Warum *regnet* es niemals am Vereinigungs-Tag?«

»Das wäre zu einfach.« Sie löste Tysoes Überwurf. Tysoe fluchte, als der Gürtel das Gewicht des Kettenpanzers freigab, und lehnte sich auf den Rasen zurück. »Sie werden dir den Panzer losschneiden müssen, Mädchen. Keine andere Möglichkeit, an den Bruch zu kommen.«

Angeekelt sagte Tysoe: »Au! Das ist mein Kettenhemd, Mensch. *Scheißdreck!*«

»Muß los. Bis nachher!«

Das Trommeln brach ab. Musik tönte aus den Lautsprechern: ganz bewußt Militär-Romantik. Tadmartin, die das Geleit des Marschalls nicht benötigte, ging über den abgenutzten Rasen des Stadions auf die Haupttribüne zu. Der Atem war heiß in ihrer Kehle. Die Erschöpfung nicht nur eines Kampfs, sondern eines ganzen Tages voller Gefechte, verknotete ihr die Brust. Die Beinmuskeln schmerzten. Schrammen taten weh; und einen scharfen Schmerz in einem Finger identifizierte sie jetzt als einen möglichen Bruch. Sie ging erhobenen Hauptes, wobei sie versuchte, jede Brise aufzufangen, die der Julitag anzubieten hätte.

Die PA plärrte: »*... die Gewinnerin des Turniers, Lieutenant-Ritter Hyacinthe Tadmartin ...*«

Alles Werbung, erinnerte sie sich selbst. Das Turnier des Vereinigungs-Tages; stumpfe Waffen; eine Show; das ist alles. Au, aber verdammich, mir ist's egal.

Der Applaus schwoll an, erstickte sie. Sie schritt allein; eine gedrungene Frau mit leuchtendem Haar, die zur Haupttribüne hinaufblickte. Ein paar Gesichter von Kommandanten waren erkennbar; und ihr eigener Captain-Ritter mit dem weißen Überwurf über schwarz-brauner Uniform. Tadmartin salutierte mit aller Akkuratesse, die ihr noch geblieben war. Das stählerne Kettenhemd beraubte ihr den Atem in der erstickenden Hitze. Sie schleppte sich die Stufen zur Plattform hinauf.

Spionaugen und Bioreporter drängten sich heran, als Marschall Philippe de Molay, in weißem Kampfdrillich mit dem roten Kreuz auf der Brust, aufstand und vor ihr salutierte. Er sprach weniger zu ihr als vielmehr zu den Medien:

»Lieutenant Ritter Tadmartin. Erneut meine Glückwünsche. Ihr steht für das höchste Templer-Ideal: den Schutz der Schwachen und Unschuldigen durch die Kraft der Waffen. Das Ideal, welches unserem großen Gründer Jacques de Molay Kraft gab, als die unheilige Inquisition der Kirche ihn zur Folter verurteilte und ihn dem Tod eines Verräters auf dem Scheiterhaufen übergeben hätte. Das Ideal, das uns ermöglichte, die Kirche von innen zu reformieren, so daß gegenwärtig unsere Beziehung zum reformierten Papst in Avignon eine der Säulen ist, auf welcher der Orden der Templer-Ritter steht. So lange es Frauen und Männer wie Euch gibt, stehen wir auf einem sicheren Fundament. Und so lange wir auf der Vergangenheit stehen, so lange können wir Hände ausstrecken und die Zukunft in Anspruch nehmen.«

Tadmartin gab endlich einem langgehegten Wunsch nach: sie fuhr sich mit der Hand über das rote, schwitzende Gesicht und wischte sie daraufhin an ihrem Überwurf ab. Das Grinsen wollte nicht aus ihrem Gesicht weichen. »Vielen Dank, Sieur.«

»Und wie lange seid Ihr im Orden, Lieutenant?«

»Sieben Jahre, Sieur.«

Anschließend kamen Fragen von den Spionaugen, denen es jetzt freigestellt war zu suchen, was sich auch immer an Bildausschnitten nützlich für die Nachrichten-Netzwerke erweisen mochte. Tadmartins Grinsen schwand. Sie gab bewußt langsam Antwort, wachsam vor den Camcordern und Virtual-Recordern. Ja, aus einer Familie im unteren Burgund, all ihr Besitz dem Orden überschrieben, ja, ausgebildet an der Akademie in Paris; nein, sie sieht sich das Netz nicht häufig an, also sind ihre Lieblingsprogramme …

Eine blonde Frau, deren eines Auge von einem auf den Kopf gesetzten Virtual-Display bedeckt war, schob sich zwischen Tadmartin und dem Marschall des Templerordens durch. Philippe de Molays langes Gesicht veränderte sich nie, aber seine Körpersprache strahlte Verärgerung aus.

»Lieutenant-Ritter Tadmartin«, sagte die junge Frau mit einem Groß-Burgundischen Akzent. »Louise de Keroac: ich habe Euch live für Kanal Neun. Lieutenant-Ritter Tadmartin, würdet Ihr bestätigen, daß Ihr Kommandierende der Kompanie wart, die für das Roanoke-Massaker verantwortlich war?«

5. Juli 1991

Ein Grundstück weiter sind die Häuser und Autos neuer, und es ist mehr Platz zwischen allem. Hier sind die Autos alt, zerbeult und Stoßstange an Stoßstange geparkt. Die Hitze flimmert auf den Bürgersteigen. Terrassen und Doppelhaushälften kleben aneinander. Die Bäume auf den Bürgersteigen hängen welk herab, die Wurzeln sind von Hundescheiße bedeckt.

»Hei, Tad!«

Sowohl Hook als auch Norton tragen alte zerrissene Kampfhosen aus nachgemachtem Stoff, die Tarnfärbung hellbraun auf dunkelbraun; und Fallschirmspringerstiefel. Hooks Haar ist zu einem kurzen Flaum geschoren. Norton drückt eine Zigarette an der Wand aus.

»Was ist also mit der Heckler & Koch?«

Tad zaust Norton das Haar; er faßt sie am Arm; sie reißt sich los. Es gab eine Zeit, da fielen sie durch ihr Schuleschwänzen in der Leere des Tags auf. Jetzt gibt es genügend Anomalien – arbeitslos, krank, pensioniert, wieder in Ausbildung –, daß sie damit verschmelzen. Tad mit geflochtenem Haar, in Jeans; die Taschen stets voll.

»Hülsenlose Munition. Elf Millimeter. Die hier funktioniert *wirklich.* Niedrige Durchschlagskraft, *hohe* Stoppkraft – sie wollen sie zum Mürbemachen von Terroristen benutzen.«

Tad weiß das. Sie erinnert sich daran, wie aufregend es war, die technische Litanei zu kennen. Die Fähigkeit, alle Maße, alle Einzelheiten zu wissen; alle Ergebnisse der Schußversuche. Sie erinnert sich, als alles noch neu war.

Am Ende finden sich Tad und Hook in Nortons Haus wieder, wo sie sich Filme auf dem alten Videorecorder ansehen. Das Wohnzimmer riecht nach Milch und Krankheit, und auf dem Sofa sind Hundehaare. Irgend jemand – möglicherweise Nortons ältere Schwester – hat einen Haufen leerer und halb geleerter Bierdosen auf dem Fußboden zurückgelassen, dazwischen ausgedrückte Zigarettenkippen.

»Was hat er also gesagt?«

»Über das Ausbildungslager?«

Tad schnaubt. »*Natürlich* über das Ausbildungslager.« Nortons Bruder ist bei der Army und irgendwo hingeschickt worden, worüber wir nicht reden. Nicht, wenn Nortons Bruder der gesunde, brutale Neunzehnjährige bleiben soll, den wir im Gedächtnis haben.

»Er sagt, er hätte es fast nicht hingekriegt.«

Es folgt eine ehrfürchtige Pause: Nortons Bruder, vom Rekruten in Uniform zu dem Sechzehnjährigen geworden, an den sich Tad vor vielen Sommern erinnert. Tad hat das Gerücht erreicht, Nortons Bruder und sein Kamerad wären bei der Grundausbildung abgehauen; später wird sie erfahren, daß es nicht stimmt. Daß es nicht stimmt und er bei der Army geblieben ist. Was Nortons Bruder fünf Jahre lang tut – bis tatsächlich irgendeine paramilitärische Einheit aus New Amsterdam mit einem Raketenwerfer auf eine Garnison schießt. Die Rakete fährt buchstäblich zwischen die beiden Rekruten auf dem Lastwagen von Nortons Bruder, beschert beiden einen bösen Sonnenbrand: Verletzungen durch den Raketenantrieb. Nortons Bruder ist drinnen und redet mit dem Wachhabenden, und von ihm bleibt nichts übrig, was man noch identifizieren könnte.

Tad, noch zwei Jahre von diesem Wissen entfernt, sagt: »Aber hast du ihn *gefragt?*«

»Ja. Er sagt, du kommst rein. Sie werden dich nehmen.«

Danach wird Norton still. Hook stachelt ihn mit einem der endlosen Diskussionen über die Stunts in Flugsequenzen von *Top Gun* an. Tad lehnt sich gegen das kaputte Sofa. Sie ist inmitten eines Gerümpelhaufens: ein zusammengelegter Rollstuhl, jemandes schmutzige Arbeitsjacke, Spielzeug aus Tonka-Holz. Sie unternimmt drei verschiedene Versuche, sich in die Diskussion einzumischen, und sie schließen sie aus. Sie spürt Verwirrung und Schmerz.

Als sie sich an jenen Schmerz erinnert, überkommt es sie, daß die beiden sie ausschließen, weil sie sehen können, was sie selbst zu diesem Zeitpunkt noch nicht sehen kann. Daß sie diejenige sein wird, die das tut, was die beiden anderen niemals tun werden – Nortons Bruder folgen.

Und weiterhin, daß sie dies stets hat tun wollen.

»Ich habe nichts zu sagen.«

Die blonde Frau mit dem Spionauge blieb beharrlich. »Ihr wart in Roanoke, Lieutenant Ritter? Ihr *wart* zu der Zeit in Roanoke, als es zu dem Vorfall kam?«

Tadmartin ließ ihr Gesicht ausdruckslos werden. »Kein Kommentar. Ihr könnt mit meinem Kompanieführer sprechen, Demzelle Keroac. Von mir kein Kommentar.«

»Würdet Ihr zugeben, zu jener Zeit Dienst in der Neuen Welt geleistet zu haben?«

»Ihr könnt von einem Junior-Offizier nicht erwarten, einen Kommentar zu Truppenbewegungen abzugeben«, sagte Philippe de Molay glatt. »Vielen Dank, Lieutenant Tadmartin.«

Sie salutierte schneidig. Schulter- und Armmuskeln kreischten protestierend auf und versteiften sich nach der Übung. Sie machte eine Kehrtwendung und trabte die Stufen hinab; hörte, wie sich die Stimme der Frau hinter ihr protestierend hob, während sich das Sicherheits-Kommando näherte.

Lichter und Camcorder richteten sich auf ihr Gesicht, als sie von der Plattform in eine Reportermenge trat.

»Nur ein paar Worte, Lieutenant-Ritter …«

»… Ihr denkt an die europäische Vereinigung …«

»… Meinung zu der Geschichte, die in New Amsterdam die Runde macht; bitte, Ms. Tadmartin?«

Sie wußte es besser und reagierte nicht. Dennoch ließ sie *New Amsterdam,* gesprochen in jenem kolonialen Akzent, einen Augenblick lang blinzeln. Sie blickte zwischen den zusammengedrängten Körpern hindurch und nahm das Gesicht eines großen Mannes ins Gedächtnis auf, eines Mannes mit dünnen Haarbüscheln und einer gebräunten Haut, die auf langen Dienst im Westen oder Indo-Sarazenisches Blut schließen ließ.

»Und Eure Ansicht von den Investment-Holdings des Ordens in der Neuen Welt …?«

Sie wischte sich mit dem Handgelenk über die Nase und grinste ihn an, schweißnaß, entspannt atmend nach dem langen Kampf. »Es ist nicht mein Job, eine Meinung zu den Finanzen oder zur Politik zu haben, Sieur. Wenn Ihr mich bitte entschuldigen wollt, ich muß mich meinen Pflichten widmen.«

Stimmen erhoben sich, die den Versuch einer letzten Frage unternahmen, aber ihre Geduld und Selbstbeherrschung hingen jetzt am seidenen Faden.

»Juhu, Tysoe!« Sie riß sich los und lief über das Feld zum Krankenwagen. Die große, bäuerische Frau winkte mit dem unverletzten Arm und strahlte erschöpft durch die Schmerzstiller.

»Wow, Mensch. Du siehst vielleicht wie ausgekotzt

aus. Was haben sie dir gegeben, sechs Monate Schwerstarbeit?«

Tadmartin schloß die Gürtelschnalle fester, wodurch sie mehr Unterstützung durch das Kettenhemd erhielt. Sich selbst aus dem Panzer zu befreien, war ein unwürdiges Unternehmen – mit dem Arsch zum Himmel und sich windend –, das zumeist Hilfe erforderte, und sie wollte verdammt sein, wenn sie es für ein Publikum am Netz täte. Sie schwang sich auf den Lastwagen und setzte sich auf die harten Bänke. Die Krankenpfleger befestigten Tysoes Trage. Tadmartin sah, daß es gewöhnliche Landser waren.

»Ich fahre mit dir zurück zur Basis«, konstatierte sie und zeigte auf einen der Krankenpfleger. »Du! Ruf mir meinen Kompanieführer über Funk! Ich möchte, daß er die Aufräumarbeiten hier überwacht. Ich sagte *jetzt,* Soldat!«

»Jawohl Sir … Ma'am!« sagte Tysoe in einem breiten unterburgundischen Akzent. »Junge, bist du am Arsch. Was war los?«

»Ich werd dir sagen, was los war, Lieutenant-Ritter Tysoe.«

Tadmartin lehnte sich gegen die Wand des LKWs, als der Wagen hustend in die Gänge kam. Das Sonnenlicht fiel schräg in das Stadion, wo die aneinandergereihten Gesichter noch immer auf die letzten Ansprachen warteten, die sie nicht aussetzen wollte; und ein körniges goldenes Licht erfüllte die Luft. Sie wischte sich das schweißdunkle Haar aus dem Gesicht.

»Jemand wollte mich über Roanoke interviewen.«

Tysoe grunzte. Die Schmerzunterdrücker gestatteten dem Schatten eines alten Kummers oder Schuldgefühls, daß sich ihr Gesichtsausdruck veränderte.

»Das war erledigt. Das war erklärt.«

»Nein«, sagte Tadmartin. »Nein.«

5. Juli 1992

Tad geht neben dem Pfad in Deckung, drückt den Körper auf das Ufer. Schweiß strömt ihr am Körper hinab. Sie stinkt nach dem Rauch von Lagerfeuern. Sie horcht so sehr, daß sie das Summen von Luft in den Gehörgängen vernehmen kann. Sie riskiert einen Blick zurück. Sie kann die vier Männer ihrer Abteilung nicht sehen, die sich hinter ihr auf dem Pfad aufhalten – und so sollte es auch sein. Sie können sie sehen. Ihre Aufgabe ist es, auf stumme Signale achtzugeben.

Sie sieht den Pfad hinauf und erkennt Tysoe, Shule und Warner, die sich flach in die Büsche oder hinter Bäume gedrückt haben. Beim fortwährenden Hinsehen fängt Tysoe ihren Blick auf: tippt sich mit der Hand auf die Schulter, das Zeichen für *Offizier* und tätschelt sich den Kopf, *komm zu mir.* Tad rutscht auf der Stelle zu ihr herüber.

»Wir *müssen* weiterkommen. Was ist los?«

Tysoe: ganz Knie und Ellbogen, das Gesicht plump vor Babyspeck. Sie hebt die Schultern. »Warner und Shule. Du hast sie an die Spitze gesetzt. Sie gehen immer wieder in Deckung.«

»Jesses Sophia!« Tad trottet gebückt von Baum zu Baum, bis hin zu Shule, der mit dem Bauch auf der Erde hinter einer leichten Deckung liegt. »Kotzverdammt noch mal, *beweg dich!*«

»Die Scouts ...«

»Beweg deinen Arsch!«

Sie hebt ihn buchstäblich beim Kragen hoch und wirft ihn voran. Er öffnet den Mund zu einem Protest. Sie schlägt ihm mit dem Gewehrkolben hinten auf den Helm. Er knallt mit dem Kopf auf den Boden. Er und Warner verschwinden. Sie signalisiert dem Trupp, vorwärts in Reih und Glied, während sie sich hinter die Spitze setzt und Shule alle zehn oder fünfzehn Meter weiterschiebt. Zu spät, um die Spitze jetzt auszutauschen: Tysoe wäre besser gewesen, aber sie braucht Tysoe als ihren anderen Anführer, also – Entscheidungen kommandieren.

Sie benutzt das Funkgerät, geringe Lautstärke. Veraltete Ausrüstung, wie so vieles andere hier. »Sierra Null-Acht, hier ist Oscar Foxtrot Neun. Gebt Lagebericht, wiederhole, Lagebericht. Over.«

Keine Stimme bestätigt. Das Wellenband knistert.

»Sierra Null-Acht, verstanden?«

Weißes Rauschen.

»Verdammt!« Sie schaut zurück, um Tysoes Blick aufzufangen, signalisiert *kommt näher und bewegt euch rascher;* läßt das Gewehr in den Händen herabrutschen und eilt auf Shules Fersen davon. Die Kevlar-Jacke wiegt schwer auf ihr; ihre Füßen pochen in den Stiefeln; und ihres Wissens könnte das Gewehr aus Blei bestehen.

Während sie rennt, vernimmt sie nichts.

Der Wald ist ein Schlamassel aus Sträuchern, hohen Bäumen, verstreutem Sonnenlicht, das für die Deckung ein Geschenk ist; raschelnde Blätter, der eigene harte Atem in den Ohren; Schweiß, Angst, Enttäuschung. Ihr Acht-Mann-Trupp bewegt sich taktisch von Deckung zu Deckung, aber es ist alles bloß leichte Deckung. Keine Zeit, auf die Uhr zu sehen, aber sie weiß, sie haben den erlaubten Zeitrahmen für diesen Flankenangriff ausgeschöpft, und sogar noch etwas mehr.

»Verflucht!« Sie kommt rutschend zum Stehen, signalisiert Deckung und winkt Tysoe zu sich. Die junge Frau spuckt, als sie sich neben Tad in Deckung wirft.

»Was ist?«

Für all das sollte es stumme Signale geben: sie hat sie vergessen.

»Dafür haben wir keine Zeit mehr! Wir verlassen den Pfad. Ich nehm sie mit hinab durch den Wald; wir werden oberhalb des Lagers herauskommen und sie von dort nehmen. Gib das nach hinten.«

Sie hört Tysoe zurückgehen, während sie sich nach vorn zu Warner und Shule begibt. Der Wald ist still. Kein Ast knackt. Und kein Feuer unten vom Basislager. Nichts. Einhundert Quadratkilometer, und es könnte niemand sonst da sein …

»Bewegt euch!« wiederholt sie, während sie Warner nach vorn wirft. Er stolpert in die Büsche. Sie gibt auf und übernimmt die Spitze; sie duckt sich, um zu vermeiden, daß sich ihr Rucksack in den Ästen verfängt. Ein Blick nach hinten versichert sie, daß Tysoe – Gott sei für Tysoe gedankt! – die Hintertür benutzt und den Trupp durch den schieren Willen zwischen ihnen heraufbringt.

Sie opfert taktisches Vorgehen der Geschwindigkeit, schneidet einen steilen Pinienhang ab, über Nadeln und zerbrochene Äste; bleibt einmal stehen, um auf das Funkgerät zu drücken, und hört nichts als weißes Rauschen; trifft auf einen Gulli, an den sie sich wiedererinnert, und rutscht hinein, während sie Warner, Shule und Ragald hinter sich weitertreibt.

Gerade sechzehn geworden, ist Tad noch nicht erwachsen; eine junge Frau, deren Haar unter dem zu großen Helm zu Ledernacken-Kürze geschoren ist. Sie schiebt sich das Halstuch hoch, um Mund und Nase zu bedecken, und kriecht den Gulli hinab, wobei sie in bestimmten Abständen jeden des Acht-Mann-Trupps postiert.

Jetzt kann sie Stimmen hören, oder ist das die ohrentäuschende Stimme der burgundischen Wälder? Soll er sie doch reinlegen … und ja: eine Stimme. Eine krächzende Stimme über ein Funkgerät, gedämpft, gut fünfundzwanzig Meter oberhalb des anderen Gullirands. Sie gibt das Daumenzeichen für *Feind gesichtet oder angenommen,* weist die Richtung und hält drei Finger für die Entfernung hoch. Als sie die Linie zurückblickt, sieht sie Tysoe grinsen. Sie alle bestätigen. Sogar Shule zeigt wieder eine heitere Miene.

Acht Sechzehnjährige in vollgesogenen und matschigen Kampfanzügen, niedergedrückt von Rucksäcken und Helmen, die Sturmgewehre bereit.

Sie signalisiert *heimliche Annäherung*.

Hinauf zum Rand des Abwasserkanals, das Sturmgewehr über die Unterarme gelegt, vorankriechend wie ein Leopard. Eine Hand hebt Zweige aus dem Weg; sie setzt kein Knie auf, ehe sie nicht weiß, daß der Boden unter ihr sauber ist.

Explosionen erschüttern die Luft. Das rasche Stottern von Gewehrfeuer: noch immer so lärmend, daß sie es kaum zu glauben vermag. Sie wirft sich flach auf den Rasen, das Lager liegt unter ihr ausgebreitet, jeder, der auch nur einen Blick von den leichtgepanzerten Militärfahrzeugen und Zelten heraufwirft, kann sie sehen ...

Die Rekruten des Basislagers werfen sich in den Schmutz und in Deckung hinter dem Tor. Tad grinst. Da läuft der Ablenkungsangriff, auf das Tor. Platzpatronen, laut und stinkend.

Sie schleudert den Arm nach vorn, und die Übungsgranaten schlagen ein; dahinter der Trupp, er greift an, brüllt, läuft, als trügen sie überhaupt kein Gewicht. Feuern automatisch.

Tad bekommt das Ende davon niemals zu sehen.

Ein Querschläger, eine Farbkugel, reißt über ihrem Bauch auf und bespritzt sie scharlachrot. Es wird angenommen, daß die Platzpatronen der angreifenden Rekruten meistens fehlgehen. Es ist wohlbegründet, daß die Kugeln der Ausbildungssergeanten selten fehlgehen. Der Aufprall ist heftig. Tad geht zu Boden.

Das Übungsgebiet in der Wildnis hallt wider von Gewehrfeuer, Rufen, Funkgesprächen, Befehlen, pyrotechnischen Explosionen. Sie liegt auf dem Rücken. Männer und Frauen rennen an ihr vorüber. Eine Rauchgranate explodiert. Orangefarbener Rauch treibt zwischen den Bäumen. Tad legt, mit etwas, das sie der Einfachheit halber für ihre letzte bewußte Anstrengung hält, ihre Gasmaske an. Der zum Husten reizende Rauch wälzt sich über sie hinweg. Das Feuern geht weiter.

Eine Stunde später, erschöpft, schmutzig, hungrig; Tad schätzt, daß, innerhalb der Grenzen dieser Übung, das Sani-Team sie nicht erreicht hätte, ehe sie ein Todesfall geworden wäre. Sie findet sich mit Latrinendienst ab.

»Sieur Tadmartin.«

Sie grinst. »Sarge.«

Der Sergeant tritt ihr das Essenspaket aus den Händen; sie geht hoch, ist außer sich; er schlägt ihr zuerst mit der Faust, dann mit dem Ellbogen übers Gesicht. »Du bist ein toter Rekrut – *Sieur.* Warum? Ich werd dir den Grund dafür sagen. Weil du eine scheißdumme faule Ausrede für einen Soldaten bist. Was bist du?«

»Eine scheißdumme faule Ausrede für einen Soldaten.« Sergeanten befehligen Armeen; sie ist, selbst mit sechzehn und während der Offiziers-Ausbildung, nicht dumm genug, es dem Kompanie-Sergeanten zurückzugeben.

»Und *warum* bist du eine scheißdumme faule Ausrede für Soldaten, Tadmartin? Red schon! Diese Leute hier wollen dich hören!«

»Weiß nicht, Sergeant.«

Diesmal sieht sie **es** kommen. Als er ihr mit der Faust übers Gesicht schlägt, tropft ihr dunkles Blut aus der Nase.

»Weil du eine Gelegenheit aufgebaut und sie verdorben hast. Du hast deine Leute wie verdammte *Cowboys* reingebracht. Das nächste Mal, wenn du einen heimlichen Angriff unternimmst, behältst du den bei, bis du in Feuerreichweite bist, dann wirst du das ›verdammich noch mal‹ nicht verderben, du pathetische Hure, hab ich mich verständlich ausgedrückt?«

»Jawohl, Sergeant!«

»Durch den Gulli reinkommen war gut. Man hat dich

nicht ausgemacht, bis du die Deckung aufgegeben hast. Nicht«, er hob die Stimme, um alle Auszubildenden auf der Basis einzuschließen, »daß mich das besonders überrascht hätte, da keiner von euch scheißblöden *Offizieren* den eigenen Arsch ohne Landkarte und Taschenlampe sehen kann. Jetzt wirst du das Gelände säubern und dann kannst du vielleicht essen. Setz dich in Bewegung!«

Am nächsten Tag wiederholen sie die Übung.

Und am folgenden.

Die Messe hatte noch immer den Geruch eines Neubaus an sich. Vorgegossene Betonbalken, Plastikbänke, Tische, die am Fußboden verschraubt waren: alles neu. Nur das Schweigen war alt. Tadmartin, die wieder den weißen Drillich eines Lieutenant-Ritters trug, aß zusammen mit den Lehrer-Sergeanten in dem vertrauten Schweigen. Sie verfiel in das Schweigen, wie sie in Kampfhaltung verfiel: glatt, wie ein Körper, der in tiefes Wasser gleitet.

Die Glocke zum Ende der Mahlzeit ertönte.

»Ritterbrüder und Sergeanten des Konvents. Jedes vollkommene Geschenk kommt von oben, kommt herab vom Vater der Lichter und von der Mutter der Weisheit, Christus und Sophia, bei denen keine Veränderung ist, noch der Schatten eines Wechsels.«

Der *Frère* am Lesepult räusperte sich und wandte sich an die Rekruten im Hauptteil des Raums.

»Die heutige Vorlesung ist aus der Bulle von Papst Innozenz-Fidelia. »Denn von Natur aus seid ihr Kinder des Zorns, anheimgegeben den Freuden des Fleisches, aber durch die Würde habt ihr die weltlichen Dinge und euer eigenes Habe hinter euch gelassen; ihr seid demütig den schweren Weg gewandelt, der zum Leben führt; und um das zu beweisen, habt ihr mit vollem Bewußtsein das Schwert genommen und auf eurer Brust beschworen das Zeichen des lebendigen Kreuzes, weil ihr besonders gezählt werdet als Mitglieder der Ritterschaft Gottes.««

Tadmartin saß leicht aufgerichtet auf der harten Bank. Sonnenlicht fiel schräg von den Oberfenstern auf geschorene Köpfe, Kampf-Drilliche. Der Geruch nach gebackenem Brot wehte aus den Küchen herüber: die Esquires und Mitbrüder arbeiteten schweigend, abgesehen vom Klappern der Pfannen.

Die Worte glitten über sie hinweg, und sie war damit beschäftigt, sich die Pflege der Ausrüstung und die Dienstlisten ins Gedächtnis zu rufen; sie ertappte sich dabei, wie sie auf die Hände in ihrem Schoß hinabsah; kurze Nägel, schwielig und mit einem wahrnehmbaren Zittern.

Die Glocke überraschte sie völlig. Sie erhob sich, salutierte mit den übrigen, machte eine Kehrtwendung und marschierte hinaus.

»Tad.« Tysoe, den Arm in der Schlinge, schritt neben ihr her. »Du weißt, wo der Rest der Truppe jetzt ist?«

»Sie wurden aufgeteilt.« Sie unterbrach ihren Schritt nicht.

»Wir sollten reden.«

»Nein.« Sie ging davon, ohne einen Blick zurückzuwerfen.

Sobald sie in ihrem Quartier angelangt war, riß sie eine Dose Lager auf, trank und vokalisierte den Code für den Netzwerk-Zugriff. Der Bildschirm in der Zelle wurde hell, und es erschien das Logo des öffentlichen Kanals.

»Suche *Tadmartin*«, sagte sie mürrisch. »Dann suche Roanoke. Achtundvierzig Stunden zurückgehen.«

Der kleine Bildschirm piepte und signalisierte eine aufgezeichnete Sequenz. Grüne Blätter. Geschoßhülsen: der dumpfe Aufschlag von Eins-Null-Fünfern. Ein Soundtrack:

»Hier in Cabotsland, in den Indo-Sarazenischen Staaten, ist Gewehrfeuer ein alltägliches Geräusch. Explosionen von Terroristen vermischen sich mit dem Artilleriefeuer von lokalen Auseinandersetzungen zwischen Niederlassungen. Generationenlang hat es keinen Frieden gegeben.«

Die Kamera fuhr zurück und zeigte eine Reporterin mit Spionauge, die zwischen den Mauern von Raleighstown stand. Sonne, Sumpf, Wald und Moskitos. Tadmartin lächelte schief. Die Reporterin war eine blonde Frau in den Zwanzigern, das Auge verdeckt von einem aufgesetzten Virtuellen Display.

»Hier ist Louise de Keroac von Kanal Neun, in Raleighstown. Jahrhunderte der Besiedlung – unsere Ansiedlungen der gnostischen Sarazenen wurden der einheimischen indianischen Bevölkerung übergestülpt – hat nicht den erhofften Schmelztiegel der Zivilisation erbracht, sondern einen fortwährend brodelnden Krieg um Land und Jagdrechte. Zeitweilig unterdrückten dies die Kreuzzüge. Aber, wie wir alle wissen, selbst wenn sich die Regierungen weigern, es zuzugeben – nachdem die Truppen zurückgezogen wurden, sind die Kämpfe erneut ausgebrochen.«

Das sichtbare Auge der Frau war von einem durchdringenden Blau. Sie hauchte die Worte mit einer zynischen Kompetenz. Tadmartin hob die Dose an den Mund und trank, und der Alkohol rann ihr prickelnd die Kehle hinab. Sie hob nachdenklich eine Augenbraue. Der Alkohol kämpfte gegen die offiziellen 55 Grad Fahrenheit in der Zelle.

De Keroacs Stimme wurde schärfer:

»Aber Roanoke ist anders. Roanoke: unsere älteste erfolgreiche Ansiedlung in der Neuen Welt. Fünf Jahre nach dem ungeklärten Tod von dreiundfünfzig Zivilisten sowie vierzehn Templer-Rittern und dreiunddreißig Johanniter-Rittern wachsen hier in Roanoke die Gerüchte um eine quasioffizielle Politik des ›Erst schießen, dann fragen‹. Keiner der Soldaten, die in jener Schlacht verwundet worden waren, hat jemals für ein Interview zur Verfügung gestanden. Offizielle Quellen haben stets von einem ›überraschenden heidnischen Angriff‹ gesprochen. Jetzt jedoch fordert New Amsterdam endlich eine offizielle Befragung.«

Eine Einstellung auf das beschissene Ende der Ansiedlung; Tadmartin erkannte es auf der Stelle wieder. In den Ausläufern von großen Wäldern, winzig angesichts der Bäume, umarmten die hölzernen Gebäude den Grund am Fluß. Der Palisadenzaun wand sich aus dem Bild heraus. Die steinernen Zinnen des Templer-Schlosses kamen ins Bild, als de Kerouacs Spionauge herumschwenkte.

Tadmartin ließ das Kinn auf der Brust ruhen, als sie zurückplumpste, wobei sie Raleighstown beobachtete. Geschäftiges Treiben, Männer und Frauen in kurzen fließenden Roben und Bocksleder-Leggins, die Halstücher, gegen die Moskitos und das Weiße Fieber über den Mund gezogen. Bevölkerte Marktstände, mit alten, erdölbetriebenen Taxen, die gegen die Büffelherden auf den Straßen anhupten; Frauen mit Kindern auf den Hüften; das Funkeln der Sonne auf niedrigen Bürohäusern. Die Kamera fing Graffitis auf den hölzernen Wänden ein. *Franken geht nach Hause! und Nach Eblis mit Burgund!*

»Dies ist die Besatzungstruppe. Die Leute vor Ort nennen sie die Garnison des burgundischen Kaiserreichs …«

Tadmartin stöhnte.

»… statt des Vereinigten Europas. Ob ein Partisanenangriff, Bomben von Terroristen oder ein Irrer voller Groll für die Zerstörung der halben Truppe verantwortlich war, hat man nie erfahren. Jetzt sind jedoch neue Beweismittel aufgetaucht.«

»Es sind die Sackies.« Ein Mann lehnte sich gegen die Tür von Tadmartins Zelle. Groß, jung, breitschultrig; und mit dem Turcoplier-Stern am Kragen.

»Ja, Vitry?«

»La.« Er drückte eine dünne schwarze Zigarette an der Betonmauer aus und trat ein. »Das da ist alles Scheißdreck. Guck dir mal die Übertragung auf Kanal Acht an.«

»Acht«, sagte Tadmartin. Gehorsam schaltete der Videokanal um.

»... das ständig gegenwärtige Wissen, daß die europäischen Regierungen sie ins Steinzeitalter zurückbomben könnten.« Ein Bioreporter blickte in die Kamera: der Mann mit der blassen Haut, indo-sarazenisches Blut. »Hab mit den Templer-Rekruten und Sergeanten geredet. Sie nennen sie *Sackies.* Ihr Wort für Sarazene. Niemand, mit dem ich gesprochen habe, will glauben, daß eine kleine paramilitärische Einheit von Sackies eine Rittergarnison vernichten kann ...«

Vitry hockte sich neben Tadmartins Sessel nieder und griff nach ihrer Dose Lager. »Jedes verdammte örtliche Regime hat das eine oder andere Mal Glück. Das wissen wir alle. Und das ist die Antwort, die er bekommen hätte. Verfluchter Lügner!«

»... versucht, mit dem Gewinner des diesjährigen Vereinigungs-Turniers zu sprechen; dem Lieutenant, die sich als Junior-Offizier als Kommandierende dieses burgundischen Außenposten an der Grenze befunden hatte; Lieutenant-Ritter Hyacinthe Tadmartin.«

Sie betrachtete mürrisch den Bildschirm, sah das Stadion aus einem anderen Blickwinkel als die Zweikämpfer. Staub bedeckte das Gewühl im Hauptfeld. Vitry spähte aus unmittelbarer Nähe auf den Schirm.

»Da bist du – und da bin ich, sieh mal!« Er hob die Stimme, ohne vom Schirm wegzugehen. »Ja! Ihr Burschen! Wir sind im Netzwerk!«

»Jesus Sophia!«

Sie sah sich selbst zu, wie sie die Stufen von der Haupttribüne hinabstieg. Das Kettenhemd glitzerte, und das beschmutzte rote Kreuz des Umhangs loderte.

Die Kamera zoomte ihr Gesicht heran und hielt es fest: oval, jugendlich, bis auf die Augen. Die Ritterschaft Gottes. Sie dachte, daß sie sowohl älter als auch jünger als sechsundzwanzig wirkte: körperlich tüchtiger als die meisten, jedoch mit wettergegerbten Krähenfüßen um die Augen.

Sie schnappte mit den Fingern, um den Ton abzustellen, außerstande, den Klang der eigenen Stimme zu ertragen; sie schaltete ihn nur dann an, wenn die Kamera auf den Bioreporter zurückschwenkte.

»Sich innerhalb der strikten Regeln der Templer verbergen – ein Templerbruder darf niemals ›das Haus verraten‹, soll heißen, Informationen über die Aktivitäten der Templer herausgeben, bei Strafe des Verlustes der Stellung innerhalb der Ritterschaft – wenn man sich unter dieser Deckung verbirgt, kann niemand dieses Mitglied der obersten Elitetruppe von Burgund ins Kreuzverhör nehmen …«

»Ja!« brüllte Vitry. »Das war für die Johanniter. Wir sind die oberste Elitetruppe!«

Die übrigen von der Menge, die Tadmartins schmale Zelle bevölkerte, fluchten oder schrien je nach Temperament zusammen mit Vitry.

»… niemand kann überhaupt beweisen, wer in Roanoke das Kommando hatte; noch weniger, was dort geschehen ist und warum. Anstrengungen wurden unternommen, dies vor das Hohe Konzil von Burgund zu bringen, wenn es später am heutigen Tag mit Papst, Stephen-Maria V. in Avignon trifft. Aber wird die Wahrheit, selbst dann, ans Licht gebracht werden?

Hier ist James de Craon für Kanal Acht …«

Gespräche kamen in Gang, während sich die Templer zerstreuten und zurück zur Messe gingen.

»Schon gut. Scheißdreck verkleistert die Gehirne.« Vitry hob die Schultern. »Du hast niemals einen Überseeposten so weit nördlich wie Roanoke gehabt, nicht wahr.«

Da dies keine Frage war, fühlte sich Tadmartin nicht verpflichtet, eine Antwort zu geben. Sie schnappte mit den Fingern, um Lautsprecher und Video auszuschalten. Als sich die Menge von ihrer Türe entfernte, salutierte ein Rekrut ängstlich vor ihr. Sie erwiderte den Gruß.

»Ja?«

»Botschaft von Commander St. Omer, Sieur. Er wird sich mit Euch morgen früh um ... öh ... sechs Uhr früh in seinem Büro treffen.«

5. Juli 1994

»Edle Ritterbrüder.« Der Präzeptor Philippe de Molay räuspert sich und fährt zu lesen fort. »*Biaus seignors frères,* wie ihr seht, hat die Mehrheit zugestimmt, daß diese Frau zu einem *Frère* gemacht werden soll. Wenn jemand unter euch ist, der einen Grund weiß, warum dies nicht geschehen soll, dann möge er sprechen!«

Die Morgensonne fällt auf die Spiegelfenster der Bürobauten von Großburgund und wird zurückgespiegelt, wobei die Strahlen schräg durch die Eselsrücken in die Kapelle fallen, den biskuitfarbenen Stein jedoch nicht erwärmen. Tad, in Hab-Acht-Stellung, sieht so gerade eben ihre Ausbilder – in formalen schwarzen oder braunen Umhängen zu beiden Seiten. Der Stein unter ihren bloßen Füßen ist bitterkalt. Die Stimme des Präzeptors hallt flach zurück.

»Ihr, die Ihr ritterlich sein wollt, Ihr seht uns in glänzender Rüstung, Ihr seht uns gut essen und gut trinken, und daher erscheint es Euch äußerst begehrenswert, bei uns zu sein.«

Und so erscheint es Tadmartin tatsächlich, die jetzt daran gewöhnt ist, daß ihr Kampfdrilliche, formelle Uniformen, Gewehre, die ganze Technik der Kommunikation und Zerstörung zur Verfügung gestellt werden.

»Aber es ist eine schwere Bürde, daß Ihr, die Ihr Euer eigener Herr seid, Sklavin eines anderen werden sollt, und das ist es, was geschehen wird. Wenn Ihr wünscht, auf dieser Seite des Ozeans postiert zu werden, wird man Euch auf die andere Seite schicken; wenn Ihr wünscht, in New Amsterdam zu sein, werdet Ihr nach Londres geschickt … Jetzt sucht in Eurem Herzen zu erkunden, ob Ihr bereit seid, für Gott zu leiden.«

Man unterzieht sich nicht der speziellen Ausbildung – das Leiden für den Menschen? fragt sich Tad –, um sich in diesem späten Stadium zu verweigern. Einige jedoch haben es getan. Als es soweit gekommen ist, haben sich einige in dieser höchsten Zeremonie verweigert.

Draußen leuchtet tiefblau der Himmel. Sie hört, wie sie unten auf dem Platz exerzieren. Stimmen, knallende Hacken. Hier in der kalten Kapelle stehen der Commander und Turcopliers in ihren Roben Seite an Seite mit dem Mediziner, dem Psychologen – die ihre körperliche Fitness zu bezeugen haben – und dem Anwalt.

»Jetzt habe ich die Dinge gesagt, die Ihr tun sollt, und jene, die ihr nicht tun sollt; jene, die zum Verlust des Hauses führen und jene, die zum Verlust des Habits führen; und wenn ich sie Euch nicht alle gesagt habe, so mögt Ihr danach fragen, und möge Euch Gott gewähren, daß Ihr gut sprecht und gut handelt.«

»Gott wünscht«, sagt Tadmartin nüchtern, »daß ich höre und verstehe.«

»Jetzt mögen Eure Ausbilder sprechen.«

De Payens als erste. Eine kleine, dunkelhaarige Frau; in Diensten verschlissen; ein Sergeant, der jetzt nichts anderes tut als ausbilden, obgleich Tad weiß, daß ihr das Kommando über ein eigenes Haus angeboten wurde.

De Payens' warme Stimme sagt: »Sie hat die Grundausbildung mit 89 % und die fortgeschrittene Ausbildung mit 93 % bestanden. Wir betrachten dies als akzeptabel.«

Sechs Uhr morgens: Dauerläufe, Ausarbeitung von Plänen, Kurse im Angriff; Auseinandernehmen von Waffen und das Auseinandernehmen der Psychologie des Gegners; de Payens hat all dies im Gedächtnis, als sie lächelt.

»Fortgeschrittene Strategie und taktische Studien«, räumt St. Omer ein, »85 %, was wir akzeptieren.«

»Schlachterfahrung«, tönt de Charneys Stimme hinter ihr. »Nicht mehr Irrtümer, als man von einem grünen Lieutenant erwarten könnte. Ich gebe keine Prozentzahl ab. Christus und Sophia! Sie ist hier, nicht wahr? Und ihr Trupp desgleichen.«

Darüber runzelt der Vorsteher die Stirn, aber Tad bemerkt das nicht. Die Kälte der Kapelle wird zur Kälte der Furcht. Nackte Furcht, hochschnellender Adrenalinspiegel, die Langeweile und die Routine; und die Ausbildung, die in den Vordergrund getreten ist und sie durch rauhe Tage im Süden getragen hat, da sie gegen Söldner an der Goldküste kämpfte.

Der Vorsteher befiehlt: »Erscheint nackt vor Gott!«

Sie fummelt mit kalten Fingern am Kampfdrillich herum, und es währt einen langen Augenblick, ehe sie ihn abstreift und nackt dasteht. Die Kälte der Steine vibriert von den Mauern, den Waffenständern und dem Altar zurück, der mit dem Abbild von St. Baphomet gekrönt ist. Sie überläuft eine Gänsehaut. Sie hat gelernt, nicht darauf zu achten, leicht in ihrem Körper zu ruhen, unbefangen, obgleich die Blicke der anderen auf ihr ruhen.

Der Vorsteher, de Molay, sucht in ihrem Gesicht, als sei dort etwas für ihn zu entdecken. Minutenlanges Warten, bis sich die anderen Templer ungeduldig regen.

Schließlich fragt er: »Wünscht Ihr, alle Tage Eures Lebens Diener und Sklave des Hauses zu sein?«

Sie begegnet seinem Blick. »Ja, wenn Gott es will, Sieur.«

»Dann soll es so sein.«

Er blickt nicht weg. Sie nimmt die weiße Tracht mit dem roten Kreuz von de Payens entgegen, der ihr dabei hilft, sich rasch anzukleiden; sie unterzeichnet das Dokument, das der Anwalt ihr gibt, überschreibt jetzt und für ihr ganzes Leben alle Besitztümer dem Orden; sie nimmt die Glückwünsche der Offiziere entgegen, die sich entspannen und informelle Gespräche aufnehmen. Die ganze Zeit über sind de Molays Augen auf sie gerichtet.

Sie fragt ihn nicht – kann ihn nicht fragen –, was er sieht. Frau, *Frères,* Soldat der Spezialtruppen; nichts davon scheint diesem Blick angemessen. Als sähe er, vor dem Altar Gottes, etwas in ihr, das Gott nicht sieht.

»Roanoke war Grenzland, Sieur.«

»Ihr könntet ebensogut Banditenland sagen und es dabei belassen.« St. Omer sprach ruhig und vernünftig, ohne sie dabei anzusehen. »Das ist aber noch immer ein verteufelt weiter Weg bis zu einer Erklärung.«

»Das weiß ich, Sieur.«

Ein Lastwagen rumpelte draußen am Fenster vorbei. Auf dem Teermakam lag noch immer Tau; Rekruten marschierten im Schnellschritt über breite Straßen zu ihren Küchen- und Latrinendiensten. Tadmartin achtete nicht auf ihren schmerzenden Magen. Das Büro des Commanders roch nach Photokopierer-Flüssigkeit. Drei der sechs Telephone auf seinem Schreibtisch blinkten.

»Emirat Cabotsland ...« Commander Ritter St. Omer seufzte. »Ich warne Euch formell, Lieutenant-Ritter, daß es notwendig werden könnte, eine Befragung durchzuführen.«

»Bitte um Erlaubnis zu sprechen, Sieur.«

Der Mann mittleren Alters erwiderte müde: »Sprecht frei von der Leber weg.«

»Das Haus Roanoke hat bereits eine solche Befragung abgehalten, Sieur. Der Bericht datiert vom 10. Juli 1997. Oberhalb des Rangs eines Captain habt Ihr darauf Zugriff, Sieur.«

Tadmartin starrte auf einen Punkt in mittlerer Entfernung und fünfzehn Zentimeter neben den Augen des Commander, wobei sie sich fragte, welche besonderen Umstände dazu geführt hatten, daß er einen Schreibtischplatz besetzte, während andere, jüngere Ritter sich Beförderungen im Feld errangen ... Sie lenkte sich davon ab, ihr Bildnis in ihm gespiegelt zu sehen.

»Ihr mißversteht mich«, korrigierte St. Omer. »Es könnte sich als notwendig erweisen, eine öffentliche Befragung abzuhalten. Ich habe den Verdacht, daß Avignon damit herauskommen wird, endgültig. Ihr müßt euch für dieses Ereignis bereit halten und, falls es soweit kommen sollte, in allen Dingen in Übereinstimmung mit Eurem Gehorsamsgelöbnis uns gegenüber handeln.«

Tadmartin starrte ihn an. Zum erstenmal seit fünf Jahren unvorbereitet getroffen. Sie ließ ihre übliche Maske von Einfach-ein-weiterer-Rekruten-Sieur fallen und antwortete, wie es Templer tun. »Sie können mich nicht darum ersuchen, das Haus zu verraten!«

»Unter normalen Umständen nicht, aber Seine Heiligkeit Stephen-Maria könnte Euch aus diesem Gelöbnis entlassen. Öffentlich.«

»Das – Sieur, entschuldigt bitte, aber selbst Seine Heiligkeit kann kein Gelöbnis umkehren, das vor Gott und dem Ordenskapitel geleistet wurde!«

St. Omer stand auf und ging zum Fenster. Er blieb dort stehen, eine schwarze Silhouette gegen die Helligkeit. Tadmartin blickte wieder starr vor sich hin.

»Der *Magister Templi* verlangt von mir, Euch, Lieutenant Ritter, davon zu informieren, daß Ihr – falls nötig – Fragen über die geheime Geschichte beantwortet. Ist das klar? Natürlich«, fügte die ruhige Stimme hinzu,

»was Ihr als Notwendigkeit erachtet, wird sich als interessant für uns alle erweisen.«

Karten der besiedelten Ostküste von Cabotsland an den Wänden, Satellitenphotos der vom Shogun beherrschten Westküste; Netzwerk-Terminals, alte Becher, halbvoll mit Kaffee: das Büro des Commanders ist eines, in dem Tadmartin oftmals gestanden hat, auf vielen verschiedenen Basen. Und da sind natürlich die Insignien an den Wänden. Flaggen von Feldzügen. Einige Traditionen sterben nie aus.

»Ihr werdet uns um ... öh ... neun Uhr Richtung Avignon verlassen; die ganze Zeit über werdet Ihr von einem Sicherheitskommando begleitet werden; nach Eurer Rückkehr werdet Ihr mir sofort Bericht erstatten. Geht mit Gott. Entlassen.«

5. Juli 1995

Tadmartin wiegt das Schwert in der Hand. Es ist leichter, als sie erwartet, nicht mehr als zwei oder drei Pfund schwer. Eine ein Meter lange Klinge, ein kurzer Schaft, ein wie eine Paranuß geformter Griff.

Dies ist eine lebendige Klinge. Obwohl sie glänzt, hat sie nichtsdestoweniger die Patina des Alters an ihrem Silber. Dennoch eine lebendige Klinge mit rasiermesserscharfer Schneide, und sie gleitet durch die Luft wie durch zähes Öl. Es fliegt, es zerteilt. Sein Gewicht dreht ihr Handgelenk in den Bewegungen von Angreifen, Parieren und Abblocken.

»Und das ist der Unterschied.« Der Zweikampfausbilder nimmt es ihr aus den widerstrebenden Händen. Er stellt es zurück in den Waffenständer. Das Sonnenlicht, das durch die Fenster der Turnhalle strömt, erhellt sein sandfarbenes, weiß werdendes Haar.

Sie möchte es halten, es erneut schwingen. Sie hat jetzt die Größe und Kraft einer Erwachsenen; eine Frau von etwas weniger als durchschnittlicher Größe, mit starken Schultern. Sie trägt jetzt den weißen Kampfdrillich mit dem roten Kreuz der Templer oberhalb der Brusttasche.

»Heute jedoch wirst du das hier benutzen.«

Er reicht ihr einen Beidhänder mit einer Hand.

Griff für beide Hände, breites Kreuz, einen Meter lange Klinge. Tadmartin nimmt es, während sie in Deckungs-Position geht: es ist gut ausbalanciert. Aber es wiegt wiederum soviel wie der Einhänder.

Vielleicht strahlt ihre Körpersprache Ungeduld aus: sie wäre lieber draußen auf dem Gelände. Möglicherweise hat er mit anderen Rekruten des Hauses Salomon zu tun gehabt. Der Ausbilder, Sevrey, wechselt zur Kampfgeschwindigkeit; und sie ist ohne Verteidigung, hält den Griff in den schwitzenden Händen, während er die Klinge schwingt, um durch Gesicht, Bauch, Geschlechtsteile zu schneiden: jedes Mal, wenn er sie anhält, berührt die stumpfe Klinge kaum den Stoff ihres Kampfdrillichs. Zehn, zwanzig Hiebe.

»Es ist eine Disziplin. *Die* Templer-Disziplin.«

Ein Meter Stahl, stumpf oder nicht, ist eine Eisenstange, die zerbrechen und zermalmen kann. Sie erstarrt – nach all ihrem Training, *erstarrt* wie jeder grüne Wehrdienstpflichtige oder Zivilist –, und von der Klinge blitzt Helligkeit.

»Wir haben diese Tradition niemals unterbrochen. Vom ersten Heiligen Land bis jetzt.« Er hält inne, jäh, jedoch glatt, er atmet jetzt nicht mehr angestrengt. Wenn er das Schwert schwingt, wird er zu etwas anderem als einem Sergeanten, dessen Gesicht man vergißt. Das Schwert und der Körper sind eins.

»Es ist, was wir sind.«

Sie hat ihn kämpfen sehen. Nichts an Würde darin, es sei denn, es ist die Würde des Holzhackens oder des Pfahl-Einrammens; der ganze Körper beugt sich in der Bewegung.

»Ich werde es dich lehren«, sagt Sevrey. »In dem Augenblick, da du daran denkst. Woher kommt die Klinge, wie bewege ich mich, um zu parieren, kann ich sie blockieren, wo soll ich angreifen? Übung. Übung und Praxis.«

»Und dann?«

Während er spricht, tritt sie hinaus auf die Matte, packt das Schwert, schwingt es durch die Drill-Bewegungen von Parieren und Zustoßen. Manchmal ist die Klinge träge. Manchmal bewegt sie sich wie fließendes Wasser.

»Schwert und Absicht.«

Sie möchte mit dem Intellekt verstehen, nicht mit dem Bauch. Das kommt später. Bei einigen kommt es überhaupt nie.

»Das Schwert ist kein Teil von dir. Du hast die Absicht, es zu benutzen.« Sevrey geht zu ihr auf die Matte. Sie umkreisen sich. Sie beobachtet, beobachtet seine Augen, die Klinge. Später wird sie lernen, nicht auf jeden bestimmten Punkt ihres Gesichtsfelds speziell zu achten, sondern alles zu sehen, gleichzeitig zentral und peripher.

»Zunächst kommt *kein Schwert*«, sagt Sevrey. Seine Klinge kommt aus dem Nirgendwo, fintet; sie zieht sich von einem Parieren zurück, und sein Schwert drückt fest auf ihren Bauch. Drei Zentimeter hinter der Bauchfellwand ringeln sich dreißig Meter Eingeweide, und wieviel Druck braucht eine rasiermesserscharfe Klinge, um Muskeln zu zerschneiden?

»Kein Schwert: wenn das Schwert zu einer Erweiterung deiner selbst wird. Du bewegst das Schwert nicht. Du und das Schwert, ihr bewegt euch.«

Sie wirft seine Klinge zurück, läßt es vom Gewicht hinübertragen; und er stößt nach ihrem Hieb und pariert, der Stahl klirrt, wirft Echos in der Turnhalle.

»Und dann ...« die erste Unterbrechung in seinem Wortschwall, als er ihrer Finte beinahe folgt; rechtzeitig

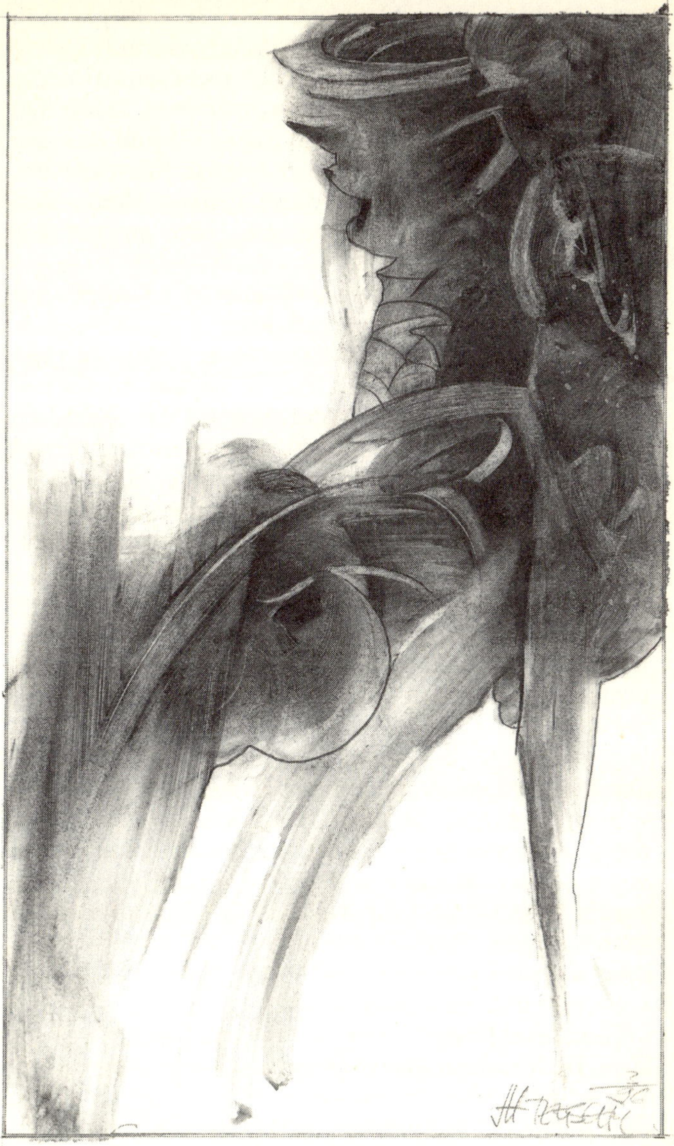

zurückkehrt, um zu blockieren »... wenn du gut bist, dann *keine Absicht.* Du wirst so häufig gekämpft haben, daß du in einem Zweikampf noch nicht einmal nachdenkst, du siehst noch nicht einmal eine Blöße. Du siehst nur zu, wie das Schwert herabfällt und das Ziel trifft – es wird dir langsam vorkommen. Kein Schwert, keine Absicht. Aber dafür wirst du eine Menge Zeit damit verbringen müssen oder von Natur aus gut sein oder beides.«

Falls er mehr sagt, hört sie es nicht, der Kampf wird jetzt rascher. Kampfgeschwindigkeit.

In drei Monaten wird sie sich beim Kampf in eben jener Turnhalle wiederfinden, in einem vielfachen Handgemenge; sie wird – und ihr wird das nach dem Augenblick klar, und sie steht mitten im Kampf still und wird leicht niedergeschlagen – Gegner zur Rechten niederschlagen und in einer Bewegung nach rückwärts einen Streich, der von hinten auf sie zukommt, mit einer perfekten Glissade abblocken. Nichts davon bewußt. Nichts. Aber bis zum Ende ihrer Tage wird sie jene rückwärtige Attacke hören, die mit ihrer blockierenden Klinge verbunden war, und sie wird Sevreys profanes Erstaunen hören, daß sie sie soweit gebracht hatte.

Die Klimaanlage summte in dem Raum ohne Fenster.

Seine Heiligkeit Stephen-Maria V. saß in der Mitte des hufeisenförmigen Tischs. Er blickte intensiv auf einen kleinen Monitor, wobei er das Kinn auf der behandschuhten Hand ruhen ließ. Zwei Priester standen hinter seinem Stuhl in Bereitschaft. Weihrauch kräuselte aus den Gefäßen, machte die Ecken des Raums weiß und roch nach Sandelholz.

Tadmartin blieb die vorgeschriebenen drei Meter vor dem Tisch stehen, kniete nieder und beugte den Kopf. Das schwere Material ihres weißen Überwurfs bedeckte den Boden. Gleichgültig bemerkte sie die Schuhe der anderen, die an dem hufeisenförmigen Tisch saßen: Offiziersstiefel, Politikerschuhe und die modisch-unpraktischen Fußbedeckungen der Medien. Alles prallte auf den gleichgültigen Kämpferblick.

»Erhebt Euch, Demzelle.«

Sie erhob sich leicht. Nur ihre Augen bewegten sich, durchforschten die Gesichter. Zivile Diener. Priester. Zumeist unbekannt: diese wären das Zünglein an der Waage, nicht die Menschen, die aus Show-Gründen dahingesetzt worden waren. Militär: die Führer des Templer- und Johanniterordens. Und zwei weitere bekannte Gesichter – Kanal Acht und Kanal Neun saßen Seite an Seite, jegliche Rivalität war verschwunden; James de Craon, der sein rötliches Gesicht der blinden Seite Louise de Keroacs zuwandte, während diese einen Kommentar murmelte.

Äußerlich ruhig wartete Tadmartin.

»Ich denke, wir könnten der Demzelle einen Stuhl anbieten, nicht wahr?« Seine Heiligkeit Stephen-Maria warf einem der dunkelgekleideten Männer ihm zur Rechten einen Blick zu.

»Ich ziehe es vor zu stehen, Sieur.«

Außerhalb des Klaustrophobie verursachenden Sicherheitsraums leuchteten Avignons barocke Alleen und die Kathedralen mit den Kuppeln vom Regen, dessen Ausläufer Tadmartins rotbekreuzten Umhang und den weißen Kampfdrillich durchnäßt hatten.

Der Pontifex lehnte sich in seinem Stuhl zurück. Fluoreszierendes Licht glitzerte auf seinen weißen und goldenen Roben, die steif waren durch die Zierstickereien. Er hob sich leuchtend ab von den beigefarbenen Wänden wie eine Ikone. Sein kleines Eulengesicht kräuselte sich nachdenklich.

»Lieutenant-Ritter, würdet Ihr bitte für die Befragungsrunde den Zweck des Ordens der Templerritter zusammenfassen?«

In diesem Augenblick und an diesem Ort war diese

Frage ein Minenfeld. Tadmartin erwiderte sofort: »Wir sind eine ausgebildete Elitestreitmacht, Sieurs. 1130 A.D. gegründet, im ersten Heiligen Land. Wir unternehmen burgundische Missionen, wo es notwendig ist, aber wir sehen es als oberste Aufgabe, übersee in Cabotsland zu handeln. Wir operieren aus den Templer-Forts entlang der Ostküste. Unser Hauptziel ist es, die Pilgerstraßen von der Küste nach Neu Jerusalem zu sichern. Deshalb ist es für uns notwendig, die öffentliche Ordnung aufrechtzuerhalten.«

Der Bioreporter Craon hob die Hand. Der Priester an Stephen-Marias Seite signalisierte Zustimmung.

»Lieutenant Tadmartin.« De Craon wandte sich ihr zu, wobei das fluoreszierende Licht des Raums in seinem dünnen Haar glänzte. »Diese Forts sind mit Templern belegt?«

»Ja, und mit Laienbrüdern.«

De Craon lächelte. Die Haut kräuselte sich echsengleich um seinen Mund. »Es gibt einen weiteren Orden, der Euch dabei unterstützt, habe ich da recht?«

Sie hielt den Blick vom Brigadier-Ritter des Heiligen Johannes abgewandt. »Die Johanniter stellen Hilfskräfte zur Verfügung, ja, Sieur.«

»Aber sie sind ebenfalls im Einsatz?«

»Auf bestimmte Weise ja, Sieur.«

Ein fast nicht wahrnehmbares Heben von Stephen-Marias Hand, und der Bioreporter wurde still. Der Pontifex lächelte liebenswürdig und sagte: »Demzelle de Keroac, habt Ihr ebenfalls eine Frage?«

»Sicherlich habe ich die.« Die Frau setzte die Ellbogen auf den Tisch. Ihr lockiges Haar glitzerte gelb in jenem beklemmenden Licht. Sie fixierte Tadmartin mit einem leuchtenden blauen Auge. »Wie Ihr wißt, stellt Eure Templer-Organisation den Vereinigten Regierungen auch einen Bank-Service zur Verfügung?«

»Ich weiß, daß einer existiert.« Tadmartin hielt inne. »Ich weiß nicht, wie er funktioniert, Demzelle. Es ist mir niemals der Gedanke gekommen, daß mich das etwas anginge.«

In der Wange der Frau zuckte ein Muskel. Das Spionauge zoomte surrend, richtete sich ganz nah auf Tadmartins Gesicht. »Wißt Ihr eigentlich, wie reich die Templer sind, Lieutenant Ritter? Seht Ihr ein, warum sie das zu nahen Beratern von Präsidenten macht?«

»Ich weiß nichts vom Bankgeschäft, Demzelle. Ich habe kein eigenes Geld.« Einen Augenblick lang amüsiert über den Unglauben auf dem Gesicht der Frau, fügte sie hinzu: »Der Orden stellt mir Wohnung, Uniform, Nahrung und Ausrüstung zur Verfügung. Mein gesamter Besitz ist ihnen überschrieben worden, als ich dem Orden beigetreten bin. Ich gehe nie mit Geld um, es sei denn, ich hole Nachschub aus den Lokalen rund um eine Garnison.«

Louise de Keroac schnaubte. »Ihr wollt mir erzählen, Soldaten gehen niemals einen trinken oder in die örtlichen Bordelle?«

»Wir sind die Ritter Gottes.« Tadmartin, außerstande den Tonfall zu hören, in dem sie das ruhig gesagt hatte, war überrascht davon, daß plötzlich Schweigen den Raum beherrschte. »Einige Rückfällige, ja; wenn sie es wiederholt tun, verlieren sie das Haus.«

Eine Bewegung im äußersten Augenwinkel. Tadmartin wandte den Kopf. Nicht der Templer-Marschall de Molay, der still und ausdruckslos dasaß. Der stämmige Mann neben ihm in schwarz-roter Uniform und den Insignien des Brigadier-Ritters.

»Harrison, Orden des Johannes«, stellte er sich selbst brüsk den Medien vor. »Wie seht *Ihr* die Johanniter-Ritter, Demzelle Tadmartin?«

Gefährlich. Sie nahm Abstand davon zu salutieren, was eine Erwiderung auf die *Demzelle* war. Eine Kälte berührte sie, die nicht von der Klimaanlage herrührte. Nachdenklich sagte sie: »Ich schätze, es besteht ein Wettbewerbsgeist zwischen allen Ritterorden, Sieur.«

»Aber zwischen Johannitern und Templern? Würdet Ihr das auch als ›Wettbewerb‹ bezeichnen?«

Sie blickte auf Stephen-Marias kleines, höfliches Gesicht. »Wettbewerb ist stark, ja, Sieur. Die Johanniter stehen unter weltlicher Gerichtsbarkeit.«

Stephen-Maria nahm abrupt die Brille mit Goldrahmen ab, beugte sich vor und zeigte mit einem behandschuhten Finger auf Tadmartin. »Lieutenant-Ritter, habt Ihr je an die jungen indo-sarazenischen Frauen und Männer gedacht, die Ihr bekämpft? Obgleich sie Terroristen und Häretiker sind, denkt ihr von ihnen als Menschen mit Seelen? Menschlichen Gefühlen?«

Tadmartin überlegte sich diesen Punkt sorgfältig, erleichtert vom Themenwechsel. »Nicht wirklich, Sieur. Ich glaube nicht, daß man sich das leisten kann. Ich tendiere dazu, in Begriffen von Zielgebieten zu denken.«

»Aber Ihr seid Euch dessen bewußt.«

»Ja, Sieur.«

»Man sollte Gott dafür danken. Denn es ist Weizen unter der Spreu – unschuldige Zivilisten zwischen Terroristen.«

Seine Augen waren exakt von einem blassen Blau. Es war nicht möglich, sein Alter zu schätzen. Tadmartin blieb leicht in Hab-Acht-Stellung. Die Sicherheitstruppe am Eingang zum Gebäude hatte ihr die Automatik abgenommen.

»Unter welchen Umständen ist es statthaft zu töten, Lieutenant?«

»Ich erledige meine Arbeit, Sieur. Es ist ein professioneller Job, und ich bin darauf trainiert worden, ihn sehr gut zu tun. Ja, in der Heiligen Schrift heißt es *Du sollst nicht töten.* Es heißt ebenfalls *Dulde nicht, daß die Feinde Gottes am Leben bleiben.* Manchmal muß das getan werden, und es ist besser, so etwas ausgebildetem Personal zu überlassen.«

»Parias für den Herrn.« Stephen-Maria lächelte. Es

war, trotz seines runzligen Gesichts, kein freundlicher Ausdruck. »Wer sind die Feinde Gottes in Cabotsland, Lieutenant?«

Im Wissen, daß er alles wissen mußte, blinzelte Tadmartin nichtsdestoweniger unbehaglich bei dieser Frage. »Indo-Sarazenische Terroristen, Sieur. Einheimische. Tokugawa-unterstützte paramilitärische Gruppen.«

»Ja ... und *nur* jene. Lieutenant, erinnert Euch an eines. Euer Orden antwortet keinem Präsidenten und keiner Regierung dieser Erde. Er antwortet Uns. Wir halten es für ebenso gut, wenn Ihr Uns wahrheitsgemäß antwortet.«

»Ja, Sieur.«

Wieviel für die Medien? Wieviel für die anonym gekleideten Männer und Frauen rund um den Tisch? Und wer wird der Sündenbock sein? Tadmartin entspannte nicht wahrnehmbar die Muskeln, so daß sie noch immer mühelos in Hab-Acht-Stellung unter ihren prüfenden Blicken dastand.

»Lieutenant Tadmartin, Ihr wißt, was mit *geheimer Geschichte* gemeint ist.«

»Ja, Sieur.«

»Würdet Ihr uns bitte sagen, wie Ihr den Ausdruck versteht. Zum Wohle dieser Leute hier.«

Tadmartin räusperte sich. »Es ist der traditionelle Ausdruck für die Aufzeichnung eines ritterlichen Mönchsordens. Sie enthält die gesamten Details von Unternehmungen.«

»Gesamten Details?« Louise de Keroac stürzte sich darauf. »Was der Außenwelt also mitgeteilt wird, ist zensiert?«

Tadmartin nahm höflich den Angriff an. »Nicht zensiert, Demzelle. Zusammengefaßt. Würdet Ihr alle Einzelheiten darüber haben wollen, wie viele Wassertanker wann und zu welchem Hafen geschickt worden sind; wie häufig in der Luft aufgetankt worden ist auf einer bestimmten Mission; wie viele Sergeanten-Brüder wegen Brandblasen oder Hitzeschock behandelt worden sind …?«

»Wie zusammengefaßt ist die Geschichte für die Öffentlichkeit?«

Stephen-Maria V. sagte: »Demzelles, Sieurs, das könnt Ihr für Euch selbst beurteilen. Lieutenant-Ritter Tadmartin, wir werden Euch ersuchen, bezüglich der geheimen Geschichte zu antworten. Wir möchten Eure eigene Darstellung des Roanoke-Zwischenfalls. Ihr wart dort. Ihr wart, jedoch nur zeitweilig, kommandierender Offizier jener Kompanie. Bedauerlicherweise sind unschuldige Menschen gestorben. Die Berichte, zu denen die Öffentlichkeit hierdurch Zugriff hat …« – Stephen-Maria tippte auf die Computer-Konsole –, »… sind offiziell. Ihr habt jetzt Unseren Befehl, ohne Zurückhaltung zu sprechen.«

Für wen sagt man die Wahrheit? Tadmartin ließ den Blick um den Tisch schweifen, wobei sie Bankiers, Politiker und die Medien sah; und sie ließ den Blick nicht am Templer-Ritter Philippe de Molay in seinem Weiß und Rot hängen. Keine Frage. Schließlich gibt es überhaupt keine Frage mehr.

Tadmartin sagte: »Nein, Sieur.«

»Wir«, sagte Stephen-Maria V. mit einer bewußten Feierlichkeit, »gewähren Euch Absolution von Eurem Eid.«

Unausgesprochen sagt ihr sein Blick, daß es jetzt genug sei mit der obligatorischen Verweigerung.

»Ihr könnt mir keine Absolution von den Eiden des Schweigens gewähren, Sieur. Niemand kann das. Ich würde das Haus und den Habit verlieren.«

Er blickte angesichts der steinernen Mauer ihrer Moral finster drein. »Meine Tochter, es hat öffentliche Anschuldigungen gegeben, daß der Orden der Tempelritter in den Emiratsländern eine Erst-Schießen-dann-fragen-Politik betreibt. Diesem Gerede muß eine adäquate öffentliche Widerlegung der Anschuldigung gegeben werden.«

Aber Wahrheit ist ein Faß ohne Boden. Sagt man einen Teil, wird alles gesagt werden. Tadmartin hob die Schultern. »Sieur. Ihr versteht nicht. Wenn ich spreche, muß ich den Orden verlassen; ich könnte nicht bleiben ... ich könnte niemandem mehr ins Gesicht sehen.«

Der Pontifex Maximus blieb still, aber der Priester ihm zur Linken sagte ruhig: »Wenn Ihr Euch weigert, dem Oberhaupt Eures Ordens zu gehorchen, werdet Ihr das Haus verlieren, Demzelle. Daran möchte ich Euch erinnern.«

»Ja.« Tadmartin sagte nicht *ich weiß.* Sie ließ sich von der Enttäuschung der Medien überspülen und stand bereit, den Blick leicht links neben den Kopf des Pontifex gerichtet.

James de Craon ging dazwischen. »Was habt Ihr zu verbergen, Lieutenant?«

»Nichts. Es geht nicht um mich. Es geht um die Regeln der Tempelritter.«

Papst Stephen-Maria V. sagte: »Werdet Ihr sprechen?«

Tadmartin schüttelte den Kopf. »Nein.«

»Ihr müßt.«

Sie gestattete sich den Luxus, voll zu zeigen, was sie zum Teil fühlte. »Sieur, ich kann nicht!«

Zum erstenmal lag in ihrer Stimme nicht mehr die Ruhe der Vernunft. Eine Soldatenstimme, rauh vom Schreien über den Gefechtslärm hinweg; eine Frauenstimme, dünn geworden durch die Hitze des Banditenlands. Jetzt hörte sie ihre Stimme zittern.

»Wir sind die Templer. Wir sind, was wir sind, wegen der Weise, wie wir handeln. Man bricht keine Eide. Man tut es nicht. Wir sind nicht einfach nur kämpfende Menschen. Sieur, Ihr *müßt* verstehen, Ihr seid der Pontifex. Ich kann dem Befehl nicht gehorchen, den Ihr mir gebt.«

Der Priester beugte sich vor und murmelte dem Pontifex ins Ohr: »Ich habe Euch gewarnt, Eure Heiligkeit. Die Männer wollen nicht sprechen, die Offiziere wollen nicht sprechen; es war äußerst unwahrscheinlich, daß Ihr einen Junior-Offizier der Templer dazu überreden würdet, vor einem offenen Gerichtshof zu sprechen.«

»Wir sind das Oberhaupt des Ordens!«

Tadmartin tat so, als wolle sie etwas sagen, sie öffnete den Mund, aber die Kehle war ihr wie zugeschnürt, und sie blieb ruhig. Alle Muskeln angespannt, als drängte sie ihr Körper *sprich!*, aber sie konnte buchstäblich nichts sagen.

Bin ich wirklich dabei, dies hier zu tun? dachte sie. Bin ich wirklich dabei, daß sie mich – nein, werde ich sie dazu *bringen,* mich aus dem Orden zu stoßen? Jesus Sophia! Ich bin zu alt, um zur regulären Armee zurückzukehren – und sie würden mich sowieso nicht nehmen.

»Um Gottes willen, Sieur.« Sie appellierte schließlich an den Templer-Marschall, der in der Mitte der rechten Tischhälfte saß. Sie sprach zweifach: in ihrer Rolle als unerschütterlicher Ritter und mit ihrem eigenen geheimen Wissen. »Ich kann nirgendwo hin, wenn ich den Orden verlasse! Ich könnte noch nicht einmal zivile Kleider kaufen! Laßt nicht zu, daß sie mich zwingen. Sieur, bitte!«

»Ich kann nichts tun, Lieutenant.«

De Molays Tonfall setzte sie in Kenntnis davon, daß er sich ihrer Doppeldeutigkeit bewußt war. Das Gesicht des Mannes lief in einem dunklen Rot an: Ärger über ihre Zurschaustellung von Gefühlen, Ärger über seine eigene Verlegenheit. Erst, als er von ihr zu dem Ritter des Johannes hinüberblickte, und dann wieder zurück zu ihr, nahm sie seinen Ausdruck richtig auf. Sie hatte ihn schon einmal gesehen, in einer Kapelle, in der kalten Morgendämmerung.

»Werdet diese Leute los!«

Der Pontifex fluchte auf seine Gefolgspriester, schob den Stuhl zurück und erhob sich. Der Stuhl stürzte um. Als er sich umwandte, erwischten die herumwirbelnden Roben ein Weihrauchgefäß und fegten brennende Sandelholzkohlen heraus. Ein schwarzgekleideter Mann stampfte wütend auf die Funken. Stephen-Maria stolzierte hinaus.

Die Männer und Frauen am Tisch erhoben sich völlig überrascht. Gespräche setzten ein; die Medienleute überprüften die Aufzeichnungen; der Rest debattierte über Ungewißheiten.

Tadmartin stand da, ohne entlassen worden zu sein. Selbst jetzt hoffte sie gegen alles Wissen auf eine Gnadenfrist. Lob vielleicht sogar, wegen ihrer Standhaftigkeit. Nichts davon.

Ein Quartett von Offizieren der Militärpolizei stellte sich in Reih und Glied, um sie hinaus zu eskortieren.

5. Juli 1997

Wenn es zu einer Frage kommt, was wählst du dann?

Es gibt keine Frage.

Der Lastwagen ruckelt, und sie schlägt mit den Rippen auf die Kante des Wagenfensters. Die Straße nach Neu Jerusalem windet sich zu den Hochebenen hinauf, weiß unter dem Mond. Eine exponierte Straße, hier.

Die leichtgepanzerten Fahrzeuge der Johanniter fahren vibrierend vorüber, die Reifen wirbeln weißen Staub auf, der feucht und schwer wieder herabfällt.

»Was sagt der Geheimbericht über feindliche Aktionen?«

»Es heißt, bis zu sechzig, schwer bewaffnet. Verdammte Sackies.« Tysoe spuckt aus.

Tadmartin hat das Ende dieses Wegs nie gesehen. War niemals in jener winzigen Vinland-Siedlung postiert, wo, vor einem Jahrtausend, Sophie Christos hinging, um ihr gnostisches Evangelium zu predigen und die Belohnung zu ernten, die Reformer gewöhnlich erhalten. Aber Tadmartin hat, an derselben Kette wie ihre Hundemarke, ein winziges Fragment des Zweiten Wahren Kreuzes, eingebettet in durchsichtiges Plastik.

»Gib den Johannitern volle sechzig Minuten«, weist sie Tysoe an. »Wenn sie ihre Hälfte des Hinterhalts nicht bis dahin ausgeräumt haben, sollen sie verdammt sein.«

»Mistkerle.«

Braune Tarnfarbe verzerrt das einfallende Mondlicht auf Tysoes Gesicht. Sie ist schlanker, als sie vor fünf Jahren während der Ausbildung war; eine knochige Frau mit langem Gesicht.

»Irgendwas, das du mir hättest berichten sollen, Mädchen?«

»PFCS* Johannes Louis und Gilles Barker sind nicht im Dienst.«

Da der Captain abwesend ist, ist Tadmartin die älteste der vier Lieutenants in der Garnison. Tysoe hat Truppe Eins, Cohen Zwei und Ragald Drei unter sich; Sergeanten schützen das Fort. Nahe an hundert Mann, eine Operation von Kompaniestärke. Unnötig zu sagen, daß sie zuvor noch nie ein Kommando dieser Stärke hatte, oder zumindest nicht offiziell, und nicht unter Einsatzbedingungen. Da verwischen sich leicht die Einzelheiten.

Jetzt bemerkt sie, daß Truppe Eins einen Ersatzmann bei der Unterstützung der schweren Waffen hat, und eine Frau, an die sich Tadmartin von der Garnison her erinnert, nimmt den Sprechfunk. Sie vermißt Gilles Barkers zackige, lakonische Art am Funkgerät. Johannes Louis wird, realistischerweise, von niemandem vermißt

* PFC = Privat First Class (Dienstgrad in der U.S. Army) – *Anm. d. Übers.*

werden, aber das ist nicht der springende Punkt; er war Teil des Trupps.

»War 'ne Schlägerei, was? Sind beide auf der Krankenliste.«

Die Erfordernisse des Hinterhalts lenken sie eine Minute lang vom Fahrzeug ab, sie schickt Trupp Zwei und Trupp Drei auf Position, um sich dem Tal zu nähern. Bäume schwanken und quietschen. Die Nacht ist unbehaglich, und der volle Mond ein Ärgernis. Und die ganze Zeit über läuft jene weiße, weiße Straße ostwärts von ihr fort, staubig von den Füßen der Millionen Pilger, die darüber schritten oder mit heruntergekommenen Lastwagen von Templer-Fort zu Templer-Fort fuhren, den ganzen Weg bis zum Ende des Wegs.

Sie zieht sich auf den hinteren Teil des Lastwagens.

»In fünf Minuten geht's los.«

Anspannung. Letzte Überprüfung der Ausrüstung – Granatwerfer, schwere Maschinengewehre, Flammenwerfer, Sturmgewehre – und das unterdrückte Gemurmel von *Scheiße, Mist* und *Jesus Sophia!,* und das Grummeln in den Eingeweiden, das stets mit Aktionen verbunden ist; die Furcht, die einem die Kehle zuschnürt. Tadmartin senkt eine Sekunde lang den Kopf, holt tief Luft und richtet sich mit elektrisierendem Ruck auf, der das Atmen ersetzt.

»Barker und Louis«, sagt Tysoe und kommt zu ihr. »Johanniter haben sich letzte Nacht auf sie gestürzt.«

»Sophie *Christos*«, sagt Tadmartin angeekelt.

Raleighstown, eine Frühlingsnacht, Tadmartin neu in den Übersee-Gebieten; sie und andere Lieutenant-Ritter waren einen trinken gegangen. In Vorstadtkneipen, wo der Whisky rauh und billig ist, und dort sind die jungen Männer und Frauen, die sich naturgemäß um Militärbasen versammeln: die wissen, was man anbieten und was man gegen Bezahlung erwarten kann. Aber Tadmartin redet sich ein, sie sei lediglich zum Trinken dort. Und Tadmartin, die sich aus einer Kneipentür beugt und auf die Straße kotzt, wird von hinten in die Nieren geschlagen und liegt ausgespreizt mit dem Gesicht nach unten in der eigenen Kotze, die weiße Uniform gelb und braun besudelt.

»Verfluchte Templer-*Fotze!*«

Tadmartin tut nichts weiter, als mühelos aufzustehen. Der Kopf wird klar, die Nacht rutscht in eingefrorenen Bildern vorüber: sie selbst auf Händen und Knien, sie selbst stehend, drei Johanniter-Rekruten grinsen, ein rothaariger Mann und zwei Frauen in superkorrekten Uniformen.

»Ja«, sagt sie leise. Dreht sich flink, unsicher, auf dem Absatz um und geht in die Kneipe, dorthin zurück, wo Tysoe und – Namen? Namen vergessen, aber die Lieutenants der Kompanie sind dort und zwei Ausbildungs-Sergeanten, also sind sie zu sechst; und hinaus in die Nacht, wo eine der Johanniter-Frauen noch immer unten an der Straße zu sehen ist, und weg, und sie läuft hinab in das Geschäftsviertel. Folgt ihr in einem Sprint die Straße hinunter, keine Beleuchtung, und taumelt eine Allee hinab, wechselt die Straßenseite zur nächsten Allee …

Wo dreißig Johanniter-Landser warten. Ihre Kumpel. Tadmartin findet heraus, daß sie es *Templer-Klatschen* nennen.

Arrest und Befragungen folgen nicht, nicht einmal für eine scheißdumme faule Ausrede für einen Lieutenant. Templer und Johanniter haben schließlich dasselbe Gebiet zu überwachen. Es gibt ein formelles gewaltiges Getöse der Mißbilligung auf beiden Seiten. Es ist eine Sache von Monaten, bis sie wieder aus dem Krankenhaus heraus ist, und die Hand schmerzt ihr noch zwei Winter lang danach.

»Dumme Mistkerle. Au, Scheiße, Tysoe, Mädchen!«

Warnungen kommen aus dem Schreibtisch des Captains der Kompanie, strikte Warnungen mit beigefügten Strafen. *Laßt die Johanniter in Ruhe.* Es wird stets Landser geben, die sie als Herausforderung betrachten, oder als eine Sache des Stolzes.

»Louis wird zurückkehren.« Die Frau setzt ihren Helm auf, schließt den Riemen, prüft den Innenfunk. »Sie haben Gilles Barker geblendet. Linkes Auge. Wird als Invalide rauskommen.«

»Christus!«

Folgerungen blitzten ihr durch den Kopf. Für eine getrennte Operation.

»Wo ist der Bericht darüber?«

»Liegt auf deinem Schreibtisch.«

»Shit! Okay ...« Zu spät um den Plan jetzt noch zu ändern. Sie kann lediglich Trupp Eins scharf im Auge behalten. »Okay, ich werde mit euch Burschen mitkommen; Ragald kann Drei die Straße hinaufbringen. Es ist Zeit, wir wollen los!«

Heraus aus dem Lastwagen und hinein in den Wald. Vielleicht einen Kilometer zurückzulegen, aber einen Kilometer in völligem Schweigen. Sie verschmelzen mit Nacht und Stille, jeder einzelne; lassen sich nieder zu einem schweigenden Kriechen, bewegen Zweige und Äste, während sie sich bewegen, verfallen in den Rhythmus des Bodensäuberns, bewegen Ellbogen, säubern den Boden, bewegen Knie ...

Fünfzig Minuten.

Das Terrain verändert sich. Sie verlassen den Wald und geraten in nasses Heidekraut und anschließend ausgetrocknete Hänge hinauf in einen Pinienwald. Tadmartin bewegt sich in der Nacht, der Drillich vollgesogen, warm vom Gewicht, das sie trägt. Langsam, langsam. Kalter Atem treibt ihr aus dem Mund; Tarnfarbe ist kalt auf ihrer Haut. Sie kriecht an einem Fuchs vorüber. Unbeeindruckt sieht er ihr zu. Der Nachtwind bewegt die Pinien.

»Delta Alpha, Lagebericht, over?«

»Hier ist Delta Alpha, in Position, Ende.«

»Hotel Oscar, Lagebericht, over.«

»Hotel Oscar an Romeo Victor, wiederholen, over?«

»Romeo Victor an Hotel Oscar, Lagebericht wiederholen, over.«

»... Victor, in Position, habt ihr verstanden?«

»Hotel Oscar, habe verstanden, Ende. Sierra Foxtrot, Lagebericht, over.«

»In Position, Romeo Victor. Ende.«

Sie verflucht den Mond. Zuviel Licht. Es macht den Boden unter den knorrigen Pinien fleckig, spritzt auf die hervorstehenden Felsen an den Rändern des tiefen Tals. Leise Satzfetzen über Funk versichern ihr, daß Tysoe Trupp Eins in Position entlang der Felsen gebracht hat, Drei ist weiter oben; Zwei deckt Flanke und Rücken.

Tadmartin kriecht hinauf, das Sturmgewehr auf den Armen, sie kriecht schweigend von Deckung zu Deckung. Sie schiebt sich auf dem Bauch in die Sträucher, die einen anfragenden Felsen bedecken.

Der Nachtwind bläst ihr kalt in die Augen. Zumindest wird das Geräusch die Bewegung tarnen – aber das ist eine zweischneidige Sache. Sie starrt in das Tal hinab.

Das Mondlicht ist ein helles Glitzern von Licht auf dem Strom, der sich in seinem von Felsbrocken durchsetzten Bett hin- und herwirft. Die Straße windet sich am Talboden dahin, manchmal neben dem Fluß, manchmal ihn überquerend. Der Vorsprung, auf dem sie liegt, befindet sich etwa fünfzig Meter stromaufwärts einer Brücke. Noch bewegt sich dort unten nichts. Kein Motorengeräusch. Sie verschmitzt mit den Streifen von Mondlicht und den Büschen und denkt *Baum.*

Und gegenüber auf der anderen Seite der Schlucht zeigt ihr ein Lichtschimmer, daß jemand Nachtgläser benutzt. Sie subvokalisiert den Helmfunk und zischt: »Romeo Force an Juliet, wiederhole, Romeo Force an

Juliet, hast du verstanden? Sag deinen Männern, sie sollen die Nachtgläser weglegen, man kann sie bis von *Stadt* aus sehen, verdammt noch mal! Over.«

Es folgt eine zeitliche Verzögerung von einem Bruchteil einer Sekunde in der Übertragung, dann:

»Juliet Force an Romeo, wird gemacht, Ende.«

Schroff bis zum Punkt der Abruptheit. Tadmartin grinst, das Grinsen erstarrt ihr jedoch auf dem Gesicht. Als sie an Johannes Louis und Gilles Barker denkt.

Sie liegt auf dem Bauch und starrt über die Schlucht hinweg, wobei sie müßig die weniger Wachsamen der Johanniter-Truppen festmacht. Der Hinterhalt wird Feuer über das Tal legen, und nichts wird von dort wieder hinausgelangen. In der Annahme, daß die Spionage recht hat und eine Verschiffung von Waffen fällig ist.

Stets in der Annahme, daß …

»Romeo Victor, hier ist Sierra Foxtrot. Wir haben einen möglichen Kontakt, wiederhole, möglichen Kontakt an der Station Falke. Erbitte Anweisungen, over.«

»Sierra Foxtrot, hier ist Romeo Victor. Bestätigt Sichtung und macht Mitteilung über Anzahl. Laßt sie an euch vorbei. Ende. Romeo Force an Juliet …« Sie schluckt, fährt mit ruhiger Stimme fort: »Möglicher Kontakt an der Station Falke. Over.«

»Juliet an Romeo, ich habe verstanden, Ende.«

Jeder der Talbiegungen war ein Name zugewiesen worden. Sie lauscht dem Satzfetzen der Übertragungen: Falke, Adler, Gans und Krähe, alle passiert, und dann tönt das Geräusch von Motoren deutlich zu ihr herauf. Sie stellt Sichtvergrößerung ein, schließt ein Auge und starrt ins Tal hinab. Flecken von Mondlicht blenden sie. Sie schaltet die Vergrößerung ab und verläßt sich auf die Nachtsicht eines Auges.

Dort.

Sie späht um die Ecke der Schlucht, einer … zwei … drei geschlossene Laster, die mit den Bewegungen schwerbeladener Fahrzeuge dahinrollen. Ein Sattelschlepper, der sich die Steigung hinaufquält. Drei weitere Laster sowie eine zerbeulte alte Limousine. Der Motorenlärm erschüttert die Stille der Wälder.

»Romeo Victor an alle Einheiten, Sicht bestätigt an Station Blauhäher.« Sie schiebt das Sturmgewehr in seiner ganzen Länge an ihren fröstelndem Körper entlang, so daß es sich nicht auf dem Felsen verfangen wird. Der Weg hinter ihr ist frei für den Rückzug. Die Schlucht vor ihr ist eine einzige Todeszone. »Gebt erst Feuer, wenn ich das Signal gebe ...«

Das Schweigen dröhnt. Die Nacht hustet einen Flammenschlund. Der abrupte Lärm läßt ihr Herz unregelmäßig schlagen. Die Limousine hinter der Linie macht in einer Feuerwolke einen Schlenker, trifft auf den Rand des Bachs und rollt halb hinein. Rufe und Schreie kommen aus dem Tal, die vorausfahrenden Laster bringen die Motoren auf Touren.

»*Scheiße!*« Tadmartin wälzt sich auf die Seite.

Mündungsblitze flammen auf der ganzen anderen Seite des Tals auf: die Johanniter-Truppen eröffnen das Feuer.

»Okay. Okay. Schnappt euch den vorderen Wagen!«

Zwei der rückwärtigen Laster beschleunigen in die Schatten von Überhängen. Innerhalb von Sekunden ertönt das Krachen und Knattern von kleinen Handfeuerwaffen. Die Flammen lodern hinein. Tadmartin hört das *Wump!* eines Granatwerfers und legt die Arme über den Kopf, kommt hoch und löst Unterdrückungsfeuer hinab auf die Nachhut der Kolonne aus. Das ohrenbetäubende Dröhnen explodierender Minen ertönt, als die Feinde die Laster verlassen.

Die Explosionen machen sie taub. Heiße Luft trifft sie an der Wange, Holzsplitter klappern über die Felsoberfläche. Die Granatenexplosion holt einen Brocken aus dem Ufer heraus und setzt die Büsche in Brand.

»Schwere Waffen! Tysoe, erledige den Laster!«

Tysoes Schrei aus zehn Metern Entfernung: »Kampftrupp, bewegt euch!«

»Romeo Victor an Sierra Foxtrot, schließt die Hintertür, wiederhole, schließt die Hintertür. Ende. Romeo Victor an Hotel Oscar, Cohen, deckt eure verdammten Ärsche, wir haben hier oben ein illegales Feuergefecht, paßt auf euren Rücken auf, Ende; Tysoe, hast du verstanden? Wiederhole, hast du verstanden, over?«

Jetzt erfolgt keine Antwort.

»Romeo Victor an alle Truppen. Mischt die Mistkerle auf. Ende!«

Zwei Salven trennen die Äste über ihrem Kopf ab, und sie flucht, sie ist übersprüht mit Pinienholzsplittern. Der Gestank nach verbranntem Harz erfüllt die Luft, dick und süßlich, dazu Kordit und Holzrauch. Sie wirft über die Schulter einen Blick auf das Buschfeuer.

»Bringt sie runter!« Sie läßt sich in Deckung fallen, findet dabei Tysoe wenige Meter vor sich. Im Tal dreht einer der Laster in einem unmöglichen Wendekreis und beschleunigt zurück in Richtung auf die Brücke. Jemand kreischt. »Sanitäter! Trupp Eins Sanitäter – da durch!«

Sie stößt den Sanitäter durch die Bäume nach unten und kauert sich über einem Landser mit zerschmettertem Gesicht nieder. Das Haar nach hinten weggefetzt, das Gesicht glitzert rot, Auge und Kinnlade Hackfleisch. An ihrem Kampfanzug bis zum Ellbogen Blut, sie erinnert sich nicht daran, ihn berührt zu haben.

»Woher kommt es?« Tysoe und der Sturmtrupp gehen neben ihr in Deckung. »Es sollte eine Entenjagd werden, woher *kommt* es bloß?«

»Du!« Tadmartin packt sich die Frau mit der schweren Waffe: ein tragbarer Raketenwerfer. »Pust die Brücke da unten weg – sofort.«

Die Rekrutin rast an ihr vorbei, kniet nieder. Zwei aufeinanderfolgende Feuerstöße lassen die Luft erzittern. Flammen schießen aus der Rückseite des Raketenwerfers, als das Projektil Ziel nimmt. Die Sichtlinie ins Tal ist verwischt durch flammenerhellten wirbelnden Rauch. Mündungsfeuer blitzt dazwischen hervor, und vom zunehmenden Brüllen des Buschfeuers, das vom Nachtwind aufgepeitscht wird. Tadmartin hört Stimmen kreischen – an den Ufern? im Tal? – und das *Wumm!*, mit dem ein Laster in die Luft fliegt. Heiße Luft bläst ihr ins Gesicht. Sie riecht den Gestank zu Kohle gebratenen Fleisches. Salven pfeifen durch die Pinienbäume. Auf den Bauch hinab, kriechen; und dann folgen ein hohles erschütterndes Geräusch von Ende des Tals und Hochrufe vom Sturmtrupp.

»Brücke ist unten, L.t. Wir haben den Rückweg abgeschnitten.«

»Gut. Legt Feuer über das Tal …«

Ein *Krammp!*, und die Nacht hellt auf wie zu Weihnachten. Jener ist *hinter* ihnen gelandet: ein abrupt beendeter Schuß. Die Pinienbäume brennen wie Pechfackeln, und die Nacht ist heiß; sie schwitzt und ist mit schwarzer Asche bedeckt, und ihre Hände sind blasenbedeckt.

»L.t., das kam von *jenseits* des Tals!«

»Gib mir eine Abstandsmessung und die Richtung!«

»Fünfzig Meter, zwei Uhr.«

»Legt das Unterdrückungsfeuer nieder. Tysoe, nimm sie die Südseite des Tals mit hinab. *Sofort!*« Tadmartin läßt sich hinter einem zutageliegenden Felsen in Deckung fallen. Das stotternde Husten eines schweren Maschinengewehrs läßt die Erde vibrieren, Blitzlichter zucken durch die Nacht: schenken ihr blitzartige Blicke auf Zweige gegen den Nachthimmel, rennende Landser, ein Sani-Trupp mit einem Leichensack. Ihr Gesicht blutet. »Romeo Force an Juliet, z …«

»Die feuern auf uns. Die verdammten Johanniter!« Tysoe, die Tarnfarbe blutverschmiert, steht auf und winkt mit dem Sturmgewehr. »Um Christi willen, sag den Idioten, sie sollen das Feuer einstellen!«

»Romeo Force an Juliet, wiederhole, Romeo Force an Juliet. Stellt das Feuer auf befreundete Ziele ein. Wiederhole, *stellt das Feuer auf die Wand des Tals ein.* Juliet Force, habt ihr verstanden? Ihr feuert auf uns! Versteht ihr mich? *Scheißdreck noch mal, antwortet mir!*«

Ihre ausgedörrte Kehle krächzt. Sie ist sich ihrer zersprungenen Lippe bewußt, die in der nächtlichen Kühle blutet. Die Funkanlage im Helm hat ungenügend Kraft in diesem atmosphärischen Müll; die Frau mit dem Funkgerät war der Sanitätsfall; und Tadmartin löst sich aus ihrer Deckung und beugt sich um den Fels, wobei sie die andere Talwand mit ungerichtetem Feuer eindeckt. »Feuer einstellen! *Feuer einstellen!* Verflucht, wir sind hier in einer Feuerzone!«

Der Lauf ist heiß, das Magazin fast erschöpft; sie entfernt es mit raschen präzisen Bewegungen und klickt ein weiteres ein. Sie spürt die glitschige, schmierige Wärme von Scheiße, die ihr die Oberschenkel hinabläuft.

»Trupp Eins, neu formieren, und bewegt euch!« schreit Tysoe. Sie taucht einen Sekundenbruchteil neben Tadmartin auf. »Sie wollen es so haben – sie wollen es so haben! Wir werden sie ausradieren! Es ist die einzige Möglichkeit!«

Eine weitere Granate landet hinter ihr, oben an der Talwand. Felssplitter fetzen wie Schrapnells durch die Bäume. Rückzug? Der Weg ist blockiert. Zurück zur grundsätzlichen Vorgehensweise: durchkämpfen.

Tadmartin ruft: »Radiert diese Ärsche aus! Los!«

Trupp Eins ist verschwunden, stapft durch das Unterholz. Tadmartin geht, läuft ihm ein paar Schritte nach und läßt sich dann in Deckung fallen. Die Situation gleitet außer Kontrolle, und sie hat zwei weitere Trupps, mit denen sie zu kämpfen hat, und dazu die Feinde unten im Tal: laß es Trupp Eins erledigen. Verluste möglichst gering halten …

»Romeo Victor ruft Delta Alpha, bewegt euch in Position an der Talwand oberhalb der Station Blauhäher. Ich wiederhole, geht in Position an der Talwand oberhalb der Station Blauhäher. Feuert, wie ihr wollt. Ende. Romeo Victor an Hotel Oscar – verlegt eure Ärsche zur Südseite und gebt Trupp Eins Feuerschutz. Los!«

Bei Tagesanbruch wird sie durch den Grund des Tals gehen, an explodierten und ausgebrannten Lastwagen vorüber, wenn das Licht der Morgendämmerung durch die Bäume und auf dem Strom glitzert. Der Pfad ist auf zweihundert Meter von rotem Matsch bedeckt. Überall Leichen und Fetzen von Körperteilen in den Fahrzeugen, verkohlt und schwarz. Fleisch von den Bäumen herab.

Sie wird zum anderen Ende der Talwand gehen und den Sanis der Johanniter-Truppen zusehen. Die zu denselben Feldlazaretten fliegen wie ihre eigenen Truppen. Sie wird das seltsam entschuldigende Hilfsangebot des Johanniter-Captains hören; ein Angebot, das sich verflüchtigt, als sich herausstellt, daß seine Truppen doppelt so hohe Verluste hatten wie die Templer.

Was wird sie fühlen? Zumeist Befriedigung. Berechtigte Befriedigung.

Tagesanbruch, und die Dinge werden sichtbar.

In der Kolonne ist kein halbes Dutzend Gewehre beieinander. Natürlich war es keine Verschiffung von Waffen. Nichts von einem heimlichen Angriff, um ein Exempel zu statuieren. Es waren, wie später durchsickert, dreißig Familien von paramilitärischen Terroristen, die von einem Distrikt weiter oben am Pfad (insgeheim) auf indianisches Territorium verschickt werden sollten. Um ihrer eigenen Sicherheit willen.

Familien mit einer kleinen Bewachung. *Zivilisten.*

Nichts weiter als eine ziemlich kleine Untersuchung, und es ist unwahrscheinlich, daß Truppen der Templer und Johanniter je wieder auf demselben Territorium zu halten sein werden. Wenn die Frage auftaucht, Wahrheit oder etwas, mit dem man leben kann, was wirst du dann wählen?

5. Juli 2002

»Schon gehört? Sie wollen die Parade zum Vereinigungstag im nächsten Jahr absagen.« Lieutenant Ritter Tysoe lehnt mürrisch am Türrahmen der Zelle. »Weil *die Geschütze die Straßen beschädigen,* um Christi willen! Blöder Regierungs-Scheiß. Wenn sie damit anfangen, sich um Panzer Sorgen zu machen, die ein paar Straßen aufkratzen, dann weiß man, daß man verloren hat.«

Tadmartin beachtet sie nicht. Die Zelle enthält nur einen kleinen Spiegel, also studiert sie ihr vollständiges Abbild in der Metalltür.

»Shit ...«

Eine Frau von knapp mittlerer Größe, die Schultern spannen sich unter dem Stoff ihres Kasacks eines entlassenen Soldaten. Das blonde Haar viel zu kurz für einen Zivilisten. Eine junge Frau mit sonnenverbranntem Gesicht; die sich unbehaglich in den Schuhen mit hohem Absatz bewegt und das einfache Stoffhemd glättet.

»Wer möchte denn schon ein verdammter Templer sein? Du wirst überhaupt nichts vermissen«, versichert ihr Tysoe unbehaglich.

Tadmartin schaut sie an.

»Nun, Scheißdreck, Mensch ...«

»Ist schon in Ordnung«, sagt Tadmartin. »Ist schon in Ordnung.«

»*Wir* wissen, was du getan hast.«

Tadmartin hebt ihre kleine Schultertasche hoch. Geschenke zumeist. Gesichtstuch, Zahnbürste, Unterwäsche, Binden. »Willst du darüber schreiben oder was, ja?«

Es ist ein momentanes Versehen. Einige Lügen sind

leichter als andere. Tysoe sagt: »Sicher!« und zieht unbehaglich den Kopf ein, zögert einen Augenblick lang angesichts Tadmartins Ruhe, hebt dann die Schultern und geht.

Der Fernseher springt an, auf Autotimer: sie schenkt den flüsternden Stimmen keine Beachtung.

Tadmartin sitzt auf ihrem Bett, den Rücken gegen die Wand gelehnt, das stumpfe Schwert ruht mit dem Griff an ihrer Schulter und mit der Klinge über ihrem Körper. Sie reibt mit einem weichen Tuch Mikrokristallin-Wachs in das Metall, die Bewegungen rhythmisch glatt.

Dieses Teil der Ausrüstung wird sie als letztes der Waffenkammer zurückgeben.

Sie beendet die Pflege, steht auf; hält den Griff und läßt die Klinge in die erste Position flippen. Die Sonne scheint in die Mönchszelle. Es ist gerade eben Platz genug, daß sie sich in dem Drill von Zustoßen, Parieren, Blockieren verlieren kann ...

Die Klinge bewegt sich glatt durch die Luft. Die Festigkeit des Griffs, die Schwere der Klinge; sich in einem Gleichgewicht bewegen, das alles – Kante, Schutz, Griff, Knauf – zur Einheit einer Waffe werden läßt.

Sie verliert sich selbst darin.

Wenn man zu *keinem Schwert* wird, endet man in völliger Resignation, verlassen von der Geschmeidigkeit der Klinge. Nichts zählt. Man kann sich nicht um Gewinn, Verlust, Überleben, Sterben Sorgen machen. Man kann sich keine Sorgen machen und richtig handeln. Sie spürt die absolute, ausbalancierte Resignation des Kämpfers: tot, lebendig, lebendig, tot. Nichts zählt. Kein Unterschied.

Das Gesicht auf dem Fernsehschirm fokussiert sich in ihrem durch den Zweikampf erweiterten Augenwinkelbereich. Die blondhaarige Frau, de Keroac; tüchtig und triumphierend. Tadmartin hört sie sprechen.

»›Das Dementi der Regierung bezüglich Anschuldigungen, sie würde eine Erst-schießen-dann-fragen-

Politik in Cabotsland fahren, wurde gestern zusätzlich kompliziert durch den Abbruch der Avignon-Gespräche.

Die Gespräche wurden abgebrochen, als ein Templer-Offizier, Demzelle Hyacinthe Tadmartin, sich weigerte, irgendwelche Augenzeugenberichte über ihre Kommandantur in Roanoke abzugeben. Bei der Regierung wird es jetzt wieder Behauptungen geben, daß die bei Roanoke getöteten Zivilisten unschuldige Opfer in etwas sind, das nur nicht so genannt wird, nämlich in einem Krieg im Neuen Heiligen Land. Es ist fünf Jahre her, seitdem das Roanoke-Massaker dreiundfünfzig Zivilisten das Leben kostete. Hier ist Louise de Keroac für Kanal Neun.‹«

Die Worte werden gehört, doch sie zählen nicht.

Sie ist ein Schwert, jetzt ein Schwert außer Dienst. Aber im Gleichgewicht jener Resignation gehalten, die sie kennt, *keine Absicht* wird sie weit nach Übersee führen. Allein. Weg von Zuschauern, die sie womöglich, instinktiv, verletzt.

Tadmartin geht aus der Zelle, sie setzt den ersten Fuß auf die Pilgerstraße – soweit noch unerkannt –, die sie, einsam und eines Tages in der fernen Zukunft, zum Neuen Jerusalem bringen wird.

Thomas Ziegler

EINE KLEINIGKEIT FÜR UNS REINKARNAUTEN

I think we should put some mountains here. Otherwise, what if the charakters going to fall off of? And what about stairs?
Hey Professor! Could you turn out the lights?

LAURIE ANDERSON
Big Science

1

Als er erwachte, dachte Valentin an Mord – wie an jedem Morgen, wenn er vom Geschmack des Abendessens geweckt wurde und an den unverdauten, hartnäckig seine Speiseröhre hinaufwandernden Bissen fast erstickte; ein untrügliches Zeichen dafür, daß der ehrenwerte, aber zeitverkehrte Lu Lohannon in der Nähe war und seine Umgebung dem gespenstischen Einfluß der Retrozeit aussetzte.

Natürlich war Mord keine Lösung.

Schon aus ethischen Gründen. Von den praktischen Schwierigkeiten ganz zu schweigen. Außerdem war Lohannon für seinen Zustand nicht verantwortlich. Wenn es einen Schuldigen gab, dann Benjamin Bernstein, den Leiter des Instituts für Reinkarnautik, in dem Lohannon als Hausmeister arbeitete.

Deprimiert kaute Valentin an dem Steak, das er am Abend zuvor – vor einer Ewigkeit – im letzten von

Menschenhand geführten Restaurant von Los Angeles verzehrt hatte. Und das nun, unter dem Einfluß von Lu Lohannons privater Zeitsphäre, aus dem Verdauungstrakt zurückkehrte.

Es ist hoffnungslos, dachte Valentin kauend. Es ist mehr als hoffnungslos, es ist physikalisch unmöglich. Wie kann man einen Mann töten, der sich auf dem Weg in seine persönliche Vergangenheit befindet, dessen Leben sich wie ein rückwärts laufender Film wiederholt, dem nur noch das zustoßen kann, was ihm bereits in der Vergangenheit – seiner Zukunft – zugestoßen ist?

Valentin kaute und schluckte, obwohl er wußte, daß es sinnlos war. Solange sich Lohannon in der Nähe befand, würde der Bissen immer und immer wieder seine alte Form annehmen, die Speiseröhre hinaufwandern, neu zerkaut und neu geschluckt werden und wieder die Speiseröhre hinaufwandern ... und Valentin konnte froh sein, daß sich der Retrozeit-Effekt nicht stärker bemerkbar machte.

Aber dann dachte er an Christina, und der Schmerz schnürte ihm die Brust zusammen, und er wünschte plötzlich, an Lohannons Stelle zu sein. Weil der Weg in die Vergangenheit der einzige Weg zu Christina war. Zum Tag der Trennung; zu den Wochen und Monaten, in denen sie sich gestritten und versöhnt und wieder gestritten hatten; und zu den Jahren, in denen sie verliebt und glücklich gewesen waren ...

Träume.

Unnütze Träume. Und selbstzerstörerisch dazu.

Valentin seufzte und schlug die Augen auf.

»Guten Morgen, Mr. Valentin«, sagte das homöostatische Apartment mit seiner penetrant fröhlichen, trompetengleichen Stimme. »Ich hoffe, Sie haben nicht vergessen, daß heute Räumungstermin ist. Sie haben noch genau vier Stunden und dreiunddreißig Minuten, um die Wohnung zu verlassen. Punkt zwölf Uhr zieht mein neuer Mieter ein.«

Valentin stöhnte auf. Großer Gott, die Kündigung! Er hatte sie tatsächlich vergessen! Der schreckliche Streit mit dem Apartment… als er vor einer Woche diesen teuflischen, alkaloidversetzten Likör aus der Orbitalbrennerei des VEB Spirituosen getrunken hatte … nach der Trennung von Christina. War heute tatsächlich der Räumungstermin? Er konnte es nicht glauben. Aber es mußte stimmen. Das KI-Steuersystem des homöostatischen Apartments war ein kleinkarierter, spießiger Bastard, aber es log nicht. Es log nie. Lügen gehörten nicht zum Programm autonomer Immobilien. Immerhin. Man mußte dem Gesetzgeber fast dankbar dafür sein, den superschnellen, hochgezüchteten und bis zur Brutalität gerechten Computern im Justizministerium …

»Sie sollten aufstehen, Mr. Valentin«, trompetete das Apartment. »Es ist ein herrlicher Tag, und die Zeit drängt.«

Ein herrlicher Tag, sicher, dachte Valentin verdrossen und blinzelte müde in das graue Morgenlicht, das wie Schmutz auf der kargen Einrichtung des Schlafzimmers lag. Für das Apartment war jeder Tag ein herrlicher Tag. Die Künstliche Intelligenz des Wohnungscomputers strotzte vor Optimismus. Wenn das Expertenprogramm so etwas wie Religion kannte, dann war es die Religion des positiven Denkens.

Es widerte ihn an.

Mürrisch kaute er an dem Steak, und dann schmeckte er auch das süße Aroma des synthetischen Cognacs, mit dem er sich in Palmer's Restaurant betrunken hatte. Um Christina zu vergessen. Natürlich ohne Erfolg. Es war schrecklich. Und wahrscheinlich würde er einen gewaltigen Kater haben, sobald der Einfluß der Retrozeit nachließ. Ausgerechnet heute, wo er im Institut erwartet wurde, um Hiram P. Astors Wiedergeburt vorzubereiten.

»Mr. Valentin?« trompetete das Apartment. »Hören Sie mir überhaupt zu?«

Valentin gab keine Antwort. Kauend und den Cognac schluckend wälzte er sich aus dem Bett, trat nackt ans Fenster und sah hinaus in den grauen, bewölkten, unerfreulichen Herbstmorgen.

»Sie sind mir doch nicht gram, Mr. Valentin, oder?« fragte das Apartment. »Wegen der Kündigung, meine ich.«

Zum Teufel mit der Kündigung, dachte Valentin. Er suchte die Straße ab und sah, wie erwartet, Lu Lohannons kleine, schmächtige Gestalt soeben um die Ecke biegen und sich mit trippelnden Schritten dem Eingang des Apartmenthauses nähern. Lohannon war ein alter, fast kahlköpfiger Mann mit leuchtend blau tätowierten Ohrmuscheln, wie sie vor zwanzig Jahren Mode gewesen waren. An der Brust seines blütenweißen, schmutzabweisenden UV-Schutzoveralls trug er wie immer die Tapferkeitsmedaillen, die ihm die israelische Regierung verliehen hatte, der Lohn der Angst für die Freiwilligen der Internationalen Brigade im Krieg gegen die Islamische Republik Palästina ... Valentin konnte die Medaillen natürlich nicht sehen, da Lohannon rückwärts ging, doch er wußte, daß sie an seiner Brust angeberisch blitzten und funkelten.

Er schnaubte verächtlich.

Alles nur, um Benjamin Bernstein zu beeindrucken. Um trotz des Zeitunfalls, den er irgendwann in naher Zukunft erleiden würde, seine Stelle als Hausmeister zu behalten. Nun, Bernstein würde Lohannon niemals entlassen. Die wenigen Überlebenden der Internationalen Brigade waren die Hätschelkinder der amerikanischen Juden. Schließlich hatten sie es den Brigadisten zu verdanken, daß es nicht zu einem zweiten Holocaust gekommen war – und natürlich den High-Tech-Waffen des Wiedervereinigten Deutschlands.

Lu Lohannon näherte sich rückwärts der Tür, die unter dem Einfluß seiner privaten Zeitsphäre von allein aufschwang – wie sie einst, in Lohannons ganz persönlicher Vergangenheit, von allein hinter ihm zugefallen war – und einen Moment später war der alte Mann im Haus verschwunden.

Um ausgeruht und frisch sein Apartment zu betreten, sich auszuziehen, ins Bett zu legen und bis zum gestrigen Abend zu schlafen. Um erschöpft und müde aufzuwachen, sein Abendessen hervorzuwürgen, es vom Teller in den Mikrowellenherd zu schieben, vom Mikrowellenherd in die Tiefkühlpackung … um immer weiter in die Vergangenheit zurückzukehren.

»Ich habe es nicht gern getan, Mr. Valentin, wirklich nicht«, fuhr das Apartment fort. Aber seine Vocoderstimme klang weder bekümmert noch zerknirscht, sondern so penetrant fröhlich wie stets. »Schließlich wohnen Sie erst seit kurzem in mir, und bis auf jenen unseligen Zwischenfall vor einer Woche waren Sie immer ein ruhiger, nahezu vorbildlicher Mieter. Aber Sie werden verstehen, daß ich an meinen guten Ruf denken muß. Und die Schäden, die Sie in Ihrem Anfall alkoholbedingter Raserei angerichtet haben …«

»… sind längst bezahlt«, unterbrach Valentin barsch. »Und mehr als das. Du hast dich von meinem Geld vollständig renovieren lassen.«

»Wie vertraglich vereinbart«, konterte das homöostatische Apartment. »Aber es geht nicht um das Geld oder die zertrümmerte Einrichtung. Nicht einmal um die Beleidigungen, die ich mir anhören mußte. Es geht in erster Linie um meinen guten Ruf. Ich kann mir einen Mieter mit extrem ausgeprägten antisozialen Tendenzen einfach nicht leisten. Sie wissen doch, wie schnell ein Apartment heutzutage in den Verdacht gerät …«

Das Apartment redete weiter, aber Valentin hörte nicht mehr zu.

Ein Mieter mit extrem ausgeprägten antisozialen Tendenzen, dachte er verbittert, während er ins winzige Bad ging. Was bildet sich dieses verdammte Konservengehirn eigentlich ein? Ich habe alles doppelt und dreifach bezahlt. Außerdem war es nicht meine Schuld, daß ich gewalttätig geworden bin. Es lag an dem teuflischen Orbitallikör. An meiner Arbeit im Institut. An der Trennung von Christina. Vor allem an der Trennung von Christina. Aber, dachte er, während er sein blasses, hohlwangiges Gesicht im Spiegel betrachtete und die Bartstoppeln mit Enthaarungscreme entfernte, aber was versteht ein homöostatisches Apartment schon von der Liebe? Es wird nie die Qualen des Liebeskummers erleiden, die einen Mann zu Dingen treiben können, die ... nun, seien wir ehrlich, die schlechtweg lächerlich sind. Beschämend.

Valentin nickte unwillkürlich.

Er mußte der Wahrheit ins Gesicht sehen. Er hatte sich wie ein Idiot benommen. Schlimmer noch – er hatte seinen Stolz verloren. Verschwommen erinnerte er sich an das Vidfongespräch mit Christina. An jenem Abend, als sie sich endgültig von ihm getrennt und er das Apartment verwüstet hatte. Unter dem Einfluß dieses in der Schwerelosigkeit gebrauten und mit psychedelischen Alkaloiden versetzten VEB-Likörs ... Was hatte er zu Christina gesagt? Daß sie zu ihm zurückkehren sollte? Daß er ohne sie nicht leben könnte? Daß er alles tun würde, um sie glücklich zu machen? Wahrscheinlich. Bestimmt sogar. Es paßte zu ihm. Es war entwürdigend. Vor allem, weil er von Anfang an gewußt hatte, daß es sinnlos war.

Eis, dachte er. Diese Frau ist kein menschliches Wesen, sondern ein belebtes Stück Eis. Ein Gletscher, der wie eine Frau aussieht, wie eine Frau spricht, der sich vermutlich sogar für eine Frau hält, aber dennoch ein Gletscher bleibt. Nur Idioten verlieben sich in einen Gletscher.

Und er liebte sie noch immer.

Trotz allem, was geschehen war.

Er mußte krank sein. Geistig, seelisch krank.

»Möchten Sie frühstücken, Mr. Valentin?« fragte das Apartment.

»Nein«, sagte er, noch immer an dem Stück Steak kauend, das durch Lu Lohannons retrozeitlichen Einfluß aus der Vergangenheit des gestrigen Abends in die Gegenwart dieses unerfreulichen Morgens gelangt war.

»Vielleicht eine Tasse Kaffee?«

»Nein.«

»Nicht einmal eine halbe Tasse?« drängte das Apartment. »Es dauert nur ...«

»Ich sagte *Nein!*« brüllte Valentin.

Das Apartment schwieg für einen Moment. Dann sagte es mit veränderter, fast betroffen klingender Stimme: »Sie hassen mich, Mr. Valentin, nicht wahr? Weil ich Ihnen gekündigt habe. Das ist es. Sie sind eine Persönlichkeit, die nicht verstehen und niemals verzeihen kann. Deshalb werden Sie auch nie begreifen, warum sich Ihre Frau ...«

»Laß meine Frau aus dem Spiel!« Valentin stürmte aus dem Bad. »Misch dich nicht in meine Privatangelegenheiten ein, verstanden? Du hast kein *Recht,* über Dinge zu reden, die dich nichts angehen. Nichts, hörst du? *Nichts!*«

Er zitterte vor Zorn. Das hatte ihm gerade noch gefehlt – eine Diskussion mit diesem kleinkarierten Apartment über seine gescheiterte Ehe. Während Lohannons Retrozeitsphäre seinen Stoffwechsel durcheinander brachte. Während er auf einem Stück Steak kaute, das sich beharrlich weigerte, verdaut zu werden.

»Wie Sie wünschen, Mr. Valentin«, sagte das Apartment kühl. »Aber Sie sollten daran denken, daß Haß ein irrationales Gefühl ist. Und im höchsten Maß sozialschädlich.«

Valentin schnitt eine Grimasse. »Alle Gefühle sind irrational. Haß, Trauer, Liebe – vor allem die Liebe.«

Das Apartment wechselte abrupt das Thema. »Glauben Sie, daß es zu einem Kontakt kommt? Mit den

Außerirdischen? Deren Signale seit Wochen empfangen werden?«

Valentin trat an den Kleiderschrank, schlüpfte in seinen UV-Schutzoverall und griff, nach einem prüfenden Blick zum bewölkten Himmel, nach den Handschuhen und der Pigmentmaske. Es sah nicht danach aus, als sollte sich der Himmel heute noch aufhellen, aber er wollte kein Risiko eingehen. Zwar arbeiteten auf allen Kontinenten die von der UNO errichteten Ionisierungsanlagen mit aller Kraft, aber es würde noch Jahrzehnte dauern, bis die im 20. Jahrhundert zerstörte Ozonschicht wieder ihre alte Stärke erreicht hatte.

»In den Morgennachrichten«, fügte das Apartment hinzu, »wurde gemeldet, daß die Außerirdischen ...«

»Es gibt keine Außerirdischen«, unterbrach Valentin schroff. »Es ist alles nur ein Bluff des Wiedervereinigten Deutschlands. Um von Berlins euro-hegemonialen Plänen abzulenken. Ein verdammter Trick Karl von Huttens.« Er zog die atmungsaktive Pigmentmaske über den Kopf. »Ich gehe jede Wette ein, daß der Direktor des VEB Elektronik dahintersteckt.«

»Aber der deutsche Kanzler ...«

»... ist Huttens Kreatur. Seine Marionette. Er hat sie alle in der Hand – die anderen VEB-Direktoren, die deutsche Regierung, den europäischen Ministerrat, alle.«

»Und die Signale?« fragte das Apartment verstört.

»Stammen in Wirklichkeit von dem Irrläufersatelliten TV-Sat-1, der 1987 in die Umlaufbahn geschossen und dreißig Jahre später von einer Interstar-Testrakete der ESA in den interstellaren Raum transportiert wurde.« Der Gedanke gefiel ihm. Er war im höchsten Maß paranoid, aber vielleicht gefiel er ihm deswegen so gut. »Die Signale aus dem interstellaren Raum«, spekulierte er weiter, »sind Teil eines deutschen Langzeitplans zur Erringung der Weltherrschaft. Die Deutschen haben immer davon geträumt, die Welt zu beherrschen. Zweimal haben sie es mit kriegerischen Mitteln versucht und sind gescheitert. Inzwischen sind sie klüger geworden. Sie versuchen es mit List statt mit Gewalt – und sie werden Erfolg haben.«

»Aber warum sollten sie so etwas tun?«

»Weil sie nicht anders können. Der Traum von der Weltherrschaft ist Teil ihres Nationalcharakters. Vielleicht sogar genetisch bedingt ... Ja« – er nickte – »die Deutschen sind Genetiker aus Tradition. Das Nazi-Projekt Lebensborn war das erste Gen-Großexperiment in der Geschichte der Menschheit. Natürlich war es von Anfang an zum Scheitern verurteilt, weil sie nichts von der DNA wußten, aber sie haben es nie aufgegeben. Warte nur ab, bis die Prager Konferenz beendet ist und Rußland und die Europäische Union einen gemeinsamen Binnenmarkt unter gesamtdeutscher Hegemonie bilden. Nach der Prager Konferenz werden sich die Signale aus dem interstellaren Raum verändern.«

»Verändern?« wiederholte das Apartment. Es klang verwirrt.

»Die angeblichen Außerirdischen werden genetische Baupläne senden. Unter dem Vorwand, direkten Kontakt mit der Menschheit aufnehmen zu wollen, werden sie uns die detaillierten DNS-Daten ihrer Spezies übermitteln, und unsere Biotechniker werden in ihren Gen-Labors einen Retorten-Alien züchten. Und dieser Retorten-Alien ...« – Valentin machte eine dramatische Pause – »wird genetisch ein Deutscher sein. Ein reinrassiger Arier mit blauen Augen, blonden Haaren und Weltmachtträumen.«

Das Apartment schwieg betroffen.

Dann sagte es: »Sie hassen die Deutschen, Mr. Valentin, nicht wahr?«

Valentin antwortete nicht. Methodisch zerkaute er das retrozeitliche Stück Steak und schluckte es hinunter.

»Sie hassen die Deutschen«, bekräftigte das Apartment, »weil Ihre Frau eine Deutsche ist. Sie übertragen den Haß auf Ihre Frau auf das Wiedervereinigte Deutschland!«

Valentin schüttelte den Kopf. »Du irrst dich.«

»Ihr Deutschlandbild«, fuhr das Apartment triumphierend fort, »hinkt hundert Jahre hinter der Wirklichkeit her. Das Wiedervereinigte Deutschland ist in keiner Weise mit dem Nazi-Deutschland vergleichbar. Denken Sie nur daran, was die Deutschen im israelisch-palästinensischen Krieg für Israel getan haben! Ohne ihre Hilfe …«

»Du irrst dich«, wiederholte Valentin. »Die Deutschen ändern sich nie. Niemals. Nicht in hundert, nicht in tausend Jahren.«

»Glauben Sie das wirklich, Mr. Valentin?« fragte das Apartment sanft.

Valentin ging zur Tür. »Ich weiß es.«

»Aber woher?« Das Apartment klang verwirrt. »Ich meine, wieso sind Sie so sicher, daß …«

»Weil ich Reinkarnaut bin«, erklärte Valentin und öffnete die Tür. »Weil ich Kenntnis von den Dingen jenseits des Grabes habe. Weil ich ein Scout bin, der den Toten den Weg zurück ins Leben weist, in den Mutterschoß. Und die Toten«, sagte er, »wissen mehr als wir.«

Er trat hinaus auf den Korridor.

»Mr. Valentin!« rief ihm das Apartment nach. »Mr. Valentin, Sie müssen Ihre Sachen mitnehmen! Wenn um zwölf der neue Mieter kommt …«

»Später«, unterbrach Valentin. »Ich hole sie später ab.« Er zog die Tür hinter sich zu; das protestierende Geschrei des homöostatischen Apartments verstummte. Er drehte sich um – und blickte direkt in Lu Lohannons Gesicht.

Er hat auf mich gewartet, durchfuhr es Valentin. Aber warum? Was will er von mir? Er muß doch wissen, daß es zwischen uns keine Kommunikation geben kann, daß die Zeit uns trennt, daß wir unterschiedliche

Wege gehen, er in die Vergangenheit und ich in die Zukunft.

Der Einfluß von Lohannons Retrozeitsphäre wurde stärker. Valentin spürte, wie sie an ihm zerrte, nicht körperlich, sondern geistig, wie seine Gedanken träger wurden, sich verlangsamten, als wollten sie sich umkehren, das Gedachte erneut denken. Und er hatte Angst. Er schluckte, aber das Stück Steak kam sofort wieder hoch. Und er spürte, wie weitere Bissen aus dem Darmtrakt in den Magen wanderten, Säuren und Enzyme von sich gaben, ihre alte Form annahmen und sich ruckartig die Speiseröhre hinaufbewegten. Er würgte und begann zu schwitzen, aber es war ein zeitverkehrter Schweißausbruch: Luftfeuchtigkeit kondensierte auf seiner Haut und wurde von den Poren aufgesogen.

Wie gelähmt stand er da, während Lohannon ihn schweigend, mit einem seltsam bekümmerten Gesichtsausdruck betrachtete.

Plötzlich lächelte der alte Mann unter dem dünnen Film seiner Pigmentmaske. *»tutitsni muz tiew thcin tsi se dnU. gnugeweb nehcuarb nehconk netla eiD. ßuF uz rebeil eheg hci reba, nitnelav rM, nenhi nov hcildnuerf rhes«,* sagte er, *»eknad, nien. «*

Es klang wie ein rückwärts laufendes Tonband. Valentin verstand kein Wort. Nervös erwiderte er das Lächeln, und dann – ohne es zu wollen, automatisch – sagte er heiser: »Guten Morgen, Mr. Lohannon. Soll ich Sie mit ins Institut nehmen?«

»nitnelav .rM, negrom netug«, sagte Lohannon. Er drehte sich halb und näherte sich rückwärts seiner Apartmenttür. Mit einem Klicken, wie von Geisterhand bewegt, öffnete sich die Tür. Noch ein Schritt nach hinten, und der alte Mann war aus Valentins Blickfeld verschwunden. Die Tür schloß sich wieder.

Valentin war allein.

Er spuckte einige Steakbrocken aus und preßte die

Stirn an den kühlen Kunststoffverputz der Korridorwand. Nach und nach normalisierte sich sein jagender Herzschlag, und von unendlicher Erleichterung erfüllt spürte er, wie der retrozeitliche Einfluß schwächer wurde.

Aber er hatte noch immer Angst.

Und dann wurde ihm klar, woher seine Angst rührte: Weil Lohannon die Zukunft kannte. Weil er wußte, was morgen, übermorgen, nächste Woche oder nächsten Monat geschehen würde, bis hin zu jenem Moment, in dem ... ja was? Welches Ereignis würde Lu Lohannons Eigenzeit umkehren, ihn zur retrozeitlichen Wiederholung seines bisherigen Lebens zwingen, ihn zu einem Schicksal verdammen, wie es sich grausamer nicht denken ließ?

Allein zu sein, durchfuhr es Valentin, allein wie nie ein Mensch zuvor, durch die Mauer der Zeit von allen anderen Menschen getrennt. Dazu verurteilt, alles Gesehene noch einmal zu sehen, alles Gehörte noch einmal zu hören, alles Gesagte noch einmal zu sagen. Wir trinken das frische, kristallklare Wasser der Zukunft, dachte er, aber Lu muß seinen Lebensdurst am schalen Tümpel der Vergangenheit stillen. Mein Gott, was ist nur passiert – was *wird* passieren?

Aber er wußte, daß nur Lu Lohannon die Antwort darauf kannte, und Lu würde sie ihm nicht geben können, weil er gefangen war im starren, unveränderlichen Muster der Vergangenheit, die seine Zukunft war.

Dann dachte er an Lohannons Gesichtsausdruck, diesen Kummer in seinen Augen ... Valentin fröstelte. Warum hatte Lu ihn so angesehen? wie man einen ... Todeskandidaten ansah. Er kannte die Zukunft, also – was wußte er? Hatte es mit Christina zu tun? War es das?

Vielleicht werde ich mir etwas antun, dachte Valentin. Gott, es ist vorstellbar. Wie das Apartment gesagt hat – ich bin eine Persönlichkeit, die nicht verstehen und niemals verzeihen kann. Und deshalb werde ich die Trennung von Christina nie überwinden. Der Schmerz wird in mir bleiben, im Innersten meines Herzens, meiner Seele, bis zum Tod …

Aber es gab keinen Tod.

Es hatte ihn nie gegeben.

Er wußte es. Er war Reinkarnaut. Wie ein Astronaut in die Regionen jenseits der Erdatmosphäre vorstieß, so stieß er in die Regionen jenseits des Grabes vor. Er wußte, daß es nur das Leben gab, das zeitlose, raumlose, seinlose Intervall, das die Unwissenden Tod nannten, und dann den Wiedereintritt in den Mutterschoß, die Geburt, das neue Leben bis zum nächsten Intervall.

Es gab keinen Grund, sich zu fürchten.

Und trotzdem hatte er Angst.

Weil in den Regionen jenseits des Grabes …

Valentin straffte sich und schüttelte heftig den Kopf, wie um die düsteren, unerwünschten Gedanken zu vertreiben. Es hatte keinen Zweck, hier herumzustehen und zu grübeln. Er wurde im Institut erwartet. Und er mußte sich ein neues Apartment suchen.

Mit großen Schritten ging er zum Aufzug. Erst auf der Fahrt hinauf zum Landedach des Gebäudes fiel ihm ein, daß er vergessen hatte, das Apartment zu fragen, wer der neue Mieter war. Vielleicht gab es eine Möglichkeit, sich mit ihm zu einigen. Vielleicht ließ sich das Apartment sogar dazu überreden, die Kündigung zurückzunehmen und … Aber wie er das Apartment kannte, würde es sich auf keine Diskussion einlassen. In dieser Hinsicht war es wie Christina; hatte es erst einmal eine Entscheidung getroffen, blieb es dabei, und keine Macht der Welt konnte daran etwas ändern.

Valentin kniff grimmig die Lippen zusammen.

Und wenn schon! Im Grunde war er froh über die Kündigung. Weil sie wie eine Befreiung war, eine Befreiung von dem gespenstischen, zutiefst beunruhigenden Einfluß der Retrozeit.

2

Auf dem Landedach des Apartmenthauses empfing ihn kalter, schneidender Wind. Die Luft roch nach den modrigen Ausdünstungen der Stadt, die sich wie ein graubrauner Flickenteppich unter ihm ausbreitete. Nur hier und dort stachen grüne Tupfer aus dem düsteren Häusermeer hervor, verkrüppelte Bäume, brandige Grasflächen, dorniges Buschwerk, die letzten Überbleibsel einer Vegetation, die von der ungefilterten, zerstörerischen UV-Strahlung zugrunde gerichtet worden war. Aber auch die Stadt war gezeichnet, lag auf weiter Fläche in Trümmern. Wie die ganze Westküste war auch Los Angeles um die Jahrtausendwende vom Großen Beben heimgesucht und niemals vollständig wiederaufgebaut worden. In den Ruinen hausten die *Nighters,* die Opfer des wirtschaftlichen Niedergangs, der Amerika in einen dahinsiechenden Pflegefall verwandelt hatte.

Der kranke Mann des Westens, dachte Valentin, der am Tropf der sino-japanischen Wohlstandssphäre und der Europäischen Union hängt. Und der damit auf Gedeih und Verderb den mächtigen, weltumspannenden VEB-Trusts des Wiedervereinigten Deutschlands ausgeliefert ist.

Die USA hatten sich nie vom *Wall Street Halloween* erholt, dem globalen Börsencrash, der die Volkswirtschaften des Westens und des Ostens in eine Depression gestürzt hatte, neben der die Weltwirtschaftskrise Anfang des 20. Jahrhunderts wie eine ökonomische Blütezeit wirkte. Eine islamische Terroristengruppe hatte ein Virus in die vernetzten Computerbörsen von New York, London, Frankfurt, Tokio und Hongkong eingeschleust und die globalen Finanzmärkte binnen vierundzwanzig Stunden zum Kollaps gebracht. Die angeschlossenen Computer der Broker und Spekulanten, die täglich Tausende von Milliarden Dollar von einem Börsenplatz zum anderen bewegten, hatten auf den Virusalarm mit Panikverkäufen reagiert und die Krise weiter hochgeschaukelt. Stunden später waren die ersten kleineren Banken bankrott gewesen und hatten die größeren Banken mit in den Strudel des Untergangs gezogen, dann die Großbanken und internationalen Aktiengesellschaften, die Rentenfonds und Investmentkonzerne … und zum Schluß die Nationalbanken, die Nationen, die ganze Welt.

Vielleicht hätte die amerikanische Wirtschaft im Lauf der Zeit die Krise überwunden – wie Sino-Japan oder die Europäische Union –, doch das Große Beben und der schmutzige Krieg gegen die Latino-Separatisten in den Südstaaten hatten das Land endgültig ruiniert.

Und wir haben natürlich keinen Karl von Hutten gehabt, dachte Valentin. Dieser charismatische Machtmensch mit seiner Vision vom korporativen Staat, der Volksgemeinschaft durch Volksaktien, die das Wiedervereinigte Deutschland in eine Nation von Kleinaktionären verwandelt hat, vereint im Streben nach der höchsten Dividende … Kein Wunder, daß die Deutschen auf den wunderbaren ironischen Einfall gekommen sind, ihre mächtigen, global operierenden Konzerne VEBs zu nennen, Volkseigene Betriebe, und Karl von Hutten mit quasi-religiöser Inbrunst verehren …

Heil Hutten! dachte Valentin. Oder hieß es: *Heilt* Hutten?

»Mr. Valentin!« rief eine schrille Stimme. »Bitte, Mr. Valentin, warten Sie!«

Valentin blieb widerwillig stehen und drehte sich um. Nichts. Das Landedach war menschenleer. Aber dann entdeckte er das metallisch schimmernde, kaum apfelgroße Flugobjekt, das wie ein Raubvogel vom Himmel stieß und Sekunden später vor seinem Gesicht in der Luft verharrte. Im ersten Moment hielt er den Mikrobot für eine Nachrichtenmaschine, einen jener homöostatischen Reporter, die NBC zu Dutzenden auf ihn angesetzt hatte, seit durchgesickert war, daß Hiram P. Astor, der Hauptaktionär der American Space Industries, in der Sterbesuite des Instituts für Reinkarnautik weilte. Aber die nächsten Worte des Mikrobots belehrten ihn eines Besseren, und er spürte, wie sich in seinem Magen ein kalter, harter Klumpen bildete.

»Ich«, erklärte die Maschine, während sie betriebsam summte und klickte, »bin Robadvokat Nummer 44 der Anwaltskanzlei Schuyler, Schuyler & Rosenbaum und mit der Wahrnehmung der Interessen von Mrs. Christina Valentin geborene Werther betraut. Spreche ich mit Mr. Valentin?«

»Ja«, sagte er heiser. »Ich bin Valentin.«

Der Robadvokat analysierte Valentins Stimmuster und klickte befriedigt. »Mr. Valentin«, fuhr er mit seiner schrillen, aufdringlichen Stimme fort, »ich bin beauftragt, Sie davon in Kenntnis zu setzen, daß Mrs. Valentin vor dem Zivilgericht von Los Angeles die Scheidungsklage eingereicht hat. Die Kanzlei Schuyler, Schuyler und Rosenbaum ersucht Sie, binnen vierundzwanzig Stunden einen Rechtsvertreter zu benennen, um die Einzelheiten ...«

»Wende dich an Mr. Schomon«, unterbrach Valentin. »Er ist der Justitiar des Instituts für Reinkarnautik. Mr. Schomon wird mich vor Gericht vertreten.«

Scheidung, dachte er. Nun, es war zu erwarten. Aber so schnell? Offenbar wollte Christina keine Zeit verlieren. Es paßt zu ihr, dachte er bitter. Nägel mit Köpfen machen, wie die Deutschen sagten.

Der Robadvokat rührte sich nicht von der Stelle. Das Klicken hinter seiner glatten, ausdruckslosen Stahlhülle wurde lauter. Es klang nervös.

»Mr. Valentin«, schrillte die Maschine, »ich muß Sie informieren, daß Mrs. Valentin Sie außerdem auf Schmerzensgeld verklagen wird.«

Valentin konnte den Robadvokaten nur anstarren.

Schmerzensgeld? Es war grotesk. Wofür? Dafür, daß ihm Christina das Herz gebrochen hatte?

»Die Anklage«, fuhr die Maschine klickend fort, »lautet auf seelische Grausamkeit und Erzwingung perverser Handlungen. Eine entsprechende Zeugenaussage des autonomen homöostatischen Apartments L.A. 33-5421-71 liegt vor. Der Streitwert der Klage beträgt zehn Millionen Neue Dollar.« Die Maschine summte zufrieden und fügte hinzu: »Mrs. Valentin ist selbstverständlich zu einer gütlichen, außergerichtlichen Einigung bereit, sofern Sie sich einverstanden erklären, binnen achtundvierzig Stunden die Hälfte des Streitwerts auf ein noch zu benennendes Schweizer Nummernkonto zu überweisen.«

Valentin hatte das Gefühl, in einen Alptraum geraten zu sein. Seelische Grausamkeit? Perverse Handlungen? Und sein Apartment – sein ehemaliges Apartment – trat als Zeuge auf?

»Nun, Mr. Valentin?« schrillte der Robadvokat ungeduldig.

»Es ist ein Scherz, nicht wahr?« sagte Valentin. »Es muß ein Scherz sein. Oder Christina hat den Verstand verloren.«

»Eine Beleidigung meiner Mandantin ...«

Valentin schlug nach der Maschine, aber sie schoß sofort in die Höhe und umkreiste ihn in sicherer Entfernung. Ihr geschäftiges Klicken klang jetzt empört.

»Ein eklatanter Fall versuchter Sachbeschädigung«, zeterte sie. »Mißachtung der Immunität einer juristischen Person! Das kann Sie ...«

»Halt's Maul!« unterbrach Valentin grob. »Ich denke nicht daran, mir diesen Unsinn noch länger anzuhören. Schmerzensgeld! Wenn überhaupt jemand Anspruch auf Schmerzensgeld hat, dann ich.« Er dachte einen Moment nach und nickte grimmig. »Genau. Richte Mrs. Valentin aus, daß ich sie verklagen werde. Wegen ...« Er gestikulierte, suchte nach dem richtigen Ausdruck.

»Wegen böswilligen Verlassens.« Aber das erschien ihm nicht ausreichend, und mit einem triumphierenden Zug um den Mund fügte er hinzu: »Und wegen Mordversuchs. Jawohl, wegen Mordversuchs! Ich bin eine suizidgefährdete Persönlichkeit, und Christina weiß das, aber sie hat mich trotzdem verlassen. Um mich in den Selbstmord zu treiben.« Er schüttelte drohend die Faust. »Nun? Wie gefällt dir das? Ich klage deine Mandantin des versuchten Mordes an. Ich bringe sie ins Orbitalgefängnis. Ich ...«

Aber der Robadvokat hörte nicht mehr zu. Er stieg höher und höher und war kurz darauf im Grau des bewölkten Himmels verschwunden.

Valentin sah ihm fröstelnd nach; noch immer hatte er das Gefühl, sich in einem Alptraum zu befinden. Zehn Millionen Neue Dollar, dachte er. Mehr als ich in fünfzig Jahren verdienen kann. Christina muß wirklich den Verstand verloren haben. Großer Gott! Erzwingung perverser Handlungen! Er wußte nicht, ob er lachen oder weinen sollte. Und dieses verfluchte Apartment gab sich dazu her, diese lächerliche, völlig aus der Luft gegriffene Anschuldigung auch noch zu bezeugen!

Schomon, dachte er. Ich muß mit Schomon sprechen. Wenn mir überhaupt jemand helfen kann, dann der gerissene, juristisch versierte und in jahrzehntelangen Prozessen gestählte jüdische Leiter der Rechtsabteilung. Das Institut hat mir mehr als jedem anderen Reinkarnauten zu verdanken! Es wird höchste Zeit, daß es seine Schuld bei mir abträgt.

Er eilte zu seinem Mercedes-Schwebewagen. Ich werde nicht nur Christina, sondern auch dieses heimtückische, verlogene Apartment verklagen, entschied er. Ich bringe es wegen Verleumdung vor Gericht. Ich werde es ruinieren, so gründlich, daß es nicht einmal mehr als Nighter-Asyl benutzt werden kann.

Valentin lachte grimmig.

Er würde kämpfen – und siegen. Koste es, was es wolle.

Die Wagentür öffnete sich automatisch, und er stieg ein.

»Guten Morgen, Mr. Valentin«, begrüßte ihn der Autopilot des Schwebewagens fröhlich. »Ein herrlicher Tag, nicht wahr?«

Valentin schnaubte. »Meine Frau hat mich auf zehn Millionen Neue Dollar Schmerzensgeld verklagt«, sagte er. »Wegen seelischer Grausamkeit und Erzwingung perverser Handlungen. Soviel zu deinem herrlichen Tag.«

Ein Ruck erschütterte den Wagen. Er hob vom Landedach ab und schoß mit heulenden Turbojets hinauf in den Himmel, fädelte sich in die Santa-Monica-Flugschneise ein und nahm Kurs auf das Institut für Reinkarnautik. Als sich der Düsenlärm mäßigte, ergriff der Autopilot wieder das Wort.

»Aber was«, fragte er verwirrt, »haben Sie Ihrer Frau denn getan, Mr. Valentin?«

»Nichts«, sagte er. »Ich habe sie geliebt. Ich habe sie mehr geliebt als je einen Menschen zuvor.« Und ich liebe sie noch immer, dachte er. Trotz der Trennung, trotz der bevorstehenden Scheidung, trotz dieser bösartigen, absurden Anschuldigungen. Mutlos sah er aus dem Fenster, hinunter zu den Ruinen von Los Angeles. Ich bin wie die Stadt, erkannte er. Ein Trümmerhaufen, ein Gespenst, das innerlich tot ist und sich dennoch dem Tod verweigert.

»Ich verstehe nicht, Mr. Valentin«, sagte der Autopilot. »Ich meine, wie kann Ihre Frau Sie wegen etwas verklagen, das nie geschehen ist?«

»Weil sie eine Frau ist. Weil Frauen die Realität nach Gutdünken verändern, bis sie ihren eigenen Wünschen und Vorstellungen entspricht. Frauen sehen die Welt so, wie sie sie haben wollen; nicht so, wie sie ist.«

Der Autopilot schwieg einen Moment. »Aber dann«,

erklärte er fröhlich, »können Sie unbesorgt sein. Die Cyberrichter sind objektiv. Sie werden die Klage abweisen. Bestimmt.«

Valentin bewegte sich unbehaglich. »Meine Frau hat einen Zeugen.«

»Einen Zeugen? Für die Erzwingung perverser Handlungen, die Sie nie begangen haben? Zweifellos«, schlußfolgerte der Autopilot, »handelt es sich bei diesem Zeugen ebenfalls um eine der Realität entfremdete Frau. Vielleicht um eine Freundin von Mrs. Valentin?«

»Nein.« Er schüttelte bedrückt den Kopf. »Der Zeuge ist meine Wohnung. Das verräterische KI-System meines homöostatischen Apartments. Meines ehemaligen Apartments«, fügte er hinzu. »Es hat mir gekündigt. Aber unter diesen Umständen hätte ich ohnehin keine Minute länger dort gewohnt.«

Der Schwebewagen bockte; offenbar war der Autopilot von dieser Eröffnung schockiert. »Aber wie ist das möglich? Wenn Sie sagen, daß die Anschuldigungen Ihrer Frau völlig aus der Luft gegriffen sind, dann muß Ihr Apartment lügen, aber KI-Systeme können nicht lügen. Jeder weiß das! Ist es vielleicht möglich, daß Ihre Frau doch die Wahrheit …?«

»Nein. Sie lügt. Genau wie dieses verfluchte Apartment.« Doch Valentin wußte, daß der Autopilot recht hatte. KI-Systeme konnten nicht lügen. Trotzdem sagte es in diesem Fall die Unwahrheit. Ein Paradoxon. Ein beängstigendes Paradoxon. Er brauchte den Rat eines Experten. Dringend.

»Verbinde mich mit Saul Schomon«, befahl er dem Schwebewagen.

Er wartete ungeduldig. Kurze Zeit später wurde der Bildschirm des Autovidfons hell, und Schomons scharfgeschnittenes, raubvogelhaftes Gesicht erschien. Als er Valentin sah, verdüsterte sich seine Miene; aus seinem Blick sprach Besorgnis.

»Hallo, Valentin«, sagte er. »Ich habe Ihren Anruf erwartet. Sie stecken in der Klemme.«

Valentin schluckte. »Hat der Robadvokat …?«

»Der alte Schuyler persönlich rief mich soeben an«, erklärte Schomon. Er schnitt eine Grimasse. »Wir haben zusammen an der Harvard-Universität studiert; bedauerlicherweise kann ich nicht behaupten, daß wir Freunde gewesen sind. Ich fürchte, er wird Ihren Fall benutzen, um eine alte Rechnung zu begleichen, die zwischen ihm und mir noch offen steht.« Der Justitiar seufzte. »Vielleicht sollten Sie sich durch einen anderen Anwalt vertreten lassen. Ich kenne da eine gute Kanzlei, die …«

»Nein«, wehrte Valentin ab. »Ich will Sie. Ich vertraue Ihnen.«

Schomon zuckte die Achseln. »Wie Sie meinen. Aber Sie müssen damit rechnen, daß uns der alte Schuyler Schwierigkeiten machen wird, große Schwierigkeiten. Er ist ein schlauer Fuchs.«

»Aber die Anschuldigungen meiner Frau sind absurd!« Valentin gestikulierte. »Perverse Handlungen … Ich weiß nicht einmal, was Sie damit meint. Und was die Höhe des Schmerzensgelds betrifft – verdammt, Christina weiß, daß ich nicht soviel Geld habe.«

Schomon seufzte erneut. »Ihre Frau ist deutsche Staatsangehörige, nicht wahr?«

»Ja, sicher«, nickte Valentin. »Aber was hat das …«

»Und Ihr Ehevertrag wurde nach deutschem Recht geschlossen, nicht wahr?«

»Es war Christinas Wunsch. Für den Fall, daß wir Kinder bekommen. Sie wollte, daß unsere Kinder auch die deutsche Staatsangehörigkeit …« Er verstummte. Plötzlich wurde ihm bewußt, daß dies das erste und einzige Mal gewesen war, daß Christina von gemeinsamen Kindern gesprochen hatte. Ein Vorwand, erkannte er. Es muß ein Vorwand gewesen sein. Aber das bedeutet, dachte er, daß sie von Anfang an eine Scheidung gewollt hat. Eine Scheidung nach deutschem Recht ... Einem Recht, das auf diesen abstrusen, unbegreiflichen teutonischen Moralvorstellungen des Post-Aids-Zeitalters beruht. Gott, die ganze Welt weiß über die aberwitzige Bevölkerungspolitik des Wiedervereinigten Deutschlands Bescheid, aber ich habe keinen einzigen Gedanken daran verschwendet. Weil ich Christina vertraut habe. Weil ich dachte – sicher war –, daß sie anders ist als die anderen Deutschen. Dieses genetische Lotteriespiel, das Berlin Familienplanung nennt. *Seid fruchtbar und mehret euch ... und mischt eure Gene.* Die Politik der völkischen Planierraupe. Die Umkehrung der nazistischen Rassenideologie. Statt die Herrenrasse aus dem Volk herauszumendeln, wird das ganze Volk mit den Genen des nordischen Typus geimpft ...

Schomon raschelte mit den Papieren auf seinem Schreibtisch. »Ich habe hier die Telekopie der Klage«, sagte er mit sorgenvoll gefurchter Stirn. »Stimmt es, daß Sie Ihrer Frau treu gewesen sind? Ich meine, daß Sie während Ihrer Ehe keine sexuellen Beziehungen mit anderen Frauen gehabt haben?«

»Was?« Valentin starrte Schomon verwirrt an. »Natürlich bin ich Christina treu gewesen. Aber ...«

»Und stimmt es«, fuhr Schomon unbeirrt fort, »daß Sie Ihrer Frau gegenüber wiederholt erklärt haben, nur mit ihr sexuelle Beziehungen zu unterhalten?«

Valentins Verwirrung wuchs. »Ich habe ihr gesagt, daß ich sie liebe und daß ich an anderen Frauen nicht interessiert bin, wenn es das ist, was Sie meinen. Natürlich habe ich ihr das gesagt. Zum Teufel, wenn ich vorgehabt hätte, mit anderen Frauen zu schlafen, hätte ich doch nicht geheiratet!« Er beugte sich nach vorn. »Ich verstehe immer noch nicht, was das mit diesen perversen Handlungen zu tun hat, zu denen ich sie angeblich gezwungen habe!«

»Monogamie«, sagte Saul Schomon mit Grabesstimme, »gilt nach deutschem Recht als Perversion. Ihre

Frau behauptet, daß Sie sie durch Ihre wiederholten Treuebekundungen moralisch unter Druck gesetzt und dadurch zu einer unnatürlichen monogamen Lebensweise gezwungen haben. Ihre Frau behauptet weiterhin, daß sie durch diese … hm … perverse eheliche Beziehung seelischen Schaden erlitten hat. Und Ihre Frau behauptet letztendlich, daß Sie bewußt und in voller Kenntnis der unterschiedlichen Moralvorstellungen gehandelt haben. Was sagen Sie dazu?«

Valentin öffnete den Mund, aber er brachte keinen Laut hervor. Er konnte Schomon nur anstarren. Es war verrückt. Christina mußte verrückt sein. Das war die einzige Erklärung für diese … diese Farce.

»Außerdem liegt eine beglaubigte Zeugenaussage des autonomen homöostatischen Apartments L.A. 33-5421-71 vor«, sagte Schomon. »Das Apartment bestätigt Ihre wiederholten … hm … perversen Treuebekundungen und den in einer Abschrift beigefügten Inhalt eines Vidfongesprächs, das Sie vor einer Woche, also nach der Trennung, mit Ihrer Frau geführt haben. Sie wollten Ihre Frau zur Rückkehr bewegen, stimmt das?«

»Ich wollte mich mit Christina versöhnen.« Er nickte. »Ich … ich war betrunken. Ich kann mich nicht genau an das erinnern, was ich gesagt habe, aber … Ja, ich habe sie gebeten, zu mir zurückzukehren. Aber das ist doch kein Verbrechen, oder?«

»Unter normalen Umständen nicht, doch wenn das Gericht Sie der Erzwingung perverser monogamer Handlungen für schuldig befindet – und nach deutschem Recht bleibt ihm keine andere Wahl – könnte man dieses Vidfongespräch als zusätzlichen Akt seelischer Grausamkeit auslegen.« Der Justitiar des Instituts für Reinkarnautik lehnte sich zurück. »Es tut mir leid, Valentin, aber die Rechtslage ist nicht günstig für Sie.«

Valentin schüttelte benommen den Kopf. »Ich glaube es nicht. Ich *kann* es nicht glauben.« Aber er wußte, daß er in der Falle saß, einer Falle, die er sich mit seiner Unterschrift unter dem Ehevertrag selbst gestellt hatte. Die Christina mir gestellt hat, verbesserte er sich in Gedanken. Absichtlich. Vorsätzlich. Aber warum? Um zehn Millionen Neue Dollar aus ihm herauszupressen? Geld, das er nicht hatte und niemals haben würde? Wie Christina sehr wohl wußte?

»Was kann ich tun?« fragte er heiser. »Es muß doch irgend etwas geben, das ich *tun* kann!«

Schomon nagte an seiner Unterlippe. »Sind Sie sicher, daß Sie während Ihrer Ehe mit keiner anderen Frau geschlafen haben?« Valentin wollte aufbrausen, aber Schomon hob beschwichtigend die Hände. »Ich frage, weil ein einziger beglaubigter Ehebruch Ihre rechtliche Position verbessern würde. Natürlich bliebe dann immer noch die Tatsache bestehen, daß Sie Ihrer Frau gegenüber behauptet haben, monogam zu leben, aber ...«

»Nein«, sagte Valentin. »Es gab keine andere Frau.«

»Nun ja, Sie könnten zumindest ...« Schomon räusperte sich. »Ich meine – ganz inoffiziell, versteht sich, als Ihr Freund, nicht als Ihr Anwalt – vielleicht könnten Sie mit Stella reden. Jeder hier im Institut weiß doch, daß Stella bis über beide Ohren in Sie ...«

»Nein!« unterbrach Valentin schroff. »Ich will Stella nicht in diese Sache hineinziehen.« Doch er wußte, daß dies nicht der wahre Grund war. Er konnte es nicht tun, weil er damit vor Gericht – vor Christina – zugeben würde, seine Frau betrogen zu haben. Und das war etwas, das gegen seine Moralvorstellungen verstieß. So pervers sie nach deutschem Recht auch sein mochten.

Saul Schomon rang sich ein optimistisches Lächeln ab. »Nun, wir werden schon einen Ausweg finden, Valentin.«

»In ein paar Minuten bin ich im Institut. Ich komme direkt zu Ihnen.«

»Ich erwarte Sie in meinem Büro.« Schomon nickte und unterbrach die Verbindung.

Valentin lehnte sich zurück und schloß die Augen. Christina, dachte er. Ich liebe sie, und sie will mich ruinieren. Vernichten. Es ist unbegreiflich.

»Mr. Valentin?« sagte der Autopilot des Schwebewagens.

Valentin öffnete die Augen. In der Ferne, jenseits eines ausgedehnten Trümmergürtels mit den Ruinen des Paul Getty Museums im Zentrum, sah er die weißen, im maurischen Stil gehaltenen Gebäude des Instituts für Reinkarnautik. Der Schwebewagen verlor an Höhe und steuerte das Landedach des Hauptgebäudes an.

»Vielleicht kann Ihnen Mr. Bernstein helfen«, sagte der Autopilot. »Mr. Bernstein ist ein weiser Mann. Er wird wissen, was zu tun ist.«

Aber Weisheit kann mir nicht helfen, dachte Valentin. Er kannte Christina zu gut. Wenn sie wirklich vorhatte, seine Existenz zu vernichten, dann würde es ihr gelingen. Weil sie nicht irgendein Mensch, irgendein Feind war, sondern die Frau, die er liebte.

Der Schwebewagen landete und der Motorenlärm verklang. Valentin sah nach draußen. Vor dem Fahrstuhlschacht in der Mitte des Landedachs stand eine zierliche junge Frau mit glatten schwarzen Haaren und schmalem, blassem Gesicht, zerbrechlich wie eine Porzellanpuppe; Stella Tschun, die Thanatologin des Instituts. Hinter ihr tauchte ein Mann in einem grauen UV-Schutzoverall auf, eine vertrocknet wirkende, hyänenhafte Kreatur, bei der es sich nur um Stewart Croft handeln konnte, den Generalbevollmächtigten des ASI-Konzerns.

Valentin spürte, wie sich sein Magen zusammenzog.

Es war soweit.

Hiram P. Astor, der milliardenschwere Hauptaktionär der American Space Industries, lag im Sterben. Und wartete darauf, daß ihm jemand half, den Tod zu besiegen.

Aber das, dachte Valentin, während er die Wagentür öffnete und ausstieg, ist eine Kleinigkeit für uns Reinkarnauten.

3

Stella Tschun begrüßte ihn mit einem stillen, teilnahmsvollen Lächeln. Sie weiß Bescheid, erkannte Valentin. Über mich und Christina, über die bevorstehende Gerichtsverhandlung, meine Vorliebe für perverse Monogamie. Wahrscheinlich weiß das ganze Institut Bescheid. Doch es kümmerte ihn nicht; nicht jetzt, wo der reichste Mann Amerikas in seiner Sterbesuite dem großen und schrecklichen Abenteuer des Todes entgegensah.

Stewart Croft maß ihn mit einem abschätzenden Blick. Was er sah, schien ihm nicht zu gefallen. »Sie sind dieser Reinkarnaut, von dem Bernstein gesprochen hat? Dieser Valentin?«

Valentin nickte und folgte Stella in die Liftkabine.

»Sie sind jünger, als ich Sie mir vorgestellt habe«, knurrte Croft. Die Tür glitt zu, und der Lift fiel surrend in die Tiefe der atombombensicheren Kellergewölbe. »Ich wünschte, Bernstein hätte uns einen erfahrenen Scout zur Verfügung gestellt. Einen Experten. Keinen grünen Jungen.«

Valentin war fünfunddreißig. Aber für Stewart Croft schien jeder, der die Sechzig noch nicht überschritten hatte, ein grüner Junge zu sein.

»Schließlich ist Mr. Astor nicht irgendwer«, fügte Croft aggressiv hinzu. »Und als Bevollmächtigter der ASI habe ich die Pflicht, alles in meiner Macht …«

»Mr. Valentin ist der beste Reinkarnaut des Instituts«, unterbrach Stella. Sie lächelte noch immer; sie wußte, wie man mit wichtigen Kunden umzugehen hatte. Valentin bewunderte sie dafür. Er hatte es nie verstanden, seine wahren Gefühle hinter einer Maske zu verbergen. Aber vielleicht mußte man als Thanatologin eine Maske tragen; nicht, um die eigenen Gefühle zu verbergen, sondern um die Gefühle der Klienten abzuwehren. Eine Mauer zwischen den Lebenden und den Toten.

Valentin seufzte und erntete von Croft einen stechenden Blick. Die Abneigung des Mannes erfüllte die enge Liftkabine wie eine Wolke übler Gase. Er fragte sich, warum ihm Croft mit solchem Widerwillen begegnete, doch er verdrängte die Gedanken. Er hatte einen Einsatz vor sich, und ein richtiger Profi konzentrierte sich nur auf den Job, nicht auf die Umstände.

»Ich hoffe«, sagte Stewart Croft mit von Bosheit gesättigter Stimme, »Ihre privaten Schwierigkeiten lenken Sie nicht von Ihrer Arbeit ab.« Seine Blicke wanderten zwischen Valentin und Stella hin und her. »Mr. Astor wäre gar nicht erfreut, sich im nächsten Leben als Balg eines Hottentottenweibs wiederzufinden. Schließlich steht in unserem Vertrag mit dem Institut ausdrücklich …«

»Sie können jederzeit einen anderen Reinkarnauten verlangen«, sagte Valentin. Er sah Croft feindselig an. »Ich habe mich nicht danach gedrängt, für Mr. Astor den Scout zu spielen.«

Croft murmelte etwas Unverständliches.

»Sie können sich auf Mr. Valentin verlassen«, versicherte Stella. »Ich arbeite schon seit Jahren mit ihm zusammen. Er ist Experte. An der ganzen Westküste werden Sie keinen besseren Reinkarnauten finden.«

Croft schnaubte. »Wenn es nach mir gegangen wäre, hätte sich Mr. Astor nicht mit irgendeinem zweitklassigen amerikanischen Institut zufriedengegeben. Ich hätte mich direkt ans Tibetische Zentrum gewandt. Die Tibeter haben jahrtausendelange Erfahrung mit der Wiedergeburt.« Er schnaubte wieder. »Aber bedauerlicherweise ist Mr. Astor das, was man in früheren Zeiten einen Patrioten genannt hätte. Als das Wort ›Patriot‹ noch einen Sinn ergab.«

Er versank in brütendes Schweigen. Valentin suchte Stellas Blick, und sie lächelte ihm aufmunternd zu. Plötzlich mußte er an Saul Schomons Ratschlag denken. Würde Stella tatsächlich vor Gericht bezeugen, daß er mit ihr geschlafen hatte? Doch er wußte, daß jeder Gefallen seinen Preis hatte, und er ahnte, welchen Preis Stella verlangen würde. Schließlich liebte sie ihn, und in der Liebe gab es keine Regeln, keine Beschränkungen, keine Moral.

Ich kann es nicht, durchfuhr es Valentin. Ich bin nicht dafür geschaffen, von einer Beziehung in die nächste umzusteigen, als ob man einen Schwebebus wechselt. Ich muß diese Sache allein durchstehen. Ganz gleich, was es kostet.

Der Lift hielt. Sie stiegen aus und gingen durch einen breiten, hellerleuchteten Korridor, der vergessen ließ, daß sie sich achtzig Meter unter dem Erdboden befanden.

Eine junge Frau kam ihnen entgegen, blond und langbeinig, in ihrer halbtransparenten Schwesterntracht wie die fleischgewordene Versuchung. Sie warf Valentin einen koketten Blick zu, und er lächelte mechanisch. Vor dreißig Jahren, während der Fundamentalistischen Revolution, hätte allein dieser Blick genügt, um sie auf den Scheiterhaufen zu bringen. Aber die Zeiten hatten sich geändert, das moralische Pendel war weit in die andere Richtung ausgeschlagen, und die jungen Leute hatten ein Recht darauf, ihr Leben – und ihre Geschlechtlichkeit zu genießen.

Valentin beneidete sie.

Und er wußte gleichzeitig, daß ihm dieser Lebensweg versperrt blieb. Niemand, der in der Ära der fundamentalistischen Moralvorstellungen, der sexuellen Repression vor der Entwicklung des Aids-Gegenmittels, aufgewachsen war, konnte so ungezwungen wie diese jungen Leute mit seiner Körperlichkeit umgehen. Die Angst vor der Seuche, die den Fundamentalisten ihren Siegeszug ermöglicht hatte, war tief im Unterbewußtsein der älteren Generation verankert.

Vielleicht sollte ich mich vor Gericht darauf berufen, dachte Valentin in einem Anflug von Galgenhumor. Höhere Gewalt. Die perverse Monogamie als Folge der Aids-Angst. Ich bin ein spätes Opfer der christlich-fundamentalistischen Sexualrepression ... Aber die Deutschen würden dafür kein Verständnis haben. Schließlich stammte der Aids-Impfstoff aus den Gen-Labors des VEB Pharmazeutik, und das Wiedervereinigte Deutschland hatte sich am konsequentesten der sexuellen Befreiung in der Post-Aids-Ära hingegeben ... weil sie in geradezu idealer Weise Berlins wachstumsbesessener Bevölkerungspolitik entsprach.

Stewart Croft hatte die junge Krankenschwester mit sichtlichem Mißmut betrachtet. »Ich begreife nicht, wie Bernstein so etwas dulden kann«, beklagte er sich bei Stella Tschun, Valentin bewußt ignorierend. »Zustände wie in Deutschland! Von der Ostküste ist man so etwas ja gewöhnt, aber jetzt breiten sich diese verworfenen Sitten auch in Kalifornien aus. Zumindest in diesem Institut sollte man auf die Einhaltung von Anstand und Moral achten. Schon aus Ehrfurcht vor den Sterbenden.« Kopfschüttelnd sah er der leichtbekleideten Schwester nach. »Dabei ist Bernstein strenggläubiger Jude. Aber vielleicht gebietet er deshalb den unmoralischen deutschen Sitten keinen Einhalt. Juden und Deutsche verstehen sich in letzter Zeit ja prächtig.«

»Wir haben die Erfahrung gemacht, daß Sterbende eine sinnlich anregende, angenehme Atmosphäre bevorzugen«, sagte Stella sachlich.

»Entblößte Euter!« schnaubte Croft. »Ist es das, was Sie unter ›sinnlich anregender Atmosphäre‹ verstehen?«

»Mr. Astor«, erwiderte Stella lächelnd, »hat genau aus diesem Grund unser Institut ausgewählt.«

Sie öffnete die Tür zur Servicezone der Sterbesuite;

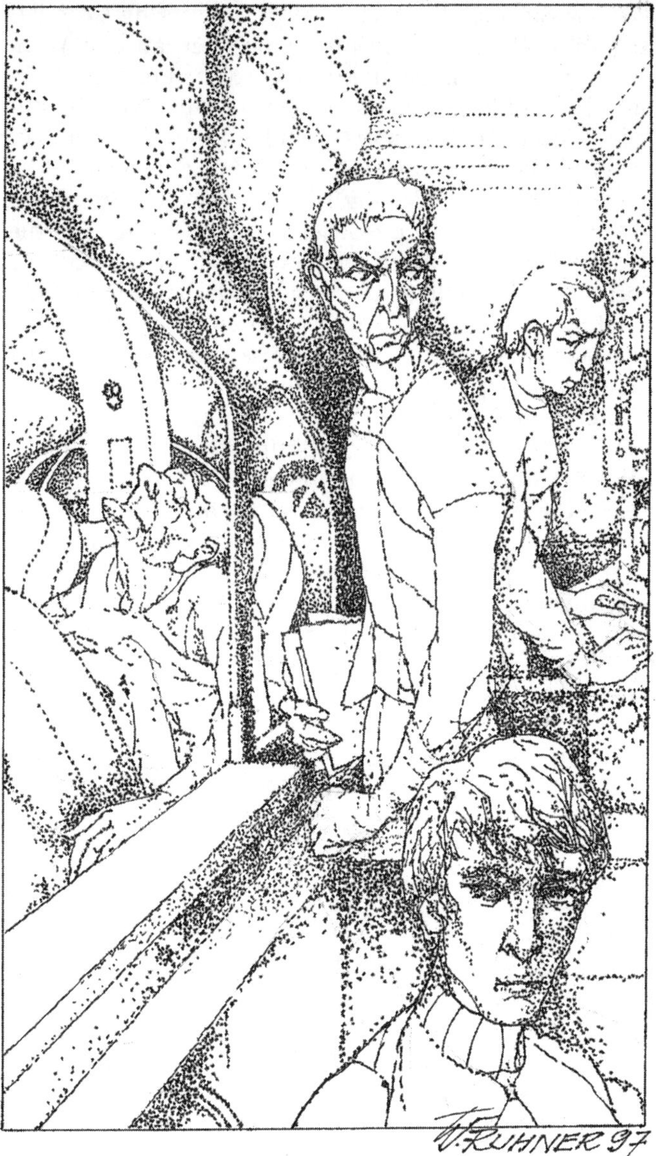

das Wispern medizinischer Apparate umfing sie. Über die Bildschirme und Kontrollmonitoren an den Wänden flimmerten in geometrischen Kurven und algorithmischen Zahlenreihen die neuesten Daten über den Zustand des Patienten, der wie ein Fötus gekrümmt in der Eisernen Gebärmutter lag. Am Terminal des Robodocs stand Janosz, der Chefarzt des Instituts, ein unscheinbarer blasser Mann, der lustlos einige Anfragen in die Konsole eingab. Bis auf Dr. Janosz war die Servicezone leer, und selbst Janosz war bloß deshalb anwesend, weil nur menschliche Ärzte einen Totenschein ausstellen durften. Nach Janosz' Gesichtsausdruck zu urteilen, schien er zu spüren, wie überflüssig er war.

Stewart Croft schob sich an Valentin vorbei und trat an die Glasscheibe, hinter der Hiram P. Astor in der sterilen Umwelt seiner Sterbesuite lag.

»Wie geht es Mr. Astor?« fragte er heiser.

»Er liegt im Sterben.« Janosz sah nicht einmal vom Terminal auf. »Wir halten ihn künstlich am Leben. Rechtlich und medizinisch gesehen steht dem Transfer nichts mehr im Wege.«

Valentin vermied es, den verkrümmten, gebrechlichen, faltigen Körper in der Eisernen Gebärmutter anzusehen. Als Reinkarnaut hätte er sich längst daran gewöhnen müssen, aber der Anblick Sterbender bereitete ihm immer noch Depressionen. Er hatte gehofft, Bernstein in der Sterbesuite anzutreffen; es wunderte ihn, daß der Direktor des Instituts in der Sterbestunde eines so einflußreichen Mannes wie Hiram P. Astor nicht anwesend war.

»Direktor Bernstein läßt sich entschuldigen«, sagte Dr. Janosz in diesem Moment. »Ein unaufschiebbarer Termin. Er bittet um Ihr Verständnis.«

Stewart-Croft drehte sich um. »Ich nehme die Entschuldigung zur Kenntnis«, schnarrte er. »Mr. Astor wird sich zu gegebener Zeit mit dieser Mißachtung seiner Person befassen.« Der Arzt wollte etwas einwenden, aber Croft brachte ihn mit einer schroffen Geste zum Schweigen. »Verschwenden wir keine Zeit mit überflüssigen Diskussionen. Mr. Astor wünscht, diese ... hm ... Angelegenheit so schnell wie möglich hinter sich zu bringen.« Sein hyänenhaftes Gesicht verzog sich zu einem erstarrten Lächeln. »Ich persönlich bedaure Bernsteins Abwesenheit nicht. Es ist schon schlimm genug, daß Mr. Astor in einem jüdisch geführten Institut die letzte Reise antritt. Als Christ sollte man ...«

»Der Tod ist für alle gleich«, sagte Stella mit erzwungener Ruhe. »Ob nun Jude, Christ, Buddhist oder Moslem. Auf alle wartet die Wiedergeburt.«

»Ich kenne diese atheistischen Argumente«, erwiderte Croft. »Aber in der Offenbarung des Paulus Lynk steht, daß nur die wahren Gläubigen den Himmel erreichen, während die Sünder zur Wiedergeburt verdammt sind. Kein Wunder, daß die Zahl der Christen auf Erden ständig abnimmt und sich die Juden, Buddhisten, Mohammedaner und Atheisten ins Unermeßliche vermehren. Gibt es einen deutlicheren Beweis dafür, daß die Reinkarnation keine Gnade, sondern eine Strafe ist?«

Valentin hob die Brauen. »Sie sind Anhänger der Lynkanischen Apostolischen Lehre?«

»Ich bin Täufling der Kirche des Heiligen Paulus Lynk«, sagte Stewart Croft mit einem Nicken. »Mir wurde die Ehre zuteil, dem Letzten Propheten des Herrn persönlich zu begegnen.« Er fügte hinzu: »Paulus Lynk brachte seine Offenbarungen im Haus meines Vaters zu Papier. Von dort aus organisierte er auch seinen Kreuzzug gegen das Unzüchtige Amerika.«

»Er meint damit«, warf Dr. Janosz ein, »daß die Lynkaner unter anderem Beverly Hills niedergebrannt haben.«

»Aber Lynk war Reinkarnaut«, sagte Valentin verwirrt. »Er muß gewußt haben, daß die Wiedergeburt zur psychischen Evolution gehört, daß sie keine Sünde ist, sondern einer von vielen Schritten zum Nirwana.« Zur Versiegung der Gier, Versiegung des Hasses und Versiegung der Verblendung, wie Buddha es ausgedrückt hatte. Die endgültige, restlose Befreiung von der Wiedergeburt. Jeder Reinkarnaut wußte dies. Ein Einsatz auf der anderen Seite genügte, um die Wahrheit zu erkennen. »Lynk muß es gewußt haben«, bekräftigte Valentin.

Janosz lachte humorlos. »Lynk hat auch gewußt, daß es ein Verbrechen ist, unschuldige Menschen zu ermorden. Trotzdem haben die Lynkaner Tausende von Männern, Frauen und Kindern auf den Scheiterhaufen gebracht.«

»Sünder, die sich der Unzucht hingegeben haben und dafür mit der Geißel Gottes gestraft wurden«, schnarrte Croft. »Die Gerechten jedoch wurden vom Herrn geschützt. Selbst auf dem Höhepunkt der Seuche gab es in unserer großen Gemeinde keinen einzigen Aids-Fall.«

»Weil die Lynkaner ihre Infizierten getötet haben, ohne sie den Behörden zu melden«, konterte der Arzt.

»Das ist ...« Croft gestikulierte empört. »Eine Verleumdung! Eine ungeheuerliche Verleumdung! Ich werde ...«

»Ja?« fragte Janosz aggressiv. »Was werden Sie tun? Mich verbrennen? Wie diese bedauernswerten Kranken, die ...«

»Das genügt, Doktor«, fiel ihm Stella scharf ins Wort. »Wir haben Wichtigeres zu tun.«

Janosz verschränkte die Arme. »Ich verstehe trotzdem nicht, warum sich Croft an den Vorbereitungen für eine gesteuerte Wiedergeburt beteiligt, wenn er alle Wiedergeborenen für Sünder hält, die zu einem Leben auf der Erde verdammt sind. Ich würde zu gern wissen, was Mr. Astor davon hält.«

»Ich bin nicht hier in meiner Eigenschaft als Täufling der Kirche des Heiligen Paulus Lynk, sondern als Generalbevollmächtigter der American Space Industries«, erklärte Stewart Croft. »Und vor allem bin ich nicht hier, um mit einem Atheisten über den wahren Glauben zu diskutieren.«

Stella sah hilfesuchend zu Valentin.

Valentin räusperte sich. »Ich denke, es ist besser, wenn wir uns jetzt an die Arbeit machen. Hast du die Papiere?«

Sie reichte ihm eine Dokumentenmappe; er blätterte sie flüchtig durch – Reinkarnationsvertrag, Testament, Vormundschaftserklärung, Totenschein – und gab sie dann an Croft weiter. Murmelnd zeichnete der Generalbevollmächtigte die Papiere ab.

»Vielleicht sollten wir den Transfer verschieben«, sagte Stella zögernd. »Ich meine, bis du …« Sie verstummte.

Er wußte, was sie meinte. Sie befürchtete, daß ihn die Trennung von Christina – und vor allem der Gedanke an die Schmerzensgeldklage – nervlich zu sehr belastete. Daß er nicht in der Lage war, den Transfer vorzunehmen.

Er straffte sich und sagte schroffer als beabsichtigt: »Natürlich bin ich bereit. Wie ist Mr. Astors psychische Verfassung?«

»Das Todestrauma ist weitgehend abgebaut, der seelische Zustand stabil. Wir haben den Klienten in den üblichen prämortalen Meditationstechniken unterwiesen, und die Ergebnisse sind zufriedenstellend. Das einzige, was mir Sorgen macht, ist sein starker Lebenswille.« Sie hob die Schultern.

»Aber selbst im schlechtesten Fall dürfte ein heftiger Todeskampf den Transfer nur um wenige Minuten verzögern.«

Valentin nickte und wandte sich an Dr. Janosz. »Sobald unsere Thetawellen synchronisiert sind, schalten Sie den Robodoc ab. Und stoppen Sie die Morphinzufuhr.«

»Bei Krebs im Endstadium?« Der Arzt schüttelte

zweifelnd den Kopf. »Ohne Morphin werden ihn die Schmerzen …«

»Er wird nicht genug Zeit haben, um Schmerzen zu empfinden«, unterbrach Valentin. »Und Morphin blokkiert die Loslösung des Astralleibs vom physischen Körper. Ohne Morphin habe ich es leichter, ihm den Weg zu weisen.«

Er drehte sich um und sah fast widerwillig durch die trennende Glasscheibe zu dem alten, fetenhaft verkrümmten Mann in der Eisernen Gebärmutter, eingesponnen im Netz der Infusionsschläuche, Elektroden und Sensoren. Hiram P. Astors runzliges, eingefallenes Gesicht war entspannt. Friedlich. Er sah aus, als schliefe er. Und in wenigen Minuten, dachte Valentin, wird dieser alte, verbrauchte, nutzlose Körper für immer entschlafen. Aber Hiram P. Astor – oder das, was Astor ausmachte, seine Persönlichkeit, sein Ego, seine unsterbliche Seele – würde weiterleben. In einem neuen jungen Körper, im Körper eines Neugeborenen, der vor Gott und dem Gesetz Hiram P. Astor *war* mit allen Rechten und Pflichten. Herr über ein gigantisches Vermögen und Amerikas größten Konzern, dem einzigen ernstzunehmenden Konkurrenten für die mächtigen, skrupellosen VEB-Trusts des Wiedervereinigten Deutschlands.

Zusammen mit Dr. Janosz näherte er sich der Glastür zur Sterbesuite.

»Denken Sie an den Vertrag«, rief ihm Stewart Croft nach. »Es muß eine weiße Mutter sein. Eine Familie im Mittelwesten. Gottesfürchtige Farmer. Aufrechte Amerikaner. Das ist Mr. Astors ausdrücklicher Wunsch. Wenn Sie versagen … wenn Mr. Astor als Nigger wiedergeboren wird … oder gar im Ausland …«

Die Glastür schlug hinter ihnen zu und sperrte Crofts schnurrende, drohende Stimme aus. In der Sterbesuite roch es nach Desinfektionsmitteln und den säuerlichen Ausdünstungen eines siechen Körpers. Die Eiserne Gebärmutter brummte geschäftig vor sich hin. Lichter huschten über das interne Kontrollbord des Robodocs.

Es war wie immer.

Routine.

Valentin atmete tief durch.

»Sind Sie bereit?« fragte der Arzt.

»Fangen wir an«, murmelte Valentin. Mechanisch zog er sich aus und legte sich in die gepolsterte Zwillingsbox der Gebärmutter. Mit geübten Bewegungen schloß Dr. Janosz die Kanülen und Sensoren an und befestigte an Valentins Kopfhaut die Elektroden, die seine und Astors Gehirnströme synchronisieren würden. Dann trat Janosz an das Kontrollbord des Robodocs.

»Alles in Ordnung?« fragte Valentin.

Janosz kehrte zu ihm zurück. »Ihr Kreislauf macht mir etwas Sorgen. Und Ihre Leberwerte ... Sie trinken zuviel, Valentin. Alkohol ist keine Lösung.« Er schwieg für einen Moment. »Die Frauen kommen und gehen. Sie sollten Christina vergessen. Sie ist es nicht wert, daß Sie ...«

»Schon gut, Doc«, unterbrach Valentin. Er rang sich ein Lächeln ab. »Ich komme schon darüber hinweg.«

»Wir werden Sie diesmal früher zurückholen müssen. Sie haben in der letzten Zeit zu viele Reisen gemacht. Ihr Organismus ist überanstrengt. Klinisch tot zu sein ist keine Lappalie.«

»Wieviel Zeit habe ich?«

»Ich gebe Ihnen fünf Minuten. Reicht das?«

Valentin zuckte die Achseln. »Es muß reichen.«

»Gute Reise«, sagte Dr. Janosz. Er zwinkerte Valentin aufmunternd zu und verschwand aus seinem Blickfeld. Sekunden später fiel die Glastür mit einem saugenden Geräusch hinter ihm ins Schloß.

Valentin war allein.

Allein mit dem Sterbenden, allein mit seiner Angst.

Er hatte vor jedem Transfer Angst.

Es war nicht der Tod, den er fürchtete; er war schon zu oft gestorben, zu oft klinisch tot gewesen. Aber er fürchtete sich vor dem, was ihn auf der anderen Seite erwartete. Vor dem Sturz in die raumlosen, zeitlosen Tiefen des Nichtseins; den verwirrten, ängstlichen Rufen der Seelen, die wie Regentropfen durch das Grau des Intervalls stürzten, dem Meer des Lebens entgegen, aus dem der Tod sie geschöpft hatte. Und vor dem Ding fürchtete er sich, dem Etwas hinter dem Nichts, der Kraft, die über den schwachen Kräften von Leben und Tod, Raum und Zeit, Energie und Materie stand. Die Schöpfung selbst in ihrer unauslotbaren Tiefe, ihrer unermeßlichen Höhe.

Es ist nicht richtig, was wir tun, dachte Valentin. Nichts von all dem ist richtig. Hybris. Wir rühren an die letzten Dinge, wir benutzen sie, machen sie zu Werkzeugen unserer großen, rücksichtslosen Wissenschaft, aber wir verstehen sie nicht.

Ein Summer ertönte.

Das Signal. Der Robodoc hatte das Lebenserhaltungssystem der Eisernen Gebärmutter abgestellt. Der Tod von Hiram P. Astor war nur noch eine Frage von wenigen Minuten.

Valentin schloß die Augen und verdrängte die grüblerischen Gedanken. Er war Reinkarnaut. Er hatte gelernt, sich auf das Wesentliche zu konzentrieren. Und während er darauf wartete, daß ihm der Robodoc über die Armkanüle das tödliche Gift injizierte, ging ihm durch den Sinn, welche Ironie es doch war, daß ein Reinkarnaut ebenfalls sterben mußte, wenn er einem Toten den Weg ins nächste Leben weisen wollte.

Der Tod kam schnell und schmerzlos.

Valentin starb.

4

Wie immer war die Rückkehr ins Leben mit Schmerzen verbunden. Sein Kopf dröhnte, seine Muskeln waren verkrampft, und in seinen Eingeweiden wühlten glühende Messer. Er keuchte unter der Sauerstoffmaske, atmete dann tief und regelmäßig, wie er es gelernt hatte, und spürte, wie langsam die Kälte des Todes aus seinen Gliedern wich.

Im Hintergrund hörte er undeutliche Stimmen; sie schienen näherzukommen, sich wieder zu entfernen. Schließlich schälten sich verständliche Worte heraus.

»Wie fühlen Sie sich?« Dr. Janosz. »Alles in Ordnung, Valentin? Können Sie mich hören, Valentin?«

Er öffnete die Augen. Es kostete Kraft. Die Lider waren bleiern, und er wünschte, schlafen zu können. Aber er durfte nicht schlafen. Noch nicht. Die Erinnerungen an das, was er auf der anderen Seite gesehen hatte, waren flüchtig. Ihm blieben nur wenige Minuten.

»Nehmen Sie ihm die Sauerstoffmaske ab.« Eine andere Stimme. Stella Tschun.

Über sich sah er verschwommene Flecke. Gesichter. Stella, der Arzt, Stewart Croft. Janosz nahm ihm die Maske ab.

Die Schmerzen waren noch immer da, aber er kämpfte gegen sie an. »Mountain Springs«, krächzte er. »Am Fuß der Rockies. In der Nähe der kanadischen Grenze.« Er durchforschte die Erinnerungsbilder; schon verblaßten sie, doch einige Einzelheiten waren noch deutlich genug. »Eine Farm. Das Haus ist weiß gestrichen. Auf der Veranda eine Frau. Eine Weiße. Ende Zwanzig. Haselnußbraunes Haar. Ein grünes Kleid. Sie sitzt in einem Schaukelstuhl und sieht … sieht zur Landstraße jenseits der Felder hinüber. Auf der Straße ein Lieferwagen.«

Jemand – Stewart Croft – stieß einen erleichterten Seufzer aus. »Eine Weiße. Eine Amerikanerin. Gott sei Dank!«

»Noch etwas, Valentin?« fragte Stella sanft.

Er durchforschte sein Gedächtnis nach einem Anhaltspunkt, um die Schwangere – Hiram P. Astors neue

Mutter – zu identifizieren, doch er sah nur ihr etwas fülliges Durchschnittsgesicht, lächelnde Lippen, glückliche Augen. Hände, über dem gewölbten Bauch gefaltet. Rosiges Fleisch im Dunkel ihres weiten Rockes. Ein pochendes Herz im Gefäß eines warmen Körpers. Ein winziger Leib, kaum entwickelt, in der schützenden Höhle der Gebärmutter.

»Der Name«, sagte Croft ungeduldig. »Wir brauchen den Namen!«

»Kein Name«, krächzte Valentin. »Nur die Stadt ...«

»Es genügt«, erklärte Stella. »Mountain Springs. In Mountain Springs kann es nicht viele werdende Mütter mit haselnußbraunen Haaren geben, die auf einer Farm an der Landstraße wohnen. Wir werden sie finden.«

Valentin schloß erschöpft die Augen. Seine Aufgabe war beendet. Alles andere lag jetzt bei Stella Tschun. Sie würde die werdende Mutter aufspüren und sie informieren, daß sie die Ehre hatte, den reichsten Mann Amerikas zu gebären. Und nach der Geburt ... Nun, der Säugling würde ein normaler Säugling sein, ohne Wissen, ohne Identität – aber mit der unbewußten Fähigkeit versehen, sich an sein altes Leben zu erinnern. Das Institut hatte dafür gesorgt. Stella hatte dafür gesorgt, das Wissen um seine Identität in den Tiefen von Hiram P. Astors Bewußtsein verankert, tief genug, um das vergessenbringende Intervall und das Trauma der Geburt zu überstehen.

Valentin entspannte sich.

Er war müde. Er wollte schlafen.

»Ich schlage vor«, hörte er Stella Tschun zu Croft sagen, »wir brechen sofort nach Mountain Springs auf.«

»Ja, natürlich«, nickte der Generalbevollmächtigte des ASI-Konzerns. »Aber ... ich habe noch eine Frage. An Mr. Valentin.« Sein Tonfall verriet Unbehagen. Sogar Furcht. Doch seine Neugierde war stärker. »Mr. Valentin?«

»Fragen Sie«, murmelte Valentin. Er wußte, was kommen würde. Jeder, der einen Angehörigen zum Sterben ins Institut brachte, stellte diese Frage. Routine.

»Haben Sie ...« Croft schluckte. »Haben Sie Ihn gesehen, Mr. Valentin? Den Allmächtigen? Haben Sie Gott in der anderen Welt gesehen?«

Valentin schüttelte matt den Kopf. »Nein«, sagte er heiser. »Ich habe Gott nicht gesehen, aber ... Er hat mich gesehen. Ich habe Seine Blicke gespürt.« Und er schauderte bei der Erinnerung. »Er kannte mich. Er hat mich immer gekannt. Er wußte, was ich tat, und Er war nicht zufrieden. Und ...« Er stockte.

»Sprechen Sie!« zischte Croft. »Sprechen Sie weiter! Bitte, Mr. Valentin! Ich muß es wissen!«

»Es war nicht nur Unzufriedenheit. Sondern Verachtung. Aus Enttäuschung geboren. Die Enttäuschung galt nicht mir allein. Es war nichts Persönliches.«

Stewart Croft keuchte.

»Seine Verachtung galt dem ganzen Menschengeschlecht«, fügte Valentin hinzu. Er lächelte schmerzlich. »Schockiert Sie das, Mr. Croft? Daß Er uns nicht achtet? Daß Er uns nicht die Achtung entgegenbringt, die man einem Menschen entgegenbringen sollte? Aber wie könnte Er uns achten? Nach allem, was die Menschen getan haben? Die Kriege, die Verbrechen, Folterungen und Massenmord, Hiroshima und Auschwitz ... Wir können froh sein, daß Er uns nicht verstößt.«

Aber selbst das, dachte Valentin, ist nur die halbe Wahrheit. Denn Er ist ein rachsüchtiger Gott. Er läßt uns leiden, im ewigen Zyklus von Geburt, Tod und Wiedergeburt. Und Er hilft uns nicht. Er wartet – gleichgültig, geduldig, unnahbar –, daß wir uns selbst helfen. Daß wir heranreifen. Aus eigener Kraft zu Ihm finden. Tanzende Monaden, ätherisch und frei, in der Sonne Seines Angesichts.

»Sie lügen«, sagte Stewart Croft mit kalter Stimme. »Ich wußte es. Paulus Lynk hat uns vor Leuten wie Ihnen gewarnt. Vor den falschen Propheten, den Reinkarnauten, die mit Lügen aus der anderen Welt zurückkehren … mit Täuschungen, Trugbildern, die ihnen der Antichrist vorgegaukelt hat. Sie sind verdammt, Mr. Valentin«, sagte Stewart Croft, und seine Stimme hob sich in wildem, boshaftem Triumph. »Das ist es! Sie sind verdammt, ein Werkzeug des Satans. Sie …«

»Schmeißen Sie ihn raus, Doktor!« bat Valentin mit geschlossenen Augen. »Ich kann ihn nicht mehr ertragen.«

»Kommen Sie, Mr. Croft«, sagte Stella. »Es ist besser, wenn wir jetzt gehen.« Sie berührte kurz – zärtlich, teilnahmsvoll – Valentins Wange, dann hörte er, wie sich ihre und Crofts Schritte rasch entfernten.

Er seufzte erleichtert.

»Machen Sie sich nichts daraus, Valentin«, riet Dr. Janosz. »Diese Lynkaner sind alle verrückt. Wie Paul Lynk. Er war Reinkarnaut in einem kleinen Institut an der Ostküste. Nach dem zehnten oder zwölften Transfer bekam er einen Nervenzusammenbruch und mußte mehrere Monate lang psychiatrisch behandelt werden. Nicht, daß ihm die Therapie viel geholfen hat. Anschließend bewarb er sich bei einer ganzen Reihe anderer Institute, aber keines wollte ihn nehmen. Danach stieg er ins Religionsgeschäft ein.« Der Arzt lachte trocken. »Die einzige Branche – neben der Politik – in der man verrückt sein muß, um Erfolg zu haben.«

Janosz schwieg für einen Moment.

»Ich gebe Ihnen jetzt eine Injektion, Valentin«, fuhr er fort. »Ein leichtes Beruhigungsmittel. Wir hatten Schwierigkeiten, Sie zurückzuholen. Sie sollten eine Weile ausspannen. Urlaub machen.« Ein kühler Druck an der Halsschlagader, das Zischen einer Injektionspistole. »Ehe ich es vergesse – der Chef hat sich nach Ihrem Befinden erkundigt. Er machte Andeutungen über einen neuen wichtigen Klienten. Offenbar will er, daß Sie den Fall übernehmen. Lehnen Sie ab, Valentin.

Das ist ein ärztlicher Rat. Sie haben genug für das Institut getan. Wenn Sie so weitermachen wie bisher, werden Sie sich bei einem der nächsten Transfers selbst einen neuen Mutterschoß suchen müssen.!«

Janosz redete weiter, aber Valentin war zu müde, um auf seine Worte zu achten. Das Beruhigungsmittel begann zu wirken, und er schlief ein.

Als er erwachte, lag er in einem der oberirdischen Krankenzimmer mit Blick auf die Ruinen des Paul Getty Museums. Der Abend dämmerte und warf ein graues Tuch über den Himmel. Schwere Regentropfen prasselten gegen die Fensterscheiben. Auf der hohen Mauer, die das Institutsgelände vom nahen Trümmergürtel abschirmte, flammten die Scheinwerfer auf und tauchten das minenverseuchte Niemandsland in grelles Licht.

Valentin warf einen Blick auf die Digitaluhr an der Wand. Acht Minuten nach sechs – und zwei Tage später.

Zwei Tage!

Es war ein Schock. Er hatte noch nie soviel Zeit gebraucht, um sich von den Anstrengungen einer Reise zu erholen. Dr. Janosz hatte recht. Er brauchte Erholung. Urlaub. Dringend. Aber dann dachte er an Christina und die Klage, und er wußte, daß er sich keinen Urlaub leisten konnte.

Valentin griff nach dem Vidfon auf dem Nachttisch, um Saul Schomon anzurufen – vielleicht hatte er inzwischen eine Möglichkeit gefunden, um die Klage abzuwehren –, aber als seine Hand den Hörer berührte, spürte er, wie sich etwas veränderte.

Verwirrt hielt er inne.

Es dauerte eine Weile, bis er erkannte, was es war. Das Prasseln des Regens gegen die Fensterscheiben hatte aufgehört, doch es regnete noch immer. Auf eine andere Art. Die über das Glas verteilten Wasserspritzer ballten sich zu dicken Tropfen zusammen, die Tropfen liefen an den Scheiben hinauf und sammelten weitere Flüssigkeit, lösten sich dann plötzlich und schossen nach oben, den schweren dunklen Wolken entgegen.

Der Regen fiel zum Himmel hinauf.

Valentin befand sich wieder unter dem Einfluß der Retrozeit. Lu Lohannon mußte in der Nähe sein.

Er fluchte. Seine Blicke wanderten zur Uhr, und Furcht ergriff ihn. Die Digitalanzeige stand jetzt auf 18:07:48, und der Sekundenzähler bewegte sich weiter rückwärts: 47, 46, 45, 44 ... Valentin hatte noch nie erlebt, daß die Retrozeit so massiv auf seine physikalische Umwelt einwirkte. Ihm wurde heiß; die Luftfeuchtigkeit kondensierte als Schweiß auf seiner Stirn und wurde von den Poren aufgesogen.

Ein Geräusch an der Tür.

Valentin erstarrte. Wie gelähmt verfolgte er, wie sich die Tür einen Spalt weit öffnete und die kleine schmächtige Gestalt des Hausmeisters hereinschlüpfte. Lautlos schloß er die Tür und drehte sich zu Valentin um. Sein Gesicht war kalkweiß und schmerzverzerrt. An seiner Stirn befand sich eine münzgroße verschorfte Wunde. Er trat mit langsamen, schleppenden Schritten ans Bett; jede Bewegung schien ihm ungeheure Mühe zu kosten.

»Großer Gott«, sagte Valentin. »Was ist mit Ihnen, Lu?« Erst dann wurde ihm bewußt, daß sich Lohannon nicht mehr wie in einem rückwärts laufenden Film bewegte, doch einen Moment später erkannte er seinen Irrtum: Nicht Lohannon hatte sich verändert, sondern die Art, wie er Lohannon wahrnahm. Valentin war in die gleiche temporäre Falle geraten wie der alte Mann. Gemeinsam wanderten sie zeitabwärts, der Vergangenheit entgegen, fort von der Gegenwart, der Zukunft.

Seine Angst wuchs.

»Sagen Sie nichts, Mr. Valentin«, bat Lohannon mit kaum hörbarer Stimme. Er hielt sich am Bettpfosten fest, schwankend, keuchend, am Ende seiner Kraft. »Stellen Sie keine Fragen. Hören Sie nur zu. Wir haben nur diese eine Gelegenheit ...« Er berührte kurz die verschorfte Wunde an seiner Stirn und lächelte verzerrt. »Keine Sorge, das hat nichts mit dem Zeitunfall zu tun. Sonst wäre sie längst verheilt – das heißt, sie hätte sich längst zurückgebildet ... Morgen werde ich mir den Kopf an einer Türkante stoßen – oder sollte ich besser sagen: morgen habe ich mir den Kopf an einer Türkante gestoßen?« Er machte eine müde, resignierte Handbewegung. »Es ist alles so kompliziert. Diese verfluchte Chronosonde ... hat mich voll erwischt ... aber die Aura wird bereits schwächer. Bald wird sie zu schwach sein, um Sie in meine Zeitebene zu holen, und dies ist unsere einzige Gelegenheit. Niemand darf sehen, daß wir miteinander sprechen. Sie könnten sonst mißtrauisch werden. Vor allem dieser Hurensohn Garfunkel ... Er hat bereits Verdacht geschöpft. Er beobachtet mich. Er ahnt – er *weiß* –, daß mein Zustand etwas mit der Chronosonde zu tun hat, mit diesem verbrecherischen Zeitexperiment.«

Der Hausmeister bleckte die Zähne, und der Haß, der aus seinem Blick sprach, erschreckte Valentin. Er wollte etwas sagen, aber Lohannon brachte ihn mit einer schroffen Geste zum Schweigen.

»Keine Fragen, verdammt. Ich sagte doch, daß die Chrono-Aura bereits schwächer wird. In ein paar Minuten werden Sie sich wieder zeitaufwärts bewegen, und dann ist es zu spät. Bitte, Mr. Valentin. Es steht zuviel auf dem Spiel.« Er befeuchtete seine rissigen, blutleeren Lippen. »Morgen«, sagte er. »Das heißt, für mich liegt es jetzt schon einen Tag zurück ... Konträre Zeitabläufe, Sie verstehen. Wir leben aneinander vorbei. Buchstäblich. Aber diese Minuten ... sie gehören uns.« Er hustete. »Heute ist ein Mann ins Institut eingeliefert worden. Sean Crawford. Er ist unheilbar krank – eine HIV-Mutation. Zusammenbruch des Immunsystems. Nicht einmal die Gentechniker vom VEB Pharmazeutik haben bisher ein Mittel gegen diese teuflische Virusvariante finden können ... Aber das ist nebensächlich. Crawford wird sterben. Auch das ist nebensächlich. Wichtig ist, daß Crawford nicht sein richtiger Name ist. Der Mann heißt in Wirklichkeit Hutten. Karl von Hutten.«

Valentin sah den Alten sprachlos an. Karl von Hutten. Der Direktor des VEB Elektronik, der heimliche Herrscher des Wiedervereinigten Deutschlands, war hier im Institut. Um zu sterben. Um von einem Scout ins nächste Leben geführt zu werden. Aber warum? fragte sich Valentin. Warum ist Hutten ausgerechnet nach Los Angeles gekommen? Warum hat er sich nicht in eins der deutschen Institute begeben? Ins Auferstehungs-Center von Berlin, zum Beispiel. Dort arbeiteten die besten deutschen Reinkarnauten ...

»Hutten ist natürlich nicht allein gekommen. Er hat seinen ganzen Stab mitgebracht. Leibwächter, Berater, Speichellecker – und einen Mann namens Garfunkel. Professor Johann Garfunkel. Ein Chronophysiker. Direktor des streng geheimen Chronophysikalischen Instituts von Heidelberg. Offiziell existiert es nicht. Offiziell wird dort an Terraformungs-Projekten gearbeitet ... Sie wissen doch, daß die Deutschen vorhaben, aus Mars, Venus und dem Jupitermond Ganymed Zweitausgaben unserer guten alten, hoffnungslos verdreckten Mutter Erde zu machen ... Neue Welten für die hungernden, darbenden Massen der Dritten Welt. Alles Propaganda. Goebbels läßt grüßen. In Wahrheit haben die Heidelberger Wissenschaftler eine Zeitsonde entwickelt; sie können damit in die Vergangenheit blicken ... und wie es scheint, ist diese verfluchte Maschine noch zu anderen Dingen fähig.«

Lohannon hustete erneut. Er sah elend aus. Noch viel elender als vor ein paar Tagen, als Valentin ihm im Korridor seines Apartmenthauses begegnet war. Oder begegnen würde. Für Lohannon lag dieses Treffen in der Zukunft. Also würde er sich erholen. Von diesem Zeitunfall, der sich morgen ereignen würde ... der sich, was Lu Lohannon betraf, vor einem Tag ereignet hatte.

Valentin schüttelte benommen den Kopf. Es war alles zu verwirrend. Karl von Hutten im Institut, dieses Gerede über Zeitsonden, verbrecherische Experimente ...

»Was wollen Sie von mir, Lu?« fragte er rauh. »Warum erzählen Sie mir das alles?«

»Weil Sie die Schlüsselfigur in Karl von Huttens Plänen sind«, erklärte der Hausmeister des Instituts für Reinkarnautik. »Wir wissen nicht, warum, aber ohne Ihre Hilfe kann Hutten seinen Plan nicht durchführen. Deshalb hat er das Institut bereits vor Monaten von einem Strohmann des VEB Elektronik übernehmen lassen. Er hat Bernstein gekauft, um Sie in seine Hände zu bekommen. Um Druck auf Sie ausüben zu können. Aber vielleicht arbeitet Bernstein auch freiwillig mit Hutten zusammen ...« Lohannon nickte nachdenklich. »Ja, es ist vorstellbar. Schließlich ist Bernstein Jude.«

»Verdammt, Lu!« explodierte Valentin. »Was hat das damit zu tun? Ich verstehe kein Wort!«

Lu Lohannon sah ihn durchdringend an. »Wir wissen, Mr. Valentin«, sagte er langsam, jedes einzelne Wort sorgfältig formulierend, »daß Karl von Hutten plant, den Holocaust an den europäischen Juden in den 40er Jahren des vorigen Jahrhunderts ungeschehen zu machen. Wir wissen, daß Karl von Hutten nach Los Angeles gekommen ist, um das Leben der von den Nazis ermordeten sechs Millionen Juden durch ein Zeitexperiment zu retten. Mit Ihrer Hilfe, Valentin. Sie sind die Schlüsselfigur. Wir kennen den deutschen Plan nur in Umrissen, aber wir wissen, daß seit mehreren Jahren fieberhaft daran gearbeitet wird und daß er ohne Ihre Hilfe undurchführbar ist.«

»Sie sind verrückt«, flüsterte Valentin. »Es ist ... unmöglich! Niemand kann ...«

»Die Deutschen glauben, daß Sie es können«, unterbrach Lohannon. »Huttens Ankunft ist der Beweis dafür. Wir sind davon überzeugt, daß das entscheidende Experiment morgen stattfinden wird. *Ich* weiß es, denn ich habe es gesehen ... in der Zukunft, meiner Vergangenheit ... aber ich weiß nicht, wie es ausgehen wird. Der Zeitunfall ...«

Valentins Mund war trocken. Ungläubig starrte er den alten Mann an. »Wer ist ›wir‹?« fragte er. »Für wen arbeiten Sie?«

»Für die Islamische Republik Palästina«, sagte Lu Lohannon. »Ich bin Oberst im Geheimdienst der IRP. Lohannon ist nicht mein richtiger Name. Der echte Lohannon starb vor vielen Jahren in einem Kriegsgefangenenlager im Westjordanland. Ich nahm seine Identität an und wurde in das Institut für Reinkarnautik eingeschleust, als wir von Huttens Plänen erfuhren.«

Valentin sagte nichts. Aber plötzlich wußte er, daß Lohannon nicht verrückt war, daß alles, was er erzählt hatte – über Garfunkel, das Zeitexperiment, die Rettung der Millionen Juden, die in den nazi-deutschen KZs vergast worden waren – der Wahrheit entsprach.

Und die Angst schnürte ihm die Kehle zu.

»Wir müssen Huttens Pläne durchkreuzen, Mr. Valentin«, sagte der palästinensische Agent eindringlich. »Nicht nur, weil es sonst sechs Millionen Juden mehr auf der Welt geben wird, um das palästinensische Volk zu knechten und mit Krieg zu überziehen, wenn das Zeitexperiment gelingt. Sondern weil ein Eingriff in die Vergangenheit das Gefüge der Zeit so nachhaltig stören wird, daß ...« Er gestikulierte. »Sie sehen, was mit mir passiert ist. Es könnte unser aller Schicksal werden.«

Valentin schloß die Augen, überwältigt, überfordert von dem, was er gehört hatte. Als er die Augen wieder öffnete, sah er, daß sich der Flug der gen Himmel fallenden Regentropfen verlangsamt hatte.

»Ich muß fort«, stieß Lohannon hervor. »Denken Sie an meine Worte. Sie dürfen Hutten nicht helfen. *Unter keinen Umständen.* Und schweigen Sie über unser Gespräch. Niemand darf davon erfahren. Bernstein nicht – und vor allem Ihre Frau nicht.«

»Christina?« Valentin fuhr zusammen. »Was hat Christina ...?«

Aber in diesem Moment fiel der Regen wieder gegen die Fenster, die Sekundenanzeige der Digitaluhr lief vorwärts, und Lohannon sagte: *»nitnelav rM, sthcin eiS negaS.«* Und wie in einem verkehrt herumlaufenden Film ging er rückwärts, mit schleppenden Schritten, zur Tür und verließ das Zimmer.

Es wurde still.

Nur der Regen prasselte.

Es ist absurd, dachte Valentin. Die Vergangenheit zu verändern ... Sechs Millionen Menschen, die seit über hundert Jahren tot sind, nachträglich das Leben zu retten ... Absurd, sinnlos und unmöglich. Aber, dachte er mit einem Frösteln, das ist genau die Art Plan, die den verrückten, großmachtsüchtigen Deutschen gefallen könnte. Faustisch. Das ist das richtige Wort. Ohne Rücksicht auf die unkalkulierbaren Folgen. *Ein Eingriff in die Vergangenheit könnte das Gefüge der Zeit nachhaltig stören,* hatte Lohannon – der palästinensische Agent, der sich als Lu Lohannon ausgab – gesagt. *Sie sehen, was mit mir passiert ist. Es könnte unser aller Schicksal werden.* Ein Zusammenbruch des linearen Zeitstroms. Keine Vergangenheit, Gegenwart und Zukunft mehr, sondern ... was? Chaos, dachte Valentin. Verdammnis. Ewige Verdammnis im Gefängnis der Zeit.

Er warf einen Blick auf die Uhr.

Die Digitalanzeige stand wieder auf 18:07:48.

Es klopfte an der Tür.

»Ja?« sagte er.

Die Tür öffnete sich.

»Hallo, Valentin«, sagte Christina.

5

Er hätte Überraschung empfinden müssen. Oder Haß. Haß wäre das richtige Gefühl gewesen. Aber statt dessen empfand er … nichts. Vielleicht lag es an den Nachwirkungen des Beruhigungsmittels, das Dr. Janosz ihm infiziert hatte. Oder all seine Gefühle waren von der unheilvollen, zutiefst schockierenden Begegnung mit dem falschen Lu Lohannon aufgezehrt worden.

Es spielte keine Rolle.

Er lag einfach da, während der Regen gegen die Fenster trommelte, und sah Christina an.

Sie war noch immer schön; aber ihre Schönheit hatte nichts mit der glatten, silikonverstärkten Schönheit der Pinup-Girls und Showbiz-Stars in den einschlägigen 3D-Magazinen zu tun. Ihr blondes Haar war zu matt, ihre Augen standen zu weit auseinander, und ihr Busen war nicht voll genug. Außerdem war sie zu dünn, um dem neo-barocken Schönheitsideal des 21. Jahrhunderts zu entsprechen. Valentin erinnerte sich daran, daß er sie bei ihrer ersten Begegnung – in Berlin, anläßlich seines Besuchs im berühmten Auferstehungs-Center ein wenig farblos gefunden hatte. Kein Fräuleinwunder. Hübsch. Doch alles in allem eher durchschnittlich. Später, als er sich in sie verliebt hatte, veränderte sich seine Sichtweise. Als ginge von ihr eine geheime und geheimnisvolle Ausstrahlung aus, die sich erst nach längerer Bekanntschaft enthüllte. Seitdem leuchteten ihre Augen für ihn. Seitdem sah er sie wie durch eine Weichzeichnerlinse. Idealisiert.

Natürlich wußte er, was es war.

Die rosarote Brille der Gefühle, dachte er. Hormonbedingte Verzerrung des Wahrnehmungsvermögens. Endorphine.

Aber es änderte nichts an der Tatsache, daß sie für ihn die schönste Frau auf Erden war. Strahlend. Rein. Madonnenhaft. Doch keine Madonna der Erlösung und

Glückseligkeit, sondern eine Madonna der Pein und der Schmerzen. *Our Lady of Pain.* Wie Swinburne es ausgedrückt hatte.

Christina trug ein schlichtes weißes Kleid, um eine Schattierung dunkler als ihre Haut. Lilienhaut. Makellos und glatt wie ... Eis, dachte er.

Er sah sie an, und die Liebe, die er noch immer für sie empfand, bohrte sich als roher Schmerz in den Panzer seiner inneren Erstarrung. Ich bin verloren, dachte er voll Angst. Besiegt, bevor der Kampf begonnen hat. Besiegt von einer Liebe, der ich mich weder hingeben noch mich erwehren kann. Weil beides in die Selbstzerstörung führt.

Hoffnungslos senkte er den Blick.

»Wie geht es dir?« fragte Christina. »Dr. Janosz sagte mir, daß es bei deinem letzten Einsatz Probleme gegeben hat.« Sie holte sich einen Stuhl aus der Ecke und setzte sich an sein Bett. Aus der Nähe konnte er ihr Parfüm riechen – fruchtig, anziehend, zweifellos pheromonversetzt – und dann fielen ihm die Spuren der Erschöpfung auf, nur unvollkommen von ihrem Makeup verdeckt.

Valentin zuckte die Achseln. »Janosz übertreibt. Der Transfer verlief planmäßig.« Er gab sich reserviert und war dankbar dafür, daß seine Stimme neutral klang. Unberührt.

»Astor, nicht wahr?« sagte sie. »Mindestens ein Dutzend Nachrichtenmaschinen schwirren um das Institut und warten darauf, daß du herauskommst. Du bist ein berühmter Mann. Der Reinkarnaut, der Hiram P. Astor ins nächste Leben geführt hat.«

Valentin schwieg.

Christina strich eine Haarsträhne zurück und musterte ihn mit einer Mischung aus Zärtlichkeit und ... Mitleid, dachte Valentin. Seltsamerweise machte ihr Mitleid ihn zornig. Verdammt, sie hatte kein Recht, ihn zu bemitleiden! Nicht nach dem, was sie ihm angetan hatte. Mit dieser bösartigen, ruinösen Schmerzensgeldklage.

»Was willst du?« fragte er schließlich. »Warum bist du gekommen? Statt mir deinen Robadvokaten zu schicken?«

Christina kniff die Lippen zusammen. »Haßt du mich?«

»Ich … weiß es nicht«, gestand er. »Vielleicht. Aber … ich verstehe nicht, warum du … Was versprichst du dir davon? Was habe ich dir getan, Christina?«

»Nichts.« Sie holte tief Luft. »Nichts. Es ist nicht deine Schuld. Es hat nichts mit dir zu tun. Ich … ich kann es dir jetzt nicht erklären. Es ist nicht der richtige Zeitpunkt. Aber ich wollte dir sagen, daß es mir leid tut.«

»Sicher«, murmelte er.

»Ich wünschte …« Sie verstummte.

»Ja?« sagte er.

»Es ist noch zu früh. Aber du wirst verstehen. Morgen.«

Morgen. Für einen Moment setzte sein Herzschlag aus. Morgen sollte laut Lohannon das Zeitexperiment stattfinden. Und der palästinensische Agent hatte ihn gewarnt, Christina nichts von ihrem Gespräch zu verraten. Gott! durchfuhr es Valentin. Christina hat mit dieser Sache zu tun! Sie gehört dazu! Sie ist Teil von Huttens Plan, der mich dazu bringen soll, für ihn zu arbeiten. Die Schmerzensgeldklage … der drohende Ruin … ein Druckmittel. Natürlich. Gott, er war ein Idiot! Die Deutschen arbeiteten seit mehreren Jahren an diesem Plan. Und er hatte Christina vor drei Jahren in Berlin kennengelernt. Der Ehevertrag … nach deutschem Recht … um ihn im Fall einer Scheidung der perversen Monogamie anzuklagen … um ihn in der Hand zu haben, sobald der Plan in die entscheidende Phase trat. Was jetzt geschehen war.

Es war ungeheuerlich!

»Was ist?« fragte Christina nervös. »Warum siehst du mich so an?«

Er konnte es nicht glauben. Aber es war logisch. Christina arbeitete für Karl von Hutten. Hutten hatte sie auf ihn angesetzt. Ihre Ehe war eine Farce gewesen. Ihre Liebe Heuchelei.

Christina stand auf und trat ans Fenster, blickte hinaus in die zunehmende Dämmerung.

»Ich habe einen neuen Job«, sagte sie. »Als psychologische Beraterin. Mein Klient heißt Sean Crawford. Er ist hier im Institut. Wir werden uns in den nächsten Tagen also öfters sehen. Vielleicht – nein, sogar ganz bestimmt – wird Bernstein dich bitten, Crawfords Transfer zu übernehmen.«

Valentin starrte seine Hände an. Sie zitterten. Er konnte das Zittern nicht unterdrücken. Vielleicht sollte ich Christina erwürgen, dachte er. Vielleicht zittern meine Hände deshalb. Weil sie klüger sind als ich. Weil sie wissen, was getan werden muß. Doch er konnte es nicht. Er würde es niemals können. Trotz allem. Er schob die Hände unter die Bettdecke und starrte die Digitalanzeige der Wanduhr an.

»Es könnte alles wieder wie früher werden, Valentin«, sagte Christina leise, ohne sich umzudrehen. »Möchtest du, daß alles wieder wie früher wird?«

»Du willst die Schmerzensgeldklage zurückziehen? Du willst dich nicht scheiden lassen?« Er haßte sich dafür, aber ihre Worte erfüllten ihn mit wilder Freude. »Was soll das?« fragte er scharf, wie um sich selbst zu züchtigen. »Willst du mit mir spielen? Genügt es dir nicht …«

»Es gibt eine Möglichkeit«, sagte sie ruhig. »Es hängt von dir ab. Nicht von mir.«

Seine Brust wurde eng. Sein Herz raste. »Was muß ich tun?« fragte er gepreßt. »Was verlangst du von mir?«

»Ich werde es dir morgen sagen.« Sie wandte sich vom Fenster ab und blieb am Fußende seines Bettes stehen. »Ich möchte dich nur bitten, darüber nachzudenken, ob du mit mir den Rest deines Lebens verbringen willst. Trotz allem, was geschehen ist. Was ich dir angetan habe – ohne es selbst zu wollen.« Ihre Stimme klang beschwörend. »Bitte, Valentin, du mußt mir glauben. Es war nicht mein Wille. Ich ...« Sie brach ab. In ihren Augen glitzerten Tränen.

»Du kennst die Antwort«, flüsterte er. Besiegt. Von Anfang an besiegt.

Sie sahen sich an und schwiegen.

Schließlich blickte Christina wieder zum Fenster hinüber. Am dunklen Himmel rissen die Wolken auf. Gebrochenes Sternenlicht sickerte durch den Dunst.

»Sie kommen näher«, sagte Christina zusammenhanglos. »Die Außerirdischen. Die NASA hat es gestern bestätigt. Ihr Schiff ist nur noch wenige Lichtwochen von der Plutobahn entfernt. Man rechnet damit, daß sie in spätestens drei, vier Monaten das Bremsmanöver abgeschlossen haben.« Sie schauderte. »Es wird alles verändern. Nach ihrer Ankunft wird nichts mehr so sein, wie es früher war.«

»Hat man ihre Signale inzwischen entschlüsseln können?«

Christina schüttelte den Kopf.

»Vielleicht kommen sie in feindseliger Absicht«, spekulierte Valentin. »Vielleicht sind es glotzäugige Ungeheuer, die die Erde erobern und unsere Frauen rauben wollen. Wie in den alten Filmen.« Er lachte trocken.

»Niemand reist Jahrhunderte oder Jahrtausende durch den Weltraum, um einen fremden Planeten zu erobern.«

»Warum kommen sie dann?«

Christina seufzte. »Ich weiß es nicht. Niemand weiß es. Aber in ein paar Monaten werden wir es erfahren.« Sie sah auf die Uhr, beugte sich zu ihm hinunter und hauchte ihm einen Kuß auf die Wange. »Ich muß jetzt gehen. Wir sehen uns morgen.«

Sie ging hinaus.

Draußen klarte der Himmel weiter auf. Immer mehr Sterne wurden sichtbar. Sie schienen ganz nah. Furchterregend nah.

6

Am nächsten Morgen war der Himmel wolkenlos blau; das goldene Herbstlicht verlieh selbst dem tristen Ruinengürtel jenseits der Institutsmauer so etwas wie den morbiden Charme der Dekadenz. Die Ereignisse des vergangenen Abends kamen Valentin wie ein böser Traum vor.

Aber hinter dem Gold der Herbstsonne verbarg sich die zerstörerische, krebserzeugende UV-Strahlung, und hinter der Illusion des bösen Traums die drückende, brutale Realität. Vielleicht hätte er Lohannons Geschichte als Hirngespinst abtun können, wäre sie von Christina nicht indirekt bestätigt worden.

Valentin fragte sich, ob ihr Angebot ernst gemeint gewesen war. Vermutlich, dachte er düster. Wenn ich Hutten bei seinem faustischen Zeitexperiment helfe, läßt Christina die Klage fallen und kehrt zu mir zurück. Weigere ich mich, wird sie mich ruinieren. Doch es gab noch eine andere Möglichkeit: daß sie ihn täuschte und ihn in jedem Fall verlassen würde, ganz gleich, ob er bei Huttens Plan mitmachte oder nicht. Trotzdem, dachte Valentin, ich werde es tun, und sie weiß es. Sie ist Psychologin; sie hat mich durchschaut. Meine Liebe zu ihr gibt ihr Macht über mein Leben, und Christina ist nicht der Typ Frau, der eine solche Chance ungenutzt läßt.

Deprimiert zog er sich an und wartete auf Dr. Janosz' Visite. Der Arzt betrat wenige Minuten später das Krankenzimmer und wedelte zufrieden mit einem Computerausdruck des Robodocs.

»Sie sind weitgehend wiederhergestellt«, sagte der Arzt. »Aber Sie sollten sich trotzdem die nächsten Wochen schonen. Aus medizinischer Sicht wäre jeder Transfer vor Ablauf eines Monats ein erhebliches Risiko. Allerdings befürchte ich«, fügte er seufzend hinzu, »daß Bernstein andere Pläne mit Ihnen hat. Sie sollen heute nachmittag in sein Büro kommen. Um siebzehn Uhr.«

Valentin zog die Schutzhandschuhe an und streifte die Pigmentmaske über den Kopf. »Ein neuer Klient?« fragte er betont gleichmütig. Crawford, dachte er. Das kann nur Sean Crawford alias Karl von Hutten sein.

»Ja. Ein stinkreicher Importkaufmann von der Ostküste. Crawford. Wie man hört, hat er Millionen im High-Tech-Geschäft mit dem Wiedervereinigten Deutschland verdient, aber ...« – er lachte humorlos – »all sein Geld hat ihn nicht davor bewahrt, sich mit einer neuen, unheilbaren Aids-Variante anzustecken. Er wurde in der Nacht eingeliefert.« Janosz runzelte die Stirn. »Ihre Frau arbeitet übrigens für ihn. Sie ist ebenfalls im Institut. Zusammen mit einem ganzen Haufen anderer Leute, die zu Crawfords Stab gehören. Komischer Kauz. Hat offenbar Angst, allein zu sterben.« Er lachte wieder.

»Ich habe gestern mit Christina gesprochen«, sagte Valentin.

»Haben Sie etwas erreicht?« Janosz kratzte sich nervös am Kopf. »Wegen dieser Klage, meine ich. Es geht mich natürlich nichts an, aber ...«

»Ich glaube, sie wird zur Vernunft kommen«, sagte Valentin mit gespieltem Optimismus.

Der Arzt atmete erleichtert auf. »Freut mich, das zu hören. Wirklich. Sie wissen es wahrscheinlich noch nicht, aber ... Nun, Schomon wird Sie nicht vor Gericht vertreten können. Der Vormund irgendeines von unseren früheren Klienten hat das Institut verklagt. Angeblich hat der verantwortliche Reinkarnaut Pfuscharbeit geleistet und den Verblichenen in einen asiatischen Mutterschoß gelotst. Und da der Klient praktizierender Rassist war ... Sehr unangenehm. Schomon wird die nächste Zeit alle Hände voll zu tun haben, um das Institut vor dem Ruin zu bewahren.«

»Oh«, machte Valentin. Aber es war logisch. Wenn Hutten das Institut über einen Strohmann gekauft hatte, war es kein Problem für ihn, den Justitiar auf einen anderen Fall anzusetzen. Um zu verhindern, daß der gerissene jüdische Advokat einen Weg fand, Valentin vor der Verurteilung durch das Cybergericht von Los Angeles zu bewahren. Vielleicht war Schomon sogar eingeweiht ... Und die Aussicht, die Opfer des Holocaust zu retten, mußte für jeden Juden verlockend genug sein ... »Ich werde mir einen anderen Anwalt nehmen«, sagte er laut. »Kein Problem.«

»Stella hat aus Mountain Springs angerufen«, erzählte Janosz. »Sie hat Astors Mutter gefunden. Eine strenggläubige Mormonin. Ihr Mann hat noch zwei weitere Frauen. Croft soll fast einen Herzschlag bekommen haben, aber rein rechtlich kann er nichts unternehmen. Ich frage mich, was Astor dazu sagen wird, wenn wir in ein paar Jahren seine unbewußten Erinnerungen an sein früheres Leben an die Oberfläche holen.« Er fügte hinzu: »Astor war Atheist. Komisch, nicht wahr? Ich meine, wie kann jemand in der heutigen Zeit noch Atheist sein? Der Beweis für die Existenz Gottes liegt seit der Rückkehr des ersten Reinkarnauten aus dem Jenseits vor.«

»Vielleicht ist der Atheismus die moderne Form der Religion«, sagte Valentin. »Religion hatte noch nie etwas mit Wissen zu tun.«

»Was haben Sie jetzt vor?«

»Ich habe noch ein paar persönliche Dinge in meinem alten Apartment. Ich hole sie ab und mache mich dann auf die Suche nach einer neuen Wohnung.«

Janosz räusperte sich. »Ich soll Ihnen von Stella ausrichten, daß Sie ihr Apartment benutzen können, bis Sie etwas Passendes gefunden haben. Sie kehrt erst in zwei Wochen aus Mountain Springs zurück und ...«

»Nein«, wehrte Valentin ab. »In New Beverly Hills soll es eine ganze Reihe von leerstehenden autonomen Immobilien geben. Ich muß eine Weile allein sein.« Bis Christina zu mir zurückkommt, fügte er in Gedanken hinzu. Oder bis die ganze Welt aufgrund von Huttens Zeitexperiment zur Hölle fährt.

Er ging zur Tür.

»Denken Sie daran«, rief ihm der Arzt nach. »Um siebzehn Uhr in Bernsteins Büro.«

Valentin zog die Tür hinter sich zu, und ein paar Minuten später betrat er das Landedach des Hauptgebäudes, wo sein Mercedes-Schwebewagen auf ihn wartete. Er blinzelte ins helle Morgenlicht. Hinter der unsichtbaren elektromagnetischen Barriere, die kuppelförmig das Institutsgelände überwölbte, tanzten schwarze Punkte in der Luft. Zweifellos die sensationsgierigen Nachrichtenmaschinen, von denen Christina gesprochen hatte. Sie schienen ihn entdeckt und erkannt zu haben, denn ihr Tanz wurde hektischer, und der auffrischende Wind trug ihre schrillen Stimmen zu ihm herüber.

»Mr. Valentin! Ein Interview für dpa, Mr. Valentin!«

»Fünfzigtausend Neue Dollar für ein Exklusivinterview, Mr. Valentin! Verhandeln Sie nur mit NBC!«

Er zögerte und war einen Moment lang versucht, auf das Angebot einzugehen, aber selbst fünfzigtausend Neue Dollar waren nur ein Bruchteil der astronomischen Summe, auf die Christina ihn verklagt hatte. Und er war überzeugt, daß Hutten eine andere Möglichkeit finden würde, Druck auf ihn auszuüben, auch wenn er das Geld auftrieb. Nein, korrigierte er sich in Gedanken, keine andere Möglichkeit. Christinas Versöhnungsangebot genügt. Ich bin zu schwach, um es abzulehnen. Soviel zur Liebe.

Bedrückt ging er zu seinem Schwebewagen und stieg ein.

»Guten Morgen, Mr. Valentin«, begrüßte ihn der Autopilot heiter. »Ein herrlicher Tag, nicht wahr?«

»Ja«, sagte er einsilbig.

»Wohin darf ich Sie bringen, Mr. Valentin?«

»Zunächst zu meiner alten Wohnung und dann ...« Sollte er wirklich nach New Beverly Hills? Es war eine schlechte Wohngegend; die Pogrome der Lynkaner – und natürlich das Große Beben – hatten das einstige Villenviertel der Reichen und Berühmten in einen Slum verwandelt. Trotz der neuerrichteten autonomen Immobilien. »Wir werden sehen«, schloß er vage.

Der Autopilot startete, und bald lag das Institut hinter ihm. Die Nachrichtenmaschinen nahmen die Verfolgung auf, fielen aber nach kurzer Zeit zurück. Valentin hoffte, daß ihn nicht andere Robreporter vor seiner alten Wohnung erwarteten. Seit der Begegnung mit dem Robadvokaten haßte er die homöostatischen Maschinen.

»Mr. Valentin?« Die Stimme des Autopiloten klang alarmiert.

»Was ist?« fragte er.

»Es tut mir leid, Mr. Valentin, aber soeben wurde ein hochfrequenter Kontrollstrahl auf uns gerichtet. Ich habe Anweisung, unverzüglich ein Ziel in Downtown anzufliegen. Downtown ist *Nighter*-Gebiet. Wenn ich mich weigere oder zu landen versuche, droht mir die sofortige Vernichtung durch einen EMP-Schock.« Der Autopilot schwieg einen Moment lang. »In Anbetracht unserer derzeitigen Flughöhe würde das für Sie den Tod bedeuten.«

Nighter, die mit modernsten technischen Mitteln ausgerüstet waren und am hellichten Tag einen Schwebewagen entführten? Gott, diese Menschen, die wie Ratten in den Ruinen hausten, konnten unmöglich über derartige High-Tech-Geräte verfügen! Aber wer waren dann die Entführer? Agenten des Wiedervereinigten Deutschlands? Mehr als wahrscheinlich ... schließlich war Karl von Hutten der mächtigste Mann von ganz Europa. Der Deutsche Nachrichtendienst würde ihn nie an die amerikanische Westküste reisen lassen, ohne ihn durch eine Armee schwerbewaffneter DND-Agenten zu beschützen ...

»Notruf an die Polizei«, befahl Valentin.

»Tut mir leid, Mr. Valentin«, sagte der Autopilot hörbar zerknirscht, »aber der Kontrollstrahl stört sämtliche Frequenzen. Wir sind von der Außenwelt abgeschnitten.«

Valentin lehnte sich resigniert in das Sitzpolster zurück. Nun, er hätte es sich denken können. Und es spielte auch keine große Rolle. Was konnte das schlecht ausgerüstete, personell unterbesetzte Los Angeles Police Department auch gegen die Spezialtruppen des DND ausrichten? Gegen diese unheilige Mischung aus Gestapo-Perfektion, High-Tech-Ausrüstung und quasireligiösem Sendungsbewußtsein ... *Deutschland über alles,* aber nur zum Besten der Welt. Wobei die Welt sich für Berlin auf Europa und Israel reduzierte.

»Also Kurs auf Downtown«, murmelte er.

»Verstanden, Mr. Valentin.« Die Turbojets des Schwebewagens brüllten auf; mit Höchstgeschwindigkeit schoß der Wagen nach Osten, wo sich im goldenen Herbstlicht die gezackte, zernarbte Skyline halbverfallener Wolkenkratzer abzeichnete.

Valentin hatte Angst; er wußte, daß die Deutschen ihn für die Durchführung ihres die Vergangenheit verändernden Planes brauchten, aber er hatte trotzdem Angst. Weil er die deutsche Mentalität nicht verstand. Oder besser: weil die deutsche Mentalität seiner eigenen Weltsicht diametral entgegengesetzt war. Ihr Idealismus, gepaart mit einem völligen Mangel an Selbstzweifeln. Was sie auch taten, ob im Guten oder im Bösen, sie taten es hundertfünfzigprozentig. Ob sie nun unter den Nationalsozialisten die halbe Welt mit Krieg überzogen und die europäischen Juden ausrotteten; ob sie nun, staatlich und ideologisch geteilt wie in der zweiten Hälfte des 20. Jahrhunderts, sich als die beflissensten Erfüllungsgehilfen ihrer jeweiligen Siegermächte betätigten; oder ob sie, wie in der Gegenwart, als lautstarke Verteidiger der europäischen Souveränität und militante Schutzmacht Israels auftraten ... es war das gleiche Prinzip.

Kein Mittelweg, dachte Valentin. Ganz oder gar nicht. Alles oder nichts. Das ist das wahre Geheimnis des Deutschtums. Die Ziele sind unwichtig; Ideologien austauschbar; Grundsätze der Mode unterworfen. Was zählt, ist die Tat. Der Weg.

Und dieser Plan, die sechs Millionen jüdischen Opfer des Holocaust durch einen Eingriff in die Vergangenheit zu retten, war in seiner Größe und seinem Größenwahn Deutschtum in höchster Vollendung. Fasziniert von der Tat an sich, ignorierten sie die möglichen Folgen.

Sie sehen durch geschwärztes Glas, dachte Valentin, wie Paulus in der Bibel sagt. Wenn irgendein Volk vom Fluch der Erbsünde getroffen wurde, dann dieses.

»Eva war eine Deutsche«, sagte er laut. »Nur eine Deutsche konnte so verrückt – so *faustisch* – sein, den Apfel vom Baum der Erkenntnis zu pflücken und die Vertreibung aus dem Paradies zu riskieren.«

Der Schwebewagen wurde langsamer und verlor an Höhe. Die Ruinen des World Trade Centers und des ausgebrannten Bonaventure Hotels waren nur noch wenige hundert Meter entfernt. Geschwärzte und bemooste Stümpfe aus Glas und Stahlbeton. Die Denkmäler der verlorenen amerikanischen Größe. Der amerikanischen Unschuld, verbesserte sich Valentin.

Der Wagen sank tiefer und setzte auf einer rissigen Betonplattform auf, die wie eine graue Zunge aus dem düsteren, verfallenen Komplex der Bunker Hill Towers ragte. Jaulend erstarb der Maschinenlärm. Valentin sah nach draußen. Hinter leeren Fensterhöhlen huschten Schatten hin und her, wie große nervöse Ratten. Dann traten zwei zerlumpte, mit Neutronenstrahlgewehren bewaffnete Männer aus einem breiten Spalt im Mauerwerk und winkten ihm herrisch zu.

»Ich werde auf Sie warten, Mr. Valentin«, versprach der Autopilot. »Ganz gleich, was passiert. Sie können sich auf mich verlassen.«

»Danke«, murmelte Valentin. Immerhin, dachte er, während er ausstieg. Zumindest das KI-System dieses Wagens hält zu mir. Er ging auf die beiden *Nighters* zu, aber als er sie erreichte, erkannte er, daß ihre Lumpen, ihre ungepflegten Haare und ihre verfilzten Bärte zu perfekt waren, um echt zu sein. Auf Verwahrlosung getrimmt. Deutsche? Nein. Der dunkle Teint, die kohlenschwarzen Augen ... Araber, durchfuhr es Valentin. Agenten der Islamischen Republik Palästina. Wie Lu Lohannon.

Und die Angst umklammerte ihn wie ein Kraken.

»Kommen Sie!« befahl einer der Männer mit kehligem arabischen Akzent.

Sie nahmen ihn in die Mitte, und er ließ sich willenlos in die Dachgarage und eine bröckelnde Treppe hinunter in einem kahlen, fensterlosen Raum führen. Wilde Glühschwämme an der Decke und den Wänden – nach dem Großen Beben unkontrolliert in die Umwelt gelangte Experimentalzüchtungen eines Gen-Labors – verbreiteten fahles grünstichiges Licht. Weitere bewaffnete Araber. Auf einer Plastiktonne hinter einer Plastikkiste saß ein bulliger, kraushaariger Mann mit plattnasigem Gesicht, kleinen, stechend blickenden Augen und einem stoppeligen Drei-Tage-Bart.

»Setzen Sie sich, Mr. Valentin«, sagte er und wies mit einer knappen Handbewegung auf die zweite Plastiktonne. »Wir haben wenig Zeit.«

Valentin gehorchte. »Wer sind Sie?«

W. RUHNER 97

»Sie können mich Mohammed nennen.«

Valentin lächelte dünn. Mohammed. Sicher. Der John Smith der islamischen Welt.

»Ich leite die Aktion gegen den verbrecherischen deutsch-zionistischen Plan zur Vernichtung des palästinensischen Volkes«, erklärte Mohammed mit harter Stimme. Ruckartig beugte er sich nach vorn. »Wir haben das Gespräch zwischen Ihnen und Ihrer Frau abgehört, Mr. Valentin. Wir kennen das Angebot, das sie Ihnen gemacht hat. Deshalb haben wir Sie hierher geholt. Trotz des Risikos, daß Sie vom DND oder vom Mossad überwacht werden. Wir haben Sie geholt, um Sie zu warnen.«

Valentin sagte nichts.

»Ihre Frau wird nicht zu Ihnen zurückkehren, Mr. Valentin«, erklärte der Palästinenser. »Sie lügt, wenn sie etwas anderes behauptet. Ihre Frau ist Agentin des Deutschen Nachrichtendienstes. Eine Fanatikerin. Karl von Hutten treu ergeben. Es war kein Zufall, daß Sie ihr vor drei Jahren in Berlin begegnet sind. Sie wurde auf Sie angesetzt. Auf Empfehlung des Mossad, des israelischen Geheimdienstes. Ihr Chef, Benjamin Bernstein, arbeitet für den Mossad.«

Er schwieg einen Moment lang, ließ seine Worte wirken, als wären sie Kugeln, direkt in Valentins Herz gezielt, aber Valentin spürte nichts. Keinen Schmerz, keine Überraschung, keine Enttäuschung. Er fühlte sich leer, ausgehöhlt, müde. Hoffentlich ist es bald vorbei, dachte er. Hoffentlich hat das alles bald ein Ende. Aber, dachte er dann, es gibt kein Ende. Das Ende ist eine Illusion. Ich bin Reinkarnaut. Ich muß es wissen.

Deprimiert sah er Mohammed an.

Der Palästinenser rieb sein stoppelbärtiges Kinn. »Der Mossad hat vor Jahren von allen Reinkarnauten in den USA Psychoprofile anfertigen lassen. Die Unterlagen über die sieben fähigsten Scouts wurden in Berlin ausgewertet. Karl von Huttens Spezialisten suchten nach einer Persönlichkeit, die leicht zu manipulieren war, sogar dann für Hutten arbeiten würde, wenn sie den deutsch-zionistischen Plan innerlich ablehnte, ob nun aus Angst, moralischen Skrupeln, Feigheit oder sonstigen Gründen. Die Wahl fiel auf Sie, Mr. Valentin. Sie sind psychisch instabil mit masochistischen Tendenzen, auf dominante Frauen fixiert, unfähig, sich aus eigener Kraft aus einer zerstörerischen Beziehung zu lösen.«

»Sehr freundlich«, murmelte Valentin. »Sie ersparen mir glatt den Besuch bei einem Psychiater.«

»Ich zitiere nur«, erklärte Mohammed verärgert, »nenne Fakten. Das ist alles. Außerdem sind Sie der beste Reinkarnaut, den der Mossad und der DND finden konnten. Besser als jeder deutsche Scout, besser als die Spezialisten aus Tibet.« Er klemmte sich eine dunkle türkische Zigarette in den Mundwinkel, zündete sie aber nicht an. »Die DND-Agentin und ausgebildete Psychologin Julia Kirsch alias Christina Werther wurde auf Sie angesetzt... Kennen Sie den Begriff Romeo-Agent, Mr. Valentin? Er wurde im Kalten Krieg von den westlichen Geheimdiensten für den Typ Ostspion geprägt, der amouröse Beziehungen zu den Sekretärinnen hoher Regierungsvertreter unterhielt, um so an vertrauliche Informationen zu kommen.« Der Palästinenser lächelte humorlos. »Nun, Ihre Frau ist eine Julia-Agentin. Eine sehr erfolgreiche, wie wir wissen. Sie hat Sie in der Hand.«

Valentin schwieg.

Der Palästinenser wartete einen Moment lang, wechselte dann abrupt das Thema. »Lohannon hat Sie über den deutsch-zionistischen Plan informiert, nicht wahr?«

Valentin nickte. »Die Deutschen wollen die jüdischen Opfer Nazi-Deutschlands vor dem Holocaust retten. Aber ich kann mir nicht vorstellen, wie ...«

»Wir kennen die Einzelheiten des Plans nicht«, unterbrach Mohammed. »Aber wir wissen, daß der Plan ohne Ihre Mitarbeit nicht durchführbar ist. Und wir wissen, daß der Erfolg dieses Plans das Ende der palästinensischen Nation bedeuten wird.« Er gestikulierte, die Augen fiebrig glühend, die Augen in die Ferne gerichtet, die Vergangenheit, in die elenden Flüchtlingslager im Westjordanland, wo der Haß so heiß war wie die Sonne am Himmel. »Stellen Sie sich vor, Mr. Valentin, stellen Sie sich ein Israel mit sechs Millionen zusätzlichen Bürgern vor, sechs Millionen europäischen Juden, viele davon ausgebildete Wissenschaftler, Techniker, Ingenieure ... Die Zionisten haben uns Palästinensern nach dem Zweiten Weltkrieg das Land gestohlen. Sie haben uns aus unserer Heimat vertrieben und die Zurückgebliebenen in Bürger zweiter Klasse verwandelt. Sie haben uns unterdrückt, terrorisiert, getötet. Unser Kampf für einen eigenen Staat hat über ein halbes Jahrhundert gedauert. Und die Islamische Republik Palästina existiert nur, weil die Zionisten begreifen, zähneknirschend akzeptieren mußten, daß sie nur eine Lache im arabischen Meer sind. Daß sie untergehen mußten, wenn sie nicht nachgaben. Daß sie auf die Hilfe der Welt – and vor allem des Wiedervereinigten Deutschlands – für ihren Zionistenstaat nur zählen konnten, wenn sie uns Palästinensern das Existenzrecht in einem eigenen Staat zugestanden. Aber stellen Sie sich vor, wie die Zionisten gehandelt hätten, wenn sie stärker und zahlreicher gewesen wären ... wenn Israel sechs Millionen zusätzliche Bürger gehabt hätte ... Sie hätten nicht nachgegeben. Niemals! Sie hätten noch mehr Land gestohlen und noch mehr palästinensische Mütter und Kinder umgebracht. Der Holocaust an den europäischen Juden hat den Holocaust am palästinensischen Volk verhindert. Das ist die Wahrheit.«

Die Wahrheit? dachte Valentin. Aber was ist mit dem

Terror, den ihr über Israel gebracht habt? Was ist mit euren Schwüren, die Zionisten ins Meer zu treiben, den Staat Israel zu vernichten? Was ist mit eurem Haß, der keine Versöhnung zuläßt?

Aber er sprach seine Gedanken nicht laut aus. Es war sinnlos, mit Fanatikern zu diskutieren.

»Karl von Huttens Zeitexperiment darf nicht gelingen«, bekräftigte Mohammed. »Es wäre das Ende der palästinensischen Nation, des palästinensischen Volkes.«

»Also? Was haben Sie vor?« fragte Valentin ausdruckslos. »Werden Sie mich töten? Oder nach Palästina entführen? Um mich daran zu hindern, Karl von Hutten zu helfen?« Um, fügte er in Gedanken hinzu, mich daran zu hindern, Christina zurückzugewinnen.

»Wir sind keine Mörder. Wir sind keine Kidnapper. Wir manipulieren die Menschen nicht. Aber wir würden all das tun – und noch mehr, Mr. Valentin, noch sehr viel mehr – wenn wir wüßten, daß dies Karl von Huttens Pläne für alle Zeiten durchkreuzen würde.« Der Palästinenser schüttelte den Kopf. »Nein, Ihr Tod würde nichts ändern. Die Deutschen und die Zionisten wären dann gewarnt und ein anderer Reinkarnaut würde an Ihre Stelle treten, in einem Jahr, in fünf Jahren.«

»Was verlangen Sie von mir?«

Mohammed lehnte sich zurück und sah Valentin durchdringend an. »Gehen Sie zum Schein auf Huttens Angebot ein. Sammeln Sie Informationen. Finden Sie heraus, wie der Plan im einzelnen aussieht.«

»Und dann?«

»Überlassen Sie alles andere uns. Wir haben Freunde im Institut. Wir holen Sie heraus und bringen Sie nach Palästina. In Sicherheit. Niemand wird Sie dort finden, weder der Mossad noch der Deutsche Nachrichtendienst. Für den Rest Ihres Lebens werden Sie ein Held des palästinensischen Volkes sein. Sie werden alles bekommen, was Sie sich wünschen. Geld, Frauen, Drogen – was Sie wollen.« Mohammed verschränkte die Arme.

»Und wenn ich mich weigere?«

»Dann werden Sie nicht mehr in das Institut zurückkehren. Aber«, sagte der Palästinenser lächelnd, »wir sind sicher, daß Sie sich nicht weigern werden. Warum sollten Sie? Nach all dem, was Ihnen Ihre Frau – im Auftrag Huttens, im Auftrag der Zionisten – angetan hat? Es wäre verrückt, Mr. Valentin. Es wäre selbstmörderisch. Sie verstehen?«

Valentin nickte. Sein Mund war trocken. Er hatte Angst.

Mohammed war kein Mann, der leere Drohungen aussprach. Er war ein Fanatiker, und er war verzweifelt. Für ihn ging es um das Überleben des palästinensischen Volkes; welche Rolle spielte dann das Leben eines einzelnen Amerikaners?

»Ich helfe Ihnen«, sagte Valentin schließlich. Entschieden. Von der Richtigkeit seines Entschlusses überzeugt. »Ich helfe Ihnen«, wiederholte er, »aber nicht, weil Sie mir drohen oder weil ich Sympathien für Sie und Ihre Sache empfinde. Auch nicht, weil Sie recht haben, was Christina betrifft, weil Christina mich so oder so verlassen wird, sobald ihr Auftrag beendet ist. Ich helfe Ihnen wegen Lu Lohannon.«

Mohammed wirkte irritiert. »Wegen Lohannon?«

»Die Retrozeit … Was ihm zugestoßen ist, droht vielleicht uns allen, wenn das Zeitexperiment durchgeführt wird. Die Rückkehr in die Vergangenheit, der Weg zurück ins Gewesene, bereits Erlebte, in die Falle der unabänderlichen Wiederholung … Verdammnis. Die Retrozeit ist eine Form der Verdammnis, wissen Sie, die schlimmste Form der Verdammnis überhaupt. Den Menschen die Zukunft zu rauben … die Menschen zur Wiederholung der Vergangenheit zu verdammen …« Er schauderte. »Es ist die Hölle. Niemand darf zulassen, daß die Erde zur Hölle wird. Deshalb helfe ich Ihnen. Nur deshalb.«

Und Valentin glaubte es wirklich. Ganz gleich, was Christina ihm bedeutete – daß sie ihm alles bedeutete, buchstäblich alles – er würde nicht, er konnte nicht zulassen, daß Lu Lohannons Schicksal ihr aller Schicksal wurde. So groß die Versuchung auch war, und es war eine Versuchung im biblischen Sinn, er würde ihr nicht erliegen, weil die Strafe zu furchtbar war. Er war überzeugt davon. Tatsächlich.

»Wir sind uns also einig«, sagte der Palästinenser. »Aber Sie werden verstehen, daß wir uns absichern müssen.« Er lächelte ohne eine Spur von Freundlichkeit und winkte einem seiner Leute zu, die die ganze Zeit reglos gewartet hatten, die Gesichter fahl und tot im grünen Licht der wilden Glühschwämme. Einer trat vor, in der Hand eine Injektionspistole. Mohammed lächelte noch immer. »Eine Vorsichtsmaßnahme«, erklärte er. »Oder besser: eine Ermahnung, sich an unsere Abmachung zu halten.« Er nickte dem Palästinenser zu. Die Injektionspistole wurde gegen Valentins Nacken gepreßt. Ein Zischen, ein kurzer Druck, Kälte. Der Mann mit der Injektionspistole trat zurück. Mohammed kaute an seiner türkischen Zigarette. »Wir haben Ihnen einen Mikrobot injiziert, Mr. Valentin«, sagte er sachlich. »Kleiner als ein Stecknadelkopf, aber ausgerüstet mit eigener Energieversorgung, Motoren, Sensoren und Greifern. Der Mikrobot wird durch Ihren Blutkreislauf bis zu Ihrem Herzen wandern, sich dort festsetzen und so lange inaktiv bleiben, wie Sie sich an unsere Abmachung halten. Aber wenn Sie uns hintergehen, Mr. Valentin, wenn Sie uns betrügen und doch mit Karl von Hutten zusammenarbeiten, wird der Mikrobot Ihr Herz zerstören. Wir verstehen uns?«

»Wir verstehen uns«, sagte Valentin. Er hatte etwas

ähnliches erwartet. Mohammed wäre ein Narr gewesen, hätte er allein auf sein Wort vertraut.

Der Palästinenser stand auf und reichte Valentin die Hand. »Gehen Sie jetzt. Tun Sie, als wäre nichts geschehen. Und überlassen Sie alles andere uns. Keine Sorge, wir holen Sie rechtzeitig raus.«

»Sicher.« Valentin nickte. Er wandte sich ab und verließ, von zwei Palästinensern begleitet, den kahlen Raum und kehrte zur Betonplattform zurück, wo sein Mercedes-Schwebewagen auf ihn wartete. Er stieg ein. Der Wagen ließ den Motor an.

»Ich bin froh, Sie wiederzusehen, Mr. Valentin«, sagte der Autopilot. »Wer waren diese Männer? Was wollten sie von Ihnen?«

»Nichts«, erwiderte Valentin. Er sah brütend aus dem Fenster, hinauf zum golden getönten Herbsthimmel. Im Süden, dort, wo hinter den Geborstenen Hochhäusern von Downtown Los Angeles das Institut für Reinkarnautik lag, tauchte ein Schwarm dunkler Punkte auf. »Diese Männer«, sagte Valentin leise, mehr zu sich selbst, »haben mir die Augen über meine Frau geöffnet. Und über Benjamin Bernstein.« Christina eine DND-Agentin, dachte er, und Bernstein ein Mossad-Mann. Mohammed hat recht; sie benutzen mich, mißbrauchen mich. Und sie werden mich fallenlassen, sobald sie ihr Ziel erreicht haben.

Der Motorenlärm schwoll an, und der Schwebewagen stieg langsam in die Höhe. Die dunklen Punkte am Himmel wurden größer.

»Diese Männer«, sagte der Autopilot nach einem Moment des Schweigens, »waren keine *Nighters.* Während Sie fort waren, Mr. Valentin, sind drei dieser Männer zu mir gekommen, um mich anzuschauen. Es hat mich nicht gestört; ich bin daran gewöhnt. Es gibt nicht viele Mercedes-Schwebewagen in den Staaten. Aber … sie haben sich in einer fremden Sprache unterhalten. Diese Männer sind Araber, nicht wahr, Mr. Valentin?«

»Das geht dich nichts an«, sagte Valentin schroff. »Vergiß es.«

»Es tut mir leid«, erklärte der Autopilot, während sich die Punkte am Himmel in Maschinen verwandelten, in gepanzerte Düsenkopter mit flammenden Brennern und stacheligen Waffenaufbauten, in Kampfmaschinen, die den Unterschlupf der Palästinenser einkreisten und ohne Vorwarnung aus allen Bordkanonen zu schießen begannen, bis die Ruine der Bunker Hill Towers lichterloh brannte und in tausend Bruchstücke zerbarst. »Es tut mir leid, Mr. Valentin«, wiederholte der Autopilot, »aber ich bin ein Importwagen, ein deutscher Wagen aus den homöostatischen Autofabriken von Daimler-Benz in Untertürkheim. Und wir deutschen Wagen sind loyal. Wir sind darauf programmiert, wissen Sie. Wir müssen die Anweisungen jeder deutschen Dienststelle ausführen.«

Valentin saß da, stumm, hilflos, und verfolgte, wie die Düsenkopter ihr Zerstörungswerk abschlossen und dann seinen Wagen zurück zum Institut für Reinkarnautik eskortierten.

Der Autopilot summte zufrieden vor sich hin.

7

»Sie müssen verstehen«, sagte Karl von Hutten, ein graues Gespenst mit brennenden Augen, die Valentin so sehr an Mohammeds Augen erinnerten: Augen, die nur die großen Dinge sahen, historische Prozesse, das Schicksal von Staaten, Völkern, bedeutenden Geschlechtern, Zeitabläufe in Generationen gerechnet, und die blind für das Schicksal einzelner Menschen waren. »Sie müssen verstehen, daß es Dinge gibt, die getan werden müssen, um ihrer selbst willen, ganz gleich, wie hoch der Preis ist, ganz gleich, wieviel Opfer es kostet. Sie müssen verstehen, Mr. Valentin, daß wir eine Aufgabe vor der Geschichte haben, daß nur die Geschichte über unsere Taten richten kann, daß wir keine andere Wahl haben, als unsere Pflicht zu erfüllen. Denn die Pflicht, Mr. Valentin, ist mehr als nur ein Prinzip. Die Pflicht ist der Kern des deutschen Wesens.«

Karl von Hutten sprach fließend Englisch, mit hartem deutschen Akzent. Zusammengesunken saß er in seinem Rollstuhl, vom Tod gezeichnet, aber nicht bereit, zu sterben. Noch nicht.

»Gehört zur Pflicht auch kaltblütiger Massenmord?« fragte Valentin. »Die Palästinenser hatten nicht einmal die Chance, sich zu ergeben.«

»Kommen Sie, Valentin, kommen Sie!« Benjamin Bernstein, der Direktor des Instituts für Reinkarnautik, humpelte hinter seinem Schreibtisch hervor, gestikulierte, klopfte mit den Fingerknöcheln gegen seine altmodische Beinprothese, die er wie eine Tapferkeitsmedaille trug, ein Andenken an den israelisch-palästinensischen Krieg, an die blutigen Kämpfe in den Straßen von Tel Aviv. »Es gab keine Alternative. Wir mußten es tun. Glauben Sie mir. Wir kennen diese Leute, ihren Nationalismus, ihren islamischen Fanatismus. Wir wissen, wozu sie fähig sind. Diese Terroristen wollten das Institut mit einer nuklearbestückten Kurzstreckenrakete beschießen. Hätten wir nicht ohne Vorwarnung zugeschlagen, wären wir jetzt alle tot.«

»Aber Sie hätten ...«

»Hören Sie auf!« schnarrte Bernstein mit gerötetem Gesicht. »Sie verstehen das nicht. Sie können das nicht verstehen. Diese Leute führen seit der Gründung Israels Krieg gegen uns. Sie wollen uns vernichten, auslöschen, ausradieren. Aber wir sind keine Lämmer, die sich widerstandslos zur Schlachtbank führen lassen. Wir haben gelernt, wie man kämpft, wie man siegt. Wir wollen den Frieden, aber wer uns den Krieg erklärt, wird zerschmettert. Es gibt keine Alternative. Nicht nach Auschwitz, Dachau und Buchenwald.«

Nein, dachte Valentin, es gibt keine Alternative, nicht für dich, für keinen Juden. Bernstein hatte recht, auch wenn er im Unrecht war. Es war eine ausweglose Situation. Der Holocaust lag hundert Jahre zurück, doch die sechs Millionen jüdischen Opfer Nazi-Deutschlands fanden keine Ruhe. Die Konzentrationslager, die Gaskammern, Krematorien und Leichenberge – sie existierten noch immer. Nicht in der materiellen Welt, aber in der Welt der Archetypen, am Grund der jüdischen Seele, wo die Zeit anderen Gesetzen unterlag und ein Jahrhundert nicht länger als ein Lidschlag dauerte. Wenn Bernstein sprach, dann sprachen aus ihm die sechs Millionen Toten, ihre Angst, ihr Haß und ihre Entschlossenheit, eine Wiederholung des Holocaust um jeden Preis zu verhindern. Und so auf den Genozid fixiert, konnte kein Jude die Welt so sehen, wie sie wirklich war. Für die jüdischen Augen wurde sie von Hitlers Schatten verdunkelt, und in den Schatten trug jeder Gegner ein SS-Gesicht.

Und Hutten? fragte sich Valentin. Was ist mit Karl von Hutten – und den anderen Deutschen?

Er sah den greisen Mann in seinem Rollstuhl an, den mächtigsten Mann des Wiedervereinigten Deutschlands, sah dann zu Garfunkel, dem deutschen Chronophysiker, groß und dünn, das Haar schütter, das Gesicht zerfurcht, und zu Christina, die im Hintergrund stand, am Videofenster des unterirdischen Büros. Christina war stark geschminkt, ein maskenhaftes Make-up, in dem nur die Augen lebten. Und in ihren Augen ...

Fanatikeraugen, dachte Valentin schaudernd. Kaltes Feuer. Das unlöschbare Feuer einer Vision, die wie die Paranoia der Juden der Welt der Archetypen entsprang, der deformierten deutschen Seele. Die Schuld, dachte Valentin, hat die deutsche Seele deformiert. Sie sind die Täter, und für diese Art Tat gibt es keine Vergebung. Weil sie sich nicht selbst vergeben können.

Weil es Verbrechen gibt, für die es keine Sühne geben kann, Verbrechen, die im Wortsinn unmenschlich sind. Ihre einzige Hoffnung auf Erlösung ist, diese Tat ungeschehen zu machen. Deshalb dieser faustische Plan, dieser Eingriff in die Zeit. Um von ihrer Schuld erlöst zu werden.

»Sie müssen verstehen«, sagte Karl von Hutten, während er Valentin beschwörend ansah, »Sie müssen verstehen, daß wir aus den ehrenvollsten Motiven heraus handeln, daß der Plan, den wir verfolgen, einmalig in der Geschichte der Welt ist, daß dieser Plan so groß ist, von solch existentieller Bedeutung, daß alle Mittel erlaubt sind, um ihm zum Erfolg zu verhelfen. Es geht um das Leben von sechs Millionen Menschen, und wir werden das Leben dieser Millionen retten.«

»Aber diese Leute sind tot«, sagte Valentin heiser. »Sie sind seit hundert Jahren tot. Wie, wollen Sie sie retten? Wie stellen Sie sich das vor? Was wollen Sie *tun?* Wollen Sie Ihre Agenten in die Vergangenheit versetzen und die KZs stürmen lassen?«

Professor Garfunkel räusperte sich. »Es gibt keine Möglichkeit, Materie in die Vergangenheit zu versetzen. Es ist physikalisch unmöglich.«

»Aber was dann?« fragte Valentin. Er war verwirrt. »Was haben Sie vor?« Er sah von Garfunkel zu Karl von Hutten. »Und welche Rolle spiele ich in Ihren Plänen?«

»Ich werde sterben«, sagte Karl von Hutten mit brüchiger Stimme. »Ich bin ein todkranker Mann. Sehen Sie mich an. Das Virus tötet mich. Ich brauche einen Reinkarnauten, der mich ins nächste Leben führt. Ich brauche Sie, Mr. Valentin.«

»Warum nehmen Sie nicht einen von den Scouts aus dem Berliner Auferstehungs-Center?«

»Weil diese Reise die längste und gefährlichste Reise werden wird, die je zwei Seelen unternommen haben. Weil mein Ziel nicht die Zukunft ist, sondern die Vergangenheit. Weil das Problem darin besteht, zu einer

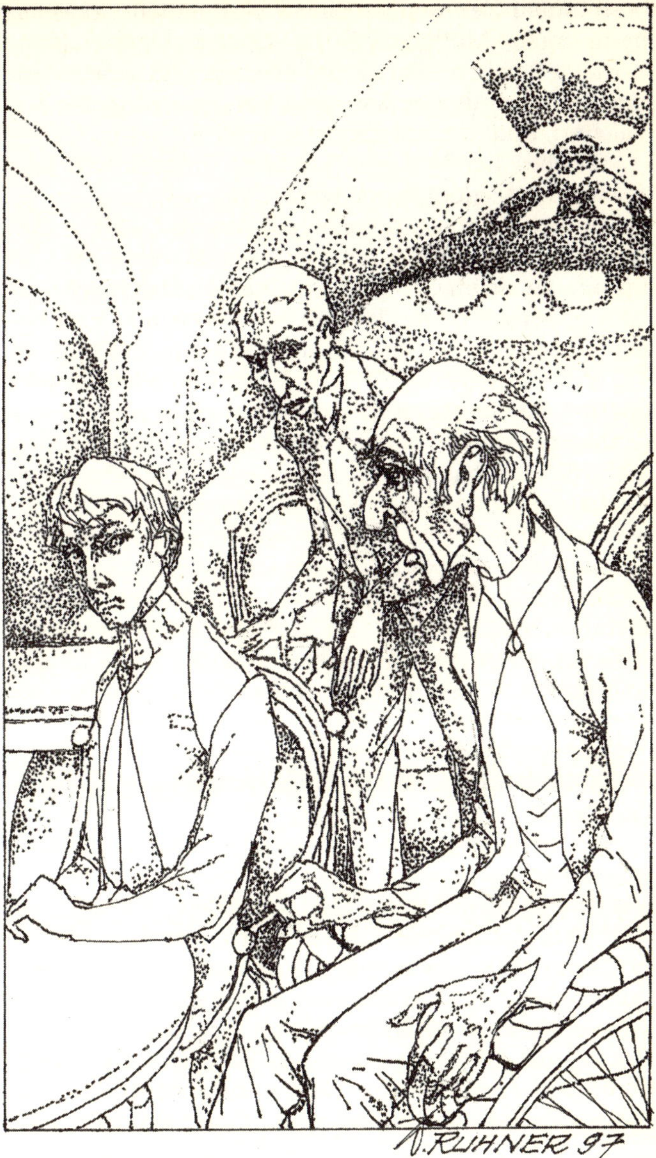
N. RUHNER 97

bestimmten Zeit und an einem bestimmten Ort einen bestimmten Mutterschoß zu finden. Unsere Reinkarnauten haben es versucht, aber sie sind gescheitert. Wir brauchen den besten Scout für diese Aufgabe, Mr. Valentin, und der beste Scout sind Sie.«

»Welches Jahr?« fragte Valentin. »In welchem Jahr wollen Sie wiedergeboren werden?«

Der Greis lächelte spinnenhaft: lauernd, kalt, hungrig. »1889«, sagte er. »Genauer – am 20. April 1889. In Europa. In einem Gebiet, das damals zu Österreich-Ungarn gehörte. In einer kleinen Stadt an einem Fluß namens Inn. Braunau am Inn. Das Kind, das an diesem Tag geboren wird, ist ein Junge. Der Junge wird später auf den Namen Adolf getauft. Adolf Hitler.«

Valentin starrte den alten Mann an. Adolf Hitler. Natürlich. Er hätte es wissen müssen. Ein Mann wie Karl von Hutten gab sich nicht mit halben Dingen zufrieden. Aber als Adolf Hitler wiedergeboren zu werden, um den Holocaust an den europäischen Juden zu verhindern … Valentin fröstelte. Gott, dachte er, Hutten meint es ernst. Er will es wirklich tun. Und es wird die Welt verändern, so gründlich, so radikal, daß … Es war unmöglich, sich die Veränderung in ihrem ganzen Ausmaß vorzustellen.

Valentin dachte an Lohannon.

An die Retrozeit, an die Hölle des rückwärts laufenden Lebens.

Aber selbst wenn das Gefüge der Zeit der gewaltigen Erschütterung eines Eingriffs in die Vergangenheit standhielte – was würde dann aus ihnen allen werden? Er blickte zu Christina hinüber. Wir werden uns nie begegnen, dachte er wie betäubt. Die Zeit wird sich drehen, die Welt wird einen anderen Weg einschlagen, und wir werden uns verlieren. Als ob man ein Videoband löscht und es mit einem neuen Film bespielt. Nichts bleibt von der Originalaufnahme übrig. Als hätte es sie nie gegeben. Und wir werden nicht einmal wissen, daß wir das Wertvollste verloren haben, was uns das Leben schenken kann.

»Sie irren sich«, flüsterte Karl von Hutten. »Ich kenne Ihre Bedenken, aber Sie irren sich. Wir sind keine Hasardeure. Wir sind keine Selbstmörder, die ihre eigene Existenz negieren wollen. Sehen Sie, Mr. Valentin, ich bin präpariert. Alles, was wir über das Leben und die Taten Adolf Hitlers wissen – alles, angefangen von den kleinen privaten Dingen bis hin zu den welthistorischen Entscheidungen – ist tief in meinem Unterbewußtsein verankert. Tief genug, um das Trauma des Todes und das Trauma der Wiedergeburt zu überstehen. Ich werde Adolf Hitler *sein.* Ich werde denken wie er, handeln wie er, leben wie er, sterben wie er. Mit einem Unterschied. Es wird keine Gaskammern geben. Judenverfolgung – ja. Konzentrationslager – ja. Krieg – ja. Aber keine Gaskammern, keine Massenerschießungen, keinen Holocaust.«

»Aber wie ...«

»Ein posthypnotischer Befehl. Mächtig. Unauslöschlich. Unwiderstehlich. Im März des Jahres 1938 wird er wirksam werden. Ausgelöst durch Hitlers – durch *meinen* – triumphalen Einzug in Wien, beim Anschluß Österreichs. Von da an wird sich Hitlers Judenpolitik verändern. Langsam, aber unaufhaltsam. Bis schließlich, auf Führerbefehl, die Teilnehmer der Wannsee-Konferenz beschließen, das Leben der Juden zu schonen, um ihre Arbeitskraft für die deutsche Rüstungsindustrie zu nutzen. Eine rationale Entscheidung. Der Kriegslage entsprechend. Selbst für Himmler, Rosenberg und die anderen antisemitischen Nazi-Ideologen nachvollziehbar. Verstehen Sie, Mr. Valentin? Der Aufstieg des Nationalsozialismus, der Zweite Weltkrieg mit all seinen Schrecken und all seinen Opfern, die deutsche Niederlage, der Zusammenbruch, die Besetzung und Teilung des Deutschen Reiches – die historische Entwicklung wird genauso verlaufen, wie wir sie kennen. Nur dieser eine Punkt, der Holocaust, dieses unmenschliche, unverzeihliche Verbrechen, das den Namen Deutschlands in der ganzen Welt und für Jahrhunderte beschmutzt … Diese Schande, diese ungeheuerliche Untat …«

»Sechs Millionen Menschen«, warf Benjamin Bernstein mit leiser Stimme ein. »Das Leben von sechs Millionen Menschen liegt in Ihrer Hand, Valentin.«

»Nach meinen Berechnungen«, fügte Garfunkel hinzu, »ist das Zeitgefüge flexibel genug, um eine derart … ah … geringfügige Veränderung zu tolerieren.«

»Berechnungen«, sagte Valentin. »Niemand kann garantieren, daß Ihre Berechnungen stimmen.« Er dachte wieder an Lohannon. »Ich muß nachdenken«, murmelte er. »Ich brauche Zeit.«

»Wir haben keine Zeit«, erklärte Karl von Hutten. »Wir …« Ein Hustenanfall erschütterte seinen siechen Körper. »Mein Leben geht zu Ende. Ich werde sterben. Bald. Und da ist noch etwas … Das Wichtigste, Mr. Valentin … Da ist dieses Schiff«, flüsterte der Greis. »Dieses Schiff dort draußen jenseits der Sonne. Und es kommt näher und näher. Es kommt von einem dieser Sterne zu unserer Erde, und seine Ankunft wird alles verändern. Die Völker der Erde werden um die Raumfahrer in einen Wettstreit treten, und welchem Volk es gelingt, ihr Vertrauen und ihre Freundschaft zu gewinnen, das wird von diesem Tag an den Lauf der Weltgeschichte bestimmen. Aber wie wird es sein, wenn wir Deutschen zu den Raumfahrern kommen? Wenn sie uns fragen, uns als Volk, wer wir sind und woher wir kommen und was wir getan haben? Wenn wir ihnen sagen müssen, was unsere Großväter getan haben, wenn wir ihnen von den Lampenschirmen aus Menschenhaut erzählen müssen, von den Leichenbergen und dem süßlichen Rauch der Krematorien …«

»Aber das alles liegt hundert Jahre zurück«, erinnerte Valentin.

Hutten schüttelte müde den Kopf. »Wir haben einen Teil ihrer Signale entschlüsseln können. Nur einen Teil, nicht viel, aber genug, um uns ein Bild von den Raumfahrern machen zu können, von ihrer Art des Denkens, ihrer Kultur. Die Zeit hat für sie eine andere Bedeutung. Für die Raumfahrer wird es sein, als wäre der Holocaust erst gestern geschehen.« Hutten atmete schwer. »Wir sind gezeichnet. Wir tragen das Kainsmal, für alle Augen sichtbar. Wir werden zu den Raumfahrern kommen, und sie werden das Kainsmal sehen, und Deutschland ...« Er schauderte. »Vielleicht werden sie sogar etwas ... tun. Da gibt es viele dunkle Flecken in ihrer Art des Denkens. Dinge, die wir nicht verstehen. Die zu fremdartig sind.«

»Sie haben Angst.«

»Wir haben Angst«, bestätigte Karl von Hutten.

Valentin schwieg für einen Moment.

»Sechs Millionen Menschenleben«, erinnerte Bernstein. »Nur daran sollten Sie denken, Valentin. Sie müssen es tun.«

Sechs Millionen Menschenleben. Valentin nickte. Er war Reinkarnaut. Er wußte um den wahren Wert eines Menschenlebens. Der Tod war nicht das Ende; niemand mußte den Tod fürchten; er war nur das Tor, das ins nächste Leben führte. Aber es war ein Verbrechen – das größte denkbare Verbrechen, das Leben eines Menschen vorzeitig zu beenden. Weil das Leben dazu da war, die Seele heranreifen zu lassen. Damit sie die Ketten der materiellen Welt abschütteln und in die wahre Welt aufsteigen konnte. Valentin schloß die Augen, und er sah – blaß und undeutlich wie eine vergilbte Fotografie – die tanzenden Monaden im raumlosen Raum, im Raum ohne Schatten und Täuschungen, durchdrungen von der Musik der Schöpfung, der Ouvertüre ohne Anfang, ohne Ende, der Ouvertüre aus dem Licht, das niemals erlosch.

»Ich bin bereit«, sagte er schlicht.

8

Während sie in der Servicezone der Sterbesuite die Vorbereitungen für den Transfer trafen und Doktor Janosz den Robodoc für Huttens Tod und Valentins Rückkehr ins Leben programmierte, breitete sich im Institut der gespenstische Einfluß der Retrozeit aus. Aber diesmal lag es nicht an Lu Lohannon, sondern an der Maschine aus Kristall und bionischen Schaltungen, die über ein System orbitaler Umspannstationen mit dem eigentlichen Zeitsondenkomplex in Heidelberg verbunden war. Die Maschine nahm die ganze Glaswand zwischen Servicezone und Sterbesuite ein, und wenn man dicht vor sie trat, spürte man den Puls der Zeit, aber die Pulsschläge lagen nicht hintereinander, sondern waren nebeneinander aufgefächert, wie ein einziger stetig ansteigender Ton, der gleichzeitig von unzähligen Instrumenten gespielt wurde.

»Die Zeit ist nicht linear«, erklärte Professor Garfunkel und strich mit zärtlichen Händen über die Kristallhaut der Chronosonde, als wäre die Maschine eine Frau und er zu ihr in Liebe entbrannt. »Die Gegenwart ist nur eine von vielen Türen, und es liegt allein an uns, an unserem Bewußtsein, welche Tür wir öffnen.« Er trat zurück und las die Meldungen auf dem Kontrollmonitor. »Der Weg zur Zeit«, fügte er mit einem Seitenblick zu Valentin hinzu, »führt durch die Pforten der Wahrnehmung. Spüren Sie es, Mr. Valentin? Spüren Sie es?«

Valentin spürte es. Wie sich sein Bewußtsein entfaltete, als wäre es bislang in der Schwerkraftfalle eines Schwarzen Lochs gefangen gewesen, wie es sich emporwölbte, den Ereignishorizont überschritt, wie es weiter und weiter wuchs, sich ausdehnte, mit einer Geschwindigkeit, die das Licht vor Neid erröten ließ, bis es die ganze sinnlich erfahrbare Welt durchdrang und von ihr durchdrungen wurde. Er sah die Jahre wie Sterne im Kosmos der Zeit, er sah die Stunden wie Kometen ihre Bahn ziehen, er sah die Sternschnuppen der Sekunden im Äther der Wahrnehmung verglühen. Die Zeit war eine tiefe See, und er tauchte bis zum Grund, nur um festzustellen, daß es keinen Grund gab, nur neue Tiefen, unauslotbar. Er breitete die Arme aus, und zwischen seinen Händen, wie eine Ziehharmonika aus dreidimensionalen Bildern, sah er seinen Lebensweg, wahllos herausgegriffene Momentaufnahmen, und er spürte – er wußte –, daß es genügte, nach einem dieser Standfotos zu greifen, um die Pforte zu durchschreiten und im Gewesenen zu leben, das nie vergangen war.

»In solchen Momenten«, hörte er Karl von Hutten sagen, »ist alles möglich.« Hutten war jung und von der Krankheit des Alters geheilt, und er war siech und krumm, und er war ein Kind, ein Leichnam, ein Säugling und grauer Staub in einem halb vermoderten Sarg. Er saß zusammengesunken in seinem Rollstuhl, unter der Scannerglocke des Robodocs, und schwang zum rhythmischen Pulsschlag der Zeit wie ein Pendel durch die acht Jahrzehnte messende Spanne seines Lebens.

»Es ist unheimlich«, flüsterte Benjamin Bernstein. In seinen Augen flackerte Angst, in seinen Augen spiegelten sich die brennenden Barrikaden in den Straßen von Tel Aviv. Er ging die Jahre zurück, zurück zu den Nächten aus Blut und Explosionen, zu den Heuschrecken aus Stahl, die in schwarzen Wolken aus den Bäuchen der deutschen Luftwaffentransporter quollen und den Dörfern und Städten der Islamischen Republik Palästina den Frieden brachten, oder das, was man in Berlin unter Frieden verstand: den Frieden der Gräber und das Schweigen im Angesicht der Roboterwaffe. »Es ist so unheimlich«, flüsterte Benjamin Bernstein, während hinter seinem Rücken die Altstadt von Jerusalem aufging und die deutschen Killermaschinen an der Klagemauer entlangklirrten, im Heiligen Land auf Palästinenserjagd. Und Bernstein ergriff das schwere Heckler & Koch-Neutronenstrahlgewehr, um den Maschinen zu folgen, um im Araberviertel Rache zu nehmen für die Toten Israels, aber da bog der Zeitweg ab und führte ihn wieder in die Gegenwart, wo die Chronosonde an ihrem Tunnel durch die Jahrhunderte baute.

Die große altmodische Uhr über der Tür war stehengeblieben, und erst als Valentin sie eine Weile ansah, bewegte sich ihr Sekundenzeiger wieder, ruckartig, nach vorn und dann zurück, unschlüssig, welche Richtung er einschlagen sollte.

»Ich habe so etwas schon einmal erlebt«, sagte Christina zu Valentin, der soeben feststellte, daß er mit den Blicken die Bewegungen der Uhr kontrollieren konnte, und er sich ein Vergnügen daraus machte, mit den Stunden und Minuten zu spielen. »In Heidelberg«, erklärte Christina dicht an seinem Ohr. »Beim ersten Probelauf des Sondenkomplexes. Es ist schon fünf Jahre her, aber ich erinnere mich genau daran. Ich habe dich gesehen, damals, als ich dich noch nicht kannte. Ich habe dich und mich hier gesehen, hier in diesem Raum, vor dieser Maschine. Unsere erste Begegnung, Valentin. Und gleichzeitig unser Abschied.« Eine Träne erschien auf ihrer Wange und rollte langsam nach oben und versickerte in ihrem Auge. Weitere Tränen erschienen und bewegten sich gegen den Strom der Zeit.

»Es ist kein Abschied für immer«, beruhigte Valentin sie. »Nur eine Reise wie so viele andere. Ich komme zurück. Ich komme immer zurück.«

»In dreißig Minuten Realzeit«, rief Professor Garfunkel von den Kontrollen der Chronosonde, »ist der Tunnel ins Jahr 1889 stabil. Bitte, Mr. Valentin, Herr Direktor, machen Sie sich für den Transfer bereit.«

»Es ist für Valentin ein Risiko«, sagte Doktor Janosz mit blassem ernsten Gesicht. »Als Arzt kann ich es nicht verantworten ...«

»Es ist in Ordnung, Doc«, unterbrach Valentin.

»Aber Ihre letzte Reise hätte Sie fast ...« Janosz verstummte unter Valentins Blicken. Resignierend zuckte er die Achseln. Es ist Ihr Leben.« Er wollte sich abwenden, zögerte dann und wies auf Valentins Brust. »Sie sollten es sich trotzdem noch einmal überlegen. Der Mikrobot in Ihrer Herzkammer ... Es könnte zu Komplikationen kommen.«

»Später. Nach dem Transfer. Dann können Sie mir das verdammte Maschinchen herausoperieren.« Valentin sah zu Bernstein hinüber. »Was ist mit Lohannon?«

»Lohannon ist kein Problem«, winkte Bernstein ab.

»Wir sind auf ihn vorbereitet«, fügte Garfunkel selbstzufrieden hinzu. »Er wird kommen, um die Sonde zu zerstören, aber die Sonde läßt sich nicht zerstören, und Lohannon wird fortgehen, in die Vergangenheit, wie er es bereits getan hat.«

Und wie wir es tun werden, dachte Valentin. Karl von Hutten und ich. Aber nicht, um unser Leben unter dem Einfluß der Retrozeit zu wiederholen, sondern um das Muster der Zeit zu verändern.

Die Tür glitt auf, und ein Mann in einem UV-Schutzoverall und mit einem Heckler & Koch-Neutronenstrahlgewehr in den Händen meldete mit hartem deutschen Akzent: »Der palästinensische Agent kommt.«

Hutten nickte. »Ist Lohannon bewaffnet?«

»Wir haben ihn gescannt. Keine Waffen.«

»Dann lassen Sie ihn passieren.« Hutten lächelte. »Schließlich ist er bereits hiergewesen.« Er sah sich um. »Wir warten. Wir kümmern uns nicht um Lohannon. Die Zeit kümmert sich um ihn. Wenn er fort ist, beginnen wir mit dem Transfer.«

Der DND-Agent zog sich zurück. Sie warteten.

Christina lehnte sich an Valentin, und er legte einen Arm um sie, wie er es oft getan hatte, in den glücklichen Stunden ihres gemeinsamen Lebens, die sich jetzt, während die Kristallmaschine die unsichtbare Brücke ins Jahr 1889 schlug, in einem Moment zu konzentrieren schienen. Als wären wir nie getrennt gewesen, dachte Valentin. Als hätten wir nur für einen kurzen, flüchtigen Augenblick vergessen, daß wir zusammengehören, daß wir immer zusammen waren. Weil wir eins sind. Nicht in dieser Welt, der Welt der Materie, der Täuschung und der beschränkten Wahrheiten, sondern in der realen Welt hinter den Schleiern.

»Es ist ein Abschied«, sagte Christina furchtsam. »Ich fühle es, Valentin.«

Er hielt sie fest, voller Angst, denn er spürte es auch, den kalten Wind, den Wind der Veränderung, der über die Ebenen der Zeit pfiff und nach ihnen griff, um sie davonzuwehen, in verschiedene Richtungen. Er stemmte sich gegen den Wind, aber der Boden, auf dem er stand, war kein sicherer Untergrund. Treibsand, in dem er langsam versank. O Gott, dachte er, rette mich. Doch Gott kümmerte sich nicht um die Menschen, nicht um die Welt; Er kam nicht; der Mensch mußte zu Ihm kommen.

»re tsi aD. nonnahoL«, rief Bernstein.

»nhi eiS negidelre«, stieß Karl von Hutten hervor. *»leknufrag, gnuthca«*

Lu Lohannons schmächtige Gestalt tauchte wie ein Schatten im Türrahmen auf, und die Retrozeit schlug wie eine dunkle Woge über ihnen zusammen. Lohannon huschte auf die Chronosonde zu, aber auf zeitverkehrte, verdrehte Art: rückwärts gehend, fort von der Kristallmaschine, und sich dennoch mit jeder verstreichenden Sekunde der Sonde nähernd.

Garfunkel lächelte.

Seine Hand berührte einen Schalter.

Doktor Janosz sprang vor. *»uL, thcisrov«,* schrie er.

Die Kristallmaschine leuchtete auf. Es wurde gleißend hell, und die Helligkeit verschlang die Retrozeit, verschlang Lu Lohannon, schleuderte ihn aus der Gegenwart in die Vergangenheit, die von nun an für Lohannon die Zukunft war.

»Nein!« schrie Janosz. *»Nein!«* Eine Waffe blitzte in seiner Hand auf. Bernstein riß entsetzt die Arme hoch, warf sich zur Seite, aber nicht schnell genug, um dem Laserstrahl zu entgehen, der ein feines, blasig gerändertes Loch in seine Stirn brannte. Garfunkel rief um Hilfe, laut und gellend, und alarmierte die Wächter auf dem Korridor, bis der Laserstrahl eine Sengspur über seine Augen zog und er nach hinten kippte, gegen das Kristall der Chronosonde. Die Wächter stürzten in den Raum; Janosz stolperte auf Hutten zu, und Christina sprang ihn an, riß den Arzt zu Boden.

Aber der Laser in Janosz' Hand ...

»Christina!« brüllte Valentin.

... schnitt ihr das Leben aus dem Leib. Der Geruch von verbranntem Fleisch, aber kein Blut, kein Blut. Nur dieser kohlenschwarze Fleck an ihrer weißen Schläfe. Janosz, dachte Valentin. Ich töte dich, Janosz, ich töte dich, ich töte dich ... Er machte einen Schritt auf den Arzt zu, die Hände zu Klauen verkrümmt, und Janosz kam halb unter Christinas leblosem Körper hervor und schoß Karl von Hutten mitten ins Gesicht, während die DND-Agenten das Feuer aus ihren Neutronenstrahlgewehren eröffneten und der Arzt sich verkrampfte, als hätte er eine Hochspannungsleitung berührt.

Stille.

Valentin kniete neben Christina nieder, und er fühlte nichts. Er barg ihren Kopf in seinem Schoß, und sein Herz war tiefgekühlt, zu kalt, um etwas zu empfinden. Es war, als ob die Zeit stillstünde. Und vielleicht stand sie auch still; die Menschen waren tot, aber die Kristallmaschine war unversehrt, und ihre unsichtbaren Schwingungen webten noch immer an dem Netz, das die Gegenwart und das Jahr 1889 miteinander verbinden sollte, damit Valentin und Karl von Hutten den Weg zu dem ungeborenen Adolf Hitler fanden. Aber Karl von Hutten war tot; er hatte die Reise ins nächste Leben bereits angetreten, und ohne die Hilfe eines Reinkarnauten würde er sich im Intervall verirren und sich selbst vergessen. Der blinde Zufall würde ihm den

Weg ins nächste Leben weisen, und die Wiedergeburt würde die Erinnerungen an sein altes Leben auslöschen, als hätte es Karl von Hutten, den Direktor des VEB Elektronik und mächtigsten Mann des Wiedervereinigten Deutschlands, nie gegeben. Und Christina ... auch Christina würde vergessen. Valentin zitterte. Ein Leben verschenkt, dachte er. Christina war durch das Tor des Todes gegangen und für ihn verloren. Er fühlte noch immer nichts, nur diese große Leere. Die mich von nun an immer begleiten wird, dachte er. Bis ans Ende meines Lebens, bis ich mich auf die letzte Reise mache, von der es keine Rückkehr geben wird, nur einen neuen Anfang. Aber dann war es vielleicht zu spät. Für immer getrennt, dachte Valentin. Er strich sacht mit den Fingern über Christinas weiße, kalte Stirn, er schloß die Augen und suchte nach ihr, doch alles, was er fand, war ein verklingendes Echo in der schrecklichen Leere seines Lebens.

Er öffnete die Augen, und seine Blicke fielen auf den Laser in Janosz' verkrampfter Hand.

Die DND-Agenten kamen näher, aber langsam, wie in Zeitlupe, viel zu langsam, um ihn an dem zu hindern, was er tun würde. Weil, wie Karl von Hutten es ausgedrückt hatte, weil es Dinge gab, die getan werden mußten, um ihrer selbst willen, ganz gleich, wie hoch der Preis war.

Valentin griff nach dem Laser und entwand ihn der schlaffen Hand des Arztes, und er fragte sich, ob Janosz – wie Louhannon – Palästinenser gewesen war, oder ob Mohammed ihn gekauft hatte, so wie Karl von Hutten Valentin gekauft hatte.

Er schob den Lauf des Lasers in den Mund.

Furchtlos. Er war Reinkarnaut. Er hatte keine Angst vor dem Tod. Das Problem war das Leben, aber das Sterben ...

Eine Kleinigkeit für uns Reinkarnauten, dachte Valentin und drückte ab.

9

Sie waren da. Alle waren sie da. Bernstein, Garfunkel, Hutten, Janosz – und Christina. Valentin erkannte Christina sofort, selbst hier im raumlosen, zeitlosen, seinlosen Intervall, wo jeder die Maske des Fleisches abstreifte und seine wirkliche Gestalt annahm. Christinas wirkliche Gestalt war Licht, strahlend, rein, weißes Licht, ungebrochen, aber dieses Licht hatte nichts mit dem sichtbaren Licht der physikalischen Welt zu tun, sondern mit ihrem Ich, dem Kern ihres Wesens. Die anderen ätherischen Seelen waren Fixsterne im raumlosen Raum, doch Christina war eine Sonne, um die Valentin kreiste, Zwillingssonnen, durch die Schwerkraft der Liebe aneinander gefesselt. Sie drehten sich langsam um ihre gemeinsame Achse, drehten sich schnell um sich selbst, und mit jeder Drehung schleuderte die Zentrifugalkraft die Bilder ihres gelebten Lebens hinaus ins Intervall. Das Vergessen kam, und mit dem Vergessen die Erinnerung.

Sie wurden eins.

Wie sie immer eins gewesen waren, bevor das Leben sie getrennt hatte.

Deshalb diese Liebe, dachte Valentin, deshalb diese unheilbare, bis zum Grund meiner Seele hinabreichende Liebe … Weil du ich bist, dachte Christina, und ich bin du.

Gemeinsam zogen sie ihre Bahn durch das Intervall, zwischen den Seelen, die wie Pollen zur Blütezeit in dichten Wolken durch den Äther trieben, in großen Wolken, größer als die interstellaren Nebel aus Gasen und Staub, zahlreicher als die Galaxien in der materiellen Welt. Und fern, am äußersten Rand ihrer Wahrnehmung, wie ein Tagtraum, die Musik der Schöpfung. Die Seelen waren die Instrumente, auf denen die Schöpfungsmusik gespielt wurde, und sie tanzten dazu, tanzten ins nächste Leben.

Aber da war ein Mißton in der Melodie …

Eine düstere, unheilvolle Verzerrung, Schatten, die Lebensfunken verdunkelnd. Ein Körper, wo es keine Körper geben durfte; eine Hand, doch nicht die helfende Hand des Zufalls, der den Weg zur Wiedergeburt wies, sondern eine fordernde, gebieterische Hand. Der Sog der Zeit, der Tunnel in die Vergangenheit, ins Jahr 1889. Erneut spürte Valentin den Wind der Veränderung, wie er an ihm zerrte, an ihm und Christina, um sie zu trennen, wie er sie bereits im Leben getrennt hatte, und aus dem Wind wurde ein Sturm und wirbelte sie davon.

Sie stürzten jetzt.

Sie stürzten alle: Bernstein, Garfunkel, Hutten, Janosz, Christina, Valentin.

Es gab keinen Grund, nur den Abgrund der Zeit, der plötzlich im Nichts des Intervalls klaffte, wo es keine Zeit geben konnte. Im Sturz entfernten sie sich voneinander, wie die Bruchstücke eines geborstenen Planeten. Raum breitete sich zwischen ihnen aus, schwarzer Raum, von Sternen durchfunkelt, und in der Schwärze ein schuppiges Ding mit weitgespannten Schwingen, die das Licht der Sterne tranken.

Ein Schiff, dachte Valentin voll Angst.

Das Raumschiff, das sich von jenseits der Sonne der Erde nähert.

Sie waren im Intervall, und gleichzeitig waren sie in der physikalischen Welt.

Dann sah Valentin auch das Netz, das das Schiff ausgeworfen hatte, und er sah durch die Schuppenhaut des Schiffes in organische Gewölbe, fleischige Röhren, sekretgefüllte Höhlen, Wärme und Leere.

Leere …

Das Netz fing Bernstein aus dem Raum und füllte mit ihm die Leere; das Netz fing Garfunkel und Hutten und Janosz und holte sie ins nächste Leben, in einen Mutterschoß, der seit Äonen durch den Weltraum unterwegs war, befruchtet, doch seelenlos. Dann griff das Netz nach Valentin und Christina, klebrig, fordernd, daß sie schon sich selbst im rosigen Fleisch des Schiffes spüren konnten, daß ihre Sinne zurückkehrten, nur kurz in einem grellen Blitzschlag, und sie den Weltraum rochen und das fruchtige Sternenlicht tranken ... *Nein!* dachte Valentin. *Nicht dieses Leben, dieses falsche Leben, kein Sternenleben.* Der Gedanke brach den Bann; die Verbindung zum kosmischen Mutterschoß riß, die physikalische Welt verschwand und wich dem seinlosen Intervall.

Sie stürzten wieder, Valentin und Christina.

Dem Leben entgegen.

Zurück in die Zeit. Und weiter in die Vergangenheit, durch den Tunnel der Chronosonde.

Im Sturz sah Valentin Gesichter: Frauenaugen, Frauenmünder, gewölbte Bäuche, fruchtbare Schöße. Werdende Mütter aus allen Ländern der Welt und aus den Jahren, die vergangen waren. Sie stürzten weiter und weiter, an Jahrzehnten vorbei, im rasenden Fall, während Valentin verzweifelt den Sturz zu bremsen suchte, nach jedem Anker griff, der sich ihm bot, jedem Gesicht.

Zwei Mütter, einander nah im Raum und Zeit.

Zwei Ungeborene, in die ihre Seelen fahren konnten, um ins Erdenleben zurückzukehren, ohne erneut getrennt zu werden.

Wir werden uns erinnern, dachte Valentin beschwörend, und Christina dachte: Wir haben uns immer erinnert.

Der Sturz wurde langsamer.

Das Ende des Zeittunnels lag Jahrzehnte tiefer, aber aus der Flut der Bilder und Gesichter schälte sich ein einzelnes Gesicht hervor und fing sie auf, fischte sie aus dem Intervall und gab ihnen Halt im Erdenleben. Körper. In der Wärme und Geborgenheit des Mutterschoßes.

Sie hatten ihr Ziel erreicht. Sie waren daheim. Gemeinsam. Wir werden uns erinnern, dachte Valentin, bevor das Vergessen kam, wir werden uns erinnern … Und er wunderte sich, wie nah Christina ihm noch immer war, ganz nah, Haut an Haut im Mutterschoß … Haut an Haut …

Schwester?

Bruder!

O GOTT NEIN NEIN NEIN –

Es war zu spät. Das Licht der Welt brachte das Vergessen und das Leben.

Arkadij und Boris Strugatzki

STALKER

Vorbemerkung

Vor einigen Jahren hatten wir die Ehre, bei der Entstehung des Filmes STALKER mitwirken zu dürfen. Der Regisseur Andrej Tarkovskij nahm zuerst das vierte Kapitel unserer Erzählung ›Picknick am Wegesrand‹ als Grundlage. Im Zuge der Dreharbeiten aber – die übrigens fast drei Jahre andauerten – entstand schließlich ein Film, der nichts mehr mit dem Kurzroman zu tun hatte. Die endgültige Fassung unseres Drehbuches enthielt nur noch den Namen Stalker' und die »Zone«, sowie den mystischen Ort, an dem die Wünsche in Erfüllung gehen. Das Werk wurde sowohl bei uns als auch im Ausland aufgeführt, und sehr unterschiedlich beurteilt. Eines allerdings wurde immer wieder hervorgehoben: es handelt sich um ein äußerst vielschichtiges und kompliziertes Stück Filmgeschichte. Außerdem bezweifelte niemand, daß der Film von internationalem Rang war. Betrachten Sie das nicht als Eigenlob! Den Löwenanteil hatte Andrej Tarkovskij, wir waren lediglich seine Gehilfen.

Wir möchten nun dem Leser eine frühere Version des Drehbuchs empfehlen, das kaum den späteren STALKER erkennen läßt. Man hat uns angehalten, es zu veröffentlichen, da man wohl annahm, daß auch ein nach diesem Szenario entstandener Film seine Existenzberechtigung gehabt hätte.

ARKADIJ und BORIS STRUGATZKI

Das Haus des Stalker

Eine schmutzige Wohnung voller Unrat. Morgengrauen im Winter, draußen ist es noch dunkel. Der Mann streift mißmutig die Decke zur Seite und steigt aus dem Bett. Er greift nach seinen Sachen und verschwindet auf Zehenspitzen im Bad, um sich anzuziehen. Er merkt nicht, daß in der Tür seine Frau erscheint, müde und zerzaust, unordentlich in einem zerknitterten Nachthemd.

»Wohin so früh?« fragt die Frau.

Der Mann antwortet nicht. *Erwischt*, denkt er.

»Ich habe gefragt, wohin du gehst?«

»Nirgendwohin … Ich beeile mich. Hab zu tun. Kannst dich wieder hinlegen!«

»Was soll das heißen, du beeilst dich?!«

»Wenn ich sage, daß ich mich beeile, dann tue ich es auch. Geh schlafen.«

»Lüge nicht! Ich weiß doch genau, wohin du willst! Aber denk erst gar nicht dran! Ich lasse dich nicht gehen!«

»Beruhige dich! Und schrei nicht so …!«

»Ich lasse dich nicht gehen! Ich hatte es im Gefühl; du fängst wieder wie früher an! Willst du ins Gefängnis kommen?!«

»Selbst das Gefängnis ist besser als dieses …als dieses Leben. Ich habe genug davon.«

»Du gehst nirgendwohin!«

Der Mann hält plötzlich inne. Die Frau schreit: »Na los doch, schlag mich, schlag mich doch, was anderes kannst du sowieso nicht! Worauf wartest du? Du bist der letzte Dreck; der letzte Dreck. Was ist, hast du deine Zunge verschluckt? Guck dich doch an, was aus dir geworden ist!«

»Sei endlich still! Du weckst noch das Kind …!«

»Na und, wenn schon! Laß es doch seinen Vater sehen! Oh, du … Warum schweigst du? Wieso bist du jetzt still? Schleichst hier herum wie ein Dieb …«

»Ganz genau, ich bin ein Dieb! Bist du erst jetzt darauf gekommen? Das Ei des Kolumbus …! Aber ich stehle nicht von Menschen … Und du sollst endlich still sein!«

»Nein, jetzt erst recht nicht! Fünf Jahre bist du in die Zone gegangen – und ich war still. Und habe jede Sekunde gezittert, ob sie dich erwischen. Du warst im Gefängnis – ich war still. Hast du vielleicht je ein Wort von mir gehört? Zwei Jahre lang bekamen wir keinen Pfennig von dir – und ich war still! Du hast den goldenen Armring, den ich von Mutter geerbt hatte, aus dem Schrank gestohlen und beim Pferderennen verspielt … dachtest du etwa, ich würde das nicht merken?«

»Hältst du wohl endlich den Mund?«

»Hör zu! Ich bitte dich! Ich habe dich nie um etwas gebeten … Wenn du willst, knie ich mich sogar vor dich hin … Warte, warte mal, gleich …«

Sie läuft aus dem Bad, und kommt auch gleich wieder mit einem Umschlag in der Hand zurück.

»Bitte, hier ist ein Zehner, willst du ihn? Nimm ihn, geh mit deinen Freunden zum Pferderennen … vielleicht hast du diesmal Glück!«

»Wieso hältst du mir das unter die Nase? Bist du verrückt? Wir haben das doch für den Arzt zur Seite gelegt …«

»Das macht nichts, ich besorge noch was! Ich borge mir etwas … Hauptsache, du gehst nicht *da* hin …«

»Halt endlich den Mund! Kannst du nicht still sein? Du kriegst doch keinen Pfennig, kein Mensch wird dir noch was leihen … Guck doch in den Spiegel, was aus dir geworden ist! So kann man nicht leben!«

»Aber du hast es doch versprochen! Du … du hast mir dein Wort gegeben!«

»Ja … und es war ein Fehler. Du selbst bist schuld daran! *Du* hast mich doch erst so weit gebracht! Daß ich, als Stalker, betteln gehen muß!? Oder von deinen

Kröten leben soll? Ich hab genug davon! Und jetzt halt mich nicht länger auf!«

»Aber du solltest doch Arbeit bekommen! Das hast du selber erzählt … Du hast gesagt, die würden dich fürs Taxi nehmen!«

»Jetzt kommt sie wieder mit diesem Taxi …! Wie oft soll ich dir noch sagen, daß ich nicht für andere Leute arbeiten werde! Das habe ich nie gemacht, und es wird auch nie dazu kommen … Sollen doch die für mich arbeiten! Geh weg von der Tür!«

»Nein!«

»Was hat sich denn schon verändert, seitdem ich nicht mehr dort hin gegangen bin, hä? Ist meine Tochter etwa wieder gesund geworden? Oder habe ich vielleicht mehr Geld?«

»Und … wenn du gar nicht mehr zurückkommst?«

»Was greinst du hier herum? Wie ein altes Waschweib! Sollte ich es nicht schaffen, bist nur du daran schuld!«

Der Mann schubst die Frau von sich weg.

»Na dann hau doch ab«, schreit jetzt die Frau. »Hoffentlich gehst du drauf! Verflucht sei der Tag, an dem ich dich getroffen habe, du Scheißkerl! Gott hat dich mit diesem Kind bestraft! Und mich auch, weil ich mich einem Verbrecher hingegeben habe! Du Dieb! Jawohl, Dieb, ein Dieb!«

Das kleine Mädchen fängt an zu weinen. Der Mann schmeißt die Tür zu und betritt das Treppenhaus.

Die dreckigen Seitengänge werden von nackten Glühbirnen erleuchtet.

Ein Stockwerk tiefer, in der Ecke, steht ein elegant gekleideter Mann. Sein Mantel ist allerdings schmutzig, er trägt keinen Hut und torkelt. Sein breiter, bunter Schal hängt aus dem Kragen und schleift auf dem Boden. Aus der Nähe kann man erkennen, daß er stockbesoffen ist.

Eine Bar im Außenbezirk

Nasser Schnee fällt vom Himmel, als der Stalker einem Block entlang der dunklen, matschigen Straße folgt, und dann eine durchgehend geöffnete Bar betritt. Der Raum gähnt vor Leere, der Kellner döst hinter den Tresen. An einem der Tische sitzt der Wissenschaftler mit seinem Kaffee. Als er den Stalker sieht, schaut er auf die Uhr, aber der Neuankömmling winkt ab:

»Immer mit der Ruhe, ich trinke vorher auch noch einen!«

Er nimmt sich vom Pult eine Tasse voll, und setzt sich gegenüber dem Wissenschaftler hin. Er trinkt. Der andere beobachtet ihn.

»Versteifen Sie sich nicht zu sehr darauf, daß wir Erfolg haben werden. Möglicherweise müssen wir umkehren. Es hängt vom Wetter ab ... also freuen Sie sich nicht zu früh. Gut, los jetzt. Haben Sie auch nicht die Taschenlampe vergessen?«

»Nein, sie liegt im Wagen.«

Sie gehen aus der Bar und setzen sich in ein parkendes Auto. Der Stalker rutscht hinter das Lenkrad. Der Wagen fährt los.

Die Villa des Schriftstellers

Aus sämtlichen Fenstern der Villa strahlt Licht. Musik, lärmendes Durcheinander, Lachen von Frauen. Zwei Männer stehen an der Gartentür – der Schriftsteller und einer seiner Gäste. Der Schriftsteller trägt einen langen schwarzen Mantel, um den Hals einen gestrickten Schal. Sein Gast steht vor ihm, in den Händen eine angebrochene Flasche und ein kleines Glas.

»Mein Lieber, die Welt wird zunehmend langweiliger«, posaunt der Schriftsteller ein bißchen taumelnd und heftig gestikulierend. »Unerträglich langweilig, und eben deswegen kann es weder Telepathie, noch Geister, noch UFOs geben … nichts dergleichen kann existieren.«

»Aber das Campbell-Memorandum …«, hält der Gast dagegen.

»Campbell … ein Romantiker. *Rara avis in terris,* heutzutage nicht mehr zu finden. Die Welt wird von eisernen Regeln bestimmt, und dies ist … unerträglich! Oder haben Sie es noch nie bemerkt, daß das Leben nur dann interessant wird, wenn man die Gesetze bricht? Aber … leider, leider, sind die Gesetze unabänderlich … Für immer und ewig. Sie können nicht verletzt werden. Also … warten Sie auch nicht auf Fliegende Untertassen – das wäre viel zu interessant für unsere Welt …«

»Und das Bermuda-Dreieck? Sie können doch nicht bestreiten …«

»Doch, und wie ich es bestreite! Es existiert gar kein Bermuda-Dreieck! Es gibt nur ein mathematisches Gebilde, ein Dreieck **A-B-C**, das mit dem Dreieck **A′-B′-C′** gleich ist … Merken Sie, welch traurige Langweile sich hinter dieser Aussage verbirgt? So ein Dreieck war höchstens im Mittelalter von Interesse. Als es noch Hexen, Geister und Zwerge gab … Jedes Haus hatte seinen eigenen Geist, jede Kirche ihren Gott … Die Menschheit war jung, verstehen Sie? Heute ist jeder vierte Erdenbürger alt. Das ist langweilig, mein Schatz. O ja, langweilig … und wie!«

»Aber Sie werden doch nicht leugnen wollen, daß die Zone … das Kind einer Superzivilisation ist, die …«

»Ach was, die Zone hat nichts mit der Superzivilisation zu tun. Es hat sich nur ein neues lausiges, langweiliges Gesetz angemeldet, von dem wir bis jetzt nichts wußten … Wenn wenigstens eine Superzivilisation dahinter stecken würde … Aber selbst die würde auch nur langweilig sein … Wieder irgendwelche Regeln, Dreiecke – nirgends ein Kobold, nirgends ein Gott …«

Eine Autohupe ertönt. Der Schriftsteller dreht sich um.

»Ah … Man holt mich ab«, stellt er fest. »Gott mit Ihnen, mein gut genährter Freund …«

Er nimmt dem Mann die Flasche ab und geht zu dem Wagen.

Im Lichtkegel der Scheinwerfer erscheint neben dem Fenster der Fahrertür ein nasses und fröhliches Gesicht, das im selben Moment auch schon verdutzt zurückschreckt.

»Entschuldigung«, sagt der Schriftsteller. »Ich … ich dachte, man will mich abholen.«

»Ja doch, ja doch«, antwortet der Stalker. »Setzen Sie sich nach hinten!«

»Ach, Sie sind es … wunderbar. Und wer ist das? Wie ich sehe, trägt er eine Brille …«

»Schnell!«

Der Wagen beschleunigt plötzlich und der Schriftsteller wird in das Polster gepreßt.

»Ich muß schon sagen«, fängt er leicht stotternd an, »ich bin ein wenig verwirrt … Woher die Brille? Warum trägt mein Begleiter eine Brille?«

Der Wissenschaftler beißt auf die Unterlippe.

»Denn die Brille ist, egal wie wir es drehen und wenden, das Wahrzeichen der Intellektuellen!« stellt der Schriftsteller fest.

Der Stalker fragt über die Schulter hinweg: »Sind Sie besoffen?«

»Ich? Wie meinen Sie das? Aber nein doch! Ich bin nicht besoffen. Ich habe ein bißchen getrunken, das ist alles. Ich wollte zum fischen gehen. Wir gehen fischen, oder?

Wachtposten

Der Wagen bleibt am Hang stehen. Im Halbdunkel zeichnen sich nasse Büsche ab. Der Stalker steigt lautlos aus dem Auto und geht in die Richtung, wo sich die Nebenstraße mit glitzerndem Asphalt vereinigt. Auch der Wissenschaftler steigt aus, holt ihn ein und hält mit ihm Schritt.

»Wieso haben Sie diesen Intellektuellen mitgebracht?« fragt er.

»Kein Problem«, antwortet der Stalker. »Er wird wieder nüchtern. Ich verspreche es!« Er schweigt, und fügt hinzu: »Außerdem ist sein Geld auch nicht schlechter, als ihres …«

Der Wissenschaftler blickt ihn an, sagt aber nichts. Sie bleiben an der Kreuzung stehen, und beobachten hinter den Büschen den auf der Hauptstraße hundert Meter entfernten Wachtposten. Im einzigen Fenster des Häuschens brennt Licht. Daneben verbergen sich in der toten Welt der starken Strahler zwei Motorräder mit Seitenwagen und eine gepanzerte Limousine. Links und rechts von der Fahrbahn zieht sich über die Hügel eine Mauer hinweg, oben mit Stacheldraht besetzt, und in der Ferne regelmäßig unterbrochen von weiteren mit Maschinenpistolen bestückten Wachttürmen. Das Tor zur Zone steht weit offen.

»Die Wachen!« flüstert der Stalker.

»Sie schlafen alle«, meint der Wissenschaftler. »Man muß den Wagen stark beschleunigen und mit voller Geschwindigkeit durchfahren … Sie werden nicht mal zum Blinzeln kommen …«

»Was für ein Stratege …«, murmelt der Stalker. »Schnelligkeit und Gewalt …«

Er schaut auf das kleine Gebäude runter, das langsam im grauen Nebel versinkt. Der Dunst verhüllt einige Minuten später den Wachtposten völlig, das Tor und die Wand. Im dunklen Durcheinander blinkt ein verschwommenes Licht, einer versunkenen Lampe gleich.

»So, jetzt ist es schon besser«, stellt der Stalker fest.

Sie begeben sich wieder zu dem Auto.

Der Schriftsteller, der auf dem Rücksitz eingeschlafen ist, schreckt auf.

WIEGAND

»Was?« fragt er lautstark. »Schon da?«

Der Stalker dreht sich um, legt die Hand auf sein Gesicht und stößt ihn hart ins Polster zurück. Der Schriftsteller schaut überrascht drein und flüstert schließlich: »Ist schon klar … Klar … Ich werde still sein …«

Der Wagen fährt an, rollt langsam auf die Hauptstraße und an dem Wachtposten vorbei, die Geschwindigkeitsbegrenzungen der beleuchteten Straßenschilder streng einhaltend. Als der Posten vom trüben Scheinwerferlicht erleuchtet wird, schimmert an der schwarzen und nassen Wand die dreisprachige Aufschrift: ›UN – Forschungsinstitut für Außerirdische Zivilisationen.‹

Im Hintergrund rattert plötzlich ein Maschinengewehr. Die violetten Strahler der Wache streichen durch den Nebel.

Auf der feuchten Fahrbahn rast das Auto im selbstmörderischen Tempo der Nacht entgegen. Der Stalker sitzt hinter dem Lenkrad, einen abgebrannten Zigarettenstummel im Mundwinkel. Im Streulicht der Lampen blitzt manchmal die Brille seines Beifahrers auf. Der Schriftsteller beugt sich mit ganzem Körper nach vorne, hält sich mit verkrampften Fingern an den Lehnen der anderen fest und starrt gebannt auf die Straße. Er ist inzwischen sichtlich ernüchtert.

Der Stalker verlangsamt den Wagen und fährt mit ausgeschalteten Scheinwerfern vorsichtig von der Fahrbahn in den Graben, dann wieder heraus und mit würgendem Motor in die Büsche hinein. Dann wird es still; das Licht erlischt ganz. Aus der Dunkelheit sagt Stalker: »Schnell. Geduckt hinter mir her! Heben Sie nicht den Kopf, und die Beutel tragen Sie auf der linken Seite, so wie ich. Keine Angst, sie können uns nicht sehen. Sollte man Sie doch treffen, nicht schreien oder bewegen: entdeckt man Sie, sind Sie tot. Kriechen Sie zurück zur Hauptstraße, morgen wird man Sie finden. Alles klar?«

»Ich würde jetzt gerne etwas ...«, beginnt der Schriftsteller leise.

»Ruhe, Sie Saufbold ... Los jetzt!«

Vor dem Start

Ein dunkler, unbeleuchteter Tunnel. Im herumirrenden Licht der Taschenlampe blitzen Gleise auf. Die drei Männer klettern auf des Plateau eines elektrischen Schienenfahrzeugs.

Für einen Moment erhellt mit einem Knall ein blauer Blitz die Decke, als der Stalker den Motor kurzschließt. Kurz darauf passieren sie eine schwach brennende Leuchte.

»Wie hübsch«, bemerkt der Schriftsteller. »Es ist dunkel, und man sieht nichts ... Sind Sie wirklich ein Professor?«

»Ja.«

»Mein Name ist ...«, fängt der Schriftsteller an, aber der Stalker unterbricht ihn:

»Dein Name ist *Schriftsteller* ... Klar?!«

»Ähm ...«, murmelt der Wissenschaftler. »In diesem Fall dürfte mein Name ...?«

»Wissenschaftler«, antwortet der Stalker.

»Toll. Ich bin nicht nur Wissenschaftler, jetzt ist es auch noch mein Name!«

»Ich bin entzückt«, sagt der Schriftsteller. »Da ich also Schriftsteller bin, wird mich jetzt wohl jeder Schriftsteller nennen ... Können Sie sich vorstellen, wie unangenehm das ist?«

»Sind Sie ein bekannter Schriftsteller?«

»Nein. Ein modischer.«

»Und worüber schreiben Sie?«

»Wie soll ich sagen ... Meistens über die Leser. Die wollen nur über sich selbst was lesen ...«

»Da haben Sie meiner Meinung nach noch recht«, bemerkt der Wissenschaftler. »Über etwas anderes lohnt es sich gar nicht zu schreiben.«

»Nein, die Leute haben nicht ganz recht ... Es lohnt sich *generell* nicht, zu schreiben. Überhaupt nicht ... Und Sie – sind Sie Chemiker?«

»Eher Physiker.«

»Ist wahrscheinlich auch stinklangweilig, oder?«

»O ja. Besonders, wenn das Glück einen zu lange meidet.«

Sie lassen den Tunnel hinter sich. In der Morgendämmerung, die nur durch die Funken der Stromabnehmer verstärkt wird, rattert das Gefährt bald darauf auf einem langgezogenen Bahndamm dahin.

»In meinem Fall verhält es sich genau umgekehrt«, fährt der Schriftsteller fort. »Ich langweile mich, wenn ich zu lange Glück hatte ...«

»Wer hat zu lange Glück?« erkundigt sich der Stalker. »Jeden Tag verlieren Sie Ihr Geld beim Pferderennen ...«

»Sehr verehrter Herr Adlerauge!« sagt der Schriftsteller pathetisch, »der Wissenschaftler und ich sprechen über ein ganz anderes Pferderennen. Für uns ist das ganze Leben so ein Rennen, und es ist kein Hindernislauf, sondern die objektive Wirklichkeit, oder anders ausgedrückt, das Spiegelbild der Suche nach der Wahrheit. Die Wahrheit ist im Verborgenen, und wir sind auf der Suche nach ihr. Wenn wir sie finden, schnappen wir sie, spielen mit ihr und rennen weiter. Nicht wahr, Wissenschaftler?«

»Was meine Wahrheit angeht, nun, die spielt mit mir kein Verstecken«, antwortet darauf der Wissenschaftler. »Gott ist listig, aber nicht böse.«

»Der Teufel«, berichtigt ihn der Schriftsteller.

»Einstein sagte Gott, aber er meinte die Natur.«

»Die Manichäer sagten Teufel, und meinten auch ihn. Es kann also sein, daß Ihr Teufel nicht schlecht ist; er hat Ihre Wahrheit versteckt und dann einfach links liegen lassen. Und Sie rennen nur herum, und suchen sie – mal hier, mal da. An einer Stelle wird sie gefunden – *aha, der Atomkern besteht aus Protonen.* An einer anderen Stelle – wie wunderbar: das Dreieck A-B-C gleicht dem Dreieck A'-B'-C' … Und damit haben Sie sich in der Welt ganz hübsch eingerichtet. Mein Teufel aber ist von ganz anderer Art. Er läßt nicht die Hände in den Schoß fallen. Ich bringe die Wahrheit ans Licht, derweil bastelt er schon wieder daran herum. Und dann habe ich zwar nach der Wahrheit gegraben, was aber rauskommt, ist Mist. Nehmen wir zum Beispiel irgendein Gesetz von Archimedes … Es stimmte damals, es stimmt heute noch, und wird auch immer gültig bleiben. Kann jeder nachprüfen. Aber es reicht wiederum schon, ein bemaltes Gefäß aus dem achten Jahrhundert zu nehmen … Damals wurden abgenagte Knochen reingeworfen; jetzt steht es im Museum, und wir betrachten voller Begeisterung die zurückhaltend eleganten Muster und die einzigartige Form. Jeder staunt, bis sich herausstellt, daß es nicht aus dem achten Jahrhundert stammt, sondern von Hur dem Einäugigen getöpfert und aus Sensationslust ins Museum geschmuggelt wurde … Die Form ist immer noch einzigartig, auch die Muster elegant zurückhaltend, aber mit dem Staunen, so komisch es auch sein mag, ist es vorbei …«

»Aber nein, das stimmt nicht«, entgegnet der Wissenschaftler. »Sie sprechen über Laien und Snobs …«

»Stimmt doch gar nicht«, sagt der Schriftsteller. »Ich spreche über Töpfe. Ich selber mache schon seit zwanzig Jahren solche Sachen. Und da ich ein einigermaßen bekannter Schriftsteller bin, sind die Buchfreunde entzückt von der zurückhaltenden Eleganz und einzigartigen Form meiner Vasen. Und in zehn Jahren stolziert ein kleiner Junge herein und verkündet naiv: aber der König ist doch nackt … Und in hundert Jahren – wer weiß? – erscheint ein anderer kleiner Junge, und ruft, nachdem er mich gefunden hat: ›*Heureka!*‹ Soll es auch schon gegeben haben …«

»Mein Gott«, seufzt der Wissenschaftler. »Können Sie an nichts anderes denken?«

»Tue ich zum ersten Mal im Leben. Ich denke selten nach. Das schadet bloß.«

»Ich meine, es ist sicherlich unmöglich, einen Roman zu schreiben, während man ständig daran denkt, was man in hundert Jahren dazu sagen wird …«

»Natürlich ist es unmöglich. Andererseits, wenn man es in hundert Jahren sowieso nicht liest, wozu dann überhaupt schreiben …«

»Na und das Geld?« fügt der Stalker böse hinzu. »Regen Sie sich nicht auf, Wissenschaftler, an solche Sachen denkt der natürlich nie. Nur Mädchen und Pferderennen im Sinn, darum kreisen seine Gedanken. *Wahrheit …* Fragen Sie ihn lieber, wieviel er für eine Zeile bekommt!«

Pause. Der Wissenschaftler erkundigt sich leise:

»Wenn dies alles so einfach ist, warum sind Sie dann mit uns in die Zone gekommen?«

»Leiser …«, warnt sie der Stalker.

Der Wagen wird langsamer. Aus dem Nebel taucht ein halb verfallenes Stationsgebäude auf.

»Wir sind angekommen.« Der Stalker springt auf die Schienen. »Wir machen hier Pause!«

»O je!« stöhnt der Schriftsteller und reckt sich. »Können wir jetzt endlich etwas trinken?«

Kurz darauf liegt auf dem Bahnsteig ein ausgebreitetes Papier, darauf eine Thermosflasche mit Kaffee, eine Schnapsflasche und einige Brotschatullen. Alle drei kauen und trinken aus Reisebechern. Inzwischen ist es hell geworden, der Nebel hat sich aber noch nicht aufgelöst; er ist immer noch so dicht wie vorher, lediglich seine Farbe hat sich von einem milchigen Weiß ins Grünliche verschoben.

»Ihr beide seid hier Neulinge«, fängt der Stalker

kurze Zeit später an. »Ich habe euch noch nie zuvor in der Zone gesehen, und erwarte dementsprechend wenig Gutes von eurer Seite. Ihr habt mich angeheuert, also werde ich alles tun, um euch so lange wie möglich am Leben zu erhalten. Nehmt nichts zu Herzen, es ist hier nicht der richtige Ort und Zeitpunkt, um Höflichkeiten auszutauschen. Ich werde einfach mit allem zuschlagen, was mir in die Hände fällt, wenn ihr nicht tut, was ich sage ...«

»Aber bitte nicht auf meine linke Hand, sofern das geht«, bettelt der Schriftsteller.

»Wieso?«

»Ich habe sie gebrochen, als ich klein war. Seitdem bin ich besonders vorsichtig.«

»Hah ...«, lacht der Stalker auf. »Und ich dachte schon, Sie sind Linkshänder und schreiben damit. Also gut, dann werde ich Sie auf den Kopf schlagen. Hatten Sie als Kind irgend etwas am Kopf?«

»Sie sind sehr hart zu uns«, bemerkt der Schriftsteller und greift nach der Flasche.

Der Stalker schnappt sich den Alkohol und versenkt ihn gut verschlossen in seiner Tasche.

»Aah«, ächzt der Schriftsteller und schenkt sich etwas Kaffee ein.

»Leiser!« fährt ihn der Wissenschaftler an. Er bläst seinen Zigarettenrauch nachdenklich aus und lehnt sich an das Schienenfahrzeug.

»Hier ist es immer still«, sagt der Stalker. »Ihre Maschinenpistolen sind zu weit weg, vielleicht zehn, fünfzehn Kilometer entfernt ... und hier in der Zone macht niemand Krach.«

»Sind es tatsächlich schon fünfzehn Kilometer?« fragt der Wissenschaftler. »Ich wußte gar nicht, daß man so tief eindringen kann ...«

»Man kann. Wir konnten! Gleich löst sich der Nebel auf, und Sie werden sehen, wie tief die anderen eingedrungen sind ...«

Aus dem Dunst ertönt plötzlich ein langes, knirschendes Geräusch. Alle, selbst der Stalker, schrecken zusammen.

»Was ist das?« fragt der Schriftsteller, die Lippen kaum bewegend. Er ist blaß geworden.

Der Stalker schüttelt stumm den Kopf.

»Ist es vielleicht doch wahr, daß hier … jemand lebt?« fragt der Wissenschaftler.

»Wer?« fragt der Stalker verächtlich.

»Ich weiß nicht … Aber es gibt eine Legende, die sagt, daß einige Leute in der Zone geblieben sind …«

»Nur dummes Geschwätz, keine Legende«, unterbricht ihn der Stalker. »Hier ist niemand und kann auch niemand sein! Das ist die Zone, klar? Die Zone!«

Während der Unterhaltung wendet der Schriftsteller den Kopf vom einen zum anderen. Er ist immer noch blaß im Gesicht, beruhigt sich aber zunehmend.

»Ich verstehe natürlich«, sagt er, »daß dies die Zone ist, und die Zone ist kein Paradies, wir sind nicht im Schoß von Mutter Natur … und es gibt auch keinen einzigen … äh … Büffel oder so in der Nähe. Aber … ich habe für alle Fälle etwas mitgebracht …«

»Was haben Sie mitgebracht?« fragt der Stalker und starrt ihn ungläubig an. »Was, zum Teufel, Sie idiotische Vogelscheuche?«

Der Schriftsteller klopft vielsagend auf seine Gesäßtasche.

»Her damit!« befiehlt der Stalker und hält seine Hand vor.

»Warum?«

»Weil ich es sage!«

Der Schriftsteller zögert. Der vielsagende, überhebliche Blick verschwindet aus seinen Zügen.

»In der Zone gibt es nichts, worauf du schießen könntest, Dummkopf«, sagt der Stalker. »Gib mir die Kanone.«

»Nein!« trotzt der Schriftsteller, fügt dann aber kleinlaut hinzu: »Ich könnte sie brauchen, klar?«

»Klar«, beruhigt sich plötzlich der Stalker. »Obwohl, wirklich brauchen wirst du sie nicht, denn in einem solchen Fall hilft sie dir sowieso nichts mehr. Und wenn du wirklich angeschnitten oder angebrannt wirst, bringe ich dich raus. Tote lasse ich liegen, ja. Aber wenn du noch lebst, bringe ich dich raus, das verspreche ich dir. Ich bin mein Geld wert. Also, los jetzt!«

Der Schriftsteller zieht etwas widerwillig einen kleinen Damenrevolver hervor.

»Sie ist geladen«, brummt er. »Ist aber nur eine Kugel drin.«

»Alles klar ...« Der Stalker sichert den Revolver und schmeißt ihn achtlos hinter die Gleise. »In der Zone darf man nicht herumballern«, belehrt er sie. »Manchmal kann sogar ein weggeworfener Stein gefährlich werden. Haben Sie auch etwas dabei?« wendet er sich, immer noch höflich, an den Wissenschaftler.

Der greift zum Kragen seiner Jacke.

»Für diesen Fall habe ich eine Ampulle bei mir«, gibt er schuldbewußt zu.

»Waas?«

»Eine Ampulle. Mit Gift.«

Der Stalker ist entrüstet.

»Jungs, sowas ... Also ... Was soll das? Seid ihr zum Sterben hergekommen? Will denn keiner sein Leben leichter machen?« Er springt auf die Schwellen. »Denkt lieber darüber nach, möglicherweise habt ihr später keine Zeit mehr, es euch anders zu überlegen. Oder keine Möglichkeit.«

Er entfernt sich vom Schienenwagen und verschwindet im Nebel.

»Wirklich, warum sind Sie eigentlich da? Erfolgreicher Schriftsteller, mit einer großen Villa, und Frauen kriegen Sie bestimmt auch genug ...« Der Wissenschaftler zieht die Augenbrauen hoch und schaut abwartend auf den Schriftsteller.

»Das können Sie nicht verstehen«, antwortet der

Schriftsteller gedankenverloren; er wirft wiederholt seinen Reisebecher hoch und fängt ihn wieder auf. »Es gibt den Begriff *Inspiration*. Den Begriff, den kenne ich, nur das, was er bedeutet … Inspiration … habe ich keine. Ich bin unterwegs, um ein wenig davon zu erbetteln.«

»Was denn, haben Sie sich etwa – wie sagt man? – leergeschrieben?« fragt der Wissenschaftler leise.

»Wie? – Nein … Ich war eigentlich noch nie inspiriert. Aber das ist nicht weiter interessant … Und Sie?«

Der Wissenschaftler antwortet nicht. Der Stalker ist zurück.

»Wir müssen gehen. Los!«

Die Zone

Der Nebel hat sich aufgelöst.

Links vom Bahndamm erstreckt sich bis zum Horizont die kahle, ausgestorbene, im grünen Halbdunkel versinkende Ebene. Darüber bricht die Morgendämmerung mit allen funkelnden Farben des Spektrums hervor – die nicht irdische Morgendämmerung der Zone. Und hinter den schwarzen Ketten der Hügel steigt schwerfällig das in unregelmäßige Streifen verschnittene grüne Licht der Sonne auf.

»Nun, das war mit ein Grund, warum ich gekommen bin …«, bemerkt der Schriftsteller mit belegter Stimme.

Ihre Gesichter sind von einem grünen Schein übergossen. Der Wissenschaftler schweigt.

»Ihr schaut in die falsche Richtung«, klärt sie der Stalker auf. »Guckt lieber dorthin …«

Rechts von dem Damm sind auch Hügel zu erkennen, in der Ferne erheben sich Säulen und deformierte, regelrecht abgeknickte Hochspannungsmasten. Zwischen den Anhöhen, wo der Bahndamm abbiegt, windet sich eine Straße. Von dem Punkt aus, wo die drei stehen geblieben sind, kann man noch das Ende des Zuges sehen, der die Panzer transportiert hatte.

Vorne mußte aber was Ernstes geschehen sein: Die Diesellok und zwei der Plateauwagen liegen abgestürzt am Fuß des Damms, hinter ihnen stehen einige Wagen einsam auf dem Gleis – die Panzer sind runtergekrochen, liegen auf der Seite oder auf dem Rücken durcheinander neben den Gleisen: man versuchte wohl, sie auf die Straße zu bringen, kam aber nicht so weit. Sie liegen in kleinen Gruppen zerstreut zwischen Straße und Bahndamm, die Kanonen ziellos in alle Richtungen gedreht; einige von ihnen haben, wie auch immer, ihre Raupenketten verloren, manche stehen offen, manche haben ihre Luken immer noch fest verschlossen.

»Und ... wo sind die Menschen?« fragt der Schriftsteller leise. »Da waren doch auch Menschen ...!«

»An dieser Stelle muß auch ich immer daran denken«, antwortet der Stalker mit gedämpfter Stimme. »Schließlich habe ich sie gesehen, als sie den Zug bestiegen. Damals war ich noch klein, und jeder glaubte, die Fremden wollten uns erobern. Also hatte man die hier in Marsch gesetzt ... Die großen Strategen ... Bah!« Er spuckt aus. »Keiner kam zurück, keine einzige Seele. Eingedrungen sind sie, aber dann ... Nun, gut. Also, ungefähr diese Richtung, der Pfeiler dort.« Er zeigt mit der Hand nach vorne. »Aber schaut nicht auf den Pfeiler, guckt lieber vor eure Füße. Ich wiederhole nochmal: Ihr seid hier nur Scheiße wert! Ihr seid Neulinge, ohne mich vollkommen wertlos und verloren, wie blinde junge Katzen. Klar?! Deswegen werde ich hinter euch bleiben. Wir gehen im Gänsemarsch, ihr wechselt euch dabei ab. Zuerst übernimmt der Wissenschaftler die Vorhut. Ich gebe den Weg an, folgt ihm, sonst kann es für euch schlimm werden. Nimm den Rucksack!«

Der Wissenschaftler wirft ihn sich über die Schulter.

»Gut, die erste Etappe ist der weiße Stein dort. Seht ihr ihn? Also los dann«, befiehlt der Stalker.

Der Wissenschaftler verläßt als erster den Bahndamm. Der Stalker wartet, bis er fünf Schritte entfernt ist, dann schickt er den anderen hinterher.

»Wie heißt du ... Schriftsteller! Jetzt du!«

Er wartet einen Moment und folgt dann den beiden.

Inzwischen löst sich die grüne Morgendämmerung der Zone auf, und der ganz normale Morgen bricht an.

Aus der Senkung klettern sie nacheinander auf die erste Anhöhe. Von hier aus kann man gut die entfernten Teile des Dammes erkennen.

Irgend etwas Seltsames passiert über den beschädigten Panzern: als ob erwärmte Luftsäulen in die Höhe stiegen, und immer wieder kleine Regenbogen in ihnen aufleuchten und dann ausschwärmen würden.

Aber sie achten nicht darauf. Der Wissenschaftler geht voran und untersucht eingehend den Boden vor jedem seiner Schritte. Der Schriftsteller hinter ihm starrt mehr auf das Gelände vor dem Wissenschaftler, als auf das vor ihm liegende.

Er hält die Entfernung nur unregelmäßig ein, aber noch sagt der Stalker nichts. Sein Blick schwebt geübt von seiner Fußspitze zum Nacken des Schriftstellers, zum Nacken des Wissenschaftlers, dann links und rechts von ihm, und wieder zurück.

Der Wissenschaftler erreicht die Hügelkuppe, und prompt erklingt der Befehl des Stalkers: »Halt!«

Der Wissenschaftler bleibt sofort stehen, der Schriftsteller aber geht noch ein paar Schritte und dreht sich erst dann mißmutig um.

Der Stalker verharrt bewegungslos, die Augen geschlossen, spreizt nur die Finger seiner ausgestreckten Hand, als ob er in der Luft etwas ertasten könnte.

»Na, was ist da?« fragt der Schriftsteller widerstrebend.

Der Stalker läßt vorsichtig den Arm sinken und geht seitwärts in Richtung des Wissenschaftlers. Sein Gesicht ist gespannt und etwas ungläubig.

»Nicht bewegen …«, krächzt er leise. »Bleibt so, keine Bewegung …«

Der Schriftsteller schaut sich erschrocken um.

»Du sollst dich nicht bewegen, Blödmann!« zischt der Stalker.

Sie stehen still wie Statuen; um sie herum fröhlich grünes Gras, die vollen Sträucher bewegen sich manchmal in der leichten Brise, über ihnen scheint friedlich die Morgensonne. Der Stalker atmet plötzlich tief durch.

»Gerade so davongekommen … Weiter! Nein, wartet, wir machen eine Pause …«

Er kniet sich hin und holt Zigaretten hervor. Mit dem Mund angelt er sich eine aus der Packung, die er dann dem Wissenschaftler weiterreicht, der neben ihm in die Hocke gegangen ist.

»Nun, kann ich wenigstens auch zu euch kommen?« fragt der Schriftsteller gereizt.

»Du kannst«, antwortet der Stalker nach einem tiefen Zug. »Los. Komm her!« Sein Tonfall wird immer ärgerlicher. »Was hatte ich dir gesagt?«

Der Schriftsteller bleibt auf halbem Weg stehen.

»Was hatte ich dir denn gesagt, Dummkopf? Ich sagte: *›Halt‹*, und du bist stur weitergerannt; ich sagte: *›Keine Bewegung‹*, und du drehst deinen Kürbis in alle Richtungen … Nein«, wendet er sich an den Wissenschaftler, *»der* hier wird das Ziel mit Sicherheit nicht erreichen …«

»Was soll ich tun? Meine Reaktionszeit ist halt nur mäßig«, klagt der Schriftsteller. »Ich möchte auch eine Zigarette …«

»Wenn deine Reaktionszeit schlecht ist, hättest du auch daheim bleiben sollen«, antwortet der Stalker, holt einige rostige Schrauben aus der Tasche, und fängt an, den Weg abzustecken.

Er schmeißt vorsichtig eine Schraube nach vorne und wartet. Dann bewegt er sich langsam auf sie zu, erreicht sie, und schmeißt die nächste. So geht er weiter, Schritt für Schritt, Schraube für Schraube.

»Los!« ruft er dem Wissenschaftler zu. »Ich glaube, wir sind dran vorbei ...«

Vorsichtig geht es weiter. Der Wissenschaftler, der Schriftsteller und hinten der Stalker. Die Sonne steigt immer höher und brennt – keine Wolke ist zu sehen, – immer heißer. Links der Abhang, rechts ein Graben, gefüllt mit stehendem schwarzen Wasser. Tiefe Stille, kein Vogelgezwitscher, kein Grillenzirpen. Nur das Gras raschelt unter ihren Füßen.

Nach einigen Schritten fängt der Schriftsteller an zu pfeifen. Einige Sekunden später bückt er sich, hebt einen Zweig auf und schlägt damit regelmäßig an sein Hosenbein, während er weitergeht.

Mit finsterer Miene beobachtet der Stalker das Treiben des Schriftstellers. Und als dieser anfängt, mit dem Zweig auf die ausgetrockneten Blumen links und rechts einzuschlagen, holt der Stalker eine große Mutter aus der Tasche hervor und zielt damit genau auf den Nacken des Schriftstellers. Das fröhliche Pfeifen wird von einem jähen Wehlaut unterbrochen.

Der Schriftsteller greift sich an den Hinterkopf und kniet sich nieder. Der Stalker beugt sich über ihn.

»Nun, auch sowas kann passieren«, bemerkt er. »Allerdings wirst du kaum Zeit haben, aufzuschreien ... Hast du jetzt die Hose voll?«

Der Schriftsteller steht langsam auf.

»Was war das?« – fragt er entsetzt, seinen Nacken abtastend.

»Ich wollte dir zeigen, was geschehen wird«, erklärt der Stalker, »wenn du weiterhin auf diese Art in der Zone herumspazierst. Du Selbstmordkandidat ...«

»In Ordnung, in Ordnung!« erklärt der Schriftsteller. »Ich habe verstanden.«

Sie passieren eine Müllhalde. Zersplittertes Glas blitzt, eine zerbeulte Teekanne, kaputte Puppe, Lumpen und Konservendosen liegen durcheinander ...

Jetzt geht der Schriftsteller vorne, sein Gesicht verärgert und angespannt, die Mundwinkel hängen herab.

Ein riesiger Graben, gefüllt von dem Überbleibsel einer Flakbatterie. Die drei klettern über die eingesunkene Oberfläche, machen langsam und vorsichtig einen Schritt nach dem anderen, als plötzlich der Schriftsteller einen seltsamen krächzenden Laut von sich gibt und stehen bleibt.

Ihm bricht urplötzlich der Schweiß aus, es dringt aus allen Poren seines Körpers, bricht durch seine Kleidung, fließt in Strömen sein Gesicht runter und tropft von den verkrampften Fingern auf den Boden. Seine Haare werden strähnig, fallen ihm in Büscheln auf die Brust und die Schultern.

»Ruhig, Leute«, befiehlt der Stalker. »Das ist eine Falle! Hinlegen!« schreit er dem Schriftsteller zu. »Versuch dich hinzulegen! Du auch, Wissenschaftler, auf den Bauch mit dir! Keine Angst, er schafft es schon ...«

Der Stalker und der Wissenschaftler liegen schon, der Schriftsteller aber schafft es nicht. Sein Körper erzittert zusehends im unheimlichen Krampf.

Und dann ist alles genauso schnell vorbei, wie es gekommen war. Der Schweiß verschwindet von einer Sekunde auf die andere, der Schriftsteller ist so trocken wie vorher, nur seine Haare hängen immer noch auf seinem Körper und bewegen sich langsam im leichten Wind. Schließlich fällt er kraftlos zur Seite.

Die beiden anderen stehen auf und nähern sich langsam seinem Körper.

»Nichts passiert, nichts passiert«, wiederholt sich der Stalker. »Er steht gleich wieder auf. Wie auch immer, er hatte verdammt viel Glück; anderen sind hier die Augen ausgelaufen, und er übersteht es mit einigen Haarbüscheln ... Komm schon, steh auf, worauf wartest du noch ...«

Der Schriftsteller steht mühsam auf, betastet sich den

Kopf und schaut auf die Haare, die an seinen Fingern kleben.

»Gehen wir!« spornt der Stalker sie an. »Deine Haare kannst du sowieso nicht zählen … Wissenschaftler, du gehst voran.«

Später klettern sie unter ein uraltes Tarnnetz. Man sieht, daß dies hier früher ein MG-Posten gewesen sein mußte: Munitionskisten, im Boden versunkene Maschinengewehre, sandbedeckte Helme und Gasmasken liegen herum.

»Wir machen Pause«, kündigt der Stalker an.

Alle bleiben stehen. Um sie herum Stille, nur der Wind pfeift, und ein verdrecktes Blatt einer alten Zeitung, das sich zwischen den Beinen des Wissenschaftlers verfangen hat, raschelt leise.

»Warten Sie«, bittet der Schriftsteller. »Irgendwas … ist mit meinem Fuß … Er will nicht so richtig …«

»Was war es?« fragt der Wissenschaftler, ohne sich umzudrehen.

Der Schriftsteller kichert nervös, und der Stalker antwortet: »Keine Ahnung … Es war da, Gott sei Dank ist es jetzt weg.« Er schaut sich um und zischt: »Eine scheußliche Gegend.«

Sie machen es sich im Schatten des Tarnnetzes bequem. Der Stalker gießt was in die ihm entgegengestreckten Becher ein. Alle trinken.

»Haben Sie Appetit, Wissenschaftler?« fragt der Schriftsteller und beißt angeekelt in ein hartgekochtes Ei.

»Ehrlich gesagt, nicht unbedingt«, antwortet der Angesprochene.

»Bier bräuchten wir jetzt!« seufzt der Schriftsteller. »So richtig kaltes! Mein Hals ist schon ganz ausgetrocknet.«

Der Stalker gießt sofort nach. Vorsichtig erkundigt sich der Wissenschaftler: »Müssen wir noch weit gehen?«

Der Stalker wartet etwas, bevor er mürrisch antwortet.

»Ich weiß es nicht.«

»Und nach dem Plan?«

»Was zählt schon der Plan? Außerdem, soll das ein Plan sein? Es fehlt sogar der Maßstab. Der *Misanthrop* hat es zwar in zwei Tagen geschafft ... Aber das war eben der *Misanthrop* ...«

»Was für ein Misanthrop?« fragt der Schriftsteller.

Der Stalker lächelt, zündet sich genüßlich eine Zigarette an.

»Der *Misanthrop* ist mit uns gar nicht zu vergleichen. Vom ersten Tag an war er dabei, er war es auch, der mich in die Geheimnisse eingeführt hat, als ich erwachsen wurde. Er war ein toller Kerl. Ein Meister.«

»Wieso ... *war?*« hakt der Schriftsteller nach. »Ist er etwa ...«

»Ja. Genau. Mit zwei, drei Leuten war er losgezogen, und kam alleine zurück. Wenn ihr mit ihm gekommen wärt ...« Er lacht unangenehm harsch auf, sein Blick wandert zwischen Wissenschaftler und Schriftsteller hin und her. »Nebenbei, bis hierhin hättet ihr es auch mit ihm geschafft ... Nun gut«, fährt er fort. »Tut, was ihr wollt, ich werde jetzt etwas schlafen. Aber seid leise ... und fangt nicht an, herumzuspazieren ...«

Der Stalker bettet seinen Kopf auf dem Rucksack und schläft wenig später ein. Die beiden anderen lehnen sich etwas weiter an die Lehmwand des Grabens, zünden Zigaretten an und unterhalten sich.

»Was ist denn nun passiert, mit diesem Meister?« fragt der Schriftsteller.

»Er ist der einzige, der den Ort erreicht hat und auch zurückgekommen ist«, antwortet der Wissenschaftler. »Er kam zurück, und war innerhalb von zwei Tagen reich ... Unheimlich reich ...«

Pause.

»Und?«

»Und dann hat er sich aufgehängt. Nach einer Woche.«

»Wieso?«

Der Wissenschaftler hebt die Schultern.

»Dunkle Geschichte. Er wollte dahin zurückgehen, aber zu zweit ... Mit unserem Mann ... Der Stalker kommt zur besprochenen Zeit, und der Misanthrop hängt schon. Auf dem Tisch diese Karte hier und gute Wünsche.«

»Und ... kann es nicht sein, daß unser Mann ... also daß er ihn ...«

»Ja. Er wäre dazu fähig«, bestätigt der Wissenschaftler leichthin.

Eine Weile rauchen sie stumm.

»Was denken Sie, Wissenschaftler, gibt es diesen Ort wirklich? Wo die Wünsche in Erfüllung gehen ...«

»Der Misanthrop wurde reich. Das war es, was er sein ganzes Leben lang sein wollte.«

»Und er hat sich aufgehängt ...«

»Sind Sie sicher, daß er deswegen dort hingegangen ist? Ich meine, um reich zu werden? Hat er es vielleicht irgend jemandem erzählt, *warum* er die Zone besucht? Der Mensch weiß nie, was er will. Er ist viel zu kompliziert. Der Kopf will das eine, sein Rückenmark das andere, und die Seele das dritte ... Keiner kennt sich in diesem Durcheinander aus. Auf jeden Fall geht es hier um den geheimsten Wunsch, der erfüllt wird, verstehen Sie? Der geheimste.«

»Das stimmt«, meint der Schriftsteller. »Sie sehen es schon richtig. Vorhin sagte ich, ich sei wegen der Inspiration hier ... Das ist eine Lüge. Inspiration ist mir scheißegal ...«

Der Wissenschaftler schaut ihn erstaunt an.

Nach einer kurzen Pause fährt der Schriftsteller fort:

»Obwohl ... vielleicht doch wegen Inspiration ... Woher soll ich wissen, wie es heißt, was ich will? Und woher, ob es wirklich das ist, was ich will? Diese Dinge sind nicht faßbar; es reicht schon, ihnen Namen zuzuteilen, und der Sinn verschwindet … Wie eine Meduse in der Sonne. Haben Sie so etwas schon mal gesehen?«

Der Wissenschaftler senkt den Blick, er begutachtet seine dreckigen und eingerissenen Fingernägel.

»Na, na. Und übrigens … Ich glaube, gerade für Sie ist es nicht empfehlenswert, dorthin zu gehen!«

Der Schriftsteller nickt heuchlerisch.

»Freilich, freilich … Natürlich, ich bin kein Forscher … Aber Sie – Sie sind ganz was anderes! Sind Sie wirklich Wissenschaftler? Na wunderbar, dann müssen Sie auf jeden Fall hin! Alles Fakten … Versuche, Ergebnisse … Die Wahrheit in letzter Vollkommenheit. Nur gibt es meiner Meinung nach keine Tatsachen. Nicht im allgemeinen, und hier in der Zone erst recht nicht. Alles ist hier erfunden, fühlen Sie es nicht? Dieses Ganze ist eine alberne Idee! Man will uns für dumm verkaufen. Aber wer – davon haben wir keine Ahnung. Warum …? Auch keine Ahnung!«

»Vielleicht wäre es doch interessant, herauszufinden, *wer* und *warum*?«

»Ach, darum geht es doch gar nicht … *wer* und *warum* … Was zählt Ihre Wissenschaft? Wessen Gewissen wird davon sauberer? Oder wessen Gewissen leidet darunter? Meins? Ich habe kein Gewissen, höchstens Gehirnströme. Macht mich ein Schwein nieder, bin ich verwundet. Macht mich ein anderes Schwein nieder – noch eine Wunde … Denen ist doch egal, was ich schreibe! Die fressen alles auf! Du steckst Herz und Seele rein, und sie fressen dein Herz und deine Seele. Ziehst du irgend etwas Widerwärtiges aus deiner Seele hervor, fressen sie es … Denen ist egal, was sie fressen. Jeder von ihnen wunderbar gebildet, alle hungrig nach geistiger Nahrung … Sie summen und summen um mich herum; Reporter, Herausgeber, Kritiker, und noch dazu pausenlos irgendwelche Weibsbilder … Was bin ich bloß für ein Schriftsteller, wenn ich das Schreiben hasse, wenn es eine Qual für mich ist; etwas, wofür ich mich schäme und was mir peinlich ist, als ob es irgendeine krankhafte physiologische Nebenfunktion meines Körpers wäre …«

Plötzlich fällt er in Schweigen und liegt nur da, mit geschlossenen Augen. Sein Gesicht zuckt manchmal leicht.

»Früher dachte ich ja, sie brauchen mich«, fährt er schließlich leise fort. »Ich glaubte daran, daß es welche geben wird, die durch meine Bücher besser und ehrlicher werden. Reiner, besser … Keiner will mich. Nur eine Villa habe ich für den Preis meiner Seele bekommen. Mit Sauna. Wenn ich sterbe, bin ich in zwei Tagen unter der Erde und sie werden jemand anderen fressen. Kann ich das denn so belassen? Ich wollte sie nach meinem Angesicht formen. Und sie haben mich nach ihren Launen geformt. Früher war die Zukunft lediglich die Wiederholung der Gegenwart, und die Veränderungen verbargen sich irgendwo hinter dem Horizont. Inzwischen existiert keine Zukunft mehr. Sie ist mit der Gegenwart zusammengeschmolzen. Sind sie vielleicht bereit dazu? Ich versuchte, sie darauf vorzubereiten, aber sie wollen es nicht, denen ist es egal, sie wollen nur … fressen.«

»Leidenschaftlich …«, stellt der Wissenschaftler langsam fest. »Seeehr leidenschaftlich … Sie könnten ja sogar, Herr Schriftsteller, uns allen was Gutes antun!«

»So, jetzt reicht es mir langsam mit Ihnen!« antwortet der, ohne die Augen zu öffnen.

»Nein, nein, dies ist gefährlich, verstehen Sie nicht? Ein leidenschaftlicher Weltverbesserer!«

Der Schriftsteller setzt sich mit einem Ruck auf und blickt den Wissenschaftler wütend an.

»Was ist gefährlich? Was ist gefährlich? Ich will meine Ruhe, kapieren Sie? Ruhe!«

»Klar. Aber Sie rennen jetzt nicht in die Wüste, um

Ruhe zu finden. Sie gehen in die Zone! Geradewegs zu diesem bestimmten Ort!«

Der Schriftsteller lehnt sich wieder zurück und hält die Hand vor seine Augen.

»Oh, ich will mich nicht mit Ihnen streiten. Im Streit wird bloß die Wahrheit geboren, diese verfluchte ...!«

Sie nicken ein.

Der Stalker öffnet die Augen. Er bleibt noch eine Weile liegen, horcht. Dann steht er geräuschlos auf, kommt mit leichtem Schritt aus dem Schatten und bleibt über den beiden Schlafenden stehen. Einige Sekunden lang beobachtet er sie. Sein Gesicht ist gespannt, sein Blick abschätzend. Er beißt sich auf die Unterlippe und gibt schließlich leise den Befehl: »Wir brechen auf!«

Das kleine Tal zwischen den Hügeln ist mit dreckiger Jauche überzogen. Sie kämpfen sich über halb verrottetes, matschiges Unterholz voran. Über dem Morast schwebt stickiger Nebel. Der Stalker geht voran, hinter ihm schleppen sich die anderen beiden hin. Ihr Atem geht schwer, man sieht, daß sie ziemlich erschöpft sind.

Der Stalker bleibt plötzlich stehen, als ob er gegen ein unsichtbares Hindernis gerannt wäre. Er bewegt keinen Muskel, nimmt nur Gerüche war.

Der Schriftsteller bleibt auf einen Ast gestützt neben ihm stehen, um zu verschnaufen.

»Na ... Was denn nun schon wieder?« fragt er.

»Sei still ...«, rügt ihn der Stalker leise.

Er tut so, als ob er weitergehen würde, bleibt dann aber stehen. Aus der Tasche holt er eine Schraube hervor, will schon werfen, überlegt es sich aber anders. Die Schraube fällt zu Boden. Sein Gesicht ist blaß und grünlich, von Schweiß bedeckt.

»Neheein, nicht mit mir«, murmelt er.

Die Hände gespreizt zieht er sich zurück. Dann dreht er sich um, nimmt den Stock des Schriftstellers und sticht damit in den Sumpf neben dem Weg.

»So ist es besser …«, bemerkt er seltsam heiser. »Los, hinter mir her!«

Vorsichtig verläßt er den Pfad und sinkt sogleich knietief in die feuchte Erde.

»Und wozu soll das gut sein?« fragt der Schriftsteller klagend.

Der Stalker antwortet nicht. Mit dem Ast sucht er einen Weg, entfernt sich immer weiter vom unheilvollen Ort.

Bis zur Hüfte im Sumpf schleppen sie sich im Dunst dahin, rutschen aus und kommen unter Wasser, sie schlucken und prusten. Anhalten dürfen sie nicht, der Morast zieht sie sonst sofort herunter.

Plötzlich versinkt der Wissenschaftler bis zum Hals in der trüben Brühe, und versucht vergebens, sich aufzustemmen und auf den Bauch zu werfen.

»Hilfe!« ruft er mit letzter Kraft.

Der Stalker dreht sich um. Auf seinem Gesicht ungespieltes Entsetzen.

»Was machst du da?« schreit er heiser, und watet, den Matsch zur Seite schiebend, zum Wissenschaftler. »Der Rucksack … schmeiß den Rucksack weg!«

Der Wissenschaftler schüttelt den Kopf, den einzigen Teil seines Körpers, der noch frei ist.

»Den Stock!« röchelt er. »Her mit dem Stock!«

»Wirf endlich den Rucksack ab, hab ich gesagt!«

»Schmeiß ihn weg, du Dummkopf!« kreischt nun auch der Schriftsteller, und rudert verzweifelt in der schmutzigen Brühe.

»Den Stock …« Der Kopf des Wissenschaftlers versinkt, taucht wieder auf, und er schreit verzweifelt: »Her mit dem Stock, du Hornochse!«

Er versucht, den ihm zugeschobenen Ast zu erwischen, verfehlt ihn, kann ihn dann aber doch noch erwischen, und hält sich an ihm krampfhaft fest.

Irgendwie schaffen sie es, auf eine kleine, trockene Lehminsel zu klettern.

»Beinahe wärst du wie eine Axt ohne Stiel versunken«, brummt der Stalker. »Und mich hättest du auch noch mit in die Tiefe gezogen. Der Schriftsteller würde jetzt alleine durch den Sumpf klettern. Wieso, zum Teufel, hängst du so an deinem Rucksack?!«

»Und warum sind wir überhaupt vom Weg abgekommen?« stänkert der Wissenschaftler.

»Das geht deinen dummen Kopf gar nichts an ...«

»Und dich geht mein Rucksack nichts an!«

»Was ist denn drin, ein Schatz?« fragt der Schriftsteller gereizt, der Wissenschaftler aber beachtet ihn überhaupt nicht.

»Das ist einfach unfaßbar!« sagt der statt dessen. »Wir hatten einen akzeptablen Weg, und er klettert daraufhin freiwillig in diese ... diese Kloake!«

»Mein Instinkt, kannst du das begreifen? Mein Instinkt sagte es mir!«

»Ein toller Instinkt!«

»Blöde Brillenschlange.« Der Stalker klopft seine Hose ab, die festgeklebten Lehmstücke bröckeln in großen Platten ab.

»Meine Brille geht Sie nichts an. Außerdem reicht es jetzt. Blödsinn.«

»Das ist kein Blödsinn. Und was dich angeht, ich hätte dir mit dem Stock fest zwischen die Ohren hauen sollen! Her mit der Flasche. Mein Gott, wegen ein paar dreckigen Unterhosen wäre er beinahe in den Himmel gekommen ...«

»Was denn für Unterhosen?« fragt der Schriftsteller.

»Ach, was soll denn sonst schon darin sein. Na, vielleicht ein paar Konservendosen ...«

»Quatsch, Konserven. Ich konnte ihn einfach nicht abstreifen. Ich wäre versunken, bevor ich ihn ausgeklinkt hätte, zum Teufel!«

»In Ordnung, genug davon ...« Der Stalker steht auf und schaut sich stirnrunzelnd um. »Wo, zum Teufel, sind wir? Der Ort ist mir völlig unbekannt ... Dieser

Schweinehund *Misanthrop* hat nichts bei dem Morast eingezeichnet, obwohl dort mit Sicherheit etwas war … Aber vielleicht ist es ja auch erst seit kurzem da.«

»Sagen Sie«, fragt der Wissenschaftler, »ist der Misanthrop der einzige, der den Ort erreicht hat?«

»Ich kenne keinen anderen.«

»Und gab es welche, die losgezogen, aber nicht angekommen sind?« fragt plötzlich der Schriftsteller.

»Ja. Ich bin auch schon mal losgegangen, kam aber nicht so weit.«

»Und wieso wollen alle dorthin?« fragt der Wissenschaftler.

»Jeder wegen etwas anderem … Die meisten natürlich wegen des Geldes. Meinst du vielleicht, ich wüßte nicht, weswegen du dorthin willst? Möchtest du, daß ich es dir sage? Die hatten dich nicht bei der Expedition mitgenommen, also hast du jetzt vor, es ihnen so richtig zu zeigen. Und das ist auch in Ordnung so, verstehst du? Du willst deine persönlichen Dinge wieder auf die Reihe bringen, und deswegen etwas entdecken, wovor jeder seinen Hut zieht. Schauen Sie mal, das ist doch unser Professor, also der verdient wirklich den Nobelpreis …!«

»Na, und Sie? Weswegen sind Sie da?«

Der Stalker schweigt eine Weile mürrisch, dann sagt er: »Ich habe dafür meine eigenen, familiären Gründe …«

»So wie der Misanthrop?« fragt der Wissenschaftler leise.

Der Stalker dreht sich plötzlich um und schaut ihn mit unheilvollem Blick an. Der Wissenschaftler aber sitzt nur ruhig, mit geschlossenen Augen unprovokativ da.

»Vergleiche mich nicht mit ihm!« droht der Stalker. »Du kanntest ihn nicht, hast ihn nie gesehen, und mich kennst du auch nicht. Du kannst uns also mit gar nichts vergleichen!«

»Keiner kennt jemanden wirklich«, bemerkt der Wissenschaftler, ohne aufzuschauen.

»Ach, hört doch schon auf«, beendet der Schriftsteller die Fehde. »Natürlich kennt keiner jemanden. Das Newtonsche Binom kennt auch keiner. Familiäre Gründe … Er hat sein ganzes Geld beim Pferderennen verwettet, Zuhause gibt's nichts zu essen, arbeiten will er nicht, weil er von seiner Geburt an ein Lump ist … Und was das Trinken angeht, hat er es sich auch angewöhnt, selbst die Karten läßt er nicht links liegen … Seine Frau, diese Hexe, hängt ihm sicher immer am Ohr, er solle ihr Geld geben … Dann hat er bestimmt etliche Kinder, alles nur Banditen, die laufend auf der Wache sind … Haha, keiner kennt jemanden wirklich … erzählen Sie das jemand anderem!«

Der Stalker wird währenddessen immer aufgeregter, er will ihn unterbrechen, etwas sagen, ist aber unfähig dazu. Erst zum Schluß kann er seine Wut herauspressen: »Halt den Mund, du … du … Wie kannst du es wagen, so über mich zu reden? Was weißt du denn schon über mich? Bist ein mieser kleiner Schreiberling … Auf Klowände solltest du schreiben, du Nichtsnutz! Ich habe eine Tochter, weißt du? Seit ihrer Geburt ist sie behindert, weißt du? Ich spazierte in der Zone herum, und sie muß dafür büßen. Seit sie ein kleines Kind ist, muß sie es ertragen, von den anderen gehänselt zu werden, weil sie blind ist und an Krücken geht … Alles, was ich je aus der Zone mitgebracht habe, ging für die Ärzte drauf, aber selbst die machen uns keine Hoffnung mehr. Lauter Wissenschaftler … So wie er! Ach, was rede ich überhaupt, du blöder Hund!«

Er steht auf und verschwindet hinter dem Hügel.

»Schade drum«, bemerkt der Wissenschaftler.

»Wieso? Na und? Er lügt doch sowieso. Hat er gerade erst erfunden, ich blicke da schon durch.«

»Nein, nein! Ich kenne ihn schon lange. Er hatte ein furchtbares Leben: schon als junger Bursche wurde er zum Stalker, war öfter im Gefängnis, und seine Tochter ist wirklich eine Mißgeburt, ein ›Opfer der Zone‹, wie es in den Zeitungen umschrieben wird. Er war vor einigen Jahren Laborant in unserem Institut, also …«

»Trotzdem lügt er. Es geht nicht um seine Tochter. Heute hat er wahrscheinlich zum ersten Mal an sie gedacht. Wahr ist einzig, daß es kein Lump mag, als solcher erkannt zu werden. Sie brauchen einen höflichen Umgangston, und vornehme Gesten … Der Herr Graf schlägt dir den Handschuh ins Gesicht und entfernt sich dann selbstzufrieden … Sie werden schon sehen, daß er mit einem Sack voll Geld heimkehren wird.«

»Spüre ich da die überhebliche Routine des Schriftstellers? – Na egal, ist nicht wichtig.«

Sie schweigen. Der Wissenschaftler lächelt überlegen.

»Kommt er mit einer Beute nach Hause: zufrieden. Kommt er lebend an: erfolgreich. Hat der Wächter ihn nur angeschossen: glücklich. Der Rest ist Schicksal.«

»Was soll denn dieses müde Philosophieren?«

»Folklore aus der Umgebung. Sie vergessen immer wieder, daß wir in der Zone sind. In der Zone darfst du keine plötzlichen Bewegungen riskieren, und auch keine starken Worte …«

»Entschuldigen Sie. Nur mag ich es nicht, wenn man um das Offensichtliche einen philosophischen Nebel verbreitet.«

»Was mögen Sie denn überhaupt?«

»Früher mochte ich das Schreiben. Inzwischen mag ich gar nichts mehr. Und gar keinen.«

»Hatten Sie nie daran gedacht, daß irgendwann die Zeit kommen wird, in der jeder an den Ort glauben wird, wohin wir jetzt gehen? Und daß dann alle hierher pilgern, Tausende, Hunderttausende?« fragt auf einmal der Wissenschaftler.

»Es glauben ja schon welche dran, aber wie sollten sie hierher kommen?«

»Sie kommen schon, mein Freund, sie kommen

schon! Wenn auch nur einer von Tausend, aber sie schaffen es. So, wie der Misanthrop … Und er war noch nicht mal der Schlimmste. Es gibt Schlimmere. Sie brauchen kein Gold, und haben auch keine ›familiären Gründe‹. Sie wollen die Welt verändern, mein Freund! Die ganze Welt nach ihrem Sinn formen, diese nicht gekrönten Herrscher der Erde, Inquisitoren, allerlei *Führer,* mit den besten Absichten … Haben Sie schon mal daran gedacht?«

»Ehrlich gesagt, nein«, antwortet der Schriftsteller.

»Es lohnt sich aber. Was mich angeht, bin ich dazu geneigt, an Schauermärchen zu glauben … Nur an Schauermärchen, nicht an Zaubermärchen.«

Der Schriftsteller zieht den Mundwinkel hoch und mustert den Wissenschaftler kritisch.

»Sie haben keine Ahnung von der Natur des Menschen«, sagt er schließlich. »Schon wieder dieses leere Philosophieren … Natürlich gibt es welche, die die Welt verändern wollen; in Wirklichkeit aber scheißen sie auf die Welt, wollen bloß ein tolles Weib, irgendwas zu trinken, und noch mehr Geld … Mein liebster Professor, diese Menschen haben doch gar nicht die Phantasie dazu, etwas global zu verändern! Vielleicht hofft er von ganzem Herzen, daß eine Straßenbahn seinen Chef umsäbelt … aber das war's dann auch schon! Wissen Sie, aus welchen Leuten diese bestimmten *Führer* werden? Die Frauen lieben sie nicht, die Kritiker lieben sie nicht, oder sie haben Mundgeruch … Professor, Sie können sich persönlich davon überzeugen, wenn Sie dort sind … Ich erkenne Sie doch! Es steht in Ihrem Gesicht, daß Sie der Menschheit irgendwas wunderbar Tolles zugute kommen lassen wollen … Nun, ein anderer würde jetzt Angst kriegen, aber wie Sie sehen, bin ich vollkommen ruhig!«

»Ja, was mich angeht, sind Sie beruhigt. Das merkt man auch; jeder mißt den anderen an sich selbst. Sie könnten Politiker oder Soziologe sein … Wegen mir sind Sie nicht beunruhigt … aber wie steht es mit Ihnen?!«

»Mit mir? Nun, meine Dinge gehen keinen etwas an. Ich scheiß auf Ihre gesamte Welt. Mich interessiert darin nur ein einziger Mensch: der hier …« Der Schriftsteller tippt sich auf die Brust. »Ist dieser Mensch was wert oder nicht? Stopft er sich umsonst mit Fressalien voll, oder hat er den Stein der Weisen gefunden?«

»Hören Sie«, sagt der Wissenschaftler. »Machen Sie sich lieber nichts vor! Mal wollen Sie wegen der Inspiration, der Vollkommenheit dorthin, mal wegen der Ruhe …«

»Wenn ich erfahre, wer ich eigentlich bin, werde ich auch die Ruhe finden, in der ich die Inspiration finde, und dessen Vollkommenheit ich genieße …«

»Na und wenn Sie erfahren, daß Sie ein Schweinehund sind? Daß Sie nicht nur keinen Stein der Weisen für sich selbst finden, sondern auch noch den der anderen zerstören? Das wird bestimmt eine schöne Ruhe!«

»Und genau dies, mein lieber Einstein, wird dann nicht mehr Ihre Sache sein! Befassen Sie sich mit Ihrer dahindefinierten Menschheit, und lassen Sie mich einfach aus.«

»Ja, ja, das ist klar. Mich stört nur eines: ich habe das Gefühl, Sie wollen wirklich nur in Ruhe gelassen werden; von jedem – und für immer!«

»Musik in meinen Ohren!«

»Und wenn von jedem … dann bin ich da wohl auch mit dabei«, bemerkt der Wissenschaftler. »Deswegen sollten Sie lieber noch einmal bedenken, aus welchem Grund Sie wirklich mitkommen. Schließlich gibt es einige Milliarden Menschen auf dieser Welt, die absolut nichts dafür können, daß Sie ein Scheißkerl sind.«

Der Stalker kehrt zurück.

»Genug gefaulenzt«, herrscht er sie an. »Wir gehen weiter …«

Auf dem Feldweg liegt eine feine Staubschicht. Jeder Schritt wirbelt eine Wolke auf, die dann eine Weile fast bewegungslos in der Luft hängt. Neben der Straße stehen verrottete, manchmal abgeknickte Telefonmasten. Es ist sehr heiß, vor ihnen quirlt die warme Luft über dem Boden.

Der Wissenschaftler, der vorne geht, bleibt plötzlich stehen, dreht sich um und bemerkt verstört: »Da vorne steht ein Wagen ... Sein Motor läuft ...«

»Kümmer dich nicht drum«, beruhigt ihn der Stalker, »der läuft schon seit zwanzig Jahren. Schau lieber, wo du hintrittst; bleib genau in der Mitte der Straße ...«

Sie passieren den am Straßenrand stehenden LKW, der wie neu aussieht. Sein kraftvoller Motor brummt leise im Leerlauf, aus dem Auspuff steigen blaue Wolken auf, die sich zu einem leichten Nebelschleier verteilen. Die Räder sind bis oben hin in der Erde festgefahren, durch die halboffene Fahrertür kann man einen kleinen Baum erkennen, der durch den Fahrzeugboden gestoßen ist und munter weiterwächst.

Irgendwann einmal, wahrscheinlich gerade am Tag des Besuches, hatte dieser riesige Laster auf seiner Ladefläche ein langes, mehrere Meter dickes Gasrohr transportiert. Nach dem Unfall rollte diese Röhre vom Lastzug und versperrte, etwas seitlich verschoben, die Straße. Zur selben Zeit dürften wohl auch die Telefonmaste umgeknickt sein; auf den Kabeln sitzt rostiger Schimmel, dessen Auswüchse auf den Weg hängen und wie ein dichter Vorhang die Sicht versperren.

Der Eingang der Röhre ist dunkel und verschmutzt; die Erde davor ist mit Asche bedeckt, als ob eine riesige Feuerzunge aus dem Loch herausgestoßen wäre.

»Was denn, sollen wir da hinein?« fragt der Schriftsteller, mehr von sich selbst.

»Wenn ich es befehle, gehst du rein!« antwortet der Stalker kalt, und holt einige Steine vom Straßenrand. »Na los, zur Seite mit euch!« Er schwingt den Arm, wirft den ersten Stein in das Rohr und springt sofort nach hinten.

Man hört, wie der Stein im Innern hin und her springt, leiser werdend dröhnt. Der Stalker wartet eine Weile und schmeißt dann den zweiten Stein. Dröhnen, Klimpern, dann Ruhe.

»So«, stellt der Stalker fest, und schüttelt langsam seine Hände. »Wir können gehen.« Er wendet sich an den Schriftsteller. »Also dann.«

Der Schriftsteller möchte was sagen, atmet aber nur verkrampft. Er zieht einen Flachmann aus seiner Tasche, öffnet hastig den Verschluß, trinkt etwas und reicht die Flasche dem Wissenschaftler. Mit dem Jackenärmel wischt er sich den Mund ab, läßt den Stalker nicht aus den Augen. Als ob er auf etwas warten würde. Vergebens.

»Nun? Der Rest ist also Schicksal?« fragt er und versucht zu lächeln.

Er macht einen Schritt auf die Röhre zu, bleibt vor dem Eingang stehen. Langsam steckt er seine Hände in die Taschen und dreht sich um.

»Warum gerade ich?« erkundigt er sich mit hochgezogenen Augenbrauen. »Warum, zum Teufel? Nein, ich gehe nicht!«

Der Stalker tritt ganz nah an ihn heran, der Schriftsteller weicht zurück.

»Du gehst jetzt rein!« zischt der Stalker ihm direkt ins Gesicht.

Der Schriftsteller schüttelt stumm den Kopf. Der Stalker boxt ihn daraufhin unerwartet in den Bauch, dann reißt er ihn bei den Haaren wieder hoch und fängt an, auf sein Gesicht einzudreschen.

»Und ob du gehst …«, keucht er.

Der Wissenschaftler versucht, die Hand ihres Führers aufzuhalten, erntet aber nur einen Schlag auf die Nase. Seine Brille fällt runter.

»He!«

WIEGAND 95

Der Schriftsteller wischt sich über die aufgeplatzte Lippe, schaut zuerst seine blutverschmierte Hand und dann den Stalker an.

»O mein Gott«, stöhnt er.

Ekel erfüllt sein Gesicht, er sagt kein Wort mehr, spuckt vor die Füße des Stalkers und geht taumelnd in die Röhre hinein.

Der Stalker springt daraufhin zur Seite und zieht auch den Wissenschaftler mit sich. Aus dem Rohr hört man dumpfes Dröhnen, dann ein Klopfen und Keuchen.

Der Wissenschaftler zieht mit zitternder Hand seine Brille wieder auf; eins der Gläser ist zersprungen. Die Geräusche werden leiser.

»Mir nach!« sagt der Stalker heiser und marschiert in das dunkle Rohr.

Beide kommen aus der Röhre in einen kleinen, an orientalische Bäder erinnernden überkuppelten Raum. Er war wohl früher eine Art Hauptquartier gewesen: zusammenklappbare Tische und Stühle, einige Telefone – bei jedem ist der Hörer abgenommen –, teilweise zu Staub zerfallene Landkarten, weggerollte Stifte. Auf dem Boden Kisten mit Konserven und Flaschen, und, wer weiß wofür, ein Kinderwagen. Der Schriftsteller sitzt an einem Tisch und öffnet gerade eine Flasche.

»Na siehst du ... Das war's schon, und du hattest noch Angst!« bemerkt der Stalker belustigt.

Augenscheinlich ist auch er zum ersten Mal hier. Er schaut sich um, begutachtet neugierig jede Ecke. Der Schriftsteller, die Flasche in der Hand, beobachtet ihn mit ernstem, etwas ironischem Blick.

»Wenn ich sage, du kannst gehen, dann kannst du auch gehen!« führt der Stalker aus. »Gib her, was trödelst du damit herum?« Er nimmt dem Schriftsteller die Flasche ab und schlägt geschickt den Korken heraus. »In was darf ich es schütten? Nichts da? Dann trink direkt aus der Flasche, du zuerst, du hast es dir verdient ...«

Inzwischen geht auch der Wissenschaftler im Raum umher und legt zerstreut die Telefonhörer wieder auf. Der Schriftsteller trinkt ausgiebig, dann klemmt er die Flasche zwischen die Knie und fährt mit der Zunge über die Lippen.

»Und? Wie war es? Ist dir jetzt wärmer?« fragt der Stalker munter. »Das ist es! Dies ist der Ort, an dem sich der *Misanthrop* einige Stunden lang erholte und sein Gleichgewicht wiederfand ... Nein, nein, trink nur, ich nehme mir eine neue, es gibt ja genug ...«

»Mein allerliebster Freund«, beginnt der Schriftsteller, »Ihr Herumrennen ist nichts weiter als eine exotische Art um Entschuldigung zu bitten. Ich verzeihe Ihnen. Schlimme Kindheit, das Umfeld, die Erziehung, all dies verstehe ich. Aber seien Sie sicher, ich werde mich rächen.«

Der Stalker, mit einer neuen Flasche beschäftigt, fragt belustigt:

»Ach nein?«

»Ach doch, ja. Wie jeder Schriftsteller oder Künstler bin ich von Natur aus rachsüchtig. Natürlich werde ich Sie nicht schlagen oder Ihnen in den Rücken schießen ... Ich mache da was Feineres. Ich steche eine Nadel unter Ihre dicke Haut, die direkt in Ihr Nervenzentrum trifft, direkt in Ihren Schädel ...«

In diesem Moment schrillt ein Telefon. Alle zucken zusammen. Der Wissenschaftler nimmt den Hörer ab: »Ja bitte ...«

Eine quäkende Stimme erkundigt sich laut, für alle hörbar: »Ist dort zweihundertzwanzig-dreihundertvierzig-vierhundertzwölf? Wie funktioniert das Gerät?«

»Keine Ahnung«, antwortet der Wissenschaftler verblüfft.

»Danke, es war nur zur Kontrolle.«

Kurzes Tuten. Sie schauen einander an, dann das Telefon. Der Wissenschaftler wendet sich plötzlich ab und wählt eine Nummer. Auf seinen Zügen Schadenfreude.

»Hallo?« ertönt eine markante Männerstimme aus den Lautsprechern.

»Entschuldige, falls ich dich störe«, sagt der Wissenschaftler, »aber ich konnte es nicht aushalten, dir nicht ein paar Worte zu sagen. Ich hoffe, du erkennst mich?«

Stille.

Dann: »Was willst du?«

»Altes Gebäude, Kesselhaus; Bunker Nummer vier. Ahnst du es endlich?«

»Ich rufe sofort die Polizei.«

»Zu spät«, hält ihm der Wissenschaftler triumphierend vor. »Du kannst mich nicht erwischen. Weißt du, wo ich bin? Zwei Schritte *davon* entfernt. Und du kannst nichts dagegen machen. Telefoniere oder schreibe, an wen du willst, verlange ärztliche Atteste, hetze meine Mitarbeiter gegen mich auf, drohe mir, so oft du willst. Ich wollte dir nur sagen, daß du ein Schuft und Verbrecher bist, und daß ich nichtsdestoweniger nur noch zwei Schritte von diesem Platz entfernt bin.«

Pause.

»Hörst du mich?« fragt der Wissenschaftler.

»Du weißt, daß damit deine wissenschaftliche Laufbahn beendet ist?«

»Das werde ich schon überleben. Für einen solchen Zweck ist sie mir das wert.«

»Dir ist bekannt, daß du dafür ins Gefängnis kommst? Zur Zwangsarbeit?!«

»Genug davon! Schließlich sind es nur noch zwei Schritte … Du glaubst doch nicht im Ernst, du könntest mich noch abschrecken?«

Pause.

»Oh, mein Gott«, seufzt schließlich der unsichtbare Gesprächspartner. »Wo sind wir nur hingekommen! Beobachte dich mal selber! Du denkst doch schon lange nicht mehr an die *Sache* ... Du bist ja nicht einmal mehr wie Herostratos, der es aus Ruhmsucht tat ... Du willst einfach nur *mir* schaden, es *mir* zeigen, mir in die Suppe spucken, und dich freuen. wenn es klappt. Erinnere dich, zum Teufel noch mal, wie es angefangen hat! Welche Ideen du hattest, welche Energie in dir steckte. Und jetzt – jetzt denkst du nur noch an dich und mich. Wo sind die Millionen, Milliarden geblieben, über die wir sprachen, diese ahnungslosen, einfältigen Seelen! Oh, mein Gott, geh nur, geh doch! Führe es zu Ende, dieses ... dieses Verbrechen. Aber denk daran – du bist ein Mörder. Der Mörder jeglicher Hoffnung. Hunderte von Generationen werden der unseren folgen, und in jeder werden dich Millionen verfluchen und verachten ...«

Der Wissenschaftler tastet verzweifelt am Apparat herum, versucht, den Lautsprecher auszuschalten, über den die anderen alles hören können, aber vergebens.

»Dir sind meine Worte natürlich egal. Fühlst dich fest im Sattel, denkst an nichts anderes mehr ... Wage es ja nicht, den Hörer aufzulegen! Paß gut auf, bis zum Ende, es geht nämlich dich an! Nicht das Gefängnis wird das schlimmste für dich sein, o nein! Du selbst wirst es dir nie verzeihen! Ich weiß es, ich sehe es vor mir, wie du dich in der Zelle am eigenen Hosenträger erh ...«

Der Wissenschaftler schlägt den Hörer mit einem lauten Knall auf die Gabel, steht eine Weile bewegungslos da.

»Heitere Unterhaltung«, bemerkt der Stalker und trinkt aus seiner Flasche. »Du ach so sanfte Seele ...«

»Kümmern Sie sich nicht drum«, sagt der Wissenschaftler. »Nur ein Kollege.« Er geht zum Tisch, setzt sich und nimmt die Flasche aus der Hand des Stalkers. Er starrt das Etikett an.

»Trinkt, Kinder, und ruht euch aus«, rät der Stalker.

»Trinkt, und dann kommt die letzte Etappe.« Er wendet sich an den Schriftsteller: »Na, und warum bist du so still? Wolltest du mir nicht auch etwas sagen?«

»Ach was, mir ist sogar die Wut vergangen. Vor lauter Staunen«, antwortet dieser. »Sagen Sie mal, mein guter Fährtenleser, sind wir wirklich nur noch zwei Schritte von diesem Ort entfernt?«

»Nun, zwei oder nicht zwei … Auf jeden Fall nicht mehr weit.«

Langes Schweigen. Dann sagt der Schriftsteller plötzlich: »Wissen Sie was? Es war falsch, überhaupt loszugehen. Zum Teufel mit dem Ganzen. Ich hatte es mir anders vorgestellt … Ich gehe nicht weiter.«

»Was heißt das?« fragt der Stalker erstaunt.

»Geht nur, ich warte hier auf euch. Daß ihr glücklich zurückkehrt …«

»Nein, Bruder, so läuft das nicht!«

»Und wieso nicht? Ist dort vielleicht noch eine Röhre?« fragt der Schriftsteller höhnisch. »Durch die kann ja unser Wissenschaftler gehen … Jetzt ist er an der Reihe.«

»Was für eine Röhre? Was soll der Blödsinn?«

»Ist ja auch uninteressant. Auf jeden Fall gehe ich nicht weiter. Wenn ich es könnte, würde ich sogar euch zurückhalten … Wie sagte doch der Wissenschaftler? – Weltverbesserer? Nein, euch würde ich auch nicht dahin lassen.«

»Sag bloß! Scheust du zurück? Noch zwei Schritte …«

»Es zählt nicht, wie viele wir vor uns haben, sondern wie viele hinter uns liegen«, bemerkt der Schriftsteller, immer lauter werdend. »Wir haben uns gründlich ausgesprochen. Und das Ergebnis?«

»Was ist denn für Sie das Ergebnis?« fragt der Stalker, heiser vor Wut.

»Für mich? Erklär mir mal, wieso sich der Misanthrop aufgehängt hat?!«

»Ach, was hat denn schon der Misanthrop damit zu tun?« regt sich der Stalker auf.

»Das werde ich dir auch noch sagen, aber vorher erklär du es mir: Wieso hat er sich erhängt?«

»Weil er nicht Reichtümer haben wollte, sondern wegen seines Bruders gekommen war …«

»So, so, wegen des Bruders …«

»Er war schuld an seinem Tod. Sein Bruder war noch ein kleiner Junge, da hat ihn der Misanthrop in die Zone gebracht und irgendwo als Opferlamm vorausgeschickt. Später, als er älter wurde, hatte er furchtbare Gewissensbisse, und er zog los, um seinem Bruder ein neues Leben zu wünschen. Als er dann hier angekommen war, überfiel ihn wieder die Habgier, und er bat um viel Geld. Klar?«

»Toll«, sagt der Schriftsteller. »So ungefähr hatte ich es mir auch gedacht. Aber erklären Sie mir noch etwas: Warum hat er sich dann aufgehängt? Warum ist er nicht einfach noch einmal, und dieses Mal wirklich für ein neues Leben seines Bruders, in die Zone gegangen?! Nun?«

»Das verstehe ich auch nicht«, murmelt der Stalker.

»Ich persönlich verstehe es um so mehr. Und auch er verstand es, und deshalb hat er sich umgebracht. Der Misanthrop kann nur bekommen, was dem Misanthrop zusteht, nicht mehr und nicht weniger … Sie selber haben doch gesagt, daß an dieser Stelle nur die geheimsten Wünsche in Erfüllung gehen. Was schreit er denn lauthals herum ›*… Ich will meinen einzigen Bruder zurückhaben, ich will Frieden und Glück für die gesamte Menschheit, schenkt mir doch etwas Inspiration! …*‹ An diesem Ort gehen nur die Wünsche in Erfüllung, die aus deinem Innersten stammen. Die, von deren Existenz du gar nicht wissen kannst. Die aber trotzdem in dir wohnen und dein ganzes Leben steuern. Wissen Sie, was mit dem Misanthropen geschah? Sie haben nichts verstanden, überhaupt nichts kapiert. Es war nicht seine Habgier. Er kniete dort in dem Staub, betete für seinen Bruder, schluchzte und wollte ihn wiederhaben; er glaubte, er würde es aus vollem Herzen wünschen, wegen seiner krankhaften Gewissensbisse. Und schließlich bekam er doch nur einen Haufen Geld. Er konnte gar nichts anderes bekommen; der Misanthrop bekommt nur, was der Misanthrop verdient. Denn sein Gewissen, seine Reue waren nur erdacht, erfunden. Der Sinn seines Daseins, das, was auf ihn zugeschnitten war, ist etwas völlig anderes gewesen. Und als er dies verstand, und auch die Endgültigkeit dieser Tatsache, beging er Selbstmord.«

Der Stalker hört ihm mit offenem Mund zu.

»Zuerst dachte ich, dies sei ein neues, interessantes Spiel. Ein Abenteuer. Und plötzlich mußte ich feststellen, daß es alles, nur kein Spiel ist. Ehrlich gesagt glaube ich nicht mal richtig an diese Wunder. Na ja, ich wünsche mir dort was, aber letztlich ist es doch nur ein Märchen. Und dann schreibe ich darüber. Schließlich hat noch nie jemand über sowas geschrieben ... Nein, nein, mein Freund, da spiele ich nicht mehr mit ...«

»Hör mal, Wissenschaftler«, fragt der Stalker verstört, »was ist denn mit dem passiert? Rede du mit ihm!«

Der aber zuckt nur die Achseln.

»Wie kann das denn sein?« wundert sich der Stalker. »Ich gehe wegen der Gesundheit meiner Tochter, wegen meines armen Äffchens dahin, und kann mir demnach noch nicht einmal sicher sein, was ich bekommen werde?«

»Doch«, bemerkt der Wissenschaftler ruhig. Du weißt es schon ...«

»Genug davon!« unterbricht sie der Schriftsteller, und erneut hüllen sie sich in bedrücktes Schweigen.

Schließlich gibt der Stalker ernst den Befehl: »Das reicht. Los jetzt!«

Der Wissenschaftler geht mürrisch voran, hinter ihm

der Schriftsteller, und zuletzt, dicht auf ihren Fersen, der Stalker.

»Gut, ich werde nicht lügen«, murmelt er. »Als ich heute morgen losging, dachte ich wirklich nicht an Äffchen, das stimmt ... Aber jetzt! Ich könnte töten für sie! Und du willst mir weismachen ...«

»Hör mit dem Gemurmel auf«, sagt der Schriftsteller, ohne sich umzudrehen. »Was willst du von mir? Ich weiß nicht, was du vorhast. Und du weißt es auch nicht! ... Um Himmels willen, kümmere dich lieber um den Weg vor uns ... Wir wollen ja nicht gerade jetzt umkommen ...«

Vor ihnen steht, wie ein Trugbild, ein verrosteter Bagger, mit seinem in den Himmel steigenden Förderband.

Sie bleiben an dem sanft abfallenden Hang stehen, dort, an dieser bestimmten Stelle, und blicken verträumt nach unten, in das wundersame Becken. Der Stalker prüft die Abhänge, blickt auf die weithin über die rostroten Erde verstreuten, seltsamen schwarzen Klumpen.

»Na, Jungs«, freut er sich mit gedämpfter Stimme, »der ist weg vom Fenster. Krepiert, aus.«

»Wer denn?« erkundigt sich der Wissenschaftler.

»Der Fleischwolf. Siehst du diese schwarzen Haufen? Er ist hinüber! Ende. Wir können weitergehen.«

»Soso. Fleischwolf ...«, bemerkt der Schriftsteller genüßlich, und setzt sich auf den Boden. »Hat ja einen netten Namen.«

»Und wie, Bruder! Der Misanthrop hatte an dieser Stelle seinen letzten Köder geopfert. Er war ein junger, etwas dummer Bursche, Geizhals war, glaube ich, sein Spitzname ...«

»Und du hättest mich da reingeschickt?« fragt der Wissenschaftler. »Mich? In den Fleischwolf?«

»Wieso, was denkst du denn?! Was zählen die Röhre oder der Fleischwolf einzeln? – Hier kommst du nur so weiter. Sonst wären die Chancen eins zu vier. Wie im Lotto. Aber in der Zone gibt es kein Glücksspiel ...«

»Unfaßbar«, sagt der Schriftsteller. »Über diese tödlichen Hügel klettern, zwei Kameraden opfern, und das alles nur wegen einem Sack voll Geld ...«

»Erstens«, berichtigt ihn der Stalker hart, »bringt man hierher nicht seine Kameraden mit. Stalker haben außerdem keine Kameraden. Ich selbst bin mein einziger Kamerad. Zweitens: für Geld machen bekanntlich Menschen noch ganz andere Sachen. Oder lebst du hinter dem Mond?«

»Und was ist, wenn ich nicht gehen würde?« fragt der Wissenschaftler.

»Ach Mann, was soll das!« herrscht der Stalker sie an. »Gehen, nicht gehen ... Wir hatten Glück, und fertig! Die Röhre war leer, und der Fleischwolf ist krepiert. Was ist? Glaubt ihr, ich mißgönne euch persönlich etwas? Glaubt ihr vielleicht, es macht mir Spaß, Menschen in den Tod zu schicken? Nun, wer will zuerst gehen? Du vielleicht?« wendet er sich an den Schriftsteller. »Verdient hast du es dir ja ...«

Der schüttelt entschieden den Kopf.

»Nein. Ich sagte doch, daß ich nicht gehen werde. Ich wollte dieses Wunder nur mit eigenen Augen sehen. Ich bin skeptisch.«

»Nun komm schon, ich versichere dir, es ist vorbei! – Also gut. Wenn du willst, gehe ich zuerst. Hast du etwas dagegen?« wendet er sich an den Wissenschaftler.

»Machen Sie nur, machen Sie ... natürlich«, antwortet der. »Ich wollte eigentlich nie wirklich hinterher kommen, um mir etwas zu wünschen ...«

»Wieso denn das?« fragt der Stalker verständnislos. »Weswegen denn sonst? *Ich* hab dich nicht dazu überredet, *du* hast darum gebettelt, hast mir doch Geld geboten. Was soll das jetzt?«

Der Wissenschaftler antwortet nicht, setzt sich nur stumm neben den Schriftsteller und nimmt seinen Rucksack zwischen die Beine.

»Jetzt schau sich einer mal diese Idioten an!« ruft der Stalker überrascht. »Sie riskieren ihr Leben, kommen durch, erreichen diesen Ort, und dann … dann kauern sie sich nieder und hocken einfach da …«

»Und sie tun richtig daran«, sagt der Schriftsteller. »Machen Sie es wie wir. Bevor man sich auf den Rückweg macht, sollte man immer erst etwas rumsitzen …«

»Dieser dumme Kerl hier kriegt eine Glatze, und der andere wird schon von der Polizei erwartet … Du könntest dir wenigstens deine Haare zurückwünschen!«

»Diejenigen, die ihren Kopf verloren haben, schreien nicht nach ihren Haaren«, behauptet der Schriftsteller. »Lassen Sie schon, mein Engel, und erniedrigen Sie sich nicht selbst! Setzen sie sich zwischen uns. Wir essen und trinken etwas … und dann gehen wir, in Gottes Namen, nach Hause.«

»Von wegen nach Hause!« schreit der Stalker und zeigt ihm den Mittelfinger. Dann dreht er sich energisch um und marschiert den Hang hinunter. Seine anfänglich so selbstsicheren Schritte verlangsamen sich, schließlich bleibt er verstört stehen, dreht sich um. Dann kommt er, wieder zielbewußt, zurück.

»Also gut! Würdest du mir erklären, weswegen nicht?« fragt er den Schriftsteller. »Raus mit der Wahrheit, keine Märchen!«

»Bitte sehr … Die Wahrheit ist, ich habe Angst. Ich kenne mich nicht und traue mir nicht. Sicher kann ich mir nur sein, daß sich im Laufe meines Lebens ein Haufen Dreck in mir angesammelt hat. Ich will das alles nicht auf die Menschheit loslassen, und dann daheim wie der Misanthrop den Strick nehmen. Lieber saufe ich mich in meiner Villa zu Tode, leise und zufrieden. Gehen Sie nur, gehen Sie! Aber glauben Sie ja nicht, daß Sie uns, nur weil wir noch leben, nicht getötet haben. Jawohl, getötet! Selbst wenn unsere Körper noch leben. Und auch Sie können Ihre Hoffnungen abschreiben … was erwarten Sie denn auch, mit so einem Naturell? Sie vergießen Tränen der Reue wegen Ihrer Tochter … Hah! Verzeihen Sie mir, aber Sie erinnern mich an den Banditen, dessen Arme bis zur Schulter mit Blut bedeckt sind, der aber stolz auf seine Hände tätowiert hat: ›Vergiß deine Mutter nicht‹ … Sie Können sich beruhigen, Stalker. Wir sind noch nicht erwachsen für diesen Ort, wir haben kein Recht, hier irgendein Glück zu suchen.«

»Wenn ich perfekt und unbescholten wäre, hätte ich keinen Grund, hinzugehen!« bemerkt der Stalker wütend.

»Ach wie klug …«, erwidert der Schriftsteller verträumt.

»Ich verstehe das nicht«, murmelt der Stalker, und schüttelt verzweifelt den Kopf. »Ich versteh es einfach nicht.«

»Genau das ist Ihr Glück! Gehen Sie hin, und Sie werden es verstehen … Aber dann ist es schon zu spät … Sie haben sich ja immer für etwas Besseres gehalten, für etwas besser als all die anderen … Der Mann aus Stahl! Stolz und mit eisernem Willen. In Wirklichkeit aber doch nur ein Kamel. Und entweder kehren Sie als behinderter, kriechender, stinkender Wurm zurück, der vor Scham im Boden versinkt, oder aber als ein wildes Tier, gegen das der Misanthrop wie ein Engel aussieht. Schluß jetzt! Laß mich in Ruhe!«

Während sie sich streiten, holt der Wissenschaftler einen im Sonnenschein matt glänzenden Metallbehälter aus seinem Rucksack. Man kann keine Zählvorrichtung oder Schalter erkennen, nur am einen der runden Enden befindet sich eine Tastatur, ähnlich der, die man zum Wählen an Telefonen benutzt.

»Was ist denn das?« fragt der Schriftsteller.

»Eine Zeitbombe.«

»Eine ... Atombombe?!«

»Ja. Zwanzig Kilotonnen.«

»Woher denn das? Und wofür?«

»Ich hatte sie mit meinen Freunden zusammengebastelt ... mit meinen ehemaligen Kollegen. Wir hatten uns dazu entschlossen, diesen Ort zu vernichten. Ich bin bis heute dieser Meinung. Er bringt niemandem Glück. Und falls er in falsche Hände gerät ... Nicht auszudenken ...! Und jetzt ... ich weiß nicht mehr ... Meine Freunde ... sagten dann, man darf diesen Ort nicht einfach verschwinden lassen. Er ist ein Wunder, und er ist die Hoffnung. Und Wunder und Hoffnung darf man nicht zerstören ... das sagten sie. Wir hatten uns gestritten. Nur Wissenschaftler können so streiten. Sie versteckten die Bombe, aber ich hab sie gefunden ...« Er blickt auf. »Verstehen Sie? Ich bin mir immer noch vollkommen sicher: Man muß diesen Ort in die Luft jagen. Es ist ganz einfach: Vier Zahlen werden eingegeben, und in einer Stunde ... Nun, keiner könnte mehr hierher kommen ...«

Er schweigt eine Weile, dann fügt er hinzu: »Und nie wieder wird es auf der Erde so einen Ort geben.«

»Sie Ärmster«, bemerkt der Schriftsteller. »Da haben Sie sich ja was Schönes aufgebürdet ...«

»Wissen Sie, im Grunde ist das eine theoretische Frage«, sagt der Wissenschaftler. »Tu nie etwas ... Unabänderliches. Aber solange dieses Geschwür existiert, werde ich weder Schlaf noch Ruhe finden ... Ich hätte keine ruhige Minute ... bei all den Leuten, die hier ihre Wünsche vortragen könnten ...«

Der Stalker bäumt sich auf.

»Zum Teufel mit euch! Weshalb habe ich mich bloß mit euch zusammengetan?« schreit er. »Ihr verfluchten Intellektuellen! Das ist alles nur leeres Geschwätz! Ich wäre einfach hingegangen, hätte das Geld genommen, an nichts weiter gedacht, und würde jetzt glücklich und zufrieden leben! Ihr habt mich durcheinandergebracht! Meine Seele zerfressen, ihr verdammten Schmarotzer. Und was passiert jetzt? Was soll aus mir werden? Ach ... Alles ist falsch, egal was ich mache ... War also alles umsonst? Für immer umsonst?«

Er klammert sich an die Schultern des Wissenschaftlers.

»Dann jag es doch hoch, zum Teufel! Dann soll es keiner bekommen. Wenigstens haben wir auf die Weise auch noch etwas davon.«

Er bedeckt sein Gesicht mit den Händen, schüttelt den Kopf. Plötzlich hält er inne.

»Weißt du was?« sagt er zum Schriftsteller. »Ich bin also unfähig, in Ordnung. Aber wie steht es mit meiner Frau? ... Für meine Tochter ... na? Nicht ich, sondern meine Frau? Sie ist eine Heilige ... und hat nur Äffchen im Sinn, weiter nichts ... Na, meine Frau?«

Er eilt zum Wissenschaftler.

»Nein, nicht! Du darfst nicht, es wäre falsch! Laß es los! Wir haben doch sonst gar keine Hoffnung mehr!«

Der Wissenschaftler stößt seine Hand zurück. Und die beiden anderen starren gebannt auf seine Hände, wie er umständlich den Deckel des Zylinders abschraubt, die Drähte rausreißt, die ganze Bombe auseinandernimmt, zerstückelt, zertrümmert, und ein Teil nach dem anderen von sich schleudert.

Inzwischen sinkt die Sonne unter den Horizont, es wird dunkel.

Wieder die Bar im Augenbezirk

Die Bar ist menschenleer. Der beleibte Kellner windet sich hinter dem Tresen, eine verschmutzte Schürze vor dem Bauch. Die drei sitzen in einer Ecke – schmutzig, zerlumpt, unrasiert. Vor jedem steht ein halbleerer Bierkrug.

Der Schriftsteller schwatzt: »... Ich stelle es mir als eine riesige Kirche vor, als einen Dom. Alles, was der menschliche Geist, Erfindungsreichtum und seine Phantasie je hervorgebracht haben, wird jeweils ein goldener Ziegel in diesem Gebäude: Philosophie, Bücher, Bilder, die Moral, Tragödien, Symphonien ... sogar die kühnen Erfindungen der Wissenschaft. So soll es sein ... Und all die Techniken, die Produktion, das ganze Drum und Dran, um möglichst wenig arbeiten zu müssen und möglichst viel fressen zu können, werden nur das Fundament, die Grundkonstruktion sein. Auch das braucht man für diesen Bau; aber diese werden in sich zusammenfallen, und dann wird es wieder aufgebaut, zuerst aus Holz, dann aus Stein, Stahl, Plastik, aber es wird immer nur der Rahmen unserer großartigen Kultur sein. Der Aufbau dieser Kirche wird die monumentalste und endgültige Aufgabe der Menschheit sein; alles wird vergessen, verschwindet im Strom der Zeit, nur dieses Gebäude wird erhalten bleiben ... Eigentlich leben die Menschen nur deswegen ...«

Der Wissenschaftler trinkt aus seinem Krug und beschwert sich: »Was denn, Sie wollen uns doch wohl damit nicht erörtern, zu welchem Zweck die Menschheit existiert?!«

»Unterbrechen Sie mich nicht!« rügt ihn der Schriftsteller. »Sowas ist sehr ungezogen ... Die Menschen eben nur aus dem Grund«, fährt er fort, »um Kunstwerke zu erschaffen. Muster der endgültigen Wahrheit. Wenigstens ist es ein selbstloser Grund ...«

Pause.

Der Schriftsteller lächelt plötzlich.

»Ich scherze nur«, sagt er, fast schon verlegen. »Dieses Bier! Ist das überhaupt ein Bier? Los, noch eine Runde!«

»Ich habe kein Geld mehr«, sagt der Wissenschaftler.

»Ich auch nicht«, gibt der Schriftsteller verzweifelt zu.

»Sie sagten doch, Sie hätten überall Kredit!« hält ihm der Wissenschaftler entgegen.

»Ja«, antwortet er herausfordernd, »überall, nur nicht hier.«

Der Stalker schüttet einige verfusselte Münzen auf den Tisch und zählt sie mit dem Finger zur Seite schiebend zusammen.

»Na bitte!«, sagt er. »Für zwei reicht es noch. Hurra, wir leben!«

In diesem Moment erscheint der Kellner, und plaziert drei neue Krüge, voll mit aufgeschäumtem Bier. Er nimmt die alten auf sein Tablett. Der Stalker schiebt mit einer unsicheren Bewegung die Münzen hinüber, aber der Kellner winkt lächelnd ab.

»Ein Leser von mir!« erklärt der Schriftsteller mit einem vielsagenden Blick. »Er hat mich erkannt ...«

Der Stalker und der Wissenschaftler schauen auf sein unrasiertes, schmutziges Gesicht, auf sein blaues Auge, und auf die mit Blut verschmierte Binde, die sie ihm über die Stirn gewickelt hatten. Sie sehen ihn an, sagen nichts, trinken nur ihr Bier.

»Nein«, sagt dann der Stalker. »So ist das doch kein richtiges Besäufnis, Jungs. Ich rufe jetzt meine Frau an, sie hat noch einen Zehner, soll sie ihn doch rüberbringen.«

Der Schriftsteller hält ihn am Ärmel zurück.

»Was denn für ein Zehner? Ich kann sofort jede beliebige Redaktion anrufen ...«

Der Stalker schiebt ihn zurück.

»Sei still ... *Du* bist *mein* Gast, und nicht wir deine. Bleib da sitzen.«

Er geht zum Münzapparat, wählt, und sieht im selbem Moment durch die Glasscheibe seine Frau auf die Bar zukommen. Er hängt den Hörer wieder ein und geht zum Tisch zurück.

Seine Frau betritt den Raum, geht zu den drei Männern in die Ecke.

»Nun? Was sitzt du da herum? Laß uns gehen!«

»Gleich«, antwortet der Stalker. »Setz dich noch ein wenig zu uns. Oder hast du es etwa eilig?«

Die Frau setzt sich willig hin, nimmt die Hand ihres Mannes, und ihr Blick schweift über die Gesichter der beiden anderen.

»Wissen Sie«, beginnt sie, »meine Mutter war immer dagegen. Er war ein richtiger Bandit, müssen Sie wissen. Jeder fürchtete sich vor ihm in der Gegend. Er war hübsch und leichtsinnig, wie ... Meine Mutter sagte immer: ›Er ist ein Stalker, todgeweiht, ewig im Gefängnis ... und noch dazu die Kinder. Denk an die Kinder der Stalker ...‹ Ich hab mich nie mit ihr gestritten. Ich wußte das alles doch: daß er sterben wird, ständig im Gefängnis ist, und das mit den Kindern. Was konnte ich tun? Ich spürte, daß ich mit ihm glücklich sein würde. Natürlich war mir auch klar, daß ich viel würde zu leiden haben, aber ich sagte mir, lieber bitteres Glück als grauer Alltag. Naja ... vielleicht empfinde ich das alles auch bloß nur jetzt so. Damals kam er einfach zu mir, und sagte sanft: ›Weißt du was, komm mit!‹ Und ich ging. Ich habe es nie bereut, wirklich, nie! Manchmal war es auch schlimm. Ich hatte Angst. Und schämte mich. Aber bereut habe ich es nie, und beneidete auch keinen anderen Menschen für sein vermeintliches Glück. Und ... auch er bereute es nicht, und ich glaube, auch er beneidet niemanden. Es ... es ist einfach unser Schicksal. So ist das Leben, und so sind wir. Ohne Leid gäbe es auch keine Freude. Alles wäre nur noch schlimmer. Es gäbe dann kein Glück. Und auch keine Hoffnung ... Genau! ... So, und jetzt ist es Zeit, zu gehen. Komm, Äffchen ist allein zu Hause!«

Sie stehen auf.

»Das hier ... das sind meine Freunde«, sagt der

Stalker. »Nun, mehr kann ich vorerst noch nicht aufweisen …«

Sie gehen, und der Schriftsteller und der Wissenschaftler schauen ihnen lange nach.

Originaltitel: ›СТАЛКЕР‹ • Copyright © by Arkadij und Boris Strugatzki • Erstveröffentlichung in Sbornik Nauchnoj Fantastik #25 • Mit freundlicher Genehmigung von Boris Strugatzki und der Agentur Sheliak, Arenshausen • Copyright © der deutschen Übersetzung by Wilhelm Heyne Verlag, München • Aus dem Russischen übersetzt von Roberto Kohlstedt • Illustriert von Ingo Wiegand

---

Marek Baraniecki

DER KOPF DER KASSANDRA

Im Anfang war das Wort.

Ich habe dich mitten in die Welt gestellt, damit du dich um so leichter umsehen kannst, um all das zu erblicken, was es gibt.

Ich habe dich weder als himmlisches noch als irdisches Wesen erschaffen (...), damit du dich selbst gestalten und überwinden kannst.

G. PICCE DELLA MIRANDOLA

1

In den letzten Julitagen tauchten in den Wäldern plötzlich Papageien auf. Manche Prachtstücke erreichten eine Größe wie der Arm eines erwachsenen Mannes. Ihre grellroten Köpfchen und das intensiv grüne Gefieder, das am Schwanz in scharlachrotes überging, machten die Welt viel fröhlicher. Theodor Hornic, ein Mann in den besten Jahren, der in ein Tigerfell gekleidet war, sah sich lange an, wie die verstörten Vögel unbeholfen auf den Kiefer- und Fichtenzweigen wippten. Die Nadeln stachen in die Klauen, die von der Natur an die tropischen glatten Stämme angepaßt waren. In den nächsten beiden Tagen baute Hornic sieben Käfige aus Zaundrahtnetz und deckte damit die Ameisenhaufen auf dem Weg zum Wasserfall ab. Die schrecklichen

Vögel liebten es, die Hügel aufzuwühlen und auf ihnen herumzutollen. Am ersten Augustsonntag, das heißt Anfang Frühjahr, zeigte sich über dem Tal ein Langstrecken-Jagdbomber von einem Hornic unbekannten Typ. Das Flugzeug kreiste dreimal in hundert Metern Höhe und durchbrach die Stille des warmen Tages mit dem Dröhnen und Heulen der Düsenmotoren. Theodor Hornic unterbrach seine Muße auf der Liege unter einer ausladenden Buche, ging an den Rand der Startbahn und entnahm einer Signalkiste eine karierte Fahne.

Eine riesige viermotorige Maschine, deren Tragflächen fast bis auf den Boden hinunterreichten, rollte schon mitten auf der Landebahn zurück. Hornic wies dem Piloten die Richtung zu einer Seitenbahnabzweigung. Das Flugzeug beschleunigte noch etwas und rollte zu dem angewiesenen Platz. Der Pilot stieg über eine Treppe vom Rumpf herab und löste den Reißverschluß seines Overalls. Schweigend streckten die beiden Männer die Hände aus, um sich plötzlich vor Freude über die Begegnung in die Arme zu fallen. Als die erste Ergriffenheit vorüber war, stellte sich der Pilot auf französisch vor.

»Ich bin Yves Jefferson vom Nachrichtenregiment.«

»Theodor Hornic«, sagte der Mann, der ihn begrüßte, blickte auf die Tressen der Fliegerjacke und fuhr fragend fort: »Air Force?«

»Nein, ich bin unabhängig.« Jefferson geriet in Verlegenheit. »Wir sind doch alle unabhängig. Es sind bloß die Tressen.«

Erst jetzt bemerkte Hornic, daß die militärische Kennzeichnung des Flugzeuges mit grüner Farbe übermalt worden war und an seiner Stelle neben einem eingerahmten Stern ein gelbes Ahornblatt aufgebracht war.

»Nun, kommen Sie zu mir herein. Wir müssen gleich was essen, es wird ja schon Mittag«, sagte Hornic.

Das Mittagessen bestand aus drei Gängen, und zum Abschluß holte der Gastgeber aus dem Keller zwei Flaschen Rotwein. Jefferson erzählte von sich selbst, von dem Regiment, von seinen Plänen. Davon, was verschont geblieben und was Neues entstanden war. Wie jedesmal, wenn jemand das Tal besuchte. Im letzten Jahr hatte Hornic zwei Besuche aus der Luft bekommen. Einmal ein Russe namens Wasilij mit einer MIG 52 und das zweite Mal ein Inder namens Mishra mit einer Phantom 124. Und das waren die einzigen Menschen, die er in dieser Zeit zu Gesicht bekommen hatte. Nach anderen suchte er nicht, obwohl in einer Entfernung von dreihundert Kilometern im Südosten eine Siedlung mit bereits sechshundert Einwohnern lag. Anfangs war er dorthin gefahren, bis ihm aufging, daß ihm diese Besuche nichts brachten. Er wurde zu einem Einsiedler und gewöhnte sich daran. Seit Ausbruch des Dritten Weltkrieges, und als fünf Jahre später die Vorhersagen über die Umpolung des Erdballs in Erfüllung gegangen waren, ging Theodor Hornic seinen eigenen Weg. Er suchte nicht den Umgang mit Menschen. Wenn er ihnen begegnete, blieb er nur kurz bei ihnen. Nun hatte er diesen Luftstützpunkt gefunden und in Besitz genommen, denn hier gab es niemanden, der das in Frage stellen konnte. Im Verlauf seiner dreizehnjährigen Herrschaft war er in diesem Teil des Kontinents zu einer Legende geworden, von der man sich in den Hütten und Unterkünften erzählte. Er war ein scharfsichtiger Kundschafter, von dem es hieß, daß er niemals mit leeren Händen von einer Jagd zurückkehre.

Yves Jefferson hielt bereits das vierte Glas Wein in Händen, als er endlich die Frage stellte, die er seit längerem bei sich herumgewälzt hatte: »Es ist vielleicht etwas undiplomatisch von mir, Theodor, doch der Oberst möchte wissen, ob du informiert bist, wie die Dinge ... na ja, ... so allgemein stehen?«

»Allgemein?« erwiderte Hornic. »Allgemein in bezug auf wen?«

Jefferson verstummte verlegen.

»Weißt du, es gibt jetzt überhaupt keine Macht mehr«, sagte er wie zu sich selbst, »der Schirm ist dicht, und es gibt zu wenige von uns. Die zwei Geschwader in Kanada, ein unvollständiges in Spanien, einige in Indien und ich weiß nicht wie viele in Tibet und Afrika. Die Amerikaner und die Russen fliegen praktisch nicht mehr, obwohl sie das meiste Material haben sollten. Reisen müßte man mit Pferdewagen oder Ochsengespannen. Niemand traut sich mehr, Funk einzusetzen, denn es scheint, als seien die Mechanismen noch viel empfindlicher geworden.«

Hornic nickte mit dem Kopf und fügte hinzu:

»Die Inder finden sich zurecht.«

»Ja, aber sie wissen, daß sie kein Hauptziel sind«, unterbrach ihn Jefferson. Nach einer längeren Pause beschloß er, direkt zur Sache zu kommen:

»Wir wissen, Theodor, daß du der beste Kundschafter in diesem Teil des Kontinents bist. Ich sage es unumwunden. Mein Kommando will dir … ›Kassandra‹ abkaufen.«

Hornic stellte sein Glas mit solcher Heftigkeit auf den Tisch, daß er den Wein verspritzte.

»Die Russen wollen sie auch kaufen!« Seine Stimme wurde lauter. »Und die Spanier, und die Chinesen und auch die Polen. Aber ich habe ihnen bereits gesagt, daß das eine Utopie ist. Es gibt sie nicht. Und selbst wenn sie existierte, würde sie nie jemand finden. Verstehst du, niemand! Bis sie sich nicht von selbst zeigt!«

Er erhob sich von seinem Stuhl und begann im Raum auf und ab zu gehen. »Ich suche sie seit dreizehn Jahren. Jedesmal, wenn ich eine Spur finde, bilde ich mir ein, daß sie es ist. Sie verfolgt mich Tag und Nacht, denn ich fühle, daß sie nicht zu greifen ist und mich verhöhnt. Wenn sie überhaupt existiert! Ihr seid alle verrückt nach ihr. Wer hat sie überhaupt so genannt? Wer kann heute noch sagen, wie diese Legende entstanden ist? Es handelt sich doch um einen Mythos! Einen Mythos, den die heutige Welt anscheinend braucht, weil sie zu wenig Angst durchgemacht hat. Allen, die hier angeflogen kommen, sage ich dasselbe. Der Kopf der Kassandra existiert nicht! Es ist ein Produkt der kranken Phantasie dieser Hinterwäldler und wohl der Vögel, denn ich wüßte nicht, wer sonst eine solche Legende über alle Kontinente verbreiten würde, wenn sonst Nachrichten von menschlichen Siedlungen nicht aus einer Gegend in eine andere durchdringen.«

Er blieb am Fenster stehen und betrachtete die Kronen der Palmen und Buchen, die sich vom blauen Hintergrund des Himmels scharf abhoben. Seine Gefühlsaufwallung war schon vorbei. Nun klang seine Stimme völlig ruhig und war von einer kaum spürbaren Ironie:

»Womit könnt ihr mich bezahlen, damit es nicht zu billig kommt?«

»Wieviel hat man dir angeboten?« Jefferson war für die Ironie taub.

Hornic lachte und wandte sich von ihm ab.

»Die Engländer schenken mir einen Harem und fünf Tonnen Gold in Barren und Produkten. Könnt ihr mehr bieten? Zwei Harems?«

Nun lachte auch Jefferson, und sein Lachen wurde immer lauter. Ihr Lachen hallte vom Waldrand wider und scheuchte die in der Einfriedung zusammengepferchten Ziegen und Schafe auf. Erschreckt lauschten sie einem Ton, der ihnen bis dahin fremd gewesen war. Bloß der große Schäferhund horchte mit trägem Interesse und hob dabei den Kopf. Für einen Augenblick schaute er in Richtung der offenen Tür der Holzhütte, wo die beiden Männer saßen. Sonderbare Wesen, die in die rundum kräftig wuchernde, üppige Natur nicht hineinpaßten.

Jefferson blieb zwei Tage in dem Tal. Hornic führte ihn in der Gegend herum. Eifrig erzählte er, wie Jahr um Jahr nach der Umpolung der Erde die Natur der gemäßigten Zonen sich mühsam an die tropischen Bedingungen anpaßte. Als erste mußten die Birken daran glauben. Sie verdorrten nach einigen Monaten und ließen kahle Gegenden zurück. Auch die Trauerweiden hielten nicht stand, obwohl sie eine spezifische Umwandlung erfuhren. Sie verloren die Äste und bedeckten sich mit Blättern, die direkt aus der Stammkrone herauswuchsen. Ungewöhnlich gut paßten sich hingegen die Nadelbäume, die Fichten und Kiefern an. Die Fichten warfen nur einen Teil der Nadeln ab und nach dreizehn Jahren erinnerten ihre Zweige mit den zu Boden gerichteten Nadeln an einen schütteren Kamm. Jefferson betrachtete den Wald mit Interesse. Teilweise bestand er aus Eichen und Buchen, zum Teil war er mit Palmen und anderen tropischen Sorten und Lianen bewachsen.

»Hier«, sagte Hornic, »hat die Natur alles selbst gesät. Der Samen kam in den ersten Jahren der Klimastabilisierung mit dem Wind. Dann zogen die Vögel hierher. Wieder später wanderten die Landtiere her. Im vergangenen Jahr hatte ich Probleme mit einem bengalischen Tiger, der mir aus unbekannten Gründen die Bienenstöcke zerschlug. Fast einen Monat mußte ich darauf verwenden, die Bestie ausfindig zu machen und zu jagen. Dafür habe ich jetzt was zum Anziehen«, fügte er lächelnd hinzu.

Nach dem Abendessen zeigte Hornic Jefferson den Flughafen und seine Bauten. Am Ende der kilometerlangen Startbahn befanden sich ein Hangar und die Wohnhäuser des Stützpunktes. Vom Tower waren bloß die vom Schutt befreiten Ruinen übriggeblieben. Eine der Seitenwände des Hangars zeigte die Spuren eines Raketentreffers. Die Einschlagstelle war mit Flußsteinen ausgemauert. Das hatte Hornic gemacht, ebenso wie mit den Löchern in der Landebahn. Nur mit dem Unterschied, daß er dort als Füllmaterial Ziegel verwendet hatte. In den ersten Monaten nach dem Ende des heftigen Blitzkrieges, den wohl niemand unter Kontrolle hatte, flog Hornic in der Gegend herum und suchte nach Menschen. Es war die Zeit der Völkerwanderungen. Die verseuchten Gebiete waren verlassen worden, und die Menschen waren auch über die nicht mehr existenten Staatsgrenzen von jenen Orten geflohen, die zum Ziel von Raketenangriffen werden konnten. Die nächsten vier Jahre wanderte Hornic wie die anderen umher. Er bestellte die Felder, schoß auf jene, die ihn von seinem Grund und Boden verjagen wollten und war bemüht, selbst den Kugeln zu entkommen. Während der Schneestürme erlebte er das Martyrium von Kälte und Hunger. Er versuchte in den Süden zu gelangen, doch waren die dortigen Gebiete gänzlich verseucht.

Er kehrte also zurück und fand hier einen Zufluchtsort, an einer Stelle, von der es geheißen hatte. daß hier nichts mehr existierte. Hier überraschten ihn auch drei Tage Dunkelheit. Er lag im Keller auf dem Feldbett und meinte zu spüren, wie die ganze Welt in Stücke fiel und zu Asche wurde. Die tektonischen Erschütterungen waren nicht allzu heftig, aber die Stürme und das Krachen deckten alles mit ihrer Wucht zu. Irgendwo weit entfernt verschwanden Inseln und ganze Kontinente, anderswo tauchten neue Länder aus den Ozeanen. Die Polkappen schmolzen, und das Wasser überschwemmte die Küsten. Als die Sonne zum erstenmal auf der Seite über dem Horizont erschien, die bisher für ihn Westen gewesen war, fühlte Hornic, daß sein Leben keine Bedeutung mehr hatte. Er verharrte einen Monat lang in seinem Erstarrungszustand, bis ihn eines Tages ein Heulen und eine weiße Qualmwolke am Himmel erweckte. Eine Sekunde lang schaute er gedankenlos zu, aber dann verstand er. Eine Rakete! Sie stach in steilem Winkel in den Himmel und brachte in ihrem Kopf einem fernen Feind den Tod, irgendwo in einem anderen Teil der Welt. Er lief stundenlang im Wald herum und suchte nach den Leuten, die sie abgeschossen hatten, bis er die runde Abschußrampe fand. Keine Seele war da. Der Befehl zur Zerstörung war vor vielen Jahren erteilt worden und im elektronischen Gedächtnis des Startsystems gespeichert gewesen. Mit diesem Tag fing er an zu leben. Er baute sich ein Holzhaus und eine Einfriedung für die Tiere, die er im Wald und den zerstörten Landstrichen gefangen hatte. Er verbrachte viel Zeit mit der Beobachtung des nächtlichen Himmels. Von Zeit zu Zeit gelang es ihm, sporadisch wandelnde Punkte vor dem Hintergrund der neuen Galaxien des Südhimmels auszumachen. Er wußte, daß die Raketen nach den in den Computerspeichern festgehaltenen Programmen flogen. Nun, zumindest gab es die alten Bezugspunkte nicht mehr. Sie waren auf die eigenen Territorien gerichtet und brachten einen ganz zufälligen chemischen oder atomaren Tod. Falls dort, wohin sie fielen, noch jemand wohnte oder lebte.

Der Luftwaffenstützpunkt Hornics war hervorragend ausgerüstet. In den Bunkern waren die Computersysteme verschont geblieben, deren Teile er nach seinen eigenen Erfordernissen umprogrammiert hatte. In der technischen Abteilung gab es drei Panzerkampfwagen und andere kleinere Fahrzeuge. Leichte Kräne, die im Hangar Verwendung fanden. Ersatzteil- und Waffenlager. Werkstätten, einen Generatorraum und große Tanks mit Treibstoff. Schon im ersten Jahr gelang es ihm, im Radius von hundert Kilometern sechs Raketenstellungen ausfindig zu machen und zu vernichten. Im Lauf der nächsten Jahre gewann er an

Erfahrung. Er beobachtete die Ameisen, die Bienen, das Gras, Bodenrelief und Bodenart und hundert andere Faktoren, die auf unterirdische Silos schließen ließen. Er erkannte die unterirdischen Leerräume mit einem neuen Instinkt, der sich aus dem unablässigen Grübeln über unterirdische Uhren und ein fremdes Zeitgefühl speiste. Die Startzeit, die von namenlosen Händen in den unzähligen selbsttätigen Abschußrampen codiert worden war. Auf vielen Kontinenten. Die Menschen hatten den Krieg in der zweiten halben Stunde seiner Dauer beendet. Die Abschußrampen führten den Krieg ohne Bedienung weiter. Diesen Krieg konnte der kosmische Charakter des Kataklysmus, den die Erde durchmachte, nicht aufhalten. Seit dreizehn Jahren starteten Raketen aus unterirdischen Abschußrampen ohne äußeren Befehl. Sie reagierten auf das schwächste Funksignal. Auf unvorhersehbare Weise wurden sie von Flugzeugen ausgelöst, die sie überflogen. Die Raketen zwangen die Menschen, sich noch stärker an die Erde zu schmiegen, wenn sie überleben wollten.

Dann begann man sich plötzlich überall die Legende vom Kopf der ›Kassandra‹ zu erzählen. Hornic lachte anfänglich darüber, doch bald begann auch in ihm die Saat der Unruhe zu keimen. Und sehr schnell wurde er zu ihrem Opfer. Niemand hatte jemals diese Rakete gesehen. Sie wurde nach den geflüsterten Überlieferungen in den letzten Wochen der Aufrüstung installiert. Die eine, die einzige. Sie war für denjenigen bestimmt, der überlebte. Fähig, das Leben auf der ganzen Erde auszulöschen. In ihrer verborgenen Rampe von einem Wahnsinnigen installiert, war sie bereit, alles zu zerstören, was überlebte. Niemand wußte, wo sie war. Ob zweihundert oder zweitausend Kilometer von ihm entfernt. Jedesmal, wenn Hornic einem neuen Silo auf die Spur kam, hoffte er, sie darin zu finden. Er wußte recht gut, daß er, obwohl er gelernt hatte, das normale Sicherheitssystem herkömmlicher Raketen zu knacken, keine Chance hatte, in den Steuerraum des Bunkers der Kassandra einzudringen. Für jede ›gewöhnliche‹ Rakete bekam er von seinen Auftraggebern den Lohn in bar oder in Gold. Sie zahlten ihm für die Trophäen unabhängig von der Weltgegend, aus der sie kamen. Die einen auf dem Luftweg, die anderen mit Ochsen oder Pferden. Im Auftrag von unbekannten Regierungen und im Namen landwirtschaftlicher Siedlungen. Die Trophäe des Großen Kundschafters war immer die gleiche: das Kabelstück, das das Zündsystem mit dem Steuerungskasten der Rampe verband. Die erste Trophäe hing über der Tür seines Zimmers. Er hängte sie quer über eine große Platte, die mit dem Fell des bengalischen Tigers bespannt war.

Hier in diesem Raum breitete Jefferson auch die Karten und Pläne, Satellitenprojektionen und Aufnahmen aus der Zeit vor der Katastrophe aus. »Unserer Meinung nach ist sie irgendwo in diesem Gebiet«, sagte er und zeichnete mit dem Finger einen Kreis auf ein Quadrat des Kartenwerks. »Leider wissen weder wir noch die Spanier, und auch nicht die Russen, genau Bescheid. Mehr noch, infolge tektonischer Verschiebungen der Erdkruste und der praktischen Zertrümmerung der Kommandozentren können wir nicht herausfinden, wer sie dort installiert hat und auf welche Art. Wir wissen nichts, außer, daß es irgendwo an diesem Ort große Konzentrationen von Stahl und Hohlräumen gibt.«

»Ich kenne die Gegend ein wenig«, sagte Hornic. »Ich war im letzten Jahr dort.«

Er verstummte und blickte mit halbgeschlossenen Augen auf die Karte, als wolle er etwas aus dem Gedächtnis heraufbeschwören. Von den Fingerspitzen, über Hände und Rücken bis zu den Füßen wanderten winzige Nadelstiche über seinen Körper. Er wußte schon, daß er das Ziel anpeilen würde. Er fühlte, daß die Zeit der Großen Jagd gekommen war.

»Gut, ich versuche es noch einmal«, sagte er langsam, »doch weiterhin keine Flüge und kein Funkverkehr. Nichts, was einen Abschuß auslösen könnte.«

Jefferson faltete den Kartenrest zusammen.

»Wieviel Zeit wirst du brauchen?«

»Ein halbes Jahr.«

»Und Hilfsmittel?«

»Keine, ich habe alles.«

Am Nachmittag war das Auftanken abgeschlossen, und das Flugzeug rollte nach einem kurzen Abschied auf die Startbahn. Hornic wartete den Abflug nicht ab. Er kehrte ins Haus zurück und öffnete den Schallplattenschrank. Eine Weile überlegte er, was er auflegen sollte und holte dann die Platte ›An der schönen blauen Donau‹ von Strauß hervor. Die ersten Walzertöne gingen unter in dem die Erde aufreißenden Geheul des Starts von Jeffersons Flugzeug, doch bald füllten sie sein Inneres mit wohltuenden Klängen.

Theodor Hornic lenkte den gepanzerten Transporter hauptsächlich die Straße entlang. Der Asphalt war schon stark beschädigt, doch meist gelang es ihm, die tiefen Bombenkrater und Bodenwölbungen zu überwinden, die jetzt mit üppigen Pflanzen bewachsen waren. Zuweilen lagen die Stämme der umgeworfenen Bäume über dem Weg. Dann war er gezwungen, stehenzubleiben und den am Rumpf montierten Ausleger des hydraulischen Krans in Bewegung zu setzen. Hin und wieder passierte er dahinziehende Tierherden und Menschenkarawanen auf ausgetretenen Pfaden. Die Leute suchten einen Siedlungsplatz oder kehrten in ihre wiedererstandenen Wohnstätten zurück. Die Tiere hingegen waren auf der Suche nach Plätzen, wo sie ungestört waren. Die Lufttemperatur erreichte häufig vierzig Grad Celsius, doch war es relativ trocken. Hornic bediente sich nur ungern seines Fahrzeugs. Nach dem Umbau war es für ihn ein fahrbares Werkzeuglager zum Aufspüren und Öffnen von Abschußrampen. Wenn er nicht unbedingt fahren mußte, ritt er oder ging einfach zu Fuß. Das war für ihn bequemer. Jetzt dachte er nur noch an sie. Alle seine Träume drehten sich um sie. Er sprach sie an. Er bedrohte sie, er flehte das Schicksal nach ihr an. Er tat alles, um sein Unterbewußtsein für seine Arbeit zu wecken.

Am späten Nachmittag erreichte er die vermutete Stelle. Er blieb auf einer nur mit Gras bewachsenen Erhebung stehen. Vor ihm rauschten die Halme auf den gewellten Hügeln. In den Vertiefungen glänzten die dunkelblauen Augen von Teichen und kleinen Seen. Die Landschaft wirkte beinahe idyllisch. Um sich vor Schlangen und Spinnen zu schützen, zog er seine Schaftstiefeln an und sprang auf den Boden. So war es wohl auch vor Tausenden von Jahren gewesen, dachte er. Von dem mehrstündigen Motorenlärm betäubt, ruhte er in der Stille aus, die über der Landschaft lag. Mit dem geübten Auge des Kundschafters machte er ferne Stellen aus, die in dem Verlauf der Böschungen Spuren eines menschlichen Eingriffs verrieten. Für einen oberflächlichen Beobachter war der Unterschied kaum bemerkbar. Bloß die Natur verriet mit einer anderen Schattierung der Pflanzen das, was sie selbst nicht geschaffen hatte. Hornic sehnte sich danach, vor Sonnenuntergang in dem kristallklaren Gewässer des nächsten Sees zu baden.

Er stieg wieder in den Transporter und startete den Motor. Er fuhr langsam den sanften, langen Hang hinab. Er hatte gerade den Rand des Schilfrohrgürtels erreicht, als er plötzlich, eher vom Instinkt als durch eine Wahrnehmung gewarnt, auskuppelte und mit dem Fuß auf die Bremse trat. Der Transporter grub sich in den Boden und stand beinahe senkrecht. Hornic riß mit einer blitzartigen Handbewegung die über seinem Kopf hängende Gasmaske herunter und zog sie über das Gesicht. Er drehte das Ventil der Sauerstoffflasche auf und, noch immer mit angehaltenem Atem, drückte er dreimal auf den Rand der Maske und pumpte den Rest der Luft mit ihrem kaum wahrnehmbaren Veilchenduft ab. Als sich der Transporter auf seine sechs Räder niedersenkte und das Krachen der innen herumsausenden Ausrüstung aufgehört hatte, legte Hornic den Rückwärtsgang ein und fuhr mit voller Kraft auf die Spitze des Hügels zurück. Dort saß er lange Zeit unbeweglich da, ohne die Maske abzunehmen oder den Motor abzustellen. Er spürte, wie das Herz heftig in seiner Brust schlug und das Blut in seinen Schläfen pochte. Die idyllische Gegend war plötzlich zu einem gefährlichen Gelände geworden.

Nach Sonnenuntergang spannte er zwei Kilometer weiter zwischen dem Transporter und einem in die Erde eingeschlagenen Pfahl eine Hängematte auf und entzündete ein Lagerfeuer. Nach dem Abendessen legte er sich in die Matte und lauschte dem Nachtleben der Insekten, die durch die angestiegene Radioaktivität keineswegs in ihrer Evolution gestört waren. Am Himmel spielte das Abendrot in vielfarbigen Streifen und Flächen. Er betrachtete die Farbenprojektion des Sonnenspektrums und konnte sich des Gefühls nicht erwehren, daß gerade sie ein Vorbote höchster Gefahr für die Erde sein könnten. Das gestörte magnetische Gleichgewicht des Planeten existierte seit dreizehn Jahren nicht mehr. Bis jetzt war keine neue magnetische Schutzhülle entstanden, analog jener, die seit Millionen von Jahren den Globus vor der kosmischen Strahlung geschützt hatte. Theodor Hornic schlief erst kurz vor Mitternacht ein und träumte vom Kopf der Kassandra, dem Grauen der überlebenden Menschheit oder der Fiktion der Gestrandeten.

Gegen Mittag des nächsten Tages glich Hornics Erregung der Temperatur der Umgebung. Der aus der Ferne ausgemachte Ort barg wirklich eine Raketenrampe in sich. Die Abdeckplatte befand sich unter einem kleinen See, der von Schilfrohr und saftigen Gräsern umstanden war. Knapp daneben, auf einer kleinen Erhebung, wuchs Erika. Dort fing er mit dem Graben an. Mit einer kleinen Schere schnitt er die Stengel ab, legte die abgeschnittenen Pflanzen beiseite und grub eine Rinne mit einer Tiefe von etwa dreißig Zentimetern aus. Bis zum Abend des ersten Tages hatte er auf diese Weise über zweihundert Meter Kanäle gegraben. Der Umfang der Nivellierungsarbeiten ließ erkennen, mit welcher Art von Tarnung des Geländes er es zu tun hatte. Nach einer Woche bestätigten sich seine ersten Einschätzungen. Der Silo gehörte zu den großen, und Hornic war sich fast sicher, daß er zur Aufnahme einer großen ballistischen Rakete diente. Solchen Silos war er schon begegnet, ihre Sicherheitssysteme konnte er knacken. Das Gebiet rund um den Teich ähnelte einer Ausgrabungsstätte. Ein dichtes Netz von Gräben überzog die umliegenden Hügel und zeichnete in dünnen Linien die Konturen der Erhebungen nach.

Den Sonntag feierte Hornic wie immer, und am Montag begann er das Wasser aus dem Teich zu pumpen. Das nahm die nächsten zehn Tage in Anspruch. In dieser Zeit aß er nur sehr wenig und schlief kurz und unruhig. Das monotone Knattern der Pumpe verstummte am folgenden Mittwoch gegen Mittag. Dann suchte er die Mitte des Teichbodens auf, um festzustellen, ob der Schlamm in einer Entfernung von drei Metern vom Ufer endete. Weiter innen war der Boden lehmig, was so gar nicht zu der geologischen Struktur der Umgebung paßte. Am tiefsten Punkt fand er den Auslauf einer Steinröhre. Darin floß immer noch träge das Wasser, wie er vermutete, aus einem nahegelegenen Teich. Mit dem Fuß stieß er etwas Lehm in das Rohr und stopfte ihn in den Auslauf. Mit geschlossenen Augen stand er lange unbeweglich da und fühlte, wie sein Körper von dem Bewußtsein durchflutet wurde, daß er dem Ziel nahe war. Vor seinen Augen lief ein Film mit dem in dreizehn Jahren angesammelten Wissen ab. Er vertraute auf sich und seine Kenntnisse. Die letzte Etappe dauerte drei Tage. In den vier Punkten, die er mit dem Theodoliten bis auf einen Zentimeter genau ausgemessen hatte, schlug er die fünf Meter langen, im Stützpunkt vorbereiteten Keile ein. Bloß ihr Ende war auf der Oberfläche noch sichtbar. Die Durchführung selbst verlegte er auf den nächsten Tag. Er reinigte, verstaute und verpackte die Ausrüstung, die er nicht mehr brauchte. Er überprüfte nochmals den Mechanismus des Seilzuges seiner Fernsteuerung.

Er legte sich nieder und beruhigte sich, versuchte seine vibrierenden Nerven zu entspannen wie ein Jäger vor dem entscheidenden Schuß. Keine Träume suchten ihn heim. Am Morgen verzehrte er gemächlich sein Frühstück und spülte das Geschirr ab. Er zog einen Overall an und legte seinen Gürtel mit den Werkzeugen an. Vor die Brust hängte er sich sein elektronisches Universalmeßgerät. Daneben baumelte die Gasmaske. Er öffnete den freigelegten Kasten und entfernte vorsichtig den schützenden Plastkiküberzug. Er kontrollierte mit einem Blick das Steuergerät des funkgesteuerten Computers samt Bildschirm und steckte den Schlüssel ins Schloß. Er paßte sich dem Steuersystem der Abschußrampe an und simulierte auf dem Funkweg die ersten Anweisungen für eine Öffnung des Sicherheitssystems.

Lange beobachtete er Hunderte von Varianten auf dem Bildschirm, die Punkt für Punkt das ganze Silosystem überprüften. Schließlich strahlte der Computer den eigentlichen, einzigen und unwiederholbaren Signalcode aus. Hornic schaltete den Impuls ein und blickte über den Arm zum Teich hin. Der Boden erzitterte, und in einem Halbkreis sank die Erde rund um den Rand des schilfbestandenen Ufers in den aufklaffenden Abgrund. Die auf der anderen Talseite eingeschlagenen Keile verhinderten, daß sich der Silo weiter öffnete und blockierten damit den Countdown bis zum Start. Mit den hydraulischen Zangen verhinderte Hornic, daß der Silodeckel wieder zuklappte, und fuhr den Transporter an den Rand des Abgrunds. Mit dem Seilzug wagte er sich in die Tiefe, das Steuerpult in der Hand und die Gasmaske über dem Gesicht. Kaum zwei Meter unter dem Deckel hielt er das Seil an. Unwillkürlich wischte er mit dem Handschuh über das Glas der Gasmaske, denn es verschlug ihm den Atem. Der etwa dreißig Meter tiefe und zwanzig Meter im Durchmesser messende Betonsilo war leer. Zwei senkrechte Reihen roter Lichter beleuchteten schwach die klamme riesige und leere Kluft. Ein wilder Aufschrei erfüllte den geschlossenen Raum in einem vielfachen Widerhall.

Den purpurroten Sonnenuntergang erwartete Hornic in der Richtung, die seine Vorfahren Norden genannt hatten. Im Gesicht und auf dem dichten Bart waren Spuren von Tränen zu sehen. Es waren Tränen der Demütigung und der Enttäuschung. Er fuhr sich mit dem Handschuh übers Gesicht und wischte sich das verschmierte Öl des Seils ab.

»Es sind nicht viele von uns übriggeblieben, das ist wahr«, sagte er flüsternd zu sich selbst, »aber ich werde dir nicht einmal diesen Triumph gönnen. Ich werde dich finden, und wenn du unter einer hundert Meter dicken Schicht von Erde oder Wasser versteckt sein solltest.«

Nur das Wispern antwortete ihm, ein Geräusch, wie es die Welt seit ihrer Erschaffung erfüllte.

2

Robert Walath, der Eigentümer eines halb gemauerten, halb aus Holz errichteten Gebäudes, ging auf dem Wandelgang auf und ab. Er trat zu der Glocke, die an

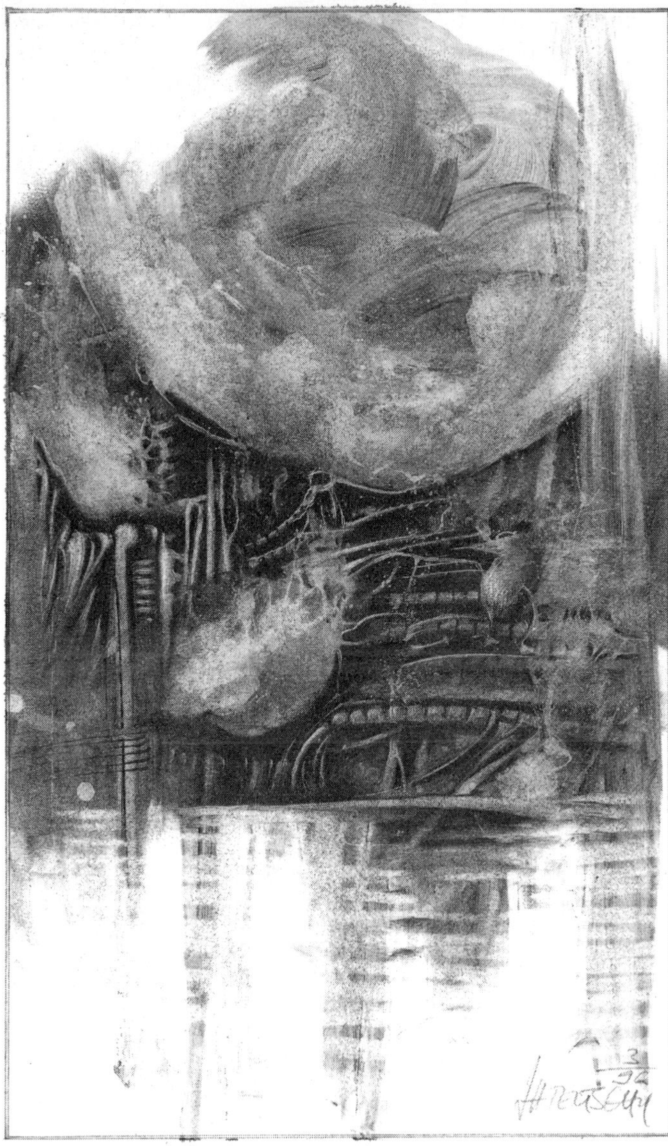

einem Balken hing, und löste die Schnur, mit welcher der Klöppel festgemacht war. Die mehrere Meter entfernte Palisade aus großen Baumstämmen verschwand fast vollständig im tropfenden Morgennebel. Die in der Stille erstarrten Baumkronen hingen wie tot über ihren Rand. Er blickte hinüber zu dem schweren Panzer mit seinem Tankwagen, der unter dem Dach stand. Seufzend zog er an der Schnur. Die Glocke klang in der morgendlichen Stille schrill, ihr Läuten wurde vom Waldrand zurückgeworfen, begleitet von Vogelgeschrei. Eine kleine menschliche Enklave erwachte, wie jeden Tag seit Jahren, auf die gleiche Weise. Theodor Hornic öffnete die Augen und starrte die Wand an. Die Sicht auf die Tür wurde ihm von dem aufgetürmten Bettzeug genommen, das seinen Körper nicht völlig bedeckte. Eine Weile lauschte er den Geräuschen des Hauses, ohne vorerst die Situation zu begreifen. Dann erinnerte er sich an seine späte Ankunft und den Lärm, den er in der Nacht gemacht hatte, als er mit dem Transporter auf dem Platz herummanövrierte. Irgendwo in dem Gang draußen knarrte leise eine Tür. Er setzte sich auf den Bettrand und blickte durchs offene Fenster in den grünen Kessel hinaus, durch den er gekommen war. Das Zimmer war vom Hof durch ein fast durchsichtiges, über den Fensterrahmen gespanntes Netz, getrennt.

Er duschte im Bad unter dem warmen Strahl, streckte sich wohlig und ließ das Wasser über Kopf und Schultern fließen. Er hatte diese Wohltat seit über drei Monaten nicht mehr genossen, die Zeit, die er fern von seiner Basis verbracht hatte. Nachdem er den leeren Silo geöffnet hatte, hatte er das Gebiet in einem Radius von einigen Dutzend Kilometern durchsucht. Das nahm über einen Monat in Anspruch, in dem er meinte, die richtige Spur gefunden zu haben. Doch die Spur brach in der Verzweigung ab, und er wußte nicht mehr, wohin sie verlief. Der gefundene leere Silo erwies sich als Attrappe. Er hatte keine Abschußvorrichtung, und ohne vorherige Armierung konnte hier keine Rakete starten. Die Computeranalyse erlaubte ihm jedoch herauszufinden, daß diese Maskerade ein geplantes Ablenkmanöver war. In solche Fallen waren häufig die Auswerter der Aufnahmen der Spionagesatelliten getappt, welche unterirdische Abschußbasen auskundschafteten. Nach den von ihnen gezeichneten Karten konnte Jefferson mit gleichem Erfolg über alle Kontinente fliegen.

Hornic zog sich an und stieg in den Eßraum hinunter. Die Tür zum Hof war geöffnet. Die Bodenbretter glänzten vor Sauberkeit. In dem Saal schwebten Holzgeruch und der Hauch von Frische. Die drei langen Tische waren gedeckt. Die Teller in Reihen aufgestellt, wie das in der Alten Welt Brauch gewesen war, daneben Löffel und hier und da verschiedenerlei Messer und Gabeln. Einige Teller waren aus Porzellan, die Glasur schon reichlich verblaßt, es gab auch zwei Messingschalen und einige Teller aus einem undefinierbaren grauen Material. Fast alle waren an den Rändern angeschlagen oder ausgebrochen. Die Becher und die Bestecke präsentierten sich in einem ähnlichen Zustand. In der Ecke unter dem Fenster stand ein großer Billardtisch, der mit Tierfellen bespannt war. An der Wand hing eine Karte mit von Hand eingetragenen Korrekturen der Flußläufe und Bäche. Daneben an der Wand war ein altes Ölbild in grobem Rahmen, das eine Jagd im Winter darstellte. Das Bild war voller Bewegung und Dynamik. Zu sehen waren einige rassige Pferde mit schaumbedeckten Nüstern, vor denen eine Hundemeute Wildschweine hetzte. Auf den Pferden, die Fellmäntel aufgeknöpft, eine Fürstenfamilie aus dem siebzehnten Jahrhundert mit pausbäckigen, rosigen Gesichtern und freudigen, vom Jagdeifer leuchtenden Augen. Über dem zweiten Fenster ein Plakat aus Papier mit gelben Lettern vor grünem Hintergrund: *Wanderer!*

Hüte dich vor Gasexplosionen! Über der Küchentür ein großes Bambuskreuz.

Hornic blieb nach der Musterung des Eßraums stehen und zögerte, weil er nicht wußte, wohin er sich wenden sollte, als zur gleichen Zeit Walath in der Tür erschien. Mit ihm ein Unbekannter mit dunkler Haut, ein östlich schöner Typ. Der Kleidung nach zu schließen, handelte es sich um einen eben Angekommenen.

»Guten Tag«, grüßte ihn der Unbekannte höflich und betrachtete ihn mit wohlwollendem Interesse. Walath nickte nur; ein leichtes Lächeln umspielte seine Lippen.

»Guten Tag«, erwiderte Hornic und fügte hinzu: »Wie könnte es denn anders sein in einer so gesunden Gegend.«

Walath lächelte mit sichtlicher Befriedigung über das Kompliment und antwortete:

»Gleich ist das Frühstück fertig. Meine Frau wird jeden Moment das Gebäck bringen. Die Milch ist bereits aufgestellt.«

Sie reichten sich die Hände, und Hornic blickte fragend zum Gastgeber hin, der zustimmend mit den Augenlidern blinzelte, was Hornic erleichterte. Eine Viertelstunde später ließen sich an den zwei Tischen sechsundzwanzig Personen nieder, darunter zwei Familien mit einer zahlreichen Nachkommenschaft. Keines von den Kindern war älter als zehn Jahre. Die Kleider waren so kunterbunt wie das Tischgedeck. Hornic musterte die Sitzenden mit diskretem Interesse. Die einen trugen ganz neue Blusen und Hemden, wie sie bis in die letzten Tage der alten Zeit hergestellt worden waren. Die anderen grobe Leinenhemden, die in der Taille mit bunten Schnüren zugebunden und die makellos sauber waren. Die Gesichter der Sitzenden waren meistens heiter, wiewohl man in ihnen mühelos die Spuren der durchgemachten Krankheiten ablesen konnte. Am zweiten Tisch trug ein Junge mit langen blonden Haaren außer der kurzen Hose auf dem nackten Torso ein knallrotes Leibchen mit der goldenen Aufschrift *Coca Cola* auf dem Rücken. Ob der Knirps seine Eltern schon gefragt hat, was das bedeutetet? dachte Hornic.

Kira, die Frau des Gastgebers, trug der Reihe nach einige tiefe Schüsseln mit heißer Milch herein, dann Schalen und Brotkörbchen und Obstteller. Schließlich setzte sie sich am zweiten Tisch auf die Stirnseite. Am ersten, auch auf der Stirnseite, saß Walath und beobachtete die Sitzenden mit gespielter Nonchalance. Als noch immer niemand nach dem Essen griff und die Stille sich hinzog, faltete er die Hände und begann:

»Im Gedenken an jene, die nicht mehr am Leben sind.« Er zögerte: »Möge das Naturgesetz stärker sein als die Erinnerungen.« Er hielt geraume Zeit inne und fuhr dann fort:

»Segne, o Herr, diese Gaben, damit wir den heutigen Tag bei Gesundheit und Kräften erleben. Damit die Spuren der Strahlung nicht an diesen Produkten hängenbleiben und kein verstrahltes Teilchen unseren Organismus vergiftet. Gib uns die Widerstandskraft des Grünen und schütze uns vor den unheilbringenden Orten, damit wir kein Opfer des chemischen und radioaktiven Todes werden. Füge, daß unsere Gene nur die gesunde Frucht unseres Lebens tragen. Amen.«

»Amen!« wiederholten die Sitzenden im Chor.

Nach dem Frühstück fand im Zimmer Hornics eine Zusammenkunft statt. Der Gastgeber erschien in Begleitung eines dreißigjährigen Mannes mit stark gebräuntem Gesicht und schneeweißem Haar, das ihm in dichtem Geflecht über die Arme fiel. Am Tisch saß er Hornic gegenüber. Als die Tür abgeschlossen wurde, stellte sich der Mann auf deutsch vor:

»Ich bin Kurt Watzinger. Herr Walath sagte, daß Sie mich kennenlernen möchten.«

»Ja«, antwortete Hornic ebenfalls auf deutsch. »Ich

danke Ihnen, daß Sie bereit waren, hierher zu kommen. Hat Ihnen Herr Walath gesagt, was ich mir von dem Gespräch mit Ihnen erwarte und wer ich bin?«

»Er erwähnte, daß Sie nach einem Plan der taktischen Raketenstellungen suchen. Ich weiß, daß Sie Theodor Hornic sind, bekannt als der Große Jäger. Deswegen bin ich hierher gekommen«, sagte Watzinger kurz und bündig.

»Ja! Ich suche nach dem Stellungsnetz ... Oder eigentlich nach einer einzigen Stellung. Dafür jedoch einer ungewöhnlich gut getarnten. Ich konnte sie trotz jahrelanger Suche nicht finden. Ich weiß nicht, in welchem Verhältnis Sie dazu stehen, aber ...« Hornic senkte die Stimme. Der andere griff den Faden auf:

»Sie sprechen vom Kopf der Kassandra. Wir wissen, daß Sie danach suchen. Ich glaube, daß er existiert. Falls es Ihnen die Suche erleichtert, kann ich Ihnen verraten, daß ich meiner Sache sicher bin. Wenngleich ich eher skeptisch bin, was den Erfolg Ihrer Suche angeht.«

Walath, der dem Gespräch schweigend gefolgt war, warf leise ein: »Theodor, Herr Watzinger war Offizier und früher Berater bei der städtebaulichen Abteilung des Bürgermeisters. Er ist der einzige mir bekannte Mensch, der vielleicht mit der Rakete selbst in Berührung kam. Sicherlich aber besitzt er Informationen, die etwas Neues zu den Nachforschungen beitragen können. Deswegen ist er von so weit her gekommen.«

Watzinger legte ein kleines Bündel auf den Tisch und wickelte es aus. Er nahm einen handgroßen Aluminiumbehälter heraus und öffnete den Verschluß. Darin befand sich ein Magnetband.

»Das«, begann Watzinger, »ist die Spur, an die ich mich vor einem Monat erinnert habe, als Herr Walath bei mir war. Eigentlich ist es ein ungeheures Glück, daß sie überhaupt erhalten geblieben ist. Ich habe es mir gemerkt, weil es die bizarrste Meldung von der Katastrophe war. Ich habe damals in der elektronischen Abhörabteilung gearbeitet, in der Dechiffriersektion. Zwei Tage vor der ersten Erschütterung wurde eine chiffrierte Meldung aufgefangen, die geradezu lächerlich einfach war. Sie wurde in englischer Sprache aufgegeben.«

»Und wer hat sie aufgegeben?« wollte Hornic wissen.

»Das weiß ich nicht«, sagte Watzinger lächelnd. »Die Sprache allein liefert noch keinen Beweis, insbesondere nicht bei verschlüsselten Meldungen. Das Sonderbare an der Sache war, daß wir uns, so leicht wir die erste Chiffrierungsstufe durchbrochen haben, um so schwerer mit der nächsten getan haben. Infolge anderer Aufgaben haben wir diese Angelegenheit um vierundzwanzig Stunden verschoben – und das weitere wissen Sie schon. Es war nicht mehr wichtig.«

Watzinger betrachtete Hornic aufmerksam und fuhr schnell mit seiner Erklärung fort: »Fünf Jahre nach dem Krieg hat eigentlich niemand, trotz gegenseitiger Verdächtigungen, ernstlich aufgerüstet. Auf beiden Seiten existierte die Rüstungsindustrie praktisch nicht mehr. Wie ihr wißt, knackten die Raketen die unterirdischen Fabriken und Gruben bis zu einer Tiefe von siebenhundert Metern. In diesen fünf Jahren konnte man theoretisch noch auf die unübersehbaren Vorräte zurückgreifen. Aber die Nahrungsmittel in den Militärlagern gingen nach drei Jahren zur Neige. So war es zumindest unter der Erde. Auf der Oberfläche aber existierten bereits dreißig Prozent der Menschen nicht mehr, und niemand dachte an eine weitere Produktion. In der damaligen Situation, als die Regierungen praktisch bereits machtlos waren, gab es keine gemeinsame Verteidigungsstrategie. Das war natürlich von Einfluß auf den Hintergrund der verschlüsselten Meldungen. Das große, globale, konspirative elektronische Spiel wurde zu einer Strategie, bei der eine engumrissene Gruppe von Zentren mitmischte. Das Chaos und der Verfall erlaubten es, das Abhörsystem auf einige Dutzend Sende- und Empfangsstationen zu reduzieren. Nach fünf Jahren kannten wir die Namen der Befehlshaber der Kommunikationseinheiten. Natürlich im übertragenen Sinne«, sagte Watzinger lächelnd.

»In dieser Situation war uns bekannt, wann der Informationsaustausch begann, zwischen wem er stattfand und wann er zu Ende ging, wenngleich wir kaum wußten, worum es ging. Die Meldung, die ich Ihnen zur Kenntnis bringen will, war eine Ausnahme. Sie war eben weder der Anfang noch das Ende eines Zyklus im Informationsaustausch. Sie knüpfte an keinen der geführten Dialoge an. Mehr noch. Sie paßte zu keinem Stil, der für die uns bekannten Stationen charakteristisch war. Wir hatten diese Botschaft als Meldung eines neuen Senders interpretiert. Ich erinnere mich, daß uns das sehr beunruhigte, denn wir wußten nicht, von welcher Seite sie kam. Nun ja, und der Text ...«

»Können wir uns dieses Band anhören?« fragte Hornic.

»Ja«, antwortete Walath. »Gestern habe ich es mit Kurt abgehört, bevor Sie gekommen sind. Gehen wir in den Keller!«

Sie gingen die breite Holztreppe hinunter, und Walath kämpfte einen Augenblick mit dem Türschloß. Der Raum, der vor einigen Jahren von Hornic und zwei nicht mehr lebenden Elektronik-Technikern eingerichtet worden war, präsentierte sich in bestem Zustand. Die Schränke und Bauelemente des Computersystems standen an den Wänden, in der Mitte ein Glasschrank mit den Disketten und Bändern. Daneben ein kleiner Tisch. Walath nahm die Hüllen von drei Blöcken ab und setzte den Computer in Betrieb. Er legte das Band ein und schaltete die Ablesetaste ein.

Sie standen über den Bildschirm geneigt und verfolgten die fließenden Zeilen des Textes. Nach einem Augenblick stoppte Walath den Text.

»Das trojanische Orakel erhielt ein Geschenk«, las Hornic halblaut ab. Weiter – Dutzende von Ziffern, und dann: »Wenn die Sonne untergeht 7400072133 wird das Geschenk zurückgesandt 033020224. Adressat ist unbekannt. Grüße an den Herrgott 034291.«

»Ist das das Ende?« fragte Hornic.

»Ja.« Watzinger richtete sich auf und ließ die Augen über das Fenster des Kellerraums schweifen. »Das ist alles. Die Sache sieht scheinbar ganz gut aus. Natürlich kamen wir auf ein paar Varianten, aber keine erreichte den Wahrscheinlichkeitsgrad einer Übersetzung. Wir kamen zu der Annahme, daß der Text nichts in sich verbirgt, und daß es sich um einen früher festgelegten Code handelt, der keine Antwort erfordert. Und bei einer solchen Annahme erübrigt es sich, weiter zu suchen.«

»Na, und ...« Hornic verlor für einen Augenblick die Fassung. »Und diese Ziffern nach der Sonne und weiter. Was bedeuten sie?«

»Wir haben versucht, herauszubekommen, ob es sich um Koordinaten handelt«, erklärte Walath, »aber wir bekamen allzu viele Antworten. Und ich halte sie für echt. Ich bezweifle, ob wir mit unserem System eine Chance haben, das Rätsel zu lösen.«

Hornic wandte sich von dem Computerpult ab und trat an das kleine Fenster. Einen Augenblick lang beobachtete er wie Watzinger die spielenden Kinder. Sie waren acht oder neun Jahre alt. Sie tobten fröhlich umher.

»Wißt ihr, was ich glaube?« sagte er, halb zu sich selbst und halb zu ihnen. »Daß wir sehr wenig Zeit haben und uns beeilen müssen. Wir sind wahrscheinlich ihre letzte Chance.«

Er wies mit dem Kopf auf die Kinder.

»Lernen sie etwas?«

»Nein«, hörte er die Stimme Walaths. »Außer Lesen, Schreiben und elementarem Rechnen wollen sie nichts lernen. Sie glauben, daß das Lernen der Tod sei. Und das Wissen ein Werkzeug des Todes. Und daß sie nicht sterben wollen.«

Hornic schloß die Augen. Dann öffnete er sie wieder und fragte:

»Haben Sie es eilig, Kurt?«

»Ich kann noch einige Tage hier bleiben«, antwortete Watzinger. »Für Menschen, die noch glauben, habe ich viel Zeit.«

»Dann lade ich Sie zum Angeln ein. Ich habe in meinem Transporter einige Angelruten dabei«, antwortete Hornic und verließ den Raum, ohne sich umzusehen.

3

Die Fische bissen gut an. Der Strom floß langsam und war tief. Sie saßen am Rand der Anlegestelle und angelten mit zwei Ruten gleichzeitig. Einige Meter vom Ufer entfernt, im dichten Schatten der Bäume, standen die Kübel mit den Fischen. In der Luft, die von leichten Hitzeschleiern verhangen war, zirpten Insekten. Hornic saß schweigend da und ärgerte sich. Watzinger holte begeistert ein Prachtstück nach dem anderen heraus. Zum Großteil handelte es sich um tropische Süßwasserfische. Woher sie in diesen Fluß gekommen waren, der von den prähistorischen Gegenden durch die Wassermassen des Meeres getrennt war, wußte niemand.

»Die einzige Möglichkeit, die mir wahrscheinlich vorkommt«, sagte Walath, »ist die, daß Flora und Fauna auf dem Luftweg hierher gekommen sind.«

»Schwer zu glauben«, meinte Watzinger, »daß der Wind imstande sein sollte, solche Unmengen an Fauna zu transportieren.«

Walath blickte zu Watzinger hinüber.

»Wo waren Sie damals?« fragte er plötzlich.

»Unter der Erde.« Watzinger zog an der Rute und

holte die Schnur ein. Das automatische Rad ratterte ein wenig, bis der nächste Fisch in der Luft zappelte. Dann herrschte Ruhe. Einen Augenblick später befand er sich in den Behältern unter den Bäumen.

»... ich kam erst nach drei Jahren wieder nach oben«, fuhr er fort. »Wegen der Verseuchung der Oberfläche war es verboten, seinen Posten zu verlassen.«

»Und niemand ging hinaus?« fragte Walath.

»Es gab natürlich Versuche der Erkundung, aber niemand kümmerte sich um solche Aufgaben. Als der Personenstand immer weiter absank, entschlossen wir uns zum Abwarten. Wir hatten keine Ahnung, wie es hier oben aussah.«

Walath blickte zum gegenüberliegenden Ufer hinüber. »Sehen Sie diese helle Platte, dort im Grünen« – er zeigte in die Richtung. Watzinger folgte der Hand Walaths mit den Augen und nickte.

»Es ist eine Dachkonstruktion, na ja, jetzt bloß die Reste eines Dachs, denn die Bambussprossen haben es fast zur Gänze zerstört. Als wir es besichtigten, hatte es an der Oberfläche eine Aufschrift in italienischer Sprache. Es stammte aus einem Bahnlager aus einem Bezirk in der Nähe Mailands. Es wurde über die Alpen hierher transportiert.«

Watzinger lachte verdutzt und hob die Augenbrauen.

»Wir haben mehrere solcher Andenken aus der Gegend«, fuhr Walath fort, »warum sollten mit den Dachteilen zusammen keine Fische hierher transportiert worden sein, sei es als Fischbrut oder Laich. Uns wundert das weiter nicht. Am erstaunlichsten ist es, daß hier alles den mehrtägigen Aufenthalt in der Atmosphäre überlebt hat. Zum Massentod kam es erst infolge der Vergasung und Verstrahlung, und nicht unter dem Einfluß tektonischer Verschiebungen und Erschütterungen. Die Bewegungen der Kontinentalplatten verstärkten bloß den Stoß, besonders in den Meeresgegenden.«

Watzinger holte Tabak und Pfeife aus der Tasche. Langsam, schweigend und pedantisch stopfte er sie. Nachdem er sie angezündet hatte, sagte er zunächst:

»Herr Walath, Sie waren Bergmann. Sagen Sie mir bitte, frisch von der Seele weg, ohne Vorurteile: Halten Sie das tektonische Rätsel für eine Folge des Krieges?«

Walath seufzte und fuhr sich mit der Hand durch das Haar. »Danach wurde ich schon sehr oft gefragt. Ich kann Ihnen nur das sagen, was ich jedesmal sage. Es ist meine persönliche Meinung. Die Kernexplosionen haben die Stabilität der Gebirgszüge beeinträchtigt. Sie haben selbst gesagt, daß die Industrie mehr als fünf Jahre lang stillgelegt war. Unter anderem wegen des Energiemangels konnten die Fabriken nicht betrieben werden. Und Energie gab es keine, weil die Kohlen- und Erdöllieferungen aufgehört hatten. Am Tag nach der Explosion haben wir begonnen, die Kohlengrube, in der ich gearbeitet habe, in Betrieb zu nehmen. Wir haben uns nicht um den radioaktiven Staub gekümmert, der auf unsere Overalls fiel. Wir wußten, daß bloße Stunden darüber entschieden, ob die Schächte überschwemmt werden würden oder nicht. Wir kümmerten uns nicht um die militärische Lage. Als ich am Morgen in den Schacht kam, war nur einer übriggeblieben. Wie durch ein Wunder. Bei zwei Aufzügen war alles zerstört, weil eine thermonukleare Rakete die Grube getroffen hatte. Wohl eine taktische Rakete. Wegen des Energiemangels fuhren wir mit eigener Muskelkraft in den Schacht ein. Was wir dort vorfanden, ließ Bergleuten, die seit zwanzig Jahren dort unten arbeiteten die Knie weich werden. Der Aufbau der Förderungsebenen war unzumutbar. Die Hauptkorridore im Unterschacht waren ein Labyrinth mit einem Niveauunterschied von rund fünfzehn Metern. Der Gesteinsbruch hatte das Netz der Gänge völlig zerstört, und der Hauptschacht endete bei hundertzwanzig Metern Tiefe. Die neue Sohle war von der senkrechten

Wand dreizehn Meter weit entfernt. Erst dort unten erkannten wir, daß es vor der Überflutung nichts mehr zu retten gab. Wir verstanden, daß uns das die Erde nicht mehr verzieh. Die Risse im Berg waren so gefährlich, daß wir hörten und spürten, wie die Erde stöhnte und ächzte. Es gab sogar einen Augenblick, wo wir fast verrückt geworden wären. Die Erde gab solch ein fürchterliches Geheul von sich, daß es mir bis zum heutigen Tag in den Ohren klingt. Bei derartigen Spannungen in größeren Gebieten konnten eben solche Schäden entstehen.«

»So plötzlich, und fünf Jahre später?« fragte Watzinger.

»Warum nicht?«

Die Angelschnur Walaths spannte sich plötzlich. Er griff danach, als sie von der Stütze abrutschte. Der Kampf mit dem Fisch war verbissen und aufregend, doch er gewann ihn. Es war ein Prachtstück, etwa einem Lachs ähnlich, mit großen roten Flossen und einzelnen weißen Streifen auf beiden Seiten. Er fand nur mit Mühe in dem Behälter Platz und schlug heftig das Wasser mit dem Schwanz.

»Was ist das?« fragte Watzinger.

»Wir nennen es den kaninchenhaften Flossenfüßler«, erwiderte Walath. »Er schmeckt wie Kaninchenfleisch.« Er brachte einen dünnen Köder an und warf den Haken aus. »Außerdem bindet er keine spaltbaren Substanzen.«

»Wie ist es Ihnen gelungen, zu überleben?« Watzinger ließ sich vom Thema nicht abbringen.

»Ich habe mich gar nicht darum bemüht. In der Computersektion rechneten wir jene Varianten durch, die uns die Inbetriebnahme alles dessen, was übriggeblieben war, erlaubte, und vor den Fenstern verliefen die Regenrinnen und spülten den radioaktiven Staub in die Kanäle. Mit dem Regenwasser. Alle, die dort mit mir waren, überlebten nicht einmal zwei Wochen. Ich lag einen Monat lang im Bett und damit basta. Sogar Geschwüre, die ich seit Jahren hatte, verschwanden.« Er verstummte, wog dann die Worte ab und fügte mit leichter Bitterkeit hinzu: »Nicht einmal habe ich mich gefragt, warum gerade ich überlebt habe!«

Sie saßen lange schweigend da. Die in dem Gespräch wachgewordenen Erinnerungen stiegen in einer kurzen Welle hoch. Beide schwiegen sie, versunken in ihre Gedanken. Gegen Mittag, als der Lärm der Insekten und das Rauschen der Bäume nachließen und die Hitze unerträglich wurde, wollten sie aufbrechen.

Watzinger unterbrach das schweigende Nachsinnen und wandte sich an Hornic:

»Und Sie, Herr Hornic, wie haben Sie diese Zeit überlebt? Ich habe noch nie etwas von Ihnen dazu gehört.«

Hornic blieb stehen. Er hielt in beiden Händen die Kübel mit den Fischen. Er blickte vor sich hin, und die Augen verfolgten ein imaginäres Ziel, das sie in der Luft gefunden hatten. Dann sah er zu Watzinger hinüber.

»Ich habe niemandem von meiner Vergangenheit erzählt, Watzinger. Der Tag ist noch nicht gekommen, an dem ich es tun werde.«

Er blickte Hornic in die Augen und sagte ernst:

»Es ist also wahr, daß Sie der letzte Mensch sind, der mit der Vergangenheit noch nicht abgeschlossen hat. Nun, wir wollen keinem von den Überlebenden etwas vorwerfen, und alle Taten werden Ihnen im voraus verziehen.«

Hornic schüttelte den Kopf.

»Darum geht es nicht. Es handelt sich um meine persönliche Uhr und meine persönliche Rechnung. Ich bin zutiefst überzeugt, daß ich Ihnen einmal nicht nur von mir erzählen werde. Ich glaube fest daran, daß es einmal dazu kommen wird.«

Die in der Siedlung lebenden Kinder hatten ihre eigene Welt, um die sie Hornic beneidete, aber er freute sich darüber, daß sie sie hatten. Er, ein Schatten aus der vergangenen Welt, war für sie eine Gestalt, die zum Teil in den Wolken schwebte. Kahle Wälder, eine soziale Mikrogruppe, die ewige Ruhe der Natur und ihre scharfen farbigen Konturen waren für die junge Generation der Kleinen das natürliche Milieu. Sie fanden darin auf normale Art und Weise ihren Platz, und der Umstand, daß sie noch niemals mehr als hundert Menschen auf einmal gesehen hatten, war ebenso ein Teil ihres Lebens. Sie sahen Hornic mit weit aufgerissenen Augen zu, wie er mit vor Anstrengung angeschwollenem Gesicht zusammen mit ihrem Stiefvater Walath mit einem Putzlappen den Lauf der automatischen Kanone vom Kaliber 60 mm reinigte. Auf dem Boden lagen die schmutzigen Überreste von Verpackungsmaterial umher, vom dunkelgrauen Schmieröl geschwärzt. Die Kinder schauten mit rastloser Neugier in das Innere des nach Stahl, Schmieröl und Schweiß stinkenden Riesen auf seinen zwölf Mammuträdern. Die Innenwände des gepanzerten Fahrzeugs waren voll von Uhren, Tasten, Hebeln und Farbbildschirmen und flimmerten in lebendigen Zeichnungen, umgeben vom Hauch des Ungewohnten und der feierlichen Stimmung eines seltenen Feuerwerks. Die Kinder wußten, daß das alles nur dazu diente, jemanden ins Jenseits zu befördern, der es wagen sollte, Hornic weh zu tun. Für sie war er der große Held, der gegen die verborgenen bösen Maschinen-Tiere antreten mußte, deren Erzeuger schon längst von der verdienten Strafe ereilt worden waren. Diese auf Feuersäulen schwebenden Maschinen lauerten wilden Tieren nicht unähnlich auf den unvorsichtigen Reisenden. Bloß auf ihre Art und Weise. Auf welche Weise, wußten die Kinder nicht.

Im Gästehaus waren während ihrer Lebenszeit vierzig Personen gestorben, die man auf dem nahen Friedhof bestattet hatte. Sie starben infolge von Verseuchung durch radioaktiven Staub in der Luft. Jeder Neuankömmling wurde von Walath auf Herz und Nieren untersucht. Er erzählte den Kindern von der Gesundheit und den überstandenen Krankheiten. Von Zeit zu Zeit begleitete Walath jemand ins Gästehaus und brachte ihm das Essen dorthin. Und bald darauf war ein Begräbnis. Sie liebten Walath wie den eigenen Vater, aber Hornic beeindruckte sie mehr. Er kannte die rätselhafte und unermeßlich große Welt. Er fürchtete sich vor nichts. Er wiederholte immer, daß ihre Helden die neue Mutter Kira und der Stiefvater Walath seien, und nicht er. Aber was für eine Heldentat ist es schon, an einer Stelle auszuharren, die Mahlzeiten zu überwachen, Stallarbeiten zu verrichten und das verhaßte Lesen und Schreiben zu lernen. Was für ein Mut gehört schon dazu?

Als der Putzlappen zu Boden fiel, brachte Hornic eine Stahlkappe auf dem Rohr an. Die gaffende Gruppe von Kindern sah aus sicherer Entfernung zu. Sie folgten Hornic, ständig bereit, sich zurückzuziehen, wenn es notwendig wäre. Sie waren sieben bis neun Jahre alt. Nur der junge Alin protzte mit seinem Alter von zwölf Jahren und stand zwei Schritte weiter vorn. Hornic sah dem Jungen amüsiert zu, der sich scheinbar gleichgültig und zufällig gerade an dieser Stelle plaziert hatte. Nur seine glänzenden Augen verrieten, daß diese Gleichgültigkeit das Resultat eines starken Willens war. Die große Maschine mit dem an den Rand gemalten lauernden Panther erweckte Angst, regte aber auch die männliche Phantasie an. Da sich Hornic vor ihm nicht fürchtete und den Stahlpfeil so mutig in seinen Rachen stopfte, konnte ihm auch nichts passieren.

Zu Hause geschah seit einigen Tagen viel Geheimnisvolles. Der Stiefvater sprach mit zwei Fremden im Keller, zu dem Hausangehörige keinen Zutritt hatten.

Dann gingen sie fischen. Das mußte etwas bedeuten. Die Kinder rätselten herum, was denn nachher folgen würde. Es sah aus, als verbargen die Gesichter der neuen Gäste ein Geheimnis. Sie benahmen sich wohl natürlich und lächelten, aber der kindliche Scharfsinn ließ sich nicht irreführen. Das Lächeln der Männer war gekünstelt, darunter verbargen sich die harten Masken der im Ernst erstarrten Gesichter. Eisern und ernst waren auch die Augen der Gäste. Alin fand darin eine Weisheit und eine für den kindlichen Verstand unfaßbare Größe der Anteilnahme an wichtigen und fernen Zielen. Welche Ziele es in dieser stillen Welt voller Pflanzen und Tiere waren, ließ sich nicht ergründen. Der Raketenjäger! Beim Klang dieser Worte wurden die Augen der neuen Mutter Kira mild und glänzend. Der Vater verzieh da die kleinen Vergehen. Jetzt war *er*, der große Jäger, in der Nähe. Als Hornic in das Fahrzeug stieg, wurde das Gesicht des Jungen vom Licht des Scheinwerfers erhellt. Es drückte eine stumme, aber deutlich ablesbare Bitte aus.

»Wenn du vierzehn Jahre alt bist, Alin, ich habe es dir versprochen«, sagte Hornic.

»Vor einer Woche habe ich einen Hirschen erlegt«, antwortete der Junge. »Vater hat gesagt, ich sei erwachsen genug, um mit dem Gewehr auf die Jagd zu gehen.«

Die Miene des Jungen war immer noch gleichgültig, aber seine Stimme verriet die verborgene Spannung und seine Zerrissenheit. Hornic hielt inne. Er wollte dieses Gespräch noch hinausschieben, doch er verstand, daß es zu spät war, um einen Rückzieher zu machen.

»Steig durch die zweite Luke ein«, sagte er, »paß aber auf. Hau dir nicht den Kopf an der Decke an.«

Für einen Sekundenbruchteil gewahrte er ein breites Lächeln und hörte ein schnelles Aufklatschen barfüßiger Sohlen. Nach einer Weile hingen die Füße des

Jungen, der im Dunkeln nach einer Stütze suchte, über den Sitz.

»Füße nach vorne und laß dich langsam herunter«, sagte Hornic. Als sich der Junge im Sitz niederließ, beobachtete ihn Hornic aufmerksam.

»Theodor«, sagte Alin. Seit langem hatte er sich jedes Wort zurechtgelegt.

»Bitte bringen Sie mir alles bei.«

»Was?«

»Ich will Raketenjäger werden!«

Eine peinliche Stille trat ein.

»Bildest du dir ein, das sei leicht?«

»Nein.« Alin sah sich die Konsolen und die Apparatur an der Kabinenwand an.

Das Ungeheuer schlummerte, die elektronischen Grillen summten leise. In einem kleinen Schalter leuchtete grün eine vielstellige Zahl. Die letzte Ziffer veränderte sich ununterbrochen.

»Nein«, wiederholte er, irgendwie weniger ernst, »aber ich möchte es in meinem Leben tun.«

»Gefällt es dir hier?« Hornic versuchte, das Thema zu wechseln.

»Ja.« Diese Zustimmung klang eher unsicher, »aber ich habe keine Angst.«

»Wirklich?«

»Ja«, bekräftigte der Junge, »ich habe schon an einer Tigerjagd teilgenommen.«

»Und hast du ihn getroffen?«

»Nein … nein, aber ich habe die Falle aufgestellt. Vater hat mir das beigebracht.«

Hornics Spannung löste sich, und er lächelte.

»Glaubst du, daß es bei einer Raketenjagd ähnlich zugeht?«

»Ich habe keine Ahnung, aber du kannst es mir beibringen.«

Der Glaube in den Augen des Jungen war unerschütterlich.

»Siehst du, Alin. Ich weiß nicht, ob es sich machen läßt. Es erfordert ein ungeheures Wissen.«

»Sie haben dieses Wissen.«

»Ja, aber ich bin in mehrere Schulen gegangen, die es nicht mehr gibt.«

»Und es geht nicht ohne Schule?«

Hornic schüttelte den Kopf.

»Nein. Es geht nicht. Übrigens sagte euer Vater, daß ihr nicht lernen wollt.«

Alin ließ den Kopf auf die Brust fallen und preßte die Fäuste gegen die Sitzlehnen.

»Mama sagt, daß dieses ganze Unglück mit der Welt deswegen passiert ist, weil die Menschen zuviel gewußt haben.«

»Irrst du dich nicht, Alin?« fragte Hornic.

»Soviel ich mich erinnere, behauptet sie, daß jene viel gewußt haben, die böse waren. Ist das nicht ein Unterschied?«

Der Junge antwortete nicht.

»Oder geht es leichter, gar nichts zu lernen? Ist es ohne jeglichen Unterricht vielleicht einfach leichter?«

»Das ist nicht wahr«, protestierte der Junge. Hornic hatte ungewollt seinen wunden Punkt berührt. »Das ist nicht wahr! Ich bin kein Faulpelz ...«

»Warum denn ...?«

»Derjenige, der viel weiß, muß sterben«, fing der Junge an.

»Ich lebe«, sagte Hornic, spürte aber, daß er danebengeschossen hatte. Die kindliche Seele war ihm fremd und unverständlich. Er konnte sie nicht begreifen. Und gleich bedauerte er seine Antwort.

»Hatten Sie Kinder?«

»Ja«, antwortete er.

Alin hob die Augen zu ihm auf. Sie sahen einander schweigend an.

»Und konnten sie mehr als ich?«

»Jetzt glaube ich, nein. Sie lebten in einer anderen Welt. Das läßt sich nicht vergleichen.«

»Ich weiß, daß es eine böse Welt war. Ich habe Photos gesehen. Dort war es leer. Viele Menschen saßen auf der kahlen Straße. Und es gab nur ein kleines Bäumchen, ringsum von Ziegeln umgeben und bis über die Krone hinaus in einen Käfig gesperrt.«

»Siehst du, Alin. Es ist alles nicht so einfach. Man kann nicht eindeutig sagen, daß die Welt böse war. Es gab viele gute Menschen, aber nicht ihretwegen ist das alles passiert.«

»Aber sie leben nicht mehr.«

»Es gibt auch keine Bösen mehr. Man kann das nicht so eindeutig sehen. Ebenso kann man nicht sagen, daß jetzt die Welt gut ist. Auch hier leben Menschen, vor denen du dich hüten solltest. Ob es dir auf der Welt gut ergeht, hängt auch von dir ab.«

Wieder gähnende Leere. Der Junge reagierte nicht, aber es war deutlich zu sehen, daß er anderer Meinung war. Das Gespräch verlief nur mühsam. Vielleicht bin ich zu draufgängerisch, dachte Hornic. Hat es übrigens einen Sinn, mit einem Jungen zu diskutieren und ihm meine Weisheiten aufzuzwingen? Die Binsenweisheiten einer vergangenen Ära. Hat es überhaupt einen Sinn, sie zu verteidigen? Nun, wie soll ich ihm denn meine Vergangenheit darstellen, meine Herkunft, meinen verseuchten Stammbaum. Kann die Ethik diese Zeitgrenze überwinden? Der Junge hat doch seine eigene, neue, von Walath und der Natur zusammengesetzte Weltanschauung.

Der Junge brach spontan das Schweigen. Er begann nach den Geräten zu fragen. Hornic nahm die Apparatur in Betrieb.

»Was ist das?« fragte Alin und zeigte auf den Bildschirm mit dem Koordinatennetz, wo er das Bild der Siedlung und des Hofes in einem einfarbigen rötlichen Schleier sah.

»Der künstliche Horizont«, erklärte Hornic. »Der wurde beim Schießen verwendet.«

»Und dieses Bild?«

»Das ist die Fernsteuerung für die panzerbrechenden Raketen.«

»Und die Ziffern?«

»Der Leitcomputer.«

»Wofür?«

»Er merkt sich den Weg und führt das Fahrzeug selbsttätig, wenn der Mannschaft etwas zustoßen sollte.«

»Und diese Tasten?«

»Das ist die Programmierung der Kanone, man muß nicht an das Schießen denken. Es geht von alleine.«

»Und das?«

»Das ist die Antriebssteuerung.« Der Junge wollte kein einziges Mal Einzelheiten wissen. Er schluckte die fremden und für ihn unverständlichen Wörter glatt hinunter. Aber er fragte systematisch nach allem. Darüber war schon eine Stunde vergangen. Endlich bat er, den Motor einzuschalten. Das dröhnende Geheul des Starters und die Baßstimme der zwölf Zylinder verjagte die Kinderschar, die bis jetzt unbeweglich dagestanden hatte. Sie liefen schreiend davon. Der Junge wurde etwas blaß, hatte aber in den Augen den Funken des Triumphs. Das stählerne Ungeheuer lebte. Es atmete, seine Bildschirme flammten auf, es spuckte einen schwarzen Schweif von Abgasen in die Luft. Für ihn, Alin, geschah das alles aufgrund der Geschicklichkeit des großen Jägers. Als alles wieder still geworden war, hatte er noch immer eine Gänsehaut.

»Ich möchte genauso berühmt sein wie du.«

»Besser ist es, glücklich zu sein«, erwiderte Hornic, aber der Junge hörte ihm nicht zu.

Jetzt werden sie alle auf mich hören, sagte er zu sich selbst. Hast du gesehen, wie sie davongelaufen sind? Sie sind feige. Sie hatten Angst, hierher zu kommen.

Am Nachmittag widmeten Hornic und Watzinger in der Kellerzentrale einige Stunden dem Versuch, die bisherigen Erkenntnisse zu sammeln, zu klassifizieren und zu analysieren. Aus den Erinnerungen Watzingers konnten sie einige Zonen von Raketenrampen ungefähr festlegen. Der Großteil war Hornic bereits bekannt. Manche waren von ihm demontiert worden. Die anderen blieben dem Zugriff des Menschen entzogen, beschirmt von Sicherheitssystemen, so daß kein lebendes Wesen imstande war, die Wände aus Eisenbeton zu überwinden.

»In solchen Fällen«, erklärte Hornic, »konnte ich sie nur lokalisieren. Strategische STX 8 werden durch eine Explosion geöffnet, welche die Abdeckplatte unter einem Winkel von fünfzehn bis zwanzig Grad aufreißt. Wie Sie wissen, gibt es keine Möglichkeit vorauszusehen, in welche Richtung der Abschuß programmiert wurde.

Das um so mehr, als sie mit Hälften ausgerüstet sind, die miteinander unverbunden sind. Sie sind durch eine Platte getrennt, die zerbricht, wenn der Abschuß erfolgt.«

»Ja, unten ist der Rumpfteil ausgespart, der etwa ein Drittel der Plattendicke ausmacht«, sagte Watzinger.

»Nicht zwei Fünftel?« fragte Hornic verwundert.

»Nur geotmetrisch. Bis zu einem Drittel des Unterteils der Platte besteht aus Magerbeton, der beim Abschuß praktisch keinen Widerstand bietet.«

Hornic wurde von dieser Information sichtlich nachdenklich gestimmt.

»Das ist eine gefährliche Falle, Hornic«, fügte Watzinger hinzu.

»Nun ja, jetzt verstehe ich ... zum Glück habe ich keinen Abschuß ausgelöst.« Hornic ließ die Stimme sinken.

»Aber ... bei derartigen Silos vermeide ich das Öffnen aus anderen Gründen. Meist verwende ich das Netz.«

Er bemerkte den fragenden Blick des Gesprächspartners und mußte lächeln.

»Nein ... kein gewöhnliches Netz. Ich stelle es aus isolierten Armierungsstäben auf einer Fläche von hundert mal hundert Metern zusammen. Die Schnittstellen verbinde ich mit Draht, verschweiße sie und gieße Beton darüber. Das sind kleine Betonziegel, und es bereitet keine Schwierigkeiten, jeden Tag eine kleine Menge Beton zu mischen.«

»Das muß eine langwierige und mühselige Arbeit sein«, meinte Watzinger verwundert. »Wie lange dauert es?«

»Pro Silo zwei bis drei Monate. Dann schütte ich einen zwei Meter hohen Wall auf und nivelliere das Ganze. Der Wald und die Pflanzen haben alles in einem halben Jahr überwuchert. Die Köpfe der STX explodieren im Falle eines mißglückten Raketenstarts nicht.«

»Wie hoch liegt der Verbrennungsgrad?«

»Praktisch bei hundert Prozent. Wir haben mit Walath die Festigkeit berechnet« – er wies auf den Computer –, »in seiner Dynamik ähnelt das Netz den Eigenschaften von Gummi.«

Watzinger blinzelte und setzte die technische Beschreibung Hornics fort.

»Die Platten gleiten am unteren Teil des Netzes beiseite.« In seiner Stimme wuchs die Bewunderung. »Die Abgase blasen die Erde durch die Löcher und bahnen sich mühelos einen Ausgang, ohne den Silo zu sprengen. Der Kopf steckt dagegen im Netz. Der Titanpanzer schützt ihn vor mechanischer Beschädigung und vor Überhitzung. Bravo, Hornic, ich beginne zu glauben, daß Sie imstande sind, mit der Kassandra fertig zu werden, wenn Sie sie finden.«

Hornic konnte ein Lächeln der Freude nicht verbergen.

»Ich freue mich, daß Sie das sagen. *Ich* brauche manchmal den Glauben auf der Suche nach ihr, und –

wie gesagt – es ist schon dreizehn Jahre her. Wenn ich abergläubisch wäre ...« Er brach ab.

»Sie – und abergläubisch?« Es war eher eine Verwunderung aus Höflichkeit.

»Wir alle sind ein bißchen abergläubisch, wenn wir an sie glauben. Bitte, sehen Sie hier ...« Hornic legte die Karte auf den Tisch, die er von Jefferson bekommen hatte. »Diese gelben Flächen da sind saubere Gebiete. Die blauen – die gereinigten oder von mir gesicherten. Sehen Sie, wie wenige es davon gibt, sie sind fast nicht mehr zu sehen. Die roten Punkte, das sind Abschußrampen. Wahrscheinlich Rampenzonen. Die Korrekturen sind nach neueren Luftaufnahmen gemacht.«

Watzinger neigte sich über die Karte. Lange musterte er schweigend die Einzelheiten. Als er sich aufrichtete, sagte er: »Das ist schlimmer als gedacht. Hier« – er zog mit dem Finger einen Bogen – »und hier, bis zu den Bergen, gibt es keinen Übergang. Die Verseuchung ist so stark, daß hier nicht einmal Pflanzen wachsen. Sie haben nichts davon gewußt?«

»Ich war nie so weit.«

»Hier, zwischen den Städten befindet sich eine gute Betonstraße, auf der man den Paß überqueren kann. Dort gibt es keine Verseuchung, und tausend Kilometer in der Luftlinie entfernt gibt es ein ziemlich gut organisiertes Königreich mit zwanzigtausend Bewohnern. Der König heißt Heinrich Bouver. Wissen Sie, daß man ihn Heinrich den Herrlichen nennt?«

»Ja, er wollte vor drei Jahren bei mir die Kassandra kaufen. Er war der letzte Vorsitzende der FAO bei der UNO. Vor zwei Jahren haben sich zweitausend Menschen aus seinem Königreich auf den Weg nach Tibet gemacht. Sie waren gut ausgerüstet, aber ziemlich krank. Dort im Königreich ist der Grad der Verseuchung ziemlich hoch. Ich habe mich gewundert, daß sich eine so kleine Gruppe retten wollte. Bouver ist eine starke Persönlichkeit, und er ist imstande, die Menschen um sich zu scharen, doch bin ich mir nicht sicher, ob er die sozialen Strukturen nicht zu schnell verfestigt. Ich habe ihm diesbezüglich geschrieben.«

»Und hier?« Watzinger zeigte mit dem Finger auf die von Hand eingetragene Küstenlinie des Meeres. Sie hatte sich tief in das alte Festland eingeschnitten. »Was ist das hier?«

»Eine Ödnis! Die Verseuchung hat nach einigen Jahren nachgelassen, aber die Menschen haben immer noch Angst vor dieser Gegend. Diese Kreise bedeuten Siedlungen. Genauso wie diese hier. Oft viel kleiner. Dieses Gebiet habe ich sehr intensiv untersucht. Es ist geradezu mit Raketenbasen gespickt. Ich habe den Verdacht, daß Kassandra dort sein könnte ...«

»Sümpfe«, dachte Watzinger laut, »eine Person reicht nicht, um sie zu durchkämmen.«

»Aber vielleicht hilft mir dabei jemand«, sagte Hornic. Er stand auf und begann im Zimmer hin und her zu gehen. Vor dem Fenster mit dem Stahlrahmen blieb er stehen.

»Ja, lieber Hornic. Selbst wenn ein Wunder passiert, reichen hundert Mann nicht. Beten Sie um ein Wunder. Für uns alle.«

Hornic fuhr unwillkürlich mit der Hand über seine Jacke aus Tigerfell. Die Berührung des Raubtierfells löste in ihm eine atavistische Energie aus. Vielleicht wegen der Energie des erlegten Raubtiers. Und vielleicht erzeugten sie die genetischen Codes des Kampfes ums Überleben, die tief im Unterbewußtsein des Menschentiers stecken.

»Und zweihundert Mann sind zu wenig, um sie außer Gefecht zu setzen«, fügte er leise hinzu.

»Darf ich Ihre Karte kopieren? Sie ist für mich von unschätzbarem Wert«, sagte Watzinger.

»Ja, natürlich. Hier sind ein Reißbrett und Schreibzeug. Sie stehen zu Ihrer Verfügung. Am Abend setzen wir zu dritt ein Protokoll über die durchgeführten Analysen auf. Das ist als Ergänzung der Karten notwendig.«

Watzinger machte sich gleich an die Arbeit, und Hornic ging in den Stall, um seinem Gastgeber bei der Arbeit zu helfen.

Am Abend schrieben sie nichts. Zwei Stunden vor Sonnenuntergang zogen dichte schwarze Sturmwolken auf. Der Wind rüttelte an den Baumkronen. Von den Laubbäumen aus der gemäßigten Zone fielen kleine Äste und Blätter herab. Aus Angst vor Schäden wachten alle. Sie hatten keine Angst um die Palmen, diese hielten dem Wind stand, indem sie elastisch den Stößen nachgaben. Doch die in der Nähe wachsenden Buchen und Eichen verloren ganze Zweige, die, mit großer Kraft und Geschwindigkeit hochgewirbelt, die Außeninstallationen beschädigen konnten. Das Gewitter war ungewöhnlich heftig. Der Wind legte sich schon nach einer Stunde, aber die atmosphärischen Entladungen und der Platzregen hielten noch eine halbe Stunde länger an. Als sie plötzlich aufhörten, kam Walath in Hornics Zimmer. Sein Gesicht war ernst und angespannt.

»Der Regen war radioaktiv«, verkündete er und setzte sich. Hornic stand auf und fühlte sich, als ob ihm Ameisen über den Rücken gebrochen wären. Das war ein Ereignis, dessen Tragweite kaum abzuschätzen war.

»Was ist mit der Ernte?« wollte er wissen. »Kommst du mit?«

»Ja, im Wagen habe ich den Geigerzähler und den Overall.«

»Das ist nicht notwendig. Ich gebe dir meine. Ich habe es meinen Angehörigen noch nicht gesagt, es soll unter uns bleiben. Bis wir die Konzentration gemessen haben.«

»Und Watzinger?«

»Er bleibt unter dem Vorwand einer Routineuntersuchung hier.«

Sie gingen über eine Seitentreppe in den Keller und zogen die gelben Gummianzüge mit den breiten Umhängen und einer Kapuze über dem Kopf an. Es dauerte lange, bis sie sie zugeknöpft hatten und unförmigen Riesen glichen. Sie wollten das Haus unbemerkt durch den Hinterausgang verlassen, aber als sie im Gang stehenblieben, erblickte Kira sie. Sie stand schweigend da. Sofort war ihr alles klar, ohne daß ein Wort gefallen wäre. Sie blieben nur einige Sekunden lang stehen und sahen einander an, dann deutete Walath zustimmend mit der Hand, und sie traten hinaus. Die Tür und die Pforte im Zaun versperrten sie sorgfältig. Der Weg zum Feld dauerte nur ein paar Minuten. Sie blieben vor den Reihen des fast reifen Getreides stehen. Etwas Immaterielles verursachte, daß sie sich nicht fortbewegen konnten. Vielleicht war es die Stille, die über der Welt hing. Die Stille nach einem heftigen Sturm, so völlig ungebrochen, ohne ein Tropfen von den noch nassen Blättern, daß die Ohren mit jeder Sekunde nicht das geringste Geräusch wahrnehmen konnten und die Wirklichkeit der Klangwelt verlieren mußten. Etwas wie eine dämpfende Watte, die das Mittelohr so verstopfte, daß ein schmerzhaftes Gefühl entstand, und gegen alle Klänge taub machte, hüllte ihre Köpfe ein. Und vielleicht hielt sie der Surrealismus des Anblicks gefangen, der sich vor ihnen auftat. Über dem ausgedehnten Mantel des zum Teil plattgewalzten Getreidefeldes lag ein klebriger tropischer Nebel. Vielleicht nicht so sehr ein Nebel als vielmehr große Ballen mit phantastischen Formen und Farben. In diesem Nebel verlor sich jede Perspektive. Hie und da grenzten die Felder mit einigen Metern Fläche an die dichten Ballen, die von den Ähren hochstiegen und in der Höhe verschwanden. In dieser Höhe gab es kein Licht. Der Nebel, der sich irgendwo im Unbekannten verlor, bot den Augen keinen Haltepunkt. Darunter gab es Dutzende verschiedener Ebenen. Das Ende des Feldes war nicht zu sehen. Es verschwamm in den Säulen, Kugeln, Wölkchen, Teppichen und Rauschschwaden des Nebels. Die Sonne war noch nicht untergegangen und sättigte diese Räume unfaßlicher, irdischer Gebilde mit Licht. Der ganze Raum war mit einem glänzend-gelblichen Schein beleuchtet, der mit den einmal schmalen, dann wieder breiten Bahnen dem Licht von Scheinwerfern ähnelte, deren Strahlen aus unbekannter Richtung einfielen. Diese Lichtstrahlen tauchten die Konturen der wattigen Ballen in rosafarbenes, goldiges, grünliches und violettes Licht, dann wieder in eine ganze Palette von Rot und Orange. Das Getreide hing gleichsam in der Luft. Von unten her mit einem flachen Teppich grauen Nebels abgetrennt, schienen sie sich nach den Gesetzen der optischen Täuschung zu erheben und majestätisch zu schwimmen.

Als sie die Augen schlossen und wieder öffneten, befanden sich die Getreideinseln wieder an ihrem Platz. Nach einem Augenblick der Beobachtung begannen sie wieder ihren hypnotischen Tanz. Vielleicht floß der Hintergrund unbemerkt, und vielleicht täuschten sich die Augen ebenso wie das Gehör.

»Mein Gott, was hat das zu bedeuten?« sagte Walath, und seine Stimme klang metallisch, als käme sie aus einem langen Kupferrohr. Ein Gefühl der Irrealität überkam ihn. Sie standen zu lange da, zu gefährlich lange. Walath ging als erster los. Er breitete seinen Leinsack aus und hängte ihn an den Gürtel seines Overalls. In die rechte Hand nahm er die Sichel. Er fuhr in den Ballen hinein, um die erste Garbe zu ernten. Hornic hörte das Knirschen des Schneidens und das Knistern der Getreideähren, die mit geübter Hand langsam und gleichmäßig geschnitten wurden. Er dachte an die Schnitter, die das Getreide auf diese Weise seit Jahrhunderten einbrachten. Er umklammerte den Geigerzähler fester und betrat nach Walath das Getreidefeld. Der Nebel löste sich irgendwie auf, aber das war eine Illusion. Er verlagerte sich. Der einige Meter vor ihm gehende Walath tauchte aus dem Nebel auf, dann verlor er sich wieder darin. Walaths Gestalt wurde unwirklich. Die Füße endeten im Nebel, der ihm wie eine ebene Platte vorkam. Nur der Rumpf war zu sehen, ein großer phosphoreszierender, vom Wasser gelb glänzender Mantel mit schwarzer Rosette – dem Symbol radioaktiver Verseuchung. Nein, er ging nicht. Er schwamm. Mit jedem Ballen richtete er sich auf eine andere Höhe auf und erschien in einer anderen Entfernung, dabei gingen sie im Gleichschritt.

Der Zähler knackte einmal, zweimal. Die Gestalt vor ihm schnitt mit der Sichel eine weitere Garbe ab und stopfte sie in den Sack. Nur das Knacken des Geigerzählers und das Rauschen des Getreides drang an seine Ohren, sie verschmolzen zu einem surrealistischen Klangeffekt. Sah denn ein Schnitter so aus? Eher der Tod, der Sensenmann der alten Sagen. Nein, er sammelte das Leben ein. Ein Lebensspender, der selbst wie der personifizierte Tod aussah, sammelte das Symbol des Lebens, die Ähren, die in Wirklichkeit den Tod bedeuteten. Das täuschende Spiel und das Spiel fehlerhafter Assoziationen, die aus der Vergangenheit überliefert wurden, als das Gute und das Böse nur sich selbst bedeuteten. Es galt, sich vor solchen Assoziationen zu hüten! Es war keine Zeit dafür.

Der Voranschreitende wollte leben und überleben, unabhängig von dem Erbe, das er von der Gesellschaft mitbekommen hatte. Hornic verspürte ebenfalls einen Drang zum Leben, ungeachtet des knackenden Zählers. Er verwarf diese Gedanken. Die gelbe Gestalt verschwand erneut in der rostgelben Wattekugel. Als er sich wieder umsah, konnte er die Gestalt auf dem freien Vorfeld nicht mehr sehen. Er hielt für einen Augenblick inne. Stille. Kein Ton. Wie verzaubert. Die Sonne ging unter. In einer Sekunde hatte sich die ganze Szenerie mit Rot gesättigt und ging in Purpur über.

Er ging weiter und beschleunigte den Schritt. Er ging eine Weile weiter, doch ohne Erfolg. Seufzend stellte er fest, daß er sich verirrt hatte. Er beschloß, bis zum Ende des Feldes geradeaus weiter zu gehen. Er tauchte in diesen Purpur ein und vernahm von Zeit zu Zeit das Knacken des Geräts. In dieser klanglosen Stille spielte plötzlich der Wind mit hohem Stöhnen auf einem Ast seine Melodie. Und die Nebelschwaden gerieten in Bewegung. Alle gleichzeitig. Sehr langsam, majestätisch, wie Millionen von Tonnen schwere Geröllmassen. Er blieb stehen und schloß die Augen, denn er fühlte, daß ihn das Gleichgewichtsgefühl verließ. Er öffnete sie erst nach einer Weile. Tatsächlich bewegten sie sich. Die Ähren, die ihm bis zur Brust reichten, segelten zwei Meter vor ihm durch die Fetzen des roten Nebels. Er konnte sogar die auftauchenden Ähren abzählen. Bis zum Ende des Feldes konnte es nicht mehr weit sein. Er schritt schneller aus und blickte intensiv auf seine Füße, um das Gleichgewicht nicht zu verlieren. Er stieß so unerwartet auf die Lichtung, daß er an ihrem Rand stehenblieb. Es war noch nicht einmal eine Lichtung oder ein Weg. Ein zwei Meter schmaler Pfad, der mit knöchelhohem Grad bewachsen war. Er hatte kein Ziel. Er versank in den Nebelschwaden, die einmal zwei Meter, dann wieder fünf Meter von ihm entfernt waren, je nachdem, wie der schweigende Ballen seine Perspektive änderte. Die Richtung schien ihm gleichgültig zu sein. Es gab keine Richtungen. Trotzdem stand er unbeweglich, in der Hoffnung, einen Ton wahrzunehmen, und dann dachte er an seine Waffe. Wenn es auch eine kurze Waffe war. Ein Raubtier hatte in dieser Lage ein gewaltiges Übergewicht. Er ging langsam weiter und starrte das Ziel an. Nach ein paar Minuten freute er sich, daß er eine gute Richtung gewählt hatte.

In einem Sekundenbruchteil huschte eine Silhouette vorbei, die sofort von der roten Wand verschleiert wurde. Er beschleunigte den Schritt. Er wollte nicht rufen. In einem solchen Nebel ist jeder Ruf irreführend. Das wußte er nur allzu gut. Walath sollte doch bloß nicht ins Getreidefeld zurückgehen. Nein, tat er nicht. Wieder erblickte er die Umrisse einer Gestalt, schon wesentlich näher. Am Geruch erkannte er, daß der Wald nahe war. Im Nebel streckte er die Hand vor sich aus, um nicht über Walath zu stürzen. Schneller als erwartet war er am Ziel. Das war nicht Walath. Bis zu den Knien im Nebel watend, auf allen Seiten von ihm eingehüllt, stand da ein Unbekannter. Bei seinem Anblick wich Hornic unwillkürlich zurück. Es war ein in Fetzen gekleideter alter Mann. Oder ein Phantom von einem Menschen. Die Haut umspannte kaum die Knochen des Gesichts. Schwarz, mit einem grau-schwarzen Flaum bedeckt, ganz vernarbt und verwundet, machte sie einen abstoßenden Eindruck. Die Augen, rot geädert, sahen kaum etwas. Eine Kapuze verhüllte die Stirn und gab dem Gesicht das Aussehen eines Vampirs. Er stand auf einen Stock gestützt. Hornic hatte keine Angst vor Vampiren, eher fürchtete er sich vor Krankheiten. Deswegen näherte er sich ihm nicht, denn er erkannte die Symptome einiger gefährlicher Krankheiten und die Merkmale der Strahlenkrankheit. Sie standen einander schweigend gegenüber, aber nur Hornic schien von diesem Treffen überrascht zu sein. Der alte Mann hob eine zitternde Hand.

»Du bist da«, sagte er in einem gleichgültigen Ton. Seine Stimme klang trocken und alt.

Hornic kam es vor, als habe sein Gegenüber den Satz aus Schwäche abgebrochen, aber er war sich nicht sicher.

»Ich habe auf dich gewartet«, sagte der alte Mann.

»Auf mich?«

»Ich habe gewartet, Hornic«, sagte der Mann.

Er bekam eine Gänsehaut. Das war doch zu viel. Er machte eine Geste, die in der Luft zerfloß.

»Woher wissen Sie …?« Er verstummte, weil die Nebelwolken plötzlich den Stehenden verdeckten; Hornic beugte sich vor, um besser zu sehen.

»Du hast auch gewartet …« Die Stimme war deutlich zu vernehmen.

»Worauf?« Er richtete sich auf und wollte ihn mit seiner Ruhe herausfordern.

»Auf deinen Tag …« Die Stimme brach plötzlich. »Auf den Tag, an dem du sie findest!«

»Wen?«

»Diejenige, die du seit dreizehn Jahren suchst. Kassandra!« Er fühlte, wie er erstarrte und wie seine Füße schwer wie Blei wurden.

»Augenblick. Wer sind Sie und woher …«

»Vielleicht dein Unterbewußtsein … unwichtig.«

»Hör zu.« Die Gestalt tauchte genauso plötzlich aus dem Nebel auf, wie sie in ihn eingetaucht war. Der Alte zitterte. Es sah aus, als spräche er zu sich selbst.

»Dir ist zu Kopf gestiegen, Herr der eigenen Schöpfung zu sein, die aber deine Kräfte übersteigen … Kräfte, die sich gegen dich verbünden könnten, so daß du den Tag der eigenen Geburt verfluchen würdest …«

»Ich habe es überwunden.« Hornic erhob die Stimme, weil ihn plötzlich ein irrationaler Zorn erfüllte. »Ich scheue den Tod nicht … und ich fürchte nicht um mein Leben …« Der alte Mann zitterte wieder. Seine Arme und sein Kopf wackelten. Er lachte. Ein sonderbares, stummes Lachen, bei dem es Hornic kalt über den Rücken lief.

»Hornic, ich helfe dir, das zu finden, was du suchst. Ich sage dir, welchen Weg du einschlagen sollst. Merk es dir. Du warst einmal im Tal der Schlote. Geh geradeaus und laß die Kühlanlage rechts liegen, geh weiter durch das Dorf mit dem unversehrten Glockenturm. Elf Kilometer weiter östlich, zwischen Seen und Wald, kommst du an den Anfang deiner Nachforschungen. Wenn du nicht davon abläßt, bis zum Ende Fragen an dich selbst zu stellen, und ich denke, du wirst nicht ab-

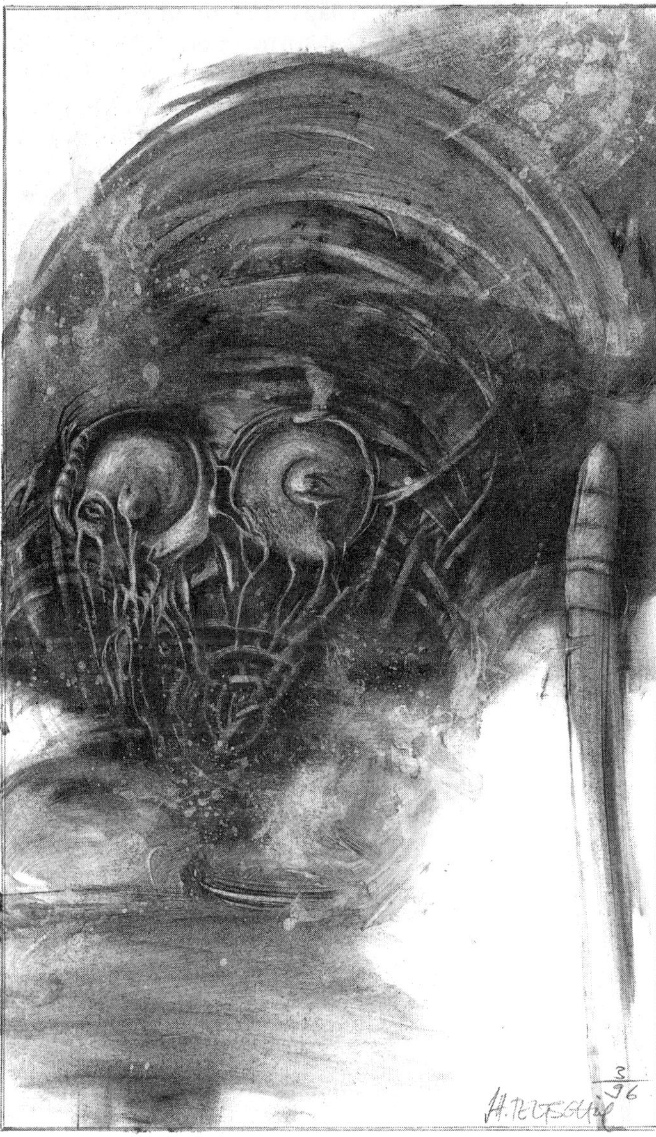

lassen, weil du ein Großer Jäger bist, dann wirst du die vollständige und endgültige Antwort erfahren ...«

»Was weißt du von der Raketenbasis?« fragte Hornic nüchtern, der sich vorgenommen hatte, die Situation erst später zu analysieren. Aber der alte Mann gab keine Antwort sondern begann sich vor Lachen zu schütteln. Eine weitere Nebelwolke hüllte die Gestalt ein. Nur die Stimme war deutlich zu hören.

»Ich scheue den Tod nicht ..., aber ich fürchte um das Leben.« Es war Spott. Der alte Mann verspottete ihn.

Das war zuviel. Er lauerte am Rand der milchigen Wand, doch als diese vor ihm aufging, zeigte sich ihm nur der leere Pfad im Wald, rund dreißig Meter entfernt. Lange stand er regungslos da, bis die Dunkelheit völlig hereingebrochen war. Erst kurz vor Mitternacht kehrte er in die Siedlung zurück. Alle waren über seine lange Abwesenheit beunruhigt.

4

Drei Wochen später, mit allen Geräten ausgerüstet und auf alles vorbereitet, hielt der Kampfwagen Hornics auf der Straße des winzigen Städtchens, zwischen den weißen Ruinen der ebenerdigen Häuser und stockhohen Bauten beiderseits, gegenüber dem hohen Kirchturm, der von einer Kuppel gekrönt war. Der beim Einstieg sitzende Robert Walath führte das Mikrophon an den Mund.

»Ich bin überrascht, Theodor. Es sieht genauso aus, wie du gesagt hast. Halten wir hier an?«

»Nein. Außerhalb der Stadt. Wir kennen das Terrain nicht.« Die Antwort rasselte in den Membranen des Hörers im Helm und übertönte das Dröhnen des Motors.

Der Krieg und die nachfolgende Katastrophe hatten das Städtchen sichtlich verschont. Die Häuser zerfielen nur deswegen, weil sie alt waren. Spuren von Zerstörungen waren nicht sichtbar. Vor dem siegreichen Grün glänzten zwei Reihen von Wänden, von denen hier und da der Verputz abgefallen war.

Vor der Kirche gabelte sich die Straße. Nach rechts war sie voll von Aufbrüchen und Rissen. Sie fuhren nach links über den Markt. Erst hier, nach einer aufmerksamen Musterung, mußten sie ihr anfängliches Urteil korrigieren. Nur die Fassaden wirkten unversehrt. Auch das Innere verschiedener Häuser sah scheinbar noch gut aus. Sie sprachen kein Wort miteinander. Schweigend erkannten sie die charakteristischen Spuren der Vernichtungswaffen. Die dachlosen Mauern riefen die alten, aber noch immer lebhaften Erinnerungen hervor. Um so sonderbarer war der Umstand, daß die Kirche erhalten geblieben war. Die vom Patina grüne Turmkuppel war praktisch unversehrt. Im großen Steildach des Hauptschiffes waren nur hie und da leere Stellen, wo die Abdeckung fehlte. Die Mauerränder waren von Grün umgeben. Es bedeckte sogar die Straße. Ein Kilometer hinter der Stadt ragte ein Hügel auf. Dort blieben sie über Nacht stehen. Auf der anderen Seite tat sich die Aussicht auf eine Steppenlandschaft auf, von Bauminseln bestanden. Der Weg führte fast geradeaus und hob sich von seiner Umgebung eher durch die Geometrie des Grüns als durch die Schwärze des Asphalts ab. Walath beobachtete Hornic heimlich. Dieser aber kümmerte sich nicht um ihn. Seit sie ihre verzweifelte Fahrt angetreten hatten, redete er selten und nicht sehr laut. In sich verschlossen und bis an die Grenzen des Erträglichen angespannt, ging er seiner Arbeit mit innerer Verbissenheit nach. Er dachte intensiv nach und schaltete psychisch völlig ab.

Ihr Nachtlager schlugen sie sechs Kilometer hinter der Siedlung auf. Sie überprüften die Mechanik des Wagens und füllten wie jeden Tag den Tank mit Treibstoff aus dem Tankanhänger nach. Hornic nahm das Fernrohr und starrte lange zum Horizont hin. Walath spürte, wie die Spannung des großen Jägers mit jeder Stunde wuchs. Er hatte das Gefühl, daß die Aktion bereits begonnen habe. Am Abend, nach dem Essen, das Hornic nicht einmal anrührte, sagte er nur einige Worte. »Wir stehen vor dem Morgengrauen auf. Gute Nacht.« Der Weckruf kam noch in der Nacht. Bis zum ersten Lichtstrahl fehlte noch eine Stunde. Sie brachen schnell die Zelte ab und zogen die Kampfanzüge an, schwarz mit grünen Flecken, die mit allem Notwendigen ausgerüstet waren. In einer Entfernung von rund fünfzig Metern vor dem Wagen riß Hornic das Gras aus und steckte ein kurzes Stativ in den Boden. Dann rollte er ein Kabel ab und verlegte es vom Wagen bis an seinen Standort. Sie nahmen die Abdeckung des Computers ab und schalteten ihn ein. Fast die ganze Woche über hatte Walath gelernt, wie man ihn bediente und programmierte. Dieses Modell kannte er noch aus der alten Zeit, als die Industrie noch nicht zusammengebrochen war. Er besaß jedoch noch nicht den Bedienungskomfort, der für zivile Verwendungen typisch ist. Aus einem Etui holte Hornic ein Fernrohr mit Weitwinkelobjektiv und befestigte es auf dem vorbereiteten Stativ. Dann steckte er das Kabel an.

»Was ist das?«

»Das ist ein Scanner. Ich habe ihn mit dem Computer verbunden. Wir werden die Strahlungsspektren auflösen und die Kennziffern speichern.«

Er neigte sich über die Schalttafel und schaltete den Bildschirm ein, der das Gesichtsfeld des Fernrohrs wiedergab. Das Bild war dunkel, aber nach einigen Fingerdrehungen auf der Tastatur leuchtete es auf.

»Ich werde nicht alles registrieren.« Er beobachtete aufmerksam das Bild. »Anschließend werden wir die Eindrücke vergleichen. Hier ist der Zielspeicher. Sobald das Signal aufleuchtet, lies diese Fragmente in den

Speicher ein. Merk dir die Näherungswerte, die ich für die Ortung habe. Das ist vorläufig alles.«

Sie saßen schweigend fast eine Viertelstunde da, bis es Walath vorkam, als schliefe Hornic mit halboffenen Augen. Wie auf Kommando schlug er die Augen auf und stieg energisch aus dem Fahrzeug. Es begann zu dämmern. Hornic arbeitete präzise und mit atemberaubender Systematik. Eine Aufnahme im Grünen. Schnappschüsse. Bildwechsel. Schnitt. Wiederholung. Ein Sprung, alles noch einmal. Nebelfetzen. In einem Augenblick der Rand eines fernen Wasserspiegels. Die Luft verschwamm und ließ durch die Form ihrer Turbulenzen eine Vision entstehen. Die Zahl zeigte die Entfernung bis zum Beobachtungspunkt an. Zwei Kilometer, sechs, acht. Der Horizont spiegelte sich in den Wellen. Stellenweise verschwamm das Bild. Walath verstand die Logik der Aufnahmen nicht. Die Nebel wogten und auf den Grashalmen funkelte der Tau. An den Punkten größter Annäherung leuchtete das Registrierungssymbol auf, und Walath speicherte diese Werte. Nach Auftauchen des Horizonts verfärbte sich das Bild violett, und die Abläufe wiederholten sich. Dann war die Landschaft blau, zitronengelb und rot zu sehen. Als die Aufschrift ›Ende der Registrierung‹ aufflackerte, war es längst hell. Eine Stunde war vergangen. Walath fühlte sich ziemlich erschöpft.

Sie frühstückten schweigend. Den ganzen Tag verbrachten sie mit der Bildauswertung. Am Abend lag das Resultat vor.

»Wie bist du auf diese Methode gekommen?« fragte Walath beim Abendessen.

»Die Grundidee ist einfach. Schon die Römer haben ihre Lager nicht an beliebigen Stellen errichtet. Vor der Morgenröte beobachteten sie, wie sich die Nebelschwaden zerstreuten. Über unterirdischen Wasseradern hielten sich Nebelwolken länger. Dieses Phänomen tritt auch über anderen anomalen Bodenverhältnissen auf, bei tektonischen Unregelmäßigkeiten, Erzlagern und auch über Wüsten.«

In den Augen Walaths zeigte sich Anerkennung.

»Signalisiert jeder Silo seine Anwesenheit auf diese Weise?« Hornic lächelte bitter.

»Ja, jeder.« Er blickte auf die anbrechende Dunkelheit hinaus. Sein Gesicht war für einen Augenblick verzerrt. In seiner Phantasie erblickte er die Kassandra: »ohne Ausnahme«, schloß er mit halboffenem Mund.

Das Lagerfeuer brannte gleichmäßig.

»Wir haben noch elf Punkte. Wenn du den richtigen findest …«, sagte Walath.

»Es gibt einen Silo. Einen großen«, sagte Hornic mit Entschiedenheit.

»Woher denn …«, begann Walath, aber er stockte. Diese Frage erschien ihm plötzlich unangebracht. Hornic sagte das vor sich hin. Zum ersten Mal an diesem Tag. Er sagte etwas, das sich durch keine logischen Prämissen erklären ließ. Er wußte es einfach. Walath spürte, wie die Distanz zwischen ihnen wuchs. Als er tagsüber geschuftet hatte und sich bemühte, der Denkweise Hornics auf die Spur zu kommen, mußte dieser zur gleichen Zeit Tausende von Einzelheiten des Geländes und andere Daten analysieren. Für Walath hingegen war das alles ein Buch mit sieben Siegeln.

»Es gibt einen«, sagte Hornic, »aber allein würde ich den nicht öffnen. Ich bin froh und dankbar, daß du bei mir bist.«

An diesem Abend fiel kein Wort mehr. Am nächsten Tag in der Früh schalteten sie die selbsttätige Steuerung des Wagens ein, erreichten die von Hornic ausgewählte Stelle und begannen mit der Arbeit. Das Gelände war nicht verseucht. Sie stellten den Wagen am Waldrand ab. Die Wiese fiel in sanfter Linie bis zum Ufer eines Teiches ab, der etwa hundert Meter entfernt war. Zwei Wochen lang dauerte die von Hornic befohlene Verpflanzung der Ameisenhaufen aus dem Wald auf die

Wiese. Für die Vögel bauten sie Nistplätze aus kleinen Brettchen mit speziellen Ausformungen. Diese Vogelhäuser bestrich Hornic mit einer Paste, die er in einem Winkel des Laderaums seines Fahrzeugs aufbewahrte. Sie trugen die Bienenstöcke auf eine Art und Weise von einer Stelle zur anderen, die Walath völlig rätselhaft war. Sie unterbrachen ihre Arbeit nur am Sonntag, da holte Hornic seine Bibel hervor und las in ihr bis gegen Mittag. Am Nachmittag holte er eine Flasche guten Weins hervor, den sie zum gebratenen Fleisch der von ihnen erlegten Tiere tranken. Doch auch dann sprachen sie nicht über das, was sie in den Tagen zuvor getan hatten. Hornic mied solche Gespräche, ohne einen Grund dafür verlauten zu lassen. Auch sonst gab es immer weniger Gesprächsstoff. Der Jäger beschränkte den Meinungsaustausch auf kurze Bemerkungen. Am nächsten Sonntag sagte Hornic überhaupt kein Wort mehr und wurde völlig geistesabwesend. Er war ganz in Gedanken versunken, als horchte er auf etwas in seinem Innern. Walath kam es so vor, als hielte Hornic Einkehr in sich selbst. Nur einmal noch versuchte er ein Gespräch anzuknüpfen.

»Warum machen wir das alles?«

»Das ist unbedingt notwendig«, lautete die Antwort.

»Erklär mir doch, warum du etwas tust, was normalerweise kein Sucher tut.«

»Weil keiner von ihnen mehr am Leben ist«, unterbrach ihn Hornic.

Die Spannung wuchs von Tag zu Tag. Die schlummernden Sinne begannen den unabwendbaren und nahen Tod zu signalisieren. In dieser Zeitspanne unternahmen sie keinen Versuch, die Abschußrampe zu öffnen. Das einzige Symptom, das diese Tatsache bestätigte, war die zunehmende Angst. Als Mensch, der sich seinen Gefühlen nicht auslieferte, nahm er das nicht allzu ernst, doch konnte er es auch nicht ignorieren. Hornic schien ein Fels ohne Gefühle zu, sein, das war nicht anders nach einer Woche wie nach einem Monat dieser Lage. Am vierten Samstag abends war Walaths Geduld erschöpft. Am abendlichen Lagerfeuer beschloß er, zu protestieren.

»Theodor, ich bin ungeduldig und unruhig. Erklär mir unsere Situation«, verlangte er entschlossen.

Hornic hob die Augen, die sich im vergangenen Monat bis zur Unkenntlichkeit verändert hatten. Es waren keine menschlichen Augen mehr, es waren die Augen eines Raubtiers, das mit ganzer Entschlossenheit einem Opfer nachstellt, ein eiskalter Blick und innerlich lauernd. In weiter Entfernung – oder war das eine Illusion? – lauerte auch die Angst. Nach langer Pause begann Hornic leise zu sprechen.

»Unser Warten geht zu Ende, Robert. Du fühlst die Angst. Ich weiß darüber Bescheid, weil ich sie ebenfalls spüre. Das ist ein Instinkt. Das wundert mich immer, denn es bedeutet, daß die Jagd nach dem unterirdischen Tod von der Natur vor Millionen von Jahren tief ins Unterbewußtsein eingeprägt worden ist. Manchmal graut mir vor dem Gedanken, ob das nicht unter ähnlichen Umständen geschehen ist. Du hast mich gefragt, warum wir das alles tun. Erinnerst du dich an die Worte der Botschaft?« Er unterbrach sich und seine Stimme wurde leiser: »›Grüße an den Herrgott.‹ Ich empfand es als Herausforderung, aber auch als Warnung. Sie bedeuten für mich, daß diejenigen, welche die Abschußbasis gebaut haben, sich sicher waren, daß sie niemand öffnen würde. Erinnerst du dich an alle, die gestorben sind, bevor sie an den Panzer aus Eisenbeton gelangten. Sie starben, ohne davon eine Ahnung zu haben. Wenn SIE hier ist, und ich fühle, daß SIE hier ist, und wenn ich dreizehn Jahre auf der Suche war, dann nicht deswegen, um jetzt zu sterben. Am Ende des Weges.«

Hornic erhob sich und wandte sich in Richtung See. Der Schein des Feuers hüllte seine Gestalt ein und hob die Einzelheiten ihrer einfachen Silhouette hervor. Wie immer war er mit seiner Tigerfelljacke bekleidet, sein Haar war dicht und der Vollbart bedeckte das ganze Gesicht und die halbe Brust. Die feste Haltung dieser scheinbar wilden Persönlichkeit deutete etwas an, das dem Ganzen widersprach.

»Es ist ein chemischer Kopf von riesiger Sprengkraft. Ein Kopf«, sagte er. »Er muß beschädigt sein.«

Walath bewegte sich widerwillig und erstarrte dann wieder erwartungsvoll.

»Hast du die Ameisen gesehen? Sie sterben vor unseren Augen. Jene, die schon tot sind, haben graue Hinterleiber. Von gesunden Ameisen wird es nicht übertragen. Sie rühren sie nicht an. Im Lauf des Monats sind die Ameisenhaufen um drei Monate gealtert. Ihre Population ist gewaltig zurückgegangen.«

»Woher weißt du das?« Walath verbarg sein Erstaunen nicht.

»Das Wegenetz und der Bereich der Penetration der Insekten ist im Vergleich zu den Ameisenhaufen, die sich außerhalb der verseuchten Zone befinden, auf sechzig Prozent zurückgegangen. Die Ameisenhaufen sind organisatorisch gesehen vernachlässigt. Es mangelt ihnen an Arbeitern, die sie pflegen würden. Aber gleichzeitig flüchten sie nicht. Ich weiß nicht warum. Es sieht so aus, als würden die umkommen, die in den kleinen Kanälen in die Tiefe des Bodens hinunterkriechen. Das ist eine sonderbare Waffe. Ich habe noch nichts davon gehört. Wir müssen sehr vorsichtig sein. Am Montag werden wir die Bienenstöcke aufschlagen und die Larven untersuchen. Das sollte uns Klarheit verschaffen.«

»Die Blütenpracht hat sich nicht geändert«, sagte Walath.

»Das ist wahr, Robert, aber wir kennen den Mechanismus nicht«, sagte Hornic.

»Hast du jemals eine chemische Rakete demontiert?« fragte Walath.

»Einige Male. Doch keine war beschädigt. Die Chemikalien konnten hier vielleicht durch die Silowände in den Boden eindringen. Wenn wir bloß wüßten, wie lange dieses Auslaufen dauert. Damit wäre uns schon viel gedient.«

In den Larven fanden sich einige fremde Stoffe. Aber sie entdeckten keinen unmittelbar giftigen Faktor. Die Spektralanalyse ergab, daß diese Spuren natürlichen Ursprungs waren. Sie waren einige Jahre alt.

Dagegen bestätigte der Lehm, in dem die Ameisenhaufen gebaut waren, ihre schlimmsten Befürchtungen. Der Computer zeigte die chemischen Strukturen der Verbindungen an, die bei der Reaktion mit einer Substanz, die noch vor dem Krieg die Bezeichnung ›Grüner Regen Zwei‹ erhalten hatte, entstehen konnten. Diese Verbindungen waren chemisch so aggressiv, daß man sie nicht einmal in Metallbehältern aufbewahren konnte. Bis auf gewisse Glassorten lösten sie fast alles auf. Das, was vermutlich in den Boden gesunken war, war eigentlich keine Verbindung mehr, sondern das Produkt ihrer Reaktion mit dem Boden. Walath las die Stärke der Verbindung ab.

»Ich wußte gar nicht, Theodor, daß du so ein hervorragender Chemiker bist«, sagte Walath.

»Mein Verdienst ist es nicht. Ich habe die Gebrauchsanweisungen gefunden.« Hornic war sichtlich verstört.

So kam es Walath zumindest vor. Er drängte ihn nicht mehr, obwohl er noch einige Fragen stellen wollte. Er wußte, daß er mit Gewalt nichts erreichen würde. Es blieb ihm nichts anderes übrig, als geduldig auf die nächste sich bietende Gelegenheit zu warten.

Noch am gleichen Tag wagten sie im Schutz ihrer Overalls eine metertiefe Bohrung niederzubringen, um Bodenproben zu entnehmen. Sie bestätigten die früheren Resultate und bauten sie aus, aber sie lieferten auch unerwartete Ergebnisse.

»Wir können die Decke anbohren«, verkündete Hornic nach einer Untersuchung der ausgestreuten Erde. Walath fragte nicht mehr nach dem Warum.

Der große Jäger redete von der großen Entdeckung und vergaß plötzlich alles, was weniger wichtig war. Sie hatten es sehr eilig, sagte er bei sich. Außer mit Baggern wurde auch viel mit Schaufeln gearbeitet. Er kniete über dem Bohrgut, und sein Gesicht erstrahlte im Glanz des Triumphs.

»Ich habe gewußt, daß es hier eine Lücke geben muß. Ich habe doch gewußt, daß es hier bei aller Perfektion einen Spalt geben muß. Einen Fehler. Ich weiß nicht, warum man sich so beeilt hat, aber diese Eile ist für uns die Chance, Robert.«

Er erhob sich, richtete sich auf und schaute in den Himmel.

»Robert, in einer Woche gehört Kassandra uns.«

Am nächsten Tag fanden sie mit Hilfe des Computers den Funkschlüssel und gaben die Anweisung, die Blockade des Sicherungssystems aufzuheben. Die Überprüfung der inneren Steuerung ergab den gleichen schwachen Punkt, den die ihm bisher bekannten Abschußrampen des Typs TCT aufwiesen.

»Na, wenn sie mit diesen Raketen hätten kämpfen wollen, dann könnte die Menschheit bis heute ruhig schlafen. Es wäre zu keiner Vernichtung gekommen«, sagte Hornic beim Essen unruhig.

»Vor dem Krieg wurden diese Raketen in der Propaganda als sehr bedrohlich dargestellt«, erwiderte Walath.

Hornic lächelte sarkastisch.

»Dieser Silo wurde nicht für diesen Kopf gebaut. Interessant, wie es ihnen gelungen ist, den indirekten Vorgang abzukürzen.«

Ein Probeversuch und die seismologische Analyse des Grundstückes bestätigten die Wirksamkeit der Blockade und verrieten einiges über die Bauart des Silos. Sie begannen früh am Morgen mit ihrer Arbeit.

Sie brachten am Fahrzeug einen Baggerlöffel an. Hornic fuhr heran und Walath befestigte ihn an der Kraftübertragung. Drei Tage lang verwandelte sich die Gegend in eine Baustelle. Wo der glatte Rasen gewesen war, gähnte jetzt ein gewaltiger Krater, der von einem fünf Meter tiefen Graben umgeben war. Immer wieder stieß Hornic auf Minen, die unter dem Baggerlöffel explodierten, ihn verformten und den Panzer mit Erdbrocken und Splittern bespritzten. Die Grube war schon vier Wagenlängen tief, als sie zum ersten Mal knirschend auf Beton trafen. Die restliche Erde hoben sie mit Schaufeln aus. Die ganze Zeit über arbeiteten sie in chemisch resistenten Overalls aus Glasfaser. Trotz der täglichen Entseuchung zerschnitten sie zum Schluß die Overalls mit einem Brenner und verbrannten die Reste mit Benzin. Für die Überwindung der Panzerwand mit der Methode der Mikroexplosionen und das Durchschneiden mit Brennern brauchten sie zwei Tage. Es war Nacht, als sie den Innenraum zum ersten Mal betraten, aber sie wollten nicht bis zum Morgen warten. Die Verseuchung des Gebiets dehnte sich langsam, aber stetig aus.

»Nehmen wir Aufzeichnungen vor?« fragte Walath, als Hornic in einem neuen Overall in der Grube auftauchte.

»Nein!« Seine Stimme klang gedämpft aus dem Helm. »Keine überflüssigen Impulse. Wir gehen planmäßig vor. Du paßt auf die Signale auf und dämpfst nach dem Empfang die Schwingungen durch die Resonanz.«

»Gut, ich bin bereit.«

Hornic schritt los, zunächst langsam und zögernd, dann immer entschlossener. In einer Hand hielt er die Werkzeugkiste, in der anderen zwei Flaschen mit den Reduktionsmitteln. Auf dem Rücken trug er den Rucksack mit dem Schaltkreisanalysator. Es wurde dunkel, nur der am Rand der Grube angebrachte

Scheinwerfer beleuchtete die Abdeckplatte mit gelbem Licht. Als er auf den Beton trat, erreichte ihn das Dröhnen des Motors. Er drehte sich erwartungsvoll um. Das Fahrzeug fuhr vorwärts, schräg den Rand herunter und weiter.

Der Scheinwerferkreis blendete Hornic und tauchte die Ausgrabungsstelle in Licht. Er drehte sich um und gab mit der Hand ein Zeichen, das Fahrzeug sollte weiterfahren. Er selbst ging im flimmernden Lichtermeer gleichmäßigen Schritts über die mit Asphalt ausgegossene Fläche. Über dem Schachtdeckel blieb er stehen. Der Lärm der Motoren und das Knarren der stählernen Seilwinde verdrängten gleichsam seine Gedanken. Aber Hornic stand unbeweglich da, wie hypnotisiert. Hinter der Helmscheibe reagierten seine Augen nicht auf die Umgebungsreize. Wie eine steinerne Statue stand er da, bis das Fahrzeug knapp hinter ihm stehenblieb. Er winkte mit der Hand, und ein Teil der Scheinwerfer erlosch. Nur die Hauptscheinwerfer und ein schwenkbarer Suchscheinwerfer blieben eingeschaltet. Der Kranarm senkte sich. Hornic befestigte den Haken am Schutzkorb. Er blieb über dem schwarzen Loch stehen, unten verlor sich der Grund in einer Böschung, und der Lichtkegel reichte bis zur Mitte der Grube. Er wartete, bis sich der Seilsitz gesenkt hatte und zur Ruhe gekommen war. Die Öffnung zog seinen Blick auf hypnotische Weise an. Er griff nach dem Sitz und setzte sich hinein. Er hing an einem Stahlseil. Hinter der Sitzlehne befand sich eine Kabeltrommel, mit der der Aufzug gesteuert wurde. Rechts und links vom Sitz waren Halogenscheinwerfer angebracht. Er schnallte sich an. Seine Ausrüstung hatte er auf den Knien, die Finger auf der Tastatur. Wie er so über der Öffnung hing, spürte er von unten einen kalten Luftzug. Die Kälte ergriff zuerst seine Füße, dann die Hüften und schließlich den ganzen Körper. Eine Illusion? Er hob die Hand mit ausgestrecktem Daumen in die Höhe. Der Motor starb ab, und es breitete sich eine Stille aus, die in den Ohren weh tat. Er ließ sich hinunter. Unter der Decke überprüfte er die Stahlflaschen, die Behälter neben dem Sesselsitz. Er faßte nach dem Griff eines Scheinwerfers und schaltete ihn ein.

Sie war da! Ein Ungeheuer! Ein Riese, der in einer spiegelglatten Panzerung erstrahlte. Der etwa sechzehn Meter im Durchmesser messende Silo war auch innen mit einem Strahlenschutz ausgekleidet, der aus Chromstahlsegmenten und Tausenden von Schrauben bestand. Der Raketenkopf hatte einen Durchmesser von etwa drei Metern.

Er hatte die Form eines Paraboloids und war an der Spitze stumpf wie ein Golfball. Der Sitz schaukelte ein wenig, und das Licht verwandelte den Anblick in ein fast lebendiges grauenvolles Spektakel. Die Spiegelungen erreichten mühelos den Boden der Kluft. Das Licht fiel von allen Seiten ein und spiegelte sich in den Schutzwänden des Silo und zeigte den roten Raketenrumpf in vielfachen Spiegelungen. Er ließ sich hinunter und achtete sorgsam auf alle Einzelheiten der Installation. Aufmerksam musterte er die dunkelblauen Pulte der Steuerung, die zarten Umrisse der Platten, die in die Fläche hineinprojiziert wurden. Bei der obersten Raketenstufe hielt er an. Er näherte sich einer Fläche, wo ein Guckloch zu sehen war, dahinter die Meßscheibe eines Druckmessers. Der Zeiger stand auf Null. Aber nicht das interessierte ihn im Augenblick. Am Rand der Manometerscheibe befand sich ein hellgelber Kreis. Fast hätte er ihn übersehen. Der Kopf hatte ein Leck! Wieso? Wie war es zustandegekommen? Darüber zerbrach er sich jetzt nicht den Kopf. Es war nicht wichtig. Es war passiert. Jetzt mußte er sich vergewissern, ob das Manometer beschädigt war und ob die Druckschläuche beschädigt worden waren. Bei der zweiten Stufe hielt er wieder an. Hier verliefen, dem Rumpf entlang, in einem Schutzrohr verborgen, die Leiteinrichtungen, die Druckschläuche, Kraftleitungen und die Regelungskabel. Das Manometer im zweiten Guckloch zeigte zehn Atmosphären für die Mittelstufe. Die längste, die erste Stufe war völlig glatt. Die Steuerung mit dem Zündmechanismus und den größten unteren Stabilisierungsflossen verlief auf der anderen Seite des Rumpfes. Das brauchte er nicht.

Am Grund des Silos stand eine dünne Schicht Wasser. Unter der Düse des Raketenmotors begann der Sammelkanal für die Abgase. Die unterste Stufe stand auf großen Trägern, die den mehrere hundert Tonnen schweren Koloß trugen. Die Ausleger in der Mitte des Rumpfes dienten lediglich als Stabilisatoren und wurden beim Start automatisch eingezogen. Vorsichtig, um nicht in die Betonkluft zu stürzen und sich nicht den Kopf an der Gasdüse anzustoßen, stand er im Wasser und blickte in die Tiefe. Die Abgasgrube war durch eine kleine Mauer vom Boden getrennt. Diese sorgte dafür, daß der Wasserspiegel auf dem Niveau von einigen Dutzend Zentimetern blieb. Das überschüssige Wasser hatte die Grube überschwemmt. In ihrer Tiefe, einige Meter weiter unten, stand ein schwarzer toter Wasserspiegel. Selbst das starke Licht der Halogenscheinwerfer erreichte den Grund dieses zufälligen Behälters nicht. Dort unten war es frostig und feucht.

Hornic öffnete den Werkzeugkasten und entnahm ihm eine druckluftbetriebene Blechschere. Er schloß sie an die Gasflasche an und verlängerte den Griff mit drei Gewindestücken. Eher als die leichte Erschütterung des Apparats, die durch das Durchtrennen des Blechs verursacht wurde, reizte ihn das Bewußtsein, daß er den ersten Angriff auf Kassandra durchführte. Er erhob die Hand gegen sie! Er wagte es! Und sie, groß und still, reagierte nicht. Das Blech verbog sich mit leisem Stöhnen, vom Druckluftwerkzeug ausgeschnitten. Das Stück fiel klirrend in den schwarzen Abgrund. Hornic stellte den Apparat ab. Der Rachen stand offen. Im Scheinwerferlicht sah er das robuste stählerne Innere, hinter dem die Sprengstoffstäbe durchschimmerten. In zwei, drei Tagen würden sie unbrauchbar sein. Die Feuchtigkeit würde das hygroskopische Material völlig durchdringen und es in einen Stoff verwandeln, der nicht gefährlicher war als getrocknetes und gepreßtes Heu. Dieser Dorn würde zu existieren aufhören.

Er ließ sich vorsichtig im Sitz nieder und blickte in die Höhe. Das Seil verschwamm unter der schwarzen Decke. Es zitterte und tanzte, gestreckt von der an ihm hängenden Last. Der Weg nach oben war schwierig. Er mußte sehr aufpassen, um nicht an die Wände des Silos zu stoßen. Auf halbem Wege hielt er an und näherte sich einem der an der Wand angebrachten Steuerkästen. Einige Zeit suchte er allein nach dieser Stelle. Er fand sie drei Meter weiter oben zwischen zwei Deckeln, die knapp einen Meter voneinander entfernt waren. Er glich sich in der Höhe an. Auf den schwarzen Abdeckungen war die gleiche Zahl ›41‹ in weißer Schrift angebracht, daneben ein Totenkopf und der Blitz, der Hochspannung anzeigte. Diese Spannung war dort nicht zu finden, das wußte er, aber er hatte trotzdem nicht die geringste Absicht, hier einzudringen. Ihn interessierte ein unscheinbares Kabel, das im Schutzrohr aus Chromnickelstahl verlief. Er berührte sachte die Rohroberfläche, als wolle er dem Patienten den Puls fühlen. Mit den Händen würde es ihm nicht gelingen, aber er hatte die Ausrüstung und den Computer im Panzer. Dort wartete Walath gespannt.

Er nahm die gleiche Blechschere und setzte die Diamantschneide an. Er schnitt vorsichtig die Schutzhülle an und legte die aufgeschnittene Fläche mit dem Druckluftwerkzeug frei. Er suchte nach dem Analysator und zog an dem locker herabhängenden Kabel des Fahrzeugcomputers. Vorsichtig befestigte er den Griff an dem Gummikabel. Ein Ende verband er mit dem Kabel, das zu Walath führte, das zweite mit dem Analysator auf seinem Rücken. Das System erwachte zum Leben. Das Bild auf dem Kontrollbildschirm verlief in einer komplizierten, aber zyklischen Kurve. Er wartete ab. Fünf, zehn Minuten, eine Ewigkeit, in dem Bewußtsein, daß jetzt sein Schicksal und das Schicksal der Operation von Walath abhing. Das leise Piepsen der Dioden und die gerade Linie auf dem Bildschirm verkündeten, daß der Computer die Initiative an sich gezogen und das Dämpfungssignal aufgrund des Programms, das Hornic vor fast zehn Jahren erstellt hatte, aufgebaut hatte. Jetzt konnte er sicher sein, daß jeder Impuls im Steuerungssystem der Abschußbasis gedämpft wurde.

Erleichtert ließ er sich am Raketenrumpf hochziehen. Zu schnell! Schon auf halbem Wege wurde ihm klar, daß er mit voller Wucht gegen die zweite Stufe knallen würde. Ein donnerndes Hallen und das Knirschen von Metall zerrissen die Stille. Er spürte, wie sich ihm die Haare sträubten. Fast wäre er in Panik geraten. Er drückte sich an den Raketenrumpf und harrte so mit geschlossenen Augen aus; er spürte, wie ihm der Schweiß herabrann und das Zittern der Luft und des Metalls langsam aufhörte. Als er die Augen aufschlug, mußte er feststellen, daß er mit ausgebreiteten Armen den Außenmantel umklammert hielt. Diesmal näherte er sich äußerst vorsichtig dem Impulsgeber. Ein langes Kabel hing vom Ausleger des Silokrans herab. An seinem Ende befand sich ein Stecker von der Größe dreier Männerfäuste. Die Trophäe, das Lebens- und Siegeszeichen! Bevor er den Stecker herunterzog, blickte er noch einmal nach unten, dann zur Leitung hinauf, die er an den Computer angeschlossen hatte, als wolle er sich überzeugen, daß damit nichts geschehen war. Er preßte die Zähne zusammen und zog langsam. Es war nichts geschehen! Fünf Minuten später befand sich der abgeschnittene Stecker in dem Behälter unter seinem Sitz. Er trennte das Kabel zum Fahrzeug ab und steckte den Griff mit der Wicklung ein. Dann fuhr er hinauf. Er verspürte ein wachsendes Triumphgefühl in der Brust. Er unterdrückte es, weil die Arbeit noch längst nicht erledigt war. Aber der Gedanke daran verließ ihn für keine Sekunde.

Nacheinander unterbrach er die Steuerverbindung zwischen den Stufen und ließ durch die Klappen im Rumpf die Luft aus den Regelkreisen der zweiten Stufe ab. Er schweißte den Ausleger mit dem Rohrstrang an den Rumpf. An den Kopf traute er sich zunächst noch nicht. Die schwachen Umrisse auf manchen Verbindungsstücken ließen erkennen, daß sich das Mittel bald mit der Schutzschicht vereinigt haben würde. Wieviel Reserve habe ich noch? dachte er. Aus dem Augenwinkel bemerkte er ein rotes Lämpchen in einem Helmwinkel, neben dem Manometer der Sauerstoffzufuhr. Der Sauerstoff ging bald zur Neige. Wieviel Zeit verblieb ihm noch? Vier Stunden? Fünf? Drei Flaschen mal zwei. Das ergab sechs! Er hob den Kopf und blickte in die Höhe. Der Schacht war schwarz. Er schaltete das Licht ab. Scheu und zaghaft breitete sich das Morgengrauen aus. Ohne die Scheinwerfer einzuschalten, begab er sich an die Oberfläche. Erst jetzt ließ er seine Seele frei. Er schrie vor Freude und breitete die Arme aus. Er zeichnete den Buchstaben ›K‹ in der Luft. Walath ließ einige Male die Scheinwerfer aufblitzen. Hornic konnte aufatmen. Sie deckten die Öffnung ab. Die Sache war noch nicht zu Ende. Die Motoren begannen zu laufen und das Fahrzeug fuhr zurück. Hornic lief hinter ihm her und trieb es an, wie er die Tiere in seinen Hof trieb. Am Rand der Grube drehte er sich um und schaute hinunter. »Ich danke dir, Gespenst«, sagte er, »wer auch immer du gewesen bist, ich danke dir.«

5

Sie standen auf der Hügelkuppe und blickten durch das Fernglas auf das Städtchen. Die noch tief stehende Sonne hatten sie im Rücken. Die Sicht war herrlich. Aus der Ferne wirkte das Bild idyllisch. Mit bloßem Auge waren keine Zerstörungen sichtbar. Die Mauern schliefen gleichsam noch, eingehüllt in einem grünen Streifen, der sich von Horizont zu Horizont zog.

»Siehst du genau das gleiche wie ich?« Walath starrte auf einen Punkt.

»Dort ist jemand«, antwortete Hornic. »Als wir hierher kamen, war das Kirchentor geschlossen.«

Er ließ das Fernrohr fallen und fügte etwas gefühlsbetont hinzu: »Wir werden hier noch auf Menschen stoßen, Robert, du wirst sehen.«

»Wenn sie nur nicht feindselig sind«, antwortete Walath.

Hornic mußte daran denken. Er hatte schon Begegnungen erlebt, die mit einem Schuß aus dem Hinterhalt begannen. Das war aber vor vielen Jahren gewesen. Er hob erneut das Fernglas an die Augen. Das Kirchentor war halb geöffnet. Jetzt wurde ihnen klar, daß sie bei ihrer Fahrt durch das Städtchen keine Autowracks auf den Straßen, keine Möbel und andere Ausrüstungsgegenstände gesehen hatten, die sonst die Städte und alle menschlichen Ansiedlungen überschwemmten.

Hier hatte sie jemand weggeräumt.

»Was machen wir mit den Tankwagen?« Walath war beunruhigt. »Ich kann sie nicht loswerden.«

»Wir schalten die Thermovision ein«, erklärte Hornic. »Du bist grundlos beunruhigt. Wir werden sie klar sehen.«

Aber er richtete den blinden Lauf der Kanone nach vorne. Sie fuhren langsam weiter. Bei den ersten Häusern preßte Walath die Augen an die Sehschlitze. Meter um Meter fuhren sie weiter, Haus um Haus, so langsam, daß sie das ganze Gebiet genau absuchen konnten. Auf einem Platz unter der Mauer, welche die Kirche umgab, stand ein kleiner vierrädriger Holzwagen, der aus verschiedenen Elementen improvisiert war. Daß er sorgfältig mit Zeltstoff überspannt war, deutete darauf hin, daß sich seine Besitzer hier nicht lange aufhalten wollten. Vorher war er sicher nicht hier gewesen. Sie blieben vor dem halbgeöffneten Tor stehen.

»Was weiter?« fragte Hornic.

»Keine Spur. Sie müssen wohl im Keller sein.« Hornic zog die Abdeckung von einem weiteren Sehschlitz. Er blickte kurz hinaus.

»Ich steige aus«, verkündete er. »Reich mir das Mikrophon.«

Er stellte sich einige Schritte vom Wagen entfernt auf, so weit es die Länge des Kabels erlaubte.

Er prüfte, ob es funktionierte, indem er langsam sagte, fast als buchstabiere er:

»Ich heiße Theodor Hornic. Bei mir ist mein Freund Robert Walath.«

Die von zwei Lautsprechern verstärkte Stimme hallte in vielfachem Echo von den Mauern zurück.

»Wir sind keine Soldaten. Dieses Fahrzeug wurde alten Arsenalen entnommen und dient uns zur Fortbewegung. Wie ihr seht, ist der Lauf blind. Wir hegen freundliche Absichten. Wir wollen euch kennenlernen.«

»Kennenlernen – kennenlernen ...«, antwortete das Echo, dann wurde es wieder still, nur Vogelgesang war zu hören.

»Wir werden noch bis zum Abend auf euch warten. Ich versichere euch, daß euch keine Gefahr von uns droht.«

»Droht –droht ... droht ...« Die Stimme verfolgte ihn und verging allmählich. Er legte das Mikrophon beiseite, zwinkerte mit den Augen und blieb vor einem halbgeöffneten Tor stehen.

»Theodor, paß auf, es kann eine Falle sein.« Im Helmkopfhörer hörte er die Stimme Walaths.

Er hatte ein scharfes Thermovisionsbild des Innern vor Augen und sah jetzt einige um den Altar sitzende und halb liegende Gestalten. Auf dem Meßtisch lag jemand, der ein glänzendes Meßkleid trug. Er tat noch einen Schritt.

»Zu einer solchen Falle ist nur jemand fähig …«, begann er halblaut und hielt jäh inne. Jetzt erkannte er sie. Diese Gestalt auf dem Tisch – das war sein … chemiefester Overall. Unwillkürlich trat er zwei Schritte zurück. Ihn packte ein Gefühl des Grauens. Er sprang auf den Panzer und ließ sich zu seinem Sitz hinunter. Er raste auf dem Belag herum und schleuderte mit den Rädern Erdklumpen und Betonsplitter auf. Erst auf dem Hügel blieb er stehen und schaltete den Motor aus.

»Die sind so gut wie tot! Sie haben meinen Overall ausgegraben. Diese Idioten! Wie konnte es bloß dazu kommen?« fragte er sich und klopfte mit der Faust gegen die Fahrzeugwand: »Wahnsinnige! Selbstmörder! Was für eine Dummheit … was für eine gedankenlose Dummheit!«

Sie packten die antichemische Ausrüstung aus und wuschen sich. Eine Wasseranalyse zeigte keine Verbindungsrückstände. Auch auf den Rädern und der Karosserie des Fahrzeugs waren keine Rückstände festzustellen.

Zu Mittag schoß Hornic die Stadt in Brand. Sie standen in einer Entfernung von zweihundert Metern vom Fahrzeug beim Tankwagen und sahen finster zu, wie der vom Bordcomputer gesteuerte Panzerwagen das Feuer leitete. Als erstes zerfiel der Kirchturm mit donnerndem Heulen. In der Glut des ziegelroten Napalmfeuers verschwanden die Kirchengebäude, dann der Marktplatz und die umgebenden Mauern. Ein Schwall heißer Luft trug den erstickenden Gestank des Napalms heran. Die Luft war bis aufs äußerste mit dem Geruch des verdickten Öls gesättigt, und sie mußten die Taschentücher an die Nase drücken, um es zu ertragen. Walath schien es, als ob dieses Feuermeer nie mehr erlöschen würde. Die Säule schwarzen Rauches zog sich hoch in den Himmel hinauf. Das Städtchen brannte etwas länger als zwei Stunden. Dann setzte der löschende Beschuß ein. Die explodierenden Granaten schufen die Druckwellen, die das Feuer erstickten wie die Flamme eines Zündhölzchens. Die Brandstätte wurde langsam von den schweren, erstickenden Gasen überzogen. Rings um das Städtchen entstand ein Sog thermischer Winde, der sogar Baumäste hinwegfegte.

»Gleich wird es regnen«, sagte Hornic und beobachtete die aufziehenden Wolken. »Komm, wir gehen, sonst schaffen wir es nicht mehr, unsere Ausrüstung zu reinigen.«

Sie fuhren einen Kilometer weiter. Der Regen war schwarz wie Teer. Im Innern des Fahrzeugs war es kaum auszuhalten. Erst gegen Mitternacht kam ein Wind auf. Ein echter, kein künstlich erzeugter. Sie konnten nicht einschlafen. Hornic stieg aus dem Panzer und blieb im Gras stehen. Er schloß die Augen und wollte allein sein. Das unerwartete Finale des Erfolges erzeugte Niedergeschlagenheit und dämpfte die eben noch empfundene Freude. Er hatte sie nicht einmal gezählt. Wie viele waren es? Drei, vier? Wohl vier. Vor dem Altar, und weiter? Eines war sicher: sie lebten nicht mehr. Es mußte vor mindestens einem Tag gewesen sein, die Leichen waren schon kalt gewesen. Er begann nachzurechnen. Für die Absicherung des Grabens hatten sie vier Tage gebraucht. Das würde bedeuten, daß sie die ganze Zeit über beobachtet worden waren. Er dachte an die verflossenen Tage. Er wollte sich an eine Einzelheit erinnern, die ihre Anwesenheit hätte verraten können. Doch er konnte sich an nichts erinnern. Sie fanden einen zweiten Overall, einen, der mechanisch unbeschädigt war. Hinter dem Wald vergraben, nicht in die Grube geworfen. Doch um ihn in die Grube zu werfen, mußte man den nächsten anziehen. Nein! Er konnte sich deswegen keine Vorwürfe machen, es war nicht vorauszusehen gewesen.

Er erinnerte sich an den vergangenen Tag. Die Freude über den Tag und das Gefühl der Erhabenheit. Dann die Hoffnung, daß er Menschen treffen würde. Neue Menschen. Die Straßen der Stadt, ein Marktplatz, wie auf einer Ansichtskarte, die Kirchenmauer und der Wagen. Der Wagen, der mit einer Plandecke überspannt war. Moment! Er sah ihn jetzt so deutlich, als wäre er dort gewesen. Vielleicht ist es ohne Bedeutung, dachte er bei sich und versuchte die Wölbungen unter der Plandecke zu zählen. Es kam ihm vor, als wären es vier gewesen. Soviel, wie Leichen dort lagen. Doch sie hatten nicht die ganze Länge in Anspruch genommen. Einzelgepäck! Weiter! Die Plandecke war heruntergefallen und hatte irgendwelche flachen Gegenstände freigelegt. Vielleicht Decken oder Zelte, weil die Schnüre sich tief in den Stoff eingeschnitten hatten. Er öffnete die Augen. Er war sich fast sicher, daß hier noch zwei oder drei Gepäckstücke gewesen sein mochten. Wenn diese Überlegungen nicht grundlos waren, lohnte es sich, die Gegend abzusuchen. Wenn es hier in der Nähe Überlebende gab, dann waren sie wohl noch immer hier.

Am Morgen teilte Hornic Walath seinen Plan mit. Er programmierte den Computer auf Objekte mit einer Temperatur über 25 Grad. Sie begannen ihren Streifzug an der Waldgrenze, in einer Entfernung von mehreren Kilometern von der noch immer glühenden Stadt. Die regennassen Blätter, welche die Bildschärfe trübten, trockneten sehr schnell, und das Bild zeigte immer wieder die Umrisse größerer Tiere, die sich im Wald versteckten. Aber der Automat registrierte das nicht. Auf dem Programmierungspaneel bemerkte er eine große

Taste mit der Leuchtaufschrift ›Mensch‹. Er schaltete die graphische Speicherung ein. Vor ihrem Gebrauch überzeugte sich Hornic immer davon, ob die Verbindung mit der Feuerleitung blockiert war. Dieses mit einer Batterie präziser Maschinengewehre und Kanonen gekoppelte System war für die selbständige Bekämpfung feindlicher Soldaten bestimmt. So hatte es in der Bedienungsanweisung gestanden, die Hornic beim Aufräumen fortgeworfen hatte.

Sie fuhren in einiger Entfernung vom Wald dahin, damit man sie aus der Entfernung sehen konnte. Es hatte keinen Sinn, sich zu verstecken. Der Lärm, den der Panzer und der Tankanhänger mit dem Treibstoff machten, war noch in vielen Kilometern Entfernung zu hören. Hornic rechnete, durch Erfahrung gewitzt, damit, daß ihm gerade dieser Lärm helfen würde. Das war schon mehrmals geschehen. Er zog die Neugierigen bis auf eine Entfernung heran, in der sie durch einen grünen Schleier auf der Thermovision sichtbar wurden. In seinem Kopf drängten sich die düsteren Gedanken. Er hatte die Kassandra besiegt, aber die weiteren Ereignisse stimmten ihn traurig. Vier Menschen hatten seinen Erfolg mit dem Leben bezahlt. Die Berechnungen, die er nach seiner Rückkehr aus dem Silo gemacht hatte, zeigten, daß die Explosion dieses Sprengkopfes in einer Höhe von zehn Kilometern eine Fläche von 300 000 Quadratkilometern verseucht hätte. Was man sich von der Vernichtung der Welt erzählte, war also richtig, keine bloße Legende. Die Verseuchung der Flüsse in allen Kontinenten und wechselnde Windrichtungen würde den Rest besorgen. Sie war tatsächlich für alle bestimmt gewesen. Der gedankenlose strategische Amoklauf der Konstrukteure hätte nicht nur die Besiegten, sondern auch die Sieger getroffen, wenn sie an Leben geblieben wären. Und doch waren Reste übergeblieben. Es hatten einfach jene gesiegt, die nur überlebten und soweit gesund waren, daß unsere Art überleben konnte. Der selbstmörderische Mechanismus der Selbstvernichtung würde sich als schwächer als der Mensch erweisen, wenn es gelang, eine bestimmte Anzahl von Raketen zu demontieren. Die Maschinen, Tausende Tonnen von todesbringenden Maschinen hatten sich dem Menschen ergeben, wo die Lebensbedingungen noch intakt waren. Der Mensch hatte noch einmal seine Überlegenheit unter Beweis gestellt. Dieser bombastische Gedanke erfüllte ihn auf einmal mit einem wohligen Gefühl. Was für ein böses Omen, für die Vernichtung der Kassandra bestimmt zu sein. Seine Bestimmung, die Theodor Hornics. Und im Falle eines weiteren Fortschreitens der totalen Verseuchung blieb noch das Dach der Welt. Das strenge, unzugängliche, aber sichere Tibet. Der Ort, von dem Homo sapiens gekommen war. Vor Kriegsausbruch war das mit neunzigprozentiger Sicherheit bekannt gewesen. Dazu hatte eine Reihe berühmter Entdeckungen beigetragen, die in Tibet, im Pamir und im Himalaya erfolgt waren. Bei der archäologischen Erschließung hatte man in Höhlen Tausende von gut erhaltenen Leichen in ungewöhnlichen Kleidern gefunden, die ebenso wie bislang unbekannte Gegenstände diese Hypothese vom Ursprung der Menschheit zu bestätigen schienen. Oder handelte es sich um Zeugnisse einer noch älteren, untergegangenen irdischen Zivilisation? Belege für Hypothesen, welche die Wiederholbarkeit von Aufstieg und Fall einer Zivilisation behaupten? Für den großen Zeitkreis, der in den Sternen festgehalten ist. Von der Schöpfung und dem Fluch, der auf der Geschichte den Menschen lastet, der seit undenklichen Zeiten seine Geschichte mit Kriegen markiert, bis zum letzten Krieg, nach dem der Mensch einen neuen Entwicklungszyklus anfangen muß.

Hornic war Zeuge all dieser Ereignisse gewesen, die rational vorhergesagt worden waren und als Prognosen ohne wissenschaftliche Fundierung galten. Diese größte aller Vorhersagen bestätigte sich, und die rationale und utopische Dimension, die gleichermaßen ignoriert worden war, fand ihre Erfüllung in der Zeit.

Hornic lenkte sein Fahrzeug in Gedanken versunken und routiniert. Am Abend, als er einen Kreis zurückgelegt hatte und den Spuren der eigenen Räder folgte, vergingen ihm seine Gedanken.

»Fahr doch rechts an den Teich«, sagte Walath. »Ich hab ein Bad nötig.«

Sie bogen ab. Sie fuhren eine lange, sanfte Neigung mit immer größerer Geschwindigkeit hinunter. Auf halbem Weg sagte Hornic plötzlich laut:

»Da sind sie!«

Gleichzeitig leuchtete das Alarmsignal auf. Auf dem Bildschirm pulsierte die Ziffer ›3‹. Alles war deutlich zu erkennen. Drei Punkte oder Striche hinter dem ersten Schilfbüschel. Sie waren stehengeblieben. Auf einmal trennte sich einer von ihnen, verschwand für eine Weile und erschien dann wieder. Die Flecken verbanden sich, standen einen Augenblick still und … verschwanden.

»Sie sind in Deckung gegangen.«

»Woher weißt du das?« fragte Walath.

Hornic schaltete wortlos den Transfokator ein. Das Bild zeigte die Stelle, wo zuvor die Gestalten verschwunden waren. Einige Fingergriffe auf der Tastatur, und die Mikrometereinstellung holte aus dem rotschwarzen Fleckenhintergrund zitternde flache Tropfen hervor. Über ihnen stiegen im polarisierten Infrarotlicht Säulen bebender Luft auf. Das Bild bewegte sich seitwärts und blieb dann stehen.

»Er hat sich ebenfalls niedergelegt«, kommentierte Hornic.

»Sie sind vielleicht vorbereitet«, sagte Walath, »nach allem, was sie gestern gesehen haben …«

Hornic stellte den Motor ab und bremste vorsichtig. Langsam und lautlos rollten sie dahin.

»Wirst du sie ansprechen?« fragte Walath.

»Nein. Das nützt nichts. Übernimm du das Steuer.«

Walath nahm seinen Platz ein, und Hornic zog einen rostschwarzen Kampfanzug an. Auf den Kopf setzte er einen schweren schwarzen Helm mit spiegelnder Panzerscheibe, die bis zur Brust herabreichte. Er wollte das Treffen psychologisch gestalten. Der erste Moment war der entscheidende. Er nahm ein Gewehr herunter und das größte Patronenmagazin. Er füllte vier Platzpatronen ein. Auf den Lauf schraubte er einen akustischen Verstärker. Einen Augenblick überlegte er, ob er eine Faustfeuerwaffe mitnehmen sollte. Seufzend hängte er sich einen Holster an den Gürtel, den Revolver mit scharfen Patronen gefüllt.

»Falls sie auf uns schießen sollten, gib eine Salve über die Baumwipfel ab und setz das Gas ein«, sagte er, »ich werde versuchen, mich zurückzuziehen.« Er verspürte keine Angst, er fürchtete sich auch nicht vor dem Tod. Jetzt, nachdem er die Kassandra erledigt hatte, schien ihm das Leben weniger wertvoll. Sie waren etwa fünfzig Meter vom Waldrand entfernt. Auf dem Bildschirm gab es nichts mehr zu sehen. »Sie verstecken sich hinter Steinen oder etwas in der Art«, kommentierte er. »Das Gerät nützt hier nichts.«

Er zog die Panzerscheibe herunter und kletterte im Schutz der senkrecht stehenden Ausstiegsklappe hinaus. Der Atem, der im geschlossenen Helm laut zu hören war, pfiff in den Filtern. Sein Herz schlug langsam, aber immer heftiger. Er nahm das Gewehr und ging langsam weiter. In einer Entfernung von etwa dreißig Metern vom Schilfgürtel blieb er stehen. So vergingen eine bis zwei Minuten, bis sich die Halme vor seinen Händen teilten. Seine Spannung wurde zu Erstarrung. Ihm näherte sich ein Gespenst. Bekleidet war es mit einem schneeweißen, zart den Körper umhüllenden Kleid, ein hellblondes, höchstens achtzehnjähriges Mädchen. Er dachte plötzlich nicht mehr daran, daß es eine Falle sein könnte. Sie war so zart gebaut, daß sie samt den fließenden Gewändern zu schweben schien. Sie schaute ihm direkt in die Augen, ruhig, scheu. Vier Schritte vor ihm blieb sie stehen und hob die Hand. Das war ein universeller Gruß und ein Friedenszeichen. Unwillkürlich antwortete er auf die gleiche Weise. Die Überraschung hatte ihn hypnotisiert. Hinter ihrem Rücken raschelten wieder die Halme. Auf einmal kamen ... zwei Kinder hervor. Ein Junge und ein Mädchen im Alter von etwa acht Jahren. Erst jetzt wurde Hornic klar, daß sie sein Gesicht nicht sah. Sie konnte ihn durch die Panzerscheibe nicht erkennen. Ehe er begriff, was los war, spürte er, wie ihm die Tränen kamen. So heftig hatte er noch nie geweint. Er sank auf die Knie. Das Gewehr fiel ins Gras. Seine Arme wurden nicht nur vom Schluchzen geschüttelt, sondern von allem, was sich seit langem in ihm angehäuft hatte. Es kam so unerwartet und heftig über ihn, daß er sich den Helm vom Kopf riß und ihn ins Gras warf. Der Helm rollte weiter und blieb schließlich liegen, die Scheibe zum Himmel gerichtet, wie der abgehackte Kopf eines Riesen, die Zähne der Gasfilter fletschend in einem unheilverkündenden, grausamen Lächeln.

6

Sie hatte nur einen Vornamen, Karia. Auch die Kinder hatten keinen Familiennamen. Sie hießen Christa und Lukas. Christa sprach mit einem harten Akzent und fügte ab und zu französische, seltener holländische Brocken ein. Lukas mischte polnische und slowakische Worter darunter. Sie aßen mit den Fingern. Sie genierten sich nicht für ihr Benehmen, aber ihr Verhalten war von Intelligenz und erworbenem Scharfsinn gekennzeichnet. Vom ersten Augenblick an fiel Hornic und Walath auf, daß die drei eine gute Erziehung genossen hatten. Bei keinem von ihnen war die für ihre Generation so charakteristische Wildheit festzustellen.

»Waren die Leute aus der Stadt bei euch?« fragte Hornic beim Abendessen.

»Ja!« antwortete Karia, ohne das Essen zu unterbrechen. Sie leckte die fettigen Finger ab. Man konnte erkennen, daß sie eine solche Mahlzeit lange hatte entbehren müssen. »Das sind unsere Zieheltern, die seit acht Jahren bei uns sind. Wir haben uns getrennt, weil wir euch allein begrüßen wollten.« Hornic unterbrach das Essen.

»Warum?«

»So spricht die Wissenschaft, Vlado.« Sie zitierte auswendig:

»Du wirst den Jäger nicht in Anwesenheit der Kinder begrüßen.«

Walath und Hornic sahen einander an, als wollten sie sich vergewissern, ob sie recht gehört hatten.

»Wer ist dieser Jäger?« fragte Walath.

»Du bist es«, antwortete Karia und wandte das Gesicht Hornic zu.

Das war etwas Neues. Sie waren oft neuen Subkulturen begegnet, die in den Siedlungen und Mikrogesellschaften entstanden waren. Das war eine allgemein verbreitete Erscheinung. Aber die Sitten konzentrierten sich auf die zurückgelassenen Reste der Epoche. Das Erbe des Brauchtums aus der frühen Kindheit wurde umgeformt und verbreitet. Die Generation Hornics und Walaths war noch immer die Generation dieser Zeit. Nach ihrem Vorbild wurden die Kinder erzogen.

»Sie kommen nicht mehr«, sagte Hornic, als sie sich nach dem Essen am Lagerfeuer niederließen.

Es herrschte unbehagliche Stille, die nur vom Knacken der brennenden Äste unterbrochen wurde.

»Wir haben den Rauch über der Stadt gesehen«, sagte Karia nach einer Weile.

»Sie sagten, daß es gefährlich sein könne. Vlado

sagte, daß sich rings um dich ein Ring todbringender Kräfte erstrecke. Er meinte aber, daß dich diese Kräfte schützten. Er lehrte, daß nur er uns zu dir führen könne ...«

»War er ein guter Mensch?« fragte Walath leise.

Hornic blickte zu ihm auf, von der Frage überrascht, und Christa antwortete, ehe Karia den Mund aufmachen konnte:

»Nein! Karia, verschweige nichts! Wir sind vor ihm geflohen. Karia ist mit uns geflüchtet.«

Das Mädchen nickte.

»Ja, Jäger. Er befahl uns, auf dich zu warten, aber wir sind ihm davongelaufen. Er wollte uns zu dir führen, aber immer wieder erfand er neue Ausreden, um diesen Augenblick hinauszuzögern. Bis jetzt mußten wir alle auf ihn hören. Auch jetzt wollte er sich noch nicht mit dir treffen, aber er mußte, weil die Zieheltern und wir einen starken Druck auf ihn ausübten. Es blieb ihm nichts anderes übrig.« Sie sagte es leise.

»Deswegen war er sehr zufrieden, als wir zurückblieben. Er wußte nicht, daß wir fliehen wollten.«

»Sie sahen heimlich zu, als wir die Abschußbasis zerstört haben«, sagte Hornic. »Dann gruben sie die kontaminierte Schutzkleidung aus. Ich hatte sie vergraben, damit niemand davon verseucht wird.«

»Sind sie noch am Leben?« Die Stimme zeigte keine Verwunderung.

»Das war nicht meine Schuld, glaubt mir.« Hornic wollte sich rechtfertigen. »Sie haben ausgegraben, was niemand hätte berühren dürfen.«

Die Kinder schienen nicht sonderlich berührt zu sein.

»Das trifft sich gut für euch«, sagte Karia. »Vlado hätte sich mit euch nicht versöhnt. Und die Mütter und der zweite Vater hörten auf ihn. Er wollte niemandem nachgeben.«

Das Mädchen berichtete von den in dieser Gruppe herrschenden Sitten. Das Bild, das sich aus dieser Geschichte herauskristallisierte, war deutlich. Ein kleiner Despot, ein kleiner Führer, der über jeden regieren und der alles besitzen wollte. Den Worten der drei war zu entnehmen, daß er sich eine Pseudowissenschaft im Grenzgebiet des Glaubens ausgetüftelt hatte, die seine Herrschaft stützen und festigen sollte. Wie alt mochte dieser Vlado gewesen sein? Wenn er nur zehn oder fünfzehn Jahre älter war als Karia – sie war zwanzig –, dann war ihm das Bewußtsein schwerster Erfahrungen, die zu der Katastrophe geführt hatten, doch nicht fremd.

In seiner Jugend hatte er ebenso wie die anderen im Kampf der miteinander konkurrierenden Wissenschaften, Glaubensgemeinschaften, verlogenen Dogmen jeder Art, Ideologien und Ideen gesteckt, die nicht für den Menschen geschaffen worden waren, sondern nur der Gewinnsucht, dem Besitz und der Erweiterung der Einflußsphären aus purer Machtgier dienten. Die Überlebenden lehnten diese Strömungen ab. Die der Vernichtung folgenden fünf Jahre waren wie eine Katharsis, eine allgemeine Reinigung gewesen. Dieser Mann mußte diese Zeit mitgemacht haben.

»Wie sind sie gestorben?« fragte Karia.

Er erzählte es ihnen, ohne ein Wort darüber zu verlieren, welche Bedeutung die Demontage der Kassandra hatte. Als er geendet hatte, sagte Karia:

»Ich konnte nicht glauben, daß ihr aus einer anderen Welt seid. Nicht nur deswegen, weil er so viele Lügen auftischte. Und nicht nur deswegen, weil er nicht gut war. Aber wir trafen andere Menschen, und sie erzählten etwas ganz anderes von dir. Sie sagten, du seiest ein ganz normaler Mensch. Er versicherte uns, daß das nicht der Fall sei. Aber die anderen und die Fremden sagten, daß du alle aufnähmst und keine Unterschiede machtest, aus weicher Weltgegend sie auch kämen. Er verabschiedete sich immer schnell von solchen Leuten. Deswegen trauten wir ihm nicht.«

7

In der folgenden Nacht, als alle müde von der Hitze und der Fahrt, früh eingeschlafen waren, wählte Karia Hornic, wie das heutzutage eine Frau tut, um sich einen Mann für ihre Kinder auszuwählen, damit die Nachkommenschaft sich gut entwickelt. Er mußte nicht unbedingt die Familie schützen, dafür gab es andere. Es fiel kein Wort, denn zwischen ihnen war kein Wort nötig. Erst als sie liebensmüde waren und die Magellansche Wolke über ihren Köpfen betrachteten, fragte Karia flüsternd:

»Hattest du Kinder?«

»Ja«, erwiderte er.

»Wie war es damals mit der … Familie?«

»Das läßt sich nicht vergleichen. Das war eine andere Welt.«

Sie drehte den Kopf.

»Willst du nicht darüber reden?«

Er lächelte. »Darum geht es nicht. Ich kann reden, weil schon so viele Jahre vergangen sind. Ich weiß nur nicht, ob es gelingen wird, es dir verständlich zu machen. Vielleicht, ein bißchen, in Bruchstücken. Weißt du, es ist ein Ganzes, das niemand, der es nicht kannte, beschreiben könnte.«

»Versuch's«, fügte sie flüsternd hinzu. »Ich will es wissen … ich muß es wissen.«

Er begann zu erzählen. Er sprach von der großen Anzahl von Menschen und versuchte ihr zu erklären, was das bedeutete und welche Bedeutung die Interaktionen der Individuen hatten. Er sprach von den Schulen, dem bürgerlichen Recht, dem Gesundheitsdienst, der Vermögensverteilung, den Wohnungen, Ausflügen und Tausenden von Dingen, denen seine Auslegung Bedeutung gab. Es schien ihm, daß sie wohl aufmerksam zuhörte, aber kein Wort verstand, aus Taktgefühl aber auch nicht fragte. Er dachte sogar einen Augenblick lang, daß sie eingeschlafen sei, weil sie die ganze Zeit regungslos blieb. Aber als er innehielt, reagierte sie sofort:

»Das kenne ich von den Geschichten her. Alle Familien hatten die gleichen Bedingungen, doch war jede auch anders. Ich will wissen, warum jede anders sein konnte, wenn alle auf die gleiche Art gelebt haben.«

Er kehrte zum Ausgangspunkt zurück.

»Das ist eine schwierige Frage. Das Problem liegt darin, daß es keine Bezugspunkte mehr gibt. Die Lebensbedingungen der Familien unterschieden sich. Einige hatten mehr, andere weniger. Aber diese Unterschiede waren anders als jetzt. Nach heutigem Verständnis lebten alle, sogar die ärmsten, im Luxus. Ein Ehepaar lebte je nachdem, wieviel die beiden dem System der Vermögensverteilung für sich abgewinnen konnten. Es war auch wichtig, wieviel sie einander von dem, was nur ihnen beiden gehörte, schenken konnten. Ich denke an die Gefühle, ans Sexuelle und an die Gesinnungstreue. Heute bedeutet das etwas anderes. Die andersartige Beschaffenheit hing mit der Persönlichkeit der Ehepartner zusammen sowie mit ihrer Anpassung an das Leben in der Masse der Menschen.«

»Wie hat nun die Frau den Mann gewählt? Was war für sie wichtig?«

»Das war auch anders. In den meisten Kulturen war es Brauch, daß der Mann verpflichtet war, die Frau zu erobern. Sogar wenn es umgekehrt war, mußte der Schein gewahrt bleiben.«

»Wieso? Die Frau bringt die Kinder zur Welt und erzieht sie.«

»Karia! Eine Eheschließung bedeutet doch nicht, gleich Kinder in die Welt zu setzen. Es gab doch Empfängnisverhütung, auch nach der Trauung. Und wenn Mann und Frau ohne Trauschein lebten, dann wollten sie in der Regel gar keine Kinder haben... Das klingt jetzt unverständlich, aber im allgemeinen gab es zu viele Kinder auf der Erde, zumindest in vielen Staaten, aber nicht in allen. Deswegen war das Kinderkriegen für junge Paare keine zwingende Notwendigkeit.«

»Das heißt, die Frau war früher nicht so wichtig wie jetzt?« flüsterte Karia verwundert.

»Nein«, beeilte er sich zu erklären, »sie war wichtig. Um die Frauen drehte sich eigentlich die ganze Kultur. Nur das Gebären war nicht so wichtig wie jetzt. Anderes zählte mehr: Schönheit, sexuelle Anziehungskraft, Intelligenz, Kultur, viele Attribute, die heutzutage gar nicht mehr existieren oder nur drittrangig sind. Die Lebensbedingungen waren anders, anders war auch der Stellenwert des Geschlechts. Dem Überleben stand nichts im Wege und die Gesundheit war unter Kontrolle.«

Karia schwieg.

»Die Betreuer redeten nie von diesem Thema. Sie konnten keine Kinder haben.« Sie hielt einen Augenblick inne. »Und wie wäre mein Platz in dieser Welt gewesen?« fragte sie dann.

Er seufzte. »Ich denke, daß du in jedem Fall nicht weniger wichtig gewesen wärst als jetzt. Du hättest Erfolg gehabt und viele Männer wären um dich gewesen, die alles daran gesetzt hätten, dich zu gewinnen.«

»Warum, wenn das Kinderkriegen nicht so wichtig war?« antwortete sie, und Hornic schloß die Augen und dachte, daß er noch monatelang solche Gespräche führen könnte, die genauso zerfahren und ungeordnet waren wie dieses. Die Situation erinnerte an die zweier Menschen, die, im Dunkeln verirrt, mit ausgestreckten Händen nach einander tasteten. In der Dunkelheit, die von der Kluft zwischen zwei Welten, zwei Kulturen geschaffen wurde. Nicht nur der Altersunterschied spielte hier eine Rolle. Er öffnete die Augen. Sie betrachtete ihn aufmerksam.

»Warum wollten sie nur einen Teil von dem ursprünglichen Gut?«

»Was ...?« fragte er unwillkürlich und hielt dann inne.

»Kennst du die Heilige Schrift nicht?« Jetzt klang ihre Stimme verstört und verwundert.

Er fühlte sich auf einmal wie ein Schiffbrüchiger auf der letzten Schiffsplanke, und in seinem Gehirn leuchtete ein rotes Warnlicht auf.

»Ich kenne sie, Karia, ich kenne sie.« Er machte nur allzu schnell einen Rückzieher. Sie war sich nicht sicher, ob diese Versicherung glaubwürdig war:

»Aber ich habe nichts von dem ursprünglichen Gut gehört.«

»Wieso?« Sie erhob sich. Der zarte Schimmer des Nachthimmels betonte in hellen Umrissen ihre faszinierende Figur.

»Na ja!« Ihre Stimme klang strafend und verwundert über seine offenkundige Ignoranz.

»Ella hatte recht. Ihr wolltet nicht die ganze Schrift kennenlernen. Spricht sie denn nicht von den ersten Eltern Adam und Eva?«

»Ja, Karia ...«

»Spricht sie nicht von der Erbgabe, die Adam im Paradies seiner Eva, dem Rat der klugen Schlange folgend, geschenkt hatte?«

»Äh ... Sie spricht vom Paradies und den ersten Eltern, ja, und auch vom symbolischen Apfel.«

»Ja, so ist es! Dieser Apfel ist doch ein Symbol für die Erbgabe«, unterbrach sie ihn. »Adam liebte Eva und gab ihr als erster die Gabe des Lebens. Die Kinder, Kain und Abel. Kinder, nach denen sie sich sehnten, weil ihnen Gott den Körper und die Leidenschaften geschenkt hatte. Das war das ursprüngliche Gut.« Sie hielt inne.

»Und die Erbsünde?« fragte er

»Die Erbsünde verübte Kain, indem er Abel tötete, und deswegen vertrieb Gott alle aus dem Paradies, damit sie in Elend und Trauer lebten.« Die dunklen

Umrisse ihres Gesichts und dessen vollendet zarte Linien waren vom Licht der unendlich weit entfernten Sterne übergossen. Er sagte nichts mehr, weil er nichts mehr zu sagen hatte. Die Überraschung über ihre Weltanschauung sowie die eigenwillige Auslegung hatten ihm die Sprache verschlagen.

»Wer hat dich die Schrift gelehrt?« fragte er nach einer Weile.

»Die Zieheltern, hauptsächlich Ella. Und dich?«

»In der Jugend – die Priester. Aber die Regeln und Prinzipien der Religion waren allen bekannt. Sogar denen, die sich dazu nicht bekannt haben. Es war das historische Fundament Europas und seiner Gesellschaft. Nun …« – er zögerte – »mit der Erbsünde war es nicht ganz so, wie du glaubst.«

»Nein?! Wie denn?«

»Die Erbsünde war die Hingabe Evas an Adam.«

Sie schüttelte spontan den Kopf und hob wieder die Stimme:

»Das heißt, daß wir gerade gesündigt haben?«

»Nach den Regeln ja, Karia.«

»Immer?«

»Ja, wenn auch nicht immer gleich stark, das hängt von der Situation ab.«

Sie schwiegen.

»Ich kann mir nicht vorstellen, wie ich es könnte, wenn es so wäre, wie du behauptest …«

Er spürte ihren rascheren Atem im Gesicht.

»Das ist doch grausam. Die Zieheltern sagten, daß es zum Krieg kam, weil das Böse das Gute verdrängte, aber ich wollte es nicht glauben. Wie kam es dazu, daß ihr so betrogen wurdet. Warum wurde das Beste gerade Sünde genannt?«

»Alle haben den Krieg geführt, sogar jene, die es nicht vorgehabt hatten. Menschen aller Konfessionen und Atheisten. Das wäre eine allzu simple Vereinfachung.«

Er fühlte, daß er sich in Ratlosigkeit verirrte, und daß ihm die Worte, statt etwas zu erklären, nur die Hände banden.

»Karia, ich weiß selber nicht, warum es so war, und frag mich nicht, weil ich nur Bruchstücke davon verstehe. Früher schien mir alles klar zu sein, jetzt verstehe ich nur noch Bruchstücke. Niemand in jener Zeit, und um so weniger jetzt, kann Antwort auf die Frage geben: Warum? Ich würde viel darum geben, könnte ich es erfahren.«

Sie schmiegte sich an seine Brust und lauschte wortlos den hastigen und nervösen Schlägen seines Herzens. Ihr Herz klopfte ruhig. Hat die Frage ›Warum?‹ überhaupt einen Sinn? dachte er. Karia war sicher, daß er es wußte. Als Großer Jäger und als der tollste Mann, dem sie in dieser bedrohlichen Welt begegnet war. Aber sie beschloß, nie wieder auf dieses Thema zurückzukommen. Das war schließlich für ihre gemeinsame lichte Zukunft nicht so wichtig. Hornic quälte sich aber inzwischen mit der Frage ab, die er in der Nacht gestellt hatte und die er trotz seiner Erfahrung nicht beantworten konnte: Wer bin ich für dich? Wer kann ich noch für dich werden?

8

Die Rückkehr zu der Enklave Walaths war feierlich und fröhlich. Mit dem Gesang der Hausbewohner und Blumen, mit Tränen. Das wochenlange qualvolle Warten und Bangen um das Schicksal der Nächsten verwandelte sich beim vertrauten Motorengeräusch in Ausgelassenheit. Es war der erste außergewöhnliche Tag in der Geschichte der Enklave. Nach ersten Erklärungen wurde Kassandra nur einmal vor der Mahlzeit erwähnt. Nachdem Walath sein Gebet beendet hatte, fiel die Frage:

»Wer hat sie hergestellt?«

Er antwortete mit einem Wort, und die Stille dauerte nicht länger als es braucht, eine Tür zu öffnen. Dann wurde das Thema nicht mehr angeschnitten. Zwei Wochen später fuhr Walath den Fluß hinauf und brachte einen Priester sowie einige Erwachsene mit. Karol, ein bärenstarker Mann in schwarzer Soutane und braunen Offiziersschuhen untersuchte Hornic und Karia lange. Er tat es mit finsterem Gesicht und betrachtete sie mit den erfahrenen Augen eines Arztes mit Universitätsausbildung und einer langjährigen Praxis. Seine beiden Augen ähnelten Granitklötzen. Als er fertig war, lächelte er auf einmal breit und sein Blick wurde milder.

»Du bist ein Glückskind und ein Liebling der Schöpfung, Theodor«, sagte er jovial. »Ich würde eure Verbindung nicht absegnen, wäre eure Verfassung nicht so hervorragend. Ich freue mich, daß sie so gut ist.« Er seufzte und fügte nachdenklich hinzu: »Es ist schon lange her, daß ich Trauungen vorgenommen habe.«

Die Feierlichkeiten fanden am nächsten Sonntag statt. Hornic wurde ein anderer Mensch. Auf Wunsch Karias und als gutes Zeichen für die Zukunft rasierte er seinen Bart ab und ließ sich die Haare kurz schneiden.

Als alles vorbei war, erkannte er sich selbst kaum. Er schaute in den Spiegel und wollte seinen Augen nicht trauen. Er war ein anderer Mensch geworden, sogar die Augen waren anders.

»Es sieht ganz so aus«, sagte Karia, als sie ins Eßzimmer kam, »daß dich dein Aussehen mehr erschüttert als die Zeremonie morgen.«

Die Versammelten lachten schallend. Aber es war nicht ganz die Wahrheit. Aus einem riesenhaften Wilden mit Löwenmähne und brustlangem Bart hatte er sich wie durch den Zauber einer Fee in einen schlanken sportlichen und hübschen Mann verwandelt. Als er dem Blick Karias begegnete, sah er nur ihre leicht erweiterten Pupillen und etwas, das ihm seit einem Monat so vertraut war, nur noch deutlicher. Etwas, das ihn mehr veränderte als nur sein Aussehen. Er war nicht einmal sicher, ob nicht mehr als die Zerstörung der Kassandra. Doch darüber konnte und wollte er nicht mehr nachdenken.

Während der Feierlichkeit trug Karia ein bodenlanges rosa Kleid und einen kurzen Schleier. Hornic war mit einer umgearbeiteten dunkelblauen Uniform, weißem Hemd und dunkelblauer Krawatte bekleidet. Die Hochzeit war feierlich und üppig. Vor dem Haus wurden Tische mit Speis und Trank aufgestellt. Zwei Lautsprecher füllten den Hof mit Walzerklängen, Tangos und alter Musik, die vor Jahren mit den besten Orchestern aufgenommen worden war. Der Verstärker und die bunten, an den Generator angeschlossenen Lampions bildeten eine künstliche Decke, die leicht im Wind zitterte und Wärme und Gemütlichkeit verbreitete. Die großen Mengen Weins beflügelten die Gedanken, und die Atmosphäre des Ereignisses ließ Hoffnung für die Zukunft aufkommen. Hornic erwies sich als ausgezeichneter Tänzer. Karia, die keine Ahnung vom Tanzen hatte, fügte sich mit spontaner Intuition in seinen Rhythmus.

»Sie sehen so schön aus, als wäre die Zeit stehengeblieben«, sagte jemand leise, als alle das makellos dahinschwebende, ihrer Zeit entrückte Paar umstanden. Sie, leicht über seinen Arm gebeugt, mit wehendem Haar und flatterndem Kleid. Sie war so schön, daß sie alle Aufmerksamkeit auf sich zog.

»Wer ist Theodor?« wollte jemand wissen.

»Wer ist Karia?« fragte wieder ein anderer.

»Wer sind wir alle?« Aber dieses Flüstern hörte niemand mehr. Der Tanz endete unter allgemeinem Beifall. Hornic geleitete seine Frau an den Ehrenplatz am Tisch zurück. Lange saßen sie dort in den Stühlen zurückgelehnt, tauschten von Zeit zu Zeit wortlose Gesten und tranken Wein. Die Welt, sonderbar und unmöglich in ihren Mikrodimensionen, tanzte in ihren Augen und berauschte sie. Vor Mitternacht kam Walath lächelnd auf sie zu, ein Weinglas in der Hand, und flüsterte Karia ins Ohr:

»Der junge Herr muß zu einem Herrentreffen. Wir haben den Polterabend vergessen.«

Um zwei Uhr früh ging der Generator kaputt, und die ganze Anordnung mußte abmontiert werden, und zwar schnell, weil es auch noch zu regnen anfing. Niemand dachte an eine sofortige Reparatur der Anlage. Die Tische wurden ins Eßzimmer getragen. Die Kinder kamen ins Bett und die Frauen versammelten sich in einem Zimmer. Hornic nutzte das sofort aus. Er schenkte sich noch mehr Wein ein und blickte auf die im Hof sitzenden Männer. Walath zwinkerte ihm zu und sagte:

»Theodor, in den Stall.«

Er ging den in den Türen verschwindenden Personen nach. Er trat ein und schaute sich in dem karg beleuchteten Raum um. Sie standen vor einer Box. Sie erwarteten ihn. Als er näher kam, wunderte er sich, daß auf ihren Gesichtern keine Spur von Fröhlichkeit zu erkennen war. Die vollen Gläser standen auf einem Balken. Eine Weile sagte niemand ein Wort.

»Was ist los?« brach Hornic das Schweigen.

»Unsere Musik hat die Geburt eines Kalbes beschleunigt. Es sollte erst am Freitag zur Welt kommen«, erklärte Walath.

»Ist es tot? Das wäre ein großer Verlust.«

»Die Kuh lebt, das Kalb ist tot«, antwortete Walath. »Ich habe es getötet. Schau!«

Sie betraten die Box. Die Kuh stand angebunden darin. In der Mitte lag das Neugeborene unter einer Decke. Walath zog die Decke weg. Alle schwiegen. Das

Weinglas zersplitterte auf dem Boden. Das neugeborene Kalb hatte zwei Köpfe. Es war ganz mit einem rauhen Fell bedeckt.

»Die Verseuchung hat unsere Gegend erreicht«, sagte Walath. »Vor einigen Monaten. Der radioaktive Regen war nicht die erste Welle. Ich vermute, er war nur eine Folgeerscheinung.«

»Es ist gut, daß wir mehrere sind«, sagte Karol. »So brauchen wir keine Zeit darauf zu verschwenden, uns über die Pläne zu einigen. Am besten, wir erledigen es jetzt.«

Die Hand Hornics begann zu bluten. Glassplitter hatten sie an einigen Stellen verletzt. Er holte sein Taschentuch heraus und verband sie.

»Das ist eine Kleinigkeit«, sagte er mit zusammengebissenen Zähnen.

»Karol hatte recht. Wir können hier keinen Tag länger bleiben.« Er drehte sich zu den Anwesenden um.

»Vielleicht die Alpen. Die Schweizer haben ein Netz unterirdischer Städte. Ich persönlich würde einen anderen Ausweg bevorzugen.«

»Warum?« fragte Karol.

»Die Berge sind zu klein. Das Land ist zu klein. Sie können schon übervölkert sein. Und der dritte Grund ist der wichtigste: Es würde uns zum Leben in Höhlen zwingen. Ich kann mir die Folgen einer solchen Existenz nicht vorstellen. Das bedeutet, daß einige Generationen ohne frische Luft und ohne Licht leben würden. Die Folgen wären ebenso verheerend wie das Verbleiben hier. Es bedeutete die Degradierung der nächsten Generationen, ganz einfach eine Verurteilung mit Spätwirkung.«

Er schwieg. Sie akzeptierten wortlos seine Argumente.

»Wie viele werden mit uns zusammen sein?« wollte einer der Männer wissen.

»Wir müssen die Enklave von Professor Seleng in

Kenntnis setzen. Er wird auch mit uns mitkommen«, sagte Walath. »Wir müssen damit rechnen, daß sich uns unterwegs noch weitere anschließen werden.« Er blickte zu Hornic hinüber und las die Antwort in seinen Augen.

»Tibet«, sagte Hornic laut.

»Wir sind insgesamt etwa dreißig Personen, die Kinder eingerechnet«, sagte Karol.

»Das ist wenig. Kennst du den Weg, Theodor?«

»Einigermaßen. Für kleine Gruppen ist es leichter, sich durchzuschlagen. Ich habe auf den Karten die Routen eingezeichnet, welche die Karawanen vor Jahren benutzt haben. Die meisten davon führen über die Pässe des Kaukasus und des Elbrus, die Südseite des Hindukusch entlang, dann über den Pamir und nördlich von Chotanu. Diese Stadt ist angeblich zum Teil bewohnt. Die Karten habe ich bei mir in der Basis. Ich nehme sie nie mit mir mit.«

»Das bedeutet mindestens eine Woche«, sagte Walath. »Übrigens werden wir es sowieso nicht schaffen, uns rechtzeitig vorzubereiten. Dazu rechnen wir die Zeit für Karol und Selengo. Mindestens ein Monat. Du, Theodor, mußt noch auf Jefferson warten.«

»Ja, er kommt in zwei Wochen hergeflogen. Wenn er pünktlich eintrifft, wird er uns helfen können.« Er zögerte. »Falls inzwischen nichts passiert ist.«

»Eben«, sagte Walath. »Du hast gesagt, daß er mit einer großen Maschine kommen wird. Vielleicht wäre es günstig, sich in Kanada oder Alaska niederzulassen. Was weißt du von diesen Gegenden?«

»Ich habe auch daran gedacht und eine solche Möglichkeit erörtert«, antwortete Hornic, »aber bei ihnen ist es eben auch eine Zeitfrage. Soviel ich weiß, suchen jetzt alle nach Flughäfen am Fuß des Himalaya. Überhaupt kann ich nicht sagen, was nach sechs Monaten gleich geblieben ist und was nicht mehr aktuell ist. Ich glaube, daß wir uns vor allem auf uns selbst verlassen müssen. Das heißt ein Fußmarsch, mit Unterstützung des Fahrzeugs.«

»Wie lange kann das dauern?« fragte Karol.

»Ein Jahr.« Hornic sah noch einmal zur Box hinüber. Ein Jahr! Und ohne Tiere. Die Tiere waren bereits nutzlos.

Er wollte sich über den Bart fahren, aber der fehlte ihm jetzt, und er spürte seine schweißbedeckte Hand auf der Wange.

9

Er handelte nicht systematisch. Jeder Rückkehr war eine Erkundung und Beobachtungen der veränderten Umwelt vorangegangen. Er begrüßte diese Gegend mit einer gewissen Ergriffenheit. Sie schien ihm anders, aber er wußte, daß sie sich nicht verändert hatte. Er begrüßte sie zum letzten Mal. Das Fahrzeug ließ er zweihundert Meter vor dem Hof stehen. Langsam öffnete er die Haustür. Er blieb eine Weile auf der Schwelle stehen und musterte die Innenräume. Es sah aus, als sei hier seit Monaten nichts verändert worden. Auf den an der Wand hängenden Trophäen zwischen der Uhr und einer Reproduktion von van Goghs Sonnenblumen hing ein staubiges Spinnennetz. Er machte auf der Schwelle kehrt und ging zur Startbahn. An ihrem Anfang blieb er stehen.

Einzelne Vögel mit breiten Schwingen segelten in majestätischem Flug über die Betonpiste. Wie lebende gefiederte Flugzeuge, die nicht landen wollten. Die seit dreizehn Jahren bestrahlte Startbahn erhitzte unabhängig von der Jahreszeit die Luft, die mit einer kilometerhohen Wand einen natürlichen Schornstein bildete. Auf der linken Seite war die Startbahn mit niedrigem Zwerggebüsch bestanden. Auf der rechten Seite waren helle Häuser zu sehen. Jefferson war nicht da. Davon zeugten Äste und Blätter, welche die Fläche der Landebahn gleichmäßig bedeckten. Manche waren verfault und klebten wie tropfende Flecken auf dem Boden. Damit fing er an. Zwei Stunden später nahm er den Geländewagen in Betrieb, koppelte die Fahrbahnbürste an und fuhr noch am gleichen Tag viermal über die Bahn und säuberte sie von Abfall. Ein spätes Mittagessen nahm er kalt ein. Die Zeit drängte, er spürte deutlich, wie sie verrann. Am zweiten Tag begann er auszuwählen, was er auf die Reise mitnehmen wollte. Die erste Liste, die er aufstellte, wanderte in den Papierkorb. Sie war endlos, und jeder Posten schien ihm unentbehrlich zu sein. Die zweite, wenn auch kürzere, war ebenfalls unmöglich zu verwirklichen. Er kürzte sie auf die Hälte. Vom Übriggebliebenen wählte er das Notwendigste aus. Die Sachen stapelten sich hoch in der Garage. Er demontierte das Innere des Panzerwagens ziemlich unbekümmert und warf die Teile einfach weg. Bloß die Konsole des Computers ließ ihn zögern. Schließlich teilte auch sie das Schicksal der übrigen Ausrüstung.

Das Packen dauerte zwei volle Tage. Dazwischen traten Schäden auf. Zuerst geriet der Motor des Fahrzeugs in Brand und Hornic verlor einige Stunden damit, ihn gegen einen neuen auszutauschen. Am dritten Abend, während des Essens, kehrte unerwartet der Hund zurück. Er blieb unbeweglich vor der Haustür stehen und bellte aus voller Kehle. Er erkannte Hornic nicht. Erst als dieser ihn rief, eilte er zur Begrüßung herbei und hätte ihn fast umgeworfen. Das Abschlecken und fröhliche Jaulen nahm kein Ende. Fette Fleischbrocken beendeten die feierliche Begrüßung. Vor dem Einschlafen holte Hornic einen runden Aluminiumbehälter mit einem Magnetband aus einer Schublade.

Es war das Band Watzingers.

»Wenn du nicht davon abläßt, bis zum Ende Fragen an dich selbst zu stellen, und ich denke, du wirst nicht ablassen, weil du ein Großer Jäger bist, dann wirst du die vollständige und endgültige Antwort erfahren.«

Der alte Mann im Nebel, ein in Hornics Augen noch immer lebender Mensch, hatte recht. Auch wenn es geglückt war, die Kassandra aufzuspüren, so harrte noch immer eine Phase seines Lebens, die letzten dreizehn Jahre, der Erfüllung. Er wußte nichts darüber, nur das Datum. In seinem Innern machte sich ein Gefühl der Unersättlichkeit breit. Vielleicht mangelte es an Informationen über sie. Das war sicher etwas, das ihm das Vergessen unmöglich machte. Er konnte es einfach nicht. Besiegt, kehrte sie immer in seinen Träumen zurück. Das Unterbewußtsein flüsterte ihm zu: Das ist nicht alles. Vernichte sie moralisch. Vernichte sie in dir.

Mehr als hundert Kilometer von hier entfernt erwartete ihn ein Mensch, den er Anti-Kassandra nannte. So nannte er sie in Gedanken. Jede Erinnerung an die aus Metall verdunkelte das Bild der zweiten. Deswegen mußte sie zerstört werden. Die Magnetspule hatte außerdem eine magische Kraft, sie zog einen an und ließ sich nicht unentziffert ablegen.

Am Abend ging er zum Hangar und stieg die Wendeltreppe zu der Computerstation hinunter. Er las das Band ein und einen halben Tag lang arbeitete er bis zur Erschöpfung. Der wahrscheinlichste Text lautete in Übersetzung:

Das trojanische Orakel erhielt ein Geschenk. Wenn die Sonne untergeht, gilt die Macht am Himmel plus 82 810. Das Geschenk wird an die Treue zurückgeschickt 32 435. Der Adressat ist unbekannt. Grüße an den herrgott von 39 973.

Er dachte über die letzte Zeile nach. Herrgott war klein geschrieben, obwohl alle übrigen Buchstaben nach den Regeln der Rechtschreibung stimmten. Er kehrte enttäuscht zurück. Am Dachboden blieb er noch einmal stehen und dachte über das herausgerissene Blatt nach. Der Text wollte etwas vermitteln, aber was es war, brachte er nicht heraus. Die gelbgestrichenen eisernen Zapfsäulen glotzten stumm mit ihren runden gläsernen

Augen wie Soldaten in Hab-Acht-Stellung. Es gab sechs davon. Jede gehörte zu einem Tank. Die ersten beiden wiesen grüne Streifen auf. Die Zähler der Öltanks, die er seit Jahren benutzte. Jeder hatte ein Fassungsvermögen von 10 000 Kubikmetern. In den nächsten beiden, mit rotem Streifen, 98 Oktan-Benzin. Er verbrauchte nicht viel davon.

Die letzten beiden hatten keinen Wert für ihn. Sie waren etwas verstaubt und zeigten den Stand an Kerosin von höchstem Reinheitsgrad an.

Gleich nach der Katastrophe hatte er ein paar Flüge mit dem Segelflugzeug unternommen. Dann hatten nur vereinzelte Flugzeuge ein paar Kubikmeter getankt. Ein bloßer Tropfen. Die Tanks mußten im Innern viele Kammern aufweisen. Sie enthielten zweihunderttausend Kubikmeter, ein Vorrat, der für den großen Krieg angelegt, aber niemals gebraucht worden war. Er wischte mit der Hand über die Scheibe und lächelte bitter.

»Wir verabschieden uns wie gute Bekannte«, sagte er laut. »Ihr werdet noch zu etwas gut sein. Der Herr heißt Jefferson. Er wird euch ein paar Eimer abzapfen. Aber nicht für den Krieg.«

Am Abend war er auf seiner Lieblingsliege unter seinem Lieblingsbaum zu finden. Erst morgen war Sonntag, aber er wollte seine Erinnerungen noch an diesem Abend loswerden. Der blutig-rote Sonnenuntergang, von Wolken umkränzt, bot ihm den Anlaß für einen intimen Trinkspruch. die Zukunft, auf die kommenden Jahre, die vielleicht ohne die bisherige zwanghafte Unruhe erlebt werden konnten. Er trank Wein aus einem Glas und tränkte aus einem zweiten den Hund, der die süßliche Flüssigkeit gierig aufleckte. Sie schliefen ein, der Mensch und das Tier, wo sie waren. Die Nacht war kühl, aber still und weich wie ein Kissen. Zum ersten Mal seit Wochen hatte Hornic keine Träume.

Am Morgen ging der Plattenspieler kaputt. Hornic

hörte sich die Arie des Toreros aus Bizets *Carmen* an, ohne seine Toilette zu unterbrechen. Der Tag erwachte in den verschwommenen Farben eines grauen unbeweglichen Grüns. Wie immer im Herbst. Etwas erkältet trank er den heißen Kaffee und genoß die wohlige Wärme. Er fühlte sich feierlich und leicht. Er glaubte, daß Jefferson an diesem Tag eintreffen könnte. Vor der Treppe zum Computerterminal zögerte er, aber er dachte trotzdem nicht daran, hinunterzusteigen.

Zum ersten Mal brach er mit dem Ritual des Feierns und begann den Tankwagenanhänger zu füllen. Einen Augenblick später begann die Pumpe zu knirschen. Er befürchtete beunruhigt, daß sie kaputtgegangen wäre. Seit seiner Rückkehr war alles schiefgelaufen. Er täuschte sich auch diesmal nicht, als der Tank erst halbvoll war, blieb sie stehen. Er montierte die Pumpe von der Kerosinzapfsäule ab. Dabei mußte er feststellen, daß auch diese den Geist aufgegeben hatte. Der Anzeiger stand auf einem hohen Wert, obwohl sich die mit ihm gekoppelte Trommel nicht um einen Millimeter gedreht hatte. Mit dieser Pumpe vollendete er das Tanken. Er rollte den Schlauch sorgfältig auf und schloß den Einstieg unter der Zapfsäule.

Er reinigte die Hände mit einem Lappen und blickte auf die Zapfsäule – ballte das Tuch zu einem Knäuel und wischte damit die Scheibe ab, hinter der sich der Zähler befand. Er tat es automatisch, unwillkürlich. Der Zeiger des kaputten Zählers war wieder verschoben. Minimal, aber deutlich. Er näherte das Gesicht der gläsernen Fläche und sah sie starr an. Die Reaktion trat früher ein als gedacht. Noch begriff er nicht, warum es ihn beunruhigte, als er einen Druck in den Ohren verspürte. Das war der Stress, der sich, seinem Gespür als Ingenieur zufolge, bei ihm bemerkbar machte.

Der Treibstoff war weniger geworden! Ein Zeiger zeigte zehntausend Kubikmeter an! Er hatte sich auf die Hälfte verschoben. Das hatte zu bedeuten … 5 000

Kubikmeter! Seine Knie gaben nach, und sein Gehirn arbeitete fieberhaft. Noch lehnte er ab, was er sich ausgerechnet hatte. Er blickte noch einmal zur Zapfsäule hinüber. Er machte ein paar Schritte und schaute auf die Zählerscheibe. Schwarze Flecken tanzten vor seinen Augen. Der Anzeiger stand auf ... Null! Eine kleine Buchstabenreihe war zu sehen: *Behälter geleert. Nicht auffüllen, ehe Vorsorge gegen eine Explosion getroffen ist.* Das Tuch fiel ihm aus der Hand.

Wie betrunken riß er sich von der Zapfsäule los und ging wankenden Schritts auf den sonnenüberfluteten Platz hinaus. Er sank auf die Knie und mußte sich übergeben. Sein Unterbewußtsein setzte sich noch zur Wehr. Er lehnte mit ganzer Kraft ab, was das wahnsinnige Gehirn ihm sagte und der gesunde Instinkt ihm bestätigte. Er erreichte das Gras, kniete nieder und schloß die Augen. Fünfzehntausend Kubikmeter in zwei Stunden! Das bedeutete neunzigtausend in zwölf Stunden. Aus der zweiten Zapfsäule fehlten etwa fünfzehntausend. Insgesamt hundertfünftausend Kubikmeter! In etwa elf Stunden würde der zweite Behälter leer sein. Moment, wie war es doch, dachte er fieberhaft. *Die Macht am Himmel plus 82 810.* Er blickte auf die Uhr. Wenn die Sonne unterging ... Jetzt war es elf Uhr sieben. Der Sonnenuntergang war etwa um neun Uhr abends. 82 810 dividiert durch 3600 ergab annähernd dreiundzwanzig Stunden.

»Es stimmt«, bestätigte er sich laut, es war neun, als er die Pumpe in Augenschein genommen hatte. Da stand die Anzeige noch auf Voll. Seit gestern dauerte die Leerung der Tanks, seit er die Streifen abgelesen hatte. Es ging um das Kerosin, den Flugzeugtreibstoff. Der Treibstoff, der auch in Raketen verwendet wird. Er hob den Kopf und blickte zu den Häusern hinüber. Die Wendung in den Ereignissen erdrückte ihn fast. Jetzt erwachte in ihm der alte Hornic. Hart und kalt. Er erhob sich. Er fühlte kaum, wie der Wind sein halb offenes

Hemd flattern ließ und ihm die Reste der Tränen aus den Augen preßte. Er fühlte gar nichts. Er betete und schimpfte zugleich. Auf das, was er fühlte. Ja, so sehr fühlte er. Mit allen Fasern seines Körpers. Mit jeder Zelle, Sehne, mit jedem Nerv. Jetzt fühlte er, was ein gewaltiger Jäger fühlen soll, wenn er ein Jagdopfer aufspürt, auch wenn er es noch nicht erblickt.

»Du hast mich übertölpelt, Kassandra«, sagte er. »Du hast mich übertölpelt, wie mich noch niemand im Leben übertölpelt hat. Du hast mich verspottet. Dreizehn Jahre waren wir zusammen, aber du hast geschwiegen. Dreizehn Jahre lang fuhr ich unter Lebensgefahr durch Europa, um dich zu finden. Dreizehn Jahre hast du mit mir gespielt. Und wie du siehst, hat dich ein kleiner Streifen verraten. Dieser kleine Meßfühler hat dich verraten. An mich, Hornic, deinen Bezwinger.«

Er stand unbewegt da, als habe er auf etwas gewartet, aber dieses Warten verschärfte nur sein Staunen. Die Basis, das ruhigste Plätzchen, das er kannte, verbarg die Legende der Welt. Kassandra befand sich unter ihm. Vielleicht unter dem Haus, bei der Einfriedung für die Tiere. Vielleicht unter der Startbahn. Er machte sich mit der Tatsache vertraut, daß erst jetzt die Zeit der Abrechnung gekommen war. Er wunderte sich auch nicht, daß er es sofort begriffen hatte, obwohl sich die Schlußfolgerungen noch immer nur auf Spekulationen und Instinkt stützten. Er konnte nicht anders denken. Und Hornic hörte auf einmal auf, ein Mensch zu sein, der im Rampenlicht einen Tango tanzte und auf Härte verzichtete. Er war auch nicht mehr der ratlose Mensch, der vor vielen Jahren an diesem Ort vor Angst gezittert hatte. Jetzt, nach dreizehnjähriger Jagd, war er als Mensch gereift. Jetzt gewann er wieder seine Kräfte zurück, spürte das Erwachen der Sinne und gewöhnte sich wieder an ihr leises, geheimnisvolles Flüstern. Mit dem Gedanken ans Kämpfen kehrte das Gefühl der

Wirklichkeit zurück. Er analysierte kühl. Diese Aufgabe war unvergleichlich viel schwieriger als alle bisherigen. Es galt, Charakteristik und Parameter der Abschußbasis einzuschätzen. Er wußte, dieser Treibstoffverlust konnte nur bedeuten, daß ihre Tanks gefüllt wurden. Er kannte Stellungen mit selbsttankenden Systemen und Startvorbereitungen. Aber in diesen Dimensionen! Die größten Raketen benötigten einige Kubikmeter Treibstoff. Zweihunderttausend war ein Wert, der sich jeder Vorstellung entzog. Wie viele Stellungen mochten das sein, dachte er. Warum gibt es keine Spur von den unterirdischen Hohlräumen? Die kühnsten Berechnungen bedeuteten einige Dutzend Kolosse von je einigen tausend Tonnen Startmasse. Diese Variante schied er aus. Sie bedeutete gigantische Erdarbeiten, den ägyptischen Pyramiden vergleichbar. Das war nicht einmal am Höhepunkt einer hochentwickelten technischen Zivilisation möglich. Geschweige denn nach ihrem Zerfall. Eine einzige Rakete? Das war eine ballistische Absurdität. Sie würde die eigene Masse nicht tragen können. Er fühlte das Grauen dieses Rätsels. Und er war nicht imstande, sich die technische Entwicklung vorzustellen. Angesichts des Unbekannten war er ratlos. Die Sonne stand im Zenith und brannte heiß auf ihn nieder. Der Hangar gähnte weit offen, sein Inneres kontrastierte scharf mit dem grellen Licht draußen. Auf dem Pfad stand der Tankwagenanhänger, daneben der graue Geländewagen: abgestorbene eherne Gebilde, der Form nach fremd, nicht von dieser Welt.

Eine Rückentwicklung? dachte er. Er kannte dieses Gefühl. Er kannte die sich wiederholenden zwei, drei Sekunden Zeit, in denen er den Eindruck hatte, daß er diese Situation schon einmal erlebt habe. Jetzt kam es ihm plötzlich vor, als sei er auf einmal von einer Zeitreise zurückgekommen. Er wollte sagen: Nur ruhig, Theodor, und es schwindelte ihn.

»Nur ruhig«, sagte er laut, um seine Beherrschung zurückzuerlangen. Dann schien ihm, daß er gleich einen Piepslaut hören würde. Wenn er hinunterfuhr. Irgendwo befindet sich eine kalte Wendeltreppe. Doch nichts geschah, und das flüchtige Erlebnis einer sich wiederholenden Wirklichkeit verschwand wie eine Seifenblase. Zukunft und Vergangenheit waren ihm verschlossen.

»Nur ruhig«, wiederholte er, um die eigene Stimme zu hören. »Laß dich nicht von der Spannung und deinen Hirngespinsten beherrschen. Handle rational. Erstens schau zum Computer hinunter und hole aus ihm heraus, was sich nur herausholen läßt.«

Er blickte auf die Uhr. Es blieben noch etwa acht Stunden, bis auch der zweite Tank leer war. Er konnte nichts tun, um die Initiative an sich zu reißen. Er erinnerte sich an das Gespräch mit Jefferson und seine Worte, die er in der Erregung ausgesprochen hatte: »Sie existiert nicht, und auch wenn sie existierte, würde sie niemand finden! Verstehst du, niemand! Bis sie sich selbst findet.« Ein halbes Jahr war seitdem vergangen, aber er erinnerte sich an sie, als ob sie vor einer Stunde ausgesprochen worden wären. Er begab sich in die Computerstation. Als er die kalte betonierte Wendeltreppe hinunterging, hörte er hinter der geschlossenen Tür immer noch das Piepsen. Er blieb vor der Mosaikfläche stehen. Er schaute lange auf das, was sich da mitten im Raum abspielte. Der Saal lebte! Das laute Summen vieler elektronischer Einrichtungen machte ihn fast taub. Die Kontrollämpchen flimmerten zu Hunderten in vielfarbig leuchtenden Signalen. Die Bildschirme waren voll von Buchstaben- und Ziffernkolonnen. Die großen Speicher alten Typs wirbelten in unkoordinierten Bewegungen, Magnetbänder wurden selbsttätig umgespult und gelesen. Die zusammengepreßte Luft vibrierte in den pneumatischen Kissen der Disketten. Ein Hornic gut bekannter Klang. Alle Peripheriegeräte waren in Betrieb mit Ausnahme der Drucker, die nicht benötigt wurden.

Er trat ein. Er fühlte sich wie ein großer ungebetener Eindringling. Er wollte das erste Pult berühren, doch tat er es nicht. Die Hand blieb unschlüssig in der Luft hängen. Die Leuchtzeichen auf den Bildschirmen sagten ihm nichts und er assoziierte sie mit nichts. Tausende von Ziffern in Tausenden von Kolonnen und Zeilen künstlichen, leuchtenden Grüns, verifiziert mit Lichtgeschwindigkeit, mit der die Transistoren arbeiteten. Keine Chance, das Auge auf ihnen verweilen zu lassen. Langsam, ohne Eile, zog er die Pistole und entsicherte sie. Er blickte sich im Raum um und fand die Stelle, die er suchte. Er hob die Hand und zielte auf den Punkt, wo sich der Niederspannungstransformator befand. Er drückte ab – ein-, zwei-, dreimal. Jedesmal fiel ein Splitterregen nieder, der seine Treffsicherheit belegte. Als aus den Kugellöchern schwarzer Rauch herauskroch und das Licht erlosch, ließ er die Hand sinken. Aus dem dröhnenden Echo der Schüsse drang irreal das Rauschen der arbeitenden Maschinen, völlig ungestört. Er dachte enttäuscht daran, daß seine Einschätzung richtig gewesen war. Kassandra bedurfte keiner äußeren Energiezufuhr. Sie hatte ihre eigenen, ausgezeichnet funktionierenden Energiequellen. Der Versuch zeigte es ihm zweifelsfrei an. Er war überzeugt, daß es außer diesem einen elektrischen Kabel, das er zerstört hatte, keine weiteren gab. Weder im Saal noch außerhalb ihrer Außenwände. Fluchend steckte er die Pistole ein. Er ging nach oben und kam nach einer Viertelstunde mit einer Kiste Sprengstoff zurück. Die Explosion war nicht stark, bis auf die Panzertür zerstörte sie aber alles. Der Boden war von Glasplittern und den Trümmern der Einrichtung bedeckt. Er besah sich das Chaos, dann vertrieb ihn die stickige Luft, und er lief ins Freie.

Irgendwie war er sich seiner Berechnungen nicht sicher. Er mußte noch stundenlang auf die Antwort warten. Der Treibstoffanzeiger verschob sich zu langsam, als daß es mit freiem Auge sichtbar gewesen wäre. Mit einigen starken Schlägen zerschlug er mit dem Pistolengriff die Zählerscheibe und brachte einen kleinen Strich an. Dann hängte er den Tankwagen an den Geländewagen und schleppte sie mühsam zu dem Haus, wo schon der gepanzerte Transporter stand.

Er ging in den Keller, machte eine Weinflasche auf, trank ein paar Schlucke und kehrte zum Hangar zurück. Dort montierte er die Pumpe an die Zapfsäule und füllte innerhalb einer Stunde den zweiten Tank mit Kerosin. Er preßte die Stirn an die eiserne Zählerverkleidung und starrte auf die Skala. Der Strich auf der weißen Fläche deckte sich nicht mehr mit dem Zeiger. Er ballte die Fäuste. Die Zerstörung des Rechenzentrums hatte keinen Einfluß auf die in Gang gesetzte Startprozedur. Niedergeschlagen, aber von dieser Entdeckung nicht enttäuscht, schleppte er den Tankwagen auf jene Seite der Startbahn, wo eine weitere Betonpiste abzweigte. Dann kehrte er zum Haus zurück, holte aus dem Keller eine Dose mit weißer Ölfarbe und zwei mittelgroße Pinsel. Wieder trank er einen Schluck Wein und fuhr auf den Tankwagen zu, um mit dem Fahrzeug die Seitenwand zu erreichen. Mit farbverschmierten Händen malte er in französischer Sprache folgende Aufschrift auf die fleckige Panzerung: *Der Treibstoff ist für dich, Jefferson. Er ist vollgetankt.* Die Uhr zeigte fünfzehn Uhr und sieben Minuten.

10

Während er auf der Liege saß, zehn Schritt vom Fahrzeug entfernt, das mit seinen Sachen gefüllt war, dachte er an Karia. Der gepanzerte Transporter, dem der elektronische Inhalt fehlte, war genauso nutzlos wie der

Geländewagen. Siehst du, Karia, dachte er, du hast gesagt, daß das Glück eine einfache Sache sei. Dreizehn Jahre lang habe ich alle Anlagen wie meinen Augapfel behütet und sie dann einige Stunden vor diesem wichtigsten Augenblick zerstört. Die Menschen haben uns zerstört. Sie wollen uns selbst nach ihrem Tod noch zerstören. Das war immer so! Nur Adam und Eva haben sie nicht bedroht. Du sagtest, daß dies das ursprüngliche Gut war. Und die Sünde kam erst mit der zweiten Generation. Stell dir vor, Tausende von Menschen sind Kopf gestanden, um uns ein Hindernis in den Weg zu legen. Jetzt müssen wir stärker sein als sie. Wieder muß ich stärker sein. Noch dieses einzige Mal. Bis die Rechnung beglichen ist.

Zuvor rechnete er die Zeit aus. *Das Geschenk wird an die Treuen 32 435 zurückgeschickt.* Nach der Division bedeutete das fast neun Stunden. Das hieß sechs Uhr morgens. *Grüße an den Herrgott 39 973.* Elf Stunden und sechs Minuten. Also siebzehn Uhr. Er wollte sich erinnern, um wieviel Uhr Gott die Welt erschaffen hatte, doch er konnte es nicht. Er schenkte sich wieder etwas Wein ein und kostete ihn genüßlich, ließ sein Aroma und seine Säure auf dem Gaumen zergehen. Dieser Wein war der beste von allen, die er kannte. Über zwanzig Jahre lang war er in einer von drei Flaschen gelagert gewesen. Den Rohrkorb, in dem die Flasche steckte, begoß er mit Wasser aus einem Kübel, um durch die Verdunstung die richtige Temperatur des Inhalts aufrechtzuerhalten.

Der Schäferhund lag zu seinen Füßen, den Kopf auf den Vorderpfoten, und hechelte schwer, obwohl er im Schatten des Baumes lag. Hornic mußte wieder an die Begegnung mit dem Gespenst des alten Mannes denken. Er bemühte sich nicht mehr so wie früher, die Erscheinungsform der Ereignisse zu begreifen, jene Collage aus der strengen und nüchternen Wirklichkeit mit den von einer irrationalen Schicksalshand hineinkomponierten Fragmenten einer utopischen symbolischen Zeit und Bestimmung. Er glaubte nicht daran, aber er bekämpfte diese philosophische Konzeption auch nicht in sich. Die zweite Hälfte seines Daseins hatte sie umgestoßen und strafte alle ihre Tendenzen Lüge. Die Wissenschaft war zusammen mit ihren Schöpfern zugrunde gegangen, und er hatte sich überzeugt, daß außer dem Glauben an die Dogmen der Wissenschaft nichts mehr vorhanden war. Die Fertigkeiten, die er einmal besessen hatte, erwiesen sich aus weltanschaulicher und praktischer Sicht als nutzlos. Sie waren nicht wichtig und in dieser Welt überflüssig. »Wenn du nicht davon abläßt, bis zum Ende Fragen an dich selbst zu stellen, und ich denke, du wirst nicht ablassen, weil du ein Großer Jäger bist, dann wirst du die vollständige und endgültige Antwort erfahren.« Hornic fühlte den Tod nicht. Das wunderte ihn ein wenig, weil er geglaubt hatte, daß er so wie viele andere Menschen sein Herannahen ahnen würde. Er vermutete, daß sich vor dem Abschuß etwas ereignen würde. Vielleicht etwas, worauf er Einfluß hatte.

Um sieben Uhr abends aß er eine Mahlzeit und fütterte den Hund. Dann wusch er das Geschirr ab und stellte alles pedantisch an seinen Platz, in der Absicht, es für jene vorzubereiten, die sich hierher verirren mochten. Um acht Uhr nahm er eine Dusche aus dem Behälter am Dachboden und fühlte sich gleich viel besser. Er zog seine alte Kluft an: grüne Hose und Tigerfelljacke. Er war enttäuscht, er fühlte sich nicht mehr wohl in seiner Haut. Er war nicht mehr der gleiche Mensch. Kurz geschnittenes Haar, ohne Bart, mit einem anderen Innenleben, war er ein anderer Jäger.

Er wußte, daß Jefferson an diesem Tag nicht mehr kommen würde. Die Sonne ging über den Bäumen unter, ihre Spiegelungen legten sich auf den einsamen Baum und die fernen Punkte der Häuser. Es war still und ruhig wie immer. Vielleicht wurde ihm dank dieser Stille auf einmal ein fremder Laut zugetragen. Er stürzte aus dem Haus nach draußen und blickte auf die Uhr. Zwanzig Uhr dreiundzwanzig. Sein Herz schlug heftig. Jefferson. Das ferne Rauschen der Düsenmotoren drang deutlich zur Erde. Er begab sich zum Generatorhäuschen und riß an der Anlasserschnur. Die Zeiger auf den Spannungs- und Stromstärkemessern zitterten und drehten sich langsam um die Achse. Sie näherten sich dem roten Strich. Er griff mit beiden Händen nach zwei Hebeln und legte sie um. Beiderseits der Landebahn glühten zwei Reihen Lichter auf. Er legte einen dritten um, und die fernen Umrisse der Häuser leuchteten in Schwärmen roter Warnpunkte auf.

Draußen betrachtete er den klaren Himmel. Das Flugzeug war noch nicht zu sehen. Er wartete. Die Minuten verstrichen, die Luft war vom Knattern des Generators erfüllt. Nach zehn Minuten war seine Spannung aufs äußerste gestiegen. Als er nach draußen ging, hörte er wieder den tiefen Lärm der Motoren. Das Bewußtsein, daß er einen Fehler begangen hatte, traf ihn wie ein Blitz aus heiterem Himmel. Die Stimme erreichte ihn von den Häusern. Er kletterte ins Fahrzeug, drückte mit den Rädern das Gras platt und fuhr mit Vollgas auf die Betonpiste. Mit kreischenden Rädern drehte er um und raste mit voller Geschwindigkeit zum Hangar. In einer Entfernung von einem halben Kilometer erzitterte die Luft vom Dröhnen der Düsenmotoren.

Mit rutschenden Reifen bremste er vor dem Hangartor. Der Lärm, der die Erde erzittern ließ, drang vom Dach herunter. Er stürzte in das Stiegenhaus und eilte über die Wendeltreppe zu der Stahlklappe, die den Ausgang auf das Dach versperrte. Mit äußerster Anstrengung hob er die Klappe hoch und drückte sie nach außen. Ehe er auf das Dach hinausging, sah er sich um. Dann ging er langsam mit offenem Mund weiter, die schmerzenden Ohren zugedrückt, weil das Donnern nicht auszuhalten war. Es waren die Entlüftungsanlagen. Die Schächte, die von spitzen Hauben gekrönt waren. Kassandra holte Luft! Wie es ihm schien, durch die Lüftungsanlage. Das Betondach vibrierte und zitterte unter seinen Füßen. Hornic wollte noch immer nicht glauben, daß die Entlüftungsschächte in Wirklichkeit Ansaugöffnungen waren, die irgendwohin in die Tiefe führten. Ihm wollten keine Systeme einfallen, die eine solche Kapazität gehabt hätten. Hier mußten die Ventilatoren mit höchster Kraft arbeiten. Er hatte solche auf Startrampen für Weltraumraketen angetroffen. Sie dienten zur Ableitung und Entlüftung der Gasschächte während des Starts. Er zählte diese Ansaugkanäle, die seit Jahren die Stallentlüftung vortäuschten. Er zählte acht. Eine Zeitlang spielte er mit dem Gedanken, sie zu zerstören, aber er verwarf diesen Einfall sogleich wieder. Er leuchtete ihm nicht ein. Näherte er sich nur dem Gitter, drohte er vom Druck zerquetscht zu werden. Übrigens hatten die Ventilatoren, an die er sich erinnerte, diese Zyklopen mit rotierenden Schaufeln, Sicherungen, die sogar Betonbrocken und Ziegel abfingen. Die Erbauer der Kassandra mußten mit einer solchen Eventualität gerechnet haben.

Er floh nach unten, weil seine inneren Organe die Schwingungen nicht mehr aushielten. Mit fast tauben Ohren schloß er die Klappe. In der Halle unten wurde ihm etwas leichter. Er blickte auf die Uhr. Er hatte schon die Querschnitte der Einsaugkanäle, die Kapazität der Ventilatoren, an die er sich erinnerte, und die Betriebszeit, also konnte er die hypothetische Luftmenge abschätzen, die sich irgendwo in der Tiefe der Erde angesammelt hatte. Er stieg in das Fahrzeug, fuhr einige hundert Meter und begann wieder mit der aufsteigenden Angst zu kämpfen. Bis zu zweihunderttausend Kubikmeter Luft. Wozu? dachte er und spürte ein lähmendes Gefühl der Ohnmacht. Wozu braucht sie denn soviel? Um zweiundzwanzig Uhr war er mit seinen Nerven am Ende und flüchtete sich in seine Behausung. Er flüchtete wie vor Jahren, als die Erde wie die stürmische See geschaukelt hatte. Im Wohnzimmer setzte er sich im Dunkeln auf den Fußboden, atmete tief und beruhigte sich langsam. Er trank den Wein in einem Zug aus und fuhr sich mit der Hand über den Mund. Unwillkürlich fielen seine Augen auf den Schatten bei der Küchentür, wo er auf dem Tigerfell die letzte Trophäe angebracht hatte, ein chemisches Abschlußstück, das er für Kassandra gehalten hatte. Er hatte dieses Endstück dort absichtlich hingehängt, um es Jefferson zu zeigen. Das Lachen ließ seinen ganzen Körper erzittern. Er lachte über sich selbst. Ein großer Jäger! spottete der Bändiger der Kassandra. Jetzt, hier in dieser Nacht trinkt er Wein, um das Angstgefühl zu bezwingen, wenn durch das Fenster auf einmal der Klang dringt, vor dem die ganze Haut vor Angst erzittert. Wenn sie mich jetzt gesehen hätten: Karia, Robert, Kira, Yves, Karol …

»Moment«, sagte er laut. »Sie müssen es wissen.«

Er ging in ein anderes Zimmer, wo sich das Funkgerät befand. Er nahm die Schutzhülle ab, zögerte. Er mußte noch nicht senden, doch angesichts der kommenden letzten Stunde barg der Einsatz von Radiowellen keine wirkliche Gefahr mehr. Die schlimmste Tatsache dauerte immer noch an. Er montierte die Antenne und machte das Gerät sendebereit. Bis in die Morgenstunden saß er im Auto. Vor dem Morgengrauen machte er am Lenkrad ein kurzes Nickerchen. Er wachte plötzlich auf, als die Sonne schon tief über der Startbahn hing und mit ihren gleitenden Strahlen die Augen blendete. Er deckte sie mit der Hand ab und richtete sich auf. Etwas hatte sich verändert. Eine Weile erkannte er nicht, was, doch dann begriff er. Die monotone Baßstimme der gepreßten Luft hatte aufgehört. Es war fünf Uhr vierzehn. Das Einsaugen der Luft war beendet. Er blickte auf die Uhr. Es war fünf Uhr vierzehn. Neun Stunden, dachte er. *Das Geschenk wird an die Treuen 32 435 abgeschickt.*

Er stieg aus dem Wagen und ging in einen Raum, wo in der Schublade ein aufladbarer Solartaschenrechner lag. Er holte ihn aus der Hülle und ging hinaus. Er hielt den Taschenrechner so, daß die Solarzelle zu der weißen Sonnenscheibe zeigte. Ein leises Summen verriet, daß der Rechner aufgeladen wurde. Er schaltete den Rechner ein und gab die Daten für das Luftvolumen ein. Das Ergebnis las er ab und verglich es mit geschlossenen Augen mit den Luftmassen, von denen ihm einst ein Bergmann erzählt hatte. Walath. Sie sprachen damals über die Luftmenge, die für den einmaligen Luftaustausch im gesamten Bergwerk nötig waren. Er dividierte das Zwischenresultat durch diesen Wert und las den Wert ab. Was hatten sie gebaut? Diese Frage verdrängte alle Gedanken außerhalb des augenblicklichen Bewußtseins. Es war sechs Uhr drei. »Reiß dich zusammen, Hornic«, sagte er laut zu sich selbst. »Du bist ein Glückskind. Jetzt mußt du diesem Glück nachhelfen.«

Er riß sich zusammen, duschte und rasierte sich. Nach einem herzhaften Frühstück mit heißem Kaffee fühlte er sich gleich bedeutend besser. Jetzt, da er seinen Hunger gestillt hatte, waren seine Gedanken ruhig genug, daß er an Karia und die anderen Menschen in der Siedlung denken konnte. Er wußte, daß er noch über zehn Stunden Zeit hatte. Er spürte, daß, bevor das geschah, was geschehen sollte, nichts passieren würde. Es würde eben kommen, was kommen mußte. Wieder ein Instinkt? fragte er sich.

Seine Augen suchten nach dem Hund. Er lag auf der Schwelle. Er wälzte sich faul auf die Seite, seine Augen schweiften suchend umher und von Zeit zu Zeit schloß er sie. Was geschah jetzt mit ihr? Die nächste Vorbereitungsetappe lief ohne äußere Anzeichen ab.

Hornic ging in den Keller, holte ein Stück Bratenfleisch mit Knochen vom Haken und warf es dem Hund vor. Dann nahm er ein Fernglas und setzte sich auf die Liege vor dem Haus, so daß er das ganze Tal mit der Startbahn und dem Waldrand auf der anderen Seite vor Augen hatte. Bis Mittag geschah nichts, obwohl er spürte, daß das Kommende unabwendbar war. Von Zeit zu Zeit musterte er die Gegend und betrachtete eine Zeitlang immer wieder einen der charakteristischen Punkte. Um dreizehn Uhr aß er zu Mittag: Räucherfleisch, Gartengemüse und Obst von den eigenen Bäumen. Davon war nicht viel übriggeblieben, weil die Vögel fast alles abgefressen hatten. Nach dem Mittagessen trank er einen starken Tee und setzte sich wieder auf seinen Platz.

Der Himmel überzog sich mit schneeweißen Wolken – ein frühes Zeichen des nahenden Gewitters. Die Luftfeuchtigkeit stieg deutlich an. Seine Stirn war mit Schweißtropfen bedeckt. Er blickte zu dem Hangar hinüber. Die heiße Luft trennte ihn vom Boden und ließ ihn in die Luft steigen. Das glänzende optische Polster trug auch das Bild des Waldes in sich. Er wartete regungslos auf Jefferson. Immer weniger glaubte er, daß dieser es schaffen würde. Er spürte das lange Warten am ganzen Körper und wußte, daß es unvermeidlich war, genauso wie Leben und Tod unvermeidlich sind. Um halb drei sprang der bisher regungslos daliegende Hund auf und begann unruhig um Hornic herumzulaufen. Das dauerte an die neun Minuten. Dann kam er zu ihm und begann ihm die Hand abzuschlecken. Hornic sah ihm in die Augen und streichelte seinen Kopf.

»Was ist, Kleiner?« sagte er. »Wir nähern uns dem Ziel.«

Eine Weile später fing der Hund zu winseln an, zog den Schwanz ein und lief in den Wald. Der Mensch folgte ihn mit leicht verwundertem Blick. Er glaubte, er würde nicht mehr zurückkommen. Ein paar Minuten später wurde es im Wald still. Hornic zwang sich fast gewaltsam, nicht von der Stelle zu weichen. Die Vögel verstummten, die Tiere verschwanden. Er beneidete sie.

Er dachte, daß er jetzt viel dafür geben würde, zu erfahren, was sie wußten, und es mit ihren Sinnen wahrzunehmen. Er konnte nicht den leisesten Ton hören. Die grüne, lebende Hölle wurde plötzlich zur regungslosen Attrappe. Das Grün wurde zum ehernen Denkmal. Innerhalb von wenigen Minuten war das Leben erloschen. Wie war das möglich? Die Frage, die er am vergangenen Tag wiederholt gestellt hatte, schien ihm jetzt ziemlich abgenützt zu sein.

Um siebzehn Uhr zog er den Kampfanzug an. Die Tigerfelljacke hängte er auf den Haken im Wohnzimmer. Er schloß sorgfältig die Tür und legte den eisernen Riegel vor. Er kontrollierte das Haus, überprüfte den Fensterrahmen und dann setzte er sich hinter das Lenkrad. Das Funkgerät, das er aus dem Haus geholt hatte und die Batterie lagen auf dem Hintersitz. Die handliche Ausrüstung lag auf dem Beifahrersitz und dem Boden. Noch wußte er nicht, was er unternehmen würde, daheim wollte er jedenfalls nicht überrascht werden. Flüchtige unbewußte Instinkte und Gefühle wirbelten durch seinen Kopf, immer flüsternd, immer auf der Suche nach etwas Unbestimmtem. Er lauschte ihnen, konnte sie dann aber wieder nicht entziffern. Manchmal kam es ihm vor, als würden sie ihm helfen, vor irgend etwas warnen, aber er vertraute ihnen nicht. Mehrmals versuchte er, in sich hineinzuhorchen, genauso, wie er es vor jeder Jagd getan hatte. Jedesmal widerfuhr ihm ein unbekanntes Angstgefühl. Es war so stark, daß er es schließlich bleiben ließ.

Um siebzehn Uhr vierzehn erhaschte er wieder einen Gedankenblitz. Er fühlte, daß er jetzt und früher einmal hier gewesen war. Mit den Augen der wiederholten Zeit sah er wieder alles, startete den Motor und stellte fest, daß er zum Hangar fahren würde. Warum soll ich hier warten? dachte er unter diesem Eindruck und wunderte sich, daß er diese Frage nicht früher gestellt hatte. Er legte den Gang ein und fuhr zur Startbahn. Also doch, stellte er halblaut fest. Um siebzehn Uhr sechsundzwanzig schaltete er vor dem Tor die Scheinwerfer des Fahrzeugs ein, weil die Wolkendecke die Sicht ganz verdunkelt hatte. Vor dem Hangar blickte er sich um. In einer Ecke stand ein Hubschrauber, daneben zwei gepanzerte Truppentransporter, zwei Tankwagen, Teile einer Gitterkonstruktion. Nichts hatte sich verändert, es gab keine neuen Anzeichen von Aktivität. Aber etwas geschah. Er spürte einen Blick im Rücken und drehte sich hastig um. Nichts. Zwei Lichtbündel blendeten ihn etwas, aber nicht so stark, daß er nicht hätte feststellen können, daß niemand da war. Trotzdem wich dieses Gefühl eines fremden Blickes nicht von ihm. Er fühlte, daß jemand anwesend war. Hornic stand mit beiden Beinen in der Grube, gegenüber den Scheinwerfern, direkt im Mittelpunkt des Lichtstrahls. Nun wurde alles noch dunkler, aber kein Sturm brach los. Langsam hob er die Hand mit der Uhr. Die Zeit, die er aufgrund der Magnetaufzeichnung berechnet hatte, war abgelaufen. *Grüße an den herrgott,* dachte er.

Sah die Welt während des Schöpfungsaktes so aus? Still, dunkel und erstarrt. Auf einmal spürte er den Elan neuer Kraft und Selbstsicherheit. Eine innere Wende, eine Phase der Nervenkrise, die ins Gewand der Entschlossenheit und der Gefühlsstabilität gekleidet war. Die innere Stimme flüsterte ihm zu: Beweise, daß du keine Angst hast. Beweise es ihr und dir selbst. Reiß die geistige Initiative an dich.

»He du!« schrie er, und die verstärkte Stimme hallte hinter seinem Rücken wie ein Echo wider. Das Blut pochte in seinem Kopf.

»Ich hin Theodor Hornic!« schrie er. »Ich bin zu dir gekommen! Hörst du mich – Kassandra?«

Er verstummte und wartete, bis die letzte Schwingung verhallt war.

»Kassandra! Wo – bist – du?! Zeig – dich!« Er schrie es mit Pausen zwischen den einzelnen Worten, er schrie jetzt lauter als vorher. »Außer, du hast Angst!!!! Du hast Angst … Angst …«

Er fühlte es eher als daß er es hörte. Die Erde seufzte und trug ihm ein Stöhnen zu, das an der unteren Hörbarkeitsgrenze lag.

Er drehte sich nicht um. Hinter ihm aus dem Hangarinnern schlug mit wachsender Intensität eine Lawine lilafarbenen Lichts. Es prallte gegen den Wagen, brachte die Scheinwerfer zum Erlöschen und überflutete in Kaskaden den Raum, beleuchtete die Umrisse der tief hängenden Wolken. Auf dieser geballten Wolkendecke erblickte er eine Gestalt. Seinen eigenen Schatten, mit leicht gespreizten Füßen, mit Händen, die tief vom Körper herunterhingen, breiten Schultern, die Falten des Kampfanzugs an den Füßen und an der Seite. Er senkte die Augen und blickte auf die Füße. Die Sohlen standen auf der Schwelle, die Absätze waren etwas höher. Der Boden des Hangars sank in die Tiefe. Er drehte sich um und schaute hinunter. Der Hubschrauber, die Schützenpanzerwagen und die Tankwagen erinnerten aus der Höhe nur noch an Spielzeug, das mit dem ganzen Innern nach unten glitt in die sich öffnende Grube. Einige Meter tiefer klaffte der Boden auseinander, und auf dem Beton waren riesige Buchstaben zu sehen. »Grube IV – Tragfähigkeit 1000 Tonnen.«

In waagrechten Ringen, einige Meter hinter den dicken Grubenwänden, leuchteten immer wieder die mächtigen Scheinwerfer auf, die mit einer lila Lichtflut den Raum füllten, der sich auftat. Als der Boden etwa zehn Stockwerke tief abgesunken war, leuchtete in der gegenüberliegenden Wand ein zweiter großer Pfeil auf. Knapp danach hörte die Absenkung auf. Er beugte sich vor und sah sich die Wände an. Sie waren glatt, nur in der rechten Ecke hinter dem Hubschrauber bemerkte er ein Rechteck. Er holte das Fernglas aus dem Fahrzeug. Es war eine quadratische Platte mit Abmessungen von knapp einem Meter. Sie wies hinter dem gläsernen Visier eine Tastatur auf, mit einer Rille, die nach dem Eingabeteil eines Lesers aussah und weitere Einzelheiten zeigte, die ihm unbekannt waren. Er legte sich auf den Boden und tastete mit den Händen den schwarzen Gürtel aus einem ihm unbekannten Kunststoff ab, der die Wand rund dreißig Zentimeter unter dem oberen Abschluß umspannte. Es sah nach einer Dichtung aus. Sie war so gut ausgeführt, daß kein Tropfen Wasser durchdringen und das Vorhandensein des unterirdischen Hohlraums verraten konnte. Ein Hohlraum? Wenn es ihn gäbe, wüßte er davon. Der Grubenrand war uneben, kleine Stücke waren ausgebrochen. Die Verbindung war mit Beton ausgegossen gewesen, der gesprungen war, als der Boden absank.

Er erhob sich und ging zum Fahrzeug, um das Funkgerät einzuschalten. Als er sich dem Wagen näherte, spürte er elektrische Entladungen. Er schätzte diese Entdeckung sofort richtig ein. Das Funkgerät war nutzlos. Vorsichtig, ohne den Wagen zu berühren, holte er mit zwei Fingern die Handschuhe vom Sitz. Erst dann holte er den Faradayschen Overall mit dem eingenähten Drahtnetz aus dem Kofferraum. Er zog ihn an und verband Hosen und Schuhe fest. Seine Ausrüstung trug er weit ins Freie hinaus. Die Anzeige des Quarzanalysators bestätigte seine ersten Eindrücke. Irgendwo in der Nähe arbeitete ein Generator, der statische Elektrizität erzeugte. Er wußte seit langem, was zu tun war. Wenn ihn das Absinken des Bodens in der Hangarmitte überrascht hätte, wäre er schon tot.

Er fühlte sich etwas munterer. Kassandra begrüßte ihn mit einer typischen Falle. Er beschloß, das Spiel sofort anzunehmen. Er kehrte zum Wagen zurück, stellte das Funkgerät ab und zog aus der blitzfesten Folie einen dritten Overall. Falls es unten Infrarotdetektoren gab, war er für sie unsichtbar. Er bog den Schlüssel in eine bestimmte Form zurecht, steckte ihn ein und sah zu, wie die kalten blauen elektrischen Funken übersprangen. Aus seinen Sachen holte er eine Dose mit einem Rest weißer Farbe und einen Pinsel. Weit weg vom Auto schrieb er auf die Startbahn:

Jefferson! Das ist die Grube der Kassandra. Ich bin mitten drin. Komm ihr nicht zu nahe. Lebensgefahr! Laß es die Enklave wissen: 131 km + 200, 132 Grad 16′ 09″ NNO. Hilf ihnen, sie brauchen dich. Wenn ich nicht da bin, nimm den Panzerwagen. Theodor Hornic.

Daneben malte er ein großes Kreuz, dem ein Stück fehlte, weil die Farbe zu Ende war. Er warf die leere Dose und den Pinsel weg. Dann kehrte er zum Wagen zurück, nahm den Tankverschluß ab, legte ihn auf den Sitz und führte eine Zündschnur bis zum Haus. Hinter dem Haus ging er in Deckung. Er zog an der Schnur, so lange, bis der Widerstand des Starters gebrochen war. Eine laute Explosion zerriß die Luft. Der Wagen explodierte in einem Inferno. Nach einer Weile sank das Feuer in sich zusammen, weil keine brennbaren Autoteile mehr vorhanden waren. Der Wagen war keine Bedrohung mehr. Ohne die Hülle von dem antistatischen Overall abzunehmen, legte er den Arbeitsgürtel um und hängte sein Werkzeug daran. Auf dem Rücken trug er eine Sauerstoffflasche mit hohem Druck, um die Brust geschnallt einen kleinen Computer und ein Sensorenbündel. In den Stiefelschaft steckte er Waffen, Munition und Sprengstoff. Auf die Schienbeine schnallte er sich Schutzschienen aus Titan. Er blies die Reduktionsventile durch, setzte die Sauerstoffmaske auf und überprüfte penibel ihre Dichtheit. Das war alles. Nein! Er fuhr in die Tasche und spürte eine kleine runde Form. Erst jetzt wurde ihm bewußt, daß er alles durchgecheckt hatte.

Über die Wendeltreppe des Nachbarhauses stieg er unter das Hallendach. Neben einer von der Decke herabhängenden Glühlampe brachte er den Sprengstoff und Zündkapseln an und verband sie mit dem Auslösemechanismus. Hinter der Dachwölbung ging er in Deckung und wartete ruhig ab, bis die Explosion die Konstruktion zerstört hatte. Vom Sprengtrichter kletterte er über die Elektroinstallation auf die Schiene eines Laufkrans. Er erreichte den Träger, balancierte über den vierzig Meter hohen Abgrund hin zum Mechanismus der Laufkatze. Er öffnete einen Schaltkasten und vertauschte nach kurzer Untersuchung einige Verbindungen. Er zog das Seil zu sich heran und machte sein Ende an sich fest. Hornic blickte nach oben, dann hin zum offenen Hangartor. Er griff nach der frei herabhängenden Steuerung der Seilwinde. Die auseinandergenommene Apparatur ließ sich so umbauen, daß sie bei seiner Rückkehr wieder funktionstüchtig war. Das gut eingefettete Seil, das auf der Seiltrommel aufgewickelt war, ließ kein Klettern nur mit Muskelkraft zu. Er ließ das Seilende hinabfallen und sah, wie es sich im Fallen abwickelte. Es erreichte den Boden, schlug zuckend gegen den Beton, bis es schließlich regungslos herabhing. Er drückte eine Taste und ließ sich hinab. Auf dem Weg nach unten betrachtete er aufmerksam die Grubenwände und die Reihen der Scheinwerfer dahinter. Ohne die Wellenlänge des lilafarbenen Lichts gemessen zu haben, wußte er, daß rein monochromatisches Licht emittiert wurde. Dieses Licht war von einem tief fliegenden Flugzeug aus erkennbar, aber für Spionagesatelliten war es schon nicht mehr auszumachen. Er schloß daraus, daß die Konstrukteure der Kassandra Luftangriffe nicht gefürchtet hatten. Gab es also eine Abwehr? Vielleicht war diese Rakete gegen den ankommenden Feind gerichtet?

Am Boden stehend löste er das Seil und ging zu einer Schalttafel. Das war eine indirekte Stufe. Hinter einer gläsernen Abdeckplatte, die in die Tafel eingebaut war, befand sich ein Magnetkopf und zwei Achsen für die Magnetspulen. Er zerschlug das Glas mit seinem Schlüsselbund, holte den Aluminiumbehälter aus der Tasche und öffnete ihn. Darin befand sich das Magnetband Watzingers. Er legte es noch nicht ein. Er schritt auf dem Grubenboden auf und ab und besah sich die marmorglatten Wände. Sie waren mit einem körnigen feinen Staub bedeckt. Einen Augenblick überlegte er, was das sein könnte. Zögernd nahm er etwas davon auf die Zungenspitze und spuckte es sofort wieder aus. Es war Sand. Jetzt gelangte der Sand in die natürlichen porösen Spalten – in den Behältern, verursacht durch das gleichmäßige Absinken der Betonfläche im Hangar. Es war Schalbeton, kein vorgefertigter Beton. Ohne den kleinsten Sprung. Das war eine phantastische Ingenieurarbeit. So viele Regenfälle und Erdbeben, dachte er. Ein Leck in der Dichtung hätte zum Entstehen von Verklebungen, zu ungleichmäßigem Absinken, Bruch des Bodens, der für diese Belastung nicht vorgesehen war, und in der Folge zum Verkeilen in dem Schacht führen müssen.

Er legte die Spule des Magnetbands ein und las es ein. Im Bruchteil einer Sekunde war er fertig. Das lose Ende des Magnetbandes auf der zweiten Spule flatterte noch immer, als er spürte, daß seine Füße leicht wurden. Es ging abwärts, und er glaubte noch, daß das Sinken bald zu Ende sei, aber als das Seil, auf dem er heruntergeklettert war, bis zum Ende ablief, begriff er, daß er jeden Gedanken an Rückkehr fahren lassen mußte. Es blieb ihm jedoch keine Zeit zum Reagieren, denn auf dem Boden wurde ein riesiger Buchstabe sichtbar: K. Als die Aufschrift zu einem Drittel sichtbar geworden war, ahnte er, was folgen würde: **K a s s a n d r a,** las er mit zitternden Lippen. Die Buchstaben waren senkrecht aneinandergereiht. **W a r t e t.**

Es verschlug ihm den Atem. Bis zum Deckengewölbe

der Halle waren es rund achtzig Meter, als die Reise in die Tiefe der Erde zu Ende war. An der Stelle, wo der Hubschrauber und die Fahrzeuge standen, erkannte er eine ovale Öffnung, die mit einer Platte aus poliertem Metall verschlossen war. Die Platte war oval und flach, aber so groß, daß er ohne Schwierigkeit mit dem Panzerfahrzeug hätte hindurchfahren können. Er näherte sich der Stelle. Ein Schalter fehlte. Er zog den Handschuh aus der Folie und legte ihn auf die Platte. Sie öffnete sich selbsttätig. Infrarot, dachte er triumphierend.

Der Gang war nicht mehr als dreißig Meter lang und endete bei einem Aufzugschacht. Über dem Eingang befand sich ein stählerner Lampenschirm mit einer normalen Glühbirne. Eine rote Aufschrift verkündete in mehreren Sprachen: *Die vereinigten Streitkräfte – der aufgehende Stern – Aufzug F.* Er setzte die Maske auf und schaltete die Sauerstoffzufuhr ein. In der Tür befand sich eine Photozelle. Er wollte abschätzen, mit welcher Geschwindigkeit die Aufzugskabine in die Tiefe sank, aber das sanfte Schwingen der Kabine erlaubte keine Schätzung. Nach etwa drei Minuten spürte er die Schwere. Bremsen. Einige Sekunden Bremsen. Der Boden schwang auf und ab, bis er völlig zur Ruhe kam. Wieder gab es einen geraden, leicht oval ausgebildeten Gang, der vor einer Stahltür endete. Während er ihm folgte, fiel ihm auf, daß er von mehreren Rissen durchzogen war. Stürzt er ein? Eine Reihe von Lampen mit Schutzgittern. Ein leichter Geruch von Feuchtigkeit und Druck in den Ohren. Druck! Sie verhinderten durch Überdruck, daß Luft von außen eindrang. Was war Kassandra, daß sie vor einer Infektion gesichert worden war?

Vorläufig wußte er eines. Er lebte noch und sollte noch leben, wenn ein verborgener Mensch oder das Programm ihn zu einem unbekannten Bestimmungsort führten. Die Türplatte glitt geräuschlos in die Tiefe und legte eine Betonmauer mit einer Dicke von etwa drei

Metern bloß. An den Innenrändern der Fläche bemerkte er dieselben Abdichtungen wie unter dem Hangarboden. Der Eingang hier war klein und einzigartig. Also hätte der Lift weiterfahren und eine größere Traglast mitnehmen können. Hornic wunderte sich nicht darüber. Er bückte sich, um mit dem Kopf nicht an die Decke zu stoßen. Er befand sich in einem kleinen Raum, dessen linken Abschluß die Tür bildete. Als er aber den Gangboden betrat, glitt die Stahlplatte an ihren Platz zurück, genauso lautlos, wie sie sich geöffnet hatte.

Der Raum hatte die Abmessungen eines Quadrats mit einer Seitenlänge von etwa fünf Metern. Die Wände bestanden aus einer Holzimitation. Auf der linken Seite befand sich eine kleine Tür, zu klein, um als Eingangstür bezeichnet zu werden. Ihr gegenüber eine weitere Platte. Auf der rechten Seite stand eine Bank und darüber befand sich eine Reihe bronzener Kleiderhaken. Der Druck in den Ohren hörte für einige Sekunden auf, nachdem sich der Eingang geschlossen hatte. Bevor er etwas unternehmen konnte, knirschte etwas über seinem Kopf und eine menschliche Stimme ertönte.

»Bereite dich auf die Entseuchung vor. Gib alle Gegenstände und die Kleidung in das Kästchen. Wenn du fertig bist, sag: Ich bin fertig. Verwende die Sprache, derer du dich sonst bedienst.«

Er blickte zur Decke auf und war von dem Akzent sehr überrascht, der ihn plötzlich verstörte. Man hatte alles auf englisch gesagt. Er schaute noch immer in die Höhe, als dieselbe Stimme, nur etwas höher im Ton, dasselbe auf deutsch sagte, dann auf spanisch, französisch und russisch, schließlich auf chinesisch.

Langsam zog der die Außenkapuze des antistatischen Overalls vom Kopf. Er drückte mit den Händen auf die Reduktionsventile der Sauerstoffmaske. Eine Weile ließ er sie dort und drückte mit den Fingern so fest zu, da sie ihm weh taten, dann riß er sie wieder weg. Außer dem kurzen Zischen des Sauerstoffs war nichts zu hören. Er atmete saubere Luft. Nach einigen Atemzügen fiel ihm auf, daß die Luft erstaunlich frisch und rein war. Einige Zeit später stand er nackt vor der Tür. Er wollte etwas auf englisch sagen, biß sich aber auf die Zunge. Fast hätte er die Gelegenheit versäumt, einen Test zu machen.

»Ich bin fertig«, sagte er auf polnisch und fügte hinzu: »Suaheli bitte.«

»Vizuri«, röchelte die gleiche Stimme, »saa rubili ya usiku, Ngoja.«

Er räusperte sich, denn er fühlte die Anspannung seiner Nerven.

»Esperanto.«

»Bene. Dudeka hero. Vi atendas.«

Er preßte die Lippen zusammen. Die Stahltür glitt zurück. Einen Augenblick zögerte er, dann betrat er eine kleine Kammer mit schneeweißen Wänden, die wie Mattglas aussahen. Wieder spürte er einen leichten Überdruck. Dann die Wärme von Strahlung auf der Haut. Ein warmer Lufthauch, der aus unsichtbaren Spalten von unten kam, umfächelte ihn. Von oben fiel das unangenehme lilafarbene Licht herab. Er hatte es schon erkannt. Das Licht hatte die Aufgabe, die Luft zu sterilisieren. Nachdenklich schloß er die Augen. Diese Kammer diente der Entseuchung, doch dieser Vorgang hatte gleichzeitig mit der Tarnfunktion im Schacht angefangen. Er kannte dieses Vorgehen aus dem Krieg. Hier kamen noch zwei bis drei Elemente hinzu. Es endete genauso leise wie es angefangen hatte. Von der gefälligen Tür geleitet, gelangte Hornic in einen dritten Raum, der noch kleiner war als die vorherigen und in Pastelltönen gehalten war. In dem Schrank hingen kurze ... Röcke aus einem angenehm weichen Stoff mit elastischem Gürtel. Es gab einige davon, in verschiedenen Farben. Er zog ein solches Kleidungsstück an und fühlte sich sofort leicht und bequem, und nach der Entseuchung frisch und entspannt.

»Ich bin fertig«, wiederholte er in seiner Muttersprache.

Die Tür glitt auf.

Schon vorher hatte er sich gedacht, daß hier keine Rakete zu finden sein würde, aber was er sah, ließ ihn erstarren. Er war überrascht, daß er sich bei der Beurteilung der Situation so vertan hatte: vor allem überraschte ihn der Gegensatz zwischen den Gefühlen der letzten Jahre, die sich um die schreckliche Legende gerankt hatten, und dem Bild, das er nun vor Augen hatte. Vor ihm tat sich eine geräumige Halle auf, von der Korridore ausgingen. Die Halle war voll raffiniertem Luxus und eingerichtet mit gutem Geschmack. Die ovalen Korridore, die von den Strahlen wärmenden Lichts beheizt wurden, erinnerten an ostasiatische Miniaturen. Nach einigen Schritten stand er auf dem Boden des Raums, der mit echten dicken Perserteppichen ausgelegt war, deren Flor angenehm seine nackten Fersen kitzelte. Auf der anderen Seite hing zwischen den Mündungen zweier Korridore ein herrliches mittelalterliches Bild, eine allegorische Darstellung der Erschaffung der ersten Frau. Der schlafende Adam, der große grauhaarige Gott, der dem schlafenden Menschen die Rippe entnimmt, links Eva, etwas schläfrig, von üppigen Formen, mit höchster Kunstfertigkeit wiedergegeben. Aus den Wolken fielen drei Lichtstrahlen auf die drei Zentralgestalten des Bildes. Die Schwärme der Engel mit hocherhobenen Händen, die Gesichter in Ekstase verzückt zur Verherrlichung des Werkes. Das Bild war durch eine Folie abgedeckt und in einem großen Goldrahmen gespannt. Hornics Verdacht, daß hier keine Menschen anzutreffen seien, verstärkte sich.

An den Wänden des Korridors hingen ebenfalls durch Folien geschützte Bilder. Alles war unangetastet, steril, ideal frisch. Von irgendwo aus dem Hintergrund, von allen Seiten war ein Seufzen zu hören. Ein kaum wahrnehmbares Atmen der Luft. Plötzlich schien es ihm, als gäbe es eine Druckveränderung. Es war menschlich, lebhaft. Der Atem der Kassandra? Er schüttelte sich und machte kehrt. Keine Spur einer Tür war zu sehen. Nur eine weiche Fläche mit persischen Ornamenten.

»Das Hauptsystem der Computeranlage von Kassandra begrüßt dich in seinen Räumen.« Die tiefe Stimme hatte einen Tonfall, der sowohl männlich wie weiblich sein konnte. Sie kam von allen Seiten. Die Lautsprecher mußten gleichmäßig in alle vier Wände eingebaut sein, da der Ton aus allen Richtungen kam und den Raum mit einem gleichmäßigen Klang erfüllte. Hornic hob die Arme, von dem Effekt erdrückt, obwohl er den Mechanismus kannte, der diesem Eindruck zugrunde lag und der in seiner Jugend so alltäglich gewesen war.

»Du befindest dich am bestgeschützten Ort der Erde. Hier, in diesen Räumen, die von nun an dir gehören, haben wir, die namenlosen Schöpfer des Programms, für den auserwählten Vertreter der menschlichen Gattung ein Geschenk vorbereitet, an dem seit Anbeginn der irdischen Evolution kein Lebewesen Anteil hatte. Bevor dich unsere Stimme in die Tiefe der Räume geleitet, mußt du wissen, daß zum Zeitpunkt der Beendigung unserer Aufgabe, also vor vierzehn Jahren, uns die Person, die sich hier einfinden würde, unbekannt geblieben ist. Aus Rücksicht auf die Erfüllung einer ganzen Reihe entsprechender Bedingungen, als Beweis entsprechender Fähigkeiten, die sich aus einer bestimmten Weltanschauung ergeben und außerdem des Glücks, hier zu stehen, fühle dich als Auserwählten des Schicksals. Als Auserwählten der Vorsehung, denn weder hat vor dir hier jemand eine Chance gehabt, noch wird jemand nach dir eine Chance bekommen.«

Das war keine Tonbandstimme. Der Computer berechnete die Zeit, vierzehn Jahre, und flocht sie frei in den künstlich erzeugten Text der Stimme ein.

»Was weiter?« wollte Hornic wissen.

»Begib dich in den rechten Gang.« Die Stimme kam genau von dort. Hornic ging an die hundert Meter weiter. Der Gang verlief in einem großen Bogen. Als Hornic an die Stelle kam, wo er vor einer dunklen Glastafel endete, sah er sich unerwartet gezwungen, nach links abzubiegen. Ein paar Meter weiter stand er vor einer weiteren Tafel, die wie die erste aussah. Hier führte kein Weg weiter. Auf einer weißen Säule, die bis zur Decke reichte, war ein Bildschirm mit Tastatur angebracht. Auf dem Bildschirm leuchtete ein Text auf. Es war ein Test mit der Aufforderung, sich über den Zweck des Tests nicht den Kopf zu zerbrechen. Er las die Anweisung durch und lächelte, weil es nichts gab, worüber er sich den Kopf hätte zerbrechen müssen. Es war ein spezieller Test, der nur bei äußerster geistiger Aufgewecktheit zu lösen war. Ihm wurde klar, daß sein Weg zu Ende war, wenn er ihn nicht löste. Kurze Zeit später war die Prüfung bestanden.

Die dunkle Glastafel war in Wahrheit farblos, und auf der Rückseite wurde es licht wie am hellen Tag. Die Tafel verschob sich um die halbe Gangbreite. Aber Hornic bewegte sich nicht. Die Beine wurden ihm schwerer als sonst und die Hände naß vor Aufregung. Der Saal hatte die Form eines Trapezes von zwanzig Metern Länge. Unter der hohen Decke war ein großer Bildschirm angebracht. Er kannte genau die silbrige Beschaffenheit seiner Innenfläche. An beiden Seitenwänden standen die gleichen Monitore, bloß senkrecht aufgestellt. Zwei Meter breit und vier bis fünf Meter hoch. Unten verlief ein fast leeres Pult. Nur auf der rechten Seite war eine Schaltfläche. Davor stand ein Stuhl. Im Eingang stehend, sah er sich die Tür an. Sie war drei Zentimeter dick gepanzert. Sie war nicht einmal von Maschinengewehrkugeln zu durchschlagen. Er trat ohne zu zögern über die Schwelle.

»Du befindest dich im Herzen des Bunkersystems. Bevor du darüber mehr erfährst, setz dich in einen Stuhl. So läßt sich bequemer reden.«

Es war dieselbe Stimme. Er blickte sich um. Vor der linken Wand standen zwei Sessel auf Rädern. Tief und mit Fell bezogen wie die anderen. Gemessen näherte er sich und setzte sich. Wann habe ich das letztemal so etwas berührt? dachte, er. Das Fell war katzenweich. Wie viele Tiere haben für diesen Bezug ihr Leben lassen müssen?

Etwas wie ein Schatten, ein Erinnerungsfetzen, eine flüchtige Assoziation huschte durch sein Gehirn. Ein neues Auto, metallicfarben, eine schlanke hübsche Frau mit kastanienbraunem Haar, an seinen Arm gelehnt, zwei Kinder, die auf dem Rücksitz Platz nahmen. Der Verkäufer im Autosalon, der mehr sie als ihn anlächelte. Der Wagen hatte ähnliche Sitze gehabt. Vor der Scheibe auf der Straße eine Menschenmenge. Er hob die Augen.

»Das Programm Kassandra hat einige Fragen an dich, die es stellen muß. Die Antworten sollten möglichst richtig und vollständig sein, damit es seine Aufgabe bis zum Ende erfüllen kann. Erst dann wirst du den Zweck deiner Anwesenheit hier erfahren. Bist du damit einverstanden?«

»Gut, einverstanden«, sagte er.

»Fühlst du dich gesund?«

»Ja.«

»Hast du Hunger oder Durst?«

»Nein.«

»Seit wann weißt du von der Existenz dieses Zentrums?«

»Seit dem Ablassen des Treibstoffs aus den Tanks.«

»Seit wann kennst du den Namen ›Kassandra‹?«

»Seit dreizehn Jahren weiß ich vom ›Kopf der Kassandra‹!«

»Weißt du, warum es ›Kopf‹ heißt?«

»Nein.«

»Was verbindet dich persönlich mit diesem Namen?«

»Ich habe diese Rakete gesucht.«

»Warum?«

Er zögerte einen Sekundenbruchteil.

»Um sie unschädlich zu machen.«

»Warum?«

»Sie bedroht das Leben der überlebenden Menschen.«

»Glaubst du, daß du es schaffst?«

»Wenn es möglich ist, ja.«

»Bist du der Meinung, daß du der Situation gewachsen bist?«

»Ich fürchte, nein.«

»Bist du trotzdem bereit, den Versuch ihrer Zerstörung zu unternehmen?«

»Jaaa«, zischte er. Er umklammerte mit den Händen die Lehne, löste sie aber gleich wieder, weil ihm der Schweiß ausbrach. Die Abdeckfolie absorbierte den Schweiß nicht, sie wurde feucht. Dann folgte eine Pause.

»Das System glaubt, daß du die Wahrheit gesprochen hast. Du ähnelst dem einprogrammierten Vorbild der Schöpfer der Kassandra.« Die Stimme füllte wieder den Saal. »Das System kann dir eine lange Prozedur ersparen. Im Register ist eine große Menschenpopulation gespeichert. Wenn du deinen Namen, den Vornamen und die Grunddaten angibst, wird sich vermutlich herausstellen, daß wir deine Person im Register finden können. Dann würde sich das Stellen langwieriger Fragen erübrigen. Wenn du das aber nicht willst, zwingt man dich nicht dazu.«

Er sah sich den Bildschirm an, das Pult, den Fußboden, neigte sich im Sessel nach vorn und bedeckte das Gesicht mit den Händen. Das dauerte lange. Als er sich wieder aufrichtete, hatte er sich schon entschlossen, etwas zu tun, was er früher nicht getan hätte. Er hätte es nicht einmal vor sich selbst getan.

»Hauptmann Dr. Theodor Hornic, Befehlshaber des computerisierten Bataillons zur Raketenerkundung und Raketenabwehr. Fünfte Brigade der mobilen Raketen der Luftstreitkräfte der Gruppe Süd. Einheit HX 374 122 ›Victor‹, Deckname ›Albatros‹. Identifikationsnummer T 88 675 – 399 A.« Die Stille war greifbar. Wie ein Donnerschlag brandete sie gegen die Wände. Die Stimme zögerte.

»In der Evidenz wirst du als Deserteur geführt. Das System verifiziert die Aufzeichnung, wenn du eine Frage beantworten kannst.«

»Gut.«

»Wie lautete das Thema deiner Dissertation?«

»Das war zweifacher Natur. Das geheime und das eigentliche Thema lautete: ›Die Vergrößerung der nächtlichen Treffergenauigkeit von Lenkwaffen auf Mikroziele mittels der Methode des Mondalbedos als Zusatzwert, unter Bedingungen, die den Einsatz von Funk- und Laserortung im Zielgebiet unmöglich machen.‹«

»Deine Identität ist bestätigt. Du kannst Fragen stellen, bekommst aber nicht auf alle Antwort. Du mußt das verstehen und akzeptieren. So sind die Anforderungen des Programms, dessen Zweck du später kennenlernen wirst.«

Er begann zu fragen. Zuerst nach der Basis, der Computertechnik, der Sprach- und Dialoggeneration, der Bauweise der unterirdischen Installation. Die Antwort stellte sich als jenes Bild dar, das Hornic für Jefferson kurz im Aufriß skizziert hatte. Es wurde klar, daß alles, was er bis jetzt unternommen hatte, das Werk eines Amateurs war. Wie vorauszusehen war, mußte ein einzelner, nur mit einem Taschenrechner ausgerüsteter

Mensch gegenüber einem so raffiniert ausgedachten System wie Kassandra ratlos sein. Es bestätigte sich, daß er sich nur deswegen in diesem unterirdischen Raum befand, weil das Programm nur für die Aufnahme eines einzelnen Menschen eingerichtet war. Das Bewußtsein der Ironie seines Schicksals ließ ihn nicht los. Ausgerechnet er war hierher gekommen. Hatte der Alte im Nebel etwas davon gesagt? dachte er bitter, aber schon ohne Verwunderung. Hatte er deswegen das tödliche System der supervollkommenen Aufspürung von Leben auf der Erde erfunden, auf der Erde, die von Massenmorden heimgesucht werden sollte, vom gezielten und durchdachten Töten, um von der vergangenen Zivilisation ein Geschenk zu bekommen? Einen Überlebensapparat? Was waren dann diese Gänge und Räume, wenn nicht ein Überlebensapparat mit der Perspektive, das beste Grabmal auf Erden zu sein? War das ein Fall von Kompensation, die symbolisch raffinierte Form der Reuehandlung einer Gruppe von Narren?

»Wo ist die Rakete?«

»Keine Antwort. Hast du weitere Fragen?«

»Wozu bin ich hier?«

»Diese Antwort bekommst du bald, wenn du vom Schöpfer des Systems dazu aufgefordert wirst.«

»Kann ich von hier an die Erdoberfläche gelangen?«

»Ja. Nach Anhören des ganzen Berichtes plus einer Woche Zwangsaufenthalt, der zur Besinnung dienen soll.«

»Ich habe keine weiteren Fragen.«

Stille herrschte. Der große Bildschirm wurde lebendig. Verschwommen zuerst, dann immer deutlicher, entfaltete sich in einer Mercatorprojektion die Karte der Erde. Die Kontinente waren mit herrlich farbiger, atemberaubender Präzision in doppelten Umrissen sichtbar. Eine gelbe Linie markierte die alten Umrisse der Kontinente und Inseln. Eine weiße Doppellinie zeigte die neue Ordnung der Erde und des Wassers. Hornic erhob sich willkürlich aus seinem Sessel, er stand ganz im Bann seines Erlebnisses. In der linken oberen Ecke glühte eine große Schrift auf: Satellitenbild, darunter ein Datum: Jahr, irdischer und Mondmonat, Tag, Stunde und Minute und die sich laufend ändernden Ziffern der Sekunden. Darunter eine Zahl. Sie zählte die Minuten. Die Minuten seines Aufenthaltes in diesem Komplex. Mit dem ganzen Körper nahm er das Bild der neuen Welt auf. Mit seinen Augen sah er die Umrisse Südostasiens, des Nahen Ostens, Nord- und Südamerikas, Afrikas, Europas.

»Unmöglich«, flüsterte er.

Er richtete seine Augen auf Tibet. Der Ozean reichte im Norden in zwei Buchten bis zum Himalaya, aber diese Gegend der Erde, die er sich als Bestimmungsort ausgewählt hatte, war genauso unerschüttert wie immer im Zentrum des Bildschirms. Wie er so in die Betrachtung des Bildes versunken dastand, erreichte Hornic eine Stimme. Die Stimme eines Mannes, eine Menschenstimme. Eine aufgezeichnete Stimme. Sie glitt in Kaskaden von der Decke und den Wänden herab. Sie hüllte ihn ein wie Watte, wie ein dichter Nebel, wie eine Flüssigkeit.

»Frage nicht, wer die Kassandra gebaut hat. Wir alle haben sie gebaut. Interpretiere das nicht in der gewohnten Art. Lehne alle kulturellen Aspekte ab. Es gibt keine Kultur mehr. Alle Propagandavoraussetzungen, denen du vor dem Ausbruch des großen Krieges unterworfen warst, haben ihre Schuldigkeit getan und sind durch den Akt der militärischen Auseinandersetzung bedeutungslos geworden. Es sind nicht mehr die Voraussetzungen gegeben, daß die militärische Eskalation fortgesetzt werden könnte. Verzichte darauf. Weder militärische, noch territoriale oder nationale oder wirtschaftliche Gründe rechtfertigen es. Der große Krieg hat als Akt der Erfüllung endgültig und unwiderruflich eine Menschheitsära und damit alle Ansprüche und Abhängigkeiten, die mit dieser Geschichte einhergingen, beendet. Aber die Zerstörungskraft der Kassandra ist ungleich heftiger als die stärksten Gefühle ganzer Völker, selbst wenn sie noch existierten. Sie ist mit deinen Gefühlen um so weniger zu vergleichen, aus welcher Quelle sie auch stammen mögen. Denk daran. Als Soldat der Armee hast du die Fähigkeit, in den Kategorien des strategischen Pragmatismus zu denken. Das sind die wertvollsten Merkmale eines Soldaten. Du bist gebildet, sonst wärst du nicht hierher gekommen. Du bist ein Mensch mit einem tiefen Bewußtsein deiner Existenz, mit einem breiten Bewußtsein der Umwelt, der Menschengattung auf der Erde in allen ihren Ausprägungen, der Existenz der Planeten und des Universums. Wir wenden uns an deine Humanität, dein Wissen und deinen Pragmatismus. Angesichts der Situation des Planeten und des Lebens auf seiner Erdoberfläche, angesichts des ständig wachsenden Spiegels der radioaktiven Verseuchung und der Lawine der kosmischen Strahlung, die von keinem magnetischen und atmosphärischen Mantel mehr aufgehalten wird, geben wir dir eine Chance, eine Möglichkeit und eine Macht, die seit Menschengedenken niemand mehr hatte. Diese Chance besteht in der Möglichkeit, sich für eine Änderung des evolutionären Ablaufs auf der Erde zu entscheiden. Du erhältst eine Macht, die es in der Geschichte nur einmal gegeben hat und die unserem Empfinden nach nur einem einzelnen gegeben werden kann. Und zwar dir. Die Menschen sind zum Aussterben verurteilt, zu einer langen, aber fortschreitenden Degeneration. Das gleiche Los ist ebenso Tausenden von Tier- und Pflanzenarten beschieden. Es gibt aber Arten oder deren Ableger, denen die radioaktive Verseuchung nichts schadet und die sich weiterentwickeln, und wenn sie vom biozentrischen Ballast befreit sind, werden sie wieder eine neue Kette des Lebens bilden. In der neuen Form, in der neuen ökologischen Kette, der neuen Biozönose der Welt, der die jetzige schadet. Das Leben auf der Erde wird aus dem Sterben in eine zweite Geburt übergehen. Lediglich ohne Menschen. Wenn du eine Frage danach stellst, dann frag auch, ob das nicht das Größte überhaupt ist, das Denkmal der Schöpfung?

Du hast gefragt, wo die Rakete ist und welche Ladung sie enthält. Wir antworten: Das Programm Kassandra, die Frucht des größten Humanitarismus und der Reife der Epoche stützt sich auf dreihundert Raketen kleinerer Stärke, die sich auf vier Kontinenten und in einer Entfernung von hunderttausend Kilometern im Weltraum befinden. Kein Kopf besitzt eine Sprengladung mit Zerstörungskraft. Alle sind mit Mitteln ausgerüstet, die nach der Zerstäubung in den höheren Schichten der Atmosphäre die Erde von allem höheren Leben befreien wird. Sie werden es tun durch die unblutige Unterbrechung der biozentrischen Kette des Systems. Das Programm wurde schon vor dem Krieg ausgearbeitet, durch die vereinigten stärksten Kräfte der zivilen und militärischen Laboratorien, die sich der Situation bewußt waren, in einer Welt, in der noch beide Seiten einander feindlich waren. Dank der Kassandra wirst du die Anforderungen humanen Denkens erfüllen, indem du den langsamen Tod der menschlichen Überreste verhinderst. Vom wissenschaftlichen Standpunkt aus wirst du eine neue Evolution in Gang setzen. Dieser Akt wird kein Akt der Zerstörung sondern ein Schöpfungsakt sein. Die Urheber dieser Ideen und dieses Programms wollten etwas anderes, doch unter dem Einfluß eines Koordinationsteams haben wir beschlossen, daß dieser Akt ein Akt des freien Willens sein soll. Das Argument, das uns letztendlich überzeugte, war die Möglichkeit, daß du vor der auf dich wartenden Wahl durch eine unbedachte Tat fliehen könntest. Fliehen durch den Versuch, dir das Leben zu nehmen. Wenn du die Möglichkeit hast, an die Erdoberfläche zurückzukehren, wirst du diesen Entschluß auf jeden Fall fassen. Auf der Konsole befinden sich zwei Tasten – Ein und Aus. Die erste Taste setzt das System unwiderruflich in Gang. Die zweite macht es unschädlich und blockiert es gegen jeden Typ von Bedrohung. Diese Alternative nimmt einem Selbstmord jeden Sinn. Es ist zwar ein erzwungener Akt, aber doch ein Akt des freien Willens, der lediglich von deiner inneren Wahl abhängt. Auf diese Art, nach den Kriterien der menschlichen Weltanschauung, welche die menschliche Zivilisation, Religion und Kultur begleitet, wird dir göttliche Macht gegeben. Aber beurteilen wir sie pragmatisch: Du erhältst sie von den Menschen, und nur ihnen verdankst du sie, weil gerade du, hier an diesem Ort, die Bedingungen erfüllt hast. Stell die Frage und beantworte sie: Hat die Menschheit deiner Ansicht nach die Prüfung ihrer Existenz bestanden? Die Antwort findest du in jedem Teilchen deines Wesens. Wir rechnen damit. Technisch erleichtert dir das hier installierte System die laufende Beobachtung des Planeten. Unserer Meinung nach wirst du nach Verwerfung der irrationalen und subjektiven Voraussetzungen eine gute Wahl treffen. Und das ist sicher eine echte Wahl. Daher schaffe das Neue oder laß das Alte leben. Werde zum Wohltäter und zum Gott dieses Planeten.«

In der Stille, die sich herabsenkte, registrierten die dunklen Kameraaugen die steife Silhouette eines Menschen, der barfuß, nur mit einem Kittel bekleidet, wie ein ehernes Denkmal dastand. Aber Denkmäler verüben keine Gewalttaten. Die Kameras mußten keine inneren Verteidigungssysteme in Gang setzen.

In der Basis war alles zu finden, worüber die Menschheit verfügte. In zehn Räumen befanden sich

Galerien mit den herrlichsten Gemälden der Welt, Ateliers, ein olympisches Schwimmbad, Turnsäle, Kinos, geheime Armeearchive, diplomatische Akten, Kulturnachweise, tibetanische und vatikanische Schätze. Ein computerisiertes Krankenhaus fehlte ebenfalls nicht.

Das war die Zeit der Verführung. Für den Auserwählten wurden Simulationen aller möglichen Reize vorbereitet, die auch die Flucht vor sich selbst garantierten. Nach einer Woche erinnerte sich der Mensch wieder an die alten Gefühle. Dann kamen die Erinnerungen an eine geliebte Person. Aber das war keine Rettung, die Falle schnappte hinter der Liebe zu und äscherte sie ein. Mit Entsetzen stellte er fest, daß er nackt war und daß alles, was er sich vorstellte, nur eine Täuschung war, ein Selbstbetrug und eine Flucht. Am achten Tag ging er in den Aufzug und fuhr an die Erdoberfläche, um das, was man ihm über die Möglichkeit der Rückkehr gesagt hatte, zu überprüfen. Der Schacht im Hangar war bis an den Rand mit Sand zugeschüttet. Die Startbahn war leer, der Tankwagen mit dem Treibstoff stand unberührt da. Nur die Sonne und die Bäume waren Zeugen, als er zum Einstieg zurückkehrte.

Nach einem Monat machten sich alle in Walaths Enklave um Hornic Sorgen. Karia wollte, daß jemand zur Basis fuhr, aber man riet ihr, noch etwas zuzuwarten. Dieses Warten, dessen Sinn niemand ergründen konnte, dauerte länger als geplant. Es dauerte bis zu dem Tag, da der Mensch unten spürte, daß er keine zurückreichenden Wahrnehmungen mehr hatte, weil der Kreis der Zeit durch das Warten auf das Wort, das am Anfang sein sollte, durchbrochen worden war. Dann verfluchte er den Tag seiner Geburt. In der luxuriösen Kammer fiel er auf die Knie und schrie: »Warum habt ihr den Mut verloren?«

Nach einem Monat und drei Wochen, an einem Montag um fünf Uhr fünfundvierzig morgens, traf Theodor Hornic seine Wahl.

George Guthridge

DER SPIEGEL VON LOP NOR – 1. SPIEGELUNG / 2. BRECHUNG

›Lop Nor: Spiegelung‹ und ›Lop Nor. Brechung‹ sollen jeweils für sich stehen, aber auch, indem sie einander spiegeln, eine dritte Geschichte bilden. Ein Spiegel ist eine Dreiheit: Subjekt, Bild, Objekt. Ein Einhorn schaut in den Spiegel; ein Narwal starrt zurück. Welches ist das Bild, welches die Wirklichkeit?

Lesen Sie die beiden gegenüberliegenden Geschichten und entscheiden Sie selbst.

1
Spiegelung

Ich
höre ihre
Hufe über
mir, kalt wie
die Seele des Khan.
Junge, wilde Pferde,
braun wie das Land, das
ich liebte, ihre Mähnen die
Haare der Gräber. Wagt euch
nicht her auf der Suche nach Umber
oder Weideland, junge Pferde. Das Leben
nach dem Tod ist eine Lüge. Ich weiß: ich bin tot, doch ich habe keinen Khan, dem ich dienen, keine Geisterpferde, die ich reiten kann, nicht einmal die Erinnerung

an Frauen, die um mich trauern. Niemand weiß, wo ich starb, außer der Staub; und nur der Wind wehklagt um mich, pfeift voll Spott über meine Dummheit und Verzweiflung. *Umber, der das Lin gefangennahm und Zeuge wurde, wie das Lung-Ta fröhlich wieherte! In wessen Armen liegst du für alle Ewigkeit?*

Solche Stimmen erfüllen die Wüste.

In meinem Schweigen schreie ich ihnen zu, sie sollen aufhören, aber sie hören nicht auf; der Wind hört nie zu kreischen auf. Meine einzige Hoffnung liegt in salzigem Wasser: daß der See Lop Nor durch die Wüste kriecht, meine Knochen umschwemmt, meine Seele verdunsten und auf die Steppen meiner geliebten Mongolei niederregnen läßt, die so weit entfernt ist.

Liebst du mich? fragte Bragda. *Koste mein Blut.*

Ich liege im Schrecken einer dunklen Wüste.

Koste mein Blut, Umber, sagte sie.

Meine Sehnsucht nach dem See ist so stark, daß ich ihn manchmal langsam südwestlich meiner Befreiung zuplätschern, den Wind die Felsränder abtragen, seine Wasser den künstlichen Hohlraum ausfüllen höre. Dann begreife ich, daß es nur der Wind ist, immer nur der Wind, und ich fluche bei der Erinnerung, wie ich dem Wasser spottete, als ich noch lebte und es mich an die pathetischen Gebete meines Vaters um Sommerregen für sein kränkliches Wintergetreide gemahnte.

»Wer Wasser dem Kumyß vorzieht, sollte sich eine Oase suchen und Töpferwaren verkaufen«, sagte ich zu Bragda immer, nachdem ich Mongole geworden war. War ich nicht einer der Blitzboten des Khan, der Tage ohne Unterbrechung, ja selbst im Schlaf reiten konnte und dabei den Rhythmus des Pferdes wie Bragdas Unterleib spürte, ihren ruhigen Atem, ohne je zu stöhnen? Auf langen Ritten, wenn das Wasser im Ziegenleder ausging, hatte ich da nicht den heißen, süßen Geschmack von Pferdeblut gekostet?

Mein Stolz gleicht stumpfem Messing in der Morgensonne.

Fliegen auf dem Gesicht eines Toten.

Liebst du mich, Umber? fragte sie. *Koste mein Blut. Die Mongolen sagen, es birgt die Seele.*

Heute ist mein Stolz Sand, der eine Kehle versengt, die zu Pergament verschrumpelt ist. Wind entblößt einen Schädel, beschießt meinen Kiefer mit Sand, einer Million demütigender Stiche. So sieht der Sterbeacker eines Bauernsohns aus, der sich zum Mongolen aufspielte, des armen Burschen, das mit einem Lasso das Lin einfing, des Ehemanns, der seine Frau liebte, doch es ihr nie sagte.

Statt dessen ließ ich sie unter Mongolen zurück, während ich freudig durchs Reich ritt, als gelte meine Liebe allein der Gefahr und der Ferne. Allein wartete sie auf meine Rückkehr oder die Nachricht von meinem Tod, sicher immer tapfer, ihr Gesicht gerahmt von einem traditionellen Kopfschmuck, dessen Borten und Spangen ihr nicht vertraut waren, kochte Hammelfleisch statt Sommerkohl und Winterkorn, all das ihrem Magen und ihrer Seele fremd.

In diesem großen Grab ist nicht genug Platz für all meine Reue.

Komm doch, See Lop Nor.

Schick mich heim nach Bragda.

Koste mein Blut, sagte sie.

Wie viele Tage und Träume sind vergangen, seit ich in jener Nacht im tiefsten Winter das letzte Mal neben ihr schlief, ihre Wärme an meiner Haut, ihre Wärme unter dem Schafsfell spürte? Jetzt noch sehe ich ihre Umrisse an der Wand des Ger, während die Öllampen flackern und die hingekauerten burkanischen Götter von der Tür zuschauen. Sie entkleidet sich: straffe Brüste, ein Bauch, der nie ein Kind austragen durfte, Hinterbacken wie ein geteilter Laib Roggenbrot. Ich bin von einem dreißigtägigen Ritt heimgekehrt, so erschöpft, daß ich wie eine schwache Frau schluchzen möchte, schwindlig vom Stampfen und Schwanken des Ponys und den endlosen Stunden ohne echtes Verschnaufen. Nackt beugt sie sich hinunter und legt das kleine Fruchtopfer, das ich mitgebracht habe, in den Geisterschrein, den wir in Gedanken an unser wahres Erbe pflegen.

Dann kniet sie neben mir, öffnet die Boogdatasche, das in seiner eigenen Haut gegarte Murmeltier, und führt mir mit Daumen und Zeigefinger Fleisch an den Mund. Ich bin zu erschöpft zum Kauen. Ich spüle das Fleisch mit einer Brühe aus Murmeltierfett hinunter und strecke die Hand nach ihr aus.

»Ein ungünstiger Moment«, flüstert sie. »Es tut mir leid …«

Ich kümmere mich nicht um ihren Einspruch und nehm sie mit Gewalt, blind vor Verlangen, dankbar dafür, endlich wieder zwischen den Beinen eines anderen zu liegen statt das Pferd zwischen meinen zu spüren. Hinterher drückt sie mir ein Tröpfchen Samen heraus und berührt es mit der Zunge.

»Du bist mein Herr … Umber.«

Sie hat sich nie an meinen neuen Namen gewöhnt, denn ich heiße erst seit meinem zwanzigsten Lebensjahr Umber, Sohn eines Bauern, dessen Name ich nicht mehr ausgesprochen habe seit dem Tag, als ich den Feind willkommen hieß. Er verlor einen Sohn und ich einen Ahnen in dem Augenblick, als mich der Pfeil eines Attentäters traf, der für Otogai, den dritten Sohn des Khan, bestimmt war. Ich überlebte und wurde Mongole.

Ich lege meinen Arm um ihre Hüfte.

»Hat es dich nicht gestört, daß ich blute?« fragt sie.

Ich sage nichts. Es stört mich, aber ich sage nichts.

Ihr Blick ist gesenkt. Ein Ausdruck des Respekts. In ihrem Fall, stelle ich mir manchmal vor, beinahe ein Ausdruck der Verehrung. Ihr Glaube an mich erschreckt mich, und ich erinnere mich wieder einmal an den Tag, an dem sie neben mir stand, als die Mongolen kamen.

Wie glücklich ich doch war, als das Heer des Khan die Große Mauer durchbrach und das Land meines früheren Ahnen mit seinen kargen, nackten Feldern kränklichen Wintergetreides überrannte! Es schien, als seien nur Bragda und ich nicht vor den Eroberern geflohen. Meine Nachbarn schüttelten den Kopf über meine Dummheit, als sie scharenweise zu den Städten aufbrachen. »Du willst bleiben und um dieses Land kämpfen, das so wenig hergibt?« flehte Vater, als er die Habseligkeiten unserer Familie in seinen Karren lud. »Die Mongolen halten nichts vom Ackerbau. Sie werden nicht bleiben. Wir können bald zurückkehren, mein Sohn. Opfere dich nicht.«

Opfern? Ich bleibe und schau mir an, wie sie das Land niedertrampeln.

»Du wirst schnell einen sinnlosen Tod erleiden«, sagte er. »Ein Schwert drischt zu, und dann habe ich mein einziges Kind verloren. Und weißt du, was sie deiner schönen Braut antun werden?«

Warum bist du in dieser Einöde an meiner Seite geblieben, Bragda? Du wirst es mir nie verraten.

Ich streiche mit den Fingern über ihren samtigen Rücken. Sie schaudert – lächelt sanft –, dann faßt sie sich zwischen die Beine und hält mir zwei Finger nah an die Lippen. »Koste mein Blut, Umber«, sagte sie. »Die Mongolen sagen, es birgt die Seele. Lerne mich kennen, wie mich noch kein Mann gekannt hat – und nie wieder einer kennen wird.«

Keine Frau sollte es wagen, so etwas von einem Mann zu verlangen. Doch ihre Finger bleiben ausgestreckt, ihr Blick erwartungsvoll.

Ihre Worte erschüttern mich nicht nur deswegen, worum sie mich bittet, sondern auch wegen der Erinnerung, die sie wachrufen. Sie war keine Jungfrau mehr, als wir heirateten, was meinem Vater, einem armen

Bauern, überhaupt erst erlaubte, mir eine solche Schönheit zu kaufen, ihr Gesicht rund wie der Mond, weich wie das Mondlicht unter blühenden Lilien, mit so kleinen Füßen, daß man glauben könnte, sie seien abgebunden, und so beweglichen Zehen, daß sie mir damit manchmal das Geschlecht massiert. Und sie kichert. Sie hat nie ein Wort darüber verloren, wer sie vor mir hatte.

Die Zeit verrinnt, Bragdas Herz schlägt an meiner Brust, und ich spüre Furcht von ihr ausstrahlen wie Wärme von einer Kerze.

Sie hebt den Blick – ihre Augen sind feucht vor Liebe, wie es alles übrige an ihr so oft für mich gewesen ist. Wenn ich mich auf diese Weise für sie erniedrige, das spüre ich, dann werde ich nie ihre Liebe verlieren, ganz gleich, wie viele Ritte ich abverlange – von ihr, fort von ihr. Ich weiß nicht, warum es ihr so wichtig ist, doch ich spüre, das wir in diesem Moment an einem Scheideweg in unserem Leben angelangt sind. So wie an diesem sonnenversengten Nachmittag, als wir beieinander standen – sie zitternd hinter mir; ich konnte ihr Zittern spüren – und zusahen, wie die Reiterei des Khan in Hunderterreihen über das brache, ausgehöhlte Gelände marschierte, auf dem meine Ahnen geschuftet und geträumt hatten und gestorben waren.

Ich hebe den Kopf ihren Fingern entgegen.

Und werde gestört, als jemand den holzgerahmten Vorhang am Eingang des Zelts aufschlägt.

Bragda reißt ihre Hand zurück und versteckt sie hastig unterm Schafsfell, als Jailspur ohne anzuklopfen eintritt. Für die Förmlichkeit des Anklopfens besteht kein Grund. Als Kommandeur der Boten, der Krieger, dem Otogai persönlich aufgetragen hat, mir das Reiten beizubringen, hat Jailspur mich als den Sohn behandelt, den er nie hatte, und als Gegenleistung habe ich ihm den Respekt erwiesen, den mein echter Vater verdient hätte. Wie gewöhnlich ist er ungeduldig, mißtrauisch, verleihen sein spärlicher Schnur- und Kinnbart seinem gealterten, windgegerbten Gesicht einen Ausdruck, als rümpfe er unentwegt die Nase, doch hinter dieser Erscheinung verbirgt sich der Mann, der mir nicht nur zeigte, wie ich ein Pferd beherrschen und überleben kann, sondern mir außerdem liebevoll Geschichten über die Ehre und den Yasak einpaukte, den Gesetzescodex des Khan.

Er blickt durch das Ger, als wittere er Verrat, dann schaut er hochmütig auf uns herunter, und die verschrumpelten Falten seiner Augenlider wirken dabei wie Kapuzen. »Du reitest«, sagt er.

»Aber ich bin gerade erst zurückgekehrt.«

»Willst du dich mir widersetzen?«

»Natürlich nicht.« Ich stehe bereits auf, streife mir einen Schafsfellmantel und Filzsocken über, auch wenn meine Gelenke noch steif sind und schmerzen. »Wohin werde ich geschickt?«

»Nach Khwarezm. Du wirst Temujin darüber unterrichten, daß wir einen Uighur-Mönch gefangengenommen haben, der Schriftzeichen entziffern kann.«

Ein solche Nachricht soll ich dem Khan persönlich überbringen? Mein Herz sollte einen fröhlichen Sprung machen wie ein flacher Stein. Es ist nicht nur die höchste Ehre, ihm persönlich zu dienen, außerdem belohnt er Boten, ganz gleich, welche Nachricht sie überbringen – was ein Grund für sein Kriegsglück ist –, statt nach chinesischer Sitte die Überbringer schlechter Neuigkeiten hinzurichten. Die Nachricht wird ihn freuen. Denn hat er nicht gesagt, daß jene, die des Schreibens und Lesens mächtig sind, die Macht der Götter innehaben? *Finde einen Schreiber, der deine Geschichte festhält,* hat er erklärt, *und dein Ruhm wird ewig fortleben.*

Statt zu hüpfen, versinkt der Stein.

Mindestens drei Monate ohne Bragda, die nun ihren Kopf unter der Decke hervorstreckt und entsetzt zwischen mir und Jailspur hin- und herblickt. Er schaut weg, plötzlich ist ihm unwohl, und in diesem Moment schüttelt sie entgeistert in meine Richtung den Kopf. Die Furcht entströmt ihr in noch größeren Wellen.

Als er sie wieder ansieht, verrät sein Blick Geringschätzung, als bemerke er ihre Nacktheit trotz der Schafsfelldecke.

Und mit einem Mal begreife ich.

Er hat sie gegen ihren Willen genommen, während ich fort war.

Ausgerechnet er, der mich lehrte, daß Krieger, die des Mordes, des Ehebruchs oder des Urinierens in Wasser schuldig sind, den Yasak so respektieren, daß sie ihr Vergehen zugeben und damit rechnen, ohne jede Anklage getötet zu werden.

Mein mongolischer Vater.

Er dreht sich um und stapft in die Nacht hinaus, während ich ihm hinterherstolpere und mir dabei die Stiefel überziehe. Am liebsten würde ich ihn umbringen, aber ich kann ihn nicht beschuldigen, geschweige denn angreifen. Er ist der Kommandeur. Und ich bin immer noch ein Fremder.

Der Ewige Blaue Himmel, der so vielen mongolischen Gebeten lauschte, ist nur eine schwarze Schüssel über uns, mit eisigen Sternen überkrustet, die spöttisch funkeln.

Er greift in sein Zelt, hält inne, geht weiter. Vielleicht weiß er, daß ich mir seiner Tat bewußt bin, fürchtet aber, daß seine Familie hineingezogen wird. Vielleicht sucht er einen Ort, wo er mich unauffällig ermorden kann. Wenn, dann wäre es eine Gnade.

Wir ziehen durch das Lager, und er nimmt mich hinter sich nicht zur Kenntnis. Die Luft ist erfüllt vom Geruch von Rauch, Butter und Hammelfleisch und knistert vor Kälte. Schnee knirscht unter unseren Schritten. Ich höre eine Frau summen, und ich frage mich, was Bragda wohl denkt. Ich frage mich, ob sie die Lampe gelöscht hat und im Dunkeln dasitzt und die Demütigung wie Wärme von ihr ausstrahlt.

Als Jailspur den Rand des riesigen Lagers erreicht, geben die Wolken den Mond frei. Es ist, als habe er befohlen, daß ein Vorhang zurückgezogen werde und die Natur seinen Wünschen entspreche. Wie oft in diesen fünf Jahren, seit Bragda mir den Schaft des Pfeils aus dem Rücken zog und mich wieder gesundpflegte, bin ich schon Zeuge geworden, wie Erde und Himmel den Mongolen zur Seite standen? Ich könnte ihn töten, aber ich kann sie nicht alle töten, und ich habe nicht die Macht, gegen die Welt anzukämpfen.

Auf dem Grasland drehen sich weißmäulige Pferde unruhig im Kreis, schlagen mit den Hufen gereizt auf den gefrorenen Boden, als habe das wiedergekehrte Licht eine Verschwörung unter ihnen aufgedeckt. Es sind fünfhundert – die halbe Herde, die zur Beute aus Kara Kithai gehörte, dem riesigen Königreich, das ich einst meine Heimat nannte. Der Rest untersteht dem Khan. Sammelzeichen der Mongolen marschieren gen Bukhara und Balkh.

Jailspur zieht seinen Kaftan aus, wirft ihn zu Boden und breitet trotz der Kälte die Arme auseinander, als rechne er damit, daß die Pferde herangaloppieren. Sie scheuen zurück, bewegen sich wie eins.

»Die vortrefflichsten Pferde diesseits der Ewigkeit«, sagt er, hebt seine Jacke auf und hält sie in der Armbeuge, während er übers Grasland hinwegschaut. »Wären du oder ich wie der Khan zur Welt gekommen, mit einem Blutgerinnsel in der Faust, dann würde uns vielleicht auch ein solches Tier gehören, was, Umber? Vielleicht würde der Blaue Himmel uns dann auch lächeln.«

Ich antworte weder, noch trete ich als Gleichrangiger neben ihn. Ich bleibe zurück, wie es einer Frau geziemt. Einem Attentäter vielleicht.

»Ich habe die letzten Jahre wenige Nachrichten überbracht«, sagt er. »Ich habe meine Aufgaben immer wieder dir überantwortet. Die Leute haben gelacht. Ich höre, wie sie mich verstohlen alt nennen. Was hast du von mir erwartet, Umber?«

»Und doch schickst du mich wieder los.«

Diesmal ist er mit dem Schweigen an der Reihe. Er legt sich den Kaftan um die Schultern und spaziert gebückt, als beuge ihn die Last des Mondlichts, auf einen fernen Hügel zu, indes die Pferde langsam auseinanderweichen.

Ich sehe ihm nach, bis er im Dunkeln verschwindet, und als ich mich zum Gehen meinem Zelt zuwende, steht zu meiner Überraschung Bragda hinter mir. Sie hält meinen Lederpanzer und den spitzen Metallhelm – meine stolzesten Besitztümer außer der Frau, die ein armer, weiser Bauer für mich ausgewählt hat –, und ich zittere unwillkürlich, als ich mich erinnere, wie sie hinter einem Ehemann stand, den seine Nachbarn als Narren und sein Vater als gleichgültig brandmarkten, während die schreckliche Reiterei des Khans herannahte. Ich zittere nicht vor Furcht, die ich empfand, sondern vor Liebe, die ich jetzt empfinde. Ich zittere so sehr, daß mir die Zähne klappern. Ich presse die Lippen aufeinander.

Sie wartet mit gesenktem Blick, bis ich ihrem Fingerzeig folge, den Panzer anlege und den Helm aufsetze. Als sie zu ihm aufblickt, hat sie ein trauriges Lächeln in den Augen. Vielleicht fällt ihr jetzt wieder ein, wie Jailspur mir den Helm nach einem Jahr Unterweisung in der Reitkunst schenkte, wie sie mir sagte, ich sei ein Ki, das gehörnte Pferd der chinesischen Legende.

Neben ihren Füßen – nackte Zehen krümmen sich über dem Schnee – hebt sie meine Satteltaschen und meinen ledernen Trinkbeutel hoch. »Ich habe dem getrockneten Fleisch und dem Milchquark einen Kohl beigelegt«, sagt sie. »Ich habe ihn eingetauscht, während … – wieder senkte sie den Blick – »während du fort warst. Er war für dein Frühstück gedacht, nachdem du dich ausgeruht hast.«

Als sie mir die Sachen reicht, berühren sich unsere Hände. Ihre Augenwinkel spannen sich an, ein Ausdruck des Schmerzes. »Geh jetzt«, sagt sie.

»Bragda.«

»Geh. Und schau nicht zurück, mein Geliebter. Die Geister werden glauben, du achtest nicht auf den Pfad, und dir die Augen stehlen.«

Sie weicht zurück – zögerlich; dann dreht sie sich um und läuft davon. Ich glaube, ich höre sie weinen, aber es ist nur eine Mutter, die ein Kind in den Schlaf summt.

»Ich komm zu dir zurück«, rufe ich ihr nach. »Ich komm zurück.«

Ein Hund bellt. Rauch aus tausend Zelten steigt ins Mondlicht auf. Ich stehe da, als gegen den Hügel, auf den Jailspur zuging, violett der Tag dämmert, bevor ich mich zu der Stelle schleppe, wo mit gefesselten Vorderbeinen die Pferde der Blitzboten stehen. Dort suche ich mir die graugescheckte Stute heraus, die ich oft für den ersten und den letzten Abschnitt meiner Reisen wähle. Ich lasse das Pferd aus dem Lager trotten, und es ist merklich froh, sich zu bewegen. Ohne zu nicken, reite ich an Frauen vorbei, die Dung fürs Feuer sammeln, und kleinen Jungen, die Pferde und Schafe hüten. Sie schauen mir neugierig nach. Dem häßlichen Chinesen.

Drei Tage lang blicke ich nicht zurück – nicht bevor ich den höchsten Punkt des Ostpasses durch die Himmlischen Berge überquere und Lung-Ta-Gebetsfahnen im Wind flattern sehe, eine Farbe für jedes Reich des Universums. Alle zeigen Richtung Nordosten zurück, ins Land des Khan. Ein schlechtes Omen; der Winterwind weht gewöhnlich nach Süden.

Statt die traditionellen Gebete an die Pässe zu sprechen, murmele ich dem Windpferd etwas zu, dem Hüter der Elemente der Selbstbeherrschung: Körper,

Sprache, Geist. »Sei ein Roß für die Geister, Lung-Ta«, flehe ich es an. »Trage sie zu meiner Frau, daß sie über sie wachen können.«

In Barkol wechsle ich das Tier, als die Graugescheckte unter mir zusammenzubrechen droht. Ich habe mich weit über die Erschöpfung hinaus gefordert; der Haß treibt mich weiter. Ich sauge an meinem Zorn wie an einem Kieselstein in einem trockenen Mund.

Tage ziehen vorbei wie die Vögel, die manchmal aus dem unendlichen Blau hervorkreischen, wütend auf den Eindringling. Ihre Schreie rütteln mich wach; zum ersten Mal, seit ich lange Entfernungen zu reiten lernte. Ich habe mich mehr aus Überdruß denn aus Liebe dem Rhythmus des Pferdes überlassen. Die goldbraune Stute trabt dahin, als spüre sie nicht, daß sie jemanden auf dem Rücken trägt, erst recht keinen Chinesen.

Bei Hami überqueren wir die Seidenstraße, wo sich die Furchen von tausend Jahren und Myriaden Karawanen in die Wüste gegraben haben, und reite weiter nördlich nach Lop Nor und die Südroute – was schneller, aber gefährlicher ist, als westwärts durch Kashgar zu reiten, wo Kameltreiber und Krämer den Schmerz hinter meiner finsteren Miene erkennen könnten. Ich verfalle in einen Galopp, als ich den großen Salzsee wie eine Münze unter der Sonne glänzen sehe, und gebe vor, in noch größerer Eile zu sein, als ich es tatsächlich bin, als ich die Pferde am Außenposten am Nordufer wechsle. Die beiden Männer, die dort stationiert sind, heben die Augenbrauen in der Hoffnung, Nachrichten oder ein paar freundliche Worte zu hören, aber ich tue nichts dergleichen, steige ab und lasse den nächsten Gaul, einen Buntgescheckten, drauflos galoppieren, während ich nebenher laufe und aufspringe. Das Tier reißt ob meiner forschen Art die Augen weit auf und platscht durch den salzigen Morast.

Die Dämmerung hat den Horizont orangefarben getönt, als wir das Südende des Sees erreichen, wo ich so unvermittelt anhalte, daß beide Zügel und die Mähne hochwirbeln.

Aus dem Salzwasser trinkt ein Lin.

Die rötliche, struppige Stute hat muskulöse Schultern, einen Senkrücken und riesige Hinterbacken, als sei es besonders fruchtbar. Sie blickt nicht auf, als ich von meinem Pferd rutsche und näherkomme, sondern beobachtet mich kühl, und nur ein leichtes Zittern ihres Kopfes deutet darauf hin, daß sie meiner gewahr ist. Ihr Horn – bis auf seine fleischige Spitze, die durchsichtig wie ein Eiszapfen ist – fängt das schwindende Licht ein. Meine Knie knacken, als ich in die Hocke gehe, als würde eine tiefere Haltung mir Blut ins Gehirn treiben und mich befähigen, zu erkennen, daß sie nur ein Trugbild ist. Oder eine Halluzination.

Jetzt hebt sie den Kopf, ein Bündel Binsen zwischen den Zähnen. Ihre Kiefer mahlen, Wasser tropft aus ihrem Maul und stört die Stille. Bragda, erkenne ich, hatte recht. Das Ki und das Lin, Männchen und Weibchen dieser Gattung, gibt es wirklich. Sie sind so wirklich, wie meine Träume falsch waren.

Sie entfernt sich in leichtem Galopp in die Wüste. Das Land ist hier flach und ohne Eigentümlichkeiten, nicht so vom Wind zerklüftet wie tief in der Takla Makan, der Wüste, aus der kein lebendes Wesen zurückkehrt. Als habe der Ewige Himmel, zornig über die Gleichgültigkeit und Häßlichkeit der Menschen unter ihm, eine Faust zwischen die Himmlischen Berge im Norden und den Himalaya im Süden niederfahren lassen und dann vor Verzweiflung die Finger gekrümmt. So ist das unselige Land der Takla Makan beschaffen.

Ich springe auf den Buntgescheckten und reite ihr nach.

Tagelang folge ich ihr in die Wüste. Mein Herz schlägt schneller, je mehr sich mein Pferd erschöpft. Es ist klar geworden, daß das Lin mich eher führt, statt verfolgt wird, denn sie läßt mich nie näher, als das Feld meines Vaters lang ist, beschleunigt jedesmal, wenn ich den Buntgescheckten zu einem keuchenden Galopp antreibe, wird aber langsamer, wenn ich zurückfalle.

Warum, frage ich mich, hat sie mich in die Wüste geführt? Um zu verhindern, daß ihr Verfolger zurückkehrt und anderen von ihrer Existenz berichtet?

Die braune, mit Büschen bewachsene Weite weicht einem Landstrich, mit Sandsteinen von solch grotesker Form gesprenkelt, daß sie wie böse Idole aussehen. Es ist, als sei ich in eine übernatürliche Welt eingetreten. Kalkspat ist verkrustet wie Opium, und auf Kanten abgesetzter Schiefer ragt wie Krallen oder Krummsäbel empor, jederzeit bereit, den Unachtsamen aufzuschlitzen. Der Buntgescheckte schleppt sich dahin, läßt Kopf und Schwanz hängen. Seine Beine sind an einem Dutzend Stellen verschrammt.

Als das Lin an einem hohen, stachligen Busch innehält, der wie eine Flamme zwischen zwei ausgezackten Felsen aufschiebt, mache auch ich Halt. Ich spieße meinen Helm in den Boden, bedecke ihn mit einem Stück Haut, das ich aus der Satteltasche gerissen habe, gieße kostbares Wasser hinein, schwinge mich wieder aufs Pferd, reite davon und warte ab. Das Lin läßt von dem Busch ab und nähert sich in Schlangenlinien der Opfergabe. Weil ich weiß, daß ich sie in keinem unachtsamen Moment erwischen kann, hoffe ich ihr Vertrauen zu gewinnen, so daß sie – wider alle Vernunft: Sonne, Erschöpfung und Verzweiflung haben meinen Verstand verbogen – aus eigenem Antrieb zu mir kommt.

Sie untersucht den Helm, trinkt aber nicht. Dann schnaubt sie wie angeekelt und trabt davon. Ihre Haltung ist nun weniger sicher.

Als ich schließlich entmutigt zum Helm zurückgehe, ist sie wieder die Länge eines Bauernfeldes fort. Ich lasse mich auf den Boden fallen und überlege, das Wasser zu trinken, statt es in den Beutel zurückzugießen. Sonnenlicht scheint von der Flüssigkeit wie von einer Münze wider. Ich erinnere mich an das Glänzen von Lop Nor, den See, der wandert, seine Schlammränder wie Wimpern um ein glasiges Auge, das aus der Wüste emporschaut, als nähme es Gott in Augenschein.

Salz. Das ist es, was sie nach Lop Nor getrieben hat! Salz – neben dem Wasser das Symbol des Lebens und der Unsterblichkeit. Elixier für ein gehörntes Pferd.

Salz säumte einen eingetrockneten Wasserlauf entlang des jetzigen Horizonts, erinnere ich mich. Mit pochendem Herzen springe ich auf den Buntgescheckten und peitsche ihn so unbarmherzig den gekommenen Weg zurück, daß er zweimal fast hinstürzt. Als wir eintreffen, ist er verstriemt und japst. Ich streife mir einen Stiefel ab, schöpfe mit ihm Salz und Dreck, indes das Lin wieder eine Feldlänge fort ist, dann galoppiere ich zum Helm zurück, wobei ich den Stiefel wie einen Kelch halte. Das Lin, das wieder an dem stacheligen Busch frißt, behält mich im Auge, während ich mit viel zu groben Fingern Salz aus dem Sand siebe. Ihr Blick ist mir vorhin schon aufgefallen.

»Bragda«, presse ich zwischen ausgetrockneten Lippen hervor.

Das Geräusch erschrickt mich so, daß ich zu arbeiten aufhöre und den halben Stiefel Sand in den Helm schütte. Wenn der See einen sandigen Grund hat, warum dann nicht auch meine Mützevoll? Ich steige auf den Buntgescheckten, und indem wir einander beobachten, beschreiben das Lin und ich einen Kreis, sie zum Helm hin, ich zum Busch. Aus der Nähe sehe ich, daß seine Hauptäste, weiß wie eine Silberpappel, lang und kräftig und gerade sind. Mit meinem Messer schnitze ich das längste Stück zurecht, das ich finden kann, während Lin trinkt, vor Wohlbehagen wiehert, den Kopf schüttelt und wieder trinkt. Von den Riemen meiner Satteltaschen entferne ich ein Lasso, befestige das eine Ende an dem Zweig und knüpfe aus dem anderen eine Schlaufe für meine Hand, indem ich in einer Art froher Bangigkeit an die Lektionen zurückdenke, die Jailspur mir gelehrt hat. Wie man verkehrt herum reitet, sich dabei in einen Zügel einhakt; oder auf dem Kopf, eine Schulter in den Sattel geschmiegt; und vor allem, wie man ein Takhi – ein wildes Pony – mit dem Lasso einfängt. Mein geringstes Talent. Es war, als hätte ich mich selbst an einem sonnenversengten Nachmittag gefangen, als die Reiterei der Khan auf mich zukam, und habe seither nicht mehr den Schneid, etwas anderes zu fangen.

»Bragda«, wiederhole ich im Flüsterton. Das Lin wiehert, als antworte es mir.

Ich tätschle den Buntgescheckten. Er ist ausgezehrt. Welch ein Reiter bin ich, daß ich ihn so aufbrauche? Ich beschließe, seiner Qual ein Ende zu machen, falls wir das Lin fangen sollten. Ich werde ihm die Reste Wasser und Quark geben und vor ihm hergehen, statt zu reiten, wenn wir zum Lop Nor-Posten zurückkehren, und dort werde ich anordnen, daß er abgerieben und gefüttert und dann freigelassen wird. Selbst jetzt würden die Männer mir gehorchen, doch Meldung machen, damit ich bestraft werde. Mit dem Lin am Zügel werden sie Männer *sofort* gehorchen und stolz von mir Meldung machen. Mir wird das schönste Pferd unter dem Blauen Himmel gehören.

»Nicht mehr lang«, flüstere ich dem Buntgescheckten ins Ohr und steige auf, und er stolpert, als er meine Last zu tragen hat.

Ich versetze ihm einen Tritt und reite wie wild auf das Lin zu, so daß der Buntgescheckte Mühe hat, mir zu gehorchen. Die Stute scheint widerwillig vom Salzwasser abzulassen, als habe es ihre Sinne betäubt. Diesmal schaut sie mich erschrocken, nicht herablassend an.

Dann reißt sie, als löse sie sich aus einem Bann, den Kopf hoch und jagt davon. Die Anspannung wölbt ihren ganzen Leib, und die Kraft sammelt sich in ihren Hinterläufen.

»Bragda!« schreie ich mit gebrochener, kratziger Stimme, während die Hufe des Buntgescheckten trommeln und um mich Staub aufschiebt. Das Lin zögert – einen Augenblick zu lang, bevor es nach links ausbricht. Ich bin jetzt so nah, daß ich den Schweiß auf ihren Flanken schimmern sehen kann. Ich schleudere das Lasso. Die Schlinge taumelt in der Sonne.

Dann liegt sie um ihren Hals. Sie wirbelt auf allen vieren herum, stellt sich mir entgegen, sträubt sich mit gestreckten Beinen gegen das Tau, wie ein Hund, der einen Lumpen zerfetzt. Sie schnaubt verzweifelt, es klingt wie ein Pfeifen; sie stößt mit ihrem Horn nach dem Zweig, wirft den Kopf von einer zur anderen Seite.

»Ich bin zu dir gekommen!« rufe ich ihr zu. »Siehst du, ich bin zurückgekommen!«

Sie tritt gegen den Helm, der sich überschlägt, Wasser spritzt durch die Luft. Ich werde aus dem Gleichgewicht gebracht. Der Buntgescheckte taumelt, versucht sich an den Reiter anzupassen und stolpert. Die Stute macht einen Ausfallschritt – doch zu spät. Der Buntgescheckte rammt sich das Horn der Stute in den Hals – und bäumt sich gleich kreischend auf. Ich kippe aus dem Sattel, mühe mich vergeblich, meine Füße in den Steigbügeln zu halten, und schlage so hart auf dem Boden auf, daß mir mit einem gepreßten Laut der Atem entweicht. Während ich daliege und um Luft ringe, sieht das Lin scheinbar voller Entsetzen zu, wie der Buntgescheckte zusammenbricht. Dann flieht die Stute und schleift mich hinter sich her.

Staub bedeckt mein Gesicht, erstickt mich, Steine schlagen gegen meinen Rücken und mein Gesäß. Ich hänge fest, ob ich will oder nicht, bekomme die Hand nicht aus der Schlinge. Weit hinter mir liegt der Buntgescheckte auf dem Boden und tritt krampfhaft aus, schreit vor Schmerz und Grauen. Schatten wandern schräg wie Rippen über mein Gesicht, und dann werde ich durch den Busch gezogen, zerkratzen mir Äste und Zweige die Haut und das Gesicht. Sie zieht mich weiter, und ich weiß, daß ich nicht einmal loslassen würde, wenn ich könnte. Die Stute, so wie Bragda, ist alles, was ich habe. Alles andere als ein Wahn.

Ich werde auf diese Art sterben, erkenne ich, hier in einer Sphäre, die von den Elementen in etwas Böses verwandelt wurde. Der Tod zählt nicht viel, außer daß ich Bragda nicht mehr wiedersehen werde. Was habe ich mir nur dabei gedacht, als ich meine Pflicht als Bote vernachlässigte und der Stute folgte? Daß sie mir zu solchem Ansehen verhelfen würde, um mich über Jailspurs Rang zu erheben? Daß er gezwungen wäre, sich vor mir zu verstecken und um sein Leben zu fürchten?

Auf einmal hält das Lin inne.

Und legt sich hin.

Ich rapple mich auf, spucke Dreck, wische mir Staub aus den Augen, um besser sehen zu können. Sie hat mir den Rücken zugekehrt, und ihre Brust hebt und senkt sich schwer. Der Aufenthalt in der Wüste kann sie doch nicht so erschöpft haben!

Sie dreht mir den Kopf zu, ihre Nüstern flattern, ihr Blick ist mehr der eines Opfers als eines Siegers. In ihren Augen sehe ich, wie sich die Dunkelheit ausbreitet. Der Wind hat aufgefrischt und winselt mir in den Ohren. Als ich zum Himmel aufblicke, ziehen sich meine Eingeweide zusammen wie eine Schlinge. Schwarze Wolken ziehen über die Wüste, wirbeln Sand vor sich her. Stürme in der Takla Makan, berüchtigt für ihre Gewalt, brechen so schnell los, daß auch erfahrene Karawanenreisende nur dadurch gewarnt werden, daß die älteren Kamele unvermittelt innehalten und die Mäuler in den Sand stoßen.

Ich klammere mich an die Schlinge, blinzle ängstlich nach einem Unterstand. Als spotteten sie meiner Qual, schwanken die Sandsteinidole und verschwinden hinter dem Ansturm des Sandes. Die Körner treffen mein Gesicht wie Nadelstiche. Ich schreie auf vor Schmerz – obschon ich meine Stimme durch den Wind nicht hören kann – und drücke mir das Fellfutter meiner Jacke ins Gesicht. Ich sacke auf die Knie, berge meinen Kopf an der Stute. Sie läßt es zu.

Der Sand trommelt einen wütenden Rhythmus auf meinem Lederpanzer, während ich mich zusammenkauere, wegen der bleiernen Kälte nun ebenso besorgt wie wegen des Sandes. Ich schiebe meine Hand, die noch immer in der Schlinge steckt, unter ihren Kopf und schmiege mich noch enger an ihre Flanken, ähnlich wie ich es an Bragdas Seite auf dem Schlaflager immer tat, wenn ich meinen Unterleib an ihr Gesicht preßte, den linken Arm um ihren Torso schlang, die Hand auf einer Brust, meine Rechte wie ein Kissen unter ihrem Kopf.

Obwohl meine Augen fest geschlossen sind, scheinen die Innenseiten der Lider mit Dreck verschmiert. Während ich um Atem ringe, ist die Wärme der Stute ein Himmel, den ich fast schmecken, aber mit den Lippen nicht berühren kann, denn eine Lage Filz trennt mich von ihm. Ich frage mich, ob der Himmel auch ein großes Stück Filz ist, hinter dem Wärme ist und die Herzen der Götter schlagen.

Bragda, rasen meine Gedanken, und ich frage mich, ob Jailspur jetzt bei ihr liegt und ihre Wärme atmet – auch wenn er nie ihr Herz gewinnt. Warum habe ich ihm nicht mein Messer in den Rücken gestoßen!

So plötzlich, wie er einsetzte, flaut der Sturm ab. Hier in der Takla Makan ist es nicht wie in der Gobi, wo Stürme für Tage toben, der Sand den Himmel bräunt, doch das Land unbeschadet läßt. Hier schlagen Stürme wie das Schwert eines Mongolen zu, bringen den Tod und vermehren die Welt.

Als ich aufblicke, gegen den Schutt in meinem Mund ankeuche und den Sand wegschaufle, der sich um meine Schultern gelegt hat, ist mir, als sei ich in einer anderen Welt auferstanden. Die idolengleichen Sandsteinformationen sind mit Dreck überhäuft, als sei ihnen ihr Wesen entzogen worden.

Ich stehe auf, schüttle den Sand und die Furcht ab. Auch die Stute rappelt sich hoch, weich in den Knien und der unsteten Erde ungewiß, wiehert ungehalten und wirft den Kopf zurück. Ich mache Anstalten, mir die Schlinge vom Handgelenk zu wickeln, entscheide mich aber dagegen; sie scheint sich ihrer Gefangenschaft durch Pfahl und Seil ergeben zu haben. Gemeinsam schleppen wir uns staksig durch den Sand, ich halte mir einen Arm vor die Brust; ich gehe auf der falschen Seite von ihr.

Wir überqueren den Grat.

Keine Spur von dem Buntgescheckten. Eine Düne ist herabgestürzt, ihre Sandmassen haben sich wie ein Fächer ausgebreitet und die Vertiefung ausgefüllt, in der das Tier starb – falls ich mich überhaupt dieser Richtung zugewandt habe.

Weil ich einen Fluchtpunkt brauche, suche ich nach dem Busch, von dem ich den Pfahl geschnitzt habe. Auch der Busch ist verschwunden, als habe der Wind ihn entwurzelt und wie den Pfeil eines Attentäters fliegen lassen. Ich grabe im Treibsand nach meinem Ziegenhautbeutel, doch es ist zwecklos. Wir müssen den Lop Nor-Posten ohne Wasser erreichen.

Ich lasse die Schlinge nicht los, wage es nicht, sie loszulassen. Wir marschieren weiter in die, wie ich hoffe, gewünschte Richtung. Über uns gleißt, wie ein Gegenpol zur Kälte, die Sonne. Ich habe das unangenehme Gefühl, daß die Wüste so ist, wie die Sonne die ganze Welt will: von allem Leben leergefegt, auf eine Sandlandschaft beschränkt. Unter dem Glühen sieht alles weiß aus, wie die Farbe der Trauer. Nicht einmal der abgehärtetste Mongole würde an einer solchen Kargheit Gefallen finden. Hier herrscht eine tiefere Aura des Todes, als ich sie je gekannt habe. Temujins Blutbäder sind nur ein Aklatsch daneben.

Die Stute und ich stolpern voran, sie vielleicht leiblich und seelisch so verloren wie ich. Sie hält sich nah bei mir, während wir durch die Einöde ziehen. Die Kälte nimmt weiter zu. Wölkchen gefrorenen Atems hängen für Momente vor ihren Nüstern wie feine Federn, und in ihrem Horn bündelt sich Sonnenlicht wie geronnene Wärme. Ich bin versucht, es anzufassen, aber ich würde es ebenso wenig anfassen wie den Kopf eines buddhistischen Bruders, welcher der höchste Punkt des Körpers und daher Sitz der Seele ist. In meinem Fall war der höchste Punkt nicht der Kopf sondern der Helm, den ich in den Schmutz gesteckt habe. Vielleicht aus gutem Grund, vielleicht habe ich damit auch meine Ahnen beleidigt.

Wir erklimmen eine weitere Anhöhe; dahinter scheint sich der schartige Schiefer endlos hinzustrecken. Der Schiefer wird mir die Stiefel aufschlitzen, die Füße durchbohren. Die Stute scheut: aus Angst, denke ich anfangs, doch als sie den Kopf schräg legt und senkt, dann kehlig schnaubt, begreife ich, was sie im Sinn hat.

Sie will, daß ich auf ihr reite.

Sie zittert und trabt unruhig im Kreis, als ich aufsteige, die Augen voller Furcht, und ihr Wiehern scheint mir wie eine Klage, nicht beleidigt zu klingen. Der Sturm hat mir offenbar allen Stolz und alle Freude genommen, die ich beim Besteigen eines so erhabenen Tieres empfinden sollte, und doch geht mir ein Gedanke durch den Kopf: wenn ich das Lin dem Khan schenken würde, könnte er es dann nicht mit Deckhengsten aus der Herde von Kara Khitai kreuzen? Würde er mich dann nicht an die Spitze des Reiches befördern? Mich vielleicht zu seinem fünften Sohn ernennen?

Aber der Gedanke verblaßt, ein weiterer einsamer Vogel kreischt über der Wüste, nur um davonzuflattern, und zum ersten Mal in meinem Leben empfinde ich Frieden. Die Stute prescht zwischen den ausgezackten Felsen los, ohne daß ich sie dazu antreiben muß, ihre Hufe schlagen gegen die Steine wie ein Klöppel gegen eine buddhistische Glocke. Wer hat sie beschlagen und warum? Der Ewige Blaue Himmel, der alle Geschöpfe an die Erde fesseln will?

Ringsum winken uns Schieferplatten wie die Finger von Dämonen oder Toten, die gegen unser Vorbeikommen protestieren, und auf einmal weiß ich, warum die Gegend kleiner erscheint als zuvor. War das Gebiet gedrängter während unserer ersten Durchquerung, weil es uns in eine Falle zu locken hoffte – oder ist es nun weiter, weil es uns festzuhalten versucht?

Das Lin findet einen Weg.

Dann kann ich Lop am Himmel schimmern und den Boden widerspiegeln sehen – ein Trugbild, das in der Wüste nicht selten vorkommt –, obwohl der See noch Tage weit entfernt ist. Dort erwartet Salzwasser die Stute; und auch ein Stall. Denn sollten wir den Posten erreichen, werde ich sie nicht mehr freilassen. Dafür bin ich nicht stark genug. Ich habe nach ihr gesucht; ich werde sie nicht ziehen lassen.

Einen Tag lang, bis in die Dunkelheit hinein, schlängeln wir uns durch den Schiefer. Als über dem Horizont der Morgen dämmert, begrüßen uns Sand und verkrustete Erde; wir haben die Wüste durchquert.

Die Stute versucht nicht, ihre menschliche Last abzuwerfen, was mich nicht verwundert hätte. Ihre Sehnsucht nach dem Elixier von Lop Nor, vermute ich, treibt sie voran, obwohl ihr der Verlust ihrer Freiheit droht. Über uns blinkt der See, verschwindet mal und erscheint wieder, als schließe er dann und wann sein Auge zur Welt.

»Bragda«, flüstere ich und tätschele der Stute den Hals.

Ihr Kopf, der bereits hängt, senkt sich noch weiter, als willige sie in meine Berührung ein.

An diesem Abend, als die ersten Wolken, seit ich den Sturm sah, wie ein zusammengerolltes Tuch über dem Horizont aufziehen, gleicht das Blinzeln des Sees meinen Durst aus. Ich habe nicht für möglich gehalten, daß mein Mund noch Speichel bilden könnte. Selbst jetzt noch, obwohl Speichel in meinen Wangen schäumt. Ich kann nicht schlucken, so ausgetrocknet und geschwollen ist meine Kehle. Als ich mich neben die Stute lege und Wärme suche, kämpfe ich die Sehnsucht nieder, die in dieser Kehle pulsiert, die schließlich auf und nieder durch meinen Körper pulsiert, wie angespannte Nerven, an die eine Stimmgabel schlägt. Ich kämpfe, doch der Durst hat meinen Leib in Flammen gesetzt. *Warum nicht?* tönt es wie eine Glocke in meinem Hirn. *Warum sollst du nicht von ihr trinken, Umber? Was kann es schon schaden!*

Ich bete zum Ewigen Blauen Himmel, zu Bragda, zu meinem Vater, Sohn eines Bauern, der Sohn eines Bauern war, um Erlösung von der Gier; aber der Tag ist dunkel, Bragda hört nicht zu, die Gebete an meinen Vater und meine Vorväter sind wehmütige Klagen von der anderen Seite eines weiten Feldes.

Ich drücke mich eng an sie, versuche mich mit ihr auszutauschen. Was denkt sie? Wie denkt sie? Die Sehnsucht nach Wasser läßt mein Herz rasen. Selbst meine Haut juckt vor Verlangen. Ver*zeih mir,* flüstert meine innere Stimme, aber mein Mund formt die Worte nicht, aus Angst, die Stute könne sie hören und fliehen, wenn sie sie versteht.

Ich ziehe mein Messer aus der Scheide, schneide rasch einen kleinen Schlitz in den rechten Hinterschenkel und presse meine Lippen an die Wunde. Sie wiehert unbehaglich und macht Anstalten aufzustehen, aber ich klammere mich an sie, und dann scheint die Anstrengung ihre Kräfte zu übersteigen, und sie legt sich wieder hin. Die Droge, die ihr Lebensblut ist, kreist nun durch meine Adern. Mein Geist spürt die erweichende Wirkung; obwohl sich meine Glieder erwärmen, überschwemmt mich Teilnahmslosigkeit – eine Wirkung, die der entgegengesetzt ist, mit der ich gerechnet habe.

Als sie sich hochrappelt, stehe ich mühelos auf, aber die Wüste scheint hin- und herzuwanken, als sei meine Seele zwei Fingerbreit Wasser, die ein Kind in einer flachen Pfanne zu tragen versucht. Sorglos, doch vorsichtig steige ich auf und betrachte die Welt um mich mit geschärften Sinnen. Jedes Sandkorn schwillt zu riesiger Größe an. Jedes einzelne ist ein Wunder.

Wie wundervoll ist doch dieses Elixier, das als Blut durch die Adern der Stute fließt!

Wir werden den Posten erreichen, das weiß ich nun; und ich kann dem Khan das Wesentliche des Lin geben, ohne sie aufgeben zu müssen. Ich werde die Stute unter Beschlag nehmen und ihr Blut in kleinen Phiolen portionsweise Temujin schenken. Wer wäre dann mächtiger – er oder Umber?

Ich könnte meinen Vater und meine Nachbarn aus ihrer Bindung an Jinquan freikaufen. Dann werden sie wieder Höfe und ihre Freiheit haben. Ich werde Sucher in die Opiumhöhlen schicken, deren Fenster unter Straßenhöhe in die Welt hinausschauen, aber nichts sehen. Wir werden Bragdas Vater finden, und sicher wird das Blut des Lin mit seiner Güte und Gnade ihm über seine Sucht hinweghelfen.

Und Bragda wird mich lieben.

Und mir verzeihen, daß ich sie verlassen habe.

Ein fernes, fröhliches Wiehern überfällt uns und zerstreut meine Tagträume.

Das Lin hält inne. Gemeinsam schauen wir umher, und sie ist von dem neuen Geräusch offenbar ebenso verwirrt wie ich.

Dann sehen wir, von der Sonne umschienen, einen Hengst auf einem steilen, vom Wind aufgerissenen Felsen. Er steigt auf die Hinterläufe und tritt die Luft. Auf seinen Rücken funkelt düster etwas, das wie der stachelige Busch aussieht. Doch es ist kein Busch, erkenne ich, sondern eine Dreiergruppe von Edelsteinen, die Wünsche erfüllen können, lang und eiförmig, eingebettet in etwas wie einen Sattel aus Lotusblumen.

Das Lin wiehert und hält auf den Hengst zu, ohne Rücksicht darauf, wie hartnäckig ich sie auf Lop Nor zutreibe. Seltsamerweise empfinde ich keine Furcht; vielleicht hat die Blutdroge in meinen Innereien meine Aufregung gemildert. Ich blinzele, als ich erkenne, wie wohl mir das Schicksal gesonnen ist – wer außer die Toten und Träumer hat je das Lung-Ta gesehen? – und schließe die Augen.

Schläfrigkeit sinkt auf mich herab, und unvermittelt liege ich auf dem Boden, keuche und blicke zum Lop Nor auf, der gleich über mir am Himmel schimmert. Mein Spiegelbild schaut aus dem See auf mich herab. Ich könnte weinen, dafür habe ich genug Feuchtigkeit in den Augen.

Das Lin senkt den Kopf und stößt mich mit den Nüstern an, als wolle es mir versichern, daß ich noch lebe. Ich stöhne; der Laut scheint von außerhalb meines Körpers zu kommen und hallt unter der Schale des Himmels. »Geh weg«, bringe ich über die Lippen.

Sie knufft mir noch nachdrücklicher gegen die Rippen, selbst um ihren Feind besorgt.

»Bragda?« frage ich, und die Schlaufe entgleitet meiner Hand.

Ich weiß jetzt, warum Bragda an jenem Tag, als die Mongolen kamen, hinter mir stand. Nicht um mich zu unterstützen, sondern in der Hoffnung, daß wir gemeinsam fortlaufen würden.

Vielleicht ist sie mit Jailspur besser dran; unter den

Mongolen ist es weniger eine Schande als eine Tradition, einem anderen die Frau zu stehlen. Er liebt sie vielleicht nicht so wie ich, doch wenn er sie verläßt, wird er sich wenigstens verabschieden.

Als ich schwankend zum Stehen komme, sehe ich, wie die Stute den Felsen zu dem weißen Hengst emporsteigt. Wie anders, als indem ich sie befreie, könnte ich sie vor dem Khan bewahren?

Ich gehe auf Lop Nor zu, und als die Dunkelheit herabsinkt, lege ich mich auf die Kälte nieder, und mein Blut gefriert, um nie wieder warm zu werden. Ich habe den Geist, doch nicht die körperlichen Anlagen, um weiterzugehen. In meinen Träumen sehe ich das Lin und das Lung-Ta durch die Wolken galoppieren.

Ich erwache nicht zum Tagesanbruch, sondern zum Tod. Sand wird durch meinen Brustkorb geblasen und füllt den Hohlraum meines Beckens aus. Wüstenspinnen und einmal auch ein Hase flitzen über die Ebene und finden Nahrung in meinem verschrumpelten Fleisch. Die Gabe läßt meinen Unterkiefer zu einem Lächeln herabsacken. Ich weiß, welches Karma darin liegt, ich spüre es buchstäblich in meinen Gliedern, und als ich aus augenlosen Höhlen zum Lop Nor aufblicke, fürchte ich mich nicht. Nicht einmal die Mongolen, deren Geister den Wind reiten mögen.

Ein weiterer Sturm zieht auf, so wild, daß er Felsen vor sich herbläst. Ich lache über seine Schwäche. Sand bedeckt meine Knochen, als sei die Welt über meine Beleidigung erzürnt. Ich liege da und erwarte den Lop Nor.

Statt des Wassers höre ich Hufschlag. Sie trommeln immer wieder über mein Grab hinweg und legen nach und nach mein Gesicht bloß. Die Herde ist goldbraun und besteht aus den Nachkommen einer silberweißen Stute und eines rostbraunen Hengstes. Es sind so zart gebaute und so schlanke Tiere, daß sie mit den Hufen kaum den Boden berühren, wenn sie durch die Takla Makan streifen – jetzt die Heimat von Mustangs, die nicht einmal Mongolen reiten können. Ich bin glücklich, während ich auf den See warte, denn im Sterben habe ich zu leben gelernt; und indem ich das Blut des Lin trank, habe ich gelernt, daß es, außer zur Flucht, nichts Böses gibt.

2
Brechung

Es
umgibt
mich das
Pfeifen und er-
schrockene Schnaufen
der Narwale wie das Husten
von Greisen; Flossen schlagen,
Kajaks knirschen, Eis stößt anein-
ander, als Schaum und Furcht mich in
Wellen überschwemmen, in deren zerzaustem
Haar Meersäugetiere sich paaren und gebären;
die wäßrigen Wurzeln der Welt. Ich kämpfe nicht gegen das Ertrinken an. Es kümmert mich nicht mehr als das Scheitern des Forschungsprojekts. Ohne Kummer oder Trost denke ich daran zurück, daß dieses Meer und meine Seele, bevor die Narwale das Kajak kentern ließen, ruhig wie ein Spiegel waren und die Narwale Abbilder der Zerbrechlichkeit der Welt, ihre Flanken eine Karte der Zeit.

Meine Augen und meine Lungen quellen auf, Salzwasser und Galle schäumen mir in den Mund, Luftblasen perlen, als suchten sie eine höhere Lebensform zu erreichen. Mir ist, trotz der Schmerzen, seltsam friedlich zumute, so als breche der Fjord, wie Wasser einen Lichtstrahl, meine Vergangenheit. Als Meer und Eis der Dunkelheit weichen, stelle ich mir vor, wie der Saum des Kajaks meine Hüfte umschließt, und denke *Es gibt kein Leben ohne den Winter.* Der Mond in der Farbe des Schnees; Gletscher, die wie Raubtiere den Fjord entlang lauern. Walgesänge – und Gischt aus den Spritzlöchern der Narwale. Erkennen nur wir Eskimos den Wert der weißen Welt? Jerac hatte recht: eine Frau sollte nicht die Beine eines Tiers halten, während ihr Ehemann es häutet. In allem anderen hat er sich geirrt. So wie ich, in jeder Hinsicht.

Ich stelle mir vor, wie ich durch die eisfreie Stelle paddle, die Narwale wie eine Rosette um mich her, die Schwanzflossen dem Kajak zugewandt, die Stoßzähne nach außen. Ich tauche kaum die Paddel ein, so starr bin ich aus Ehrfurcht vor dem, was die Wale zu einer solchen Geometrie getrieben haben könnte. Ist es der Ausdruck eines gemeinschaftlichen Wohlgefühls, oder lauert ein Feind? Wird ein Mörderwal an die Oberfläche tauchen oder ein Eisbär aus dem Eisfall hervortappen? Ich hebe mein Paddel zu einem sinnlosen Versuch, mich zu verteidigen.

Ich seufze über meine Naivität und lasse das Paddel wieder sinken; die Walgesänge zeugen nicht von Furcht. Ich lasse das Kajak treiben, so sehr bewundere ich die Stoßzähne. Schlank und spiralig gewunden, zart und zerbrechlich. Kein Wunder, daß die Europäer des Mittelalters sie als Zepter benutzten und glaubten, es hafte ihnen göttliche Gnade an: sie könnten Impotenz und Fieber heilen, Gift aufspüren und es neutralisieren. Als Symbole kaiserlicher Macht waren sie ein Vermögen wert.

Heute kann man sich für nicht einmal dreitausend Kronen eines in sein Heim hängen; denn nur Narren glauben an Einhörner. Während die gebildete Priesterschaft glaubt, daß Nashörner der Ursprung des Mythos seien, sterben weiter die echten Einhörner – ihrer Hörner wegen gejagt, oder weil sie sich damit in Kabeljau- und Lachsnetzen verfangen.

Der Wind frischt auf, als wolle er meinen Zorn kühlen und mich daran erinnern, daß die Welt aus Packeis und Eisschollen, wenn auch voller Strafen, so doch ohne Reue ist. Das Lebende kann das Tote nicht retten.

Ich friere trotz des Polypropylens, des Pullovers, des Untermantels und des Anoraks. Mein Schweiß hat zu frieren begonnen. Wie üblich trage ich zuviel – so wie damals in Kopenhagens Polytekniske, außer in meinem

Erstsemeter. Nachdem Jerac die Schule verließ, habe ich meine Jeans für Rock und lange Damenhosen liegengelassen. Ich wurde die Eskimofrau, die ihre Kultur abgelegt hat. Jerac und die Arktis haben mir nichts beigebracht, nicht das mindeste; aber an der Universität habe ich noch weniger gelernt. Hitze, nicht die Kälte, tötet auf dem Eis am schnellsten; soviel weiß ich. Auf der Akademie war es anders herum.

Vielleicht hätte ich als Doktorandin versuchen sollen, Jerac statt die Narwale mit Funksonden zu markieren. Vielleicht hätte ich ihm dann auf der Spur bleiben können. Und er mir.

Wir lernten uns im ersten Semester an der Polytekniste kennen, und hatten beide noch nie etwas anderes als Grönland gesehen. Geradewegs vom Eis, wie man so sagt. Er war eine Pracht: die Haut wie feuchtes Terrakotta, ein Körperbau, der ihm die Goldmedaille im Knöchelhüpfen bei der Eskimoolympiade einbrachte, und so dunkle Augen, daß unsere Herkunft ihre Tiefe nicht erklären konnte. »Ein Zauberer im Bett«, sagte meine Zimmergefährtin. »Er läßt deine Hemmungen verschwinden.«

Wieder zu Hause, wurden wir im folgenden Sommer Geliebte, während wir in der Konservenfabrik in Godthåb arbeiteten. Oder besser: er arbeitete – beim Ausnehmen bis zu sechzehn Stunden am Tag –, und ich wurde dafür bezahlt, Kaffee und dumme Witze abzuliefern. »Glückliche Ausnehmer sind gute Ausnehmer«, hatte ich die Firma überzeugt und mir und jedem Arbeiter, dem ich mit einem finsteren Blick zum Zuhören bewegen konnte, damit bewiesen, daß die Verantwortlichen in der Fischindustrie den Verstand von Hinterwäldlern hatten, die sich zu vermehren trachteten.

Vielleicht wären unsere Wochenenden in der Tundra, wenn er nicht immer auf Schlaf verzichtet hätte, um mit mir schlafen zu können, anders verlaufen. Jerac sorgte für unser leibliches Wohl, ich brachte den üblichen Kleinkram mit: einen Walkman mit Minilautsprechern; gefriergetrocknete Kung Pao-Hühnchen; eine Lederflasche voller Chablis. Und diesmal auch Pilze.

Damals war ich noch experimentierfreudig und wollte unbedingt welche probieren, doch nur mit Jerac gemeinsam. Anfangs schüttelte er den Kopf. Ich schob es hinaus, ihn noch mal zu fragen, bis wir uns bis zur Erschöpfung – jedenfalls meiner Erschöpfung geliebt hatten, in jenem endlosen Licht, während der Sommerwind gegen unser Zelt seufzte. Am Ende lag er mit dem Kopf auf meinem Bauch, während wir uns unterhielten und marinierte Mangtuk kosteten. »Wegen der Pilze«, fragte ich wieder; und er schwieg, lag da und starrte zur Decke.

»Es wird erzählt, das sei für ihr Problem verantwortlich gewesen«, sagte er bitter.

»Ich dachte, du hast gesagt, sie habe zuviel stinkende Flossen gegessen. Oder sie war betrunken.«

»Sie kann gar nicht betrunken gewesen sein.« Sein Gesicht wurde starr, doch ich war es, die sich ärgerte – er *beschwörte* sie wieder. Für jemanden, der nie existiert hat, trat die Frau aus Qingmiuneqwarfik ziemlich oft zwischen uns. Denn für Jerac existierte sie.

Er zog sich das letzte Stück Walhaut aus dem Mund und legte es in die Tupperware zurück. Er hatte vorübergehend seinen Appetit für ihren Haselnuß- und Nelkengeschmack verloren. »Nur wenn wir's auf die alte Art machen«, sagte er.

»Gott, Jerac.«

Ich war keine so verstädterte Eskimofrau, daß ich die Tradition nicht kannte. Die Frau verdaute die Pilze, ihre Leber filterte die Giftstoffe, aber nicht die Halluzonigene heraus. Der Mann trank ihren Urin.

Es war verrückt. Aber es war auch Teil unserer *Kultur.*

Ich zögerte. Ich begriff, daß es Grenzen für das gab, was ich wagen würde. Das, mehr noch als die Gefahr und die damit zusammenhängende Demütigung, ließen mich innehalten. Ich fühlte mich alt. Aber nicht so, wie Eskimos sich alt fühlen sollten.

»Was soll's?« sagt er. Nach einem kurzen Moment fügt er in einem unbeholfenen Versuch von Leichtfertigkeit hinzu: »Wenn der Sexismus dich stört, könnten wir die Rollen tauschen.«

Ich lachte, aber es klang gezwungen, zögerlich. Ich seufzte und legte mich, den Kopf an seinen Füßen, neben ihn. Dann nahm ich meine ganze Kühnheit und Dummheit zusammen. »Willst du eine Tasse vollmachen, oder soll ich aus dem Hahn trinken?«

»Du willst es wirklich.«

Ich schwankte; schließlich schloß ich die Augen.

»Es ist zu obszön.«

Ich wartete darauf, daß ich gestreichelt und umschmeichelt wurde. Aber Jerac verstand es falsch; Stille erfüllte das Zelt. Er setzte sich langsam auf, steckte die Blechdose mit den Pilzen in die Seitentasche meines Rucksacks zurück und kroch aus dem Zelt. Kopf, Schultern, nackter Hintern, Barfüße ... dann war er weg.

»Gott, Jerac«, sagte ich zur Decke.

Tränen standen mir in den Augen.

Ich wollte nicht weinen, ich weinte nie. Jedenfalls nicht um einen Mann. Als mein Vater starb, war ich wie aus Stein. Wie aus Stein, als meine Brüder und mein Onkel starben. Als die Jungen in meiner Hochschule in Godthåb wie die Fliegen starben – durch Selbstmorde und Unfälle, Unfälle und Selbstmorde; wie ordnet man ein russisches Roulette ein? –, hatte ich meine steinerne Haltung zur Perfektion gebracht. Das Glänzen in meinen Augen am Grab spiegelte mein Herz wider. Es rührte nicht von Tränen her.

Ich weigerte mich, Jerac nach draußen zu folgen. Ich verschränkte die Arme, als wollte ich meinen Willen bewahren, und preßte fest die Augen zu.

Langsam umschlang mich der Schlaf. Kein echter Schlaf, aber auch keine Tagträumerei. Ich lag in der Betäubung von ordentlichem Sex und zu geringer Zuneigung da. Zum ersten Mal, seit ich denken konnte, träumte ich von Wüsten.

Er liegt auf dem Boden, während Sand im Wind wirbelt, seine zerfetzte Jacke und weite Hose sind aufgebläht, die Ziegenlederstiefel voller Löcher, seine Zehen, Hände und Gesicht zu Pergament verschrumpelt. Die Lippen sind knorrig, die Augenhöhlen leer. Sand häuft sich an der windzugewandten Seite seiner Beine auf, breitet sich über Knie und Hüften aus, zieht schräg über die Jacke. Nur die Füße und das Gesicht bleiben frei. Als der Wind abflaut, landet ein Vogel auf seiner Brust, und nachdem er umhergetappt ist, als prüfe er die Festigkeit des Bodens unter seinen Füßen, reißt er die Oberlippe ab, als picke er einen Wurm auf. Der Vogel fliegt auf einen See zu, der wie eine glänzende Münze am Horizont liegt. Die Verwesung hat den Unterkiefer gelockert, er kippt nach unten. Der Mann scheint verzweifelt zu grinsen. Die Dämmerung bringt den Wind zurück. Schatten und Sand füllen den Mund aus.

Als ich aufwachte, empfand ich ein Gefühl des Verlustes, ob wegen Jeracs Abwesenheit, konnte ich nicht sagen. Ich zog meine Sachen über und kroch hinaus.

Als spüre er die Kälte nicht, lag er nackt und scheinbar schlafend auf dem flechtenbedeckten Hang hinter dem Tundrasumpf. Ich watete hindurch, tappte den Hügel hinauf und stieß mit der Stiefelspitze an seinen Fuß.

»Eine gute Methode, sich eine Hypothermie zu holen.«

Er wandte das Gesicht der Eisdecke am Horizont zu. Der Mond war silberblau, der Sonne bleich und fern. Meine Armbanduhr summte. *Mitternacht.*

»Machst du wieder das alte Spielchen mit dem Achselzucken?« wollte ich wissen.

Er verfiel manchmal in starrsinniges Schweigen, wie

es Eskimomänner häufig tun; dann machen sie mit ihrem wortlosen Groll jeden wahnsinnig und beschränken jegliche Verständigung auf leichte Bewegungen mit den Schultern.

Er zuckte die Achseln.

Ich kehrte ins Zelt zurück und erinnerte mich, während ich dalag, an die Diskussionen, die ich manchmal mit meinen Freundinnen führte. Viele Eskimomänner waren gestört. War es klug, einen zu heiraten oder mit ihm Kinder zu haben? Aber es gab andere Stimmen, die von der Eisdecke herabbliesen und *zum Wohl der Kultur* flüsterten.

Er kehrte eine Stunde später zurück. Wir teilten das Zelt, hätten aber genausogut an entgegengesetzten Enden Grönlands schlafen und die Eisdecke zwischen uns lassen können.

Der Wind lullte meine Wut ein.

Der Mann stolpert gegen den Sand an, der über die Wüste fegt, seine Wangen sind von Sonnenbrand so aufgedunsen, daß seine Augen nur Schlitze sind. Ein See scheint am Himmel zu glänzen, der zwinkert, während der Mann voranstapft. Erfährt sich mit einer geschwollenen Zunge über die Lippen. »Bragda«, bringt er hervor und sackt auf die Knie.

Er kriecht weiter, die Hände nach innen gedreht, die Schulter gewölbt wie die einer Eidechse. Dann geben seine Ellbogen nach; sein Gesicht sackt abrupt auf den Boden. Als er das Gesicht hebt, bedeckt Sand sein linkes Auge, klebt am Schleim. Er wischt ihn verzweifelt weg, bricht wieder zusammen. »Bragda.« Er krallt sich in den Sand.

Ich wachte auf, als eine Geländemaschine über die Tundra hinwegknatterte. Draußen fand ich Jerac, der zuschaute, wie das Motorrad sich schräg legte und über die Binsenbüschel ausscherte. Sein Blick war starr, und die Lider zusammengekniffen.

Jailspur saß hinter dem Lenker, sein Gesicht von der Mitternachtssonne verbrannt. Er schaltete die Maschine aus und klopfte seine Handschuhe an den Benzinkanistern ab, die am hinteren Gepäckständer festgeschnallt waren.

»Ich habe euch etwas mitgebracht«, sagte er zu Jerac.

Er grinste und hielt einen Beutel voller Fischstreifen hoch. Er war unrasiert, seine Zähne grün von Schmutz, ein Vorderzahn fehlte.

»Du bist fünfzehn Kilometer gefahren, um geräucherten Seehering zu bringen?« fragte ich mißtrauisch.

»Ist das Frühstück fertig?« fragte er Jerac. Die eisige Antwort: »Tee und Zwieback.«

»Hört sich gut an.«

Wir saßen auf Felsen, während wir aßen, und sprachen kein Wort. Die Schnee- und Eisflecken, die das Sommerlager sprenkelten, wirkten passend. Jerac starrte auf den Beutel mit den Fischstreifen und hielt ihn dabei an einem Ende, als handele es sich um ein Beweisstück. Er aß nichts.

»Du hast die Papiere«, sagte er schließlich, ohne den älteren Mann anzusehen.

Jailspur zog ein gefaltetes Blatt aus seiner Jacke und hielt es Jerac auf eine Armlänge zwischen Daumen und Zeigefinger hin. Jerac betrachtete die Papiere, als schätze er ihr Gewicht, so wie er einen Barren während gymnastischer Wettkämpfe ansah.

Er senkte den Blick und langte nach den Papieren.

Jailspur zog sie zurück, Jeracs Finger griffen ins Leere.

Der Däne lachte. Jerac grapschte sich die Papiere, hielt sie Jailspur vors Gesicht, als wolle er ihn damit schlagen, dann ging er an den Rand des Lagers, wo er sich die Papiere an den Bauch drückte und im Stehen über die Tundra hinaussah. Ein Fulmar zog seine Kreise und kreischte, weil er nicht gerne Menschen in der Nähe seines Nests hatte. Jerac blickte nicht auf.

Die Papiere, daran hatte ich keinen Zweifel, waren seine langersehnte Bootszulassung und die kommerzielle Fangerlaubnis. Er konnte jetzt Fisch auf dem freien Markt verkaufen. Aber Jailspurs unmißverständliche Choreographie mit den Fingern entging mir nicht. In unserer Welt mit ihren begrenzten Kabeljau- und Lachsfanggründen waren diese Papiere so empfindlich teuer, daß sie Jerac einen Preis kosten würden, der über den prozentualen Anteil an den Gewinnen hinausging, den Jerac seinem Wohltäter zugestehen wollte.

In Jeracs Jugend war Jailspur für kurze Zeit sein Pflegevater gewesen – bis die Gerichte entschieden, daß Jailspur nicht reif genug sei, ein Kind zu betreuen.

Nun war der Däne in Jeracs Leben zurückgekehrt.

Jailspur zog den Reißverschluß seiner Jacke zu, streifte seine Handschuhe über, legte mit den übertriebenen gedehnten Bewegungen von jemandem, der eine Harley besteigt, ein Bein über die Maschine, und riß am Startkabel. Die alte Honda erwachte lautstark zum Leben.

Ich zog den Schlüssel aus dem Zündschloß, und bis auf das Krächzen des Fulmars herrschte in der Tundra wieder Stille. »Das hätte warten können«, sagte ich zu ihm. »Er ist noch nicht mit der Schule fertig. Kümmer dich selbst um dein Scheißboot. Laß ihn in Ruhe.«

Er streckte die Hand nach dem Schlüssel aus, seine Körpersprache war überheblich. Ich hob den Arm und war bereit, den Schlüssel in den Tundramorast zu werfen.

»Geh zurück nach Kopenhagen – Bunnuq«, sagte er, wobei er meinen Eskimonamen benutzte.

»Jerac begleitet mich«, antwortete ich.

»Er weiß, woher er stammt. Und da gehört er hin.«

Jerac war in Qingmiuneqarik aufgewachsen – dem Dorf, von dem erzählt wurde, daß Frauen sich dort mit Hunden paarten und die weiße Rasse hervorbrachten, die äußerlich annähernd menschlich, doch innerlich monströs war. Nur Nicht-Eskimos konnten diese Schande falsch verstehen. Jeracs Leistungen verblaßten im Vergleich dazu.

»Sie hätten dich einsperren sollen«, sagte ich. »Jerac sagte mir, was du getan hast.«

Jailspur sah mich aus gesenkten Augenhöhlen, unter gewölbten Augenbrauen hervor an.

»Ich habe nie etwas gemacht. Das hat das Gericht gesagt. Und Jerac auch.«

»Nichts, das jemand beweisen konnte. Oder das jemand bezeugen wollte.«

Er lächelte. Es war beunruhigend, und ich spürte, daß es mich verfolgen würde, wenn ich an die Universität zurückkehrte, selbst wenn Jerac mich nicht begleitete.

Ich warf den Schlüssel so weit, wie ich konnte.

Sein Gesicht rötete sich noch mehr. Ich dachte, er würde mich schlagen. Ich hatte ein paar Kämpfe bestritten, als ich in Godthåb aufwuchs, aber sie hatten sich meist auf Kratzen und Haareziehen beschränkt, selten waren die Fäuste ins Spiel gekommen. Ich war noch nie von einem Mann geschlagen worden. Ich war nicht bereit dazu, aber in gewisser Weise wünschte ich, es würde geschehen.

Statt dessen rümpfte er die Nase, griff in seinen Gummioverall, holte eine Brieftasche hervor und entnahm ihr einen weiteren Schlüssel. Er startete die Maschine. »Jerac ist schon ein großer Junge.«

Das Motorrad heulte davon, zog Schlamm und Abgas hinter sich her, legte sich schräg wie ein Hund, der ein Bein hebt, als es die nächsten Binsenbüschel durchpflügte. Er hob den Mittelfinger.

Ich suchte nach einem Stein oder einem Stock, warf ihm aber doch nur Flüche hinterher.

»Er ist kein Junge mehr! Und *dein* Junge war er nie!«

Der Finger blieb wie eine Flagge oben. Ich ging zu Jerac hinüber und überlegte, ob ich nicht tatsächlich die Pilze gegessen hatte, ob die ganze Welt eine Täuschung sei. Ich wollte, daß er *irgend etwas* tat – die Papiere zerriß oder Jailspurs Finger abriß.

Mit dem Rücken zu mir blickte er zur Sonne empor, die rot und wie ein Diamant geformt war. »Nur einen Anteil an den Profiten«, sagte er. »Mehr will er nicht.«

Ich sah ihm über die Schulter – und ging auf Abstand, um ihn nicht verlegen zu machen, damit er nicht wieder fort von mir ging. Seine Augen waren so feucht, daß ich fast damit rechnete, eine Träne auf seinen Wimpern zu sehen. »Mehr will er nicht«, sagte er. Er zitterte.

»Du brauchst nicht anzunehmen, was er dir anbietet.«

Sein Körper zuckte konvulsivisch. »Selbst wenn ich einen Abschluß mache – wie lang wird es dauern, bis ich genug Geld zusammen habe, um noch einmal eine solche Chance zu bekommen?«

»Du kannst immer noch mit Fisch deinen Lebensunterhalt bestreiten.«

»Und meine Kinder?«

»Du hast keine Kinder.«

»Aber ich werde welche haben! Und sie auch!«

Er redete wirres Zeug.

»Du klingst wie ein Weißer – dauernd machst du dir Sorgen um die Zukunft.«

»Was bin ich denn außer ein Weißer! Nur eine *Maskerade.* Was bin ich denn noch.«

Er ging weg, und ich hätte ihm nicht folgen können, selbst wenn er es gewollt hätte.

Was waren wir noch – jeder von uns – wir alle?

Als er zum Zelt zurückkehrte, hatte sich seine Schweigsamkeit noch vertieft – er zuckte nicht einmal die Achseln, als ich ihn ansprach. Ich fuhr mit der Zunge über seine Handfläche; er reagierte nicht. Schließlich zog ich seine Hose herunter. Sein Glied versteifte sich zwischen meinen Lippen.

Er war der einzige Mann, mit dem ich je geschlafen hatte, der ungern zum Orgasmus kam. Im Bett hatte er das obsessive Verlangen, zu gefallen. Ich glaube, Jailspur hatte ihn zu gut unterrichtet.

Als es ihm kam, griff er mir ins Haar.

»Leah«, sagte er. »Leah.«

Es war mein christlicher Name, den er nicht mochte.

Als ich einschlief, noch immer seine Wärme und sein Salz im Mund, wurde ich wieder aus der Tundra in eine heißere und weit fremdere Wüste versetzt.

Der Mann stellt sich dem Wind, die Wangen von Sand verkrustet, Augen und Lippen verkniffen, die Arme ausgebreitet. Seine Hände sind zu Fäusten geballt. Zwischen ihm und dem See, mitten im Wirbeln des Sandes, steigt ein muskulöses, rötliches Einhorn auf die Hinterbeine, tritt mit den Vorderbeinen aus, sein Horn durchsichtig wie ein Eiszapfen. Der Mann wankt wie betrunken und setzt sich in den Sand, seine Schultern hängen, die Arme sind schlaff, die Hände liegen reglos im Schoß. »Alles, was ich hatte«, murmelt er. »Du hast alles verdorben.«

Seine Augen schließen sich wie aus eigenem Antrieb. Sand prasselt ihm ins Gesicht, aber er scheint es nicht zu bemerken. »Wenn ich in die Mongolei zurückkehre … dann werde ich dich mit bloßen Händen umbringen.«

Wieder in der Konservenfabrik, gewöhnte Jerac es sich an, verspiegelte Sonnenbrillen zu tragen, umgekehrt aufgesetzte Baseball-Kappen, Jeans mit Löchern an den Knien; Sachen, die er im Fernsehen aufgeschnappt hatte. Er lachte nicht mehr über meine Witze oder dachte sich schreckliche Grimassen als Kommentar für meinen Kaffee aus, und alle anderen in der Reihe waren mit dem Filetiermesser schneller. Wir schliefen getrennt. Wenn wir zusammen waren, aßen wir Lachs, statt etwas Besonderes, und redeten nicht viel.

Wir flogen nach Kopenhagen zurück, aber er blieb nicht länger als ein Vierteljahr. Er versäumte es, zu üben, und schaffte den Abschluß nicht. Keine meiner Freundinnen erkundigte sich noch nach ihm.

An dem Abend, als er Grönland verließ, fiel die Berliner Mauer. Jeder, der etwas auf sich hielt, machte sich nach Deutschland auf, als habe eine Art teutonische Völkerwanderung begonnen. Die Maschine nach Reykjavik, wo er in ein anderes Flugzeug umstieg, war fast leer. »Ich werde bleiben, wenn du mich darum bittest«, sagte er. »Ich werde alles tun, was du willst, wenn du darum bittest.«

Ich streckte die Hand aus, um seine Sonnenbrille abzunehmen, bevor er mich küßte, aber er wich zurück, hob abwehrend die Hände, dann vollendete er die Beleidigung, indem er sich verbeugte und versuchte, mir die Hand zu küssen wie ein blöder Europäer.

In dieser Nacht begegnet mir die Frau ohne Gesicht zum ersten Mal.

Der Mann stolpert in den Wind, und Schnee, nicht Sand, bauscht sich um ihn. »Ich bring dich um«, brummt er. In der Ferne, am Rande des Sees, steht mit erhobenem Speer eine Gestalt in einem dicken Haubenmantel. Die Gestalt winkt ihn zu sich heran. Als er näherstakst, erkennt er, daß die winkende Hand die Farbe der Trauer hat. Weiß wie ein Fischbauch. Er blinzelt gegen die Sonne, versucht das Gesicht der Gestalt auszumachen, aber außer einer Wölbung aus geschlitztem Holz, wo die Augen sein sollten, verliert sich das Gesicht in der Dunkelheit der Haube.

Die Gestalt zeigt auf den See – von riesigen Eisschollen umsäumt und bedeckt, die auf einer Oberfläche schwimmen, in der sich die Sonne spiegelt. Große, fischartige Geschöpfe brechen an die Oberfläche, stoßen geräuschvoll Wasser aus, ihre Geysiere in der Form von Regenbögen.

Jeracs versprochener Brief pro Monat wurde zu einer Postkarte pro Jahrszeit, dann folgte nur noch die Nachricht UNBEKANNT VERZOGEN. Den nächsten Sommer verbrachte ich mit einer mühseligen Arbeit in Dänemark, die mich – wenn man die Allgegenwart von Hans Christian Andersen bedachte – passenderweise zum Schwänezählen zwang. Daß die anderen Forscher mich das häßliche Entlein tauften, hielt einige Verheiratete unter ihnen nicht davon ab, mich zum Tanz aufzufordern. Ich schlief allein und schlecht und studierte so viel, daß ich mich in einer Gruppe von eifrigen Studenten wiederfand, die ich bis in die Abschlußklasse begleitete.

Meine vorgeschlagene Dissertation *Echolokation: Akustische Analogien beim Narwal (Monodon monoceros)* war mein Untergang. An dem Tag, als mein Ausschuß das Thema billigte, stand ich zwischen Behältern, die nach Formaldehyd stanken, und vor hundert wachsamen Gewebeproben erinnerte ich mich mit erschütternder Klarheit an meinen letzten Nachmittag mit Jerac unter der Daunentagesdecke in meinem Studentenzimmer. In dem Augenblick kurz vor dem Höhepunkt hatte ich mir eingeschärft *Er ist nur ein weiterer Sexpartner, nur ein Sexpartner,* bis ich ungewollt meinen Orgasmus wegwünschte.

»Fehlt Ihnen etwas?« fragte die Ausschußvorsitzende, während sie ihre Unterschrift aufs Papier kritzelte.

Für den Moment sprachlos, deutete ich auf den Titel, den ich, wie mir auffiel, unbeabsichtigt in Druckbuchstaben geschrieben hatte. Der Zusatztext besagte, daß ich zu Forschungszwecken nach Grönland zurückkehren würde. Indem ich mich gegen die Schwäche stählte, die die Erinnerung in mir hervorrief, sagte ich: »Ich brauche Geld.«

Sie verkniff sich ein Lächeln über meinen Trugschluß und warf ihren Kollegen einen Blick zu.

»Natürlich brauchen Sie Geld. Alle Doktoranden brauchen Geld. Muß an der Gegend liegen.«

»Was sie hier wirklich lernen«, lächelte der zweite über seinen eigenen beißenden Humor, »ist, wie man damit lebt, arm zu sein. Dann beobachten wir Sie, wie Sie sich durch Forschungsengpässe schlagen.«

Der dritte, der bis auf die grauen Schläfen um sein Ego schon kahl wurde, hatte den Großteil seiner Forschungszeit im vergangenen Jahr der Frage gewidmet, wie er an meine Höschen gelangen könnte. »Sie sind ein Eskimo«, sagte er. »Wenden Sie sich für Forschungsgelder an das Northern Studies Institute. Die Amerikaner werfen gern Geld für etwas *Einheimisches* hinaus. Sie glauben, damit könnten sie eine kollektive Schuld abtragen.«

Mein Trugschluß. Mein jugendlicher Enthusiasmus. Meine Kultur. Ultima Thule, die Welt, die sie Grönland nannten. So sahen also die Belustigungen im Mausoleum des höheren Bildungswesens aus.

Unter ihrer Vormundschaft und Anleitung sollte ich also Gelder von einer Regierung, eines Öl- oder arktischen Schiffahrtkonzerns oder von einer Umweltschutzgesellschaft lockermachen. Es macht kaum einen Unterschied, denn sie alle wurden von Geld angetrieben; sie alle wußten, was es wert war, wenn man die Pumpe mit Forschung in Gang hielt. Ich würde den Großteil der Feldarbeit leisten, während das eine oder andere Ausschußmitglied gelegentlich den Forschungsstandort besuchen sollte. Wir würden das Unternehmen im späten Frühling in Angriff nehmen, wenn das Packeis genügend aufgebrochen war, um Zodiaks loszulassen, doch bevor das sommerliche Tauwetter es schwierig machte, die Tiere aufzufinden. Ich würde Hydrophone zu Wasser lassen, um ihre Gesänge aufzuzeichnen, danach ein Jahr im Labor verbringen: Signale entziffern, Frequenzen überprüfen, nach Übereinstimmungen zwischen den Gesängen suchen, die Dissertation schreiben.

Schließlich einen Artikel für eine Fachzeitschrift, auf dem mein Name an letzter Stelle der Autorenliste stehen würde.

Es sei denn, daß ich mich als ungewöhnlich wertvoll herausstellte und ein Ausschußmitglied mich nicht nur intellektuell, sondern tatsächlich vögelte. Statt bloß eine Forschungsassistentin wäre ich dann die *Mitverfasserin* des Artikels. Was allerdings bedeutete, daß mein Name immer noch an letzter Stelle erschiene.

Die Frau ohne Gesicht hat mich für diesen Moment gewappnet.

»Ich habe mir überlegt, wie man einen Narwal mit Funksonden markieren kann«, sagte ich.

Bisher war es noch keinem gelungen, Narwale der Telemetrie zu unterwerfen.

Die drei Affen blickten wie einer hinter dem Labortisch auf, so erschrocken, daß Mr. Ego auf seinem Stuhl wankte.

Im übertragenen Sinne trat ich ihnen allen die Stühle unterm Hintern weg.

»Im Laufe des Winters«, sagte ich und fügte aufgeregt hinzu: »Jede Menge Geld.«

In dieser Nacht, nachdem ich an die Frau ohne Gesicht gedacht hatte, besuchte sie mich wieder. So wie sie es in den letzten vier Jahren in vielen Nächten getan hatte, so bedacht auf meine Bedürfnisse im Schlafzimmer, wie Jerac sie schließlich vernachlässigt hatte.

Bis auf die geschlitzte hölzerne Sonnenbrille ist ihr Gesicht, gerahmt von der Haube aus Vielfraß- und Eisbärenfell, so dunkel wie der Tod, ihre Hände weiß wie die Trauer. Der Mann aus der Wüste ist verschwunden. Ich stehe neben ihr. Sie zeigt mir ein Agloo-Loch, wo Robben zum Atmen auftauchen, dann wendet sie sich den Narwalen zu, die in einem synkopierten Wasserballett durch ein eisfreies Loch im gefrorenen Meer, statt in einem See umherschwimmen. Ihre Hörner fangen das Sonnenlicht ein.

Sie zeigt auf die über ihre Flanken verstreuten Punkte. »Meine Kinder haben eine Chance, wenn ich nicht ihre Mutter bin«, flüstert sie. Als die Schwanzflossen unter dem Meer hinweggleiten, stößt sie mich vor. »Nähere dich ihrem Schmerz an, nicht ihrer Freude.«

Als ich erwache, blicke ich zum Poster mit den atlantischen Walen über meinem Bett hoch. Im Laufe der Jahre ist das Poster wie vom Gewicht des Meeres in

seinen Heftzwecken heruntergesackt. Ich fühle mich auch niedergedrückt – vor Stolz. Ich streiche mein Haar zurück und hole tief Luft. *Konzentriere dich auf deine Mitte.*

Meine Mitte: durch die eisfreie Stelle, wie Alice durch den Spiegel, in die Welt, wo Narwale fressen und klagende Walgesänge singen, als trauerten sie um etwas, worum nur Narwale trauern können. Manchmal, wenn ich das Poster anstarre, stelle ich mir vor, einer von ihnen zu sein, das häßliche Entlein, das sich in einen Schwan von einem Wal gemausert hat, mit seiner Lanze Duelle ausficht, die Flecken auf meiner marmornen Flanke wie Punkte auf einer Karte der Ewigkeit.

Diese Flecken waren es, worauf die Frau mich aufmerksam machen wollte. Sie war die Frau aus Qingmiuneqarfik; ich habe ihre Identität schon lang erahnt. Ich sollte einen Blick hinter die Abstammung werfen.

Vielleicht sind wir nicht das Produkt unserer Eltern, sagte sie mir. Vielleicht sind Eltern bloß Agloo-Löcher, durch die unser zentrierter Geist emporsteigt – ein Kind ist keine Reinkarnation, sondern zieht vielmehr die Seelen der Toten in sich hinein, abhängig von seinen Fähigkeiten und seinem Charisma, so wie ein Bildhauer eine Statue aus dem Stein befreit.

»Meine Kinder haben eine Chance, wenn ich nicht ihre Mutter bin.«

So wie Jerac Johnnie, wenn ich genug Forschungsgelder auftreiben könnte, um Jailspur seine Anteile an dem Boot abzukaufen. Diese Chance würde ich Jerac ebenso seinet- wie meinetwegen verschaffen.

Ich griff nach dem Telefonhörer.

Daß Jerac leicht zu finden war, überraschte mich nicht. Die meisten Eskimos entfernen sich nicht weit von ihrem Mittelpunkt, es sei denn, der Alkohol hat sie in den Klauen.

Für Jerac, wie für viele andere, war sein Boot sein Mittelpunkt.

Auch wenn es nicht seines war.

Vier Monate später führte er mich auf der *Qingmiuneqarfik* herum; Jailspur hatte auf dem Namen bestanden. Eine unangenehme Überschwenglichkeit hatte Jeracs Tiefe abgelöst. Er quasselte über Decks und Turbinen, Schiffsladeraum und Lachsgewicht, das Wetter am Inglefield-Golf. Jailspur beobachtete uns vom Ruderhaus. Die Fischereivorschriften sahen vor, daß der Inhaber einer Zulassung während der Fangsaison an Bord blieb, aber die Saison war vorbei. Jerac war ein herausgeputzter gewöhnlicher Matrose.

»Warum steht er am Steuer?« fragte ich, als wir hinter der Netzwinde standen. »Das war nicht Teil der Abmachung.«

»Du hast mir gesagt, du brauchst eine Überfahrt nach … nach Kangerlussuaq.« Er vermied es, an der Mündung des Fjords ›Qingmiuneqarfik‹ zu sagen. »Du hast nicht darauf bestanden, daß wir allein fahren.« Er blickte finster drein, seine Überschwenglichkeit war verflogen wie so vieles dumme Geschwätz, und er zündete sich eine Zigarre ein, die er im grönländischen Stil rauchte: dreimal paffen, mit Spucke löschen, das Ende abbeißen und die Tabakasche kauen. Alle Männer in meiner Familie haben es so geraucht. Erst vergaßen sie, sich den Tabakbrei vom Mundwinkel abzuwischen, dann vergaßen sie das Baden, und ihre Hosen, starr vor Fischblut und Rotz, blieben ungewaschen, während ihr Trinken jedes Jahr weiter in die Fischsaison hineinreichte. »Was willst du ausgerechnet dort?« fragte er mürrisch. »Es gibt eisfreie Stellen … anderswo.«

»Einen Fjord mit so vielen Narwalen finde ich nirgendwo sonst.«

»Scheiß drauf.« Er warf einen Blick zum Ruderhaus, als brauche er einen Vorwand, um mich stehenzulassen.

Jailspur gab ihm mit zwei Fingern ein Zeichen. Jerac sah mich streng an, stieg aufs Hauptdeck und trat ein.

Erschöpft und entmutigt schlief ich in dieser Nacht in der engen Koje im Bug, während die Männer meine Ausrüstung aufluden. Daheim in Kopenhagen hatte alles so einfach ausgesehen. Ich würde in Thule eintreffen, wir würden in einem heiteren Sonnenaufgang losknattern, und nachdem wir die Forschungsgelder eingesackt und ich Jailspur ausbezahlt hatte, würde ich von Jerac nur zwei Dinge verlangen.

Daß er das Boot umbenannte.

Daß er mich, wenn möglich, liebte.

Mein Plan in Hinblick auf die Narwale war einfach, erforderte aber jemanden, der sich im Fjord auskannte. Im Unterschied zu anderen Walen ziehen Narwale im Winter nicht nach Süden, außer aus ihrem sommerlichen Verbreitungsgebiet unweit der kanadischen Baffin Island in ihre Winterquartiere in den eisfreien Bereichen Grönlands – in den Aufwärtsströmungen entlang der Westküste, die nie gefrieren.

Jedes Jahr erreichen Narwale Kangerlussuaq auf der Suche nach Heilbutt, ihrer Lieblingsnahrung, riskieren dabei aber, vom vorrückenden Eis eingeschlossen zu werden. Daß manche eingeschlossenen Narwale den Winter überlebten, war ein Rätsel, das noch niemand aufzuklären versucht hatte. Die Ausdehnung, die Isolation und die Möglichkeit, überhaupt keine eingeschlossenen Narwale zu finden, stellten ein zu großes Hindernis dar. Vielleicht entkamen sie, wurde gelegentlich spekuliert, indem sie das Eis durchrammten oder es mit ihren Hörnern durchstießen. Aber eine meterdicke Eisschicht ist auch für einen Narwal ein Gefängnis, und das Horn ist zu brüchig, um etwas anderes außer sich selbst zu zerbrechen.

Die Frau ohne Gesicht, die von ihrer Sünde dazu verdammt ist, nie in die wäßrige Nachwelt einzutreten, hat mich auf die Lösung gebracht.

Eine eisfreie Stelle – gewöhnlich eine Erscheinung des offenen Meeres – gab es auch im Kangerlussuaq-Fjord. Die Tiere wären eingeschlossen, aber in keiner aussichtslosen Lage, das heißt, man konnte sich ihnen nähern. Wie andere Wale mochten es Narwale, wenn man sie kratzte; Krustentiere krallen sich in Körperöffnungen, die nicht direkt dem Wasser ausgesetzt sind, das über den Leib des Narwals strömt. Sie heftig mit einer Bürste oder mit einer Hand zu reiben, scheint ihnen Erleichterung von einem Juckreiz von buchstäblich riesenhaften Proportionen zu verschaffen.

»... ihrem Schmerz, nicht ihrer Freude ...«

Es waren bereits Versuche mit telemetrischen Verfahren erprobt worden, indem man kragenartige Funkgeräte um ihre Hörner schnallte. Die Narwale hatten sie binnen Minuten abgestreift. Ich würde dort eine Funksonde anbringen, wo die Krustentiere gediehen. Die Sonde wäre besser geschützt, und vielleicht würde der Narwal sie im allgemeinen Unbehagen gar nicht bemerken.

Der nächste Tag dämmerte kühl und klamm, der Dieselgeruch war so durchdringend, daß er an der Haut zu haften schien, und das Dröhnen des Turbine pochte mir im Kopf. Ich pinkelte in die Kaffeekanne, die Jerac mir hingestellt hatte, zog meinen Anorak über und stieg durchs Ruderhaus. Ich nickte auf Jeracs gegrunzten Gruß, trat in die beißende Luft hinaus und leerte die Kanne über der Reling. Jailspur, der am Ruder stand, starrte in sein Spiegelbild in dem Loch, das er mit dem Ärmel in die beschlagenen Frontscheibe gewischt hatte, und sah mich kein einziges Mal an.

Wir suchten uns einen Weg zwischen Eisschollen und Eisbergen, kreuzten durch den Nebel. Die Temperatur fiel weiter. Bald klapperten mir die Zähne. Jerac verließ das Ruderhaus, ging zu meinem Kajak hinüber, überprüfte die Riemen, die es ans Heck banden, und stand einige Minuten da und schaute das Boot an. Das Kajak war traditioneller Art – aus Walroßmägen gefertigt statt aus Fiberglas. Ich hätte mir vorgestellt, daß er es mit dem Blick eines Kenners betrachten würde, aber er starrte es bloß an. Dann ging er ins Ruderhaus zurück. Bevor er eintrat, warf er mir einen häßlichen Blick zu.

Minuten später lachte Jailspur, eine Hand auf Jeracs Schulter. Jarac starrte in die Windschutzscheibe. Als ich hineinging, naß und kalt bis auf die Haut, wenn nicht bis auf die Seele, hörte Jailspur auf zu lachen und zog seine Hand weg. Jerac sah weiter in die Windschutzscheibe. Ich ging nach unten. Das Schott unweit meiner Koje war beschlagen, mein Schlafsack feucht. Ich schlüpfte hinein.

Der einzige Weg zum Rest des Bootes führte durch das Ruderhaus, deshalb blieb ich, außer um Brote zu machen und die Kanne zu leeren, drei Tage lang im Bett, während bisweilen Eis am Bullauge vorbeikratzte. Die Frau ohne Gesicht brachte mir Träume, und ich dachte über den Mann in der Wüste nach. Sie standen in irgendeinem Zusammenhang mit mir, daran hatte ich keinen Zweifel, aber ob im buchstäblichen oder metaphysischem Sinne, konnte ich nicht sagen. Ich dachte über die Flecken auf den Flanken der Narwale nach.

Vielleicht war die Zeit, wie auch unsere Abstammung, kein Kontinuum, sondern eine Abfolge zufälliger Akte, die der Geist, um die Befriedigung zu finden, die wir als geistige Gesundheit bezeichnen, in eins faßt, um sich selbst zu erhalten. Wie Perlen, die auf eine unsichtbare Schnur gefädelt werden. Nur daß die Perlen reglos verstreut sind und die Vergangenheit genausogut hinter wie vor uns liegen könnte. Wir können nicht nur auf die Zukunft, sondern auch auf die Vergangenheit Einfluß nehmen.

Ibn Khaldun und Mahmoud Al-Hassan haben ähnliches schon vor einem Jahrtausend in ihrer Lobpreisung

Allahs gesagt – ein Gedanke, der erst jetzt Verbreitung in der westlichen Welt findet, wo über Wurmlöcher in Parallelwelten spekuliert wird, deren Zeitrahmen mit unserem nicht übereinstimmen muß. Obwohl ich, angesichts seiner Exzesse und seiner Einstellung zu Frauen, für den Islam wenig mehr als Verachtung übrig habe, habe ich im Laufe der Jahre, als ich die Frau ohne Gesicht und nicht Jerac im Bett hatte, Trost in Teilen seiner Philosophie gefunden. Allah erschafft und zerstört alles im selben Augenblick, aber vielleicht um Seine Allmacht zu demonstrieren, hinterläßt Er verstreute Perlen.

Das Boot hielt an und ruckte hin und her. Ich stieg nach oben.

Qingmiuneqarfiks Dutzend mit Teerpappe bedeckte Hütten lagen wie Krümel vor dem Schlund des Fjords. Gewöhnlich war das Dorf im Winter verlassen, aber inzwischen hatte man es völlig aufgegeben. Die einzigen Geräusche stammten von Spannseilen, die im Wind summten. Kein Hund kamen hervor, um das Boot draußen im ruhigen Wasser anzukläffen.

»Wir gehen hier vor Anker«, sagte Jailspur zu Jerac. »Dann nimmst du das Skiff und suchst uns eine passende Hütte.«

Schau mal nach deiner alten Hütte, meinte er damit eigentlich.

»Das Eis schließt sich«, sagte ich hoffnungsvoll und deutete auf die Mündung des Fjords. »Vielleicht kann ich die Funksonden früher anbringen als ich dachte.«

Savssats können sich schnell bilden. Schnelles Ufereis war imstande, in erstaunlichem Tempo die Mündung eines Fjords zu verschließen und sich bis zu seinem Ende auszubreiten. Es war kein Wunder, daß immer wieder Tiere in der Falle saßen.

Wenig später waren wir vertäut, und Jerac hielt die Leine des Skiffs, das wir hinter uns hergezogen hatten.

Sein Rücken war dem Dorf zugewandt; er schaute mit hängendem Kopf über den Fjord hinweg. Bis auf das Kielwasser des Skiffs war das Meer glatt und spiegelte den orangeroten Glutballon der Sonne über den Granitwänden.

Jailspur schob mit einem Daumen die Tür des Ruderhauses auf. »Worauf wartest du noch! Sie bezahlt dich fürs Arbeiten. Uns *beide.*«

Jerac ließ die Skiffleine durchhängen. Das kleinere Boot trieb einige Meter weiter, ehe es sich drehte und eine weitere Kielwelle aufwarf. Trotz seiner Leibesfülle verließ Jailspur das Ruderhaus und balancierte mit der Gewandtheit eines Tänzers den Bootsrand entlang. Er legte Jerac eine Hand auf die Schulter, und eine Zeitlang sah das Paar wie Vater und Sohn aus. Der Ältere gab dem Jüngeren mit gedämpfter Stimme einen Rat. Jerac nickte wie resigniert und zog das Skiff längsseits. Jailspurs Hand rutschte Jeracs Jacke bis auf die Rückseite seiner Jeans hinunter. Jerac riß den Kopf hoch. Er starrte den Älteren finster an und ballte eine Hand zur Faust. Jailspur wich zurück. Jerac stieg auf den Bug des Skiffs, ging nach achtern, ließ den Motor ins Wasser, schloß den Treibstoffschlauch an und zog das Startkabel.

Er hockte da, grau wie das Meer, während er auf das Dorf zusteuerte.

Während der nächsten Stunden sah ich gelegentlich zu der Barkasse hinüber, die an diesem einsamen, schneebestäubten Strand vor den leeren Häusern vor Anker lag, aber meistens beobachtete ich das Savssat. Das Eis, das sich über die Mündung des Fjords ausbreitete, sah wie etwas durch Zeitrafferfotografie Entstandenes aus. In der einen Minute war das Meer ruhig und grau; scheinbar in der nächsten schon dünn und flach, als sei aus den Tiefen eine Eisscholle emporgestiegen. Von einigen Kanälen abgesehen, blockierte das Eis die Mündung und breitete sich in den Fjord hinein aus.

Hin und wieder kam Jailspur aus dem Ruderhaus hervor und beobachtete das Dorf, zuerst mit einem Kaffee, dann mit einer Zigarette in der Hand, dann die Daumen hinter die Säume seines Overalls geklemmt. Er wippte auf den Fersen hin und her. »Der kleine Scheißer. Ich muß betteln, damit er irgendwas richtig macht.«

Die Sonne war um die Himmelsschüssel gezogen, ohne sich mehr als ein paar Grad über den Horizont zu erheben. Sie stand im Westen am Himmel, so klar, wie der Tag kalt war. »Ich schau mal nach, warum er so lang braucht«, sagte ich.

»Zum Teufel.«

Ich wußte nicht, ob ich das als Zustimmung verstehen konnte, schnallte aber trotzdem mein Kajak los. Ich schaffte es ohne seine Hilfe, das Boot ins Wasser zu lassen, kletterte hinunter und stieg ohne Schwierigkeiten ein. Als ich es mit dem Paddel abstieß, kehrte er ins Ruderhaus zurück und schlug die Tür hinter sich zu.

Ein Spaziergang zwischen den Hütten war wie ein Besuch im Reich der Toten. Ich rechnete fast damit, daß Leute aus den Fenstern lugten oder sich knarrend Türen öffneten und Hände mich hereinwinkten, aber die Fensterhöhlen blieben leer, und die einzige Aktivität in den Türen war eine Brise, die an einem Plastiksack zupfte.

Jeracs Fußspuren führten von Haus zu Haus, selten in einer geraden Linie. Eher im Zickzack. Einen halben Kilometer hinter dem Dorf hatte jemand ein traditionelles grasbedecktes Haus gebaut, vielleicht in einem verzweifelten Versuch, Touristen anzulocken. Solche Projekte waren in abgelegenen Dörfern üblich, wo schon eine Handvoll Besucher im Jahr einem wirtschaftlichen Aufschwung gleichkommen.

Das Gebäude war unfertig, oder besser: in sich zusammengestürzt. Die Walknochenstreben sahen im Dämmerlicht bleich aus. Robben- und Karibufelle lagen verstreut um die Ränder; andere waren auf den Boden gerutscht. Der nördliche Eingang hatte keine Tür.

Jeracs Fußspuren führten zu der Tür.

Weiße Menschen, die sich aufhängen, lassen eine Frage zurück. Überlegen sie es sich anders, nachdem sie den Stuhl umgestoßen haben – geraten sie in Panik, wenn ihr Hals bricht? In meinem Volk kommt dergleichen nicht vor. Wir binden Schnüre oder dünne Seile an einen Stuhl oder eine Türklinke – einen beliebigen Gegenstand – und beugen uns, die Schlinge um den Hals, auf Händen und Knien vor. Wenn wir es uns anders überlegen, stehen wir auf. Man muß wirklich sterben *wollen,* um so zu sterben.

Jerac hatte seine Schnürriemen benutzt, sie zusammengeknüpft und säuberlich um einen Walknochen gebunden. Er trug immer noch seine Tennnisschuhe, die Beine unter sich fest zusammengeklemmt, die Hände wie vor Entschlossenheit zu Fäusten geballt. Erst nachdem ich ihn losgebunden und seine Leiche auf die Seite gelegt hatte, dachte ich daran, seine gekrümmten Finger zu öffnen.

Es bereitete mir einige Schwierigkeiten. Er hatte einen dreifachen Angelhaken in jeder Faust, die Widerhaken waren ihm tief ins Fleisch gedrungen.

Bis dahin hatten die Nerven mich in Gang gehalten, meine Gefühle in Stein gemauert, aber als die Haken sich aus der Haut lösten, sackte ich zwischen faulig-feuchten Häuten zu Boden und weinte leise, seinen Kopf in meinem Schoß.

Hätte ich den Kopf nicht gesenkt und über ihm geweint, dann hätte Fric Jailspur mich umgebracht.

Aus irgendeinem Grund sah ich ihn nicht durch den nördlichen Eingang hereinkriechen. Er stand plötzlich über mir und schwang eine Schlittenkufe aus Knochen, die er irgendwo gefunden hatte. Er verfehlte meinen Kopf und traf mich schmerzhaft an der Schulter. Schmerz durchfuhr mich, aber ich schaffte es, zur Seite zu springen, als er noch mal zudrosch. Wieder verfehlte er mich – und traf Jerac an der Nasenwurzel. Es war ein dumpfer Laut zu hören, als Knochen splitterten und Blut mich bespritzte.

»Schau nur, was du angerichtet hast«, sagte Jailspur mit hohler Stimme, ließ die Kufe los und fiel auf die Knie. Er hob Jeracs Hand und drückte sie sich mit den Angelhaken an die Wange. »Du und deine gottverdammten Narwale. Ihr habt meinen kostbaren Jungen umgebracht.«

Er hob die Kufe auf. Ich kroch auf Händen und Knien durch den nördlichen Eingang, lief dann durch das Dorf, wo die leeren Fensterhöhlen ungerührt zuschauten.

Die Qingmiuneqarfik war nah am Ufer festgemacht, das Skiff neben meinem Kajak ans Ufer gezogen. Ich wählte das Boot, das am ehesten mein Überleben garantierte, nicht das schnellste, stieß mich ab und paddelte wie wild zum Savssat. Als ich zurückblickte und Jailspur zwischen den Hütten hervorstaksen sah, verfluchte ich mich, weil ich das Skiff nicht unbrauchbar gemacht hatte. *Denk nicht mehr dran. Konzentrier dich auf deinen Mittelpunkt.* Ich gab mein Bestes.

Das Kajak stieß mit einem so lauten Wumms gegen das ufernahe Eis, daß ich glaubte, das Rippenwerk würde zerbrechen. Das Boot bäumte sich auf, dann glitt es ins schlammige und freistehende Wasser über der Eisdecke. Ich sprang hinaus und hielt am Kajak mein Gleichgewicht, so gut ich konnte, während ich dahinwatete. Ich erreichte in dem Moment wieder das offene Wasser, als Jailspur den Motor des Skiffs lautstark zum Leben erweckt hatte und das Boot übers Meer jagte, wobei es Gischt hinter sich aufwirbelte und der Bug sich hob.

Ich hatte geglaubt, der Fjord würde mich retten, aber ich irrte mich.

Jailspur röhrte übers Eis, fand eine Wasserrinne, riß

das Skiff in einem Bogen von aufgewirbeltem Wasser herum und raste den Kanal hinauf. In ein paar Sekunden würde er das Savssat hinter sich lassen. Meine einzige Hoffnung bestand darin, daß er mich überfahren und schnell töten würde.

Auf halbem Wege über die Eisdecke lief das Skiff in einem Aufkreischen von Metall auf Grund, und auf einmal hatte Jailspur kein Wasser mehr unter sich. Unter Flüchen zog er die Schraube aus dem Wasser, stieg aus dem Boot und schob es eigenhändig weiter. Es bewegte sich leichthin übers Eis, er war offenbar sehr stark.

Plötzlich war er nicht mehr neben dem Boot. Es rutschte ins freistehende Wasser und glitt vorwärts. Nur Jailspurs Kopf und Arme waren zu erkennen. Er schlug wild um sich. »Bunnuq! Du Miststück! Hilf mir!«

Ich unterdrückte meinen ersten Reflex und paddelte weiter. Ich stieg aufs Eis, wühlte mich durch den Schlamm zu seinem Boot und band irgendwie die Schleppleine los, dann kroch ich auf ihn zu, indem ich das zusammengerollte Seil hinter mir herzog.

»Braves Mädchen.« Er klammerte sich an die Eisdecke. »Komm schon.«

Als ich nah genug war, um einen guten Wurf zu versuchen, hob ich die Schleppleine.

Einen Moment lang hörte er mit dem Zappeln auf. Er sah auf den Schnürsenkel, den ich ihm zugeworfen hatte, dann auf das Seil, das ich immer noch an der Seite hielt. Ich lächelte und kroch zurück.

Die wenigsten Leute können sich ohne Hilfe aus dem Eis ziehen. Es gibt keinen Halt. Je blutiger die Hände werden, desto verzweifelter schlägt man um sich. Die Kälte kriecht unaufhaltsam aufwärts – Satans eisige Hand greift durch den Torso nach der Seele, die in der Kehle pocht.

Jailspur schaffte es fast, ohne Hilfe herauszuklettern.

Er hatte seine Nägel in einen winzigen Riß im stabilen Eis gekrallt und den Oberkörper halb aus dem Wasser gehoben, als er eine neue Art zu sterben entdeckte.

Es gibt drei Arten, einen Menschen zu töten, der durchs Eis gebrochen ist. Man kann ihr dort lassen, ihn rausziehen und erfrieren lassen oder ihm, falls das Wasser kalt genug ist, ins Rückgrat treten, und es wird wie ein Stock zerbrechen.

Fric Jailspur entdeckte eine weitere Möglichkeit.

Ich sah einen Mann – oder was einmal ein Mann gewesen war hinter ihm aus dem Meer auftauchen. Die Haut wie Pergament, die Augenhöhlen leer, die Oberlippe abgerissen, so daß sie krumme Zähne entblößte. Trotz des Wassers hatte Sand seine Wangen verkrustet. Er trug eine zerfledderte Ziegenlederjacke, aus der Wasser strömte, als er auftauchte – und die Hände nach Jailspurs Kopf ausstreckte, ihm knorrige Finger in die Augen grub und ihn nach hinten herunterriß. Jailspur gluckste und klammerte sich ans Eis. Dann waren beide Männer verschwunden, und nur ein kleiner Strudel deutete an, wo das Meer sie verschluckt hatte.

Ungeachtet des dünnen Eises holte ich Jeracs Schnürsenkel zurück und steckte ihn mir in die Tasche. Dann kroch ich zu meinem Kajak und paddelte in den Fjord, statt die Eisdecke noch einmal zu überqueren.

Es war fast dunkel. Ich konnte die Schreie der Robben und das Pfeifen und Klicken der Narwale hören, das mehr von sozialer Kommunikation zeugte als die schrillen Pfiffe, wenn sie fraßen oder Angst hatten. Mein Paddel liebkoste die leichte Strömung des Fjords. Ich war allein unter den Tieren und den Sternen.

Irgendwie wußte ich, daß das Eis weiter vorrücken würde. Die eisfreie Stelle würde es nicht überstehen. Ich konnte zum Wandnetzfischer zurückkehren, aber ich paddelte weiter ostwärts. Die *Qingmiuneqarfik* war zu Hause neben dem Dorf, deren Namen sie trug. Dort gab es für mich nichts mehr außer Legenden, nichts mehr jenseits davon. Ich war in Kangerlussuaq zu Hause. Ich würde ertrinken, wenn das Eis sich um mich schloß und die Narwale rasende Furcht erfaßte. Aber zum ersten Mal spürte ich,

würde ich

wirklich

leben.

Originaltitel: ›THE MIRROR OF LOP NOR – 1. REFLECTION / 2. REFRACTION‹ • • Erstveröffentlichung in Immortal Unicorn (Privatdruck) • Mit freundlicher Genehmigung des Autors • • Aus dem Amerikanischen übersetzt von Michael K. Iwoleit • Illustriert von Manfred Lafrentz

---

Kim Stanley Robinson

DER GRÜNE MARS

Der Olympus Mons ist der höchste und gewaltigste Berg im ganzen Sonnensystem. Es handelt sich dabei um einen riesigen Vulkanschild, der sechshundert Kilometer im Durchmesser mißt und siebenundzwanzig Kilometer hoch aufragt. Zwar beträgt der Anstiegswinkel der Bergflanken – bezogen auf die Horizontale – im Durchschnitt nur 5 Grad, doch fällt der Lavaschild fast durchgängig an seinen Rändern in einem Steilabbruch jäh sechs Kilometer ab, bis in die umliegenden Wälder hinunter. Der mächtigste und steilste Teil des schroffen Schildrandes befindet sich unmittelbar am sogenannten Südpfeiler, einem massiven Grat, der aus der Wand herausragt und den südlichen vom südostwärtigen Abschnitt trennt (im Koordinatensystem der Karte ist er bei 15 Grad nördlicher Richtung und 132 Grad westlicher Richtung zu finden). Wenn man sich unterhalb der Ostflanke dieses Südpfeilers irgendwo in den felsdurchsetzten Ausläufern der Waldgebiete des Tharsishochlands hinstellt, kann man an einer Wand emporschauen, die dort sogar fast sieben Kilometer in die Höhe ragt.

Siebenmal höher als der El Capitan, dreimal so hoch wie die Südwestseite des Mount Everest, zweimal so hoch wie die Dhaulagiriwand: fast sieben Kilometer Felsen, die den Blick in den westlichen Himmel versperren. Kann man sich das ausmalen? (Es fällt einem schwer.)

OLYMPUS MONS
DIE KLETTERROUTE

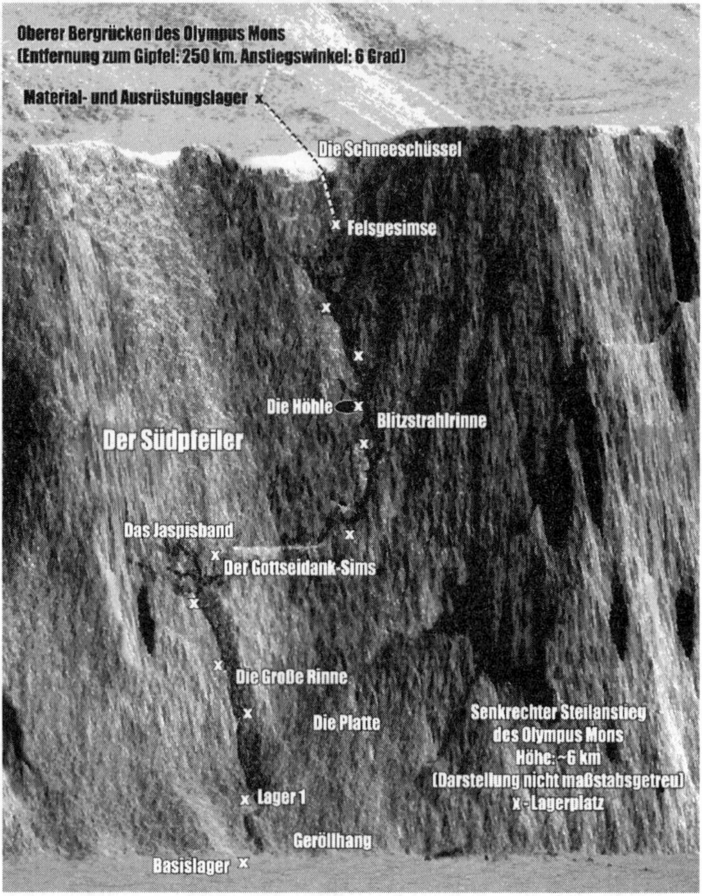

»Ich krieg diese Ausmaße einfach nicht in meinen Kopf!« schreit Arthur Sternbach, der Terraner, indem er auf der Stelle hüpft.

Dougal Burke, der durch ein Fernglas nach oben späht, meint: »Wir haben von hier eine starke perspektivische Verkürzung.«

»Nein, nein. Das ist es nicht.«

Die Bergsteiger waren in einer Karawane von sieben Geländefahrzeugen angekommen, großen grünen Karosserien mit durchsichtigen Schutzblasen über den Personenkabinen, deren walzenhafte, übertrieben stark profilierte Reifen Staub aus dem Boden genagt und in den Wind geschleudert hatten. Die Fahrer hatten ihre Fahrzeuge auf der felsigen Wiese in einem groben Kreis abgestellt, und das Ganze sieht jetzt aus wie eine große Halskette aus künstlichen Smaragden.

Diese ziemlich mitgenommene Wiese mit ihrem kleinen Bestand an Latschenkiefern und Wacholdern ist traditionell das Ausgangslager für Besteigungen des

Südpfeilers. Um die Fahrzeuge herum finden sich Trampelspuren, Windschutzmäuerchen aus aufgeschichteten Felsbrocken, halbvolle Latrinengräben, mit Steinen bedeckte Müllgruben und allerlei ausrangierte Ausrüstungsgegenstände. Indem die Teilnehmer an der Expedition nun im Lager herumwandern, miteinander plaudern und sich recken und strecken, inspizieren sie gleich einige von diesen menschlichen Hinterlassenschaften. Mari Whillans liest zwei extrem leichte Sauerstoffzylinder auf, an deren Beschriftung sie erkennt, daß sie von einer Expedition stammen, an der sie vor mehr als einem Jahrhundert teilgenommen hatte. Grinsend schwenkt sie diese über ihrem Kopf und winkt der Felswand zu, dann schlägt sie die beiden Zylinder gegeneinander. »Bin wieder daheim!« *Ping! Ping! Ping!*

Ein letzter Geländewagen rollt auf die Felswiese, und all jene von der Expedition, die schon im Lager sind, versammeln sich um das Fahrzeug, als es langsam zum Halten kommt. Zwei Männer klettern aus dem Wagen. Sie werden überschwenglich begrüßt: »Stephan ist da! Roger ist da!«

Aber Roger Clayborne ist in schlechter Stimmung. Die Fahrt war ihm zu lang. Sie begann vor sechs Tagen in Burroughs als er sein Büro im Regierungsgebäude zum letzten Mal verlassen hatte. Seine siebenundzwanzigjährige Tätigkeit als Innenminister hatte ihr Ende gefunden, als er aus den hohen Türen des Regierungsgebäudes getreten und über die breiten Marmorstufen hinabgegangen war zur Stadtbahn, die ihn zu seiner Wohnung brachte. Roger genoß den warmen Fahrtwind im Gesicht und schaute sich die Hauptstadt mit ihren vielen Bäumen an, die er während seiner Arbeit in der Regierung nur selten verlassen hatte. Dabei wurde ihm schlagartig bewußt, daß dies siebenundzwanzig Jahre aneineinandergereihter Niederlagen waren. Zu viele Gegner, zu viele Kompromisse, bis es zum letzten, zum nicht mehr hinnehmbaren Kompromiß gekommen war – und dann fand er sich wieder an der Seite Stephans, mit dem er die Stadt verließ und durch die Landschaft fuhr, jene Landschaft, die er siebenundzwanzig Jahre lang gemieden hatte. Sie fuhren über die wogenden grasbewachsenen Hügel mit ihren Beständen an Walnußbäumen, Espen, Eichen, Ahorn, Eukalyptus und Föhren, und jedes Blatt, jedes Grashalm erinnerte ihn an seine letzte Niederlage. Stephan kam ihm nicht besonders zu Hilfe; obwohl er wie Roger ein Naturschützer war, hatte er jahrelang den Grünen angehört. »Dort kann wirkliche Arbeit geleistet werden«, betonte er noch einmal, als er Roger einen Vortrag hielt, statt sich auf das Fahren zu konzentrieren. Roger, der Stephan ganz gut leiden konnte, schützte Zustimmung vor und starrte durch sein Fenster. Er bevorzugte Stephans Gesellschaft eigentlich in kleineren Dosen – etwa bei einem gemeinsamen Mittagessen oder bei einem Baseballspiel. Aber sie fuhren immer weiter auf der geschotterten Überlandpiste durch die winddurchpeitschte Prärie des Tarsishochlands dahin, vorbei an den Bauernhöfen und Orten von Noctis Labyrinthus, bis Roger in die Fänge jener Stimmung geriet, die einen gegen Ende einer langen Reise befällt: Ihm kam es vor, als wäre sein ganzes Leben nur ein Teil dieser Reise gewesen, als wäre er dazu verdammt, alle Szenen seines Scheiterns und seiner Niederlagen immer aufs neue zu durchwandern, ohne daß er je an einen Ort gelangen konnte, wo sie nicht alle wieder im Rückspiegel enthalten schienen. Es war eine lange Fahrt.

Weil er – was das Schlimmste daran war – alles im Gedächtnis hatte.

Jetzt steigt er aus dem Fahrzeug auf den felsigen Boden des Basislagers. Als später Hinzukömmling zur Klettermannschaft – Stephan hatte ihn eingeladen, als ihm sein Rücktritt bekannt geworden war – wird er mit den anderen Bergsteigern bekannt gemacht, und er nimmt sich zusammen, die ganze herzliche Persönlichkeit, die sich über die Jahre im Büro gebildet hat. »Hans!« sagt er, als er das vertraute grinsende Gesicht des Areologen Hans Boethe sieht. »Schön, dich zu sehen. Ich wußte nicht, daß du ein Kletterer bist.«

»Keiner wie du, Roger, aber ich habe meinen Teil am Marineris schon geleistet.«

»Und jetzt ...« – Roger deutet nach Westen – »... versuchst du eine Erklärung für diesen Steilabbruch zu finden?«

»Ich habe schon eine Erklärung dafür«, erklärt Hans, und die anderen lachen. »Aber wenn wir einen Beweis fänden, der sie stützt ...«

Eine hochaufgeschossene Frau mit ledrigen Wangen und hellbraunen Augen tritt zur Gruppe. Stephan beeilt sich, sie vorzustellen. »Roger, das ist die Leiterin unserer Expedition, Eileen Monday.«

»Wir sind uns schon einmal begegnet«, sagt sie rasch, als sie ihm die Hand schüttelt. Sie schaut zu Boden und lächelt verlegen. »Vor langer Zeit, als du Canyonführer warst.«

Der Name, die Stimme ... die Vergangenheit beginnt sich zu regen, Bilder schieben sich schnell vor sein inneres Auge, und Rogers unheimliches Gedächtnis ruft sich eine Wanderung in die Erinnerung – früher einmal hatte er Touren durch den Fossae-Canyon nach Norden geführt –, eine *Romanze*, ja, mit einem langbeinigen Mädchen: mit Eileen Monday, die jetzt vor ihm steht. Sie waren einige Zeit ineinander verliebt gewesen, erinnert er sich; sie eine Studentin in Burroughs, ein Stadtmädchen, und er – weit weg auf dem abgelegenen Land. Es hatte nicht gehalten. Aber das war jetzt über zweihundert Jahre her! Ein Hoffnungsfunke glimmt in ihm auf: »Du *erinnerst* dich daran?«

»Nein, fürchte ich.« Lachfalten fächern sich auf, als sie über ihr verlegenes Lächeln zu ihm hochschielt. »Aber als mir Stephan gesagt hat, daß du zu uns stößt, nun, du bist für dein lückenloses Gedächtnis bekannt, und ich dachte mir, ich versuche es einfach mal. Vielleicht erinnere ich mich doch an etwas. Als ich durch meine alten Tagebücher ging, habe ich Notizen über dich gefunden. Ich habe mit den Tagebüchern erst angefangen, als ich in den Achtzigern war; deswegen sind diese Notizen nicht sehr aufschlußreich. Aber daher weiß ich, daß wir uns schon einmal getroffen haben, auch wenn ich mich daran nicht mehr erinnere.« Sie schaut ihm in die Augen, zuckt die Achseln.

Für Roger ist diese Situation vertraut. Sein ›Total Recall‹ (es ist natürlich nichts von dieser Art wie in dem Film), sein Erinnerungsvermögen erfaßt fast die ganzen dreihundert Jahre seines bisherigen Lebens, wodurch er immer wieder Leute trifft und erkennt, die sich nicht mehr an ihn erinnern. Die meisten finden das interessant, manche zermürbend, und bei dieser Eileen hier sind die von der Sonne rissigen Wangen ein wenig rot geworden. Sie scheint ein wenig verlegen und vielleicht auch ein bißchen amüsiert zu sein. »Du mußt mir davon erzählen«, sagt sie lachend.

Roger ist gerade nicht in der Stimmung, Leute zu unterhalten. »Wir waren etwa fünfundzwanzig Jahre alt.«

Ihre Lippen formen sich zu einem Pfiff. »Du erinnerst dich wirklich an alles.«

Roger schüttelt den Kopf; die kalte Luft im Schatten des Berges erfüllt ihn, und die kurze Aufregung des Erkennens und Erinnerns verflüchtigt sich. Es war eine lange Anreise gewesen.

»Und wir waren …?« Sie läßt nicht nach.

»Wir waren Freunde.« Roger antwortet ihr mit genau der Betonung auf *Freunde,* die sie neugierig bleiben läßt. Es ist entmutigend, diese Neigung der Menschen zum Vergessen; seine ungewöhnliche Fähigkeit macht ihn ein wenig zum Außenseiter, zu einer Stimme aus vergangenen Zeiten. Vielleicht rühren seine Naturschutzbemühungen von dieser Bewahrung der Vergangenheit her; er weiß noch, wie der Planet einmal war, damals, ganz am Anfang. Wenn es Roger schlecht geht, neigt er dazu, der Vergeßlichkeit seiner Generation die Schuld an ihrer mangelnden Wachsamkeit zuzuschreiben, und er fühlt sich sehr oft ein wenig einsam deswegen, wie jetzt auch.

Eileen hält den Kopf geneigt, fragt sich, was er damit meint.

»Auf geht's, Mr. Memory«, ruft ihm Stephan zu. »Laßt uns essen! Ich bin am Verhungern, und es ist eiskalt hier draußen.«

»Es wird noch kälter werden«, sagt Roger. Mit einem Achselzucken zu Eileen hin folgt er Stephan.

Im größten Zelt des Basislagers schimmerten die plappernden Gesichter im hellen Lampenlicht. Roger nippt an einer Schale heißer Brühe. Schnell sind die restlichen Vorstellungen gemacht. Stephan, Hans und Eileen sind ihm vertraut, auch Dr. Frances Fitzhugh. Die Vorkletterer sind Dougal Burke und Marie Whillans, die augenblicklichen Stars der Kletterschule von Neuschottland; er hat von den beiden schon gehört. Sie werden in ihrer Ecke von vier jüngeren Kollegen Eileens eingerahmt, vier Bergführer, die Stephan als Träger engagiert hat. »Wir sind die Sherpas«, erklärt ihm Ivan Vivanov fröhlich. Er stellt ihm Ginger, Sheila und Hannah vor. Die jungen Bergführer scheinen sich nicht daran zu stören, daß sie bei dieser Expedition nur eine unterstützende Rolle spielen; in einer Seilschaft von dieser Größe kommt jeder genug zum Klettern. Die Gruppe ist komplett mit Arthur Sternbach, einem amerikanischen Bergsteiger, der bei Hans Boethe zu Besuch ist. Nachdem man sich vorgestellt hat, zirkulieren alle durch den Raum wie bei irgendeiner Cocktailparty irgendwo und wo auch immer. Roger beschäftigt sich mit seiner Brühe und bedauert seinen Entschluß, an dieser Expedition teilzunehmen. Wahrscheinlich war ihm irgendwie entfallen, wie intensiv die persönlichen Beziehungen bei solchen großen Steigtouren sein müssen. Zu viele Jahre war er allein beim Klettern gewesen, in den Felstälern nördlich von Burroughs. Das war es gewesen, was er eigentlich gewollt hatte, wird ihm jetzt klar: eine endlose Soloklettertour weit hoch und raus aus der Welt.

Stephan fragt Eileen nach der Tour, und sie schließt Roger behutsam in ihre Zuhörerschaft ein. »Wir werden zunächst die Große Rinne hochsteigen, die Standardroute für die ersten tausend Meter der Wand. Dann wollen wir uns dort, wo der Erstaufstieg links von der Großen Rinne dem Nansengrat nach oben folgte, nach rechts halten. Dougal und Marie haben auf den Luftaufnahmen eine Route entdeckt, auf der es ihrer Meinung nach gehen müßte; wir versuchen also etwas Neues und werden deshalb auch den größten Teil der Strecke eine neue Route besteigen. Und wir werden die kleinste Expedition sein, die je die Wand am Südpfeiler durchstiegen hat.«

»Du machst Witze!« ruft Arthur Sternbach dazwischen.

Eileen lächelt kurz. »Wegen der geringen Gruppengröße werden wir so wenig wie möglich Sauerstoff mit uns führen, die wir nur auf den letzten paar tausend Metern benutzen.«

»Und wenn wir oben sind?« fragt Roger.

»Oben ist ein verstecktes Lager. Dort werden wir unsere Ausrüstung wechseln und zum Kraterrand hochspazieren. Das wird der leichte Teil sein.«

»Ich verstehe nicht, warum wir uns überhaupt mit diesem Teil abgeben«, wirft Marie ein.

»Das ist die leichteste Abstiegsroute. Außerdem wollen einige von uns den Gipfel des Olympus Mons sehen«, entgegnet ihr Eileen mild.

»Das ist doch nur ein großer Hügel«, meint Marie.

Später verläßt Roger mit Arthur, Hans, Dougal und Marie zusammen die Gruppe. Alle wollen eine letzte bequeme Nacht in den Fahrzeugen verbringen. Roger bleibt hinter den anderen zurück und starrt die Felswand hoch. Der Himmel darüber leuchtet noch immer im satten Purpurrot der Abenddämmerung. Über die riesige Felswand zieht sich die schwarze Narbe der Großen Rinne, ein tiefer, senkrechter Riß, der im Zwielicht gerade noch zu erkennen ist. Darüber erstreckt sich eine glatte, blanke Wand. Die Bäume rascheln im Wind; die dunkle Wiese sieht wild und unberührt aus.

»Ich kann nicht glauben, wie hoch er ist!« Arthur ruft das nun zum drittenmal aus. Er bricht in ein lautes Lachen aus. »Es ist einfach unbegreiflich!«

»Von diesem Punkt aus«, sagt Hans, »erhebt sich der Gipfel über siebzig Grad vor uns aus der Waagerechten.«

»Du machst Witze! Das kann ich nicht glauben!« Arthur verfällt in ein hilflos krampfhaftes Kichern. Die Marsianer, die hinter Hans und seinem Freund folgen, beobachten sie mit belustigter Zurückhaltung. Arthur ist ein ganzes Stück kleiner als die anderen, und plötzlich kommt er Roger vor wie ein Kind, das beim Einbruch in die Schrankbar ertappt wurde. Roger bleibt kurz stehen, damit sich die anderen ein Stück von ihm entfernen konnten.

Das große Zelt schimmert gedämpft wie eine abgeblendete Lampe durch die Dämmerung, dahinter die Felswand, schwarz und schweigend. Aus den Wäldern kommt ein unheimliches belferndes Heulen. Irgendeine von den mutierten Wolfsarten, ganz ohne Zweifel. Roger schüttelt den Kopf. Vor langer Zeit hatte ihn jede Landschaft zu erfrischen vermocht; er war diesem Planeten verfallen gewesen. Jetzt scheint es ihm, als hinge die gewaltige Felswand über ihm wie sein ganzes Leben, seine Vergangenheit, als tilge sie den Himmel aus, als versperre sie jeden Weg nach Westen. Die Niedergeschlagenheit brandet ihn so stark an, daß er sich beinahe ins Gras der Wiese setzt, um sein Gesicht mit den Händen zu verhüllen; doch werden noch andere aus dem Zelt kommen. Wieder das trostlose Geheul – es sind die Klagerufe des Planeten: Der Mars ist dahin! Der Mars ist dahin! Uh-uuuuuuuu! Heimatlos legt sich der alte Mann in ein Fahrzeug zum Schlafen.

Aber wie immer beansprucht die Schlaflosigkeit ihren Anteil von der Nacht. Roger liegt mit entspanntem Körper in dem engen Bett, doch springt sein Geist von einer Szene seines Lebens zur andern, machtlos. Schlaflosigkeit und Gedächtnis: Einige seiner Ärzte hatten ihm gesagt, daß zwischen beidem eine Entsprechung besteht. Ihm ist es klar, daß die Stunden des schlaflosen Bewußtseins und des Halbschlafs die Spielwiese des Gedächtnisses sind, und was er auch unternimmt, um die Zeit zwischen dem Zu-Bett-Gehen und dem Einschlafen zu füllen – indem er etwa bis zur Erschöpfung zu lesen oder zu schreiben versucht –, das tyrannische Gedächtnis findet immer seine Stunde.

In dieser Nacht kommen ihm alle seine Nächte in Burroughs in den Sinn. Alle seine Gegner, alle seine Kompromisse. Der Regierungschef, der ihm mit dünnem Lächeln und sparsamer Geste, mit einem leichten Anflug von Sadismus die Anweisung aushändigt, Coprates Chasma mit einem Damm zu schließen und zu fluten. Die offene Ablehnung von seiten Novoyov an jenem Abend vor Jahren, als dieser, der Regierungschef, ihm verkündet hatte: »Die Roten sind fertig, Clayborne. Sie sollten ihr Büro zumachen, sie sind der Führer einer toten Partei.« Beim Blick auf die Konstruktionsvorgaben für den Damm und beim Gedanken daran, wie es dort noch im vergangenen Jahrhundert aussah, in dem er Coprates erforschte hatte, schien es ihm, als hätte er neunzig Prozent seiner Arbeitszeit im Büro dazu verwendet, seine Stellung abzusichern, damit er wenigstens überhaupt etwas bewegen konnte. Darum geht es, wenn man in der Regierung arbeitet.

Oder lag der Prozentsatz dafür sogar noch höher? Was hatte er wirklich unternommen, um den Planeten zu bewahren? Bestimmte Vorlagen wurden abgeschmettert, bevor sie eingereicht werden konnten, bestimmte Entwicklungsprojekte verzögert; er hatte einzig und allein dem, was andere taten, seinen Widerstand entgegensetzen können. Ohne allzu viel Erfolg. Man könnte sogar sagen, daß seine Verweigerung dem Regierungschef und seinem ›Koalitions‹-Kabinett gegenüber, sein Rücktritt nur eine Geste mehr war, eine weitere Niederlage.

Er ruft sich seinen ersten Tag im Büro in Erinnerung. Einen Morgen in den Polarebenen. Einen Tag in Burroughs im Park. Im Kabinettsbüro im Streit mit Novoyov. Und so geht es weiter und weiter, noch eine Stunde oder länger, Szene um Szene, bis seine Erinnerungen bruchstückhafter und traumartiger werden, surrealistisch zusammengefügt, und er aus dem Reich der Erinnerung in den Schlaf wechselt.

Es gibt eine Topographie des Geistes, und dies ist eine.

Morgendämmerung auf dem Mars. Zuerst der Rosinenhimmel, im Diamantenmuster gepünktelt von den vier Morgenspiegeln, die in der Umlaufbahn kreisen, um ein wenig mehr vom Sonnenlicht auf den Planeten hinablenken. Schwärme schwarzer Dohlen flattern und gleiten mit schläfrigem Gekrächze über der Geröllhalde, um mit ihrem Tagesgeschäft zu beginnen, der Jagd nach Futter. Schneetauben gurren in den Ästen eines Hains gelbbrauner Birken. Oben auf der Geröllhalde poltern Steine abwärts; drei Schafe glotzen herunter, überrascht, die Wiese im Basislager besetzt vorzufinden. Spatzen flattern umher.

Roger ist schon früh wach; er hat Kopfschmerzen und beobachtet die auflebende Natur ohne großes Interesse. Er wandert hoch zu den zerborstenen Felsbrocken der Geröllhalde, um den Kopfschmerz loszuwerden. Der obere Rand der Felswand wird vom Licht der aufgehenden Sonne getroffen, und jetzt zieht sich dort oben ein rotgoldner Streifen entlang, der die ganze schattige Felsflanke darunter in Licht badet. Die Spiegel glänzen verschwommen im klaren violettfarbenen Morgenhimmel. Farben erscheinen in den Blumenbüscheln, die zwischen den Felsen am Geröllhang verstreut wachsen, und die grünen Wacholdersträucher leuchten. Der Lichtstreifen auf der Felswand breitet sich schnell aus; selbst jetzt im vollen Licht sieht der obere Abschnitt der Felswand nackt und blank aus. Aber das rührt von der Entfernung und der perspektivischen Verkürzung her. Etwas weiter unten erkennt man ein ganzes System von Rissen, die sich wie die braunen Spuren herabgelaufener Regentropfen über den Fels ziehen. Die Wand sieht rauh aus, ein gutes Zeichen. Auch die höher gelegenen Bereiche würden ihre Unebenheiten enthüllen, wenn sie erst einmal hoch genug aufgestiegen waren.

Da kommt Dougal über den felsigen Geröllhang emporgestiegen und beendet hier seine eigene morgendliche Tour. Er nickt Roger zu. »Den Aufstieg haben wir noch nicht begonnen, nicht wahr?« Dougal schottischer Akzent läßt sich kaum überhören.

Doch sie hatten in der Tat damit begonnen. Eileen und Marie haben schon die ersten Gepäckstücke aus den Fahrzeugen geholt und sind gerade dabei, sie auf die Gruppe zu verteilen, als Roger und Dougal zurückkommen. Auf der Bergwiese wird es etwas lauter, sowie die Verteilung des Gepäcks beendet ist und die Gruppe sich zum Aufbruch fertigmacht. Die Gepäcke sind schwer, und die Sherpas ächzen und witzeln, als sie ihre Lasten aufnehmen. Arthur muß bei ihrem Anblick wohl oder übel lachen. »Auf der Erde könntet ihr eine Traglast von der Größe nicht einmal schieben«, ruft er den Sherpas zu und stupst mit dem Fuß gegen einen ihrer übergroßen Rückentragen. »Wie könnt ihr mit diesen Dingern überhaupt das Gleichgewicht halten?«

»Das wirst du bald herausfinden«, erklärt ihm Hans übermütig.

Arthur findet, daß es nicht einfach ist, seine massige Traglast unter den Schwerkraftverhältnissen des Mars auszubalancieren. Das Rückengepäck ist fast vollkommen zylindrisch geformt, eine große grüne Röhre, die ihm vom Hintern bis über den Kopf hochreicht. Mit dem Gepäck auf dem Rücken sieht er aus wie eine große grüne Schnecke. Er prustet vor Überraschung über sein im Verhältnis zur Größe geringes Gewicht; wie sie aber über die Geröllhalde aufsteigen, schwingt er unter der Masse viel stärker hin und her, als er eigentlich erwartet hat. »Oh! Vorsicht da! Tut mir leid!« Roger nickt und wischt sich den Schweiß von der Stirn. Ihm ist klar, daß Arthur an diesem ersten Tag mit seiner Wegstrecke über den Abhang zwischen den hausgroßen Felsbrocken hindurch eine ausführliche Lektion in Sachen Gleichgewicht erteilt wird.

Frühere Seilschaften hatten eine Spur von Wegmarken hinterlassen, durch aufeinandergeschichtete Steine, die wie hockende Enten aussahen, oder durch Kerben, die sie in Felsblöcke geschlagen hatten. Sie halten sich an die Markierungen, wo immer sie welche finden. Der Aufstieg ist ermüdend; auch wenn dies einer der schmaleren Geröllstreifen am Fuß der Steilwand ist – auf manchen Abschnitten hat die Erosion den ganzen steilen Rand in eine Geröllhalde verwandelt –, werden sie wohl allesamt einen sehr langen Tag dazu benötigen, um sich durch das gigantische Geröllfeld bis an den Fuß der eigentlichen Felswand hochzuarbeiten, die sich ungefähr siebenhundert Meter oberhalb des Basislagers hochreckt.

Zunächst sagt Roger der Marsch durch das Geröllfeld mit seinen dahingewürfelten hausgroßen Felsbrocken zu. »Der Khumbu-Felsfall«, ruft Ivan aus und fällt ganz in seine Rolle als Sherpa, wie sie unterhalb eines großen Sérac aus Stein vorbeikommen. Doch anders als der Khumbu, der gefrorene Wasserfall am legendären Everest, ist dieses chaotische Gelände hier verhältnismäßig stabil; die Überhänge werden kaum auf sie herabbrechen, und es gibt hier auch keine verborgenen Gletscherspalten, in die man hinabstürzen könnte. Nein, das hier ist nur ein Felsengeröll, und Roger genießt es. Noch immer kommen sie auf ihrem Weg nach oben an kleinen Flecken vorbei, die mit kleinen Föhren und Wacholdern bewachsen sind, und Hans, der vor Roger geht, scheint sich verpflichtet zu fühlen, für Arthur jede Pflanze namentlich zu bestimmen. »Das ein Sturmhut, das dort sind Anemonen, das ist eine Lilienart, und das dort sind Enziane, die da Primeln ...« Arthur bleibt stehen und streckt den Hand aus. »Was ist denn das, um Himmels willen?«

Von einer Felsplatte glotzt ein kleines pelziges Tier auf sie herab. »Das ist ein Dünenhund«, antwortet ihm Hans stolz. »Man hat ein paar Gene von Murmeltieren und einer Robbenart genommen und sie mit dem, was einmal ein Vielfraß war, kombiniert.«

»Du machst Witze! Es sieht aus wie ein kleingeratener Eisbär.«

Hinter den beiden schüttelt Roger den Kopf und tritt müßig mit dem Fuß nach einem Tundrakaktus. Er blüht; der sechsmonatige Marsfrühling hat gerade begonnen. Syrtisgras wächst büschelweise an jeder sandigen und feuchten Stelle. Kleine biologische Experimente, wohin man blickt; der ganze Planet ist ein einziges großes Labor. Roger seufzt. Arthur versucht, von jeder Blumenart etwas zu pflücken und bekommt einen Strauß zusammen, der für jedes Staatsbegräbnis genügen würde, bis er es schließlich aufgibt. Der Tag neigt sich schon dem Ende zu, als sie am Fuß der Wand angelangen. Die ganze Welt liegt nun im Schatten, während der klare Himmel über ihnen noch in hellen Lavendelfarben steht. Von hier aus können sie den oberen Rand der Steilwand nicht mehr sehen, wenn sie nach oben schauen. Sie werden ihn auch erst wieder sehen, wenn ihnen der Aufstieg glückt.

Das Lager 1 ist ein runder, breiter Sandplatz und ist von großen Felsblöcken umschlossen, die einmal ein Teil der Steilwand waren. Er liegt unterhalb eines leicht überhängenden Basaltblocks, der sich rechts vom Einstieg in die Große Rinne befindet. Dadurch ist man gegen Steinschlag geschützt und hat ausreichend Platz, um bequem zu lagern. Der Ort ist geradezu ideal für ein großes Lager am Einstieg, und sie sind nicht die ersten, die hier lagern. Zwischen den Felsblöcken finden sie Felshaken, leere Sauerstoffzylinder und abgedeckte Latrinen, die von hellgrünem Moos überwuchert sind.

Am nächsten Tag marschieren sie wieder über den Geröllhang hinab zum Basislager; nur Dougal und Marie bleiben oben, um nach Steigrouten vom Lager 1 aus zu suchen. Die anderen machen sich schon vor dem Morgengrauen auf den Weg und hasten fast im Lauftempo zwischen den Felsen nach unten; dann beladen sie sich schnell und steigen schnell wieder auf, um möglichst vor Einbruch der Dunkelheit wieder im Lager 1 zu sein. Die ganzen nächsten vier Tage werden auf diese Weise verbracht, und die Sherpas werden sich danach weitere drei Tage auf diesem Weg zwischen den Felsen hindurchschlängeln, bis die ganze Ausrüstung ins Lager 1 hochgetragen ist.

Roger ertappt sich dabei, daß er immer wieder zu Hans und Arthur aufschließt – wie die Zunge sich wieder und wieder einem schmerzenden Zahn nähert –, um den Erklärungen des Aerologen zuzuhören. Ihm ist zu seinem Kummer klar geworden, daß er fast genauso wenig darüber Bescheid weiß, was auf dem Mars lebt, wie Arthur.

»Siehst du den Fasan?«

»Nein.«

»Da drüben. Seine Kopfbefiederung ist schwarz. Ziemlich gute Tarnung.«

»Du machst Witze. Nein, da ist tatsächlich einer!«

»Sie sind wie diese Felsen. Fasanen, Rotschwänzchen, Sperlingsvögel – es gibt her mehr davon, als wir jemals sehen werden.«

Später: »Da, schau!«

»Wo?«

Roger merkt, wie er selbst in die Richtung späht, in die Hans zeigt.

»Auf dem großen Felsen, siehst du's? Der Mörderhase, so nennt man ihn. Ein Witz.«

»Ah, ein Witz«, wiederholt Arthur vorsichtig. Roger überdenkt noch einmal seine Einschätzung des Scharfsinns dieses Terraners. »Ein Hase mit Reißzähnen?«

»Nicht direkt. Eigentlich ist da nicht mehr viel von einem Hasen in dem Tier – mehr von einem Lemming und einem Felshasen, doch hat er auch ein paar wichtige Züge vom Luchs. Ein sehr gelungenes Geschöpf. Eine von Harry Whitebooks Schöpfungen. Er ist schon *sehr* gut.«

»Manche von euren Biokonstrukteuren werden also berühmt?«

»O ja. Ziemlich. Whitebook ist einer der besten Säugetierkonstrukteure. Und wir scheinen ja Säugetieren eine besondere Liebe entgegenzubringen, nicht wahr?«

»Von mir weiß ich das.« Einige keuchende Schritte über hüfthohe Blöcke weiter nach oben. »Ich verstehe nur nicht, wie sie diese Kälte überstehen.«

»Nun, dort unten ist es natürlich nicht so kalt. Wir sind hier tatsächlich schon am oberen Rand der alpinen Zone. Die Kälteanpassung nimmt man in der Regel direkt von Tieren aus der Arktis oder Antarktis. Viele

Robben zum Beispiel können den Blutkreislauf zu ihren Extremitäten unterbrechen, wenn es nötig wird, Körperwärme zu sparen. Und sie haben auch eine Art von Gefrierschutz im Blut – ein Glykoprotein, das sich an die Oberfläche der Eiskristalle legt und ihr Wachstum verhindert. Wunderbares Zeug. Einige dieser Säuger können ihre Glieder gefrieren lassen und ohne Schäden für das Fleisch wieder auftauen.«

»Du machst Witze«, flüstert Roger vor sich hin.

»Du machst Witze!«

»Und diese Anpassungen hat man bei den meisten Säugetieren hier auf dem Mars. Schau! Da ist ein kleiner Bärenfuchs! Das ist wieder ein Whitebook.«

Roger läßt sich zurückfallen. Kein Mars mehr.

Schwarze Nacht. Die sechs großen Kastenzelte des Lager 1 leuchten wie eine Lampionkette am Fuß der Steilwand. Roger, der sich zwischen den Steinen erleichtert, blickt neugierig auf sie zurück. Es ist, geht ihm durch den Kopf, schon eine seltsame Gruppe. Leute vom ganzen Mars (und ein Terraner). Nur das Klettern haben sie gemeinsam. Die Vorkletterer sind verrückt. Dougal scheint ein Stummer zu sein, der immer aus irgendeiner Ecke heraus beobachtet, ohne ein Wort zu reden. Marie spricht dafür vielleicht genug für beide. Roger kann gerade jetzt ihre vom Trinken heisere Stimme mit dem breiten Akzent hören, die irgendeinem erklärt, wie man die Wand durchsteigt. Sie ist glücklich hier. Und Roger? Er schüttelt den Kopf und geht zu den Zelten zurück.

In Eileens Zelt findet er eine erhitzte Diskussion vor, die noch nicht zu Ende ist. Mari Whillans erklärt: »Schau, Dougal und ich, wir sind schon fast tausend Meter über diese sogenannte Platte geklettert, die angeblich fugenlos glatt sein soll. Überall dort gibt es Risse.«

»Bis dahin, wo ihr geklettert seid, jedenfalls«, schränkt Eileen ein. »Aber die eigentlichen Platten sollen über diesen ersten Rissen erst kommen. Vierhundert Meter glatter Fels. Wir könnten dort in eine Sackgasse geraten.«

»Das könnten wir, aber es muß auch dort *ein paar* Risse geben. Und wir können uns mit Haken über jeden wirklich fugenlosen Abschnitt hocharbeiten, wenn wir das müssen. Auf diese Weise kämen wir wirklich zu einer völlig neuen Kletterroute.«

Hans Boethe schüttelte den Kopf. »Irgendwo Haken in diesen Basalt zu klopfen, das wird kein Vergnügen.«

»Ich hasse diese Haken«, sagt Eileen. »Der Punkt ist doch der, daß wir, wenn wir die Große Rinne bis zum ersten Amphitheater nehmen, eine gute Route nach oben haben, und die höheren Abschnitte wären dann immer noch alle Neuland für uns.«

Stephan nickt, Hans nickt, Frances nickt. Roger nippt an einer Tasse Tee und beobachtet sie interessiert. »Der *Punkt*«, meint Marie, »ist doch der, was für einen Aufstieg wir haben wollen?«

»Wir wollen nach oben kommen«, erwidert Eileen und schaut dabei zu Stephan hinüber, der nickt. Stephan hat den größten Teil dieser Expedition bezahlt, so daß die Entscheidung in gewissem Sinn bei ihm liegt.

»Warte einen Augenblick«, wirft Marie scharf ein und faßt einen nach dem andern ins Auge. »Darum geht es jetzt nicht. Wir sind doch nicht hier, nur um die Route durch die Rinne noch einmal zu wiederholen, oder?« Ihre Stimme klingt jetzt anklagend, und niemand erwidert ihren Blick. »Das hat man mir jedenfalls immer gesagt. Mir hat man gesagt, daß wir eine neue Route wählen, und das ist der Grund, weshalb ich hier bin.«

»Es wird unvermeidlich eine neue Route werden«, sagt Eileen, »und das weißt du, Marie. Wir steigen direkt zum oberen Ausgang der Rinne, und dann betreten wir Neuland. Wir vermeiden nur die glatten Felsplatten, die sich rechts neben der Rinne hochziehen!«

»Ich denke, wir sollten es über diese Platten versuchen«, beharrt Marie. »Dougal und ich, wir haben doch gesehen, daß es möglich ist.« Sie bringt ihre Argumente für diese Route vor, und Eileen hört geduldig zu. Stephan sieht besorgt aus; Marie hat Überzeugungskraft, und es scheint möglich, daß sie mit ihrer starken Persönlichkeit Eileen überwindet und sie auf eine Route führt, von der das Gerücht geht, sie sei ungangbar.

Aber Eileen stellt fest: »Jede Route, die wir mit nur elf Leuten in dieser Wand steigen, ist schon eine Leistung. Schau, wir sprechen hier nur über die ersten zwölfhundert Meter des Aufstiegs. Oben werden wir uns dann nach rechts halten, wenn irgendwie möglich, und uns oberhalb dieser Platten auf Neuland bewegen.«

»Ich glaube nicht an die Geschichte mit den Platten«, wiederholt Marie. Nach ein paar weiteren Wortwechseln erklärt sie: »Nun, wenn das so ist, weiß ich nicht, warum du dann Dougal und mich in den letzten Tagen überhaupt in die Platten hochgeschickt hast.«

»Ich habe euch nicht hochgeschickt.« Eileen wird ein wenig ärgerlich. »Ihr zwei steigt hier voraus und erkundet die Route, das wißt ihr. Aber dies jetzt ist eine grundsätzliche Entscheidung, und ich denke, daß die Rinne auch genau der Einstieg war, den wir geplant hatten. Wir wollen es bis ganz nach oben schaffen, das weißt du. Nicht nur die Steilwand hoch, sondern den ganzen Berg.«

Nachdem sie noch ein Weilchen diskutiert haben, zuckt Marie die Achseln. »Gut, gut. Du bist der Chef. Aber ich frage mich wirklich, warum wir diese Besteigung eigentlich machen.«

Auf dem Weg zu seinem Zelt kommt Roger diese Frage wieder in den Sinn. Er atmet die kalte Luft ein und schaut sich um. Hier vom Lager 1 aus scheint die Welt eingeknickt und zusammengefaltet zu sein: In der Waagrechten erstreckt sich die eine Hälfte in die Dunkelheit – zurück nach unten in die tote Vergangenheit; in der Senkrechten erstreckt sich die andere Hälfte bis zu den Sternen – hoch ins Unbekannte. Nur zwei Zelte sind nun noch von innen her beleuchtet, zwei sanfte, gelbe Tropfen in der Dunkelheit. Roger bleibt vor seinem eigenen dunklen Zelt stehen und schaut zu ihnen hinüber. Er hat das Gefühl, daß sie ihm etwas sagen – die Augen des Bergs, die ihn ansehen ... Warum ist er eigentlich bei der Besteigung dabei?

Sie klettern durch die Große Rinne. Dougal und Marie steigen Abschnitt um Abschnitt durch den rauhen, lockeren Fels voran, schlagen Haken ein und hinterlassen die daran befestigten Seile. Die Seile werden eng an der rechten Seite der Rinne gehalten, um dem Steinschlag, der nur allzu oft durch die Rinne herabschießt, auszuweichen. Die anderen Kletterer folgen ihnen etappenweise in Seilschaften von zweien oder dreien. Während des Aufstiegs können sie die vier Sherpas unten sehen, winzige Lebewesen, die sich durch die Geröllhalde wieder nach unten bewegen.

Roger ist heute mit Hans in einer Seilschaft. Sie haken sich mit ihrem Brustgeschirr an dem weiter oben befestigen Seil ein – mit Metallklammern, die am Seil zwar nach oben gleiten, nach unten jedoch blockieren. Zwar beträgt der Anstiegswinkel hier nur rund fünfzig Grad, auch läßt sich der dunkle Fels gut steigen, doch schleppen sie schwere Gepäcklasten mit sich hoch zum Lager 2, und so ist es für beide ziemlich anstrengend. Die Sonne brennt heiß und ihre Gesichter sind schnell schweißnaß.

»Ich bin für das hier nicht gerade in der besten Form«, keucht Hans. »Ich werde wohl ein paar Tage brauchen, um in meinen Rhythmus zu kommen.«

»Mach dir keine Sorgen wegen mir«, sagt Roger. »Wir gehen grad genau das Tempo, das mir liegt.«

»Ich frage mich, wie hoch das Lager 2 liegt.«

»Nicht allzu hoch. Es ist zuviel zu schleppen, ohne die Motorwinden.«

»Ich freue mich schon auf die senkrechten Abschnitte. Wenn wir schon zum Klettern gehen, dann sollten wir auch klettern, nicht?«

»Vor allem wenn die Motorwinden unser Zeug hochziehen.«

»Genau.« Kurzatmiges Lachen.

Steile, tiefe Rinne. Mittelgrauer Andesit, Fels aus erstarrtem Magma, der mit den Einsprengseln eines dunklen Minerals durchsetzt ist und harte, knaufartige Vorsprünge aufweist. Haken, die in kleine, senkrecht verlaufende Spalten gehämmert sind.

Um die Mittagszeit treffen sie auf Eileen, Arthur und Frances, die Seilschaft über ihnen. Sie sitzen auf einem engen Felsvorsprung in der Rinne und verschlingen ein schnelles Mittagessen. Die Sonne steht fast senkrecht über ihnen. In einer Stunde wird sie verschwunden sein. Roger und Hans sind glücklich darüber, daß sie jetzt auf dem Felsensims sitzen. Ihr Mittagessen besteht aus Limonade und ein paar Handvoll von dem Gemisch, das Frances für diesen Weg zusammengestellt hat. Die anderen sprechen über die Rinne und die heutige Etappe; Roger ißt nur und hört zu. Da wird ihm bewußt, daß er neben Eileen auf dem Sims sitzt. Sie schlägt mit den Beinen spielerisch gegen den Felsen, und die Qaudrizeps ihrer Oberschenkel, große gemeißelte Muskeln, spannen und entspannen sich dabei. Sie zeichnen sich deutlich durch den Stoff ihrer Kletterhosen ab. Sie folgt Hans' Beschreibung des Felsens und scheint nicht zu bemerken, daß Roger sie heimlich beobachtet. Kann sie sich *wirklich* nicht mehr an ihn erinnern? Roger seufzt lautlos. Es war schon ein langes Leben. Und all seine Anstrengungen …

»Laßt uns weiter zum Lager 2 klettern«, sagt Eileen und sieht ihn neugierig an.

Am frühen Nachmittag stoßen sie auf Marie und Dougal auf einem breiten Vorsprung, der sich aus der steilen Felswand rechts von der Großen Rinne herausstülpt. Hier wollen sie das Lager 2 einrichten: vier große Kastenzelte, die auch einen größeren Steinschlag aushalten.

Jetzt wird der senkrechte Anstieg des Steilabbruchs wirklich faßbar und konkret. Sie können der Felswand mit den Augen ein paar hundert Meter weit nach oben folgen; alles darüber bleibt ihnen aber noch verborgen; nur wenn sie durch die gewaltige Kluft der Großen Rinne nach oben schauen, die direkt neben ihrem Sims die senkrechte Platte nach oben hin durchzieht, können sie etwas mehr von dieser endlosen Felswand über sich erkennen, die sich dunkel und bedeutungsschwanger in den rosaroten Himmel reckt.

Roger verbringt eine Stunde des kalten Nachmittags auf dieser der Großen Rinne zugewandten Seite des Lagerplatzes damit, nach oben zu schauen. Sie haben noch einen weiten Weg vor sich; seine Hände in den dicken Pelzfäustlingen sind wund, seine Schultern und Beine schmerzen, seine Füße sind kalt. Er wünscht sich mehr als alles andere, daß es ihm gelingt, die Niedergeschlagenheit loszuwerden, die ihn erfüllt; aber jeder Gedanke daran macht sie nur noch schlimmer.

Eileen Monday sitzt neben ihm. »Wir waren also befreundet, hast du gesagt.«

»Ja.« Roger schaut ihr in die Augen. »Du erinnerst dich überhaupt nicht daran?«

»Es ist schon sehr lange her.«

»Ja. Ich war sechsundzwanzig und du dreiundzwanzig.«

»Und du erinnerst dich tatsächlich soweit zurück?«

»An manches davon, ja.«

Eileen schüttelt den Kopf. Sie hat edle Gesichtszüge, geht Roger durch den Kopf. Schöne Augen. »Ich wünschte mir, ich könnte das auch. Aber je älter ich werde, desto schlechter wird mein Gedächtnis. Inzwischen glaube ich, daß ich für jedes Jahr, das ich noch lebe, ein Jahr an Erinnerungen verliere. Das ist traurig. Mein ganzes Leben vor meinem siebzigsten Lebensjahr ist – alles vergessen.« Sie seufzt. »Ich weiß, daß es den meisten Leuten so geht. Du bist eine Ausnahme.«

»Manches steckt für immer in meinem Kopf«. Roger kann nicht glauben, daß das nicht für alle Menschen gilt. Aber genau das sagen sie alle. Er wird melancholisch davon. Wozu überhaupt leben? Worum geht es dabei? »Hast du deine dreihundert Jahre schon voll?«

»In ein paar Monaten. Aber ... na los, komm, erzähl mir darüber.«

»Nun ... du warst Studentin. Oder du bist gerade mit der Schule fertiggewesen, ich erinnere mich nicht mehr daran.« Eileen lächelt. »Wie auch immer, ich führte damals Wandergruppen durch die kleinen Canyons weiter oben im Norden, und du hast zu einer dieser Gruppen gehört. Wir haben uns dann auf ... ah ... eine kleine Affäre eingelassen. Und uns auch noch eine Weile getroffen, als wir dann wieder zurück waren. Aber du hast in Burroughs gelebt und ich habe weiter meine Touren durch die Canyons geführt, so ... nun, du kannst dir's vorstellen. Es hat nicht lange gehalten.«

Eileen lächelt wieder. »Dann bin ich Bergführerin geworden, was ich schon solange bin, wie ich mich zurückerinnern kann, während du in die Stadt gegangen bist und Politiker wurdest!« Sie lacht, und Roger lächelt trocken. »Offensichtlich müssen wir uns gegenseitig beeindruckt haben!«

»O ja, ja.« Roger lacht kurz auf. »Wir haben einander gesucht.« Er grinst schief und spürt ein Gefühl der Bitterkeit. »Doch tatsächlich bin ich erst vor etwa vierzig Jahren in die Regierung gekommen. Zu spät, wie sich herausgestellt hat.«

Schweigen. »Das war es also, was dich runtergebracht hat«, folgert Eileen.

»Was?«

»Die Partei Roter Mars … nicht mehr in der Wählergunst.«

»Nicht mehr existent, meinst du.«

Sie denkt darüber nach. »Ich konnte den Standpunkt der Roten nie verstehen …«

»Das konnten nur wenige, wie es scheint.«

»… bis ich etwas von Heidegger gelesen habe, worin er zwischen *Erde* und *Welt* unterscheidet. Kennst du das?«

»Nein.«

»*Erde* ist die blanke Dinglichkeit der Natur, die vor uns existiert und mehr oder weniger die Parameter dafür vorgibt, was wir überhaupt tun können. Sartre nannte das Faktizität. *Welt* ist dann der menschliche Herrschaftsbereich, die soziale und geschichtliche Dimension, die der Erde ihre Bedeutung zumißt.«

Roger nickt zustimmend.

»In diesem Sinne … haben die Roten die Erde verteidigt. Oder den Planeten, in diesem Fall. Sie haben versucht, den Vorrang des Planeten vor der Welt zu schützen …oder wenigstens ein Gleichgewicht zu halten.«

»Ja«, bestätigt ihr Roger. »Aber die Welt überschwemmte den Planeten.«

»Das ist wahr. Aber wenn du es auf diese Weise betrachtest, dann siehst du, daß euer Versuch hoffnungslos war. Eine politische Partei ist unweigerlich immer ein Teil der Welt, und alles, was sie unternimmt, gehört der Sphäre der Welt an. Und wir erfassen die

Dinglichkeit der Natur nur über unsere menschlichen Sinne ... deshalb ist dies die einzige Welt, die wir kennen.«

»Da bin ich mir nicht sicher«, protestiert Roger. »Ich meine, das ist zwar logisch, und normalerweise würde ich das für richtig halten, aber manchmal ...« Er schlägt mit seiner behandschuhten Hand auf den Fels, auf dem sie sitzen. »Verstehst du?«

Eileen berührt den Handschuh. »Welt.«

Roger zieht die Oberlippe hoch, irritiert. Dann streift er den Handschuh ab und schlägt noch einmal mit der Hand gegen den kalten Felsen. »Planet.«

Eileen runzelt nachdenklich die Stirn. »Vielleicht.«

Und es *gab* einmal Hoffnung, denkt Roger grimmig bei sich. Wir hätten auf dem Planeten leben können, so wie wir ihn vorgefunden haben, wir hätten uns der Dinglichkeit des Planeten jeden Tag unseres Lebens aussetzen können. Wir hätten es gekonnt.

Eileen wird gerufen, um die Traglasten für den nächsten Tag einzuteilen. »Wir werden später weiter darüber sprechen«, sagt sie noch und berührt Roger leicht an der Schulter.

Nun sitzt er allein über der Großen Rinne. Moosflechten verfärben dort den Stein; es wächst in den Spalten unter ihm in der Rinne. Schwalben schießen in die Rinne hinab wie fallende Steine, sie jagen Felsmäuse oder warmblütige Eidechsen. Nach Osten zu, jenseits des großen Bergschattens, überziehen dunkle Wälder das im Sonnenlicht liegende Tharsishochland wie Flechten. Nirgends kann man mehr den Mars erkennen, den bloßen Mars, den ursprünglichen Mars. Roger ballt seine kalte, vom Seil wunde Hand zur Faust. *Sie haben es vergessen.* Sie haben es vergessen, wie es ist, auf der blanken Oberfläche des alten Mars zu gehen.

Einmal war er in die Große Nördliche Wüste hinausmarschiert. Alle Geländeformen des Mars schienen für terranische Maßstäbe ungeheuerlich, und ebenso, wie die südliche Hemisphäre von gewaltigen Canyons, Talbecken, Vulkanen und Kratern geprägt war, präsentierte sich die nördliche Hemisphäre auf fremdartige Weise ungeheuer glatt und eben. Auf den nördlichsten Breitengraden rund um das nördliche Polgebiet herum, das damals noch von einer Eiskappe bedeckt war (heute ist es nur mehr ein kleiner See), dehnte sich rund um den Planeten eine leere Sandzone aus. Eine endlose Wüste. Eines Morgens marschierte Roger noch vor Tagesanbruch von seinem Lager einige Kilometer über die breiten wellenförmigen Sandbuckel, die der Wind geformt hatte, und ließ sich auf dem Kamm einer der höchsten dieser Wellen nieder. Nichts war zu hören außer dem eigenen Atem, dem Pochen des Bluts in den Ohren und dem leisen Zischen des Sauerstoffreglers in seinem Helm. Licht sickerte über den Horizont nach Südosten ein und legte das matte Ocker des Sandes bloß, das mit dunklem Rot gesprenkelt war. Als die Sonne über den Horizont brach, prallte ihr Licht von den steilen Oberflächen der Dünen zurück und erfüllte auch den letzten Winkel. Er hatte die goldene Luft eingeatmet, und es war etwas in ihm aufgeblüht. Er war zu einer Blume im Felsgarten geworden, war das einzige Bewußtsein in dieser Wüste, ihr Brennspiegel und ihre Seele. Nichts von alldem, was er jemals vorher gespürt oder gefühlt hatte, war dieser Ekstase nahegekommen, dieser Wahrnehmung des funkelnden Lichts, der grenzenlosen Verschwendung, der gleißenden, intensiven *Gegenwart* aller Dinge. Er kam damals erst spät am Tag wieder ins Lager zurück und hatte das Gefühl, daß nur ein Moment vergangen war … oder ein ganzes Lebensalter. Neunzehn Jahre alt war er gewesen, und sein Leben fortan nicht mehr dasselbe.

Allein die Tatsache, daß er sich an diesen Zwischenfall nach über zweihundertundachtzig Jahren noch erinnern kann, macht Roger zum Außenseiter. Weniger als ein Prozent der Bevölkerung teilen mit ihm die Gabe (oder den Fluch) einer starken und weit zurückreichenden Erinnerung. In diesen Tagen ist ihm seine Begabung eine Last …, als wäre jedes erlebte Jahr ein Stein, so daß ihn jetzt die Last der dreihundert roten Steine, die er mit sich herumtragen muß, in die Knie zu zwingen droht. Ärger steigt in ihm auf, daß all die andern vergessen können. Vielleicht ist es Neid.

Beim Zurückdenken an diese Wanderung, die er als Neunzehnjähriger gemacht hatte, kommt ihm eine Zeit Jahre später in den Sinn, als er Herman Melvilles *Moby Dick* las: Der kleine schwarze Schiffsjunge Pip – Roger hatte sich im übrigen schon immer mit Pip in Charles Dickens' *Große Erwartungen* identifiziert –, ›dem unbedeutendsten Gesellen An Bord der *Pequod*‹, fiel über Bord, als ein harpunierter Wal die Schaluppe hinter sich herzog. Pip blieb mutterseelenallein zurück. »Die Zusammenballung des Ichgefühls inmitten der herzlosen Unendlichkeit, mein Gott, davon macht man sich gar keinen Begriff.« Verlassen und einsam auf dem Ozean, wuchs das Entsetzen Pips mehr und mehr. »Es war ein bloßer Zufall, daß er schließlich vom Schiff selber aufgefischt wurde; allein der Negerjunge hatte den Verstand verloren. Jedenfalls betrachtete man ihn an Bord fortan als harmlosen Irren. Nur sein Körper war wie zum Hohn obenauf geblieben, die Seele aber war ertrunken in der See.«

Als Roger das damals las, war es ihm seltsam zumute. Da hatte jemand eine Stunde auf ziemlich ähnliche Weise verbracht wie er in der Polarwüste, draußen in der endlosen Leere der Natur, und das, was Roger zur Verzückung hinriß, hatte Pip den Verstand geraubt.

Als er auf das dicke Buch starrte, kam ihm der Gedanke, daß vielleicht auch er verrückt geworden war.

Entsetzen, Verzückung – diese Ausnahmezustände des Gefühls steuern beide von verschiedenen Seiten her am Geist vorbei und nähern sich dabei doch einander an. Verrückt vor Einsamkeit, ekstatisch im Vollgefühl des Seins – diese zwei Seiten der Selbsterkenntnis lagen merkwürdig nahe beieinander. Aber Pips Irrsinn trieb Roger nur zu einer noch entschlosseneren Bejahung seiner Erfahrung dieser ›seelenlosen Unendlichkeit‹. Er *wollte* das so, und plötzlich waren ihm die abgelegensten und einsamsten Gebiete des Mars seine besondere Freude geworden. Er stand nachts auf und erwartete das Morgengrauen, die Pflanze im Felsgarten. Und er wanderte tagelang wie Johannes durch die Wüste, um Gott zu sehen in den Felsen, im Frostreif und in den Himmeln, die sich wie brennende Tücher über ihm wölbten.

Jetzt sitzt er auf einem Felsensims an einer Steilwand auf einem Planeten, der nicht mehr der seine ist, und blickt auf Ebenen und Täler hinunter, die vor Leben strotzen, Leben, das *der menschliche Geist geschaffen* hat. Es ist, als hätte sich der Geist selbst in der Landschaft objektiviert: jede Blume eine Idee, jede Eidechse ein Gedanke .... Es blieb nichts von der seelenlosen Unendlichkeit übrig, kein leerer Spiegel, in dem sich das Selbst als solches erkennen kann. Das Selbst ist jetzt überall, es steckt in allem, erstickt den Planeten, übersättigt jede Wahrnehmung, versklavt jedes Lebewesen.

Vielleicht war diese Auffassung der Dinge seine Form des Wahnsinns.

Trotz allem bewahrt doch der Himmel selbst noch eine solche seelenlose Unendlichkeit, die jede Vorstellungskraft übersteigt und sich dem Verstehen entzieht, Nacht für Nacht.

Vielleicht aber braucht er auch eine Unendlichkeit, die er ermessen kann, um sie als Ekstase zu erfahren und nicht als Entsetzen.

Roger sitzt noch immer da, in seine Erinnerungen versunken, und überdenkt diese Fragen, während er kleine Steine – kleine Pips – in die Tiefe wirft.

Zu seiner Überraschung gesellt sich Eileen wieder zu ihm. Sie hockt sich auf ihre Fersen und rezitiert mit ruhiger Stimme:

»Ich liebe alle Orte öd und einsam leer,
Wo uns ein Glaube heiter stimmt und ein Begehr,
Daß grenzenlos wie vor uns diese Wüstenei,
So weit und frei auch unsere Seele sei.«

»Wer sagt das?« fragt Roger, gefesselt von diesen Verszeilen.

»Shelley. In ›Julian und Maddalo‹.«

»Das gefällt mir.«

»Mir auch.« Eileen wirft ebenfalls einen kleinen Pip in die Leere. »Kommst du zum Essen zu uns?«

»Was? Oh, natürlich. Ich wußte nicht, daß es schon Zeit ist.«

Diese Nacht das Kratzen des Zelts auf dem Fels, wenn der Wind es hin- und herzerrt. Das Zerren der Gedanken, wo Welt und Planet aneinander scheuern.

Am nächsten Tag fangen sie an, sich auszubreiten. Marie, Dougal, Hannah und Ginger steigen früh am Morgen in die Rinne ein, um eine Felsrippe herum, und von ihnen ist nichts mehr zu sehen. Mit dem Seil, das sie bei ihrem Aufstieg befestigen, ziehen sie eine Spur hinter sich her. Hin und wieder können die anderen, die unten geblieben sind, ihre Stimmen hören oder das helle Hämmern, wenn ein Haken in den harten Fels geklopft wird. Eine andere Gruppe steigt ab zu Lager 1, um es nach und nach abzubauen. Wenn sie alles ins Lager 2 gebracht haben, wird die letzte Seilschaft die Seile mit sich nach oben nehmen. Auf diese Weise werden sie den ganzen Steilhang hoch die Seile über sich befestigen und unter sich wieder einziehen.

Spät am nächsten Tag klettert Roger zu Marie, Dougal, Hannah und Ginger hoch, um ihnen weiteres Seilmaterial zu bringen. Frances kommt mit ihm.

Die Große Rinne ist oberhalb des Lagers 2 steiler, und nach einigen Stunden Klettern wird Roger seine Traglast sehr schwer. Seine Hände schmerzen, die Trittstellen werden immer schmaler, und er muß nach jeden fünf bis zehn Schritten pausieren. »Heute läuft's bei mir einfach nicht«, sagt er zu Frances, als dieser die Spitze übernimmt.

»Bei mir auch nicht«, keucht sie und schnappt nach Luft. »Ich glaube, daß wir wohl bald die Sauerstoffgeräte beim Steigen brauchen.«

Aber die Steiger an der Spitze sind nicht dieser Ansicht. Dougal arbeitet sich durch eine enge Stelle in der Rinne hoch, wobei er mit seinem Pickel Eis aus einem Riß hackt und dann seine Fäuste als Keile und seine eingedrehten Stiefel als Treppenstufen benutzt. Auf diese Weise steigt er an dem Riß hoch, so schnell er kann. Marie gibt ihm Seil nach, und so bleiben nur Hannah und Ginger, um Roger und Frances zu begrüßen. »Prima, uns wäre gleich das Seil ausgegangen.«

Dougal hält inne, und Marie nützt die Gelegenheit, um zur linken Seite der Rinne zu deuten: »Schaut mal«, ruft sie angewidert. Roger und Frances können einen hellblauen Streifen erkennen – ein Stück Kunststoffseil, das an einem rostigen Haken baumelt. »Von dieser terranischen Expedition, möcht ich wetten«, fährt Marie fort. »Sie sollen auf dem ganzen Weg Seile zurückgelassen haben.«

Von oben lacht Dougal herunter.

Marie schüttelt den Kopf. »Ich hasse sowas.«

»Ich glaube, wir sollten bald mit den Sauerstoffgeräten arbeiten«, sagt Frances jetzt.

Sie erntet überraschte Blicke. »Warum?« fragt Marie. »Wir sind doch grad erst losgestiegen.«

»Nun, wir sind um die vier Kilometer über Grund …«

»Stimmt genau«, unterbricht sie Marie. »Und ich *lebe* normalerweise über dieser Höhe.«

»Ja, aber wir arbeiten hart und steigen ziemlich schnell auf. Ich möchte mir kein Höhenödem zuziehen.«

»Ich spüre nichts«, meint Marie, und Hannah und Ginger nicken.

»Ich könnte ein bißchen Sauerstoff vertragen«, sagt Dougal und feixt von oben auf sie herunter.

»Man spürt ein Ödem erst, wenn man es hat«, erwidert Frances steif.

»Ein Ödem …«, sagt Marie, als ob sie nicht an so etwas glaubte.

»Marie ist immun dagegen«, ruft Dougal von oben herunter. »Ihr Kopf kann nicht noch weiter anschwellen, so groß wie er schon ist.«

Hannah und Ginger kichern, weil Marie gespielt finster zu ihm hochblickt und kurz an Dougals Seil zerrt.

»Komm nur runter, Junge.«

»Auf deinen Kopf.«

»Wir werden sehen, wie das Wetter wird«, fährt Frances fort. »Aber wie es auch sei, wenn wir normal weiterkommen, werden wir bald Sauerstoff brauchen.«

Das ist anscheinend zu offensichtlich, als daß es noch jemand kommentieren will. Dougal erreicht das obere Ende des Risses und schlägt einen Haken ein. Das helle Klopfen klingt immer höher, je tiefer der Haken in die Wand getrieben wird.

An diesem Nachmittag hilft Roger der Spitzenseilschaft dabei, ein kleines Steilwandzelt aufzubauen.

Diese speziellen Zelte sind sehr schmal und haben einen festen, nicht faltbaren Boden; sie können nötigenfalls an drei Felshaken aufgehängt werden. Die Benutzer eines solchen Zeltes liegen darin auf luftgefüllten Polstern, wobei sie dann an der Wand hängen wie Fensterputzer vor den Fenstern eines Hochhauses. Meistens jedoch sucht man sich Felssimse oder Einbuchtungen in der Steilwand, um den Zeltboden abzustützen. Heute haben sie oberhalb der Engstelle in der Rinne eine abgeflachte Einbuchtung gefunden, die geschützt unter einem Felsüberhang liegt. Über der Einbuchtung sind nur wenige Spalten, doch nachdem sie ein paar Felshaken eingeschlagen haben, sind die Bergsteiger doch damit zufrieden. Sie werden vor Steinschlag geschützt sein, und am nächsten Morgen können sie sich ohne Zeitverlust weiter nach oben wagen, um einen besseren Platz für das Lager 3 zu finden. Weil es hier kaum Platz (und Verpflegung) für vier gibt, machen sich Roger und Frances wieder an den Abstieg hinunter zu Lager 2.

Während sie absteigen, stellt sich Roger die Felswand als ebene Fläche vor und freut sich an dem neuen Blickwinkel, den ihm dies bietet. Schluchten zerklüften dieses flache Land: Senkrecht betrachtet werden sie Rinnen, Risse oder Kamine genannt, je nach ihrer Größe und ihrem Neigungswinkel. Indem ein Bergsteiger darin nach oben klettert, gewinnt er Schutz gegen Steinschlag, und er kommt leichter voran. Sein Flachland weist Hügel und Höhenzüge auf. Senkrecht gesehen sind es Felsknäufe, Rippen, Gesimse oder Pfeiler. Je nach ihrer Form und ihrem Neigungswinkel können sie Hindernisse oder – bei manchen Rippen etwa – ein leichter Weg für den Aufstieg sein. Senkrecht gesehen werden aus Felswänden dann wieder Gesimse und aus Tälern Risse, auch wenn das Rißklettern seinen ganz eigenen Weg des geringsten Widerstands fordert und nur selten dem Gang in einem vom Wasser herausgespülten Tal ähnelt.

Während Roger in der Seilsicherung Frances beim Abstieg über ein schwieriges Stück Seil gibt (ihnen wird jetzt klar, warum der Aufstieg so ermüdend war), sieht er sich in dem kleinen Bereich, den er überblicken kann, um: die grauen und schwarzen Wände der Großen Rinne ein Stück weit über und unter ihm; die steile Flanke der Wand neben der Rinne; das ist alles, was er sieht. Eine eigenartige Doppelsicht der Dinge: Da diese Landschaft fast senkrecht steht, wird er sie niemals mit den Augen betrachten wie etwa einen Hügel unten in der Ebene. Aber andrerseits erfaßt er diese Landschaft hier überscharf und viel *intensiver* (wenn er etwa einen schon gelockerten Felsknauf fast bis in die Tiefe seiner Struktur hinein prüft, ob er sein ganzes Körpergewicht beim nächsten langen Tritt aushält), als er je die sichere Welt auf der flachen Ebene sehen wird. Die Intensität der Wahrnehmung ist etwas, das der Bergsteiger hoch schätzt.

Am nächsten Tag bilden Roger und Eileen eine Seilschaft. Sie steigen in der Rinne mit einer weiteren Ladung Seile nach oben, da fällt ein Felsbrocken von der Größe eines ausgewachsenen Mannes an ihnen vorbei, streift einen Vorsprung und schlägt einige kleinere Felsstücke heraus, die mit ihm in der Tiefe verschwinden. Roger hält inne und schaut ihnen hinterher. Ihre Helme, die sie trugen, hätten gegen einen Brocken dieser Größe keinen Schutz geboten.

»Hoffentlich steigt uns niemand hinterher«, denkt Roger laut.

»Sollte eigentlich keiner kommen.«

»Ich denke, es wäre keine so schlechte Idee, die Rinne zu verlassen, oder?«

»Der Steinschlag ist an der Steilwand genauso schlimm. Letztes Jahr war Marie mit einer Seilschaft an der Steilwand, als ein Brocken auf ein querlaufendes Seil fiel und es entzweiriß. Der Kunde, der gerade die Querung machte, kam um.«

»Ein schöner Job.«

»Steinschlag ist was Schlimmes. Ich hasse das.«

Überraschend viel Gefühl in ihrer Stimme; vielleicht hatte sie auch unter ihrer Führung einmal einen solchen Unfall? Roger blickt sie neugierig an. Seltsam für einen Bergführer, daß sie diese Gefahren nicht stoischer nimmt.

Andrerseits ist Steinschlag eine Gefahr, die sich nicht mit Können und Erfahrung in den Griff kriegen läßt.

Sie sieht ihm gequält ins Gesicht. »Du weißt schon.«

Er nickt. »Es gibt keine Vorkehrung dagegen.«

»Genau. Nun, es gibt schon welche. Aber sie reichen nicht hin.«

Das Lager der voransteigenden Seilschaft ist spurlos verschwunden, und ein neues Seil führt an der linken Flanke der Rinne hoch, durch eine Furche zu einem Überhang, hinter dem es aus der Sicht verschwindet. Sie legen eine Pause ein, um zu essen und zu trinken, dann steigen sie weiter. Die Schwierigkeiten der nächsten Etappe sind beeindruckend; selbst mit dem Seil ist es eine schwere Tour. Sie zwängen sich in den Zwischenraum zwischen einem Pfeiler aus Eis und der linksseitigen Wand der Rinne und schieben sich mühsam nach oben. »Ich frage mich, wie lange das noch so geht«, keucht Roger und wünscht sich, sie hätten ihre Steigeisen mitgenommen. Von Eileen über ihm kommt über eine Minute lang keine Antwort. Dann teilt sie ihm wie aus heiterem Himmel mit: »Noch dreihundert Meter.« Roger stöhnt theatralisch, von Kunde zu Bergführerin.

Tatsächlich genießt er es, Eileen durch den schwierigen Abschnitt hinterherzusteigen. Sie wechselt im schnellen Rhythmus zwischen Beobachtung und Bewegung, was ihn an Dougal erinnert, doch wählt sie ihre Beobachtungshalte auf ihre eigene Art – nicht weit davon, wo Roger sie wählen würde. Ihr ruhiger Ton, wenn sie die Seilarbeit durchsprechen, ihre geschmeidigen Bewegungen am Fels, die wohlproportionierten langen Beine, die nach dem schwierigen Tritt tasten: eine schöne Kletterkatze. Und immer mal wieder wird Rogers Erinnerung davon angeregt.

Dreihundert Meter höher treffen sie auf die Seilschaft an der Spitze außerhalb der Rinne auf einer flachen Felsplattform, die fast einen Hektar mißt, dieses Mal auf der linken Seite. Von der Plattform aus können sie Teile der Steilwand rechts über der Rinne einsehen. »Guter Lagerplatz«, stellt Eileen fest. Marie, Dougal, Hannah und Ginger haben gerade beim Aufbau ihrer Steilwandzelte eine Pause eingelegt und sitzen herum. »Ihr scheint einen harten Tag da unten gehabt zu haben.«

»Recht erfrischend, war schon in Ordnung«, antwortet Dougal und zieht die Brauen hoch.

Eileen sieht sie sich der Reihe nach an. »Ein bißchen Sauerstoff wäre vielleicht nicht schlecht, wie's aussieht.« Der Spitzentrupp protestiert. »Ich weiß, ich weiß. Nur ein bißchen. Einen kleinen Cocktail.«

»Das macht einen nur süchtig danach«, lehnt Marie ab.

»Möglich. Wir dürfen hier unten sowieso nicht viel verbrauchen.«

Bei der mittäglichen Verbindungsaufnahme mit den unteren Lagern über Funk weist Eileen die anderen an, die Zelte von Lager 1 hochzutransportieren. »Die und die Motorwinden bringt ihr zuerst hoch. Wir müßten die Seilwinden zwischen den beiden Lagern eigentlich einsetzen können.«

Dafür erntet sie von allen Seiten kleine Beifallsbekundungen. Die Sonne verschwindet hinter der oberen

Kante der Steilwand, und alle stöhnen. Die Spitzengruppe rappelt sich hoch und baut die Zelte weiter auf. Die Luft kühlt schnell ab.

Roger und Eileen steigen im Schatten des Nachmittags wieder zum Lager 2 hinunter, weil nicht genug Ausrüstung oben im Lager 3 ist, um mehr als die vorangestiegene Seilschaft zu versorgen. Der Abstieg ist von der Muskelbelastung her leicht im Vergleich zum Aufstieg, doch erfordert er genauso viel Konzentration. Als sie endlich im Lager 2 eintreffen, ist Roger sehr müde, und die kalte, sonnenlose Steilwand hat ihn wieder ziemlich deprimiert. Rauf und runter, rauf und runter.

Am selben Abend hat Eileen am Funk eine kleine Auseinandersetzung mit Marie, als Eileen die Angehörigen der Spitzenseilschaft nach unten beordert, damit sie ein paar Sachen nach oben tragen. »Hör mal, Marie, wir hier unten sind bisher noch auf keiner Etappe vorangestiegen, nicht wahr? Und wir sind nicht mit auf diese Tour gekommen, um euch das Zeug hinterherzutragen, oder?« Eileens Stimme bekommt einen sehr scharfen, kompromißlosen Ton, wenn sie sich ärgert. Marie besteht darauf, daß die Spitzenseilschaft die Zeit gut nutzen kann und noch nicht müde ist. »Das ist nicht der Punkt. Kommt morgen runter zum Lager 1 und transportiert es vollends hoch. Die letzte Seilschaft steigt auf und verlegt das Lager 2 hoch zum Lager 3, und wir hier bringen eine Ladung vom Lager 2 nach oben und versuchen dann unser Glück an der Spitze. So läuft es, Marie … du weißt genau, daß bei meinen Touren gewechselt wird.«

Stimmen hinter den statischen Geräuschen des Funkgeräts: Dougal spricht mit Marie. Schließlich funkt Marie: »Gut, verstanden. Du brauchst uns eher, wenn der Aufstieg härter wird. Aber wir können es uns nicht leisten, zu langsam zu werden.«

Nach dem Funkgespräch verläßt Roger das Zelt und setzt sich auf seinen Felsensims, um in die Dämmerung zu schauen. Weit im Osten liegt das Land noch in der Sonne, aber während er noch hinschaut, wird sie schon dunkler und verfärbt sich unter dem brombeerfarbenen Himmel in ein trübes Purpurrot. Die Abendspiegel am Marshimmel. Ein paar Sterne sprenkeln jetzt das hohe Gewölbe über ihm. Die Luft ist kalt und still, und er kann Hans und Frances hören, die sich im Zelt über den Gletscherabrieb streiten. Frances ist ebenfalls eine Aereologin mit einem guten Ruf, und anscheinend stimmt sie mit Hans hinsichtlich der Entstehung des Steilabbruchs nicht überein; sie sucht bei ihren Klettertouren auch nach Beweisen im Felsen.

Eileen setzt sich neben ihn. »Bedenken?«

»Nein«, versichert Roger.

Sie sagt nichts, und ihm fällt ein, daß sie noch verärgert sein könnte. »Es tut mir leid, daß mit Marie so schwer umzugehen ist.«

Sie winkt mit ihrer behandschuhten Hand ab. »Marie ist immer so. Das hat keine Bedeutung. Sie will immer nur klettern.« Eileen lacht. »Wir haben jedes Mal, wenn wir zusammen steigen, dasselbe Theater, aber ich mag sie trotzdem.«

»Hm«. Roger legt die Stirn in Falten. »Darauf wäre ich nicht gekommen.«

Sie antwortet ihm nicht. Eine lange Zeit sitzen sie so nebeneinander. Rogers Gedanken gleiten in die Vergangenheit zurück, und seine Stimmung sinkt sofort wieder, ohne daß er etwas dagegen tun kann.

»Du scheinst dir … wegen irgend etwas Sorgen zu machen«, wagt sich Eileen vor.

»Äh, nun …«, stottert Roger, »wegen allem, glaube ich.« Und zuckt zusammen bei diesem Geständnis. Aber sie scheint ihn richtig zu verstehen und fragt weiter:

»Also hast du das ganze Terraform-Projekt bekämpft?«

»Das meiste davon, ja. Zuerst als Chef einer Interessengruppe. Du mußt dort jetzt eigentlich Mitglied sein – im Forschungsverband Marswildnis.«

»Ich zahle Beiträge.«

»Dann in der Regierung, als die Roten sie stellten. Und im Innenministerium, nachdem die Grünen an der Macht waren. Aber auf keinem Posten konnte ich etwas ausrichten.«

»Und warum hast du das getan, frage ich noch mal?«

»Weil ...«, bricht es aus ihm heraus. Dann stockt er und setzt noch einmal an: »Weil ich den Planeten so geliebt habe, wie wir ihn vorfanden! Und das taten damals viele von uns. Er war so schön ... nicht nur das, genauer gesagt. Er war vielmehr überwältigend, nicht nur schön. Die Ausmaße, die Formen ... der ganze Planet hat sich seit fünf Milliarden Jahren so entwickelt, die Geländeformen, meine ich, und die Spuren dieser Entwicklung waren aus *jedem* Zeitabschnitt noch auf der Marsoberfläche zu sehen und zu lesen, wenn man sie zu lesen wußte. Es war so wunderbar dort draußen ...«

»Das Erhabene ist nicht immer schön.«

»Das ist wahr. Es hat die Schönheit transzendiert, wirklich. Einmal bin ich in die Polarwüste hinausgewandert, weißt du ...« Aber er weiß nicht, wie er es in Worte fassen soll. »Und deshalb dachte ich mir, daß wir doch schon eine Erde haben, verstehst du? Daß wir hier oben nicht noch eine Erde brauchen. Und alles, was sie hier getan haben, hat den Planeten, zu dem wir gekommen sind, verschlissen. Sie haben ihn zerstört! Und jetzt haben wir einen ... was auch immer das ist. Eine Art Park, ein Labor, um neue Pflanzen und Tiere zu testen, und das alles. Und alles, was ich in diesen frühen Jahren so geliebt habe, ist dahin. Du findest es nirgends mehr.«

In der Dunkelheit erkennt er nur, daß sie nickt. »Also ist deine Lebensarbeit …«

»Gescheitert!« Er kann die Frustration nicht aus seiner Stimme verbannen. Doch plötzlich will er das auch gar nicht mehr, will nur noch, daß sie versteht, was er fühlt. Er schaut sie durch die Dunkelheit an. »Ein dreihundertjähriges Leben, vollkommen vergeudet! Ich meine, ich hätte ebenso gut einfach …« Er weiß nicht, was er ebensogut einfach hätte tun können.

Lange Pause.

»Wenigstens kannst du dich daran erinnern«, sagt sie leise.

»Und was nützt das? Ich würde es lieber vergessen, das sage ich dir.«

»Du weißt nicht, was das heißt.«

»Oh, die Vergangenheit. Die gottverdammte Vergangenheit. Sie hat keine große Bedeutung. Sie ist einfach nur tot, eine tote Sache.«

Eileen schüttelt den Kopf: »Unsere Vergangenheit stirbt nicht, niemals. Kennst du Sartres Werk?«

»Nein.«

»Eine Schande. Er kann uns, die wir so lange leben, eine große Hilfe sein. An manchen Stellen sagt er beispielsweise, daß es zwei mögliche Arten gebe, die Vergangenheit zu betrachten. Man kann sie als etwas für immer Festgelegtes und Totes nehmen. In diesem Fall beschränkt oder kontrolliert sogar die Vergangenheit das, was man sein und werden kann. Aber Sartre stimmt mit dieser Betrachtungsweise nicht überein. Er behauptet, daß die Vergangenheit ständig durch das verändert wird, was wir im gegenwärtigen Augenblick tun. Die *Bedeutung* der Vergangenheit ist so veränderlich wie unsere Freiheit in der Gegenwart, denn jede neue Handlung, die wir unternehmen, kann allem einen völlig neuen Wert verleihen!«

Roger schnaubt: »Existentialismus!«

»Nun, nenn es, wie du willst. Es ist ein Teil von Sartres Philosophie der Freiheit, das stimmt. Er sagt, daß der einzige Weg, wie wir unsere Vergangenheit besitzen können – ob wir uns nun daran erinnern oder nicht – über unsere neuen Handlungen und Taten führt, die wir ihr hinzufügen und die ihr dann einen neuen Wert verleihen. Er nennt das ›die Vergangenheit ergreifen‹.«

»Aber manchmal kann das auch unmöglich sein.«

»Nicht für Sartre. Die Vergangenheit wird immer ergriffen, weil es uns *nicht* freisteht, damit aufzuhören, ständig neue Werte für sie zu schaffen. Es bleibt nur offen, was für Werte das sind. Für Sartre besteht die Frage darin, *wie* wir unsere Vergangenheit ergreifen, nicht ob wir das wollen.«

»Und für dich?«

»Ich stimme ihm da zu. Deshalb habe ich in den letzten Jahren seine Schriften auch gelesen. Das hilft mir, die Dinge um mich herum zu verstehen.«

»Hm.« Roger läßt sich das Gesagte durch den Kopf gehen. »Dein Hauptfach an der Universität war Englisch, wußtest du das?«

Aber Eileen überhört diesen Einwurf. »Also ...« Sie stupst mit ihrer Schulter leicht gegen seine Schulter. »Du mußt du dich entscheiden, wie du diese Vergangenheit von dir in die Hand nehmen willst. Jetzt, nachdem es den Mars nicht mehr gibt.«

Er denkt darüber nach.

Sie steht auf. »Ich muß mich jetzt in die Vorbereitungen für morgen reinknien.«

»Ja, gut. Wir sehen uns dann im Zelt.«

Ein wenig aus der Fassung gebracht, schaut er ihr hinterher. Eine große, dunkle Silhouette vor dem Himmel. Die Frau, an die er sich erinnert, war nicht wie diese. Im Zusammenhang mit dem, worüber sie gerade mit ihm gesprochen hatte, mußte er über diese Feststellung fast lachen.

An den nächsten drei Tagen leisten alle Mitglieder der Gruppe harte Arbeit: Sie schleppen die ganze Ausrüstung hoch zum Lager 3. Nur jeweils zwei werden jeden Tag nach oben geschickt, um eine Route zum nächsten Lagerplatz zu erkunden. Es findet sich in der Rinne auch eine brauchbare Strecke für den motorbetriebenen Seilzug, so daß der größte Teil der Ausrüstung, nachdem er erst einmal zum Lager 2 hochgeschleppt ist, mit der Winde zum Lager 3 hochgezogen werden kann. Jeden Abend wird über Funk Verbindung zwischen den Lagern aufgenommen; Eileen macht dann Bestandsaufnahme, knobelt die Logistik für den Aufstieg aus und gibt die Anweisungen für den nächsten Tag. Wenn er in einem anderen Lager als Eileen ist, hört Roger ihre Stimme über Funk mit. Er ist gebannt von ihrem entspannten Ton, von ihrer Methode, Entscheidungen vor ihnen allen zu treffen und von der Leichtigkeit, mit der sie ihr Verhalten an ihre jeweiligen Gesprächspartner anpaßt. Ihm wird klar, daß sie sehr gut in ihrem Beruf ist, und er fragt sich, ob auch ihre Gespräche Teil dieser Professionalität sind. Irgendwie glaubt er das nicht.

Roger und Stephan übernehmen die Spitze, und früh in der Dämmerung unter dem ersten Morgenspiegel hasten sie an den bereits befestigten Seilen hoch zum Lager 3, wobei sie ihre Helmlampen anschalten, damit das trübe Licht des Spiegels etwas Unterstützung erhält. Roger fühlt sich stark bei diesem frühen Aufstieg. Am oberen Ende dieser Etappe sind die Seile an einer ganzen Gruppe von Haken in einem bröckeligen, großen Spalt befestigt. Die Sonne geht auf, und schlagartig liegt die Wand in grellem Licht. Roger hakt das Seil ein, bestätigt das Signal Stephans, der ihn sichert, und steigt in die Rinne ein.

Endlich steigt er voran. Nun gibt es kein befestigtes Seil mehr, das ihm die Route vorgibt; nur noch den flachen Rücken und die rauhen Wände der Rinne, die nun viel steiler, fast senkrecht zu sein scheinen als auf dem Weg bis hierher. Roger entscheidet sich für die rechte Seite der Rinne und steigt auf einen runden, knaufartigen Felsvorsprung. Der Fels auf der rechten Seitenwand der Rinne besteht aus brüchigem, griffigem Andesit, der im hellen Morgenlicht seine schwarze und rötlich graue Farbe zeigt. Die im Berg liegende Felswand ist glatter, geschichtet wie sehr grober Schiefer und wird bisweilen von waagrechten Spalten durchzogen. Dort, wo der bergseitige Fels der Rinne auf die rechte Seitenwand trifft, verbreitern sich die horizontalen Spalten etwas und bieten manchmal einen perfekten Tritt. Indem er diese und die vielen griffigen Felsvorsprünge benutzt, kann sich Roger hocharbeiten. Er pausiert einige Meter oberhalb von Stephan an einer vielversprechenden Spalte und schlägt den ersten Felshaken ein. Es geht sehr umständlich zu, wenn man sich einen Haken aus der Gürtelschlinge holt. Sobald der Haken im Fels sitzt, zieht er ein Seil hindurch und ruckt heftig daran. Der Haken scheint festzusitzen. Dann steigt er weiter. Jetzt sind seine Beine gespreizt, ein Fuß in einer Spalte, der andere auf einem Felstritt, während er mit den Fingern den Felsen in einer Spalte über seinem Kopf untersucht. Dann weiter hoch, und seine Füße sind beide auf einem Vorsprung in der Verschneidung der beiden Wände, wobei er mit der linken Hand weit in die bergseitige Wand hinein nach einer kleinen Einkerbung greift. Der Atem rasselt in seiner Kehle, die Finger werden müde und kühlen aus. Die Rinne wird nun breiter und flacher, und die Verschneidung wird zu einer eigenen steilen und schmalen Rampe. Vierten Haken rein. Das helle Singen des Hammerschlags erfüllt die Morgenluft. Neue Schwierigkeiten tun sich auf: Der Fels dieser Rampe weist keine brauchbaren Spalten auf, und Roger muß eine Querung zur Mitte der Rinne steigen, um einen bessern Aufstieg zu finden. Wenn er jetzt stürzt, wird er zur seitlichen Wand der Rinne zurückschwingen wie ein Pendel. Und er ist in der Steinschlagzone. Rüber an die linke Seitenwand und schnell einen Haken in den Fels. Problem gelöst. Er liebt die Schnelligkeit, mit der beim Klettern Probleme beseitigt werden, auch wenn er sich dessen im Augenblick nicht bewußt wird. Ein schneller Blick nach unten: Stephan ist ein gutes Stück unter ihm! Dann wieder Konzentration auf seine Aufgabe. Ein sicherer Felsabsatz, so breit wie sein Stiefel, bietet ihm eine Möglichkeit auszuruhen. Roger steht sicher und schnappt nach Luft. Ein kurzer Ruck am Seil von seiten Stephans; ihm wird das Seil knapp. Gut vorangestiegen, findet Roger, als er die Rinne hinabschaut und die Spur verfolgt, die das grüne Seil von Haken zu Haken zieht. Gibt es vielleicht noch einen besseren Weg, um die Rinne von rechts nach links zu queren? Stephans behelmtes Gesicht ruft ihm von unten etwas zu. Roger hämmert drei Haken in die Wand und sichert das Seil. »Komm hoch!« brüllt er. Seine Finger sind kalt und die Waden müde. Auf seinem stiefelbreiten Felsabsatz ist gerade Platz genug, um darauf sitzen zu können: Eine gewaltige Welt dort draußen unter dem hellen rosafarbenen Morgenhimmel! Er zieht tief die Luft in die Lungen und sichert Stephans Aufstieg, indem er das Seil hochzieht und sorgfältig in Schlingen legt. Der nächste Abschnitt wird Stephan gehören; Roger wird dann noch ein wenig Zeit haben, auf dem Absatz sitzen bleiben und die intensive Einsamkeit seines Platzes hier in dieser senkrechten Felswüste auskosten können. »Ah!« atmet er laut aus. Hoch und raus aus der Welt klettern …

Blick auf die Wand und Klettern – das ist die intensivste Zweiheit überhaupt: Seine Aufmerksamkeit ist ganz auf die ein oder zwei Meter des Felsen direkt vor ihm gerichtet, den er auf Sprünge und Unregelmäßigkeiten untersucht. Es läßt sich hier nicht besonders gut klettern, aber die Rinne steigt in diesem Bereich in einem Winkel von etwa 70 Grad an, so daß die tatsächliche klettertechnische Schwierigkeit nicht allzu groß ist. Wichtig ist hierbei allein eine gute *Einfühlung* in den Fels, daß man die sicheren Tritte und stabilen Spalten findet, die unsicheren aber erkennt und meidet. Sind die Seile einmal befestigt, wird ihnen an diesen eine Menge Gewicht hinterherfolgen, und auch wenn die Seile wohl noch anderswo erneut mit Haken gesichert werden, müssen seine Felshaken sicher sitzen. Man hat den Felsen, man hat die ganze Welt unterhalb dieses vor ihm liegenden Felsstücks in Betracht zu ziehen.

Roger kommt zu einer Felsleiste, auf der er Platz zum Sitzen findet, und ruht sich aus. Er schaut sich um und blickt auf den sich weithin erstreckenden Anstieg der Tharsishochfläche. Tharsis ist eine Aufbauchung der Marsoberfläche von der Größe eines Kontinents; in ihrem Zentrum erreicht sie eine Höhe von elf Kilometern über der angenommenen Nullhöhe auf dem Mars. Auf dem höchsten Plateau der Hochfläche liegen die drei Vulkane Ascraeus Mons, Pavonis Mons und Arsia Mons von Nordosten nach Südwesten auf einer Linie. Der Olympus Mons liegt an der nordwestlichen Seite der Hochfläche, fast schon auf der enormen Fläche der Amazonis Planitia. Roger kann jetzt schon – noch nicht einmal auf halber Höhe der Steilwand – die drei Vulkane im Südosten über den Horizont ragen sehen, was ihm die Größe des Planeten selbst anschaulich macht. Er überblickt von hier ein Achtzehntel des gesamten Mars.

Mitten am Nachmittag geht Roger und Stephan ihr 300-Meter-Vorrat an Seil aus, und sie steigen, sehr mit sich zufrieden, ab ins Lager 3. Am nächsten Morgen steigen sie im Licht des Morgenspiegels hurtig an den Seilen wieder auf, um oben dann weiterzuklettern. Am Ende seiner dritten Etappe als erster Kletterer stößt Roger auf einen Platz, der sich gut für ein Lager eignet: Eine Art Felspfeiler, der rechts an die Große Rinne angrenzt, endet übergangslos mit einem oben abgeflachten Kopf und sieht vielversprechend aus. Stephan und Roger überwinden eine kurze, schwierige Querung hinüber zur Plattform auf diesem Pfeilerkopf und warten dann auf Eileens mittägliche Verbindungsaufnahme über Funk. Die Beratung mit Eileen ergibt, daß die Pfeilerplattform genau die richtige Entfernung vom Lager 3 hat, womit sie sich plötzlich in Lager 4 wiederfinden.

»Die Rinne endet sowieso nicht weit entfernt von euch«, fügt Eileen noch hinzu.

So haben Roger und Stephan also den restlichen Tag Zeit, um ihr Zelt aufzubauen und danach den Fels zu erkunden. Der Aufstieg läuft gut, denkt sich Roger. Es gibt keine größeren technischen Schwierigkeiten, und die Leute in der Gruppe kommen recht gut miteinander aus ... vielleicht gestaltet sich der große Südpfeiler nach allem doch nicht so schwer.

Stephan zückt ein kleines Skizzenbuch. Roger späht in die vollgezeichneten Seiten, die Stephan durchblättert. »Was ist das?«

»Pinus roxburghii, eine Hochgebirgskiefer. Ich habe ein paar davon oberhalb von Lager 1 gesehen, die aus den Felsen wuchsen. Es ist schon wunderbar, was man hier an dieser Wand an Leben findet!«

»Ja.« Roger nickt.

»Oh, ich weiß, ich weiß. Du magst das nicht. Deine Gründe dafür kenne ich allerdings nicht.« Er hat nun ein unbenutztes Blatt seines Skizzenhefts aufgeschlagen. »Achte mal auf die Spalten, die hier quer durch die Rinne laufen. Viel Eis drin, und dann der Moosbewuchs. Da sind Lichtnelken, und Lavendel an den Moospolstern, siehst du?«

Stephan fängt an zu zeichnen, und Roger sieht ihm fasziniert zu. »Das ist eine herrliche Begabung, wenn man zeichnen kann.«

»Kann man lernen. Schau, dort stehen Edelweiß und Aster, sie wachsen fast zusammen.« Stephan zuckt zusammen, legt den Finger auf die Lippen und zeigt auf etwas: »Ein Felshase«, flüstert er.

Roger blickt zu den ausgebrochenen Felsnischen auf der anderen Seite der Rinne hinüber. Er nimmt dort eine Bewegung wahr, und plötzlich sieht er sie – zwei kleine graue Pelzkugeln mit glänzenden schwarzen Augen, nein, drei: die dritte Pelzkugel hüpft furchtlos am Fels hoch. Sie hausen irgendwo in einem Felsloch in dem zur Nische erweiterten Spalt. Stephan zeichnet hastig die Umrisse der drei kleinen Geschöpfe und füllt diese dann aus. Glänzende marsianische Augen.

Es war einmal in Burroughs, an irgendeinem Tag im marsianischen Herbst, als das Laub den Boden bedeckte und die Blätter durch die Luft herabtaumelten, Blätter von der Farbe des Sands, in den Lohfarben der Antilopen oder im Grün unreifer Äpfel, cremeweiße und buttergelbe Blätter. Er spazierte durch den Park. Eine steife Brise kam von Südwesten her aus dem großen Trichter des Deltas und trieb die Wolken eilig über den Himmel nach Westen. Im Osten standen sie noch dicht gedrängt in dunklem, düsterem Blau, nach Westen hin lösten sie sich in eine weißflockige Herde auf, durch die hin und wieder an manchen Stellen die Sonne brach. Die Äste des immergrünen Nadelholzes schwankten in allen Schattierungen eines dunkleren Grüns, vor dem die Farben der Laubbäume flackerten. Im Osten ragte über die Bäume hinweg eine weißgetünchte Kirche mit rotem Ziegeldach und Glockenturm leuchtend in den dunklen Himmel. Kinder spielten bei den Schaukeln im Park, gelbrote Espen raschelten weiter nördlich über dem Ziegelsteinbau der Stadtverwaltung, und Roger empfand, während er unter weitgespannten Bäumen mit weißen Stämmen und in alle Himmelsrichtungen gereckten weißen Ästen dahinwanderte, er empfand, als der Wind das Laub über ihn wegwirbelte, er empfand, was auch alle anderen hier empfinden mußten, die hier spazieren gingen: daß der Mars ein wunderschöner Ort geworden war. In dieser leuchtenden Luft konnte er jeden Ast, jedes Blatt und jede Nadel erkennen, die sich im Wind regte, er sah die Krähen heimwärts fliegen und die niedrigeren Wolken bauschig und weiß unter dem schwarzen Gewölk dahintreiben, und alles das – in frischen Farben, voll ausgeleuchtet, weiträumig und belebt vom Wind – überwältigte ihn auf einen Schlag: Was für eine Welt! Was für eine Welt!

Als er dann wieder in seinem Büro saß, war es ihm nicht möglich gewesen, irgend jemandem davon zu erzählen. Es hätte nicht zu ihm gepaßt.

Bei der Erinnerung an diesen Herbsttag und im Gedanken an das kürzliche Gespräch mit Eileen fühlt sich Roger unwohl. Seine Vergangenheit hat jenen Gang damals durch den Park überwältigt: Was für eine Vorstellung war das?

Roger verbringt den Nachmittag, indem er oberhalb des Lagers 4 herumklettert und sich dabei ein wenig umschaut. Er genießt es, sein Können als Kletterer zu testen. Es stellt sich recht bald wieder voll ein. Aber der Fels außerhalb der Rinne weist kaum einen Spalt auf, und er kommt zum Schluß, daß sich das freie Klettern hier nicht empfiehlt. Außerdem fällt ihm etwas Merkwürdiges auf: etwa fünfzig Meter oberhalb des Lagers 4 hört die Große Rinne auf und geht über in eine Reihe von Überhängen – wie die Tragrippen unter dem nach vorn herausragenden höheren Geschoß eines Gebäudes. Hier geht es also eindeutig nicht weiter. Und auch die Wand rechts von den Überhängen sieht nicht besser aus, sie wird immer steiler, bis sie schließlich fast senkrecht ist. Die wenigen Spalte, die diese Masse aufbrechen, sind nicht leicht zu steigen. Roger zweifelt daran, ob er sie *überhaupt* steigen könnte, und fragt sich, ob die Bergführer damit fertig werden können. Nun, sicher, denkt er sich, sie können alle Grade steigen. Aber das hier sieht schon furchtbar aus. Hans hat einmal vom ›harten Äon‹ des Vulkans erzählt, als die Lava, die aus dem Krater strömte, dickflüssiger und beständiger war als in den früheren Jahren des Vulkans. Der Steilabbruch, eine gigantische Schichtung der Lavaflußgeschichte dieses Vulkans, bildet ganz natürlich auch den Wechsel der Lavazusammensetzung in seinen vielen waagrechten Felsbändern ab. Bislang sind sie durch verhältnismäßig weichen Fels gestiegen; jetzt aber haben sie den Anfang einer härteren Schicht erreicht. Unten im Lager 4 schaut Roger nach oben auf das, was hier von der Wand zu sehen ist, und fragt sich, wo sie wohl weitersteigen werden.

Noch eine Zweiheit: die zwei Hälften des Tages, Vormittag und Nachmittag. Der Vormittag ist sonnig und deshalb auch heiß: Durch die Rinne prasselt die Morgendusche aus Eis- und Felsstücken hinab, und es ist die Zeit, in der man die Schlafsäcke und Socken trocknet. Dann rückt die Zeit über den Mittag hinweg, und die Sonne verschwindet oben hinter dem Rand der Steilwand. Dann haben sie noch für etwa eine Stunde das eigenartige Halblicht der Abendspiegel, bis auch dieses verschwindet, und plötzlich wird die Luft beißend kalt. Mit bloßen Händen riskiert man jetzt Erfrierungen. Das Restlicht ist nun indirekt und unheimlich: eine Schattenwelt. Das Wasser im Fels vereist, wodurch Felsstücke herausgesprengt werden – die zweite Tageszeit, in der Steinschlag aufkommt und die

Brocken herabsausen. Die Kletterer sind dann froh über ihre Helme, ziehen die Schultern ein und fangen wieder an, über den Sinn von Schulterpolstern zu diskutieren. In dieser Kälte ist der sonnige Morgen vergessen, und es kommt einem vor, als finde der gesamte Aufstieg nur im Schatten statt.

Sobald das Lager 4 aufgebaut ist, steigen sie mehrmals zur weiteren Erkundung in das Jaspisband auf, wie Hans es nennt. »Es sieht aus wie runder Jaspis, seht ihr?« Er zeigt ihnen ein glanzloses Felsstück, und nachdem er mit dem Laserschneider einen Splitter davon abgelöst hat, blicken sie auf eine glatte braune Oberfläche, die mit kleinen gelben, grünen, roten und weißen Einschlüssen gesprenkelt ist. »Das sieht aus wie eine Flechte«, meint Roger, »eine versteinerte Flechte.«

»Ja. Das ist runder Jaspis. Die Tatsache, daß er in diesem Basalt eingeschlossen ist, läßt auf eine metamorphe Masse rückschließen, d. h. also, daß die Lava den Fels in den Gängen über der Magmakammer teilweise eingeschmolzen hat. Das wurde dann alles zusammen herausgeschleudert …«

Das ist also das Jaspisband, und das bedeutet Schwierigkeiten. Zu steil, fast schon senkrecht, wirklich senkrecht, und kein ersichtlicher Weg nach oben. »Wenigstens ist es guter harter Fels«, meint Dougal fröhlich.

Dann kommen irgendwann Arthur und Marie zurück von einer längeren Querung nach rechts, nach der sie aufzusteigen versuchten. Sie laufen fast ins Lager und feixen von einem Ohr bis zum andern.

»Wir haben einen Sims«, ruft Arthur. »Einen perfekten Felssims. Ich kann es kaum glauben. Er ist ungefähr einen halben Meter breit und zieht sich einige hundert Meter über diese Wand, einfach wie ein Gehsteig! Wir sind nur um die Ecke spaziert! Oberhalb und unterhalb dieses Steigs ist alles senkrecht – werft mal einen Blick darauf!«

Dieses Mal, findet Roger, ist Arthurs Enthusiasmus völlig angebracht. Der Gottseidank-Sims, wie ihn Arthur getauft hat (»Es gibt einen ganz ähnlichen im Yosemite«), ist ein waagrechter Riß in der Wand, der eine flache Seite aufweist, gerade breit genug, um darauf vorankommen zu können. Roger bleibt mitten auf diesem Felssims stehen und schaut sich um. Nach oben: Fels und Himmel. Nach unten: das winzige Durcheinander des Geröllhangs, das direkt unter ihnen zu sein scheint, weil sich Roger nicht zu weit hinauslehnen will, um die Felswand dazwischen sehen zu können. Man fühlt sich hier zu einem erstaunlichen Grad gefährdet. »Ihr seid diesen Sims ohne Seil gegangen, du und Marie?« fragt er Arthur.

»Oh, er ist schön breit«, gibt ihm dieser zur Antwort. »Findest du nicht? Wo er enger wird, bin ich auf allen vieren gekrochen, aber meistens ging es einfach voran. Marie ist den ganzen Weg aufrecht gegangen.«

»Das glaube ich sofort.« Roger schüttelt den Kopf und ist froh, daß er am Seil eingehakt ist. Es verläuft auf Brusthöhe über dem Sims, und mit der Hilfe des Seils kann Roger den eigenartigen Sims genießen – diesen perfekten Gehsteig in einer vollkommen senkrecht stehenden Welt: neben seinem Kopf der harte Fels, unter ihm die glatte Fläche des Simses und dann die tiefe Leere.

Die Senkrechte. Denk darüber nach. Ein Balkon weit oben an einem großen Hochhaus gibt dir eine magere Vorstellung davon. Verschaffe sie dir. An dieser Steilwand hier jedoch gibt es keinen Boden, den man wie von einem Hochhaus aus sehen kann. Die unter dir liegende Welt ist die Welt der leeren Tiefe, sie ist das Rasen des Windes unter deinen Füßen. Die abweisend glatte Felswand steht schwarz und senkrecht neben dir und zerteilt den Himmel in zwei Hälften. Erde und

Luft; das Feste hier, und da die Luft; die Wand aus Basalt, die See aus Gasen. Und wieder eine Zweiheit: Das Klettern ist immer *gleichzeitig* ein Leben auf der symbolischsten *und* auf der stofflichsten Ebene der Existenz. Auch das schätzt der Kletterer.

Am anderen Ende des Gottseidank-Simses schließt sich ein Rißsystem an, das sich über das Jaspisband hochzieht. Es ist eine Miniaturversion der Großen Rinne, schmaler und enger, gefüllt mit Eis. Nun geht es auch nach oben wieder voran. Die Risse enden in einer mit Eis gefüllten trichterförmigen Erweiterung, die das Jaspisband sogar noch weiter spaltet. Der Grund dieses Trichters ist gerade noch so wenig geneigt, daß hier das Lager 5 bezogen werden kann, das bisher eingeengteste ihrer Lager. Die Querung über den Gottseidank-Sims zieht allerdings auch nach sich, daß sie die Seilzüge zwischen Lager 4 und Lager 5 nicht einsetzen können. So muß jeder zehn bis zwölf Touren mit Traglasten von Lager zu Lager machen. Jedesmal, wenn Roger auf dem Gehsteig durch den Raum wandert, kehrt auch sein Staunen wieder.

Während die Traglasten über den Felssims transportiert und die Lager 2 und 3 abgebaut werden, vergnügen sich Marie und Arthur damit, eine Route für den weiteren Aufstieg zu erkunden. Roger steigt ihnen mit Hans hinterher, um sie mit Seilmaterial und Sauerstoff zu versorgen. Der Aufstieg ist ›gemischt‹: halb über Fels, halb über schwarzes Eis, das von schmutzigem harten Schnee umrandet wird. Unangenehmes Zeug. Einige Abschnitte sind so kräftezehrend, daß Roger und Hans ins Keuchen kommen und sich mit runden Augen ansehen: »Da muß Marie vorangestiegen sein.« Oder: »Ich wußte nicht, daß Arthur so verdammt gut ist.« Der Fels wird an vielen Stellen von schwarzem Eis überzogen, das zugleich hart und brüchig ist – der stete Wechsel von Sommerregen und Frost Jahre über

Jahre hat die Felsoberfläche in dieser Höhe verkrusten lassen. Roger rutscht immer wieder mit seinen Stiefeln auf dem Eis ab. »Wir brauchen Steigeisen hier oben.«

»Es sei denn, das Eis ist so dünn, daß du gleich auf Fels stößt.«

»Gemischter Aufstieg.«

»Spaßig, was?«

Der Atem rasselt, der Herzschlag trommelt. In das Eis vor ihnen sind mit Eispickeln Löcher gehauen worden; der darunterliegende Fels ist gut und stabil, durchzogen von senkrechten Spalten. Ein Eisbrocken saust vorbei, und beide Kletterer fangen an zu fluchen.

Füße tauchen über ihnen in dem Riß auf, in dem sie wie durch ein aufgeschlagenes Buch nach oben steigen.

»Heh, paßt auf da oben! Ihr bombardiert uns mit Eisbrocken!«

»Oh, entschuldigt, wir wußten nicht, daß ihr hier seid.« Arthur und Marie seilen sich zu ihnen herunter ab. »Entschuldigt«, wiederholt Marie. »Wir wußten nicht, daß ihr so spät noch hochkommt. Habt ihr Seilmaterial dabei?«

»Ja.«

Die Sonne verschwindet hinter dem Rand der Wand. Es bleibt nun nur noch das Straßenlaternenlicht der Abendspiegel. Arthur späht zu den Spiegeln hoch, während Marie ihre Rucksäcke mit dem neuen Seil vollstopft. »Schön«, entfährt es Arthur. »Auch auf der Erde gibt es diese Nebensonnen, wißt ihr, ein natürlicher Lichteffekt, wenn sich Eiskristalle in der Atmosphäre befinden. Man sieht es oft in der Antarktis: große Lichthöfe um die Sonne, und an zwei Punkten sieht es dann so aus, als stünden dort noch einmal zwei Sonnen. Aber ich glaube nicht, daß wir jemals vier solcher vorgetäuschter Sonnen zu sehen bekamen. Wundervoll!«

»Laß uns aufbrechen«, sagt Marie, ohne einen Blick nach oben. »Wir sehen euch beide dann heute abend wieder unten in Lager 5.« Und schon klettern sie los, indem sie das Sicherungsseil und beide Seiten des Risses benutzen, um möglichst schnell aufzusteigen.

»Eigenartiges Paar«, meint Stephan, als sie zum Lager 5 absteigen.

Am nächsten Tag schleppen sie noch mehr Seil nach oben. Erst am späten Nachmittag treffen sie nach sehr langem Aufstieg auf Arthur und Marie, die in einer Höhle in der Felswand hocken, die groß genug ist, daß sie ihr komplettes Basislager darin unterbringen könnten. »Glaubt ihr das?« schreit ihnen Arthur entgegen. »Das ist ein richtiges Hotel hier!«

Der Zugang zur Höhle besteht aus einem waagrecht verlaufenden Riß, der über eine Länge von etwa fünfzehn Metern in der Steilwand klafft und rund vier Meter hoch ist. Der Boden dieser Höhle ist relativ flach, vorn am Eingang von einer dünnen Eisschicht überzogen und von Geröll übersät, das von der Decke herabgebrochen ist. Es sieht schartig, aber solide aus. Roger nimmt einen dieser Brocken vom Boden auf und schiebt ihn an die Wand der Höhle, wo Boden und Decke sich zu einem engen Riß verjüngen. Während Marie versucht, unten jemanden über Funk zu erreichen, um ihnen den Fund zu melden, geht Roger zur hinteren Wand der Höhle hinein, die ungefähr zwanzig Meter weit vom Eingang entfernt tief im Fels liegt. Dort beugt er sich hinunter, um das Durcheinander der Felsstücke in dem schmalen Riß zu inspizieren, wo Boden und Decke zusammenkommen. »Es ist angenehm, daß wir uns heute nacht mal wieder flach ausstrecken können«, freut sich Stephan. Beim Blick tief aus der Höhle nach draußen scheint der lavendelfarbene Himmel Roger breit zuzulächeln.

Als Hans eintrifft, wird er sehr aufgeregt. Er klopft im Dämmerlicht der Höhle an die Wände, hackt mit seinem Eispickel irgendwo herum und leuchtet in verschiedene Ritzen und Winkel. »Es ist Kalktuff, seht ihr das?« erklärt Hans und hält ihnen einen Brocken hin, damit sie ihn begutachten. »Das hier ist ein Schildvulkan, was heißt, daß er die ganzen Jahre hindurch nur wenig Asche ausgestoßen hat. Daher auch seine flache Form. Aber es muß doch ein paar Ascheausbrüche gegeben haben; wenn diese Asche dann zusammengedrückt wird, entsteht daraus Tuff wie dieser Brocken hier. Tuff ist viel weicher als Basalt oder Andesit, und über die Jahre hinweg ist die hier dem Wetter ausgesetzte Tuffschicht erodiert und hat uns dieses wundervolle Hotel hinterlassen.«

»Ich liebe das Zeug«, sagt Arthur.

Der Rest der Gruppe stößt am Abend zu ihnen, und die Höhle wirkt noch immer nicht überfüllt. Auch wenn sie schon ihre Zelte zum Schlafen aufgeschlagen haben, stellen sie jetzt ihre Lampen auf den Höhlenboden und setzen sich in einem großen Kreis um eine Ansammlung glühender kleiner Öfen herum, um zusammen ihr Abendessen einzunehmen. Die Augen glänzen, während die Bergsteiger ihren heißen Eintopf essen. Es ist etwas Wunderbares an diesem heimatlichen Ort, der hier dreitausend Meter über der Ebene sicher in die Steilwand hineingehauen zu sein scheint. Ganz unerwartet sind sie zu der Freude gekommen, sich hier ohne Sicherung auf dem flachen Boden herumräkeln zu können. Hans hat nicht aufgehört, mit seinem Strahler die Höhle zu durchstreifen. Gelegentlich ist ein Pfeifen von ihm zu hören.

»Hans!« Arthur ruft ihn, nachdem das Essen vorbei ist und die Schüsseln und Töpfe gesäubert sind. »Komm her, Hans. Setz dich zu mir. Da kommst du ja. Setz dich.« Marie läßt ihre Weinbrandflasche kreisen. »Gut so, Hans. Jetzt erzähl mir mal etwas. Warum gibt es diese Höhle hier? Und warum, wenn wir grad dabei sind, diesen Steilabbruch? Weshalb ist der Olympus

Mons der einzige Vulkan überhaupt, der einen solchen kreisrunden Steilabbruch hat?«

Frances wirft ein: »Es ist nicht der *einzige* Vulkan, der diese Gestalt hat.«

»Nun, Frances«, antwortet Hans, »wie du weißt, ist es schon der einzige große Schildvulkan mit einem rundumlaufenden Steilabbruch. Die entsprechenden Vulkane auf Island, auf die du dich beziehst, sind nur kleinere Nebenschlote von größeren Vulkanen.«

Frances nickt. »Das ist richtig. Aber deswegen stimmt doch der Analogieschluß.«

»Vielleicht.« Hans wendet sich an Arthur und erklärt ihm: »Du siehst, man ist sich noch nicht völlig einig über den Entstehungsgrund der Steilwand. Aber ich glaube sagen zu können, daß meine Theorie im allgemeinen akzeptiert ist, oder kannst du dem nicht zustimmen, Frances?«

»Doch ...«

Hans lächelt herzlich und blickt in die Runde. »Ihr seht, Frances gehört zu denen, die der Ansicht sind, daß sich der Vulkan ursprünglich durch eine Gletscherkappe hindurchgeschoben und daß das Gletschereis wie eine Wand gewirkt hat, die die Lava nicht weiter abfließen ließ. Als dann der Gletscher verschwand, soll infolgedessen dieser Steilabbruch zum Vorschein gekommen sein.«

»Es gibt auf Island eindeutige Entsprechungen zu dieser speziellen Vulkanform«, erklärt Frances. »Und diese lassen sich durch Ausbrüche unter dem Eis und durch es hindurch erklären.«

»Das mag sein, wie es will«, fährt Hans mit seiner Erklärung fort. »Ich jedenfalls gehöre zu jenen, die glauben, daß das *Gewicht* des Olympus Mons die Ursache des Steilabbruchs ist.«

»Du hast das früher schon einmal erwähnt«, erwidert Arthur, »aber ich habe nicht verstanden, wie das gelaufen sein soll.«

Stephan brummt zustimmend, und Hans nimmt einen Schluck aus der Flasche. Offensichtlich glücklich erklärt er weiter.

»Der Vulkan ist sehr, sehr alt, versteht ihr? Drei oder vier Milliarden Jahre, immer an demselben Ort, oder jedenfalls nicht weit davon entfernt … kaum tektonische Verschiebungen, ganz anders als auf der Erde. So wird die Magma hochgedrückt, sie strömt aus, über und über und über, und lagert sich über weicheres Gestein, vielleicht über den aufgelockerten Regolith, der noch vom Meteoritenbombardement aus der Frühzeit des Planeten stammt. Ein gewaltiges Gewicht lagert sich also auf die Oberfläche des Planeten, wie ihr seht, und dieses Gewicht nimmt zu, je weiter der Vulkan wächst. Wie wir inzwischen alle wissen, ist es ein wirklich enorm großer Vulkan. Möglicherweise ist das Gewicht so schwer geworden, daß es untenliegendes weicheres Gesteinsmaterial herauspreßt. Wir finden solches Gestein im Nordosten an der abfallenden Seite der Tharsishochfläche, die ganz natürlich die Seite sein muß, wo sich das unter dem Gewichtsdruck herausgepreßte Gestein ins Freie schiebt. Hat je einer von euch den ›Vorhof‹ des Olympus Mons besucht?« Ein paar von den Bergsteigern nicken. »Faszinierende Gegend.«

»Gut«, meint Arthur, »aber weshalb sollte dieses Gewicht nicht einfach die gesamte Gegend hinabdrücken? Ich würde doch vielmehr annehmen, daß es eher eine Absenkung rund um den Vulkan geben müßte als diese Steilwand.«

»Genau!« ruft Stephan dazwischen.

Aber Hans schüttelt den Kopf und lächelt. Er winkt noch einmal die Weinbrandflasche zu sich her. »Der Punkt ist, daß der Lavaschild des Olympus Mons eine einzige Felseinheit bildet, die zugegebenermaßen zwar aus Schichten besteht, aber wesentlich eben eine einzige große Kappe aus Basalt darstellt, die auf einer ziemlich weichen Oberfläche aufliegt. Nun befindet sich aber der bei weitem schwerste Teil dieser Basaltkappe in ihrem Zentrum – der Vulkangipfel, wie ihr wißt, der noch immer so weit über uns liegt. Die Basaltkappe bildet also eine Einheit, sie ist ein einziger großer Felsen, und der Basalt weist wie jedes Gestein eine gewisse Flexibilität auf. Nun drückt das Zentrum der Kappe als ihr schwerster Teil am stärksten nach unten, und der äußere Rand des Vulkanschilds, Teil einer einzigen flexiblen Basaltkappe, *wird hochgestülpt*.«

»Sechs Kilometer hoch?« Arthur kann es nicht glauben. »Du machst Witze!«

Hans hebt die Schultern. »Du darfst nicht vergessen, daß der Vulkan sich fünfundzwanzig Kilometer über die ihn umgebende Ebene erhebt. Das Volumen des Vulkans ist hundert Mal größer als das des größten Vulkans auf der Erde, das des Mauna Loa, und dieses Volumen drückt seit mindestens drei Milliarden Jahren immer auf dieselbe Stelle.«

»Aber das erklärt doch nicht die Symmetrie des Steilabbruchs, wenn er wirklich so entstanden sein soll«, wendet Frances ein.

»Im Gegenteil. Das ist tatsächlich der wunderbare Aspekt dieser ganzen Sache. Der Rand des Lavaschilds wird also hochgebogen, klar? Höher und höher, bis die Flexibilität des Basaltgesteins schließlich *erschöpft ist*. Mit anderen Worten: Der Vulkanschild ist flexibel bis genau dahin und nicht weiter. An dem Punkt, an dem die Spannung zu stark wird, bricht der Fels, und die innenliegende Seite dieses Risses schiebt sich hoch, während der außenliegene Teil jenseits des Risses sich wieder absenkt. Deswegen sind auch die Ebenen dort unten weit unter uns ein Teil der Lavakappe des Olympus Mons, aber das ist der Teil jenseits der Bruchlinie. Da die Lava überall ungefähr die gleiche Dicke hatte, brach der Fels überall in derselben Entfernung vom Gipfel, wodurch wir zu dem fast kreisrunden Steilabbruch kamen, den wir jetzt hochklettern!«

Hans macht mit der Hand eine Geste, mit der ein stolzer Architekt sein Werk präsentiert. Frances schnieft. »Kaum zu glauben.« Arthur schlägt mit der Hand gegen den Felsboden: »Das heißt also, daß die andere Hälfte dieser Höhle irgendwo unter dem Geröllfeld unten am Fuß der Steilwand liegt?«

»Genau!« Hans strahlt. »Auch wenn die andere Hälfte keine Höhle aufweist. Diese hier war wahrscheinlich einmal ein schmaler, abgerundeter Einschluß einer Tuffschicht in dem viel härteren Lavabasalt. Doch als der Lavaschild aufbrach und sich der Steilabbruch bildete, wurde auch dieses Tufflager zweigeteilt, worauf dieser Teil der Erosion ausgesetzt war. Und nur wenige Äonen später haben wir dann schon unsere behagliche Höhle hier.«

»Kaum zu glauben«, sagt Arthur wieder.

Roger nippt an der Flasche und stimmt Arthur schweigend zu. Es scheint ihm bemerkenswert, wie schwierig es ist, die Theorien der Areologen, in denen die Berge wie Plastik oder Zahnpasta verformt werden, auf den gewaltigen harten Basalt unter und über ihnen zu übertragen. »Es liegt an den Zeiträumen, in denen diese Umwandlungsprozesse ablaufen, daß man sich nur schwer ein Bild davon machen kann«, überlegt Roger laut. »Das dauert ...« Er wedelt vage mit der Hand.

»... Milliarden Jahre«, vollendet Hans seinen Satz. »Wir können uns diesen Zeitraum kaum angemessen vorstellen. Aber wir können die sicheren Zeugnisse wahrnehmen, die diese Prozesse hinterließen.«

Und in nur drei Jahrhunderten können wir diese Zeugnisse auch wieder zerstören, fügt Roger schweigend für sich hinzu. Oder das meiste davon. Und statt dessen einen Park anlegen.

Oberhalb der Höhle wird die Wand weniger steil, und die fugenlose Glätte des Jaspisbandes weicht einem

Abschnitt, der von komplizierten Eisrissen und Eispfeilern zernarbt ist. Nicht sehr tiefe kleine Risse ziehen sich waagrecht durch das Eis wie kleine Nachahmungen ihrer Höhle weiter unten. Diese Stufen, wie sie sie nennen, müssen vermieden werden wie tiefe Schluchten unten auf der flachen Ebene, da die überhängenden Felsdächer bei jeder von ihnen ernstzunehmende Hindernisse darstellen. Die Eisrinnen bieten die besten Möglichkeiten für den weiteren Aufstieg, und sie müssen sich jetzt ihre Route durch ein senkrechtes Delta nach oben suchen, durch die Verästelungen eines Blitzstrahls, der sich in die Wand gebrannt und dann mit Eis gefüllt zu haben schien. Jeden Morgen, wenn die Sonnenstrahlen auf die Steilwand schlagen, geht ungefähr eine Stunde lang ein heftiger Steinschlag vermischt mit Eisbrocken nieder, und an den Nachmittagen, in der Stunde, nachdem die Sonne wieder verschwunden ist, setzt die zweite Steinschlagperiode des Tages ein. Ein paar Mal kamen sie nur knapp davon, und eines Morgens wird Hanna von einem Eisbrocken auf die Brust getroffen, der ihr eine schlimme Quetschung zufügt. »Der Trick besteht darin, daß man sich in dem Graben zwischen dem Eis in der Rinne und der Felswand hält«, sagt Marie zu Roger, als sie gerade wieder einmal in einer zur Sackgasse gewordenen Rinne absteigen.

»Oder darin, daß man schon dort ist, wo man hin will, wenn die Sonne auftaucht«, ergänzt Dougal. Nachdem er Eileen denselben Rat gegeben hat, stehen sie schon lange vor Anbruch der Morgendämmerung auf, um die steinschlaggefährdeten Abschnitte des Aufstiegs hinter sich zu bringen. In der eisigen Dunkelheit piepst das Wecksignal einer Armbanduhr. Roger krümmt sich in seinem Schlafsack und versucht das Signal abzustellen; aber es ist die Uhr seines Zeltgenossen. Mit einem Stöhnen setzt er sich auf, tastet umher und dreht dann den Zeltofen auf. Bald glühen die Metallringe an dem runden Öfchen in einem freundlichen warmen Orange, heizen die Luft im Zelt auf und geben auch ein wenig Licht. Eileen und Stephan sitzen ebenfalls in ihren Schlafsäcken und versuchen, den Schlaf abzuschütteln. Ihre Haare sind zerzaust, die Gesichter voller Druckstellen, angeschwollen und müde. Es ist drei Uhr morgens. Eileen setzt einen Topf mit Eis auf den kleinen Zeltofen, wodurch sie das Licht wieder abdämpft. Deshalb schaltet sie eine Lampe ein und dreht sie nur bis zur kleinsten Beleuchtungsstufe hoch. Trotzdem stöhnt Stephan wegen des Lichts auf. Roger leert einen Fertigbeutel für Tee mit Milch in den Topf. Das Frühstück wärmt einen wunderbar auf, doch plötzlich muß er auf die unbequeme und noch kalte Latrine in der Höhle. Stiefel an – der schlimmste Teil beim morgendlichen Anziehn, als stecke man die Füße in Eisblöcke. Dann raus aus dem warmen Zelt in die durchdringende Kälte der Nachtluft in der Höhle. Durch die Dunkelheit zur Latrine gestolpert. Auch die anderen Zelte leuchten matt. Es wird Zeit für einen weiteren Angriff im Morgengrauen auf die höheren Abschnitte der Wand.

Bis sich Archimedes an den Himmel schiebt, der erste der Morgenspiegel, klettern sie schon seit fast einer Stunde in der Felswand im Schein ihrer Helmleuchten. Unter dem Morgenspiegel wird es dann besser: er spendet ausreichend Licht, daß man etwas sehen kann, und der Fels und das Eis sind noch nicht stark genug aufgewärmt, um Steinschlag auszulösen. Roger steigt durch die Eisrinnen hoch, indem er Steigeisen benutzt. Er genießt es, die Spitzen seiner Steigeisen in die Eisfläche zu treten und dann an der Eiswand zu hängen, als klebe er daran fest. Unter ihm widmet Arthur seinen Steigeisen einen Singsang: »Spinnenmensch, Spinnenmensch, Spinnenmensch, Spihinnenmensch …« Als sie aber oben am Ende der schon gelegten Seile ankommen, bleibt für Liedchen kein Atem mehr: Das Voransteigen ist eine äußerst anstrengende Sache. Roger hängt wie ein Adler mit gespreizten Flügeln über einer Platte, den rechten Fuß in das Eis gehakt, wobei er versucht, den linken Fuß in eine Nische von der Größe seines Zehennagels zu bohren. Mit der linken Hand hält er sich am Schaft seines Eispickels fest, den er fest ins Eis über sich geschlagen hat; mit der rechten Hand dreht er eifrig einen Schraubhaken ins Eis, der hier die Funktion eines Felshakens übernehmen soll. Plötzlich wird ihm bewußt, daß er zehn Meter oberhalb seiner letzten Verankerung hängt: *Er wird nur von diesen drei winzigen Punkten gehalten*. Roger schnappt kurz nach Luft.

Oben am Ende der Platte wölbt sich ein Vorsprung nach vorne, auf dem sie sich ausruhen können. Als sich Eileen am befestigten Seil zu ihnen hochzieht, findet sie dort Arthur und Roger am Fels in der Morgensonne ausgebreitet wie Fische, die zum Dörren ausgelegt wurden. Sie schaut sich die beiden an, während sie selbst langsam wieder zu Atem kommt. »Zeit für Sauerstoff«, verkündet sie dann. Beim Mittagsfunkgespräch weist sie die anderen Seilschaften an, die Sauerstoffflaschen mit den Zelten und dem Rest der Ausrüstung hochzubringen, um das nächste Lager aufschlagen zu können.

Sie kommen recht gut voran und schlagen weitere drei Lager oberhalb der Höhle auf. Die Höhle benutzen sie als eine Art von vorgeschobenem Basislager, in das sie hin und wieder absteigen. Jede Nacht sind nur ein paar von ihnen in den höheren Lagern. Sie müssen jetzt fast die ganze Zeit beim Klettern die Sauerstoffmasken tragen; die meisten schlafen auch mit angelegter Maske, wobei sie die Zufuhr auf das Minimum begrenzt halten. Sie versuchen, die Lager weiter oben ohne Sauerstoffzufuhr aufzuschlagen, eine auskühlende und erschöpfende Arbeit. Wenn sie die Lager aufgebaut und die Tagesstrecken abgeleistet haben, verbringen sie die schattig-kalten Nachmittage keuchend in den Lagern, trinken heiße Flüssigkeiten und stampfen mit den Füßen auf, um sich einigermaßen warmzuhalten. Sie warten dann auf das allabendliche Funkgespräch bei Sonnenuntergang und die Anweisungen für den nächsten Tag. Jetzt ist es äußerst angenehm, daß man das Denken Eileen überlassen kann.

An einem Nachmittag, als Roger mit Eileen zusammen über das höchstgelegene Lager hinaus aufgestiegen ist, blickt er sich um, während er die über einen schwierigen Abschnitt voransteigende Eileen am Seil sichert. Amboßförmig hochgepilzte Gewitterwolken treiben hintereinander nach Nordosten. Nur die obersten Bereiche der Wolken ragen über Rogers derzeitige Höhe hinauf. Der Nachmittag ist schon weit fortgeschritten, und die Felswand liegt im Schatten. Die faserigen Wolkenschäfte sind dunkel, von einem schattigen Grau. Darüber bauschen sich die eigentlichen Gewitterwolken hell und leuchtend im noch sonnigen Himmel in die Höhe, und sie scheinen tatsächlich ein wenig Licht auf die Felswand zurückzuwerfen. Roger zieht das Sicherungsseil stramm und schaut zu Eileen hoch. Diese starrt selbst nach oben in Richtung ihrer Angriffsroute, die zu einem schmalen Spalt zwischen zwei rechtwinklig zueinanderstehenden Felsflanken geworden ist. Mund und Nase sind von der Sauerstoffmaske bedeckt. Roger zieht einmal kurz am Seil, worauf sie herunterblickt. Er deutet auf die mächtige Wolkenansammlung. Sie nickt und zieht die Maske vom Mund weg: »Wie Schiffe!« ruft sie herunter. »Wie große Schlachtschiffe!«

Roger zieht seine Maske über die Wange zur Seite: »Meinst du, es gibt Sturm?«

»Das würde mich nicht überraschen. Bisher haben wir damit ja Glück gehabt.« Sie drückt sich die Maske wieder über Mund und Nase. Dann schiebt sie die Finger beider Hände in den Felsspalt, stemmt die Sohlen ihrer beiden Stiefel nicht weit unterhalb ihrer Hände gegen den Fels und lehnt sich dabei zurück, so daß sie seitwärts am Fels hochmarschieren kann. Roger hält das Sicherungseil stramm.

Die auf dem Mars vorherrschenden Winde treffen auf die Westflanke des Olympus Mons, wo die Luftströme zwar in die Höhe steigen, aber nicht über den Gipfel abfließen können; der Berg ist so hoch, daß er weit aus der Atmosphäre herausragt. Deshalb werden die Windströme um seine Flanken herumgedrückt. Unter diesem Druck wird die Luft über die rückwärtig liegende Ostflanke kalt und trocken herabgewirbelt, nachdem sich die Luftfeuchtigkeit schon auf der Westflanke niedergeschlagen hat, wo sich Eis und Gletscher bilden. Das ist jedenfalls das übliche Modell; wenn aber ein Sturmtief von Südwesten herankommt, prallt er im Süden gegen den Berg, die Luft wird zusammengedrückt, der Sturm peitscht über den südostwärtigen Teil des Vulkanschilds und rast dann mit verstärkter Wucht über die Ostflanke.

»Was sagt das Barometer, Hans?«

»Sechshundert Millibar.«

»Du machst Witze!«

»Das liegt eigentlich nicht allzu weit unter dem Üblichen.«

»Du machst Witze.«

»Allerdings ist es schon recht tief. Ich glaube, daß wir ein Sturmtief kriegen.«

Der Sturm setzt mit Fallwinden ein: Kalte Luft drückt über den Rand des Steilabbruchs und stürzt auf das Flachland hinunter. Manchmal katapultiert die Gewalt des Sturms die Luft von der höheren und flacheren Flanke des Vulkanschilds über den eigentlichen Steilabbruch hinaus, der dann in vollkommener Windstille liegt. Doch füllt sich dieses Vakuum dann wieder mit einem schnellen Fallwindstoß, der die Zelte in den Verankerungen durchschüttelt und auf die Rahmen drückt. Roger grunzt, als einer dieser Fallwinde das Zelt beinahe zu zerquetschen scheint, und schüttelt mit einem Blick auf Eileen den Kopf. Sie beruhigt ihn: »Gewöhn dich dran, die treffen öfter auf uns als daneben.« RUMMS! »Auch wenn dieser da ein bißchen stärker als üblich war. Aber es schneit nicht, oder?«

Roger späht durch das kleine Zeltfenster am Eingang hinaus. »Nein.«

»Gut.«

»Trotzdem verdammt kalt.« Er kriecht in seinen Schlafsack.

»Das geht noch. Aber Schnee wäre ein wirklich schlechtes Zeichen.« Sie macht sich daran, über Funk Verbindung aufzunehmen. Roger und sie befinden sich hier im Lager 8, wobei die Höhle inzwischen als Lager 6 geführt wird; Dougal und Frances sind in Lager 9, dem höchsten und am stärksten exponierten der neuen Lager; Arthur, Hans, Hannah und Ivan hocken in Lager 7, und der Rest befindet sich unten in der Höhle. Die ganze Gruppe ist ein wenig zu weit auseinandergezogen, weil Eileen die letzten Zelte nicht aus der Höhle abziehen wollte. Jetzt wird Roger klar, warum sie das getan hat. »Alle bleiben in den Zelten, bis ich morgen früh um die Zeit des Morgenspiegels wieder von mir hören lasse. Wir werden uns dann noch einmal besprechen.«

Der Wind nimmt über Nacht zu, und Roger wird um drei Uhr morgens durch einen besonders harten Schlag gegen das Zelt geweckt. Solange der Fallwind über den Fels jagt, hört man kaum etwas. Dann kommt ein harter Schlag, und plötzlich ächzt und pfeift das Zelt in allen Fugen wie ein gequältes Tier. Es läßt nach, und in den Felsen ist noch ein leises Jaulen zu hören. Setz dich hin und hör diesem Atemstoß des

Winds zu: RUMMS! Das Zelt wird zusammengedrückt und in die Felsnische gepreßt, in der sie es aufgebaut haben, dann wieder hochgesogen. Die Sauerstoffmaske zischt beruhigend und hält Roger die Nase warm, wenigstens das ... RUMMS! Eileens Kopf ist im Schlafsack vergraben, sie schläft offensichtlich weiter; nur ihre Mütze und der Sauerstoffschlauch ragen aus der Öffnung oben an ihrem Schlafsack heraus. Roger kann es kaum glauben, daß sie bei diesen Kanonenschlägen nicht aufwacht. Er schaut auf die Uhr und kommt zum Schluß, daß es keinen Sinn hat, noch einmal eine Mütze voll Schlaf zu suchen. Graupel von gefrorenem Kondenswasser fallen von der Zeltwand auf sein Gesicht herab; er zuckt erschrocken zusammen. Mit einem Strahl seiner Taschenleuchte durch die Sichtfläche am Zelteingang überzeugt er sich schnell, daß es draußen nicht schneit. Im schwachen Licht der Lampe setzt Roger ihren Eistopf auf das Zeltöfchen und stellt dieses an. Dann zieht er seine klammen Hände wieder in den Schlafsack, um dem Ofen beim Aufheizen zuzusehen. Schnell beginnen die Ringe unter dem Topf hellorange zu leuchten und fühlbar Wärme auszustrahlen.

Nach einer Stunde ist es schon bedeutend wärmer im Zelt. Roger schlürft an seinem heißen Tee und versucht das Hämmern des Windes zu deuten. Das Schmelzwasser aus der Höhle weist ein paar Schlammrückstände auf; Roger und drei oder vier anderen hat das die Verdauung durcheinandergebracht, und jetzt scheint sich diese Art von Ruhr wieder anzukündigen. Er unterdrückt sein dringendes Bedürfnis. Dann wird Eileen von ein paar besonders heftigen Windschlägen wach; sie steckt den Kopf aus dem Schlafsack und sieht ziemlich verwirrt aus.

»Der Wind nimmt zu«, begrüßt er sie. »Magst du einen Tee?«

»Mhm.« Sie zieht sich die Sauerstoffmaske vom Gesicht. »Ja.« Eileen nimmt eine dampfende Tasse an sich und trinkt. »Hab Durst.«

»Ja. Das scheint von der Maske zu kommen.«

»Wieviel Uhr ist es?«

»Vier herum.«

»Aha. Mein Wecker muß mich geweckt haben. Es ist schon fast Zeit, die anderen anzufunken.«

Obwohl es nach Osten zu bewölkt ist, wird es etwas heller, als Archimedes, der Morgenspiegel, über dem Horizont aufsteigt. Roger zieht seine kalten Stiefel an und ächzt: »Ich muß mal raus.« Er zieht den Zelteingang gerade so weit auf, daß er hinausschlüpfen kann.

»Seil dich an!«

Draußen schlägt sofort einer der Fallwinde auf ihn herab. Es ist sehr kalt, vielleicht 20 Grad minus, so daß diese schneidende Kälte das allerschlimmste an den Windböen ist. Unglücklicherweise hat Roger wirklich Durchfall. Ziemlich erleichtert und ebenso durchgefroren zieht er sich die Hosen wieder hoch und stapft ins Zelt zurück. Eileen ist am Funken. Sie gibt durch, daß die Leute in den Zelten bleiben sollen, bis der Wind ein wenig nachgelassen hat. Roger nickt heftig dazu. Als sie damit fertig ist, lacht sie ihn an. »Du weißt, was Dougal dazu sagen würde.«

»Oh, recht erfrischend, schon in Ordnung.«

Sie lacht wieder.

Die Stunden rinnen dahin. Als es ihm wieder warm geworden ist, nickt Roger ein. Man schläft tatsächlich leichter tagsüber, wenn es im Zelt wärmer ist.

Spät am Vormittag wird er durch einen Ruf von draußen aus dem Schlaf gerissen. Eileen fährt mit ihrem Schlafsack hoch und öffnet den Zeltverschluß. Dougal steckt den Kopf herein, schiebt seine Atemmaske auf die Brust hinunter und keucht ihnen kalte Luft entgegen. »Unser Zelt ist von einem Felsbrocken zerdrückt worden«, erklärt er, fast als ob er sich dafür entschuldigen wollte. »Frances hat sich den Arm gebrochen. Ich brauche Hilfe, damit ich sie runterbringen kann.«

»Wohin runter?« entfährt es Roger unwillkürlich.

»Nun, erstmal bis in die Höhle runter, hab ich mir gedacht. Oder wenigstens bis hierher. Unser Zelt ist lädiert, sie liegt schon fast im Freien, in ihrem Schlafsack, wißt ihr, weil unser Zelt nicht mehr viel hermacht.«

Grimmig ziehen sich Eileen und Roger die Kletterstiefel an.

Draußen zerrt der Wind an ihnen, und Roger fragt sich, ob er dabei überhaupt klettern kann. Sie hängen sich am Seil ein und steigen so schnell wie möglich auf. Manchmal wird der Fallwind so stark, daß ihnen nichts anderes übrigbleibt, als sich eng gegen den Fels zu pressen und abzuwarten, bis er nachläßt. Bei einer heftigen Bö bekommt Roger Angst: Er kann es kaum glauben, daß Muskeln und Knochen, Brustgeschirr, Seil und Haken oder auch der Fels dem ungeheuren Druck der Fallwinde standhalten können. Ihm bleibt jedoch nichts anderes übrig, als sich in den kleinen Riß zu schmiegen, in dem das Seil verläuft, und zu hoffen. Roger wird es dabei von Augenblick zu Augenblick kälter.

Sie steigen in eine gewundene Eisrinne ein, die sie vor dem schlimmsten Wind einigermaßen schützt. Hin und wieder sausen Felsbrocken oder Eisstücke an ihnen vorbei wie ein Bombenhagel oder ein Hagelschauer. Dougal und Eileen steigen so schnell auf, daß es Roger schwer fällt mitzuhalten. Er fühlt sich schwach und unterkühlt; auch wenn er völlig eingemummt ist, scheinen ihm doch Nase und Finger fast zu erfrieren. Ihm zieht sich der Magen etwas zusammen, als er stöhnend über einen großen Felsbrocken kriecht, der sich in der Eisrinne verkeilt hat. Es wäre besser gewesen, genau an diesem Tag heute im Zelt zu bleiben.

Und plötzlich sind sie im Lager 9, einem großen Kastenzelt, dessen eine Hälfte plattgedrückt ist. Das Zelt knattert im Wind wie eine Fahne in steifer Brise, es kracht und knirscht in allen Fugen und übertönt fast schon ihre Stimmen. Frances ist froh, daß sie da sind; ihre Augen unter der Schutzbrille sind rot umrandet. »Ich glaube, daß ich in einer Seilschlinge sitzen und mich darin runterarbeiten kann, wenn ihr mir dabei helft«, ruft sie ihnen über die Geräusche des durchgerüttelten Zelts zu.

»Wie geht es dir?« erkundigt sich Eileen.

»Der linke Arm ist genau oberhalb des Ellbogens gebrochen. Ich habe mir eine Art Behelfsschiene gelegt. Mir ist's verdammt kalt, aber sonst fühle ich mich eigentlich nicht schlecht. Ich hab ein paar Schmerzkiller geschluckt, doch nicht soviel, daß ich davon schläfrig werde.«

Der Trupp versammelt sich in dem, was noch vom Zelt übrig ist, und Eileen schaltet das Zeltöfchen ein. Dougal hastet wieder hinaus und versucht vergeblich, die Zeltbahn auf der zerstörten Seite des Zelts zu sichern, damit sie nicht weiter im Wind flattert. Die Kletterer im Zelt brauen sich einen Tee und trinken ihn, wobei sie sich in ihren Schlafsäcken zusammenhocken. »Wie spät ist es?«

»Zwei.«

»Besser, wir steigen bald ab.«

»Ja.«

Der Abstieg mit der verletzten Frances ins Lager 8 ist eine mühselige, kalte Angelegenheit. Als sie an den befestigten Seilen hastig aufstiegen, hat sie diese Strapaze dabei gerade noch einigermaßen warmhalten können. Jetzt aber müssen sie sich nur an den Fels drücken, sich festhalten oder auch warten, wenn Frances an einem steileren Abschnitt abgeseilt wird. Frances benutzt ihren rechten Arm und steigt selbst ab, wo sie nur kann, damit sie möglichst schnell vorankommen.

Sie klettert gerade über jenen Felsbrocken nach unten, der Roger beim Aufstieg Magengrimmen bereitet hatte, als sie ein heftiger Windstoß trifft wie ein Fausthieb und sie mit dem Gesicht zum Fels auf den Felsblock schlägt. Roger klettert schnell zu ihr hoch und packt nach ihr, als sie hilflos auf die linke Seite rollt. Im Augenblick bleibt ihm nichts anderes übrig, als einfach hier am Seil zu hängen und sie festzuhalten. Dougal und Eileen rufen von oben herunter. Hier unten ist es zu eng, kein Platz für sie. Roger setzt an dem befestigten Seil weiter oben einen Seilgriff, zieht sich daran hoch und umfaßt mit dem anderen Arm Frances' Rücken. Sie äugen sich durch ihre Schutzbrillen gegenseitig an. Frances scharrt nach einem Halt für den Fuß, findet einen und kann dadurch einen Teil ihres Körpergewichts selbst tragen. Doch sie kleben immer noch aneinander. Roger zeigt auf seine Hand, um Frances seinen Plan klarzumachen. Sie nickt. Er löst den Seilgriff, setzt ihn dann direkt unter Frances und sucht sich einen sicheren Stand. Dann nimmt er Frances' freien Fuß in die gefalteten Hände. Sie verlagert ihr Gewicht auf diesen Fuß und läßt sich herunter, bis Roger seinen Hände nicht weiter absenkt. Jetzt kreuzt sie mit ihrem anderen Fuß nach unten, bis sie ihn bei Rogers Füßen aufsetzen kann – ein hartes Stück Arbeit für Frances, das ihr einige Schmerzen bereiten muß. Genau während dieser Aktion schlägt wieder eine Bö herunter, aber sie lehnen sich aneinander und halten sich fest. Nun sind sie unterhalb des Felsbrockens, so daß Dougal und Eileen über ihn herabsteigen und Frances wieder mit dem Seil sichern können.

Sie machen sich an den restlichen Abstieg. Aber die Anstrengung hat in Roger eine Reaktion ausgelöst, und plötzlich meldet sich der Durchfall. Roger verflucht den Höhlenschlamm und versucht verzweifelt, sein Bedürfnis zu unterdrücken, was ihm nicht gelingt. Er signalisiert den anderen sein Problem und steigt schnell am Seil ein Stück von ihnen weg, um von der eigentlichen Abstiegsroute wegzukommen und eine gewisse Intimität zu wahren. Sich die Hose herunterzuziehen, während man vom Wind am Seil hin- und hergezerrt wird, das erfordert tatsächlich einigen technischen Aufwand, und so hört Roger nicht auf zu fluchen, während er sich erleichtert. Das ist mit Sicherheit der kälteste Schiß seines Lebens. Als die anderen bei ihm ankommen, zittert er so stark, daß er kaum noch klettern kann.

Sie torkeln gegen Sonnenuntergang ins Lager 8, und Eileen setzt sich sofort an ihr Funkgerät. Die tiefer gelegenen Lager werden über die Lage informiert und erhalten ihre Anweisungen. Niemand widerspricht Eileen, wenn ihre Stimme diese unverkennbare Schärfe hat.

Ihr Problem besteht nun darin, daß sie im Lager 8 kaum noch Sauerstoff- und Nahrungsvorräte haben. »Ich gehe runter und hole eine Ladung«, bietet sich Dougal an.

Eileen wendet ein: »Aber du bist heut schon ziemlich lang unterwegs gewesen.«

»Nein, nein. Ein heißes Essen reicht, dann mache ich mich wieder auf die Socken. Du mußt hier bei Frances bleiben, und Roger ist stark unterkühlt.«

»Wir können Arthur oder Hans hochkommen lassen.«

»Wir wollen doch keine weiteren Leute hier oben, oder? Sie müßten aber hier oben bleiben, und wir haben jetzt schon kaum noch Platz. Außerdem bin ich am meisten von allen daran gewöhnt, bei diesem Wind in der Dunkelheit zu klettern.«

Eileen nickt: »In Ordnung.«

Roger kann nur mit den Zähnen klappern. Sie helfen ihm in seinen Schlafsack und flößen ihm heißen Tee ein, aber er kann ihn kaum schlucken. Noch lange, nachdem Dougal gegangen ist, zittert Roger vor sich hin.

»Gutes Zeichen, daß er zittert«, sagt Frances zu Eileen. »Aber er ist schrecklich kalt. Vielleicht schon zu stark unterkühlt. Auch mir ist es kalt.«

Eileen läßt den Zeltofen auf voller Stärke heizen, bis im Zelt ein warmer Dunst herrscht. Sie kriecht zu Frances in den Schlafsack, wobei sie deren verletzte Seite vorsichtig meidet. Im rötlichen Licht des Zeltofens sind ihre Gesichter verzerrt vor Unbehagen.

»Ich bin in Ordnung«, brummt Frances nach einer Weile. »Mir ist's warm, und ich fühle mich gut. Geh zu ihm.«

Roger ist schon halb bewußtlos, als Eileen sich zu ihm in den Schlafsack zwängt. Er reagiert verärgert, weil er sich bewegen muß. »Zieh deine Sachen aus«, kommandiert Eileen. Halb im Schlafsack, kämpfen sie damit, Roger die Klettermontur abzustreifen. Nachdem sie eine Zeitlang in der Thermounterwäsche beieinandergelegen sind, bekommt Roger langsam wieder Wärme. »Mann, bist du kalt!« meint Eileen nur.

»Genieß es«, murrt Roger müde. »Ich weiß nicht, was passiert ist.«

»Wir haben dich nicht genug arbeiten lassen beim Abstieg. Außerdem hast du deinen Hintern im Wind einer Kälte ausgesetzt, die ich nicht mal messen möchte.«

Körperwärme sickert in ihn ein. Ein langer, fester Körper preßt sich an ihn. Sie läßt ihn nicht einschlafen: »Noch nicht. Dreh dich um. Hier. Trink das.« Frances zieht ihm prüfend die Augenlider hoch: »Trink es!« Er trinkt. Dann lassen sie ihn endlich schlafen.

Dougal weckt sie auf, als er schwerbepackt hereinstolpert. Er ist mitsamt seinem Rucksack von einer Eiskruste überzogen. »Ziemlich beschissen draußen«, sagt er mit einem eigenartigen Lächeln, kriecht hurtig in den Schlafsack und trinkt heißen Tee. Roger schaut auf die Uhr: Mitternacht. Dougal ist jetzt fast vierundzwanzig Stunden auf den Beinen gewesen. Nachdem Dougal noch eine Portion heißen Eintopf verschlungen hat, setzt er die Atemmaske auf, wälzt sich in eine Ecke des Zelts und fällt in einen tiefen Schlaf.

Am nächsten Morgen schüttelt der Sturm das Zelt durch. Seine vier Insassen machen sich mühsam fertig ... das Zelt eignet sich besser für nur drei Leute, und sie müssen außerdem wegen Frances' Arm aufpassen. Eileen gibt über Funk der Seilschaft unter ihnen die Anweisung, das Lager 7 zu räumen und zur Höhle abzusteigen. Beim Absteigen bemerken sie, daß Frances ganze linke Seite steif geworden und angeschwollen ist. Um mit Frances weiter absteigen zu können, müssen sie jetzt neue Haken in den Fels klopfen und Frances abseilen, wobei immer einer am festen Seil neben ihr her absteigen muß. Im Lager 7 rasten sie eine Stunde, ruhen sich aus und essen, dann steigen sie ab zur Höhle. Es ist früher Abend, als sie endlich in die Höhle treten.

Damit sind nun also alle wieder in der Höhle. Der Wind wirbelt herein, doch haben die anderen den Tag damit verbracht, mit Felsblöcken vor dem Höhleneingang einen Schutzwall zu bauen. Das hilft ein wenig.

Als der vierte Sturmtag unter dem Heulen des Windes und gelegentlichen Schneeschauern vorübergegangen ist, versammelt sich die ganze Gruppe in einem der großen Zelte. Sie hocken aufrecht Schulter an Schulter eng beieinander, so daß alle ins Zelt passen.

»Schaut, ich möchte nicht absteigen, nur weil eine von uns einen lädierten Arm hat«, beginnt Marie.

»Ich kann unmöglich klettern«, erklärt Frances. Roger findet, daß sie sich recht gut hält; ihr Gesicht ist zwar bleich, und ihre Augen verraten die Schmerzmittel, die sie genommen hat, aber sie macht einen ruhigen und konzentrierten Eindruck.

»Das weiß ich auch«, entgegnet ihr Marie. »Aber wir könnten uns aufteilen. Um dich nach unten zu den Fahrzeugen zu bringen, genügen ein paar Leute. Der Rest von uns kann auch deren Zeug übernehmen und weitersteigen. Wenn wir es bis zum Versorgungslager oben über dem Steilabbruch geschafft haben, brauchen wir uns wegen des Nachschubs keine Sorgen mehr zu machen. Schaffen wir's nicht, dann folgen wir euch einfach wieder nach unten. Aber ich habe keine Lust, jetzt aufzugeben, deshalb sind wir doch nicht hierhergekommen, oder? Nur um abzusteigen, auch wenn's eigentlich nicht nötig ist?«

Eileen schaut Ivan an. »Das wäre dann eure Sache, Frances nach unten bringen.«

Ivan schneidet eine Grimasse und nickt. »Dazu sind Sherpas wohl da«, meint er nur lahm.

»Meinst du, daß vier Leute reichen?«

»Wenn es mehr sind, würden die wahrscheinlich nur im Weg herumstehen.«

Dann diskutieren sie kurz ihre Versorgungslage. Hans ist der Ansicht, daß Verpflegung und Sauerstoff schon so knapp geworden sind, daß eine Aufteilung gefährlich werden könnte. »Ich denke, daß wir vor allem dafür verantwortlich sind, Frances sicher nach unten zu bringen. Den Aufstieg können wir ein anderes Mal vollenden.«

Marie kämpft dagegen an, doch wird Hans von Stephan unterstützt, und es scheint, als wolle keiner nachgeben. Einen Moment lang herrscht ein gespanntes Schweigen, bis Eileen sich räuspert.

»Maries Vorschlag hört sich brauchbar an«, sagt sie kurzangebunden. »Wir haben noch ausreichend Vorräte für beide Steigstrecken, und die Sherpas schaffen es mit Frances allein nach unten.«

»Keiner der beiden Gruppen wird aber noch viel Spielraum für einen Irrtum bleiben«, gibt Hans zu bedenken.

»Wir können der absteigenden Gruppe unser Wasser überlassen«, meint Marie. »Auf der restlichen Strecke aufwärts gibt es genug Eis und Schnee.«

»Auch mit dem Sauerstoff müssen wir etwas sparsamer umgehen«, fährt Hans fort. »Frances müßte noch genug für den ganzen Abstieg haben.«

»Ja«, nickt Eileen. »Wir müssen uns auch in den nächsten zwei Tagen spätestens wieder auf den Weg machen, egal wie das Wetter ist.«

»Nun«, sagt Marie, »wir haben gezeigt, daß man am befestigten Seil bei jedem Wetter rauf- und runterklettern kann. Wir sollten also so schnell wie möglich hochsteigen und das Lager 9 aufbauen. Warum nicht morgen?«

»Wenn es die Spur einer Chance dazu gibt.«

»Wir müssen Vorräte zu den höheren Lagern hochschaffen …«

»Ja. Wir werden tun, was wir tun können, Marie. Mach dir mal keine Sorgen.«

Der Sturm tobt weiter, und sie treffen alle Vorbereitungen für ihr weiteres getrenntes Vorgehen. Roger, der sich aus all diesen Angelegenheiten heraushalten will, hilft Arthur, den Steinwall am Höhlenzugang weiter aufzuschichten. Von der südlichen Eingangsseite her haben sie den sich ausweitenden Riß schon ganz zugeschichtet. Weiter in der Mitte müssen sie sich mit einem etwa zwei Meter hohen Wall zufrieden geben, den sie durch den Höhlenzugang ziehen, bis sie keine Geröllbrocken mehr in der Höhle finden. Dann lehnen sie sich mit dem Rücken an den Wall und schauen den anderen dabei zu, wie sie die Vorräte aufteilen. Der

Wind pfeift noch immer durch die Höhle, aber als sie so mit dem Rücken am Steinwall hocken, spüren sie doch, daß sie etwas Sinnvolles geleistet haben.

Die Aufteilung der Vorräte bereitet einige Schwierigkeiten. Marie ist ziemlich raffgierig, was die Sauerstoffzylinder angeht: »Nun, ihr geht runter, nicht wahr?« streitet sie mit Ivan. »Ihr braucht schon keinen Sauerstoff mehr, wenn ihr ein paar Lager weiter unten seid.«

»Frances wird ihn länger brauchen«, erwidert Ivan. »Und wir können kaum sicher voraussagen, wie lange es dauern wird, bis wir sie nach unten geschafft haben.«

»Verdammt, Ihr könnt sie mit dem Seilzug abseilen, sobald Ihr den Gottseidank-Sims hinter euch habt. Das wird euch wohl kaum viel Zeit kosten ...«

»Marie, halte dich da heraus«, fuhr Eileen dazwischen. »Wir teilen die Vorräte auf; es gibt keinen Grund sich aufzuregen.«

Marie blickt sie finster an und stapft zu ihrem Zelt davon.

Arthur und Roger werfen sich einen Blick zu. Die Aufteilung geht weiter. Das größte Problem wird sich mit den Seilen ergeben, so wie es scheint. Doch wird sowieso alles knapp werden.

Bei der ersten Sturmpause macht sich die Bergungsgruppe – Frances und die vier Sherpas – auf den Weg. Roger steigt mit ihnen ab, um ihnen bei der Querung über den Gottseidank-Sims zu helfen und dann von dort ab das befestigte Seil einzuholen. Der Wind bläst immer noch stark, doch nicht mehr so brutal wie vorher. Mittwegs auf dem Sims verliert Frances ihr Gleichgewicht und taumelt. Roger ergreift sie – wobei er nicht merkt, wie er zu ihr rennt – und zieht sie an den Fels. »Wir müssen endlich aufhören, uns immer nur auf diese Weise zu begegnen«, nuschelt Frances durch die Atemmaske hindurch.

Als sie beim Einstieg in die Große Rinne ankommen, verabschiedet sich Roger von ihnen. Die Sherpas sind ziemlich gut gelaunt, doch Frances ist bleich und still. Sie hat schon in den letzten paar Tagen kaum ein Wort gesprochen, und Roger ist es ein Rätsel, was ihr die ganze Zeit durch den Kopf geht. »Hals- und Beinbruch«, wünscht er ihr. »Du wirst schon noch deine Chance bekommen, ein anderes Mal.«

»Danke, daß du mich beim Abstieg von Lager 9 gehalten hast«, sagt sie noch, als sie schon in die Rinne absteigen. Sie scheint etwas aufgewühlt zu sein. »Du bist verdammt schnell. Es hätte teuflisch wehgetan, wenn ich auf meine linke Seite gerollt wäre.«

»Ich bin froh, daß ich dir helfen konnte«, entgegnet Roger. Und dann beim Losmarschieren: »Ich weiß, wie tapfer du gewesen bist.«

Er erntet eine Grimasse von Frances.

Auf dem Rückweg muß Roger das am Fels befestigte Seil lösen und bergen, damit sie es beim weiteren Aufstieg wieder verwenden können. Über den Gottseidank-Sims ist er also immer nur über den jeweils folgenden Felshaken gesichert. Sollte er jetzt abstürzen, würde er bis zu fünfundzwanzig Meter tief ins Seil fallen und wie ein Pendel über dem schroffen Basalt schwingen. Der Sims wird wieder zu einem neuen Erlebnis: Roger entdeckt, daß der fugenlose Steig wirklich breit genug ist, um darauf gehen zu können. Aber immer noch stößt ihn der Wind in den Rücken, immer noch ist er allein, und der düstere, tiefhängende Himmel sieht bedenklich nach Schnee aus – plötzlich stellen sich Roger die Haare im Nacken hoch, der Sauerstoff pfeift in der Maske, als er ihn einsaugt, der narbige Fels scheint von innen her aufzuleuchten, und die Welt dehnt sich schlagartig aus, sie dehnt sich mit jedem seiner Herzschläge weiter aus ins Unendliche, und seine Lungen füllen sich und füllen sich und füllen sich …

Wieder in der Höhle, erzählt Roger den anderen nichts von seinem unheimlichen Erlebnis auf dem Sims. Nur Hans und Eileen sitzen noch in der Höhle, die andern sind mit Traglasten zu den höhergelegenen Lagern unterwegs; Dougal und Marie steigen schon ins Lager 9 hoch. Eileen, Hans und Roger laden sich ihre Rucksäcke auf – wirklich sehr schwere Lasten, wie sie beim Gang aus der Höhle finden – und klettern an den am Fels befestigten Seilen los. Es ist nicht ganz leicht mit dem vereisten Seil, und an manchen Stellen wird es sogar gefährlich. Der Wind schlägt jetzt mehr von der linken Seite herein als von oben herab. Bis sie das Lager 7 erreichen, ist es fast schon dunkel geworden, und Stephan und Arthur besetzen bereits das einzige Zelt dort. Es ist einigermaßen schwierig, in der Dunkelheit unter dem Abendspiegel bei diesem starken Seitenwind noch ein Zelt aufzubauen. Hier gibt es auch keine ebene Stelle mehr, wo sie es aufstellen könnten; also müssen sie es an den Berg setzen und an zwei Felshaken hängen, die sie in die Wand hämmern. Als sie dann endlich in ihr Zelt kriechen können, friert Roger heftig, ist sehr hungrig und hat großen Durst. »Ziemlich beschissen«, ahmt er müde die Sprüche Maries und der Sherpas nach. In ihren Schlafsäcken liegend, schmelzen sie etwas Eis und Schnee, um sich darin einen Eintopf aufzukochen. Nach dem Essen stülpt sich Roger die Atemmaske über, stellt das Ventil auf Schlafmodus und dämmert ein.

Der Augenblick auf dem Sims springt ihm ins Gedächtnis, und Roger schreckt hoch. Der Wind peitscht über die straffen Zeltwände, und Eileen, die sich noch Aufzeichnungen zur Logistik für den nächsten Tag macht, rutscht über den am Berghang anliegenden abwärts geneigten Zeltboden auf ihn zu, bis ihre beiden Schlafsäcke einen großen Klumpen in der Zeltkante bilden. Roger schaut sie an: das kurze Lächeln in diesem müden, geschwollenen, vom Frost gezeichneten

Gesicht. Die großen runzligen Deltas unter den Augen. Seine Füße werden allmählich warm, und unter dem Knattern der Zeltwände, dem leichten Sirren der Atemgeräte und dem Kratzen von Eileens Schreiber schläft Roger ein.

In dieser Nacht wird der Sturm wieder stärker.

Am nächsten Morgen bauen sie das Zelt in dem stark aufgefrischten Wind ab, ein hartes Stück Arbeit, und fangen dann an, Vorräte ins Lager 8 hochzuschleppen. Mitten auf der Strecke zwischen den beiden Lagern fängt es an zu schneien. Roger sieht durch die Wirbel des trockenen, körnigen Schnees auf seine Füße hinunter. Seine in dicken Handschuhen steckenden Finger klammern sich um die kalten Seilgriffe, schieben diese am vereisten Seil noch oben, klemmen sie wieder fest und ziehen dann ihn selbst daran hoch. Es fällt ihm schwer, durch die jetzt waagrecht – aus seiner Sicht von links nach rechts – über den Fels dahinjagenden Schneewirbel sichere Trittmöglichkeiten zu erkennen. Die ganze Oberfläche der Steilwand scheint wie eine Welle dahinzugleiten. Roger kommt zum Schluß, daß er seine ganze Aufmerksamkeit nur auf Hände und Füße konzentrieren muß. Finger, Nase und Zehen sind ihm schon eiskalt. Er rubbelt sich die Nase durch die Maske hindurch, spürt aber nichts. Ein Windstoß schlägt auf ihn ein wie eine Riesenfaust. In den engen Rissen stürmt es nicht ganz so stark, aber sie müssen darin durch Welle um Welle des dahintreibenden Schnees klettern, der zwischen Körper und Seil durchwirbelt. Der Aufstieg durch einen Riß scheint eine Ewigkeit zu dauern. Immer wieder einmal kommt in Roger die Sorge wegen seiner tauben Nase hoch, doch beschäftigt ihn meist seine augenblickliche Lage: Seilgriffe hochschieben, festen Tritt suchen. Man sieht nun vielleicht noch fünfzig Meter weit – sie befinden sich in einer weißen Blase, die durch den weißen Schnee nach links fliegt, zumindest sieht es so aus.

Irgendwann muß Roger auf Eileen und Hans warten, bis sie über jenen Felsbrocken weggestiegen sind, an dem Frances solche Schwierigkeiten hatte. Seine Gedanken wandern, und es kommt ihm so vor, als hätten sich ihre Erfolgschancen für den Aufstieg grundlegend geändert, und damit auch die Natur ihres ganzen Unternehmens. Knappe Vorräte, unbekannte Route, schlechter werdendes Wetter – Roger fragt sich, wie Eileen das in den Griff bekommen will. Sie hat zwar schon Expeditionen geführt, aber Expeditionen dieser Art bringt nur der Zufall zuwege.

Eileen klettert an ihm mit kräftigen Schritten vorbei, schlägt dabei das Eis vom Seil ab und wischt den angewehten Schnee vom oberen Rand des Felsbrockens. Dann zieht sie sich in einer gleitenden Bewegung über den Rand hoch. Der Wind schneidet durch Roger hindurch, als er Hans bei demselben Manöver zusieht. Er schneidet durch die mehrschichtige Klettermontur, durch die dicke Unterwäsche, durch seine Haut .... Roger wischt den Schnee von seiner Schutzbrille und hievt sich hinter den anderen her über den Felsbrocken hoch.

Obwohl es Frühling ist, herrscht über dem Olympus Mons das winterliche Tief, das die feuchten Winde aus dem Süden anzieht und für dauerhafte Sturmbedingungen an der Ost- und Südseite des Steilabbruchs sorgt. Schnee gibt es nur unregelmäßig, Sturmböen immer. Über die Hälfte der Woche mühen sich die sieben Bergsteiger, die in der Wand geblieben sind, unter diesen elenden Bedingungen ab. Eines Abends schließlich hören sie bei ihrer üblichen Verbindungsaufnahme untereinander über Funk von Frances und den Sherpas, daß sie unten im Basislager angelangt sind. Das Rauschen ist zwar sehr stark, und die Stimmen sind statisch verzerrt, doch kommt die Meldung eindeutig durch: Sie sind unten, sie sind in Sicherheit, sie fahren nach Alexandria, um Frances' Arm richten zu lassen. Roger bemerkt auf Eileens abgewandtem Gesicht den Ausdruck großer Erleichterung, und es wird ihm plötzlich klar, daß sie in den letzten Tagen so still war, weil sie sich Sorgen machte. Jetzt gibt sie mit zufriedenem Gesicht und frischer, entschlossener Stimme den restlichen Bergsteigern ihre Anweisungen für den nächsten Tag.

Nachts ins Lager, ausgekühlt und fast zu müde, um noch gehen zu können. Die großen Traglasten auf die verschiedenen Nischen und Simse verteilt, aus denen dieses Lager hier besteht. Die Hände zittern vor Hunger. Das Lager – Nummer 13 nach Rogers Zählung – befindet sich auf einem Sattel zwischen zwei Graten, von dem aus man in einen tiefen gewundenen Kamin hinunterblickt. »Genau wie die Teufelsküche auf dem Ben Nevis«, stellt Arthur fest, als sie ins Zelt schlüpfen. Er ißt mit Appetit. Roger zittert und hält seine Hände zwei Zentimeter über das strahlende Zeltöfchen. Der Übergang vom Klettern zum Zeltleben ist keine einfache Sache. Diese Nacht hat Roger dies nicht so richtig geschafft. Bei dieser Höhe und den starken Winden ist die Kälte zu ihrem ärgsten Gegner geworden: Überhandschuhe aus, möglichst unverzüglich alles erledigen, dann schnellstens die nur von relativ dünnen Handschuhen geschützten Hände wieder in die Überhandschuhe verpacken. Auch wenn der Rest des Körpers durch die Kletterstrapazen ausreichend warmgehalten wird, erfrieren die Fingerspitzen schon in wenigen Minuten. Und doch lassen sich so viele Tätigkeiten im Lager leichter ausführen ohne diese Überhandschuhe. Frostverletzungen sind häufig die Folge, wodurch die Finger wund bleiben, so daß aus jedem Klimmzug am Fels, aus jedem Aufknöpfen oder

Aufziehen eines Reißverschlusses an der Bekleidung eine schmerzhaften Übung wird. Frostbeulen zerstören die Haut und hinterlassen schwarze Flecken, die sich erst nach einer Woche oder später abschälen. Während sie jetzt in den Zelten im rötlichen Licht der Zeltöfen beieinander hocken und feierlich das Aufkochen ihrer Mahlzeit beobachten, können sie über den dampfenden Topf hinweg in den Gesichtern die Flecken auf Wangen oder Nasen sehen: schwarze Haut, die sich abschält und frische neue Haut darunter enthüllt …

Sie steigen über ein Band brüchigen Felsens auf, der aus einer Tuff- und Lavamischung besteht und manchmal unter ihrer Hand zerbröckelt. Marie und Dougal brauchen zwei ganze Tage, um hier auf diesem hundertfünzig Meter breiten Band geeignete Stellen zu finden, an denen sie das Seil durch Felshaken sichern können. Hier herrscht morgens auch ein häufiger und furchterregender Steinschlag. »Es ist fast, als ob man hier hochschwimmen muß, findet ihr nicht?« kommentiert Dougal. Als sie es endlich bis zum harten Fels weiter oben geschafft haben, schickt Eileen Dougal und Marie an den Schluß der ›Kolonne‹, damit sie sich ein wenig ausruhen können. Diesmal beschwert sich Marie nicht dagegen; jeder Tag als erster Steiger fordert bis zur Erschöpfung – Dougal und Marie sind einfach fertig.

Jede Nacht arbeitet Eileen den Plan für den folgenden Tag aus und paßt ihn den jeweiligen Bedingungen, den Kraftreserven der Kletterer und dem wechselnden Gesundheitszustand an. Die Logistik für das Unternehmen ist eine komplizierte Angelegenheit, und die sieben Bergsteiger wechseln täglich die Partner in den Seilschaften und die Position in der gesamten Gruppe. Jeden Abend kritzelt Eileen in ihr Notizbuch und nuschelt in ihr Funkgerät; sie ändert ihren Plan und ihre

Anweisungen beinahe auf jede noch so dürre Information aus den höhergelegenen Lagern hin. Ihre Methode scheint chaotisch zu sein. Marie hat ihr den Spitznamen ›die wahnsinnige Weise‹ verpaßt und spottet über die dauernde Abänderung ihrer Pläne; aber sie gehorcht, und die Pläne funktionieren. Jede Nacht hausen sie zu zweit und zu dritt in ihren Lagern in der Wand, die einen höher, die anderen tiefer, mit allem, was sie zum Überleben einer Nacht brauchen, um dann am nächsten Tag weiter aufzusteigen. Und an jedem neu anbrechenden Tag kommen sie im überschlagenden Vorgehen weiter nach oben, indem sie das unterste Lager abbauen und einen neuen Lagerplatz an der Spitze der Gruppe suchen. Der scharfe Wind hält die ganze Zeit an, und es gestaltet sich alles sehr schwierig. Sie verlieren den Überblick über die Numerierung ihrer Lager und nennen sie einfach oberes, mittleres und unteres Lager.

Naturgemäß bestehen drei Viertel der Steigarbeit aus dem Transport schwerer Traglasten, wobei sie die erkundete Route am Seil aufsteigen können, das die jeweils voraussteigende Seilschaft befestigt hat. In Roger keimt langsam das Gefühl auf, daß er die Härten des Wetters und der Höhenluft besser als die meisten anderen verkraftet; er schleppt die Traglasten schneller nach oben, und wenn auch jeder Schritt am Ende eines anstrengenden Tages zehn schmerzhafte Atemzüge kostet, glaubt er immer, daß er sich am nächsten Tag noch etwas mehr zumuten kann. Seine Magenverstimmung hat sich wieder gelegt, was Roger als einen wahren Segen empfindet – ein richtiges körperliches Wohlbefinden. Vielleicht überdeckt das einfachere Gelände noch die Höhenwirkung, vielleicht macht Roger diese Höhe auch noch nichts aus. Es stimmt tatsächlich, daß die Menschen auf große Höhen unterschiedlich reagieren, aus Gründen, die mit der normalen körperlichen

Verfassung wenig zu tun haben, aus Gründen, die man offengestanden noch nicht ganz durchschaut.

Auf diese Weise wird Roger also zum Chefträger. Dougal spricht von ihm nur noch als Roger Sherpa, und Arthur nennt ihn ›Tensing‹. Zur größten Herausforderung wird für ihn die Kunst, all die unzähligen Tätigkeiten den Tag über so effizient wie möglich auszuführen, ohne Frostbeulen und größere Unannehmlichkeiten, ohne Hunger, Durst oder totale Erschöpfung. Roger summt irgendwelche Melodiefetzen vor sich hin, am liebsten das Motiv aus acht Noten, das die Bässe am Ende des ersten Satzes von Beethovens Neunter wiederholen: sechs Noten runter, zwei Noten rauf, wieder und wieder und immer wieder. Jeder Abend – wenn er warm auf seinem vollem Bauch in seinem Schlafsack liegt – ist ihm das ein kleiner Sieg.

Eines Nachts schreckt er in der Dunkelheit und Stille hoch, augenblicklich hellwach, mit pochendem Herzen. Verwirrt überlegt er, ob er vielleicht wieder vom Gottseidank-Sims geträumt hat. Aber dann fällt ihm wieder die Stille auf, und er bemerkt, daß sein Sauerstoffzylinder leer ist. Das kommt ungefähr einmal in der Woche vor. Er löst den Zylinder von der Sauerstoffregulierung, tastet nach einer vollen Flasche und schließt sie an das Gerät an. Als er Arthur am nächsten Morgen davon erzählt, lacht dieser nur. »Das ist mir vor ein paar Nächten auch passiert. Ich glaube kaum, daß irgend jemand durchschlafen kann, wenn ihm der Sauerstoff in der Flasche ausgeht. Ich denke, du bist doch *sehr* wach geworden, oder etwa nicht?«

In dem Felsband mit dem harten Fels steigt Roger seine Lasttour durch einen Steilabschnitt noch oben, der ihm unter seiner Atemmaske einen Pfiff entlockt: Die Rinnen und Risse sind verschwunden, vor ihm erhebt sich eine fast senkrechte schwarze Wand, die nur von blitzähnlich gefächerten Spalten durchzogen wird. Sie ist markiert durch das Seil, an dem Schlingen befestigt sind und eine Art Steigleiter bilden. Das ist gut für ihn; aber für die, die voraussteigen mußten, war nichts da! Das muß wohl wieder Dougal gewesen sein, sagt er sich.

Und am nächsten Tag ist die Reihe dann an ihm selbst: er muß mit Arthur in derselben Wand voraussteigen. Das Voransteigen ist etwas ganz anderes als das Hinterhersteigen mit den Traglasten. Unvermittelt muß er von der verbissenen, sich dauernd wiederholenden und fast geistlosen Arbeit des Lastenschleppens auf die wach gespannte Präsenz der ersten Seilschaft umschalten. Arthur übernimmt den ersten Abschnitt, als er ihn durchstiegen hat, schäumt er über vor Begeisterung. Nur seine Atemmaske hält ihn davon ab, Roger in eine längere Unterhaltung zu verwickeln, als dieser die Führung übernimmt. Dann ist Roger selber ganz oben, über der letzten Seilsicherung im leeren Fels, und muß die beste Steigroute finden. Der Reiz des Voransteigens ist wieder da, die Freude an jeder überwundenen Schwierigkeit gibt ihm einen neuen Energieschub. Bald hat er sich wieder voll in diese Aufgabe eingelebt und arbeitet mit Arthur gut zusammen, der sich als einfallsreicher und technisch begabter Kletterer entpuppt: fünfhundert Meter Seil legen sie, ihr ganzes Seilmaterial, an einem Tag. Dann steigen sie hurtig ab zum Lager, wo sie noch auf Eileen und Marie treffen, die dort gerade Verpflegungspakete für die nächsten Tage abladen.

»Herrgott, was sind wir für eine Seilschaft!« ruft Arthur, als sie von ihrer Leistung an diesem Tag berichten. »Eileen, du solltest uns beide öfter zusammenstecken. Meinst du nicht auch, Roger?«

Roger grinst Eileen an und nickt. »Es hat Spaß gemacht.«

Marie und Eileen steigen wieder in das nächste

Lager weiter unten ab, während Arthur und Roger sich einen großen Topf mit Eintopf kochen und sich jede Menge Schoten erzählen, von denen jede mit dem Satz aufhört: »Aber das war nichts verglichen mit heute.«

Starker Schneefall setzt ein und hält sie in ihren Zelten gefangen; sie können nur dafür sorgen, daß dem höchsten Lager die Vorräte nicht ausgehen. »Ziemlich beschissen da draußen!« murrt Marie, als könne sie es kaum glauben, wie schlecht das Wetter ist. Nach einem solchen schlimmen Nachmittag sind Stephan und Arthur im höchsten Lager, Eileen und Roger hocken im mittleren Lager, Hans, Marie und Dougal im untersten bei den Vorräten. Der Sturm rüttelt so stark an Rogers und Eileens Zelt, daß sie sich überlegen, ob sie nicht besser ein paar Felsbrocken ins Zelt holen, um es damit zusätzlich zu beschweren. Da ertönt vom Funkgerät her ein Pfeifen, und Eileen schaltet auf Empfang.

»Eileen, hier ist Arthur. Ich befürchte, daß Stephan zu schnell aufgestiegen ist.«

Eileen legt die Stirn in besorgte Falten und flucht unter ihrer Atemmaske. Stephan hat die Strecke vom untersten Lager bis ins höchste Lager in zwei anstrengenden Tagen durchstiegen.

»Er atmet sehr flach, seine Spucke ist blutig, und er redet wie ein Verrückter.«

»Mir geht's gut!« schreit Stephan über das statische Rauschen hinweg. »Ich fühle mich blendend!«

»Halt die Klappe! Dir geht's nicht gut! Eileen, hast du das gehört? Ich fürchte, er hat ein Ödem.«

»Ja«, bestätigt Eileen. »Hat er Kopfschmerzen?«

»Nein. Es sind bis jetzt nur seine Lungen, glaube ich. Halt die Klappe! Ich kann es in seiner Brust blubbern hören, weißt du.«

»Klar. Puls hoch?«

»Sein Puls ist schwach und rast, ja.«

»Verdammt.« Eileen schaut Roger in die Augen. »Gib ihm maximale Sauerstoffzufuhr.«

»Das habe ich schon. Aber noch immer ...«

»Ich weiß. Wir müssen ihn runterbringen.«

»Mir geht's gut!«

»Ja«, erwidert Arthur. »Er muß weiter runter, wenigstens bis in dein Lager, vielleicht auch noch weiter runter.«

»Verdammt«, entfährt es Eileen, als sie das Funkgerät absetzt. »Ich habe ihn zu schnell hochgeschickt.«

Eine Stunde später – nachdem sie über Funk schon die ganze Gruppe in Aktion versetzt hat – finden sich Roger und Eileen draußen im Sturm wieder, in einer Finsternis, in der ihnen ihr Helmlicht nur einen Ausschnitt des fallenden Schnees zeigt. Sie können es sich nicht leisten, bis zum nächsten Morgen zu warten – ein Lungenödem kann schnell wirklich fatal werden, und die beste Behandlung, die man einem Ödemopfer angedeihen lassen kann, ist der Transport in tiefere Regionen, wo seine Lungen das Wasser ausscheiden können. Schon eine geringfügige Höhenveränderung kann eine dramatische Veränderung verursachen. Also machen sie sich sofort auf. Roger übernimmt die Spitze und klopft das Eis vom Seil, steigt mit Hilfe der Seilgriffe auf und scharrt blind mit seinen an die Stiefel geschnallten Steigeisen über den Fels, um in Schnee und Eis Angriffspunkte zu finden. Es ist bitter kalt, und seine Schutzbrille läßt die Kälte zu den Augen durchdringen. Sie erreichen den Anfang jenes Abschnittes mit der glatten, fast senkrechten Wand, von der Roger so beeindruckt war, und jetzt wird der Aufstieg tückisch. Er fragt sich, wie sie Stephan da hinunterbringen wollen. Nur durch das am Fels befestigte Seil ist der Aufstieg hier jetzt überhaupt möglich, doch hilft es ihnen immer weniger, da der Fels und das Seil selbst zunehmend vereist sind. Der Wind drischt auf sie ein, und Roger spürt plötzlich den leeren Raum der Tiefe hinter sich. Die Helmstrahler enthüllen nur den wirbelnden Schnee aus der Dunkelheit. Die Angst steuert ihre eigenen Schauer nun auch noch bei …

Als sie endlich das obere Lager erreichen, geht es Stephan schon ziemlich schlecht. Er protestiert nicht einmal mehr. »Ich weiß nicht, wie wir ihn nach unten bringen können«, begrüßt sie Arthur verzweifelt. »Ich habe ihm etwas Morphium gespritzt, daß sich seine Venen weiten.«

»Gut. Wir müssen ihn nur in ein Brustgeschirr hängen und ihn dann abseilen.«

»Das ist leichter gesagt als getan, bei dem Wetter da draußen.«

Stephan ist kaum noch bei Bewußtsein und hustet stoßweise bei jedem Atemzug. Bei einem Lungenödem füllt sich die Lunge mit Wasser; gelingt es ihnen nicht, diesen Prozeß umzukehren, wird er daran ersticken: er ertrinkt. Allein schon das Umlegen des Bergegeschirrs bildet ein hartes Stück Arbeit. Dann machen sie sich wieder auf den Weg an die Seile, wo ihnen der Sturm unvermindert entgegenschlägt. Roger steigt zuerst ab, während Eileen und Arthur Stephan mit einer Motorwinde abseilen. Roger nimmt ihn unten wie ein großes Wäschebündel entgegen. Nachdem er Stephan aufrecht gestellt und ihm die gefrorene Spucke aus der Atemmaske geklopft hat, wartet Roger auf die beiden anderen. Sobald sie eingetroffen sind, geht das Spiel wieder von vorne los. Der Abstieg scheint sich endlos hinzuziehen, und sie alle kühlen allmählich bis zu einem gefährlichen Grad aus. Treibender Schnee, Fels vor den Augen, Finsternis ringsum, allgegenwärtige Kälte – nichts anderes gibt es mehr auf dieser Welt. Am Ende eines dieser Abschnitte gelingt es Roger nicht, den Knoten am Ende der Seilsicherung zu lösen, um das Seil für Stephan freizumachen. Fünfzehn Minuten lang kämpft er mit dem gefrorenen Knoten, der einer stählernen Bretzel gleicht. Er hat auch nichts dabei, womit er das Seil kappen könnte. Einen Augenblick scheint es so, als müßten sie alle hier erfrieren, weil Roger dabei versagt, einen Knoten zu lösen. Schließlich zieht er seine Handschuhe aus und zerrt mit bloßen Fingern an dem Ding, bis es sich löst.

Endlich erreichen sie das Lager, wo schon Hans und Dougal mit der Sanitätstasche warten. Sie stecken Stephan in einen Schlafsack und geben ihm ein harntreibendes Mittel und noch etwas Morphium. Die Ruhe und die geringere Höhe dürften eigentlich genügen, daß er wieder gesund wird, auch wenn seine Haut im Augenblick ganz blau ist und er noch nach Luft schnappt. Er könnte allerdings auch sterben – ein Mann, der eigentlich tausend Lebensjahre erreichen kann –, und plötzlich scheint ihr ganzes Abenteuer etwas Abwegiges an sich zu haben. Stephans Husten ist schwach durch die Maske zu hören, die bei der maximalen Sauerstoffzufuhr wie verrückt zischt.

»Er wird sich fangen«, verkündet Hans. »Ein paar Stunden wird es vielleicht noch schwanken.«

Aber da hocken auch noch sie – sieben Leute in zwei Steilwandzelten. »Wir werden wieder hochsteigen«, sagt Eileen mit einem Blick auf Roger. Der nickt.

Also gehen sie wieder nach draußen. In das weiße Wirbeln des Schnees im Licht ihrer Helmstrahler, in die Kälte, in den stoßenden, zerrenden Wind ... Müde sind sie, und sie kommen nur langsam voran. Einmal gleitet Roger aus, und die Klemmen seiner Seilgriffe schließen sich nicht am vereisten Seil, so daß er etwa drei Meter hinabsaust, bis die Klemmen plötzlich zuschlagen und die Haltbarkeit seines Seilgeschirrs und des Felshakens über ihm testen. Ein Sturz! Der durch die Angst ausgelöste Adrenalinstoß gibt ihm neuen Antrieb. Hartnäckig hält er sich selbst vor, daß die meisten seiner Schwierigkeiten nur mental bedingt sind. Es ist dunkel und stürmisch, aber der einzige tatsächliche Unterschied zu den Steigtouren, die er in der letzten Woche tagsüber gemacht hat, besteht in der Kälte und in der Tatsache, daß er jetzt nicht gerade viel sehen kann. Aber er sieht mittels der Helmlampen etwas – er befindet sich inmitten einer dahingleitenden weißen Umgebung, und der Fels, an dem er hochklettern will, ist verborgen. Die Felswand liegt unter einem weißen Tuch von Eis und angetriebenem Schnee, und dort, wo das Eis durchscheint, glänzt es im Lampenlicht wie Glas, das über den schwarzen Fels gegossen wurde. Die Steigeisen bewähren sich gut, da sich die spitzen Sporne an den Stiefelspitze fest in Schnee und Eis bohren. Das einzige Problem hierbei ist nur, daß das zerbrechliche schwarze Glas in großen gezackten Scheiben unter den Spornen wegbricht. Selbst dieses schwarze Eis kann man im hellen bläulichen Licht der Helmleuchten gut unterscheiden, so daß es sich einigermaßen klettern läßt. Nimm es einfach wie irgendeinen anderen Aufstieg, beschwört er sich selbst, während er wie ein Verrückter mit seinem linken Fuß auf den Fels eintritt, um einen Spalt freizuklopfen, in den er für einen gelockerten einen neuen Felshaken einschlagen kann. Das schwindelerregende Hängen im Freien, wenn er sich über einen Vorsprung zieht, das weite Ausgreifen nach einem festen Halt: all das kann er allmählich wieder als ein Spiel auffassen, eine Reihe von Problemen, die zu lösen sind trotz der Kälte, trotz des Durstes und trotz der Müdigkeit – und seine Hände fangen wirklich an zu ermüden nach der langen Kletternacht, so daß ihm jeder einzelne Griff Schmerzen bereitet. Wenn er es auf diese Art und Weise betrachtet, wird auch alles anders. Jetzt wird der Wind zu einem Gegner, den es zu schlagen, aber auch zu respektieren gilt. Dasselbe trifft nun auch auf den Fels zu, seinen Hauptgegner – einen wirklich einschüchternden Gegner, der Roger die höchsten Leistungen abfordert. Er tritt gegen eine Schrägung aus hartgewordenem Schnee und steigt schnell weiter auf.

Roger schaut nach unten, wo Eileen sich über die Schneeschräge mit den gleichen Tritten hocharbeitet: eine rasche Erinnerung an den Einsatz dieses Spieles. Bei dem Licht auf ihrem Helm sieht sie aus wie ein Nachtinsekt oder ein Tiefseefisch. Sie schließt schnell zu ihm auf. Noch ein weiter Griff, und sie zieht sich mit einem flüssigen Klimmzug neben ihn hoch. Eine starke Frau, registriert Roger. Dennoch entschließt er sich dazu, einen weiteren Abschnitt voranzusteigen. Er ist jetzt in guter Stimmung und bezweifelt, daß unter diesen Bedingungen noch irgend jemand anders – außer Dougal – so schnell wie er voransteigen könnte.

So steigen sie durch die Dunkelheit immer weiter auf.

Etwas ganz Eigenartiges ist die Tatsache, daß sich die beiden Bergsteiger kaum untereinander verständigen können. Roger ›versteht‹ Eileen nur durch die verschiedenen Rucksignale über das Seil, durch das sie miteinander verbunden sind. Wenn er zu lange dafür braucht, um eine schwierige Stelle über sich abzuschätzen, spürt er einen sanften, fragenden Ruck am Seil. Ruckt sie zweimal, während Roger sie am Seil sichert, will sie ihm sagen, daß sie auf dem Weg zu ihm hoch ist. Hält sie die Seilsicherung sehr straff, verrät ihm dies, daß sie ihn in einem schwierigen Abschnitt vermutet. Die Verständigung über das Seil erlaubt also nur wenig komplexe und detaillierte Mitteilungen. Sonst sind sie voneinander isoliert, sieht man einmal von gelegentlichen Zurufen ab, wofür sie die Maske zur Seite ziehen müssen und umgehend durch eine Ladung Schnee im Gesicht bestraft werden. Stumme Partner. Der Wechsel an der Spitze läuft stets problemlos ab, indem sie aneinander mit einem kurzen Zuwinken vorbeiklettern: Damit ist dann auch schon die Verantwortung für die Sicherung richtig übergeben. Jetzt steigt Eileen an die Spitze. Roger paßt auf und hält das

Sicherungsseil stramm. Gott sei Dank bleibt bei alldem nur wenig Zeit, um über ihre Lage nachdenken zu können; doch während sich Roger eine kleine Pause gönnt, indem er seine Steigeisen in zwei Stufen rammt, die er vorher mit dem Eispickel aus dem Eis gehauen hat, überkommt ihn plötzlich das Gefühl einer totalen Präsenz, völlig abgeschnitten von jeder Vergangenheit und Zukunft, das Gefühl einer unwiderruflichen Gegenwart hier an dieser Wand, die sich unter ihm in einer bodenlosen Unendlichkeit verliert. Wenn er nicht sein kletterisches Können weiter einsetzt, wird es für ihn auch keine andere Gegenwart mehr geben.

Sie gelangen zu einem Abschnitt in der Felswand, wo das vorher befestigte Seil abgerissen ist. Herabfallende Fels- oder Eisbrocken haben es glatt durchtrennt. Das ist ein schlechtes Zeichen. Jetzt muß Roger über einen ungesicherten Steilhang vorankletternn und mühsam neue Felshaken setzen, um sich selbst zu sichern. Jeder Meter über seine letzten Seilverankerung bedeutet jetzt auch zwei Meter Falltiefe ...

Roger hat niemals mit einem solchermaßen harten Aufstieg gerechnet, und nur das Adrenalin verdrängt seine Erschöpfung. Er untersucht den ersten schmalen Abschnitt eines Hangstückes, das in dem dunklen Schneetreiben über ihm verborgen liegt, von dem er aber weiß, daß es sich über zehn oder zwölf Meter in die Höhe zieht. Wahrscheinlich sind Marie und Dougal an diesem Spalt beim ersten Aufstieg emporgeklettert. Roger muß erkennen, daß nur seine Hände in diesem Spalt Platz finden. Der Spalt verläuft fast senkrecht; in das Eis gehauene Trittstufen folgen ihm. Wie eine große Krabbe schiebt er sich daran sicher nach oben. Dann verbreitert sich der Spalt, und das Eis liegt tief im Spalt, so daß es ihm kaum mehr nutzt. Doch kann er jetzt seine Stiefel in den Spalt schieben, seitlich abkippen und im tiefer liegenden Eis einhaken. Auf diese

Weise schafft er sich seine eigenen Stufen fast nur durch den Einsatz seiner Steigeisen. Dann schließt sich der Spalt abrupt, und Roger muß sich umschauen, ah, dort, ein waagrechter Spalt, in dem ein leerer Haken steckt. Sehr gut. Er hakt das Seil an ihm ein und ist damit soweit wieder gesichert. Vielleicht befindet sich der nächste Haken weiter rechts oben auf dieser Felsrampe? Indem er nach den winzigen Unregelmäßigkeiten tastet, die hier als Griffe für die Hände herhalten müssen, und sich in einer kniffligen Gangart vorgekauert über die Rampe emporarbeitet, staunt er über seine Steigeisen … ah, da, der nächste Haken. Genau auf Augenhöhe. Perfekt. Und dann sieht er ein Stück mit waagrecht verlaufenden Schichten vor sich, die etwa einen Meter hoch sind und eine steile – eine sehr steile – Treppe bilden.

Oben am Ende dieses Wandstückes angelangt, sind sie auch im obersten Lager angekommen, wo sie das Zelt zerdrückt unter einer Schneeladung finden. Eine kleine Lawine. Eine Ecke des Zelts flappt kläglich im Wind.

Eileen untersucht den Schaden im Licht ihrer beider Helmstrahler. Sie weist auf den Schnee und deutet die Bewegung des Grabens an. Es ist so kalt, daß der Schnee nicht aneinander haftet und sich wie körniger Sand verhält. Sie machen sich an die Arbeit, da ihnen keine andere Wahl bleibt. Endlich haben sie das Zelt vom Schnee befreit, und wie zur Zugabe ist ihnen nun auch warm geworden, obwohl Roger sich kaum noch rühren kann. Das Zeltgestänge hat sich verbogen, ist an manchen Stellen auch gebrochen, und sie müssen es neu verzurren, bevor sie es wieder verwenden können. Roger schichtet Schnee und Eisstücke rund um das Zelt, bis es ›bombensicher‹ sitzt, wie es Marie und Dougal ausdrücken würden. Es sei denn, es geht noch eine Lawine auf das Zelt nieder … aber sie dürfen es sich nicht leisten, auch nur daran zu denken, da sie das Lager nirgendwo sonst hier aufbauen können. Sie müssen es einfach riskieren. Im Zelt entledigen sie sich ihrer Rucksäcke, schalten den Zeltofen an und stellen einen Topf mit Schnee und Eis darauf. Dann schnallen sie die Steigeisen ab und kriechen in die Schlafsäcke. Bis zur Hüfte eingehüllt in die Schlafsäcke, machen sie sich dann daran, ihr Zeug zu sortieren. Alles ist von einer Schneeschicht überstäubt, die nicht schmilzt, solange sie die Sachen nicht direkt neben den Ofen legen. Während er das ganze Ausrüstungszeug nach einer Eintopfpackung durchstöbert, spürt er wieder, wie ausgelaugt sein Körper ist. Runter mit den Sauerstoffmasken, damit sie trinken können. »Das war ja eine echte Exkursion.« Ihr Durst ist überwältigend. Sie lachen sich erleichtert an. Roger wischt mit der bloßen Hand eine Tasse aus und zieht sich damit garantiert ein paar Frostblasen zu, während Eileen ruhig und furchtlos die Gefahr einer neuen Lawine abwägt: »... wenn also der Wind weiter so stark bläst, dürften wir in Sicherheit sein.« Sie diskutieren über Stephans Zustand und schnüffeln wie Jagdhunde nach den ersten Geruchsspuren des aufkochenden Eintopfs. Eileen wühlt sich zu ihrem Funkgerät durch und funkt das untere Lager an. Stephan scheint dort zu schlafen und keine weiteren Probleme zu haben. »Das wird am Morphium liegen«, meint Eileen. Dann verschlingen sie innerhalb von wenigen Minuten ihr Essen.

Der Schnee unter dem Zeltboden ist durch die vielen Trittspuren uneben geworden, und der Boden unter Rogers Schlafunterlage ist unglaublich klumpig. Er wälzt sich auf der Suche nach Wärme und flachem Untergrund umher, bis er schließlich fast auf Eileen liegt. Doch bei ihr ist der Boden nicht weniger uneben. Eileen kuschelt sich mit ihrem Schlafsack an ihn, und er spürt sofort die zusätzliche Wärme. Zweifellos wird er sich gleich aufgewärmt haben, und er fragt sich, ob sich die Anstrengung lohnen würde, jetzt noch zu ihr in den Schlafsack zu kriechen.

»Erstaunlich, was manche Leute zu ihrem Spaß so treiben«, kommentiert Eileen trocken.

Kurzes Lachen. »Das hier gehört nicht zum spaßigen Teil.«

»Nicht? Aber das Klettern …«

Starkes Gähnen. »Das Klettern schon«, stimmt er ihr zu. Das ist nicht zu leugnen.

»Der Aufstieg war großartig.«

»Vor allem, weil wir dabei nicht draufgegangen sind.«

»Ja«, gähnt Eileen jetzt auch, und Roger spürt, daß er gleich vom Schlaf überspült wird wie von einer großen Welle. »Ich hoffe, daß Stephan sich erholt. Sonst müssen wir ihn runterbringen.«

An den nächsten Tagen muß jeder ein paarmal in den Sturm hinaus, um das oberste Lager mit Vorräten zu versorgen und das Eis von den am Fels befestigten Seilen zu entfernen. Es ist eine elende Arbeit, die sie nicht immer machen können, denn an manchen Tagen reißt der Sturm alles in die Tiefe, und ihnen bleibt nichts anderes übrig, als sich im Zelt zusammenzukauern und zu hoffen, daß es an der Felswand hält. An einem trüben Tag sitzt Roger mit Stephan und Arthur im unteren Lager zusammen. Stephan hat sich von seinem Ödem erholt und ist begierig auf das Klettern. »Nur keine Hast«, dämpft ihn Roger. »Jetzt kann keiner irgendwohin gehen; außerdem ist es eine ernste Sache, wenn man Wasser in der Lunge hat. Du mußt es langsam angehen …«

Da wird der Zelteingang aufgezogen, und ein Schwall Schnee drückt herein, gefolgt von Dougal. Er grinst zur Begrüßung. Ihr Schweigen scheint einen Kommentar herauszufordern. »Recht erfrischend draußen«, sagt Dougal und schaut zu dem Topf mit heißem

Tee hin. Nachdem die anfängliche Verlegenheit vorüber ist, plaudert er vergnügt mit Arthur über das Wetter. Als er seinen Tee getrunken hat, macht er sich gleich wieder auf den Weg: Er steht unter Zeitdruck, denn er muß noch eine Traglast ins oberste Lager hochbringen. Dougal grinst kurz, dann ist er schon draußen und weg. Roger kommt der Gedanke, daß es in ihrer Expeditionsgruppe zwei Typen von Bergsteigern gibt – noch eine Zweiheit: jene, die das schlechte Wetter, die Zwischenfälle und die diversen Schwierigkeiten *erdulden,* die diese Tour so unbequem machen, und jene anderen, die auf eine ganz eigenartige Weise die ganzen Schwierigkeiten *genießen.* Zu der ersten Gruppe gehören Eileen, die für die Expedition insgesamt die Verantwortung trägt, und Marie, der es nicht schnell genug nach oben gehen kann; auch Hans und Stephan gehören dazu, die nicht so viel Erfahrung haben und auch gerne unter sonnigem Himmel mit weniger ernsthaften Komplikationen klettern würden. Sie alle sind standhaft und den Belastungen zweifellos auch gewachsen. Aber sie *erdulden* es.

Auf der anderen Seite Dougal und Arthur: diese beiden *genießen* es eindeutig; je schlimmer die Lage wird, desto mehr Spaß scheinen sie daran zu haben. Roger hält das für pervers. Der schweigsame, einzelgängerische Dougal, der mit stillem Vergnügen jede Gelegenheit nutzt, in den Sturm und in die Wand zu gehen … »Ihm scheint das offensichtlich Spaß zu machen«, spricht Roger seine Gedanken laut aus, worauf Arthur lacht.

»Dieser Dougal«, ruft Arthur, »wie britisch er ist! Bergsteiger sind überall dieselben Typen, wie ihr wißt. Ich komme den weiten Weg hierher auf den Mars, und was finde ich hier? Leute, wie man sie sonst auf dem Ben Nevis trifft. Natürlich gibt's auch eine Erklärung dafür, nicht wahr? Diese Kletterschule von Neuschottland und das alles.«

Das trifft zu; schon seit den ersten Tagen der Besiedelung des Mars sind vor allem britische Bergsteiger hierher gekommen, um neue Klettergebiete zu finden. Viele von ihnen sind auf dem Mars geblieben.

»Und ich sage euch«, fährt Arthur fort, »diese Jungs sind am glücklichsten, wenn der Sturm mit Windstärke zehn bläst und Schnee wie vom Kipplaster herunterkommt. Eigentlich weniger Schnee, sondern eher Schneeregen, das ist es, was sie wollen. Ein Grad Kälte und dann Regen, oder nasser Schnee. Perfekt. Und wißt ihr auch, warum sie das brauchen? Damit sie, wenn sie wieder zurück sind, am Abend sagen können: ›Wieder ziemlich beschissen draußen, was, Junge?‹ Sie würden sogar dafür sterben, nur um das sagen zu können. Ha! Versteht Ihr, was ich meine? Das ist, als ob sie sich damit gegenseitig irgendeine Medaille oder so etwas verleihen, was weiß ich.«

Roger und Stephan grinsen und nicken. »Machos«, ergänzt Stephan.

»Aber Dougal!« ruft Arthur wieder, »Dougal ist dafür zu cool. Er sucht sich die übelsten Bedingungen, um dann rauszugehen … schaut ihn euch nur mal heute an: Er hat es kaum mehr erwarten können, wieder rauszukommen! Wollte diese feine Gelegenheit nicht versäumen! Und er steigt die übelsten Strecken hoch, die er nur finden kann. Habt ihr ihm mal zugesehen? Die Routen, die er voraussteigt, kennt ihr ja. Mann, dieser Knabe klettert dir in einem Wirbelsturm an einer mit Butter bestrichenen Glaswand hoch. Und was sagt er dann dazu? Sagt er etwa, daß es ziemlich beschissen war? Nein, er sagt …« – Stephan und Roger fallen im Chor mit ein – »… wie erfrischend!«

»Ja«, lacht Stephan. »Recht erfrischend draußen, ist schon in Ordnung so.«

»Das sind Schotten«, kichert Arthur, »Schotten vom Mars, nichts anderes. Ich kann es kaum glauben.«

»Nicht nur die Schotten sind ein bißchen seltsam«,

führt Roger aus. »Was ist mit dir, Arthur? Mir ist aufgefallen, daß dir selbst die ganze Sache ziemlich Spaß macht, hm?«

»O ja, ja«, gibt Arthur zu. »Mir macht's Spaß, dir etwa nicht? Ich sage dir, seit wir die Sauerstoffmasken benutzen, fühle ich mich prima. Vorher war es nicht so einfach. Die Luft war doch ziemlich dünn, ich meine, sie war *wirklich* dünn. Die Höhe hier sagt mir nichts, Ihr habt ja keine Meereshöhe, was sollten die Höhenmeter hier also für eine Bedeutung haben, nicht wahr? Aber eure Luft ist ja dünn wie das Nichts, Mann. Als wir uns dann endlich an die Flasche gehängt haben, spürte ich sofort den Unterschied. Das war Lebensrettung. Und dann noch die Schwerkraft hier! Jetzt ist das wunderbar. Was sind das schon, diese zwei Fünftel der Erdschwerkraft hier? Praktisch nichts! Das ist ja fast wie auf dem Mond! Aber seit ich mich daran gewöhnt habe und die Balance gefunden habe, fühle ich mich wirklich prima. Wie Superman. Auf diesem Planeten ist es nicht so anstrengend, einen Berg hochzusteigen, das ist alles.« Er lacht, hebt den Teebecher und prostet seinen beiden Zeltgenossen zu: »Auf dem Mars bin ich Superman.«

Ein Höhenödem in der Lunge ist eine riskante Angelegenheit: entweder erliegt man ihm schnell, oder man erholt sich ziemlich schnell davon. Auch als Stephans Lungen das Wasser vollständig ausgeschieden haben, weist ihn Hans an, die Sauerstoffzufuhr auf dem Maximum zu halten. Sie geben ihm nur eine leichte Last zu tragen und achten darauf, daß er langsam und nur vom untersten ins nächste Lager aufsteigt. An diesem Punkt, denkt sich Roger, wäre es schwieriger gewesen, ihn die ganze Steilwand nach unten zu transportieren, als bis nach oben weiterzusteigen; eine beim Bergsteigen sattsam bekannte Situation, worüber jedoch niemand spricht. Stephan beklagt sich über seine reduzierte Rolle, hält sich aber doch an die Vorgaben. Während der ersten paar Tage, an denen Stephan wieder im Fels ist, bildet Roger eine Seilschaft mit ihm und behält ihn scharf im Auge. Aber Stephan klettert nicht sehr schnell und beklagt sich nur über Rogers Besorgtheit oder den kalten Wind. Roger schließt daraus, daß es ihm wieder gut geht.

Wieder mit Lastenschleppen an der Reihe. Hans und Arthur steigen voraus und haben schreckliche Mühe mit einer breiten, steilen Felsrampe, die sie auf dem direkten Weg zu bezwingen versuchen. Ein paar Tage sitzt Roger herum, weil die Lager alle versorgt sind und die Seilschaft an der Spitze nicht mehr als fünfzig bis siebzig Meter am Tag vorankommt. An einem Abend, als Hans über Funk einen schwierigen Überhang beschreibt, gerät Marie in Rage und mischt sich ins Funkgespräch ein. »Nun, ich weiß nicht, was bei euch da oben vorgeht, aber wenn ihr jeden Tag nur ein paar Zentimeter macht und Stephan den ganzen Sauerstoff schluckt, werden wir wohl noch für immer und ewig auf diesem verdammten Felsen feststecken! Was? Es interessiert mich einen Dreck, *welche* Probleme ihr habt, Jungs ... aber wenn ihr nicht vorsteigen könnt, dann solltet ihr, verdammt noch mal, absteigen und jemand nach vorn lassen, der das kann!«

»Es ist ein großes Tuffband«, wehrt sich Arthur, »und wenn wir erst mal drüber weg sind, geht's praktisch nur noch geradeaus bis nach oben ...«

»*Wenn* dann noch was von dem verdammten Sauerstoff übrig ist! Was sind wir hier eigentlich, eine Gewerkschaft oder was? Ich hab mich hier doch keiner beschissenen Gewerkschaft angeschlossen!«

Roger beobachtet Eileen genau. Sie hört dem Wortwechsel gespannt zu und hat den Finger auf der Sprechtaste liegen. Zwischen ihren Augenbrauen verläuft eine tiefe Falte, als ob sie sich sehr konzentrierte.

Er ist überrascht, daß sie sich nicht schon längst eingemischt hat. Aber sie läßt Marie noch ein paar weitere Tiraden loswerden, bevor sie dazwischenfährt: »Marie! Marie, hier ist Eileen …«.

»Das weiß ich.«

»Arthur und Hans kommen nach Plan bald wieder zu uns herunter. Bis dahin halt die Klappe!«

Und am nächsten Tag befestigen Arthur und Hans rund dreihundert Meter Seil und gelangen über das Tuffband hinaus. Als Hans dies beim abendlichen Funkgespräch verkündet – wobei Roger im Hintergrund Arthur mit Falsettstimme sagen hört: »Na bitte, na bitte!« –, lächelt sie, gratuliert ihnen und macht dann mit den Anweisungen für den nächsten Tag weiter. Roger wiegt nachdenklich den Kopf.

Nachdem sie über Arthurs und Hans' Tuffband weggestiegen sind, nimmt die Neigung der Felswand etwas ab, so daß sie trotz des enormen Fallwindes schneller vorankommen. Die Steilwand sieht hier aus wie eine Mauer aus gewaltigen, unregelmäßig aufeinandergeschichteten Ziegelsteinen, die es so nach hinten gedrückt hatte, daß sich eine Stufung von Stein zu Stein ergab. Dieses Wirrwarr von Felsquadern, Simsen und Rampen erlaubt es, leicht und schnell im Zickzack aufzusteigen und bietet außerdem gute Lagerplätze. An einem der Tage in diesem Abschnitt legt Roger eine Pause ein und blickt sich um. Er schleppt gerade eine Traglast vom mittleren ins obere Lager und ist dabei Eileen davongestiegen. Niemand in Sicht. Weit unter ihm bedeckt eine Wolkenschicht den Rest der Welt, ein zerknittertes graues Tuch. Darüber erhebt sich das senkrechte Reich der Steilwand, dann das krakelierte Wirrwarr der Felsmauer, die sich wiederum über ihm in einer glatten, fast konturlosen Wolkenschicht verliert. Nur ganz feine Kräusel, schwachen Wellen ähnlich, beleben diese graue Decke. Boden und eine Decke aus Wolken, Wand aus Fels: Einen Augenblick lang hat Roger den Eindruck, daß dieser Aufstieg ewig so weitergehen muß, daß diese Felswand eine ganze Welt umschließt und sich ins Unendliche ausdehnt. Wann wäre es je anders gewesen? Zwischen den Wolken fällt es nicht schwer, an keine Vergangenheit zu glauben; vielleicht ist der Planet ein einziger Fels mit unzähligen variantenreichen Abschnitten, die ihm endlos und unzählige Male Leistung abfordern.

Plötzlich nimmt Roger aus dem Augenwinkel ein farbiges Aufleuchten wahr. Er schaut in den tiefen Spalt zwischen dem Sims, auf dem er gerade steht, und dem nächsten senkrechten Felsblock. Zwischen den vereisten Stellen wächst ein Moospolster und Lichtnelken, ein Polster schwarzgrünen Mooses und darauf ein Ring von vielleicht hundert kleinen dunkelrosa Blumen. Nach drei Wochen eintönigem Schwarz und Weiß scheint die Farbe geradezu aus den Blumen herauszuplatzen und ihm in die Augen zu explodieren. So ein dunkles, intensives Rosa! Roger beugt sich vor, um sie näher zu untersuchen. Das Moos ist auf eine feine Weise gemasert und scheint direkt aus dem Felsen herauszuwachsen, auch wenn darunter zweifellos ein wenig Sand im Spalt liegt. Ein Samen oder ein Stückchen Moos muß vom Wind über das obere Plateau des Vulkanschilds herabgetragen worden sein und hier Wurzeln geschlagen haben.

Roger steht noch immer auf der Stelle und schaut sich nach Eileen um. Sie hat zu ihm aufgeschlossen und sieht ihn fragend an. Er zieht seine Atemmaske zur Seite: »Schau dir das an. Du entkommst ihm nirgendwo!«

Sie schüttelt den Kopf und zieht sich ebenfalls die Maske herunter. »Es ist nicht die neue Landschaft, die dir so verhaßt ist«, entgegnet sie. »Ich habe das daran erkannt, wie du diese Pflanze angesehen hast. Und nach allem ist es eben doch nur eine Pflanze, die ihr

Bestes gibt, um zu überleben. Nein, ich glaube, daß es sich bei dir um eine Affektverlagerung handelt. Für dich wird die Topographie zum Symbol. Es ist nicht die Landschaft, es sind die Leute. Es ist die Geschichte, die wir Menschen gemacht haben, sie mißfällt dir. Das Terraformen ist nur ein Teil davon; es ist der sichtbare Ausdruck einer Geschichte der Ausbeutung.«

Roger denkt darüber nach. »Wir sind hier nur eine weitere terranische Kolonie, meinst du. Kolonialismus …«

»Genau! Das ist dir verhaßt, oder? Nicht die Topographie, sondern die Geschichte. Weil das Terraformen eine Verschwendung ist. Es wurde nicht zu irgendeinem guten Zweck unternommen.«

Beunruhigt schüttelt Roger den Kopf. So hat er es bisher noch nicht betrachtet, und er ist sich nicht sicher, ob er ihr in allem zustimmen kann: Es ist der Boden, der nach allem das meiste zu ertragen hatte. Auch wenn …

Eileen redet weiter: »Es hat aber alles auch sein Gutes, wenn du darüber nachdenkst. Eine Landschaft verwandelt sich nie wieder zurück in einen vorherigen Zustand, wohl aber die Geschichte. Geschichte muß sich wandeln, per definitionem.«

Und sie zieht an ihm vorbei, um die Führung zu übernehmen. Roger starrt ihr hinterher.

Mitten in der Nacht flauen die Fallwinde ab und bleiben schließlich ganz aus. Das Verstummen der Zeltgeräusche weckt Roger auf. Es ist bitter kalt, sogar in seinem Schlafsack. Roger braucht eine Weile, bis ihm klargeworden ist, was ihn geweckt hat: der Sauerstoff zischt ihm noch immer leise in die Maske. Als er es herausgefunden hat, fängt er an zu lächeln. Ein Blick auf die Uhr verrät ihm, daß es schon fast die Zeit des Morgenspiegels ist. Er setzt sich auf und stellt den Ofen an, um Tee zu kochen. Eileen rührt sich in ihrem

Schlafsack und öffnet ein Auge. Roger mag es, ihr beim Aufwachen zuzusehen: trotz der Maske ist die Verwandlung vom verletzlichen Mädchen in die Führerin der Expedition gut zu verfolgen. So wie die Ontogenese die Phylogenese nachvollzieht, ist es auch mit dem Aufwachen: Das allmähliche Erwachen des Bewußtseins am Morgen vollzieht das Erwachsenwerden im Leben nach. Alles, was ihm jetzt noch fehlt, sind die griechischen Fachwörter, dann hat er eine komplette wissenschaftliche Wahrheit bei der Hand. Eileen zieht die Atemmaske herunter und wälzt sich auf einen Ellbogen.

»Willst du Tee haben?« fragt er sie.

»Ja«.

»Gleich fertig.«

»Halt den Ofen warm, ich muß mal pinkeln.« Sie stellt sich in den Eingang des Zelts, schiebt sich einen Ablaufzylinder für den Urin durch den offenen Hosenschlitz und uriniert so aus dem Zelt hinaus. »Puh! Kalt draußen. Und klar! Ich kann die Sterne sehen.«

»Prima. Der Wind hat auch aufgehört, schon gemerkt?«

Eileen kriecht wieder in ihren Schlafsack. Sie brauen sich ihren Tee mit großer Ernsthaftigkeit, als mischten sie sich delikate Elixiere. Roger beobachtet, wie sie trinkt.

»Erinnerst du dich wirklich nicht daran, wie es damals mit uns war?« fragt er sie.

»Neiiin ...«, antwortet Eileen gedehnt. »Wir waren zwischen zwanzig und dreißig Jahre alt, stimmt's? Nein, die ersten Jahre, an die ich mich noch erinnere, sind meine Fünfziger, als ich oben im Krater trainiert habe. Felsklettern, eigentlich fast genau so wie hier.« Sie nippt am Tee. »Aber erzähl mir doch davon.«

Roger zuckt die Achseln. »Ist nicht wichtig.«

»Es muß schon seltsam sein. Sich an alles zu erinnern, während alle anderen das nicht tun.«

»Ja, das ist es.«

»Ich war wahrscheinlich schrecklich damals in dem Alter.«

»Nein, nein. Du warst klasse.«

Sie lacht. »Das kann ich kaum glauben. Es sei denn, es ist mit mir seither bergab gegangen.«

»Überhaupt nicht! Du hättest all das damals niemals gekonnt.«

»Das glaube ich allerdings. Die halbe Expeditionsgruppe über die ganze Wand verstreut, die Leute krank ...«

»Nein, nein. Du machst deinen Job gut.«

Sie schüttelt den Kopf. »Du kannst nicht behaupten, daß diese Tour bisher gut verlaufen ist. Daran kann ich mich bestimmt erinnern.«

»Was schiefgelaufen ist, war nicht dein Fehler, das mußt du zugeben. Zieht man in Betracht, was alles geschehen ist, kommen wir wirklich gut voran. Und das ist vor allem dein Verdienst. Es war nicht gerade leicht mit Frances und Stephan, mit dem Sturm und mit Marie.«

»Marie!«

Sie lachen. »Und dieser Sturm«, wiederholt Roger. »Diese nächtliche Tour, als wir Stephan nach unten gebracht haben!« Er nippt an seinem Becher.

»Das war eine wilde Nacht«, stimmt ihm Eileen zu.

Roger nickt. Das haben sie also durch. Er geht nun selbst zum Pinkeln und läßt dabei einen Schwall durchdringend kalter Luft ins Zelt. »Mein Gott, ist das kalt! Wieviel Grad haben wir?«

»Draußen sind es sechzig Grad minus.«

»Oh. Kein Wunder. Ich glaube, daß uns diese Wolkendecke doch *etwas* Gutes getan hat.« Draußen ist es noch immer nicht hell; nur die eisbärtige Felswand schimmert unter den Sternen.

»Mir gefällt die Art, wie du die Gruppe führst«, sagt

Roger, als er den Zelteingang zuzieht. »Du greifst nur ganz sachte ein, hast aber doch alles unter Kontrolle.«

Von Eileen kommen nur Schlürfgeräusche. Roger verschließt den Zelteingang vollends und verkriecht sich schnell wieder in seinem Schlafsack.

»Noch mehr Tee?« fragt ihn Eileen.

»Unbedingt.«

»Hier... roll dich wieder hierher, da wird's dir schneller warm, und auch ich kann dich als Isolierung gut brauchen.« Roger nickt, zitternd, und wälzt sich mit seinem Schlafsack neben sie, so daß sie beide eng aneinandergeschmiegt zusammenliegen und sich jeder auf einem Ellbogen abstützt.

Sie trinken Tee und plaudern. Roger wird langsam warm und hört auf zu zittern. Genießt ihre Nähe und das Gefühl seiner geleerten, entspannten Blase. Sie trinken den Tee aus und dösen ein wenig in der Wärme vor sich hin. Dadurch, daß sie ihre Atemmasken nicht aufsetzen, können sie in keinen tiefen Schlaf fallen. »Die Morgenspiegel sind bald da.«

»Ja.«

»Rück mal ein Stück hierher.«

Roger erinnert sich an die so lang vergangene Zeit, als sie ineinander verliebt gewesen waren. Damals, in seinem vergangenen Leben. Sie hatte in der Stadt gewohnt, und er war durch die Canyons gekrabbelt. Jetzt... jetzt in der bequemen Wärme und bei dem engen Körperkontakt bekommt er eine Erektion. Er fragt sich, ob sie das durch die Hülle der beiden Schlafsäcke hindurch spürt. Wahrscheinlich nicht. Hmmm. Plötzlich fällt ihm ein, daß sie das erste Mal in einem Zelt miteinander geschlafen hatten. Er war bereits schlafen gegangen, da hatte sie sich in seinem kleinen abgetrennten Bereich im Gemeinschaftszelt einfach auf ihn gesetzt. Die Erinnerung daran trägt nicht gerade dazu bei, seine Erektion abschwellen zu lassen. Er fragt sich, ob es hier zu einem ähnlichen Akt kommen kann.

Sie liegen ganz eindeutig sehr eng aneinandergepreßt beisammen. Dann auch das ständige Klettern mit ihr in einer Seilschaft: Eileen stellt die Seilschaften zusammen, also muß es auch ihr mit ihm zusammen Spaß gemacht haben. Und wenn man zusammen in einer Seilschaft aufsteigt, dann ist das ein Zusammenarbeiten wie beim Tanzen – eine Art Ballett im Fels. Das dauernde Nebeneinander in der Bewegung, die enge Verbundenheit durch das Seil, alles das entbehrt nicht einer gewissen Sinnlichkeit. Es ist eine körperliche Partnerschaft, ganz ohne Zweifel. Das trifft sicher zu, auch wenn das Bergsteigen in der Seilschaft eine im Grunde unerotische Angelegenheit und Beziehung ist ... weil es dabei gewiß genügend andere Dinge gibt, an die man denken muß. Aber hier und jetzt ...

Eileen döst weiter vor sich hin. Er hat vor Augen, wie sie klettert, wie sie ihre Leute führt. Er denkt an das, was sie unten in ihren ersten Lagern alles zu ihm gesagt hat, als er so niedergschlagen war. Eine Art Lehrerin, ja, das war sie wirklich.

Diese Gedanken führen seine Erinnerungen weiter in die Vergangenheit zurück, zu seiner gescheiterten Arbeit. Das erste Mal seit vielen Tagen führt ihm sein Gedächtnis wieder die üblichen Bilder aus der Vergangenheit vor, einen Geisterreigen. Wie könnte er nur jemals seine eigene so lange und fruchtlose Lebensgeschichte akzeptieren? Ist etwas Derartiges überhaupt möglich.

Der Wärme des Tees und die einfache Tatsache, daß er flach liegt, sind ihm gnädig und lassen ihn schließlich auch wieder eindämmern.

Der Morgen graut an einem Himmel, der aussieht wie ein altes Blatt Papier. Unter ihnen steht die Sonne wie eine bronzene Münze im Osten. Die Sonne! Wie wunderbar, die Sonne sehen zu können und all die Schatten. Im Sonnenlicht sieht der Steilhang aus, als ob er sich noch ein wenig flacher neigte und ein Stück weiter oben zu Ende sei. Roger und Eileen befinden sich im mittleren Lager. Nachdem sie eine Ladung zum oberen Lager hochgeschleppt haben, folgen sie dem Zickzack-Kurs des Seils über die engen Simse weiter nach oben. Der schöne, einfach zu steigende Fels hier oben, das Sonnenlicht, das Gespräch in der Morgendämmerung und der Anblick der Tharsishochfläche weit unten, all das trägt zu Rogers Wohlgefühl bei. Er steigt kräftiger als je zuvor auf und scheint geradezu über die Simse hochzuhüpfen, wobei er sich über die Vielzahl verschiedener Formen freut, die der Fels vor ihm ausbreitet. Solch eine Schönheit in diesem rauhen, plattigen, kantigen und zersplitterten Fels!

Die Steilwand neigt sich in einem immer flacheren Winkel, und als sie schließlich an der Spitze einer Felsrampe anlangen, finden sie sich plötzlich auf dem Grund eines gigantischen Amphitheaters wieder, das mit Schnee gefüllt ist. Und über dem Rand dieses weißen Halbrunds sehen sie nur … den Himmel. Offensichtlich befinden sie sich oben auf der Kante des Steilabbruchs. Darüber nichts als der Himmel. Dougal und Marie machen sich gleich daran, durch die Schneeschüssel weiter aufzusteigen. Roger schließt sich ihnen an, während Eileen zurückbleibt, um die anderen einzusammeln.

Die technisch schwierigen Abschnitte des Aufstiegs haben sie nun hinter sich. Die obere Kante des Steilabbruchs war durch die Erosion abgeschliffen und in Schluchten und Grate zerklüftet worden. Sie stehen hier auf dem Grund der riesigen, in zwei Hälften zerbrochenen Schüssel. Der Hang weist unten eine Neigung von etwa vierzig Grad auf und wölbt sich dann zum oberen Rand der Schüssel hoch, wo die Wand etwa in einem Sechzig-Grad-Winkel ansteigt. Der Boden der Schüssel ist jedoch mit tiefen Verwehungen von leichtem, trockenem, körnigem Schnee gefüllt, dessen oberste Schicht der starke Wind gehärtet hat. Die Überquerung dieses Zeugs ist schwierig, weshalb sie die Spitze oft wechseln. Der erste Geher kracht durch die Kruste und sinkt bis zu den Knien oder sogar bis zur Hüfte ein; danach muß er einen Fuß wieder über die Kruste anheben, auftreten, worauf er erneut durchbricht. Auf diese Weise müssen sie sich durch den Schnee weiter hochkämpfen. Sie sichern das Seil mit sogenannten ›Toten Männern‹ – hier sind es leere Sauerstoffbehälter –, die sie tief in den Schnee eingraben. Roger übernimmt die Spitze und fängt unter der strahlenden Sonne schnell an zu schwitzen. Jeder Schritt kostet mehr Mühe als der vorige, da der Hang immer steiler wird. Nach zehn Minuten gibt er die Führung ab an Marie. Zwanzig Minuten später ist er wieder dran – auch die anderen beiden halten es nicht länger durch als er. Der steile Anstieg der Wand dem Rand der Schüssel zu ist tatsächlich eine Erleichterung, da dort weniger Schnee liegt.

Sie halten an, um sich die Steigeisen an die Stiefel zu schnallen. Als sie wieder anmarschieren, verfallen sie in einen langsamen, steten Rhythmus: treten, steigen, treten, steigen. Nach der zwanzigsten Wiederholung eine Pause. So vergeht die Zeit. Sie verschwenden keine Zeit für ein Gespräch, wenn sie die Spitze wechseln, es gibt nichts zu sagen. Keiner möchte diese Gangart unterbrechen. Treten, steigen, treten, steigen, treten, steigen. Glitzerndes Sonnenlicht auf dem Schnee, Geschmack des Schweißes auf der Zunge.

Als Roger zum zehnten Mal die Spitze übernimmt, sieht er, daß er der obere Rand der Schüssel in greifbare Nähe gerückt ist. Er beschließt, die Führung nicht noch einmal abzugeben. Der Schnee unter der Kruste ist weich, und er muß sich nach vorn beugen und ein Stück mit seinem Eispickel wegscharren, sich einen weiteren schwimmenden Schritt hochschieben, wieder ein Stück zur Seite scharren und so weiter und so fort. Roger keucht unter seiner Atemmaske und schwitzt erbärmlich unter seiner mit einem Mal viel zu warmen Kleidung ..., aber er kommt dem Rand immer näher. Dougal ist direkt hinter ihm und hält sich strikt an die Trittspur. Nichts als die Trittspur. Zwanzig Schritte, Pause. Wieder und wieder und wieder. Roger rinnt der Schweiß über den Rücken, und selbst seine Füße werden ihm warm. Die Sonne glitzert auf dem steilen Schneehang.

Er stolpert ins Leere auf eine ebene Fläche. Das Gefühl eines schrecklichen Irrtums schießt in ihm hoch, als würde er gleich auf der anderen Seite hinabstürzen. Aber er findet sich am Rand eines gigantischen Plateaus, das sich auf großer Breite zu einem Kegel in die Höhe zieht. Alles hat kaum faßliche Ausmaße. Roger entdeckt einen flachen Felsblock, auf dem kein Schnee liegt, und stapft zu ihm hinüber. Dougal geht neben ihm und zieht sich die Atemmaske seitlich vom Gesicht weg: »Sieht aus, als hätten wir den Steilabbruch durchstiegen!« meint er und scheint ziemlich überrascht zu sein. Roger lacht, nach Luft japsend.

Wie bei allen Steilwandbesteigungen ist das Heraussteigen auf die obere Kante eine seltsame Sache. Nach der wochenlangen senkrechten Wirklichkeit kommt ihnen diese gewaltige waagrechte Ausdehnung falsch vor, trügerisch – vor allem diese Schneefläche, die sich wie ein breiter Fächer nach allen Seiten hin ausdehnt. Der Schnee endet an der zerklüfteten Kante des Steilabbruchs hinter ihnen und zieht sich über den sanft ansteigenden Hang weit auf eine gigantische Höhe nach oben. Es fällt ihnen nicht schwer zu glauben, daß sie hier auf der Flanke des höchsten Vulkans im Sonnensystem stehen.

»Ich denke, den harten Teil haben wir hinter uns«, stellt Dougal sachlich abschließend fest.

»Gerade jetzt, wo ich endlich in Form gekommen bin«, sagt Roger, und beide lachen los.

Ein schneebedecktes Plateau, das durchsetzt ist mit schwarzen Felsbrocken, und einige große Felsplatten dazwischen. Nach Osten hin leere Luft: weit, weit unten die Wälder der Tharsishochfläche. Nach Nordwesten hin der unendlich weit ansteigende Berg.

Marie schließt auf und tanzt einen kleinen Freudentanz auf der Felsplatte. Dougal marschiert zurück zum Rand der Schüssel und steigt wieder in das Amphitheater ab, um noch etwas nach oben zu tragen. Es gibt nicht mehr viel zu transportieren, da ihre Vorräte fast zur Neige gegangen sind. Als Eileen eintrifft, schüttelt Roger ihr die Hand. Sie wirft ihren Rucksack ab und umarmt ihn kurz. Sie zerren etwas Essen aus den Rucksäcken und nehmen ein kaltes Mahl zu sich, während sie Hans, Arthur und Stephan beobachten, die sich gerade am Grund der Schneeschüssel auf den Weg zu ihnen hoch machen. Dougal ist inzwischen schon fast unten bei ihnen angelangt.

Als sie, angeführt von Dougal, in einer Reihe oben ankommen, fängt das Feiern wirklich an. Sie lassen alle ihre Rucksäcke fallen und umarmen einander, rufen und schreien, und Arthur kreiselt beim Versuch, alles auf einmal zu erfassen, umher, bis es ihm schwindlig wird. Roger kann sich nicht entsinnen, die Empfindungen, die er jetzt verspürt, schon früher einmal in derselben Art gehabt zu haben.

»Unser Versorgungslager liegt ein paar Kilometer südlich von hier«, erklärt Eileen, nachdem sie ihre Karten zu Rate gezogen hat. »Wenn wir es heute nacht noch dorthin schaffen, können wir dort den Champagner aufmachen.«

Sie marschieren in einer Reihe hintereinander durch den Schnee, wobei sie wieder an der Spitze durchwechseln, um die Trittspur zu legen. Es ist angenehm, auf flachem Grund zu gehen, und sie sind alle so beschwingt, daß sie schnell vorankommen. Spät am Nachmittag – eines Tages voller Sonnenschein, ihrem ersten seit der Zeit noch vor dem Beziehen des Basislagers – erreichen sie ihr Versorgungslager, ein eigenartiges Lager, voll mit abgedeckten und verzurrten Stapeln, die vom Schnee zugeweht sind, markiert durch einen Lavawulst, der ungefähr einen Kilometer vor dem Steilabbruch endet.

Bei der neuen Ausrüstung befindet sich auch ein großes pilzförmiges Zelt. Sie pumpen es auf und klettern hinein auf den erhöhten Zeltboden, um zu feiern. Sie finden sich in einem riesigen durchsichtigen Pilz wieder und hüpfen auf dem weichen, hochliegenden Boden auf und ab wie Kinder auf einem Federbett: Der Luxus ist außergewöhnlich, absurd und berauschend. Champagnerkorken knallen und schießen hoch in die transparente Kuppel des Zelts, und in der warmen Luft werden sie alle schnell betrunken und erzählen sich gegenseitig ausgiebig, wie toll der Aufstieg war, wie sehr es ihnen Spaß gemacht hat – und all die Unbequemlichkeiten, die Erschöpfung, Kälte, Gesundheitsschwankungen, die Gefahren und die Furcht verblassen bereits in ihren Gedächtnissen und verwandeln sich in etwas anderes.

Am nächsten Tag ist Marie nicht gerade enthusiastisch, was den restlichen Aufstieg betrifft. »Es ist nur eine Wanderung auf einen verdammten Hügel hinauf! Dazu noch eine lange Wanderung!«

»Wie willst du sonst wieder runterkommen?« fragt Eileen mit ätzender Stimme. »Springen?«

Es ist wahr: So wie sie ihre Vorbereitungen getroffen haben, bleibt ihnen nichts anderes übrig, als den ganzen Vulkan hochzusteigen. Vom nördlichen Rand des Kraters aus fährt eine Bahn zur Tharsishochfläche in die Zivilisation hinab. Sie führt über einen jener Lavastürze hoch, die den Steilabbruch im Norden verschüttet haben. Zunächst jedoch müssen sie erst einmal zu der Bahn gelangen. Und der Aufstieg auf den Vulkankegel ist wahrscheinlich der schnellste und ganz sicher der interessanteste Weg dorthin.

»Du könntest auch allein wieder durch den Steilabbruch absteigen«, fügt Eileen noch sarkastisch hinzu. »Das wäre der erste Soloabstieg ...«

Marie spürt offensichtlich noch den Champagner vom letzten Abend, schnaubt nur und stapft davon, um sich eines der Zuggeschirre für die Transportkarren anzulegen. Ihre neu zusammengestellte Ausrüstung paßt in einen Karren mit Rädern, den sie jetzt mit sich ziehen müssen. Aus Bequemlichkeitsgründen tragen sie schon jetzt die Raumanzüge, die sie weiter oben brauchen werden. Bei diesem Aufstieg werden sie über die Atmosphäre des Mars hinaussteigen. Sie sehen komisch aus in ihren silbrig-grünen Anzügen und den durchsichtigen Raumhelmen, findet Roger. Das erinnert ihn an seine Zeit als Canyonführer, als solche Anzüge noch auf dem ganzen Mars nötig waren. Der eine gemeinsame Kanal der Helmfunkgeräte macht aus diesem Abschnitt des Aufstiegs ein geselliges Erlebnis, verglichen mit der Kletterei an der Steilwand. Auch sind sie jetzt alle sieben beieinander, wobei je vier von ihnen die Transportkarre ziehen und drei ohne spezielle Aufgabe frei hinterher oder voraus marschieren können. Vom Klettern zum Wandern: der erste Tag ist ein wenig flau und enttäuschend.

An der schneebedeckten Südflanke des Vulkans regt sich überall Leben. Tagsüber werden sie von Goraks umkreist, die auf Abfallreste hoffen. Nachts flattern hin und wieder Eulen wie große Fledermäuse um ihr Zelt. Auf dem Boden sieht Roger zwischen den Felsbrocken und Lavahöckern Murmeltiere, und in dem Schluchtensystem, das sich über das Plateau zieht, finden sie verstreute Inseln von Wacholderbüschen, Hokkaido- und Latschenkiefern. Roger scheucht auch ein paar Mufflons mit ihren gewundenen Hörnern auf, und im Schnee entdecken sie Abdrücke, die den Spuren eines Bären ähneln. »Ein Yeti«, erklärt Dougal. Im Dämmerlicht unter dem Abendspiegel erhaschen sie einen Blick auf ein Rudel Schneewölfe, das wie an einer Schnur aufgefädelt über den Berghang nach Westen wandert. Stephan verbringt seine freie Zeit am Rand der Schluchten, wo er mit dem Fernglas hinabspäht und in seinem Skizzenheft zeichnet. »Los, komm mit, Roger«, fordert er ihn auf. »Ich will dir die Ottern zeigen, die ich gestern gesehen habe.«

»Mutantenhorde«, brummt Roger, vor allem um es Stephan nicht zu leicht zu machen. Aber Eileen beobachtet ihn, um seine Antwort mitzubekommen; und so nickt Roger zögernd. Was soll er auch sagen? Er geht also mit Stephan zu einer dieser Schluchten, um nach Wildtieren Ausschau zu halten. Eileen lacht ihn an, nur mit den Augen, zärtlich.

Weiter den gewaltigen Berg hinauf. Der Anstieg verläuft in einem Winkel von etwa sechzig Grad, sehr regelmäßig und eben, sieht man von den Schluchten und dem einen oder anderen kleineren Krater oder Vulkankegel ab. Unter ihnen, wo das Plateau plötzlich endet und der Steilabbruch abfällt, weist der große Vulkanschild einige bemerkenswert ausgedehnte Felsplatten auf – Merkmale der immensen Spannung, unter welcher der Vulkanschild abbrach, wie Hans erklärt. Über ihnen ist der gewaltige Kegel des Vulkans deutlich zu erkennen; der schier endlos ansteigende Berg fällt nach allen Seiten gleichmäßig ab, und in weiter Entfernung sehen sie den breiten abgeflachten Gipfel aufragen. Sie haben noch einen langen Weg vor sich. Die Wegsuche zwischen den Schluchten, die den langestreckten Hang durchziehen, ist nicht schwer, und der einzige Punkt von technisch-sportlichem Interesse wird für sie die

Frage, wieviel Strecke sie jeden Tag schaffen. Vom Steilabbruch zum Kraterrand sind es zweihundertundfünfzig Kilometer; als Tagesschnitt streben sie fünfundzwanzig Kilometer an, und manchmal schaffen sie sogar dreißig. Es ist ein seltsames Gefühl, es nun, nach der schneidenden Kälte während des Steilwandaufstiegs, immer warm zu haben; die Raumanzüge und das große pilzförmige Zelt entfremden sie gewissermaßen von ihrer Umgebung.

Auch der Aufstieg in der ganzen Gruppe ist merkwürdig. Über den gemeinsamen Kanal stehen sie ständig in Verbindung, wobei man ihn jedoch ganz nach Belieben an- oder ausschalten kann. Auch wenn Roger nicht in der Stimmung für eine Unterhaltung ist, hört er doch gern den anderen zu. Hans spricht über die Areologie des Vulkans, und er selbst diskutiert mit Stephan über die Gentechnik, die das sie umgebende Tier- und Pflanzenleben überhaupt erst möglich gemacht hat. Arthur weist auf Dinge hin, die den anderen als Selbstverständlichkeiten sonst entgehen würden. Marie beklagt sich wegen Langeweile, Roger und Eileen lachen darüber und geben hin und wieder ihren Kommentar dazu ab. Selbst Dougal schaltet sich am Nachmittag bisweilen ein und bringt einen kurzen Witz unter, indem er Arthur bei seiner Suche nach wunderbaren Entdeckungen anstachelt: »Schau dir das an, Arthur, das ist ein Yeti.«

»Was? Du machst Witze! Wo?«

»Dort drüben, hinter dem Felsen.«

Hinter dem Felsen hockt Stephan und erleichtert sich. »Komm bloß nicht hierher!«

»Dougal, du bist ein Lügner.«

»Der Yeti muß abgehauen sein. Ich glaube, ein Weddell-Fuchs hat ihn gejagt.«

»Du machst Witze!«

»Ja.«

»Laß uns mal unseren eigenen Kanal benutzen, ich kann dich bei all den anderen kaum hören«, sagt Eileen zu Roger.

»Gut, nehmen wir Kanal dreiunddreißig.«

»... gibt's irgendwelche Gründe für speziell diesen Kanal?«

»Ähm ... ich denke schon.« Es war wirklich schon *sehr* lange her, aber solche abstrusen Fakten springen Roger immer wieder ins Gedächtnis: »Es war wahrscheinlich unser Privatkanal bei unserer ersten gemeinsamen Tour damals.«

Sie lacht. Den ganzen Nachmittag marschieren sie hinter den anderen her und plaudern.

Eines Morgens wacht Roger früh auf, kurz nach dem Aufgehen der Morgenspiegel. Die trüben, waagrecht einfallenden Strahlen von dem Quartett der künstlichen Pseudosonnen leuchten in ihr Zelt. Roger dreht den Kopf und schaut über sein Kopfkissen durch den durchsichtigen Zeltboden nach unten. Ein dünner Boden über dem Fels, der ein paar Meter weiter unten liegt. Er setzt sich auf; der Zeltboden gibt ein wenig nach, wie ein Wasserbett. Roger geht vorsichtig auf dem weichen Plastik, so daß er keinen der anderen hochfedern läßt, die am Rand des Zelts schlafen, wo sich das Dach der Zeltkuppel mit dem Boden vereinigt. Das Zelt gleicht wirklich einem großen durchsichtigen Pilz; Roger steigt die durchsichtigen Stufen im Stamm dieses Pilzes hinab, um zur Toilette zu gelangen. Als er aus der Toilette kommt, trifft er in dem kleinen Bad neben dem Luftkompressor und dem Regler auf eine verschlafene Eileen, die sich mit einem Schwamm abwäscht. »Guten Morgen«, begrüßt sie ihn. »Hier, schrubbst du mir den Rücken ab?«

Sie reicht ihm den Schwamm und dreht sich um. Er scheuert ihr kräftig über ihre kräftigen Rückenmuskeln, was in ihm ein sinnliches Interesse weckt. Diese

Hügel, wo der Rücken in den Hintern übergeht: wundervoll.

Sie blickt ihn über die Schulter an und meint: »Ich glaube, ich müßte jetzt eigentlich schon sauber genug sein.«

»Ah ja.« Er grinst. »Wahrscheinlich.« Roger gibt ihr den Schwamm zurück. »Ich mache noch einen kleinen Spaziergang vor dem Frühstück.«

»In Ordnung. Danke.«

Roger zieht sich an, tritt durch die Schleuse und steigt ans obere Ende der Wiese, auf der ihr Zelt steht: eine subarktische Wiese aus Moosen und Flechten, mit Tupfern von mutiertem Edelweiß und Steinbrech dazwischen. Der Frost hat alles mit einer glitzernden weißen Decke überzogen, und Roger spürt, wie seine Stiefel darin knirschen, während er über die Wiese spaziert.

Eine Bewegung erregt seine Aufmerksamkeit, und er bleibt stehen, um einen weißpelzigen Maushasen zu beobachten, der ein Wurzelstück in seinen Bau zerrt. Dann ein farbiger Blitz und ein Flattern: ein Schneefink landet am Eingang des Baues. Der winzige Hase schaut von seiner Arbeit auf, schnattert zu dem Finken hin, und schiebt sich dann mit seiner Last an dem Vogel vorbei. Der Fink ruckt wie alle Vögel den Kopf von einer Stellung in die andere und hält ihn dann bewegungslos. Der Vogel folgt dem Hasen in den Bau. Roger hat davon schon gehört, aber noch nie so etwas gesehen. Der Hase hüpft wieder heraus und macht sich auf die Suche nach weiterer Nahrung. Auch der Vogel taucht auf, und sein Kopf schnappt von einer Stellung in die nächste weiter. Eine ruckartige Drehung, und er starrt Roger an. Dann fliegt er über dem hoppelnden Hasen her, stößt im Sturzflug auf ihn hinab und saust davon. Der Hase verschwindet in einem anderen Loch.

Roger überquert einen Eisbach in der Wiese und

steigt mit knirschenden Stiefeln den Wall hinauf. Dort oben findet er neben einem hüfthohen Felsbrocken eine eigenartige weiße Masse mit einer weißen Kugel in der Mitte. Er beugt sich vor, um es genauer zu untersuchen. Streicht mit seinem behandschuhten Finger darüber. Anscheinend irgendeine Art von Eis. Sieht ungewöhnlich aus.

Die Sonne geht auf, und die Landschaft wird von ihrem gelben Licht überflutet. Die gelblich-weiße Halbkugel aus Eis vor seinen Füßen sieht glitschig aus. Sie erzittert. Roger tritt einen Schritt zurück. Das Eis löst sich vom Felsuntergrund, und ein Riß bricht mitten in dieser Eismasse auf. Ein Schnabel schiebt sich durch den Riß und hackt ihn weiter auf. Innen arbeitet ein kleiner Kopf eifrig. Blaue Federn, ein langer, gekrümmter schwarzer Schnabel, kleine schwarzglänzende Knopfaugen. »Ein Ei?« fragt sich Roger unwillkürlich laut. Aber das Zeug ist eindeutig aus Eis, er kann es zwischen seinen Handschuhfingern schmelzen lassen und durch sie hindurch die Kälte spüren. Der Vogel – auch wenn ihm auf Brust und Beinen Fellhaare statt Federn zu wachsen scheinen, er eher Stummel als Flügel hat und sein Schnabel so etwas wie Zähne sehen läßt –, dieser Vogel also stelzt jetzt aus der weißen Blase heraus und schüttelt sich wie ein Hund, der Wassertropfen von sich wegschleudert, obwohl er ziemlich trocken aussieht. Offensichtlich bietet das Eis eine Art Isolierung gegen die Kälte, eine Art Heim für die Nacht, nein, besser: für den Winter, ganz ohne Zweifel. Genau. Gebildet aus Spucke oder etwas Ähnlichem, die über einer flachen Höhlung gefriert. Roger hat noch nie von einem solchen Lebewesen gehört, und er sieht mit offenem Mund zu, wie das Vogelding mit ein paar Schritten Anlauf nimmt und dann davongleitet.

Eine neue Kreatur setzt ihren Fuß auf den Boden des grünen Mars.

Am Nachmittag dieses Tages verlassen sie die Zone, in der noch subarktische Wiesen gedeihen. Hier nun hält sich nichts mehr, keine Blumen mehr, keine kleinen Tiere. Nur ein paar armselige Moose kämpfen in den Felsspalten ums Überleben. Flechten bilden ausgedehnte Matten, und manchmal kommt es ihnen vor, als liefen sie über einen Teppich mit gelben, grünen, roten und schwarzen Farben – Farbklecksen, wie man sie im Jaspis findet –, einen Teppich, der sich nach allen Seiten hin ausbreitet, so weit ihr Auge blicken kann. Morgens im Frost knirscht er unter ihren Schritten, in der Mittagssonne ist er ein wenig feucht, ein krakelierter vielfarbiger Teppich. »Wunderbares Zeug«, murmelt Hans, wobei er mit dem Finger darauf zeigt. »Die Hälfte unseres Sauerstoffs wird von dieser wundervollen Symbiose produziert …«

Als sie spät am Nachmittag angehalten, ihr Zelt aufgebaut und an verschiedenen Felsbrocken verzurrt haben, kommt Hans durch die Schleuse geeilt und schwenkt dabei sein Sauerstoffgerät. Er hüpft aufgeregt umher. »Hört mal her«, ruft er, »ich habe gerade die Gipfelstation angefunkt und es mir bestätigen lassen. Genau über uns zieht zur Zeit eine Hochdruckzone. Wir sind vierzehntausend Meter hoch über der angenommenen Nullhöhe, aber das Barometer zeigt bis zu 350 Millibar an, weil sich in dieser Woche eine *große* Luftblase über die Flanke des Vulkanschildes schiebt.« Die anderen glotzen ihn an. »Versteht ihr, was ich damit sagen will?«

»Nein«, erklären drei Stimmen im Chor.

»Eine Hochdruckzone«, wiederholt Roger nicht gerade sehr hilfreich.

»Nun«, Hans richtet sich auf, »es ist genug Luft zum Atmen! Gerade genug, aber genug! Sage ich. Natürlich hat es noch keiner jemals vorher versucht … *in dieser Höhe* versucht, meine ich. Freie Marsluft zu atmen!«

»Du machst Witze!«

»Wir können hier also gleich auch einen Höhenrekord aufstellen! Hier und jetzt! Ich schlage das hiermit vor und lade jeden dazu ein, es mit mir zu versuchen.«

»Nun warte mal eine Minute«, dämpft ihn Eileen. »Ich möchte nicht, daß einer von euch seinen Helm abnimmt und mir hier oben tot umkippt, um Gottes willen. Man wird mir meine Lizenz entziehen. Wir müssen die Tour auf eine ordentliche Art und Weise zu Ende bringen. Und *du* …« – sie zeigt auf Stephan – »… du *darfst* das nicht tun, ich verbiete dir das.«

Stephan protestiert laut und lange, aber Eileen bleibt unerbittlich, und Hans unterstützt sie. »Der Schock könnte dein Ödem wieder aufleben lassen. Keiner von uns sollte es lange machen. Aber für ein paar Minuten wird es gehen. Atmet nur durch eure Stoffmasken, um die Luft anzuwärmen.«

»Du kannst uns beobachten und uns retten, wenn wir umkippen«, meint Roger zu Stephan.

»Blödsinn«, entgegnet der. »Also gut, macht es halt.«

Sie versammeln sich draußen noch unter der Kappe des Zelts, wo sie Stephan theoretisch im Notfall durch die Schleuse nach innen zerren kann. Hans überprüft sein Barometer ein letztes Mal und nickt ihnen zu. Sie bilden einen groben Kreis mit Blick nach innen. Jetzt öffnet jeder die Verschlüsse am Raumhelm.

Roger bekommt sie zuerst auf – seine Jahre als Canyonführer haben in vielen kleinen Dingen wie diesen ihre Spuren hinterlassen. Er nimmt den Helm vom Kopf. Als er ihn auf den Boden legt, schlägt ihm die Eiseskälte ins Gesicht. Die Haut im Gesicht pocht vor Kälte. Er zieht einen Atemzug tief ein: trockenes Eis. Roger unterdrückt das Verlangen, hastig ein- und auszuatmen, zu hyperventilieren, weil er fürchtet, seine Lungen könnten dadurch zu schnell auskühlen und Schaden nehmen. Regelmäßig atmen, befiehlt er sich, ein und aus, ein und aus. Obwohl Dougals Mund von der Stoffmaske bedeckt ist, kann Roger genau sagen, daß er breit grinst. Lustig, wie einem das die obere Hälfte eines Gesichts auch verrät. Roger stechen die Augen, seine Brust scheint von innen her gefroren zu sein, doch er saugt weiter die eiskalte Luft in sich ein, und Atemzug um Atemzug scheinen seine Sinneswahrnehmungen schärfer zu werden. Kanten von Felsblöcken in einem Kilometer Entfernung sieht er scharf und klar. Tausende von Linien und Kanten. »Als ob man Lachgas einatme!« schreit Arthur mit einer hohen trällernden Stimme. Er juchzt wie ein kleines Kind, und seine Stimme hört sich fremd an und fern. Roger schreitet einen Kreis ab auf dem rostbraunen Lavaboden und den üppigen Flechten. Die intensive Bewußtheit beim Atmen scheint sein Bewußtsein auch mit allem, was er vor Augen hat, zu verbinden. Er fühlt sich wie eine seltsam geformte Flechte, die – wie alle die andern auch – um Luft kämpft. Das Wirrwarr der Felsbrocken und -stücke, die im Sonnenlicht gleißen. »Laß uns ein Steinmal aufschichten«, sagt er zu Dougal, und hört seine eigene Stimme irgendwie falsch klingen. Langsam gehen sie von Brocken zu Brocken, nehmen sie auf und schichten sie aufeinander. Der Innenraum von Rogers Brust wird mit jedem berauschenden Atemzug erneut exakt ausgemessen. Die anderen sehen mit glänzenden Augen zu, schniefend, oder sie sind in ihre eigenen Wahrnehmungen vertieft. Roger sieht seine eigene Hand durch die Luft wischen, sieht das Fleisch in Dougals Gesicht pulsieren, rosa wie die Blüten der Lichtnelken im Moos. Jeder Felsbrocken ist ein Stück vom Mars. Roger scheint eher zu treiben als zu gehen, und die Flanke des Vulkans erhebt sich höher, höher, höher: endlich sieht er den Berg in seiner wahren Größe. Stephan geht zwischen ihnen herum, grinst in seinem Raumhelm und hält seine gespreizten Hände in die Höhe. Zehn Minuten sind um. Das Steinmal ist noch nicht fertig, aber sie können es auch morgen fertigbauen. »Ich werde heute abend einen Behälter mit einer Nachricht für das Mal vorbereiten!« keucht Dougal glücklich. »Wir können alle darauf unterschreiben!« Stephan scheucht sie nun alle zusammen. »Unglaublich kalt!« stößt Roger aus und blickt noch immer umher, als sähe er alles – wirklich alles – zum ersten Mal.

Dougal und er sind die beiden letzten in der Schleuse; sie schütteln sich die Hand. »Erfrischend, was?« Roger nickt. »Eine herrliche Luft.«

Aber diese Luft ist nur ein Teil von all dem anderen, ein Teil von der Welt, keiner vom Planeten. Oder nicht? »Genau so ist es«, spricht Roger seinen Gedanken laut aus und starrt durch die Zeltwand hinaus auf den endlos ansteigenden Berg.

Diesen Abend feiern sie wieder mit Champagner, und die Fete wird wilder, je alberner sie werden. Marie versucht innen an der Zeltwand hochzuklettern, indem sie mit den Händen in das weiche Material krallt, wobei sie immer wieder auf den Boden herabplumpst. Dougal jongliert mit Stiefeln. Arthur fordert jedermann zum Armdrücken heraus und gewinnt dabei immer so schnell, daß sie entscheiden, seine Siege nicht anzuerkennen, weil er ›einen Trick‹ anwendet. Roger erzählt Witze über die Regierung (»Wie viele Minister braucht man, um eine Tasse Kaffee zu kochen?«) und führt ein langes und lebhaftes Spiel mit Löffeln ein. Er und Eileen spielen nebeneinander, und als sie beide nach ihren Löffeln springen, landen sie aufeinander am Boden. Als sie dann später um den Zeltofen hocken und Lieder singen, sitzt Eileen neben Roger, und sie drücken ihre Knie und Schultern aneinander. Kindererlebnisse, vertraut und angenehm, selbst für jene, die sich nicht mehr an ihre Kindheit erinnern.

So sind in dieser Nacht Rogers Gedanken ganz bei Eileen, als sich jeder in seine kleine Schlafnische an den Wänden des Zelts zurückgezogen hat. Er denkt daran, wie er sie am Morgen mit dem Schwamm geschrubbt hat, an die Spielereien am Abend, an das Felsklettern im Sturm, an die langen gemeinsamen Nächte im Steilwandzelt. Und wieder und wieder kehrt auch die weit zurückliegende Vergangenheit zurück ... sein dummes, unkontrollierbares Gedächtnis versorgt ihn mit Bildern aus einer Zeit, die schon so lange vergangen ist, daß sie heute keine Rolle mehr spielen sollte ... was sie aber doch tut. Auch damals war es schon fast am Ende der Tour gewesen, als sie zu ihm schlüpfte und sich auf ihn setzte! Obwohl die dünnen Stoffbahnen, mit denen sie damals die Schlafbereiche abgetrennt hatten, viel weniger Intimität zuließen, als sie hier in diesem Zelt hätten; dieses Zelt ist groß, der Regler der Luftzufuhr macht einigen Lärm, und die sieben Schlafplätze sind geräumig und durch dichtes Zeltmaterial voneinander abgetrennt, durchsichtig zwar, das stimmt schon, aber nun ist es im Zelt ja dunkel. Der luftgepolsterte Boden unter ihm – der so bequem ist, daß Marie ihn unbequem nennt – gibt bei jeder seiner Bewegungen nach, ohne daß er ein paar Handbreit daneben auch nur erzittert, und bleibt dabei völlig geräuschlos. Kurz gesagt: Er könnte also zu ihrer Schlafstelle hinüberkrabbeln und sich zu ihr legen – wie sie damals zu ihm –, und alles würde vollkommen diskret bleiben. Eine Revanche wäre nur fair, nicht wahr? Selbst noch nach dreihundert Jahren? Ihm bleibt bei dieser Tour nicht mehr viel Zeit, und wie man so schön sagt, das Glück ist dem Kühnen hold ...

Er will sich grad aufmachen, als sich plötzlich Eileen an seine Seite schmiegt und ihn am Arm schüttelt. Sie flüstert in sein Ohr: »Ich habe eine Idee.«

Danach neckt sie ihn: »Vielleicht erinnere ich mich *doch* an dich.«

Sie steigen immer höher in die Felsenzone auf. Keine Tiere mehr, keine Pflanzen, keine Insekten, keine Flechten, nicht einmal mehr Schnee. Sie haben alles hinter sich gelassen und sind nun so hoch auf dem Vulkankegel, daß es schwierig wird, die Ränder des Vulkanschilds zu erkennen, wo der Steilabbruch zu den Wäldern in der Tiefe abfällt. Aus einer Entfernung von zweihundert Kilometern und fünfzehn Kilometern weiter oben kann man ihn nur daran unterscheiden, weil dort der breite Schneering endet. Als sie eines Morgens aufwachen, blicken sie auf eine Wolkenschicht hinab, die sich ein paar Kilometer weiter unten um den Berg gelegt hat und die Welt weiter unten verbirgt. Jetzt stehen sie auf einer riesigen kegelförmigen Insel in einem mächtigen Meer von Wolken: die Wolken ein weißer wellenzerfurchter Ozean, der Vulkan ein gewaltiger rostroter Felsen, der Himmel eine niedrige violette Kuppel, und alles das in Ausmaßen, die der Verstand kaum fassen kann. Nach Osten hin ragen aus dem Wolkenmeer drei breite Gipfel heraus – ein anderes Archipel –, die drei Tharsisvulkane in ihrer ordentlichen Reihe, die Prinzen vor dem königlichen Olymp. Diese etwa fünfzehnhundert Kilometer entfernten Vulkane geben ihnen eine ungefähre Vorstellung von den Dimensionen, mit denen sie es hier zu tun haben …

Der Felsen in dieser Höhe ist glatt und marmoriert, wie ein Rücken mit versteinerten Muskeln. Einzelne Blöcke und Felsbrocken wirken fremdartig und nicht zugehörig zu dieser Umgebung, als wären sie hier von den olympischen Göttern verstreut worden. Hans kommt nur langsam voran, weil ihn die Untersuchung dieser Geröllbrocken aufhält. Eines Tages stoßen sie auf einen Wall, die sich wie eine römische Straße oder eine Seitenmuräne den Berg hochwindet; Hans erklärt ihnen, daß es sich hierbei um einen Lavastrom handelt, der härter als der umgebende Fels ist. Dieser von der

Erosion abgetragen, wodurch der Lavastrom zum Vorschein kam. Sie nutzen ihn als Weg und marschieren einen ganzen langen Tag auf ihm weiter bergauf.

Roger verfällt in seinen eigenen Trott und läßt die Gepäckkarre und die anderen hinter sich zurück. In Raumanzug und Helm auf der lebensfeindlichen Oberfläche des Mars: Jahrhunderte der Erinnerung überschwemmen ihn, und er merkt, wie sein Atem hart und unregelmäßig geht. Das ist mein Land, schießt es ihm durch den Kopf. Das ist die überweltliche Landschaft seiner Jugend. Es gibt sie noch. Sie kann nicht zerstört werden. Es wird sie immer geben. Roger stellt fest, daß er es schon fast vergessen hat, nicht diese Landschaft, wohl aber das *Gefühl* in einer solchen wilden Einöde. Dieser Gedanke stachelt eine Heiterkeit in ihm auf, die mit jedem Schritt zunimmt. Stephan und Eileen, die andern beiden, die außer ihm heute nicht ins Zuggeschirr vor den Wagen gespannt sind, schließen zu ihm auf. Roger bemerkt sie und runzelt die Stirn. Ich will nicht darüber sprechen, grübelt er. Ich will allein in dieser Landschaft sein.

Aber Stephan marschiert direkt neben ihm und scheint von der einsamen Felsenwüste überwältigt zu sein, von dieser Welt aus Fels und Himmel. Roger kann nicht anders, er muß grinsen.

Eileen ist damit zufrieden, daß sie bei ihm sein kann.

Am nächsten Tag trottet Stephan neben Roger im Zuggeschirr vor dem Wagen her und sagt: »Gut, Roger. Ich begreife jetzt, warum du das hier so liebst. Es ist erhaben, wirklich. Und es ist genau so, wie wir das Erhabene wollen: kahle, pure Landschaft, der schiere Raum. Aber ...« Er trottet ein paar Schritte weiter; Roger und Eileen warten darauf, daß er fortfährt, während sie im gleichen Schritt und Tritt den Wagen ziehen. »Aber es scheint mir doch, daß nicht der ganze Planet so sein muß. Das hier wird es immer geben. Die

Atmosphäre wird sich niemals bis in diese Höhe ausdehnen, also wird dir dieser Ort hier immer erhalten bleiben. Aber auch die Welt dort unten, mit all dem Leben, das überall blüht und wächst ... auch das ist schön.« Das Schöne und das Erhabene, kommentiert Roger in Gedanken. Noch eine Zweiheit. »Und vielleicht benötigen wir das Schöne mehr als das Erhabene?«

Sie ziehen den Karren weiter bergan. Eileen beobachtet den stummen Roger. Er weiß nicht, was er antworten soll. Sie lächelt: »Wenn sich der Mars verändern kann, kannst du das auch.«

In dieser Nacht sucht Roger Eileen auf und liebt sie mit einer besonderen Heftigkeit; danach kommen ihm die Tränen, ohne daß er einen Grund dafür angeben könnte. Eileen drückt seinen Kopf gegen ihre Brust, bis er wegrückt, sich herumwälzt und einschläft.

Und am nächsten Nachmittag erreichen sie ein flaches Plateau, nachdem sie den ganzen Tag lang den sanfter und sanfter ansteigenden Berg hinaufmarschiert sind und in jedem Augenblick erwartet haben, daß der Gipfel gerade hinter dem Horizont direkt vor ihnen liegt. Nach einer weiteren Marschstunde erreichen sie den Kraterrand. Sie haben den Olympus Mons bezwungen.

Der Blick in den Krater hinunter enthüllt eine gigantische braune Ebene, die von den Felswänden des Kraters umringt wird. Niedrigere ringförmig verlaufende Felswände im großen Krater fallen wiederum in erloschene Krater ab und bilden einander überlappende Terrassen. Der Himmel über dem großen Krater ist fast schwarz; sie können schon einzelne Sterne und den Jupiter sehen. Vielleicht ist dieser hochstehende Abendstern die Erde. Die dicke blaue Rinde der Marsatmosphäre liegt nicht weit unter ihnen, so daß sie hier auf einer breiten Insel inmitten eines blauen Bandes stehen, die von der schwarzen Kuppel des Himmels überwölbt wird. Himmel, Krater, ringförmige Steinwüste. Millionen Schattierungen von braunen, gelbbraunen, roten, rostroten und weißen Farben. Der Planet Mars.

Nicht weit weg vom Kraterrand findet sich die Ruine eines tibetanischen Lamaklosters. Als Roger das sieht, bleibt ihm der Mund offenstehen. Die Ruine ist braun, und das ehemalige Hauptgebäude scheint einmal ein großer rechteckiger Felsblock gewesen zu sein, der behauen und ausgehöhlt wurde, bis er mehr Luft als Fels enthielt. Als das Kloster noch benutzt wurde, mußte es hermetisch versiegelt gewesen sein, mit festen Luftschleusen an den Türen und Fenstern. Jetzt gibt es hier keine solchen Fenster mehr, und von den Nebengebäuden, die sich an den großen Quader anlehnen, ragen nur noch ein paar Mauern ohne Überdachung offen in den schwarzen Himmel. Eine brusthohe Steinmauer zieht sich von den Nebengebäuden aus am Kraterrand entlang. Farbige Gebetsmühlen und bemalte Gebetsfahnen auf dünnen Pfosten stehen aus dieser Mauer hervor. Im leichten Zug der Stratosphäre drehen sich die Räder langsam vor sich hin, und die Gebetsfahnen regen sich schlaff.

»Der Krater ist so groß wie Luxemburg.«

»Du machst Witze!«

»Nein!«

Endlich ist sogar Marie einmal beeindruckt. Sie schlendert zu der Gebetsmauer und berührt eine der Mühlen mit der Hand, starrt abwesend in den Krater hinab und gibt dabei dem Rad hin und wieder einen leichten Stoß.

»Recht erfrischender Anblick, was?«

Sie werden einige Tage benötigen, bis sie um den Krater herum zur Bahnstation marschiert sind. Deshalb schlagen sie ihr Lager unweit des verlassenen Lamaklosters auf, und so wächst neben dem Haufen brauner Steine ein großer Pilz aus durchsichtigem Plastik empor, der mit bunten Ausrüstungsgegenständen gefüllt ist.

Die Bergsteiger wandern am späten Nachmittag umher und unterhalten sich über die Felsen oder über den Blick in den im Schatten liegenden Krater. Ein paar der ringförmigen, im Krater liegenden Steilwände sehen nach einem guten Klettergelände aus.

Die Sonne steht knapp über dem Horizont im Westen und wirft ihre großen Lichtspeere durch den indigoblauen Himmel unter ihnen, wodurch der Gipfel auf eine unheimliche, indirekte Weise beleuchtet wird. Das Stimmengewirr in der Gruppe dünnt immer weiter aus und verstummt schließlich ganz.

Roger drückt Eileen kurz die Hand und sondert sich von der Gruppe ab. Der Boden hier oben ist schwarz, und Felsbrocken liegen umher, als hätten die Götter den Fels äonenlang mit gewaltigen Schmiedehämmern bearbeitet. Nichts als Fels. Er schaltet den Funk ab. Es ist kurz vor Sonnenuntergang. Große lavendelfarbene Lichtspeere durchziehen die purpurrote Dämmerung, und über seinem Kopf blinken die Sterne aus der nächtlichen Schwärze. Die Schatten der Dunkelheit dehnen sich ins Unendliche aus. Die helle bronzene Sonnenscheibe wird immer größer und flacher, und sie scheint auch immer langsamer zu versinken. Roger geht um das Lamakloster herum. Seine im Westen liegenden Mauern fangen die letzten Strahlen der Sonne ein und werfen ein warm leuchtendes Orange auf den Boden und über die Ruine. Roger umrundet die niedrige Gebetsmauer und setzt einen herabgefallenen Stein wieder in die Mauer. Die Gebetsmühlen drehen sich noch immer. Sie wurden wohl aus irgendeinem leichten Holz gefertigt, überlegt sich Roger. Es sind Zylinder, in die man große schwarze Augen und Schriftzeichen geschnitzt hat. Die einst aufgemalten weißen, roten und gelben Farben sind verblichen. Roger starrt in ein Paar dieser stoischen asiatischen Augen, stößt eine der Gebetsmühlen kurz an und verspürt dabei einen leichten Schwindel. Welt, überall Welt. Sogar hier oben. Die flachgewordene Sonne setzt auf dem Horizont auf, hinter dem Krater im Westen. Eine schwache Windbö bläht ein langes Gebetsbanner auf und kräuselt es langsam in der dämmrigen Luft.

»Nun gut!« sagt Roger laut und versetzt der Mühle noch einmal einen kräftigen Stoß. Dann tritt er davon weg, dreht sich ein wenig benommen um sich selbst und versucht alles auf einmal in sich aufzunehmen: »Nun gut! In Ordnung. Ich gebe auf. Ich akzeptiere es.«

Er wischt den roten Staub vom Glas seines Raumhelms und ruft sich das kleine vogelähnliche Ding in Erinnerung, das sich aus dem trüben Eis freigepickt hatte. Eine neue Kreatur setzt ihren Fuß auf den Gipfel des grünen Mars.
